PANINI BOOKS

SARAH UNDERWOOD

LÜGEN, DIE WIR DEM MEER SINGEN

Ins Deutsche übertragen
von Michaela Link

PANINI BOOKS

Bibliografische Information der Deutschen Nationalbibliothek
Die Deutsche Nationalbibliothek verzeichnet diese Publikation in der Deutschen Nationalbibliografie; detaillierte bibliografische Daten sind im Internet über http://dnb.d-nb.de abrufbar.

MIX
Papier | Fördert gute Waldnutzung
FSC® C014496
www.fsc.org

Titel der amerikanischen Originalausgabe: *»Lies we sing to the Sea«*
by Sarah Underwood, published in Great Britain in 2023 by Electric Monkey, part of Farshore, an imprint of HarperCollins Publishers, London, UK.

Deutsche Ausgabe 2024 Panini Verlags GmbH,
Schloßstr. 76, 70176 Stuttgart.

Geschäftsführer: Hermann Paul
Head of Editorial: Jo Löffler
Head of Marketing: Holger Wiest (E-Mail: marketing@panini.de)
Presse & PR: Steffen Volkmer

Übersetzung: Michaela Link
Lektorat: Sabine Biskup
Redaktion: Maja Baldes, Deborah Woweries
Umschlaggestaltung: tab indivisuell, Stuttgart
Satz und E-Book: Greiner & Reichel, Köln
Druck: GGP Media GmbH, Pößneck
Gedruckt in Deutschland

YDUNDER001

1. Auflage, März 2024,
ISBN 978-3-8332-4484-1

Auch als E-Book erhältlich:
ISBN 978-3-7569-9970-5

Findet uns im Netz:
www.paninicomics.de

PaniniComicsDE

Für Mum, für alles

»Zuletzt wird außer dem Meere
Kommen der Tod, und dich, vom hohen behaglichen
Alter Aufgelöseten, sanft hinnehmen, wann ringsum
die Völker
Froh und glücklich sind. Nun hab' ich dein Schicksal
verkündet.«

(Homer Odyssee, 11. Gesang, Vers 134–138,
in der Übertragung von Johann Heinrich Voß)

1

VIEL REIZENDE LIEDER, TATEN DER MENSCHEN UND GÖTTER

Leto

Eine schweigsame Magd flocht Letos Haar für ihre Hinrichtung zu einem kunstvollen Kranz.

Das Knien auf dem rauen Steinboden des kleinen Raums bereitete ihr Schmerzen. Ihre Arme, bleich bis auf die dort bereits erblühenden blauen Flecken, protestierten und stemmten sich gegen das Seil, mit dem ihr die Handgelenke hinter dem Rücken zusammengebunden waren.

Die Magd zog Letos Kopf zur Seite und drückte eine weitere Haarnadel hinein, sodass das spitze Metall über ihre Kopfhaut kratzte und die dicken Strähnen ihres dunklen Haars straff gezogen wurden. Leto biss die Zähne zusammen und blinzelte heftig. Grimmig mied sie dabei den Blick des muskulösen Mannes, der als Wache vor der einzigen Tür postiert war. Er trug eine vollständige Rüstung, hatte ein Schwert um die Hüften geschnallt, und seine Gesichtszüge waren unter einem silbern glänzenden Helm verborgen.

Stattdessen schaute Leto in das flackernde Licht der Feuerstelle. Der Duft von brennendem Weihrauch hing als erstickender Qualm in der Luft und erfüllte den Raum mit drückender Hitze. Schweiß lief ihr in Rinnsalen den Hals hinab – über die schrecklichen schwarzen Schuppen, die sich dort auf ihrer

Haut gebildet hatten und die sie für die Tötung kennzeichneten – und verschwand im Ausschnitt ihres Gewandes. Die sorgfältig arrangierten Locken um ihr Gesicht herum waren bereits feucht und kraus.

Als Opfergabe mache ich nicht viel her. Es war ein von Bitterkeit erfüllter Gedanke. Vielleicht würde Poseidon so angewidert von ihr sein, dass er sie einfach zurückschickte.

Aus dem Augenwinkel beobachtete sie, wie die Magd – den Mund voller Stecknadeln, die Stirn in Falten gelegt – eine Handvoll winziger weißer Blumen aus einem mit Leinen ausgeschlagenen Korb schüttete. Sie untersuchte jede einzelne Blume sorgfältig auf zerdrückte Blütenblätter und begann dann, sie geschickt in die Zöpfe an Letos Stirn zu flechten.

Es war das erste Mal seit Jahren, dass sich jemand um ihr Haar kümmerte.

Für komplizierte Frisuren gab es ohnehin kaum Anlässe. Letos Mutter war gestorben, als sie zehn Jahre alt war, und da ihr Vater ihr einige Jahre später folgte, hatte Leto keine andere Wahl gehabt, als selbst Geld zu verdienen. Zuerst war es nicht schwer gewesen, Arbeit zu finden – das gemeine Volk Ithakas strömte immer noch zum Haus des letzten königlichen Orakels –, aber sie hatte nicht das Talent ihrer Mutter, und die wenigen, flüchtigen Blicke in die Zukunft, die Apollo ihr gewährt hatte, waren ärgerlich uneindeutig gewesen. Ihre verbliebenen Kunden waren jene, die sich durch ein Schauspiel beeindrucken ließen, durch das theatralische Schlachten eines Kaninchens oder das wilde Augenrollen, das Leto bald perfektioniert hatte. Es waren nicht viele, aber sie zahlten genug Silber, dass sie nicht verhungerte.

Was ihr Haar betraf, so genügte ihr normalerweise ein Band, um die längeren Strähnen aus dem Gesicht zu halten, doch heute könnte dies nicht verhindern, dass ihr Haar sich in der Schlinge des Henkers verfing.

Dieser Zopf, überlegte sie und war kurz überrascht von ihrer eigenen Nüchternheit, *wird da viel praktischer sein.*

Ein lautes Klopfen an der Tür durchbrach die fast völlige Stille im Raum. Die Magd schreckte zusammen, zog hastig die Hände von Leto zurück und blickte unsicher zur Wache. Der Mann hatte sich keinen Zentimeter bewegt.

»Schnell.« Zum ersten Mal seit Letos Ankunft sprach er. Seine Stimme war leise, rau und seltsam tonlos. »Es ist fast Zeit.«

Die Magd nickte und griff nach einer weiteren Handvoll Blumen.

Die Härchen auf Letos Armen stellten sich auf. Unter dem glatten Stoff des Zeremoniengewandes, in das man sie gesteckt hatte, schlug ihr Herz schneller, flatternd wie ein gefangener Vogel. Etwas Schweres und Unangenehmes legte sich auf ihre Brust, drückte ihr auf die Lungen und ließ ihren Atem stocken.

Eingesperrt in diesem unmöblierten Raum, war es unmöglich gewesen, sich ein gewisses Zeitgefühl zu bewahren. Das Zwitschern der Vögel und die ersten Lichtstrahlen, die durch das winzige Fenster hereinfielen, hatten Leto verraten, dass die Sonne aufgegangen war, aber nichts darüber hinaus. Es hätte immer noch früher Morgen sein können.

Aber jetzt … *es ist fast Zeit.* Sie wusste genau, wofür es fast Zeit war. Die Opferungen fanden mittags statt, wenn die Sonne der Tagundnachtgleiche ihren höchsten Stand am Himmel erreicht hatte.

Nicht vor dem Sterben hatte sie Angst, denn mit diesem Gedanken hatte sie sich längst abgefunden, sondern vor dem, was danach kam.

In ihren siebzehn Jahren hatte sie wirklich kein bemerkenswertes Leben geführt. Manch einer der abergläubischeren Bürger tuschelte zwar immer noch hinter vorgehaltener Hand über ihre mystischen Kräfte, aber Leto hatte weder je Ungeheuer ausgelöscht oder Verbrecher überführt noch Betrüger entlarvt. Sie war nur zweimal geküsst worden. Das jenseitige Leben, das sie erwartete, würde kein unfreundliches sein, es gab nur wenig, was sie für die Verdammnis empfahl, aber sie würde sich sicherlich nicht in der Gesellschaft mutiger Helden wie Perseus, Herakles oder Odysseus wiederfinden. Und sie würde auch ihre Mutter nicht wiedersehen.

Apollo hatte sich nicht einmal dazu herabgelassen, ihr eine Vision ihres eigenen Todes zu gewähren. In der Nacht, bevor die Wachen gekommen waren, um sie zu holen, hatte sie von einem Mädchen mit goldenem Haar und Augen wie das Meer geträumt.

Ihre Fantasien von Größe waren natürlich eitel und dumm. Trotzdem hatte Leto immer gehofft, so wie es kleine Mädchen tun, die mit offenem Mund den Erzählungen über Heldentaten lauschen, dass sie als außergewöhnlich in Erinnerung bleiben würde. Sie spürte noch immer das Kribbeln der Schuppen an ihrer Kehle, das Mal, das erst vor wenigen Tagen dort erschienen war und das alles schlingernd zum Stillstand gebracht hatte. Die Wahrheit war deutlich zu erkennen. Poseidon hatte sie auserwählt. Es gab kein Entrinnen. Niemand würde sich an sie erinnern.

Einen Moment lang fragte sie sich, welcher ihrer Nachbarn die Schuppen bemerkt und sie an die königliche Garde verkauft hatte. Sie machte dem Betreffenden keinen Vorwurf daraus – ihr Schicksal war bereits besiegelt gewesen, und die Belohnung würde demjenigen zumindest noch ein wenig Silber für Brot einbringen.

Es klopfte erneut, diesmal noch lauter, während die Magd mit Gewalt eine letzte Nadel in ihr Haar drückte.

»Um der Götter willen«, blaffte die Wache. »Bist du endlich fertig?«

»Nur noch eine Sache«, sagte die Magd. Als sie diesmal in den Korb griff, holte sie eine Lederschnur hervor, die grob zu einer Schlaufe geknotet war. Daran baumelte eine kleine

Silbermünze. Leto erkannte die Form sofort. Ein Obolus. »Für Charon«, verkündete die Magd feierlich.

Leto hatte damit gerechnet, aber trotzdem krampfte sich ihr beim Anblick der Münze der Magen zusammen. Die Toten wurden der Sitte nach mit Geld begraben; dieser Obolus war der Lohn für den Fährmann, der ihre Seele über den Styx und den Acheron rudern würde. Ihre *tote* Seele.

Vorsichtig streifte die Magd das Band über Letos Zöpfe. Sie spürte, wie die Münze in ihr Gewand glitt und in der Vertiefung zwischen ihren Brüsten liegenblieb. Sie biss sich auf die Lippen, denn das Metall war kalt, erschreckend kalt, dort, wo es unter dem blassen Stoff lag.

Die Wache lachte höhnisch, als die Magd sich aufrichtete und sich an ihrem Korb mit Nadeln und zerdrückten Blütenblättern zu schaffen machte. »Räum deinen Kram zusammen. Ich werde dich hinausbegleiten.« Vielleicht war er nicht der abergläubische Typ. Er beäugte die Lederschnur mit unverhohlener Verachtung, und als er auf Letos Blick traf, bedachte er sie mit einem hinterhältigen, spöttischen Grinsen.

Leto schauderte. Dabei fiel ihr eine plötzliche Reflexion des Sonnenlichts ins Auge. Eine Reflexion, begriff sie, die von der flachen Seite einer glänzenden Klinge herrührte. Es war ein vor den Blicken der Wache durch den gelben Stoff des Chitons der Magd verborgener Korb mit Nähnadeln und einer großen Bronzeschere.

Letos Puls beschleunigte sich, als sie die Schere betrachtete, und vermochte ihr Glück kaum zu fassen. Wie die Magd den Korb hatte übersehen können, war ihr unbegreiflich. Aber die Klingen sahen neu aus: scharf und glänzend und wie geschaffen dafür, lästige Fesseln zu durchtrennen. Die Götter hatten ihr in allerletzter Minute einen Rettungsanker zugeworfen.

»Dann komm«, brummte die Wache an die Magd gewandt. Leto riss den Kopf wieder hoch. »Bist du endlich fertig?«

Ihre Blicke flogen zwischen den beiden hin und her. Sobald

die Magd vortrat – oder sich, was die Götter verhüten mochten, noch einmal umdrehte –, würde entweder sie selbst oder die Wache den vergessenen Korb bemerken. Leto traf eine blitzschnelle Entscheidung.

Sie warf sich auf den Korb und verbarg ihn unter dem Stoff ihrer Röcke. »Verlasst mich nicht!«, schrie sie. »Lasst mich nicht sterben!«

Die Magd, deren riesiges, puppengleiches Gesicht sich vor Schreck zusammenzog, drehte sich zu ihr und zuckte beim Anblick von Leto auf dem Boden zusammen. »Ich …«, hob sie zu sprechen an und streckte die Hand in Letos Richtung aus.

»Bitte!«, kreischte Leto und wälzte sich auf dem Boden hin und her. Wenn die Magd ihr zu nahe kam, würde sie den Korb mitsamt der Schere mit Sicherheit entdecken. Leto zwang wilde Tränen in ihre Augen und bleckte die Zähne wie ein in die Enge getriebener Hund. »Ich will nicht sterben!«

Die Magd gab ein Wimmern von sich.

»Also gut. Das reicht jetzt.« Der Wachposten gab seinen Platz an der Tür auf und überwand den Abstand zwischen ihnen in zwei riesigen Schritten. »Du«, er ließ eine schwere Hand auf die Schulter der Magd fallen, »gehst jetzt raus. Warte im Gang. Ich werde mich darum kümmern.«

Sie brauchte keine zweite Aufforderung. Den Korb mit Blumen an die Brust gepresst, floh sie.

»Und du.« Der Wachposten musterte Leto leidenschaftslos. »Reiß dich zusammen«, blaffte er sie an. »Zeig ein wenig Würde.«

Leto suchte bewusst Blickkontakt und ließ erneut ein melodramatisches, kummervolles Heulen hören.

Die Wache gab einen angewiderten Laut von sich. »Na schön«, sagte er. »Dann mach eben so weiter.« Er drehte sich um und wirbelte eine Staubwolke von dem nur zur Hälfte gefegten Boden auf, als er aus dem Raum marschierte. Die Tür fiel hinter ihm ins Schloss, und Leto blieb allein zurück.

Zu einem früheren Zeitpunkt hatte die Magd das weiße Zeremoniengewand sorgfältig an Letos ausgemergelte Gestalt angepasst, und so war es Leto möglich gewesen, sich mit ihren Fesseln vertraut zu machen. Eine Weile hatte sie sich damit beschäftigt, versuchsweise Ellbogen und Handgelenke zu drehen, um eine Position zu finden, in der sie nicht schmerzhaft kribbelten.

Nach diesen Minuten – in denen es ihr lediglich gelungen war, sich weiter zu verrenken –, hatte sie sich mit dem Unbehagen abgefunden. Die Stricke waren einfach zu dick, die Knoten zu fest und zu kompliziert.

Aber jetzt, nachdem sie sich im Stillen bei der Magd entschuldigt hatte, die man zweifellos für ihren Fehler bestrafen würde, kam ruckartig Bewegung in sie. Genauer gesagt, schlurfte und rollte sie sich durch den Raum und verrenkte sich schmerzhaft, obwohl es nicht ganz die tollkühne Flucht war, die sie bevorzugt hätte.

Am schwierigsten war es, die Schere an die richtige Stelle zu bekommen. Ihre Hände waren verschwitzt und klamm. Sie rutschten immer wieder von den Griffen ab, sodass die Schere mehr als einmal klappernd zu Boden fiel. Beim leisesten Geräusch draußen im Gang hinter der Tür erstarrte sie, hielt den Atem an und zählte im Geiste mit, bis die Schritte verklungen waren oder das Huschen der Mäuse verstummte.

Endlich gelang es ihr, die Scherenklingen an ihren Fesseln in die richtige Position zu bringen. Sie bewegte die Hände vorsichtig hin und her, bis sie spürte, wie die Fesseln sich langsam lockerten. Das Geräusch jedes sich lösenden Fadens war wie Musik in ihren Ohren, die schönste, die sie je gehört hatte.

Endlich war der dickste Teil des Seils durchschnitten. Mit mehr Körperkraft, als sie sich zugetraut hätte, trennte Leto die letzten vereinzelten Fäden durch. Die Fesseln lösten sich mit einem letzten Ruck und fielen zu Boden. Kaum einen Herzschlag später hatte sie sich bereits schwankend aufgerichtet und wäre beinahe über das zu lange Gewand gestolpert, das sich wie verschüttete Milch über ihre nackten Füße ergoss. Ihre Beine, müde vom langen Knien, zitterten und hätten beinahe unter ihr nachgegeben. Orientierungslos und ohne eine echte Waffe oder einen Plan taumelte sie in Richtung Tür und erstarrte, als sie auf der anderen Seite Schritte hörte.

Dann eben so. Sie drehte sich um und stürzte zum Fenster. Das Licht, das hindurch fiel, lockte sie zu sich.

Der Frühling war noch nicht so weit fortgeschritten, dass das Getreide bereits sprießte und die Ziegen fässerweise Milch gaben. Im Winter krampfte es Leto wegen des bohrenden Hungers beständig den Magen zusammen, aber heute war sie dankbar dafür. Wäre ihre Gestalt nicht so zierlich gewesen, wäre sie in dem schmalen Fenster steckengeblieben. Stattdessen gelang es ihr, sich hindurchzuschlängeln – indem sie sich verbog und hin und her drehte und mit den Hüften so dicht über den Stein schrammte, dass Blut auf ihren Röcken zurückblieb – dann landete sie auf einem Fleck mit spärlichem Gras und trockener Erde. Sie rappelte sich hoch und blickte zu dem großen Steingebäude empor, das ihr Gefängnis gewesen war.

Als die Wache von Ithaka sie mit dem Zersplittern der Tür ihres Hauses in den frühen Morgenstunden geholt hatte, war es draußen noch dunkel gewesen – und man hatte ihr zur Sicherheit die Augen verbunden –, darum war es ihr in ihrem schlaftrunkenen Zustand unmöglich gewesen, die vielen Windungen und Abzweigungen nachzuverfolgen, die sie durch ihr Heimatdorf Vathi und dann hinaus auf die weiten Hügel, die es umgaben, geführt hatten. Sie hatte angenommen, dass sie in irgendeinem abgelegenen Kerker oder in einer schmutzigen Höhle festgehalten wurde, wo der Rest von Ithaka sie vergessen konnte. Aber sie erkannte sofort, wo sie sich befand.

Leto blinzelte gegen das grelle Sonnenlicht an und schaute grimmig zu Vathis nördlichem Wachturm hinauf. Gleich darauf sackte ihr beim Klang von gedämpftem Geplapper der Magen in die Kniekehlen, und sie drehte sich zu der Gruppe Soldaten in Rüstungen um, die direkt vor ihr lagerten. In den Gesichtern der Männer zeichnete sich eine ähnliche Verwirrung ab wie auf ihrem eigenen, als sie ihren Blick erwiderten.

Einen Moment lang betrachteten sie einander: die Gefangene und ihre Bewacher. Die meisten der Soldaten hatten ihre Helme abgenommen und ihre schweren Schwertgürtel lagen zu ihren Füßen verstreut. Offensichtlich hatten sie nicht mit Gesellschaft gerechnet, und einige von ihnen sahen aus, als schliefen sie noch halb. Vielleicht hatten sie tatsächlich geschlafen – das würde erklären, warum Leto sie in ihrer Zelle nicht gehört hatte.

Wie töricht war sie gewesen zu glauben, ihr einziger Fluchtweg würde nicht bewacht werden. Welch unbedarfte Hoffnung hatte sie da gehegt?

Endlich griff einer der Soldaten ganz langsam nach seinem Schwert, rappelte sich hoch und richtete die Klinge auf Leto. Er räusperte sich bedächtig. »Und wo, denkst du, gehst du hin?«

Verdammt.

Der Turm stand auf einem großen Hügel. Leto konnte die braunen, schrägen Dächer Vathis sehen, so nah, dass sie sie beinahe hätte berühren können. Die Freiheit war in Reichweite, und sie durfte nicht zulassen, dass sie ihr wieder entglitt. Nicht wenn die Alternative darin bestand, wie ein Tier für ein Königreich und seine erbärmliche Königsfamilie zu sterben, die rein gar nichts von ihr verdienten. Nicht, nachdem sie sie so schwer enttäuscht hatten. Nicht, nachdem ihre Mutter von ihnen so im Stich gelassen worden war.

Also versuchte Leto es trotzdem, obwohl sie wusste, dass sie erwischt worden war und einem Soldaten selbst an einem guten Tag nicht hätte davonlaufen können, und schon gar nicht zerschunden, übersät mit blauen Flecken und bekleidet mit einem lächerlichen Zeremoniengewand. Sie betete zu jedem

Gott, der ihr aus dem Stegreif einfiel, drehte sich abrupt um und rannte, barfuß wie sie war, los.

Sie war kaum vier Schritte weit gekommen, bevor eine Hand sie hinten am Kleid packte und zu Boden riss. Ihr Bein verdrehte sich unter ihr, und sie kam unsanft auf dem Boden auf. Bei dem Aufprall schoss ihr der Schmerz in die Glieder, und wie aus weiter Ferne hörte sie sich selbst aufschreien. Sie versuchte, sich hochzurappeln, und schaffte es auf alle viere, bevor sie etwas Hartes im Rücken traf. Sie brach erneut zusammen.

»Stell sie auf die Füße«, blaffte eine vertraute Stimme.

Leto wurde von Händen unter ihren Achseln hochgezerrt. Ihre Beine gaben unter ihr nach, und sie sackte zusammen wie eine Stoffpuppe. Benommen von dem Schmerz, der ihr durch das verletzte Bein und die gesamte Wirbelsäule fuhr, betrachtete sie blinzelnd die verschwommene Gestalt vor sich.

Die Wache aus Letos Zelle ließ sich langsam auf ein Knie nieder. Er hatte den Helm jetzt abgenommen und kam mit seinem entblößten Gesicht ganz nah an ihres. Mit bewusster Bösartigkeit lächelte er. Dieses Lächeln verzog die große Narbe, die von der Mitte seiner Wange über sein Kinn und seinen Hals entlang verlief und unter der Brustplatte seiner Rüstung verschwand.

»Du liebe Zeit«, schnurrte er. Seine Augen waren von dem Blau eines wolkenlosen Tages, und Gemeinheit blitzte in ihnen auf. »Hast du dich verlaufen?«

Es gab einige Dinge, die Leto noch nie im Leben getan hatte und von denen sie auch nie geträumt hatte, sie einmal zu tun. Aber da fast mit Sicherheit feststand, dass sie bis zum Abend ohnehin tot sein würde, ließ sie jeden Selbsterhaltungssinn fahren.

»Stirb«, knurrte sie und spuckte dem Mann ins Gesicht.

Sein Lächeln verschwand. Er hob die Hand und ließ sie dann mit einer Schnelligkeit nach vorn sausen, dass die Luft darum herum pfiff, als er ihr mit dem Handrücken hart ins Gesicht schlug.

Wären da nicht die beiden anderen Wachen gewesen, die links und rechts von Leto standen und sie stützten, hätte es sie rücklings in den Staub geworfen. Ihre Wange brannte, und sie schmeckte metallisches, warmes Blut auf der Zunge. Sie überlegte, ob sie ihm auch das ins Gesicht spucken sollte, aber bevor sie abwägen konnte, ob die kurze Befriedigung weitere Prügel wert war, richtete der Wachposten sich auf und wandte sich ab.

»Bringt sie zum Strand«, befahl er. »Ich werde auf jeden Fall dort sein, um sie sterben zu sehen.«

2

… UND IHRE BLUMIGE WIESE

Mathias

Prinz Mathias von Ithaka wurde erst fast eine Woche später auf den jüngsten Anschlag auf sein Leben aufmerksam, als seine Mutter ihm beim Frühstück offenbarte, dass der Schuldige – anscheinend ein Fischer – gehängt werden sollte.

»Wunderbar«, sagte Mathias nach einer bewussten Pause. Mit seiner Gabel spießte er eine Weintraube auf und beäugte sie mordlustig. »Wird das passieren, bevor wir seine Tochter hinrichten oder danach?«

Derartige Versuche nahmen in den Wochen vor der Frühjahrs-Tagundnachtgleiche, in jenen Wochen, in denen die ersten Mädchen mit Poseidons Zeichen an der Kehle erwachten, immer stark zu. Ihre verzweifelten Eltern, Ehemänner, Geschwister und Liebhaber stürmten dann mit allen möglichen Klingen und Giften und gelegentlich auch Sprengstoff den Palast und versuchten, die Königin und ihren Sohn zu töten. Als ob ihnen das etwas nützen würde. Als hätte Mathias da ein Mitspracherecht.

Er zerquetschte die Traube auf seinem Teller zu Brei.

Seine Mutter schürzte die Lippen und legte ihr Messer beiseite. Es war eine der seltenen Gelegenheiten, in denen sie den Saal, wo es sonst vor Höflingen nur so wimmelte, für sich hatten. Lediglich zwei den Tisch flankierende Wachen waren außerdem anwesend. Nicht einmal Olympia war da, um abwechselnd ihre Bewunderung oder ihren Zorn zu äußern. Das Fehlen eines Publikums bedeutete, dass sich die Königin etwas weniger geduldig zeigte und ihr Ärger etwas schneller angefacht wurde. »Wirklich, Mathias«, ermahnte sie ihn scharf. »Gerade du solltest verstehen, warum wir das tun müssen. Nachdem Selene …«

Selene. Der Klang ihres Namens war fast zu schrecklich, um ihn zu ertragen. Er erinnerte ihn an das Pfeifen des Windes, an das Tosen eines Ozeans, der sich aus seinem Bett erhoben hatte, an das, was passiert war, als Ithaka Poseidons Preis nicht gezahlt hatte. Die Luft in seinen Lungen fühlte sich mit einem Mal wie Salzwasser an, und er kämpfte gegen den jähen, heftigen Drang, nach Atem zu schnappen. Seine Mutter hatte natürlich recht, und er hasste es. Die gezeichneten Mädchen mussten sterben. Wenn Mathias nicht dafür sorgte, würde das Meer selbst sie holen, es würde das ganze Land verwüsten und alles zerstören, was ihm im Weg stand, bis es jeden Einzelnen von ihnen gefunden hatte.

Ehe es ihm selbst recht bewusst wurde, war er schon aufgesprungen.

»Mathias.« Jedes Jahr geschah das Gleiche, und trotzdem überraschte es seine Mutter immer wieder aufs Neue. »Hörst du mir überhaupt zu? Ich –«

»Ich muss mich vergewissern, dass die Vorbereitungen abgeschlossen sind«, unterbrach er sie und weigerte sich, sie anzusehen. Er wollte die Enttäuschung in ihrem Gesicht nicht sehen, nicht heute. Sie hatten sehr unterschiedliche Vorstellungen davon, was es bedeutete, Prinz zu sein – oder was es bedeuten würde, König zu sein, wenn er erst mal volljährig war und den Thron bestieg. »Sie werden die Mädchen bald zum Strand bringen. Man erwartet mich dort.«

Die Königin seufzte und nahm einen langen Schluck aus ihrem Becher. »Nun gut.«

Mathias wartete nicht ab, bis sie ihre Meinung änderte. Er

schob seinen Stuhl wieder an den Tisch und schritt durch den Saal auf die großen hölzernen Flügeltüren zu, der einzige Ausgang, und er hielt den Goldreif auf seiner Stirn fest, damit er nicht verrutschte.

»Sieh zu, dass du den Segen übst«, rief seine Mutter ihm nach. »Nicht, dass es meine Sache wäre, Liebling, aber vielleicht gibt es … gewisse Erwartungen an einen zukünftigen König, sich klar auszudrücken. Außerdem …« Ihre Stimme wurde weicher. »Außerdem weiß ich, dass du es nicht ertragen kannst, wenn du über die Worte stolperst. Du warst im letzten Jahr so außer dir; und ich hasse es, dich in einer solchen Verfassung zu sehen.«

Mathias biss die Zähne zusammen, riss die Türen auf und schlüpfte durch den Spalt, bevor ihm noch der Geduldsfaden riss und er sie anblaffte. Was für eine Rolle spielte es, was man von ihm erwartete? Es war ja nicht so, dass sein Volk dort sein würde, um ihn zu hören; von den Hinrichtungen waren alle ausgeschlossen. So wurde es gehalten seit einer Anzahl gescheiterter Rettungsversuche vor ungefähr zehn Jahren.

Ohnehin war dies nicht das Publikum, das ihm am Herzen lag. Das Publikum, für das er die Sache richtig machen *musste.* Zwölf Mädchen standen im Begriff, für Ithaka zu sterben, und eher wollte er von jedem einzelnen existierenden Gott verdammt sein, als zuzulassen, dass ihr Opfer nicht gewürdigt wurde.

Wie immer hatte die Königin einen Streitwagen bereitstellen lassen. Mathias ignorierte ihn geflissentlich, indem er zu den Ställen weiterging, und hob eine Hand, um den heraneilenden Stallknecht zum Schweigen zu bringen. »Mein Pferd«, sagte er ruhig. »Das ist alles.«

Immerhin widersprach der Stallknecht nicht, und eine Minute später kam er mit einer rabenschwarzen Stute am Halfter zurück. Offensichtlich hatte man schon damit gerechnet, dass Mathias den Streitwagen ablehnen würde; die Stute war gestriegelt und hatte eine dunkelrote Reitdecke über dem Rücken. Eifrig beschnupperte sie Mathias.

»Guten Tag, Sthenios.« Mathias nahm dem Stallknecht das Halfter ab. »Ich fürchte, heute gibt es keinen Honig für dich.«

Sthenios antwortete mit einem missbilligenden Schnauben, blieb aber gehorsam stehen und erlaubte Mathias, sich auf ihren Rücken zu schwingen.

»Dann komm.« Er drückte ihr die Fersen in die Flanken. »Wie schnell kannst du laufen?«

Sehr schnell, lautete die Antwort auf diese Frage – Sthenios war ein Geschenk aus Athen, dem Königreich seiner zukünftigen Braut, und das prächtigste Pferd in Ithakas Ställen. Binnen Minuten waren sie auf der Spitze des Hügels angekommen und keuchten im heftigen, heißen Wind. Mathias ließ Sthenios im Schritt weitergehen. Ein gewundener Pfad erstreckte sich vor ihnen, der sich Richtung Meer schlängelte, bevor er an einem schmalen Sandstreifen im Osten endete. Der Henkersstrand.

Sein ursprünglicher Name war durch die jahrhundertelange Tradition ausgelöscht worden, und Mathias bezweifelte, dass irgendjemand auf der Welt überhaupt noch wusste, wie er einst lautete; seit Jahrhunderten wurden dort jedes Jahr zwölf Mädchen gehängt. Tausende Tote, geopfert, um den allzeit zornigen Poseidon zu besänftigen, und sei es auch nur vorübergehend.

Für keines der gezeichneten Mädchen gab es ein Entkommen. Das Meer würde sie finden, in welchen Winkel der Insel sie auch flohen, und der Versuch, Ithaka zu verlassen, war ebenso hoffnungslos. Poseidon, der stets wachsam war, würde ihre Boote umwerfen und sie zu sich in die Tiefe ziehen. Es gab unzählige Geschichten, die über die Jahre weitergegeben wurden: von Stürmen, die so plötzlich hereinbrachen und so heftig waren, dass sie nur das Werk des Erderschütterers selbst sein konnten; von den erbarmungswürdigen Überresten eines

Fischerdorfs auf der Nordseite der Insel, wo die Häuser von einer tosenden Flut zerschmettert worden waren; von toten Mädchen und noch mehr toten Mädchen.

Mathias musste nicht erst an die Folgen, die der Zorn des Meeresgottes zeitigte, erinnert werden, sie lagen deutlich sichtbar vor ihm.

Die ausgehöhlten Knochen der Landschaft waren ihm schmerzhaft vertraut. Er kannte jede Silhouette der Hügel, jeden Schimmer des Himmels, der auf dem Meer tanzte. Hier war die Stelle, wo er mit Selene Gänseblümchen gepflückt und daraus Kronen geflochten hatte, um sie auf ihre schwarzen Kinderlocken zu drücken, bis die Sonne tief am Horizont brannte. Und dort, verborgen von den knorrigen Wurzeln einiger halb verdursteter, dürrer Büsche, war die Stelle, an der sie sie zurückgelassen hatten, in der Hoffnung, dass die verwelkenden Blumen die Nymphen aus ihren Bäumen locken würden.

Wenn er sich jemals fürchtete – weil ein Vogel zu plötzlich vom Boden aufflog, ein Wolf in den nahen Hügeln heulte –, hatte Selene ihn an sich gedrückt, ihm das Haar zerzaust und ihm beruhigende Worte ins Ohr geflüstert. *»Hab keine Angst, kleiner Bruder. Niemand wird dir etwas tun. Nicht solange ich hier bin.«*

Gänseblümchen wuchsen hier nicht mehr. Gar nichts wuchs hier. Das Meer hatte alles zerstört, hatte in seiner Bahn die Erde ertränkt, zerschmettert und versalzen, während es einforderte, was ihm zustand. Noch heute wuchs dort nichts als zähes Gestrüpp.

Mathias presste die Augen zusammen und zwang die Erinnerungen an Selene beiseite. Es war seine Schuld gewesen, sein Fehler. Aber er würde denselben Fehler nicht noch einmal machen. Er gab Sthenios die Sporen.

Wenn es nach ihm gegangen wäre, hätten die Hügel niemals enden müssen, aber schon bald trafen Sthenios' Hufe auf Sand, statt auf Erde, und sie waren am Ziel.

Der Strand erstreckte sich vor ihnen, goldüberhaucht in der frühen Morgensonne. Es hätte friedlich sein können, wären da nicht die akkuraten Reihen von Wachen in ihren Rüstungen gewesen, deren Hände auf den Griffen ihrer Schwerter ruhten. Der Sand lockte Mathias mit seinem feuchten Glitzern zum Meer und zu dem groben Holzgerüst, das an der Wasserlinie errichtet worden war, sodass die Wellen gegen seine Pfähle schlugen. So war es einfacher, die toten Mädchen herunterzuschneiden und ins Wasser fallen zu lassen. Es war *praktisch*. Er schluckte.

Zwölf identische Schlingen schaukelten im schwachen Wind. Zwölf Mädchen in schlichten, weißen Gewändern standen darunter, mit dem Rücken zum Meer – ein Meer, von dem Mathias hätte schwören können, dass es jetzt erwartungsvolle Strudel bildete.

Er ließ sich vom Rücken seiner Stute gleiten und ging langsam auf die Mädchen zu. Jemand hatte einen kostbaren, pflaumenfarbenen Teppich für ihn ausgelegt, damit er sich nicht die Stiefel beschmutzte. Am liebsten hätte er ihn in einem lächerlichen Wutanfall mit einem Tritt beiseite geschleudert, aber so etwas geziemte sich nicht für den künftigen König, also unterdrückte er die Regung und trat vor die Galgen.

Alexios hatte, wie jedes Jahr, angeboten, seinen Platz einzunehmen, Mathias' Rüstung anzulegen und seinen Helm zu tragen, um sein Gesicht zu verbergen. Wie jedes Jahr hatte der Anführer der Wachen fast enttäuscht gewirkt, als Mathias seinen Vorschlag ablehnte. Mehr als einmal war Mathias nach Selenes Tod drauf und dran gewesen, das Angebot anzunehmen. Poseidon scherte es nicht, wer die Opfer darbrachte, sondern nur darum, dass sie durchgeführt wurden. Aber es war nicht Alexios' Pflicht, nicht seine Bürde.

Außerdem hatte Alexios schon genug für Mathias geopfert; er hatte ihm das Leben gerettet, als er gerade einmal zwölf Jahre alt gewesen war, und dafür eine Dolchverletzung im Gesicht davongetragen. Jetzt stand er links von Mathias, seine vernarbten Züge teilnahmslos und eine meisterlich geschärfte Klinge in seinen schwieligen Händen – bereit, die Seile zu durchtrennen, die das Podest des Holzgerüsts hielten, und die Mädchen so in den Tod zu schicken.

»Euer Gnaden«, sagte Alexios leise. »Der erste Befehl?«

Mathias zwang sich, an der Reihe der Mädchen entlangzuschauen, ihren angstvollen Blicken standzuhalten und zu beten, dass sie in seinen Augen den Schmerz, den Zorn und die Trauer sahen, die in seiner Brust tobten. Nicht, dass seine Gefühle noch eine Bedeutung für sie hätten, wenn sie erst tot waren.

Er nickte einmal. Daraufhin erklomm eine Wache rasch das Gerüst und machte sich daran, den Mädchen die Schlingen um die schwarz geschuppten Kehlen zu legen. Die kleinste von ihnen, gerade mal ein Kind, zitternd und mit großen, dunklen Augen, gab einen erstickten Laut von sich, als das Seil auf ihrem Schlüsselbein landete.

»Irgendwelche Vorkommnisse?«, fragte Mathias mit leiser Stimme und wandte den Blick ab.

Alexios lächelte grimmig. »Nichts, das Anlass zur Sorge gäbe. Wir mussten einen possierlichen Kerl nach Hause *eskortieren* – sein Schätzchen ist hier –, aber davon abgesehen war es ein ruhiges Jahr. Sie wissen, dass sie es sich nicht leisten können, den Erderschütterer zu verärgern.«

Mathias nickte stumm. Eine weitere Missernte hatte sein Volk bereits noch schlimmer hungern lassen als sonst, und die Menschen wussten genauso gut wie er, dass das Meer ihre Rettung war. Vielleicht war das auch der Grund, warum sie die gezeichneten Mädchen in diesem Jahr noch rascher verraten hatten als üblich, und alle lange vor dem heutigen Tag ausgeliefert worden waren.

»Ach ja«, fügte Alexios hinzu, und seine Miene wurde säuerlich, »vorhin gab es noch einen kleinen Zwischenfall –

eines der Opfer hat seine Fesseln durchschnitten und versucht wegzulaufen, dummes Mädchen. Aber sie ist nicht weit gekommen, sie lief uns direkt in die Arme. Sie wird mit den anderen gehängt.«

Irgendeine seltsame Saite in Mathias' Innerem schwang förmlich vor Enttäuschung. Er hob den Kopf und schaute noch einmal die Reihe entlang. Welches Mädchen war wohl selbstsüchtig – und mutig – genug gewesen, diesen Versuch zu wagen? Doch schon sprang die Wache, die die Schlingen angebracht hatte, vom Gerüst herunter in den Sand, und es war Zeit. Das Mädchen, das den törichten Versuch unternommen hatte, welche von ihnen es auch sein mochte, war dazu verdammt, an der Seite der anderen zu sterben.

Mathias räusperte sich und begann mit seiner Rede. »Gesegnete Zwölf. Ich danke euch in Ithakas Namen für euer Opfer.« Mehrere Mädchen weinten bereits. Ihre verängstigten Augen glänzten, und ihre Lippen zitterten. Mathias schluckte. *Es ist notwendig,* sagte er sich nachdrücklich. Und die Alternative war weitaus schlimmer.

»In Zeus' Namen ehre ich euch. In Hades' Namen erbitte ich für euch ein sanftes Willkommen in seinem Reich.«

Irgendjemand lachte höhnisch.

Mit dem Schluchzen hatte er gerechnet – es geschah jedes Jahr und entsetzte ihn jedes Mal aufs Neue –, aber das war neu. Er musterte die Mädchen und hielt in ihren Gesichtern Ausschau nach Geringschätzung, nach Verachtung, fand jedoch nichts als Furcht.

Er öffnete gerade den Mund, um fortzufahren, als sein Blick auf das letzte Mädchen in der Reihe fiel. Halb verborgen hinter ihrer Nachbarin, sodass er sie bisher nicht deutlich hatte sehen können, stand sie mit durchgedrücktem Rücken da, das Kinn hocherhoben, und funkelte ihn mit einem Ausdruck solchen Abscheus und Hasses an, dass er für einen Moment jedes Wort der Ansprache, die er seit seinem fünfzehnten Lebensjahr hatte aufsagen müssen, vergaß und nichts anderes tun konnte, als ihren Blick zu erwidern.

Ihr Gesicht war ausgezehrt und bleich, der harte Winter hatte ihre Wangen gezeichnet. Das zeremonielle Gewand hing von ihren Schultern herab, und ihre blassen, mit Blutergüssen übersäten Arme waren hinter ihrem Rücken gefesselt. Ein Auge war halb zugeschwollen, ihr Haar ein krauses, staubiges Durcheinander, und irgendjemand hatte ihr einen Knebel zwischen die Zähne gezwängt. Trotzdem war das Auge, das zur Gänze geöffnet war, klarsichtig und erfüllt von trotzigem Stolz.

Hat seine Fesseln durchschnitten und versucht wegzulaufen, dummes Mädchen … sie wird mit den anderen gehängt.

Das hier war also das Mädchen, das zu flüchten versucht hatte.

»Euer Gnaden«, zischte Alexios. »Der Segen.«

Mathias konnte den Blick nicht von dem Mädchen abwenden, von dieser grimmigen Entschlossenheit in ihren Augen. Es war der gleiche Blick, den Selene ihm in jener schicksalhaften Nacht zugeworfen hatte, das letzte Mal, dass er in das Gesicht seiner Schwester aufgeschaut hatte. Wäre sie noch am Leben, würde sie an Mathias' Stelle hier stehen, und er wäre sicher und geborgen im Palast. Ein törichter jüngerer Bruder, nicht der zukünftige König. Ein Bruder, der nichts wusste. Der gänzlich unbekümmert war.

Er räusperte sich und zwang sich weiterzusprechen. »Und in Poseidons Namen, im Namen des großen Herrn der Meere, des Zähmers der Pferde und des Erschütterers der Erde, verurteile ich, Prinz Mathias von Ithaka, euch zum Tode, damit eure Brüder leben und gedeihen können.«

Das Gesicht des Mädchens zuckte. Diese eine winzige, verletzliche Bewegung sandte einen scharfen Stich der Schuld durch Mathias' Brust. Ein Mädchen wie dieses – stolz, zornig, voller Angst – hatte es nicht verdient, auf diese Weise zu sterben. Ehrlos wie ein Tier.

Erneut stiegen Schuldgefühle in ihm auf, stärker denn je. Seine Mutter hätte ihn verspottet, wenn sie gesehen hätte, wie er schwankte: Von einem jämmerlichen, gebrochenen Mädchen mit Feuer in den Augen und einem stolz durchgedrückten Rücken zu Schwäche gerührt. Sie hatte es nicht verdient, natürlich nicht. Auch keine der elf anderen Mädchen neben ihr verdienten den Tod. Aber Ithaka würde ertrinken, wenn man sie am Leben ließ, und die Wahl zwischen ihnen und allen anderen Seelen auf dieser elenden Insel war überhaupt keine Wahl.

3

MIT WORTEN ODER MIT TATEN

Leto

Leto funkelte den Prinzen an, bleckte die Zähne, so gut sie das mit dem Knebel in ihrem Mund vermochte, und betete inständig, dass er nicht durch ihren Zorn hindurch den Schmerz und die Schwäche sehen konnte, die darunter lagen. Der lange Fußweg war nicht gerade ein Spaziergang für ihr verletztes Bein gewesen, doch die Wachen hatten sich wenig um ihr Wohlergehen geschert – und warum sollten sie auch? In einer Stunde würde sie tot sein.

In dem Augenblick waren die Tränen gekommen, heiß und schnell. Leto hatte sie wütend an ihren Schultern abgewischt und war über losen Kies und abgebrochene Zweige weitergehumpelt. Alle paar Schritte hatte sie stehen bleiben müssen, um ihre Knöchel kreisen zu lassen und leise Schmerzenslaute zu unterdrücken, bis sie endlich, nach gefühlten Stunden, an ihrem Ziel angekommen waren.

Jetzt tat sie ihr Bestes, ihr verletztes Bein möglichst wenig zu belasten, während sie hier oben auf dem Galgengerüst stand. Der Galgen musste neu gebaut worden sein, denn das Holz war rau und der Saum ihres Gewandes blieb daran hängen, als sie bebend im feuchten Wind dastand. Der Geruch von Kiefern war zuerst tröstlich gewesen; nun war er erstickend, Übelkeit erregend.

Das Podest schwankte unter ihren Füßen – es wurde von dicken Seilen gehalten, die über einen hohen Querbalken geworfen und dann fest um Pfähle geknotet waren, welche man vorher tief in den Sand getrieben hatte. Sobald diese Seile durchtrennt waren, würde das Podest fallen, und sie mit ihm, und das Seil um ihren Hals würde sie zurück nach oben reißen. Vielleicht würde es ihr das Genick brechen.

Der Prinz räusperte sich erneut. Seine warme, sonnengebräunte Haut war nass von Schweiß, der ihm die Locken an die Stirn klebte und ihn in der Sonne wie Bronze glänzen ließ. Sein Blick huschte immer wieder zu Letos Gesicht.

Für einen jämmerlichen Feigling, der sein Volk in den Betten verhungern ließ, war er schändlich schön, wie ein Porträt mit harten Linien und glatter Haut, mit Augen, Brauen und Lippen in anbetungswürdigen Bögen aus Zeichenkohle. Seine Stimme war, als er sprach, trotz des Zitterns weich und melodisch. »Wenn ihr aus diesem Leben scheidet, so möge euer Körper sein wie die Wellen, mögen eure Knochen sein wie der Sand, mögen eure Seelen frei fliegen wie die Möwen und über uns wachen. O großer Poseidon, nimm dieses Opfer an.«

Beim letzten Wort brach seine Stimme. Dann sagte er: »Es tut mir so leid.« Ein gedämpftes Raunen der Wachen verriet Leto, dass dies nicht zur vorbereiteten Rede gehörte. »Wenn ich irgendetwas tun könnte …« Er brach ab. Seine Augen, immer noch auf Leto gerichtet, waren groß und flehend.

Sie hätte ihm beinahe vergeben können. Doch im letzten Moment, als er das Kinn mit einem widerstrebenden Nicken senkte und seine Wache das Schwert hob und es in einem glitzernden Bogen auf die Seile herabsausen ließ, die die Bretter unter ihr hielten, schaute der Prinz weg.

Feigling.

Das Podest unter Letos Füßen gab nach, und sie schwebte für einen schwindelerregenden, furchtbaren Augenblick in der Luft.

Dann fiel Leto, und das Seil fing sie auf.

Sie hatte mit Schmerzen gerechnet, aber dieser Schmerz war viel schlimmer, als sie es sich je hätte vorstellen können: Er kam augenblicklich und ließ sich mit nichts vergleichen. Er erfasste sie mit einem Gefühl, das zwischen Druck, Reißen und einem merkwürdigen Brennen lag. Hätte der Knoten um ihre Kehle ihr nicht den Atem geraubt, wäre er ihr mit einem schrillen Aufschrei des Schocks und der Pein entrissen worden.

Obwohl sie sich geschworen hatte, sich nicht dagegen zu wehren, spürte sie – mehr als dass sie es willentlich herbeiführte –, wie ihre Beine krampften und strampelten. Ihre Füße tanzten in einem verzweifelten Takt durch die Luft, und selbst als weiße Punkte an den Rändern ihres Gesichtsfeldes zu leuchten begannen, versuchte sie immer noch verzweifelt, durch den Klumpen Stoff zwischen ihren Zähnen zu rufen. Wem dieser Ruf galt, wusste sie selbst nicht. Vielleicht ihrer Mutter, die längst tot war. Oder ihrem Vater.

Sie versuchte zu keuchen, doch es ging nicht – der eiserne Griff um ihre Kehle ließ nicht nach. Mit jedem Augenblick zog sich das Seil fester zu, und der Schmerz wurde heftiger.

Leto merkte, wie ihr das Bewusstsein wie ein feiner Faden durch die Finger glitt, und gestattete sich, es willkommen zu heißen. Der Schmerz ließ nach, ihre Beine kamen zur Ruhe.

Das Letzte, was Leto spürte, bevor die Wellen sich erhoben, um sie zu verschlingen, war das merkwürdige Gefühl, beobachtet zu werden. Nicht vom Land aus – vom Prinzen und seinen Wachen –, sondern vom Wasser aus. Dann erreichte der Schmerz noch einmal seinen blendenden, alles vernichtenden Höhepunkt und – riss ab.

Oh, dachte sie, *es ist vorbei*. Sie starb. Blumen hingen noch in ihrem Haar und ein schwaches Lächeln lag auf ihren Lippen. Ihr Körper erschlaffte wie ein gefangener Vogel.

An den Gestaden Ithakas plätscherten sanft Wellen gegen die glatten Steine. In der Ferne schrie eine Möwe, und eine andere in der Nähe antwortete. Die Blätter der Bäume bewegten sich in der Brise, und die Luft hing in einem von Salzgeruch durchdrungenen Dunst über dem Land, als eine Prozession von Soldaten die toten Mädchen aus ihren Schlingen befreite und sie dann in den zurückweichenden Fluten zur Ruhe bettete. Die Körper trieben noch eine Weile im Wasser, bevor sie vom Gewicht ihrer Gewänder in die Tiefe gezogen wurden.

Als die Strömung Leto von Ithaka hinfort zog, jener kleinen Insel, die hinter sich zu lassen, sie ihr ganzes Leben lang gehofft hatte, sank sie still unter die Wasseroberfläche, ihre Augen geschlossen, ihr Hals durch das Seil und die Schuppen darunter deutlich gezeichnet.

Und irgendwo in der Tiefe regte sich etwas – jemand.

4

HART UND BELEIDIGEND REDET ER SELBST …

Mathias

Das Zimmer, das im Palast am höchsten lag, war das von Selene, und dort versteckte sich Mathias, kaum dass die Hinrichtungen vorüber waren und man die Mädchen ins Wasser entlassen hatte, damit die Strömung sie forttrug.

Die Möbel des Raums waren unberührt geblieben, standen noch genau so da wie am Tag ihres Todes. Ihre Mägde hatten neue Aufgaben in den Küchen oder Ställen zugewiesen bekommen, oder man hatte sie ganz aus dem Palast entfernt, aber Mathias hatte dafür gesorgt, dass eine von ihnen blieb, um die Böden zu fegen, Selenes Kleider auszubürsten und die Löcher zu flicken, die die Motten darin hinterließen. Es war eine unnötige, unmäßige Ausgabe. Irgendwann würden sich die Gewänder nicht mehr stopfen lassen, aber vorläufig lagen sie ordentlich in Selenes Kleidertruhe, in ihren strahlenden Blau- und Goldtönen und ihrem schimmernden Weiß, und vermoderten langsam.

Mathias setzte sich auf den Stuhl am Fenster und blickte hinaus über die Hügel. Hier, in Selenes stillen, unbewohnten Gemächern, war der einzige Ort, an dem er je wirklich allein sein konnte.

Dabei hätte er in diesem Moment eigentlich seiner Mutter Bericht über die Hinrichtungen erstatten sollen – als würde sich im Laufe der Jahre auch nur das Geringste daran ändern. Aber die Königin war irgendwohin verschwunden und gluckte mit ihren Hofdamen zusammen, was Mathias nur recht war. Es gab kaum etwas, das er weniger gern tun wollte, als sich an die Gesichter zu erinnern, die er soeben verurteilt hatte, die Gesichter der Mädchen, deren leibliche Hülle jetzt an das Meer und an den Gott, der darüber herrschte, verloren war. Trotzdem ließen ihn die Augen des zwölften Mädchens – blutunterlaufen, umrahmt von Blutergüssen und so voller Zorn – nicht los. Er hatte ihren Tod befohlen und kannte nicht einmal ihren Namen.

Es würde ihm nichts nützen, darüber nachzugrübeln, das hatte er inzwischen gelernt. Er richtete seine Aufmerksamkeit wieder auf die Hügel und die Ortschaften und das weite Meer dahinter.

Die Schiffe kehrten just mit großem Jubel an die Anlegestellen zurück, beladen mit Netzen voller zappelnder Fische. Die kleine Abordnung, die Mathias in den Hafen entsandt hatte, war strahlend zurückgekehrt, und hatte von Kindern berichtet, die sich lachend an ihre Mütter klammerten. Das Getreide würde trotzdem dort, wo das Meer vor all den Jahren die Felder verwüstet hatte, nicht wachsen, und die Ziegen entfernten sich mit jedem Tag weiter von ihren Herden, um etwas – irgendetwas – zu fressen zu finden. Aber zum ersten Mal hatte Ithaka wieder Hoffnung. Die Hoffnung, dass die Opfer einen Sinn hatten; dass dieser plötzliche Reichtum an Lippfischen, Brassen und Barschen bedeutete, sie konnten immer noch Poseidons Gunst erringen, der Gott des Meeres hatte sie nicht vergessen. Auf die Fische war ein viel zu großer Anteil der kärglichen Staatskasse aufgewendet worden, und die Bestechung der Seeleute – damit sie behaupteten, die Fische selbst gefangen und nicht etwa von fremdländischen Fischern aus den fruchtbaren Meeren nördlich von Ithaka und Kefalonia gekauft zu haben – hatte fast noch einmal so viel gekostet.

Es war eine heikle Angelegenheit, eine riskante Täuschung, aber sie hatte sich gelohnt.

Fürs Erste.

Die Opfer würden ihn noch wochenlang in seinen Träumen verfolgen, doch zumindest würde er nicht zusehen müssen, wie auch sein Volk ohne Hoffnung weiterkämpfte.

Er nahm einen großen Schluck Wein aus dem Kelch in seinen Händen, dann stellte er ihn neben sich auf den Boden. Der Kelch war aus reinem Silber gegossen, eine weitere lächerliche, maßlose Ausgabe, aber was würden Ithakas vornehme Besucher sagen, wenn man ihnen Wein aus Zinnbechern und Brot von zerkratzten Holztellern vorsetzte?

Die fast leere Schatzkammer bot Anlass zu ständiger Sorge. Es war ein kleiner Trost gewesen, als ein Bote aus Athen verkündet hatte, dass Mathias' Verlobte, Prinzessin Adrasteia, sich anschickte, ihr Königreich zu verlassen und noch in diesem Jahr auf Ithaka eintreffen würde. Die Verbindung war von seinem Vater arrangiert worden, als sie noch Kinder gewesen waren – tatsächlich hatte Mathias sie nie kennengelernt –, und seine Mutter hatte ihn in den Monaten nach dem Tod seines Vaters gedrängt, das Verlöbnis still und leise aufzulösen. Er solle ein nettes Mädchen aus dem Ort heiraten, hatte sie gesagt, vielleicht eine der Edelfrauen an ihrem Hof. Mathias wusste genau, wen sie im Sinn hatte. Aber ihm waren Gerüchte über die Mitgift zu Ohren gekommen, die Adrasteia mitbrachte. Wenn sie zutrafen, würde er mehr als genug Gold haben, um sein Volk ein Jahr lang zu ernähren.

Und Götter, wenn er ihnen das nicht schuldig war.

Mathias tastete erneut nach dem Kelch und fluchte dann laut, als er ihn umstieß und der Lärm im ganzen Raum widerhallte. Wein ergoss sich über die Marmorplatten. Er sprang auf und hielt hektisch Ausschau nach einer Lösung des Problems. Als er nichts Passendes fand, ging er zu der schweren Holztruhe, von der er wusste, dass sie noch immer Selenes Laken enthielt. Einmal hatte er den ganzen Stapel für den Bau einer Festung stibitzt. Als Selene ihn aufgespürt hatte – tropfnass von einem Bad und eingehüllt in einen unbeholfen gebundenen Chiton –, hatte sie ihn so laut angeschrien, dass sogar ihr Vater herbeigelaufen gekommen war.

Er klappte die Truhe auf und zog einen Überwurf aus Ziegenwolle heraus. Irgendetwas hatte sich in dem losen Gewebe verfangen und fiel mit einem dumpfen Aufprall zu Boden. Er beachtete den kleinen Zwischenfall nicht weiter, sondern kehrte zu der Lache aus vergossenem Wein zurück und tupfte ihn auf, so gut er konnte.

Der Wein war zwischen die Bodenplatten gelaufen, und die Decke in seinen Händen vermochte es nicht ganz, alles davon aufzusaugen. Als die Wolle schon ganz durchtränkt von roter Flüssigkeit war, gab er es auf. Er würde später die Magd hinaufschicken. Er massierte sich die Schläfen. Einen schönen König würde er abgeben, wenn er nicht einmal eine Lache aus vergossenem Wein aufwischen konnte.

Mutlos kehrte er zu der Truhe zurück, denn ihm war verspätet wieder eingefallen, dass sich unter dem Überwurf etwas versteckt hatte, das auf dem Boden gelandet war, wo es immer noch lag: Es war ein Papyrusbündel, die Blätter an den Rändern ausgefranst und von einem weißen Band zusammengehalten.

Selene hatte genau solche Bänder im Haar getragen. Auch an dem Tag, an dem sie starb, an dem Tag, an dem sie in diesem Raum gestanden hatte und …

Mathias riss den Packen an sich. Es hatte keinen Sinn, an jenen Tag zu denken, sich daran zu erinnern, wie der Wind Selenes Röcke hochgepeitscht und ihre obsidianfarbenen Locken aus ihren Zöpfen gerissen hatte. Er hatte diese Erinnerungen oft genug beweint, hatte hundertfach lernen müssen, dass die Götter sein verzweifeltes Flehen nicht hörten. Oder wenn sie es taten, scherte es sie nicht genug, um ihm eine Antwort zuteilwerden zu lassen. Er marschierte zurück zu seinem Posten am Fenster und schlug das erste Blatt um.

Ihm wurde schnell klar, dass es sich um ein Tagebuch handelte.

Die Einträge waren in Selenes sorgfältiger, verschnörkelter Schrift verfasst, die Ränder mit Blumenzeichnungen gefüllt. An der Oberkante waren die Jahreszeiten vermerkt. Als er den ersten Eintrag betrachtete, spürte er einen Übelkeit erregenden Stich im Herzen, und seine Sicht verschwamm auf beunruhigende Weise. Seine Hände zitterten, als er sich wieder auf seinen Stuhl fallen ließ und dabei erneut den Kelch umstieß.

Die letzten Tage des Winters vor vier Jahren. Das Jahr, in dem Selene gestorben war.

Der Frühling naht, lautete der Eintrag, *und Ithaka wird ihn mit Freuden empfangen. In letzter Zeit gab es zu viele beunruhigende Berichte: von Kindern, die zitternd in den Armen ihrer Eltern liegen, von Tieren, die draußen auf den Hügeln verhungern. Die Altäre sind verwaist; Ithaka füllt seinen Bauch vor dem der Götter. Wenn die Göttin Demeter wohlgesonnen ist und zufrieden über die Rückkehr ihrer Tochter, wird sie uns eine dringend benötigte Atempause von diesem Leid bringen.*

Aber natürlich erhebt sich, wenn eine Hürde für unseren Wohlstand fällt, eine andere, noch größere.

So oft ich Vater auch anflehe, er weigert sich, nach einem Weg zu suchen, um diesen schändlichen Fluch zu brechen. Er will kein neues Orakel nach Ithaka holen. Er lässt mich kaum in seine wohlgehütete Bibliothek, obwohl er durchaus glücklich darüber zu sein scheint, Mathias dort zu empfangen.

Blinzelnd betrachtete Mathias den Bogen Papier. Sein Name war ein wütender Tintenstrich; er konnte Selene ihn fast laut aussprechen hören. Sie hatte ihm, wie er immer gewusst hatte, verübelt, dass er, das jüngere Kind, nicht den gleichen Erwartungen gerecht werden musste, nicht dem gleichen Druck ausgesetzt war wie sie, aber in den zornigen Linien der Worte hier verbarg sich noch etwas anderes.

Männer, hieß es weiter, *ich kann nicht umhin, mich zu fragen, ob es sie auch so wenig kümmern würde, wenn der Fluch auch die Söhne Ithakas fordern würde und nicht nur die Töchter. Aber das ist jetzt nicht wichtig. Ich werde dafür sorgen, dass dieses unselige Kapitel unserer Geschichte endet, ob sie mir nun helfen oder nicht.*

Ich schwöre es.

Auf den folgenden Seiten hatte sie sich Notizen gemacht, Namen vermerkt und Landkarten gekritzelt und mit zornigen Kreuzen versehen. Auszüge von Versen – Prophezeiungen? – waren mit Anmerkungen versehen und unterstrichen worden. Auf einer Seite stand nur: *Zwölf mit Gewalt? Nicht die gezeichneten Mädchen – wer?* Mathias ließ den Packen auf seinen Schoß fallen.

Selene hatte den Fluch brechen wollen. Das an sich überraschte ihn nicht. Aber sie hatte gedacht, dass er nicht auch das Gleiche wollte. Er ballte seine Hände zu Fäusten.

Ein Rascheln von zerknittertem Papier war zu hören, und Mathias blickte nach unten. Ein Stückchen Papyrus hatte sich in seinem Ärmel verfangen, und als er sich bewegte, zitterte das Blatt und drohte, sich zu lösen. Er zupfte es ab und warf einen müden Blick darauf. Auch dieses war bedeckt mit Selenes Handschrift – unordentlicher als die im Tagebuch; das Gekritzel hatte etwas Drängendes.

Mathias, hieß es in der ersten Zeile, *ich werde sterben.*

O ihr Götter. Ein Brief. Ein Brief an ihn von Selene. Von Selene, die gewusst hatte, welches Schicksal sie erwartete, die gewusst hatte, dass sie diese verfluchte Tagundnachtgleiche nicht überleben würde.

Er ertrug es nicht, die Zeilen zu lesen; am liebsten hätte er das Blatt von sich geworfen und so getan, als hätte er es nie entdeckt, aber sein Körper wollte das nicht zulassen. Seine Finger umklammerten weiter das Stück Papier, dessen Ränder er schon zerknüllte, und er stellte fest, dass seine Augen nicht anders konnten, als jede Zeile hastig zu verfolgen.

Mathias. Ich werde sterben.

Unsere Mutter will nichts davon hören, genauso wenig wie unser Vater, aber wir alle wissen, welches Schicksal mich erwartet. Ich habe die Aufzeichnungen aus den vergangenen Jahrhunderten gelesen, von den wenigen Malen, da die gezeichneten Mädchen nicht in den Tod geschickt wurden. Das Meer hat sie geholt, Mathias, und es wird auch mich holen.

Wenn dies der Weg ist, den die Götter für mich bestimmt haben, dann soll es so sein; ich werde meinem Ende entgegengehen, und ich werde tapfer sein.

Ich wünschte, ich könnte sagen, ich hätte ein erfülltes Leben gehabt, ich sei zufrieden mit meinem Schicksal, aber die Wahrheit ist, ich bin es nicht. Ich habe sehr viele Dinge unvollendet gelassen, und ich kann nur beten, dass du, kleiner Bruder, sie vollenden wirst, wenn ich fort bin.

Dieser Fluch muss *gebrochen werden. Es muss sein. Ich bin mir sicher, dass es möglich ist – ich glaube nicht, dass die Götter fähig sind, solche Grausamkeit walten zu lassen, ohne irgendein Geheimnis, mit dem es sich beenden lässt. So unbarmherzig sind sie nicht. Die Lösung ist hier, ich weiß es. Ich habe noch …*

An dieser Stelle endete der Brief mit einem grimmigen Tintenstrich, der das Papier zweiteilte. Selene war unterbrochen worden, bevor sie den Brief vollenden konnte, so viel war klar. In der unteren Ecke entdeckte Mathias einen rostfarbenen Fleck, den er nicht näher untersuchen wollte.

Er richtete den Blick wieder auf den Ozean, diese trügerische Weite, die Ithaka ernährte und im selben Atemzug vernichtete. Irgendwo dort draußen, von der Strömung mitgerissen, waren die toten Mädchen, die ihre Hoffnungen und Träume und Ängste an das Meer verloren hatten.

Es würden die letzten zwölf sein.

Er hatte es in dem Jahr geschworen, in dem Selene starb, so wie im Jahr danach und auch im Jahr danach. Aber – und er schämte sich, es sich auch nur selbst einzugestehen – er hatte nie viel *getan*. Das würde sich nun ändern. Es musste sein, denn Selene hatte ihm diese Aufgabe gestellt, und er durfte sie nicht enttäuschen. Nicht noch einmal. Vorsichtig legte er den Brief beiseite, hob die restlichen Blätter vor sein Gesicht und untersuchte Selenes Notizen gründlich.

Die letzten Zeilen ihres Briefes brannten sich ihm ins Gedächtnis. *Die Lösung ist hier, ich weiß es. Ich habe noch …*

Die Landkarten waren verblasst, Selenes Handschrift fast unleserlich, aber eines war klar: Irgendwo in den Schriftrollen, die die Bibliothek füllten oder die in dem schwindelerregenden Labyrinth von Weinkellern und Gruften unter dem Palast verborgen waren, befand sich die Antwort, nach der Selene gesucht hatte.

Und Mathias würde sie finden.

5

DEINE WEISSEN GEBEINE

Melantho

Im Wasser waren zwölf Leichen.

Am Ende fanden sie stets ihren Weg zur Insel Pandou, obwohl das Meer, das sich meilenweit um die Insel herum ausdehnte, immer ruhig und still war. Melantho wäre töricht gewesen, wenn sie geglaubt hätte, es wäre die natürliche Strömung, die sie hergebracht hatte; sie war lange genug dort, um zu wissen, dass nichts seinen Weg nach Pandou fand, es sei denn, es sollte so sein.

Sie hatten monatelang im Wasser getrieben, aber jetzt gehörten sie ihr. Sie gehörten ihr, und es war ihre Aufgabe, sie ans Ufer zu ziehen und zu segnen, sie zu begraben und zu beweinen, bis der letzte Rest des Sommers vom Himmel getilgt worden war.

Sie watete voll bekleidet ins seichte Wasser und schauderte, als es ihre Röcke durchnässte und die ersten Beben der Verwandlung ihren Weg von ihren Knöcheln nach oben fanden. Als sie das erste Mädchen erreichte – ein kleines Ding mit feinem, von ihren erschlafften Gesichtszügen zurückgebundenem Haar –, war Melanthos Blick schärfer, und das Kreischen der Möwen deutlicher zu hören.

Das Wasser wirbelte um ihre Schenkel und zog sie weiter hinaus, eine ständige Erinnerung daran, dass sie Poseidons Geschöpf war, dass sie hierher gehörte.

Sie brauchte nicht auf ihr Spiegelbild im Wasser zu schauen, um zu wissen, dass ihre olivfarbene Haut zu einem grünlichen Grau verblasst war und dass smaragdfarbene Schuppen auf ihren Beinen, ihren Hüften, ihren Schultern und ihren Schlüsselbeinen erschienen waren. Das Blond ihres Haars würde inzwischen obsidianfarben sein, und das Glitzern ihrer Augen in einem See aus Tinte, ohne auch nur einen Hauch von Weiß, verschwunden sein.

Ein Ungeheuer.

Melantho schluckte und streckte die Hand nach dem toten Mädchen aus.

Die Augenbinde, die sie ihr umgebunden hatten, nachdem sie sie gehängt hatten, war ihr unter das Kinn gerutscht. Ihre Augen waren groß und blicklos, ihr Mund offen, ihre Lippen blau. Zwölf Jahre alt vielleicht.

Melantho schloss ihr vorsichtig die Augen und machte sich daran, sie ans Ufer zu ziehen.

Die Erste im Jahr war immer am schlimmsten. Nachdem Melantho das Mädchen in den Sand gelegt, ihr die Algen aus dem Haar gekämmt und das Wasser aus ihrem durchweichten Gewand gewrungen hatte, schluckte sie ihre Trauer hinunter und kehrte ins Meer zurück. Die Zweite war schon leichter. Die Dritte noch mehr.

Trotzdem war ihre Kehle, als sie elf Mädchen am Strand nebeneinander aufgereiht, ihnen das Haar gekämmt und ihre Gewänder getrocknet hatte, vom Schluchzen rau, und ihre Sicht verschwommen. Jedes dieser Mädchen hatte einst ein eigenes Leben gehabt, eine Familie, Erinnerungen, Sorgen und Hoffnungen. Jetzt besaßen sie nur noch Halsketten aus Schuppen, abgegriffene Münzen an Lederschnüren und die gezackten Wundmale des Seils.

Sie trat zum letzten Mal ins Wasser und öffnete die Arme, als die Wellen das zwölfte Mädchen zu ihr trugen. Schon bald würden sie alle begraben sein, mit Honig und Wein und den

Münzen, die auf ihren Oberkörpern ruhten. Schon bald würden sie unter der Erde Pandous liegen, unbehelligt zusammen mit tausend anderen. Sie würden die Blumen, die auf dem Friedhof blühten, und die große Feige, die ihren Schatten über sie warf, nähren. Schon bald würde Melantho wieder allein sein und …

Melantho erstarrte, ihre Hand in Richtung des Gesichts des zwölften Mädchens ausgestreckt.

Ihre Augen waren bereits geschlossen, und sie war wunderschön, aber das war es nicht, was Melanthos Herz so wild in ihrer Brust pochen ließ.

Diese hier war nicht wie die anderen; sie unterschied sich auf eine Weise von ihnen, die ihr grauenvoll vertraut war. Ihre Blässe passte nicht ganz zu einem toten Mädchen; ihre Wangen waren gerötet, ihre Lippen rosig. Aber das war noch nicht das Schlimmste. Langsam breitete sich ein anderer Farbton auf ihrer Haut aus und verwandelte die Sommersprossen, die Sonnenbräune und die Blutergüsse in ein makelloses Grau. Dann tauchten die ersten Schuppen auf.

Melantho fuhr zurück.

Nein. Nicht jetzt.

Wie lang war das letzte Mal her? Siebzig Jahre vielleicht oder mehr – es war nicht einfach, nach drei Jahrhunderten noch den Überblick zu behalten. Doch wie viele Jahre auch seit Thalia, diesem boshaften, törichten Mädchen, an ihr vorbeigezogen waren, spielte keine Rolle. Es hätte ein Jahrhundert sein können, und Melantho wäre trotzdem noch immer nicht für das hier bereit gewesen.

Thalia war das elfte gehängte Mädchen gewesen, das sich verändert hatte, das Poseidon geopfert und unversehrt aus dem Meer um Pandou herum wieder ausgespien worden war. Da hatte Melantho also noch Zeit gehabt. Aber das machte dieses Mädchen, dessen Gesicht nun die Farbe der Felsen, die die Küste säumten und deren Wangen mit Schuppen wie Moosbüschel bedeckt waren, zur zwölften. Der Letzten. Und damit war ihre Zeit abgelaufen.

Das Wasser fühlte ihre Qual. Wo Melanthos Hände darauf trafen, brachen kleine Wellen und warfen das tote Mädchen hin und her. Ihr Haar, das ihr Gesicht umspielte, war von einem satten Braun gewesen, als Melantho sie zuerst gesehen hatte, aber jetzt glänzte es schwarz wie das Meer in einer mondlosen Nacht.

Es geschah, ob Melantho es nun wollte oder nicht. Sie holte tief Luft und zwang sich zur Ruhe. Das Wasser um sie herum beruhigte sich, als hielte es mit ihr zusammen den Atem an.

Das Mädchen öffnete die Augen.

Für einen Moment starrte sie mit leerem Blick in den Himmel. Und dann schrie sie.

Ihre Augen waren riesig und rund und unverwandt auf Melantho gerichtet, während ein schreckliches Würgen aus ihrer Kehle drang und den stillen Himmel zerriss. Ein Herzschlag verstrich, bevor das Mädchen zu erkennen schien, wo sie sich befand – auf dem Rücken liegend im seichten Wasser. Ein weiterer Herzschlag, und sie ruderte rückwärts, um so viel Abstand zwischen sie beide zu bringen wie nur möglich.

Wenn das ihre Reaktion auf ihren Anblick war, freute Melantho sich nicht auf das Geschrei, wenn das Mädchen erst sich selbst erblickte.

Die Verwandlung war natürlich schon vollendet. Die Haut des Mädchens war nun grau und grün, nicht menschlich, ihre Augen schwarze Pfützen, ihr Haar ein Sturzbach von der gleichen Farbe.

Melantho wartete, bis das Kreischen verebbte und das Mädchen endlich begann, abwechselnd gierig Luft in ihre Lungen zu saugen und rau und schmerzhaft trocken auszuatmen. Sie hielt ihre Stimme leise und gelassen. Es war dieselbe Stimme, die sie bei den gefangenen Kaninchen einsetzte, bevor sie sie tötete.

»Geht es dir gut?«

Das Mädchen riss das Kinn hoch. »Ob es mir gut geht?«, stieß sie hervor. Sie wirkte entsetzt. Wahrscheinlich hatte sie nicht erwartet, dass Melantho sprechen konnte.

Melantho zuckte mit bewusster Beiläufigkeit die Schultern. Sie hatte das hier schon oft genug gemacht, um zu wissen, dass die Mädchen in all ihrer Verwirrung und Hilflosigkeit Erklärungen von ihr erwarteten. Wenn sie ruhig blieb, entspannten sie sich zumindest so weit, dass sie mit ihnen den Strand entlang zu den Höhlen gehen konnte, wo sie wohnte, um sie dort mit einer Aprikose auf einen Baumstamm zu setzen und sie zusehen zu lassen, wie Melantho Fladenteig ausrollte und die weichen Brote auf dem Feuer backte.

Wenn sie sich ihre Angst anmerken ließ – wie sie es zugegebenermaßen beim ersten Mal, beim zweiten Mal und möglicherweise auch beim dritten Mal getan hatte –, versetzte die daraus folgende Erregung des Mädchens die Wellen in Aufruhr.

Also lächelte Melantho das Mädchen an, das die Arme vor der Brust verschränkt hatte und sie so finster musterte, als hätte ihr Melantho selbst die Schlinge um den Hals gelegt. Was gar nicht so weit von der Wahrheit entfernt war.

»Dir muss kalt sein«, sagte sie in der Hoffnung, dass das Mädchen ihr falsches, beruhigendes Lächeln nicht durchschaute. Und dass sie nicht den Strand hinaufschaute, wo die elf in Baumwolle gewickelten Leichen lagen. »Komm an Land. Wir haben viel zu besprechen.«

Sie würde es diesmal richtig machen. Dieses Mädchen würde keinen noch so flüchtigen Blick auf all das erhaschen, was in Melanthos Brust verborgen lag. Melanthos Schuld, ihre Angst und ihr Kummer würden dort bleiben, bis dieses Mädchen von Pandou aufbrach und sich wie die letzten elf auf den Weg nach Ithaka machte, mit einem einzigen Ziel im Sinn.

Den Prinzen ins Meer zu holen. Und ihn vom Meer verschlingen zu lassen.

6

EIN TAUGENICHTS FÜHRET DEN ANDERN!

Leto

Leto erwachte jäh im grellen Sonnenlicht.

Sie fühlte sich schwerelos, als würde sie im Wasser treiben. Alle Gliedmaßen waren taub von einer seltsamen Kälte – einer Kälte, die sich nicht wie eine gewöhnliche anfühlte, sondern die unter ihrer Haut pulsierte und drohte, sie zu durchbrechen, sie in scharfkantige Terrakottascherben zersplittern zu lassen. Sie versuchte zu schlucken, aber ihre Kehle war rau und ausgedörrt.

Sie musste blinzeln, als ihre Augen sich langsam an das Licht gewöhnten und die Welt um sie herum klarere Konturen gewann, und als sie hinauf in den blauen Himmel schaute, sah sie dort Schwärme von Staren.

Und jemand stand über ihr. Jemand, der kein Mensch war.

Leto betrachtete die aschfarbene Haut, die klatschnassen, schwarzen Locken und die ausdruckslosen, schwarzen Augen, denen jedes Weiß fehlte, und schrie. Sie prustete und spuckte Wasser und schlug wild um sich, um so viel Abstand zwischen sich und diese … diese Kreatur wie nur möglich zu bringen.

Dann begann *sie* auch noch zu sprechen – denn es war ohne Zweifel ein weibliches Wesen mit sanften Kurven und einer hübschen schmalen Taille unter einem durchnässten Chiton in der Farbe eines Rosenblattes – und sah Leto mit großen, schwarzen Augen an.

Und Leto antwortete.

Wie dumm. Genau so wurden idiotische Sterbliche in die Knechtschaft der Götter getrieben. Leto machte ein finsteres Gesicht, verschränkte die Arme und streckte sich – ein, wie sie wusste, jämmerlicher Versuch, einschüchternd zu wirken.

Das Ungeheuer schien es gar nicht zu bemerken. »Dir muss kalt sein«, sagte sie. »Komm an Land. Wir haben viel zu besprechen.«

Viel zu besprechen? In Letos Kopf drehte sich alles. Auch ihr Hals schmerzte beharrlich mit dem dumpfen Pochen eines Blutergusses.

Unwillkürlich hob sie die Hände zu der Quelle des Schmerzes.

»Das würde ich nicht tun«, warnte sie die Mädchenkreatur. Aber es war zu spät.

In einem perfekten Kreis um ihre Kehle herum ertastete sie wunde, aufgerissene Haut, wie Schorf auf einer Wunde von einem abgerutschten Messer. Übelkeit stieg in ihr auf, während ihr Verstand von plötzlicher Klarheit überflutet wurde. Die Wunde stammte nicht von einem Messer – ein Seil hatte sie verursacht. Sie war gehängt worden.

Sie war *gestorben.*

Und jemand hatte es auf sich genommen, sie zu retten. Oder zumindest hatte man sie noch nicht in den Tartarus verbannt.

Wieder starrte sie die Mädchenkreatur an. Bestimmt stand sie im Fluss Styx und wartete darauf, zum Hades hinübergerudert zu werden, wo sie den Richtern der Unterwelt vorgeführt werden würde. Aber die Toten stiegen nicht in den Fluss, wieso also befand sie sich jetzt in Wasser? Sie lauschte angestrengt auf die Stimme eines geisterhaften Fährmanns oder das Bellen eines dreiköpfigen Hundes. Nichts.

Sie hatte sich immer vorgestellt, dass die Toten sich genau dort wiederfanden, wo sie sein sollten. Sie kannte die Rituale, im Alter von zwölf Jahren hatte sie dafür gesorgt, dass sie über dem Leichnam ihres Vaters vollzogen wurden. Das Gleiche hätte sie auch für ihre Mutter getan, die verschwunden war, als Leto kaum zehn Jahre zählte – wenn ihre Leiche je gefunden worden wäre.

Milch, Honig, Wasser, Wein. Gebete. Eine Münze.

Leto wusste, dass ihr selbst keine so sorgfältige Behandlung zuteil geworden war. Die Leichen der erhängten Mädchen überließ man Poseidon, vielleicht hatte es wenigstens ein paar Gebete gegeben.

Sie räusperte sich. Sie würde jetzt nicht weinen. »Bin ich tot?«, fragte sie tonlos.

»Nein«, antwortete das Mädchen. »Du bist nicht tot.«

»Warum nicht?« Eine törichte, kindische Frage. Aber es war das Einzige, was Leto einfiel. »Ich bin gehängt worden. Ich sollte tot sein.«

»Das warst du auch«, sagte das Mädchen. »Ich bitte dich noch einmal – komm mit mir an Land. Es gibt viel zu besprechen, und ich bin mir sicher, dass du dich an einem warmen, trockenen Ort und mit etwas zu trinken wohler fühlen wirst. Du kannst auch etwas essen, wenn es dir dafür gut genug geht.«

Etwas essen. Der Gedanken brachte Leto beinahe dazu, ihr zu vertrauen. Beinahe. Aber sie wusste aus Erfahrung, dass sie stets besser damit beraten war, misstrauisch zu sein, statt blind zu vertrauen. Sie hatte die Speisen, die sie auf dem Markt kaufte, immer genau untersucht und um den Preis gefeilscht. Vertrauen hielt einen nicht am Leben.

Sie schüttelte den Kopf. »Wenn ich nicht tot bin, dann sind wir nicht im Hades, nehme ich an. Also, wo sind wir?«

»Pandou«, antwortete das Mädchen.

»Pandou?« *Überall.* Ein seltsamer Name für einen seltsamen Ort. Wieder sah sie sich um, gründlicher diesmal. Zuerst war es ihr nicht aufgefallen, aber nun konnte sie in ihrer Umgebung eine Reihe von Besonderheiten ausmachen. Sie standen im Meer, einander gegenüber – sie schmeckte das Salz auf ihren Lippen –, aber die Wellen bewegten sich nicht auf die gleiche Weise, wie sie es an den Gestaden Ithakas taten. Stattdessen wirbelte das Wasser in ziellosen Kreisen um das Mädchen herum. Und die Vögel, die Stare, die sie gesehen hatte, als sie das erste Mal die Augen geöffnet hatte, kamen ihr auch unnatürlich vor. Sie flogen die gleiche Schleife am Himmel, immer und immer wieder, und der Wind peitschte durch ihre Rufe und trug sie fort. »Welcher Gott hat diesen Ort erschaffen?«

Die Augenbrauen des Mädchens zuckten in die Höhe. »Poseidon«, sagte sie, als hätte die Frage sie derart schockiert, dass sie vergaß zu lügen.

Poseidon. Dorthin kamen also die geopferten Mädchen: auf eine unmögliche Insel mitten im Meer.

Hoffnung flackerte in Leto auf, fragil wie eine Kerze im Wind.

Mutter.

Denn es war kein Fieber gewesen, das sie geholt hatte, und auch nicht der Hunger oder eine der anderen Übel, die das Volk Ithakas plagten. Sie war in der Nacht vor der Frühjahrs-Tagundnachtgleiche verschwunden, in dem Jahr, in dem Leto zehn Jahre alt geworden war, und sie war nie zurückgekehrt.

Ihr Vater hatte sich geweigert zu glauben, dass Poseidon sie erwählt hatte. Sie sei zu alt gewesen, hatte er getobt; dies sei das Werk der Königin, die sie hasste. Auch die anderen Dorfbewohner hatten ihm geglaubt und mit ihm zusammen in den Hügeln nach einer Spur ihres geliebten Orakels gesucht. Aber im Laufe der Zeit waren die Suchtrupps immer kleiner geworden, ihre Bemühungen seltener, bis nur noch Letos Vater übrig geblieben war, der des Nachts die Hügel durchstreifte, während seine Tochter zitternd im Haus blieb, eingeschlossen in ihrem Zimmer.

Aber er hatte seine Frau nicht finden können. Und als ihm klargeworden war, dass er sie niemals finden würde, hatte er einfach aufgegeben.

Hier könnte sie vielleicht endlich die Wahrheit erfahren.

Leto wurde bewusst, dass sie viel zu lange geschwiegen hatte, versunken in ihren eigenen Gedanken.

Das Mädchen runzelte die Stirn. »Komm an Land«, sagte sie noch einmal. »Ich weiß, das alles muss überwältigend sein. Zu sterben, zu leben, die Verwandlung …« Sie brach mit einem erschrockenen kleinen Aufkeuchen ab, und ihre Hand flog zu ihrem Mund.

»Die Verwandlung? Was …« Leto folgte dem Blick des Mädchens nach unten, zu der Stelle, wo Letos Zehen sich unter Wasser in den feuchten Sand bohrten.

»Ich habe mich falsch ausgedrückt. Ich meinte nicht …« Das Mädchen redete weiter, aber Leto hörte kaum ein Wort davon. Der aufgewirbelte Sand hatte sich wieder gelegt, und das Wasser war klar und kühl.

Letos Gewand war durch die Nässe fast durchsichtig, und darunter waren ihre Beine beinahe vollständig von glatten und glänzenden moosgrünen Schuppen bedeckt. Sie begannen gräulich gefärbt an ihren Zehen und erblühten in fantastischen Farben, während sie ihre Waden und ihre Oberschenkel hinaufkrochen. Die einzigen unbedeckten Hautstellen – zwischen ihren Zehen und in ihren Kniekehlen – waren von einem glatten, makellosen Grau.

Durch den feuchten, an ihr klebenden Stoff des Gewandes konnte sie sehen, wo die Schuppen bis unter ihren Bauchnabel reichten und an ihren Hüften aufhörten. Auch dort war die Haut unnatürlich grau. Leto streckte ihre zitternden Hände vor sich und drehte sie hin und her. Jeder Zentimeter ihrer Haut war von einem fleckigen Grün oder steingrau. An ihren Ellbogen sah sie weitere grüne Schuppen.

Sie war ein perfektes Spiegelbild des Mädchens vor ihr.

Ein Ungeheuer.

Ihre Kehle schnürte sich zu. Sie konnte nicht atmen; sie konnte nicht denken. Sie rang nach Luft, und ihre Beine zitterten und drohten, unter ihr nachzugeben. Das Wasser wirbelte um sie herum, als ob es ihre Qual spüren konnte.

Einen Moment später war das Mädchen an ihrer Seite, griff nach ihren Schultern und hielt sie fest. Sie zwang Leto stillzuhalten und stützte ihren Oberkörper, als sie atemlos in sich zusammensackte.

»Ich bin da«, sagte sie. »Ich halte dich.«

Leto hörte sie kaum. Sie stemmte sich gegen ihren Griff, und Tränen liefen ihr über die Wangen. Gleichzeitig knirschte sie mit den Zähnen, die sich in ihrem Mund plötzlich riesig und sperrig anfühlten.

»Um Zeus' willen.« Das Mädchen ließ einen von Letos Armen los. Einen Moment später schlug Leto blind um sich. Das Mädchen wich ihr mühelos aus und ohrfeigte sie.

Vor Schreck biss Leto sich auf die Unterlippe. Dem kupfrigen Geschmack von Blut folgte einen Moment später der Schmerz. Mit einem leisen Aufschrei kam sie wieder zur Besinnung und fasste sich mit der freien Hand ins Gesicht. Blut – wundersamerweise rotes Menschenblut – benetzte ihre Handfläche, während sie auf der Stelle schwankte.

Das Mädchen ließ nun auch ihren anderen Arm los, und Leto zog ihn schützend an ihre Brust.

»Tut mir leid.« Das Mädchen sah aus, als schäme sie sich. »Tut mir leid, das wollte ich nicht. Aber ich wusste nicht, was ich sonst tun soll. Ich wollte nicht, dass du in Panik gerätst.«

»Panik?« Letos Stimme war ein Kieksen. Ihre Augen brannten, und ihre Lippen zitterten, als sie die Worte hervorpresste. »Ich – was ist mit mir geschehen?«

»Komm an Land«, sagte das Mädchen zum inzwischen fünften Mal. »Bitte. Ich werde dir alles erklären.«

»Ich kann nicht.« Das war nicht einmal gelogen. Letos Beine

hatten aufgehört zu zittern, schienen sich jetzt aber überhaupt nicht mehr bewegen zu können. Tatsächlich spürte sie sie nicht einmal mehr, und ihr Gesichtsfeld verrutschte, eine gewaltige Woge von Blut strömte durch ihre Adern und …

Und dann stand sie am Strand, Wasser tropfte aus ihren Haaren, und das Mädchen war an ihrer Seite, während die Welle, die sie beide dorthin getragen hatte, sich wieder ins Meer zurückzog.

»Wie hast du …?« Leto brach ab. »Was für eine Art von Wesen bist du?«

Das Mädchen runzelte die Stirn. »Ich bin ein Mensch.«

Leto musterte sie langsam von Kopf bis Fuß und betrachtete noch einmal die schiefergraue Haut, die vereinzelten Fleckchen kleiner grüner Schuppen und die Augen. Die Augen waren am schlimmsten. Oder war es der Ring aus dunklen Schuppen um den Hals des Mädchens, ein Mal, das Leto überall erkannt hätte. Das Mal des Poseidon. Sie zwang sich zu sprechen. »Du bist anders als alle Menschen, die ich bisher gesehen habe.«

»Sieh genauer hin.« Das Mädchen hob abrupt die Hand, und Leto zuckte instinktiv zurück. Aber das Mädchen schlug sie nicht noch einmal. Stattdessen schloss sie die Augen und zeichnete mit der Hand in einer Abwärtsbewegung einen Bogen in die Luft.

Das Wasser, das sie eben noch durchnässt hatte, bewegte sich und strömte in einem feinen Nebel von ihrer Haut. Irgendwie kontrollierte das Mädchen diesen Vorgang. Wie konnte sie ein Mensch sein, mit einer solchen Kraft?

Leto wich vor dem Sprühnebel zurück und presste die Augen fest zusammen, bis er endlich so weit nachließ, dass sie sich wieder umdrehen und das Wesen vor sich anschauen konnte.

Aller Atem wich auf einen Schlag aus ihren Lungen.

Wo eben noch die monströse Kreatur in Grün, Grau und Schwarz gewesen war, stand jetzt ein Mädchen.

Ein wunderschönes Mädchen.

Sie trug einen lockeren, hellrosa Chiton, der oberhalb des Knies geschlitzt war und kräftige, muskulöse Oberschenkel und Knöchel enthüllte, die mit einer sich ständig verlagernden Schicht aus Schuppen bedeckt waren. Ihre Haut war von einem satten, mediterranen Braun und ihr geflochtenes Haar wie gesponnenes Gold. Poseidons Mal war von ihrer Kehle verschwunden und hatte nur eine schwache Narbe zurückgelassen. Leto suchte ihren Blick. Ihre Augen hatten die Farbe von Frühlingsgras.

Sie war schlicht und ergreifend eines der außergewöhnlichsten und hübschesten Mädchen, die Leto je gesehen hatte.

»Siehst du? Ein Mensch. Wie du.«

»Ich …«, murmelte Leto. Aber sie hörte kaum zu. Stattdessen wirbelten Fragmente einer Erinnerung durch ihren Kopf. Die Erinnerung an einen Traum. *In der Nacht, bevor die Wachen gekommen waren, um sie mitzunehmen, hatte sie von einem Mädchen mit goldenem Haar und Augen wie das Meer geträumt.*

Sie hatte von dem Mädchen geträumt, das jetzt vor ihr stand.

Leto ließ langsam ihren Atem entweichen. *Das* war es, was Apollo ihr gezeigt hatte. Sie war diejenige, die zu finden ihr bestimmt war.

»Ich kenne dich«, sagte sie. »Wer bist du?«

»Mein Name ist Melantho.« Das menschliche, aber auch wieder nicht menschliche Mädchen lächelte. Das machte sie doppelt so hübsch, wenn das überhaupt möglich war. »Ich nehme an, ich habe dich erwartet.«

Leto runzelte die Stirn. Drückte Melantho sich absichtlich so geheimnisvoll aus? »Wenn du – wenn *wir* Menschen sind«, sie deutete auf sich selbst, »warum bin ich dann …«

»Oh«, unterbrach Melantho sie. »Das ist das Ende einer langen Geschichte. Einer Geschichte, die ich dir hoffentlich sehr bald erzählen kann. Doch würdest du dich … wohler fühlen, wenn ich dich erst mal zurückverwandele?«

»Ja.« Leto brauchte gar nicht darüber nachzudenken, das Wort kam ihr über die Lippen, bevor sie wirklich verarbeitet hatte, was Melantho sagte. Sie konnte sich also zurückverwandeln. Sie mochte verwandelt worden sein – vielleicht sogar verflucht –, aber sie konnte immer noch wie ein Mensch aussehen.

Melantho lachte. »Wie du wünschst.«

Sie machte wieder eine dieser anmutigen, mühelosen Gesten. Ein seltsames Gefühl – nicht unangenehm, aber auch nicht richtig angenehm – überkam Leto, Nebel erhob sich von ihrem Körper und löste sich in der salzigen Luft auf.

Unwillkürlich schaute Leto an sich herab. Die Erleichterung traf sie wie ein Schlag. Ihre Beine unter dem zerrissenen Saum ihres Gewandes waren wieder rosig und sommersprossig. Ihre Arme sahen genauso aus, wie sie es sollten – doch als sie automatisch ihre Hand hob, um über die Haut an ihrem Hals zu streichen, spürte sie immer noch Schuppen.

»Ah«, murmelte Melantho. Irgendetwas in ihrer Stimme ließ Leto schaudern, und die Härchen – *Götter,* sie war noch nie so dankbar dafür gewesen, diese hartnäckigen dunklen Haare zu sehen – auf ihren Armen stellten sich auf. »So ist es schon besser.«

Dann, zu Letos großer Überraschung, trat Melantho vor, umarmte sie und drückte sie fest an sich. Ihre Haut war trotz der heißen Sonne kühl, die Muskeln darunter hart wie Stein. »Willkommen«, flüsterte sie in Letos Haar. Irgendetwas an ihrem Ton stimmte nicht; Leto hatte das eigenartige Gefühl, dass sie ihr Gesicht mit Absicht verbarg. »Ich freue mich sehr, dich kennenzulernen.«

Leto klopfte ihr verlegen auf den Rücken.

»Ich kenne deinen Namen nicht.« Melanthos Lippen waren noch immer dicht an Letos Hals, Leto konnte ihren Atem auf der empfindlichen Haut unter ihrem Schlüsselbein spüren. Sie war ihr eine Spur zu nah.

Leto schob sie weg. »Mein Name ist Leto.« Irgendwie fühlte es sich so an, als würde sie damit etwas preisgeben, als würde sie eine letzte Schutzschicht abstreifen.

Melantho ließ sie los und trat einen Schritt zurück, und ihre Augen glänzten. Um das Grün herum war ein schwacher, schwarzer Ring, eine Erinnerung daran, dass sie – so menschlich sie auch aussehen mochte – etwas anderes war. »Leto«, wiederholte sie.

Letos neuer Körper ließ sie ein weiteres Mal im Stich. Sie hatte immer gedacht, ihr Name sei einfach und reizlos, ganz anders als der ihrer Mutter. *Ophelia*. Aber Melantho sagte ihn mit solcher Eleganz, solcher Ehrfurcht, dass er ihr für einen Moment vorkam wie ein Name, der eines Orakels würdig war.

Sie räusperte sich. »Das bin ich.« *Das bin ich?* Idiotisch. Peinlich.

Etwas in Melanthos Zügen wurde weicher. Als sie lächelte – ein winziges Zucken ihrer Mundwinkel –, sah es aufrichtig aus.

»Also«, brachte Leto hervor. »Die Geschichte? Du hast gesagt, du würdest sie mir erzählen.«

Das Lächeln geriet ins Stocken. »Ja.« sagte Melantho. Sie waren noch immer dem Meer zugewandt und schauten über die trägen Wellen, aber jetzt richtete Melantho den Blick wieder auf die Insel, eine schnelle, verstohlene Bewegung. Leto folgte ihrem Blick – und erstarrte. Schuppen erblühten erneut auf der Haut ihrer Waden, als ob das Ungeheuer in ihr drohte, hervorzubrechen.

Leichen.

Es waren elf, die da Seite an Seite im weißen Sand lagen, ihre Zeremoniengewänder um sie herum ausgebreitet. Wenn das nicht schon ihre Identität verraten hätte, hätte Leto es an den Ringen aus schwarzen Schuppen um ihre Kehlen erkannt.

Die anderen geopferten Mädchen. Sie waren alle tot.

Leto war darauf gefasst gewesen, seit sie zum ersten Mal ihre Gesichter gesehen hatte, als sie zitternd in einer Reihe am Henkersstrand gestanden hatten. Sie hatte *gewusst*, dass sie sterben würden, aber ihr eigenes Erwachen hatte einen winzigen Keim der Hoffnung in ihr wachsen lassen, einen Keim, der jetzt verwelkte und schrumpfte, bis er gänzlich verschwunden war.

»Leto.« Undeutlich nahm sie wahr, dass Melantho neben ihr war und ihren Namen rief. Sie griff nach Letos Handgelenk und drückte es. *»Leto.«*

»Sie sind tot.« Das war alles, was Leto hervorbringen konnte.

Melantho lockerte ihren Griff. »Ja«, sagte sie nur schlicht.

Leto wusste, was mit Leichen passierte, die den Elementen ausgesetzt waren. Dass die Haut sich zu lockern schien, während die Gliedmaßen sich verformten. Es konnte also seit ihrem Tod kaum mehr als ein Tag vergangen sein. Aber wie hatte sich innerhalb eines Tages so viel verändern können? »Wie lange?«, flüsterte sie.

»Es … es ist schon eine Weile her. Wir haben schon fast Herbst.«

»Herbst?« Ein halbes Jahr war verflogen wie nichts. Das war doch nicht möglich. Leto schüttelte heftig den Kopf. »Aber sie sehen … völlig unversehrt aus. Wie können sie …«

»Sie sind tot, das versichere ich dir. Ich nehme an, es ist Poseidons Magie, die sie bewahrt. Manchmal gibt das Meer ein Mädchen wieder heraus. Aber in den meisten Jahren …« Melantho hielt inne, und ihre Stimme war belegt. »Tut es das nicht. Und es gab nie mehr als eine in einem Jahr.«

Leto wirbelte zu ihr herum. »So etwas ist schon einmal passiert?« Wieder flammte diese wilde, lächerliche Hoffnung in ihr auf. Sie wusste immer noch nicht, ob sie die Geschichte über den Tod ihrer Mutter glaubte, dass sie auserwählt und wie alle anderen durch den Strick gestorben war; es schien einfach zu bequem, dass genau das ungehorsame königliche Orakel von

Poseidon zum Tode verurteilt worden sein sollte. Aber wenn es stimmte … dann könnte ihre Mutter hier sein.

»Elfmal schon«, sagte Melantho. »Du bist die Zwölfte.«

Leto schaute sich um, ergriffen von einem wahnsinnigen Gefühl der Erwartung. »Wo sind sie?«

»Tot«, antwortete Melantho.

»Tot? Alle?« Ihre Hoffnung zerstob, so schnell sie aufgekommen war. *Wenn* ihre Mutter hier gewesen war, *wenn* sie überlebt hatte, dann war sie jetzt trotzdem tot. Welchen Wert hatte es, die Wahrheit über ihr Verschwinden zu kennen, wenn die Geschichte immer mit ihrem Tod endete?

»Es tut mir leid«, flüsterte Melantho. »Aber du musst verstehen, dass es seit Jahrzehnten keine Verwandlung mehr gegeben hat. Die Aufgabe, der wir unser Leben weihen, ist keine leichte. Die verwandelten Mädchen …« Sie brach ab. Als sie weitersprach, war ihre Stimme sanfter geworden. »Wir leben in der Regel nicht sehr lange.«

Leto starrte sie an. Ihre Aufgabe? Das war alles zu viel. »Wie ist das passiert?«, fragte sie schließlich. »Die Geopferten, die – wie hast du es noch gleich genannt? – die Verwandlung? Und du. Ich verstehe das alles nicht.«

»Lass uns am Anfang beginnen.« Beim Sprechen zwirbelte Melantho eine Strähne ihres goldenen Haars um den Finger. Ihr Blick war auf den Sand geheftet, die leuchtende Farbe ihrer Augen verborgen unter langen, geschwungenen Wimpern. »Ich nehme an, alles begann mit einer Königin. Ihr Name war Penelope, sie war die Gemahlin des Odysseus, und sie hatte zwölf Mägde.«

7

WELCHER STERBLICHE MENSCH

Melantho

»Jede von ihnen war als Kind von Hand ausgesucht worden«, sagte Melantho.

Es war eine Geschichte, die sie schon viele Male erzählt hatte, die sie geübt und verdreht und an den rauen Kanten glatt geschmirgelt hatte, bis die Worte ihr ganz mühelos über die Lippen kamen. Sie hatte sich jedoch geweigert, mehr zu sagen, bis sie den Strand hinter sich gelassen hatten, und hatte Leto zu einer der Höhlen geführt, die zum Wasser hin offen waren und wo sie jetzt nebeneinander vor einem knisternden Feuer saßen. Sie beobachtete Leto genau – die Spannung in ihren Schultern und ihre ineinander verkrampften Finger.

Die Mädchen nahmen es nie gut auf – Thalia, kühn, mutig, hatte sich auf Melantho gestürzt, um zu versuchen, sie zu erwürgen; Sofia hatte stundenlang geheult –, aber dieses hier *musste* es gut aufnehmen. Ithakas Zukunft hing davon ab.

Und nicht nur Ithakas Zukunft, sondern auch die von Melantho, obwohl sie sich nicht gestatten würde, jetzt darüber nachzudenken. Sie war zu lange allein gewesen. Sie würde wieder allein sein, wenn Leto an ihrer Aufgabe scheiterte, würde wieder ihren Streifzügen durch das Land und ihren hoffnungslosen, jämmerlichen Tränen überlassen bleiben. Sie würde weiter an der Stelle knien müssen, wo sie Thalia begraben hatte, und die an ihr vorbeiziehenden Jahrhunderte zählen.

Aber jetzt war nicht der richtige Zeitpunkt, um an ihr eigenes Schicksal zu denken. Stattdessen richtete sie ihre Aufmerksamkeit wieder auf das Mädchen an ihrer Seite.

Leto streckte die Hände in Richtung der heißen Flammen. Als Melantho sie zu den Höhlen gezogen hatte, hatte Leto protestiert und darauf beharrt, zuerst die toten Mädchen zu begraben, aber Melantho hatte ihre Einwände einfach abgetan. Die Mädchen würden nicht verwesen, nicht hier. Das taten sie nie. In früheren Jahren hatte Melantho sie tagelang, ja wochenlang am Strand liegenlassen, unfähig, ihre erschlafften, grauen Gesichter zu ertragen. Wenn sie schließlich zu ihnen zurückkehrte, waren sie immer unverändert gewesen.

Vielleicht waren die Gräber auf ihrem improvisierten Friedhof nicht mit ausgebleichten Knochen gefüllt, sondern mit Reihen um Reihen nicht verwesender Leichen. Unberührt von der Zeit, so makellos, dass sie hätten schlafen können, wenn sie nicht so still daliegen würden.

Leto räusperte sich.

Melantho riss den Kopf hoch, um Leto in die Augen zu sehen, und ihre Gedanken entfernten sich bereits von den Mädchen, die tot im Sand lagen. Sie würde sie morgen früh begraben. Für den Moment hatte das *lebende* Mädchen neben ihr Vorrang, das Mädchen mit den dunkelbraunen Locken, die ihr über die Schultern fielen, und Augen wie Gewitterwolken.

»Tut mir leid«, entschuldigte sie sich hastig. »Wo war ich?«

»Von Hand ausgewählt«, sagte Leto.

»Richtig. Ja. Natürlich. Die Königin wollte die Hübschesten, die Klügsten, die Wohlgenährtesten. Ihre Mütter, Sklavinnen, Dienerinnen oder Huren, gaben sie für ein Goldstück pro Kopf her und sahen sie nie wieder.«

Sie. Die Lüge war so einfach, nahe genug an der Wahrheit, um glaubhaft zu sein. Weit genug davon entfernt, dass Leto sie nicht auf dieselbe Art und Weise ansehen würde, wie die ersten Mädchen das getan hatten, bevor sie Pandou verlassen hatten, ohne je zurückzukehren. Sie konnte Leto jedoch nicht in die Augen sehen, während sie sie belog, und so starrte sie stattdessen ins Feuer, als sie fortfuhr.

»Der König war jahrelang abwesend gewesen, durch einen Schwur, den er als junger Mann geleistet hatte, zum Kämpfen gezwungen. Viele glaubten, er sei tot – in Wahrheit wünschten es sich viele –, und sie strömten zur Königin, um um ihre Hand anzuhalten. Sie wies sie alle zurück und behauptete, sie könne nicht wieder heiraten, bevor sie nicht das Leichentuch für ihren im Sterben liegenden Schwiegervater gewebt habe, und so richteten die Männer ihre Aufmerksamkeit stattdessen auf ihre Mägde. Aber es waren nicht die *Hände* der Mägde, auf die sie aus waren.«

Letos Gesicht verzog sich vor Abscheu, das perfekte Spiegelbild des Gefühls, das in Melanthos Brust aufwallte. Sie konnte noch immer Eurymachos' lüsternes Grinsen sehen, wenn er sie in dunkle Ecken drückte, oder wie Antinoos beim Klang ihrer Schritte im Korridor den Kopf herumriss, wie er sie anlächelte, bevor er sich wieder der Magd zuwandte, die er an die Wand gepresst hatte, ihre Röcke bis zur Taille hochgezogen und ihr Gesicht tränenüberströmt.

Melantho schmeckte Galle auf der Zunge, beißend und widerwärtig.

»Natürlich kehrte König Odysseus schließlich zurück und tötete die Freier.« Sie sprach gerade heraus. Wenn sie es nicht tat, würde sie ihre Geschichte nicht zu Ende bringen können. »Sie hatten nie eine berechtigte Hoffnung, seine Witwe zu heiraten; sie war zu treu. Jede Nacht ließ sie ihre Mägde das Leichentuch, an dem sie webte, wieder auftrennen. Aber der König konnte es nicht ertragen, dass solche Männer in seinem Palast gelebt hatten und durch seine Hallen gewandelt waren, also befahl er seinem Sohn, die Mägde, die die Freier vergewaltigt hatten, zu töten. Sie waren besudelt, verstehst du? Unrein und unwürdig, auch nur einen Moment länger zu leben. Er schlug das Schwert vor; sein Sohn entschied sich für den Strick. Hängte sie alle an den Dachsparren auf wie Wildvögel und ließ ihre Leichen von seinen Männern ins Meer werfen.« Jetzt lächelte sie und schaute auf. Das Flackern der Flammen spielte auf Letos Haut, und sie leuchtete wie der Mond in einer klaren Nacht. »Ein Fehler. Denn der Gebieter des Meeres ist Poseidon.«

Leto beugte sich vor. »Er hatte etwas gegen ihre sinnlose Ermordung einzuwenden?«

Melantho konnte sich das Lächeln nicht verkneifen, das in ihrer Brust aufstieg. »Wäre es das nur gewesen. Er hegte wegen einer alten Kränkung einen Groll gegen den König, mehr nicht. Aber er betrachtete diese Tat als eine günstige Gelegenheit, und so wurde der Fluch Ithakas geboren. Und infolge dieses Fluchs sind Tausende von Mädchen gestorben.« Wie einfach es war, die Schuld jemand anderem zuzuweisen. Poseidons Fluch. Nur Poseidons.

»Das kann nicht alles sein«, sagte Leto. Irgendwo aus den fernen Schatten der Höhle konnte Melantho ein Scharren wie von Schritten hören. Schon wieder Ratten. Sie waren eine ständige Plage. Leto runzelte die Stirn. »Wenn er vorgab, das Leben Unschuldiger wäre ihm so teuer, warum hat Poseidon dann noch mehr Morde verlangt?«

»Götter nähren sich von der Angst der Sterblichen«, sagte Melantho. »Wo es keine Angst gibt, gibt es auch keine Gebete. Aber du hast recht. Das ist nicht alles. Poseidon hoffte, das Volk von Ithaka gegen seinen König aufzuwiegeln. Jedes Jahr sollten zwölf Frauen aus ihrer Mitte getötet werden – und der König selbst musste den Befehl dazu geben –, oder das Meer würde sich erheben, um sie zu ertränken. Es gibt nur eine einzige Möglichkeit, alldem ein Ende zu bereiten.« Sie schaute auf, direkt in Letos Augen und flehte sie stumm an, Ruhe zu bewahren, zu verstehen.

»Wir müssen den Prinzen von Ithaka töten.«

8

SÖHNE GÖTTLICHER KÖNIGE

Mathias

Als Mathias' Vater noch lebte, verschwand er oft. Und wenn er das tat, wusste Mathias immer, wo er ihn finden würde.

Nach dem Tod seines Vaters – er war an einer elenden Lungenkrankheit gestorben, die ihn von innen aufgefressen hatte, bis jeder Atemzug von Blutstropfen begleitet wurde – hatte man die Bibliothek versiegelt. Zum gefühlt hundertsten Mal stand Mathias nun vor diesen Türen und untersuchte die dicken Eisenbolzen und die verrosteten Schlösser, mit denen sie abgesperrt waren. Natürlich auf Anordnung seiner Mutter. Sie hatte die Bibliothek immer gehasst – die ewige Kälte und den Geruch von Pergament und die schleichende, allgegenwärtige Feuchtigkeit, die Silber anlaufen ließ und neuen Kleidern einen schwachen Modergeruch verlieh.

Mathias strich mit einer Hand über das fleckige, vom Alter verzogene Holz der Türen. Dann drehte er sich um und ging.

Zu seiner großen Schande hatte er in den wenigen Jahren nach der Verriegelung nicht versucht, einen anderen Weg in die Bibliothek zu finden. Das war auch gerechtfertigt, denn er wollte die Königin nicht mit einer solch vorsätzlichen Tat erzürnen. Die Dinge, die ihm durch Versehen oder Missgeschick passierten, erbitterten sie schon genug. Ihr Zorn wechselte sich ab mit einer sentimentalen, fast erdrückenden Zuneigung, die gleichermaßen verstörend war.

Einmal mehr untersuchte er Selenes Tagebuch und blieb mitten im Gang stehen. In den Monaten seit der Entdeckung des Buches hatte er jede freie Minute damit verbracht, über dessen Seiten zu brüten. Doch solche Momente waren rar gesät, und die meisten der Notizen waren verstreut und fast unleserlich, weshalb er so lange gebraucht hatte – das ganze Frühjahr und den größten Teil des Sommers –, um eine Möglichkeit zu finden, die Bibliothek zu betreten. Eine Möglichkeit, die es nicht erforderte, die Türen einzuschlagen. Trotz seiner Bemühungen, ihr aus dem Weg zu gehen, war er sich sicher, dass seine Mutter sein Herumschleichen im Palast beobachtet hatte, und *das* würde sie ganz gewiss bemerken.

Aber Selene war immer schlauer gewesen als er. An einer Stelle beschrieb sie, wie sie eine der Zusammenkünfte ihres Vaters in der Bibliothek belauscht hatte – und sie schrieb von einem versteckten Eingang, einer Tür, durch die sie sich unbemerkt hineinschleichen konnte.

Er macht es mir nicht leicht zu lernen. Er ist zornig, vermute ich, dass seine älteste Tochter den Thron besteigen wird und nicht sein ältester Sohn. Vielleicht hat er den Grund dafür vergessen – vergisst, dass viele Jahre lang, in denen seine Vorfahren keine Söhne zeugen konnten, ihre Töchter über uns herrschten. Ich glaube, er würde diese Regel ändern, wenn er könnte, und deshalb hält er mich von dort fern. Es spielt keine Rolle. Ich habe meinen eigenen Weg gefunden.

Mathias betrachtete die glatte Oberfläche der Wand. Dann strich er langsam mit dem Daumen über einen Fleck auf dem Marmor, einen Wirbel im Stein, der für jemanden, der es nicht besser wusste, einfach ein Makel hätte sein können. Er trat einen Schritt nach hinten, als die verborgene Wandtafel sich mit einem Klicken öffnete, und sein Fackellicht fiel in den dahinter versteckten Raum.

In der Bibliothek verflogen die Stunden wie im Handumdrehen.

Es musste schon der nächste Morgen sein, als Mathias erwachte, das Gesicht an die Platte eines Holztisches gepresst, sein Magen vor wütendem Hunger verkrampft. Einen Moment lang umnebelte Panik seinen Verstand. Wo war er?

Seine Lampe war fast erloschen. Sie erhellte eine Schriftrolle.

Oh. Er blinzelte sich den Nebel des Schlafs aus den Augen. Natürlich.

Die Bibliothek fühlte sich ohne seinen Vater irgendwie merkwürdig an. Es war nicht der Geruch von Moder, der den von der Decke herabhängenden Schriftrollen entströmte, noch war es der große, leere Holzstuhl, auf dem sonst sein Vater gesessen hatte. Es war die Abwesenheit von Leben. Da waren keine Kuchenkrümel, vertrocknet und vergessen auf einem Beistelltisch. Das Licht der Fackel an Mathias' Seite fiel nicht auf den halb geleerten Becher mit Anisschnaps oder auf die dicken Linsen der Augengläser seines Vaters. Er hatte sie immer verwendet, um die Stelle in den Papyruspacken zu markieren, an der er zu lesen aufgehört hatte. Lauter Kleinigkeiten, und Mathias war nicht bewusst gewesen, dass er sie vermissen würde.

Selbst die Katzen, geschmeidige kleine Wesen, die überall hineingelangten, kamen nicht mehr her – und warum sollten sie auch? Hier unten gab es niemanden, der ihnen Fleischstückchen anbot und Ziegenmilch in Schälchen goss, die sie leerschlecken konnten.

Mathias dehnte seine schmerzenden Muskeln und beugte sich über den Holztisch, dessen Glanz unter einer gut zwei Zentimeter dicken Staubschicht verborgen war. Er nahm die erste Schriftrolle von dem schwankenden Stapel, den er zusammengetragen hatte. Götter, es waren Hunderte. Er hatte die Aufschrift jeder einzelnen Rolle untersucht und damit angefangen, alle Hinweise auf *Fluch* oder *Erhängungen*, und auf *Poseidon* zu sammeln – das bereute er nun. Er hatte die halbe Bibliothek leergeräumt, und erst jetzt wurde ihm bewusst, dass er die Schriftstücke auch alle lesen musste.

Er zerrte an der Lederschnur, mit der die Schriftrolle zusammengebunden war, und breitete sie vor sich aus.

Er entzifferte die ersten Worte – *es ist erzählt worden* –, als das elende Ding in seinen Händen zerfiel. Mit einem Fluch schüttelte er die Flocken von seiner Tunika.

Er hatte gewusst, dass die Bibliothek langsam verfiel – von seiner Mutter war ihm ausdrücklich verboten worden, kostbares Gold für ihren Unterhalt zu verschwenden –, aber ihm war bisher nicht bewusst gewesen, in was für einem schlechten Zustand sie sich bereits befand. Es war unmöglich, etwas über den Fluch herauszufinden, wenn jede Schriftrolle, die älter als ein paar Jahrzehnte war, von Motten zerfressen, vermodert oder von Mäusen auf der Suche nach Nistmaterial in vergilbende Fetzen gerissen worden war.

Die nächste Schriftrolle, die er öffnete, blieb zumindest in einem Stück. Aber ihr Inhalt, den sein Vater nur mit dem Wort »Hängungen« beschriftet hatte, war eine alphabetische Liste mit Wandteppichwebern. Die dritte Rolle, »Amathus' Fluch«, war ein schmutziger Auszug, bei dem Mathias die Hitze in die Wangen schoss. Die vierte, die er nur zur Hand genommen hatte, weil sie vergleichsweise gut erhalten wirkte, war weit jenseits von obszön. Er warf sie auf den Stapel der aussortierten Schriftrollen und vergrub den Kopf in den Händen.

Die Sache war hoffnungslos. Er würde Jahre brauchen, um alles zu lesen, und mit jedem Frühling, der verstrich, würde das Blut von zwölf weiteren Mädchen an seinen Händen kleben. Mutlos schaute er zum Stuhl seines Vaters. Wenn der König noch hier gewesen wäre, hätte er gewusst, wo die Schriftrollen, die Mathias brauchte, versteckt waren. Vielleicht hatte er sie sogar gelesen.

Aber der König war nicht hier. Er war tot, seine älteste Tochter war tot, und alles, was er hinterlassen hatte, waren eine vor sich hin modernde Bibliothek und ein nichtsnutziger Erbe.

Mathias holte tief Luft. Sein Vater war nicht hier und konnte deshalb nicht enttäuscht von ihm sein, und herumzusitzen und vor sich hin zu seufzen, half ihm auch nicht weiter. Er griff nach einer neuen Schriftrolle. Diese war überhaupt nicht beschriftet, aber Mathias erkannte sie wieder, kaum dass er einen Blick darauf geworfen hatte. Es war die Schriftrolle, bei deren Lektüre er seinen Vater häufig beobachtet hatte, eine, die der König sich immer in den Ärmel geschoben hatte, wenn er Mathias dabei ertappte. Mathias rollte sie auseinander.

Sie war voller verbrannter Pergamentfetzen.

Mathias unterdrückte einen Fluch. Die Worte, die einst über das Papier getanzt waren, waren mit Asche verschmiert und vollkommen unleserlich. Was immer es war, das sein Vater so emsig studiert hatte – und was er mit solchem Eifer vor Mathias verborgen gehalten hatte –, es war inzwischen zerstört. In einem Wutanfall, der Selene zum Lachen gebracht hätte – sie hatte Mathias' kindliche Tobsuchtanfälle immer ungemein erheiternd gefunden –, schleuderte er die Reste in den Kamin, in dem in diesem Moment weder Feuer noch Brennmaterial war, und blickte finster auf die geschwärzte Feuerstelle.

Als er sich zurücklehnte, flatterte ein Papierfetzen, die Kanten verbrannt und geschwärzt, auf die schmutzigen Steinplatten auf dem Boden. Mathias hätte ihn zu den übrigen in die Feuerstelle geworfen, wäre da nicht ein in einer eleganten Handschrift notierter Name am oberen Rand des Fetzens gewesen.

Sein Name.

Er hielt sich das Stück Papier dicht vors Gesicht und las. *Die Prophezeiung des Königlichen Orakels anlässlich der Geburt Seiner Gnaden, des Prinzen Mathias.* Der Rest der schwungvollen Schriftzüge war weggebrannt, alles bis auf ein einziges Wort.

Tod.

Mathias las die Worte mit großer Sorgfalt. Einmal und noch einmal.

Dann stand er auf und verließ die Bibliothek ohne sich noch einmal umzublicken.

Mathias hatte sein ganzes Leben in einem Umkreis von wenigen Meilen um den Palast verbracht, bis auf gelegentliche Reisen zu den Edelleuten im fernen Norden des Königreichs oder den stillen Augenblicken, in denen seine Mutter an ihren Kopfschmerzen litt und Mathias mit einem der Pferde auf die Klippe reiten und so tun konnte, als müsste er nie wieder in den Palast zurückkehren.

Leider hatte seine Mutter heute keine Kopfschmerzen.

Mathias war noch nicht einmal bis zu den Toren zu den Stallungen gekommen, seine Reitstiefel in der Hand, als Alexios ihn ansprach, um ihn vom Wunsch seiner Mutter in Kenntnis zu setzen, er möge sie aufsuchen.

»Du warst in der vergangenen Nacht nicht in deinen Gemächern«, sagte Alexios, nachdem er ihm die Nachricht der Königin überbracht hatte: Ein Treffen mit ihren Ratgebern, ein Notfall. »Wo bist du gewesen?«

»Spazieren. Konnte nicht schlafen.« Es gab keinen Grund, Alexios anzulügen, und doch kamen Mathias die Worte so leicht über die Lippen, wie die Wahrheit es getan hätte. Tatsächlich sogar noch leichter. Er ließ die Reitstiefel fallen und runzelte die Stirn.

Er war sich nicht sicher, warum diese Störung ihn so sehr ärgerte. Er hatte schließlich mit der Aufforderung der Königin, zu ihr zu kommen, gerechnet. In der letzten Woche hatten die Piraten im ionischen Meer drei Schiffe, beladen mit Seide und Leder, gekapert, für die Ithaka bereits mit Gold gezahlt hatte, von dem es kaum noch welches besaß. Es musste etwas unternommen werden.

Trotzdem ließ Mathias sich nur widerwillig von Alexios zurück in den Palast führen, und er schaute mutlos über seine Schulter, als die Tore zu den Stallungen hinter der ersten Wegbiegung verschwanden. Die Sonne würde untergegangen sein, bevor die Königin ihn wieder gehen ließ; viel zu spät, um den Ritt hinauf in die Hügel und wieder zurück zu unternehmen. Der Apollo-Tempel dort – baufällig und fast verlassen – war einst der angestammte Sitz von Ithakas letztem königlichem Orakel gewesen. Dort hatte es all seine Prophezeiungen verkündet, darunter sicherlich auch jene anlässlich von Mathias' Geburt, die nun verbrannt war und von der nichts mehr existierte, außer dem einen Wort: *Tod*.

Seine Mutter winkte ihn zu sich, als er den Versammlungssaal betrat. »Hier«, sagte sie gebieterisch und wedelte mit einer Schriftrolle vor seinem Gesicht herum. »Das alles haben wir verloren, Mathias. Du musst eine Gruppe deiner Wachen ausschicken, damit sie sich um diese Piraten kümmern.«

Welche Wachen sollen das sein, Mutter? Ithakas Armee brachte es inzwischen auf kaum mehr hundert Mann. Bei den Gelegenheiten, da sie mehr brauchten – den Opferungen, dem Fest vor der Tagundnachtgleiche, das jedes Jahr teurer zu werden schien –, mussten sie die Söhne von Bauern und Schmieden anheuern und Schwerter in Hände legen, die selten etwas anderes als einen Hammer oder eine verbogene Mistgabel hielten. Mathias seufzte. »Ich werde sehen, was ich tun kann.«

Die Königin lächelte und ließ den Blick über sein Gesicht wandern. »Das solltest du. Wir können uns das nicht leisten, Mathias, das weißt du.«

Er verkniff sich die Erwiderung, die ihm auf der Zunge lag. Vielleicht waren seine Eltern ein wenig zu sorglos mit ihrem Geld umgegangen, denn Ithakas größte Schwierigkeiten hatten erst im letzten Lebensjahr seines Vaters begonnen. In dem Jahr, in dem Mathias die törichste Entscheidung seines Lebens getroffen hatte.

Warme, glatte, sonnengebräunte Haut, schwarze Augen und einen Goldreif auf der Stirn. Selene war die perfekte Erbin gewesen, hätte die perfekte Königin abgegeben. Er senkte den Kopf. »Ja, Mutter.«

»Deine Prinzessin wird bald ankommen«, fuhr sie fort. So sprach sie immer von Mathias' athenischer Verlobten: mit eisiger Gleichgültigkeit. »Noch vor Frühlingsanfang. Ich habe eine Nachricht erhalten. Ich weiß, du bestehst darauf, deine törichte Verlobung aufrechtzuerhalten, und du kennst meine Gefühle diesbezüglich –«

»Das tue ich«, unterbrach Mathias sie. Er hielt nicht an seinem Verlöbnis fest, weil es eine Frage der Ehre war. Er hatte keine wahren Verbündeten am Hof seiner Mutter, seine Schwestern waren nicht mehr da, Olympia hing an jedem Wort von den Lippen der Königin, und alle anderen behandelten ihn mit einer Art verzweifelter Ehrfurcht. Eine Gefährtin zu haben – eine Frau, die ihn wie einen Ebenbürtigen behandelte und die nicht mehr von ihm wollte, als er geben konnte –, war fast mehr, als er hoffen konnte. Mathias hoffte trotzdem darauf.

Seine Mutter betrachtete ihn mit sichtbarem Missfallen. »Nun denn. Womit glaubst du sie beeindrucken zu können, wenn unser ganzer Reichtum ans Meer verloren geht? Wie willst du sie mit Geschenken überschütten? Wie gedenkst du den Hausstand zu ernähren, den sie zweifellos mitbringen wird? Verwöhntes Balg.«

Die letzten Worte murmelte sie so leise, dass er wusste, dass sie von der Prinzessin sprach und nicht von ihm. Wenn sie ihn beleidigen wollte, würde sie es laut sagen, ihm ins Gesicht, und das ohne die geringsten Skrupel. Ein König, so sagte sie gern, konnte nicht allein mit Worten in die Knie gezwungen werden. »Ja, Mutter«, wiederholte er.

Die Prophezeiungen des letzten königlichen Orakels von Ithaka würden warten müssen.

9

GLÄNZTE DIE STILLE SEE

Leto

»Wir müssen den Prinzen von Ithaka töten.«

Leto blinzelte Melantho an. »Was?« Sicherlich hatte sie sich verhört, denn schöne Mädchen mit Haut wie Honig und Augen wie der Wald lächelten nicht auf eine solche Art und Weise, wenn sie einen Mord vorschlugen.

Verdammt – Leto runzelte die Stirn und spürte, wie das Salz auf ihren Wangen knisterte –, selbst Mädchen, die *nicht* so aussahen, würden so etwas nicht vorschlagen.

In den Mythen und Legenden, mit denen sie aufgewachsen war, verübten Mädchen keine … nun, sie taten überhaupt nicht viel, außer unentwegt zu weben. Wie Letos Namensvetterin gebaren sie die Nachfahren von Göttern, wenn sie Pech hatten, oder wirkten Verwandlungszauber, wenn sie sehr boshaft waren. Tausend Schiffe wurden in ihrem Namen zu Wasser gelassen, nicht *von* ihnen.

Leto hatte immer mehr gewollt, hatte immer dafür gebetet. Dies, vermutete sie, war die Strafe für ihren Hochmut.

Aber Melantho beobachtete sie nur mit stiller Wachsamkeit, und als sie weitersprach, war ihre Stimme ruhig und gelassen. »Das ist es, was Poseidon verlangt hat; es ist der Preis, den er fordert. Der Prinz, sein *Leben,* ist alles, was den Fluch an dein Königreich bindet, sein Tod wird Ithaka befreien – und *dich.* Es ist die einzige Möglichkeit, das versichere ich dir.«

Leto öffnete den Mund, um zu protestieren. Der Tod eines Prinzen. Es war schrecklich und abscheulich, über so etwas auch nur nachzudenken, und doch ... Sie erinnerte sich an sein wunderschönes, feiges Gesicht mit den hohen Wangenknochen, den vollen Lippen und den schwarzen Augen, deren Blick abgeirrt war, als der Boden sich unter ihren Füßen aufgetan hatte. Die leeren Worte, die er gesprochen hatte, während er sie direkt ansah. Als kümmerten ihn die Götter und ihre Grausamkeiten, ihre Flüche. Als kümmerte sie ihn.

Die Stimme in ihrem Hinterkopf seufzte, das kaum wahrnehmbare Geräusch einer Feder im Wind, und sprach: *Wäre es wirklich so schlimm, ihn zu töten?*

Leto ignorierte die Stimme. »Ich kann niemanden töten.« Sie tat so, als würde sie das Beben des Zweifels nicht bemerken, das sie in ihrer eigenen Stimme hören konnte. Sie stemmte beide Füße fest in den Sand, der den Höhlenboden mit einer feinen Schicht bedeckte. Sie wusste selbst nicht, ob sie log, ob ihr Protest auf der Wahrheit gründete oder auf einer seltsamen Art von Pflichtgefühl. Man *sollte* Einwände gegen Mord erheben.

Sie kämpfte sich tapfer weiter. »Du fragst die Falsche. Ich kann kaum eine Taube schlachten, ohne zu erbleichen, und das tue ich jeden Tag.« Das war in gewisser Weise sogar wahr. Es war nicht der Akt des Tötens selbst, der sie abstieß – das war eine schnelle, ja sogar schmerzlose Prozedur. Es war der Gedanke, dass der Tod das war, was Apollo brauchte, um sie zur Kenntnis zu nehmen. Falls es wirklich der Sonnengott war, der ihr diese jämmerlichen Visionen bescherte, und nicht irgendein anderer Gott, der sich eines verlassenen Kindes erbarmte. Sie musste töten, um Antworten auf ihre Fragen zu bekommen, um diese flüchtigen Blicke in die Zukunft erhaschen zu dürfen.

Melanthos Gesicht verzog sich. Leto hatte erwartet, dass sie widersprechen würde, dass sie ihr eine leidenschaftliche Rede über Schicksal und das Allgemeinwohl halten würde, aber sie zog nur eine goldene Augenbraue in die Höhe und warf sich das Haar über eine sommersprossige Schulter. »Jeden Tag? Führst du einen Rachefeldzug gegen Tauben?«

Zu ihrer eigenen Überraschung musste Leto lachen. »Ich lese in ihren Eingeweiden. Es ist … keine exakte Wissenschaft, aber die Leute zahlen das Doppelte für die vermeintliche Zuverlässigkeit.«

Melantho grinste. »Du musst irgendwann mal für mich aus Eingeweiden lesen, auch wenn du eine bekennende Scharlatanin bist.«

»Das bin ich nicht«, protestierte Leto. »Meine Mutter …« Bei dem Gedanken brach sie ab. Wie schnell das Thema des Prinzen an den Rand ihres Bewusstseins gerückt war und mit ihm die Frage nach ihrer Mutter. Sie würde ihre Mutter hier nicht finden, und es war töricht gewesen, darauf zu hoffen. Aber jetzt hatte sie einen neuen Grund zu erforschen, wie sie gestorben war und wer sie getötet hatte, ob es Poseidon gewesen war oder die Familie, für die ihre Mutter gearbeitet hatte. Die Familie, die sie ohne ein einziges Silberstück verstoßen hatte, sobald sie ihren Nutzen als Orakel nicht mehr erfüllen konnte. Die Familie des *Prinzen*.

»Melantho«, sagte sie langsam, »erinnerst du dich an sie?«

Wenn Melantho dieser plötzliche Themenwechsel alarmierte, ließ sie es sich nicht anmerken. »An wen soll ich mich erinnern?«

»An die toten Mädchen.«

Melantho legte den Kopf schräg wie ein Vogel. »Da musst du dich schon konkreter ausdrücken. Diese Insel hat schon viele Tote gesehen.« Eine Pause entstand, ein ausgesetzter Herzschlag, der alles hätte sein können, wenn Leto Melantho nicht genau genug beobachtet hätte, um zu sehen, wie sie schnell aufschaute und mit Augen, die ein wenig heller glänzten als vorher, ins Licht blinzelte. »So wie ich.«

»Eine Frau«, platzte Leto heraus, bevor sie es sich selbst ausreden konnte. Sie wusste immer noch nicht, was sie glaubte, und ob ihr Verdacht nur der Fantasie eines plötzlich mutterlosen Kindes entsprungen war. »Vor sieben Jahren. Sie wäre damals dreißig gewesen, vielleicht einunddreißig?«

Melantho runzelte die Stirn. »Das ist älter als die Mädchen normalerweise sind. Aber ich nehme an, es ist schon vorgekommen.«

»Ja.« Jung genug, die Lüge plausibel zu machen, damit das Volk Vathis irgendwann glauben konnte, der Tod von Ithakas letztem königlichen Orakel wäre kein vorsätzlicher Mord, sondern Schicksal gewesen. Leto hasste dieses gottverdammte Wort.

»Sonst noch etwas? Haarfarbe? Augenfarbe?« Die Falte zwischen Melanthos Brauen vertiefte sich. »Wie alt warst du zu diesem Zeitpunkt?«

»Zehn«, sagte Leto. »Und ich nehme an, sie hätte ein wenig so ausgesehen wie ich heute, da sie meine Mutter war.« Sie konnte es nicht ertragen, Melantho in die Augen zu sehen. Stattdessen zwang sie sich, in das Licht zu starren, das durch den Höhleneingang fiel, so wie Melantho selbst es eben noch getan hatte.

»Ah«, sagte Melantho leise. »Ich fürchte, das reicht nicht aus. Mein Gedächtnis ist nicht so gut, dass –«

»Sie hatte ein Muttermal«, unterbrach Leto sie. Es war eine braune Linie wie ein Pinselstrich gewesen, ein Halbmond, der ihr Gesicht umrahmte und sich vom Augenwinkel bis zu ihrem Mundwinkel zog. Letos Vater hatte immer gesagt, es sei der zunehmende Mond, aber ihre Mutter hatte darauf beharrt, es sei der letzte Splitter der Sonne, bevor eine Sonnenfinsternis sie vom Himmel löschte.

Eine Sonnenfinsternis, hatte sie dann dicht an Letos Wange geflüstert und Letos Faust mit ihrer eigenen umfasst, *ist ein Omen. Es heißt, sie prophezeie den Tod eines Königs.*

»Ein Muttermal?«

Melanthos Stimme riss Leto aus ihren Erinnerungen. Ihre Hände brannten, und ohne es zu wollen, ballte sie sie zu Fäusten. Sie ließ sie wieder locker fallen. Ihre grob geschnittenen Fingernägel hatten schneeweiße Halbmonde in ihrer Haut hinterlassen.

»In ihrem Gesicht«, sagte Leto. »Etwa so.« Sie zeichnete die Umrisse des Mals auf ihre Wange.

Melantho schüttelte den Kopf. »Ich erinnere mich nicht an alle Gesichter. Ich denke, an so ein Mal würde ich mich erinnern – aber ich bin mir nicht sicher. Es waren so *viele.*«

Ein bitterer Geschmack breitete sich in Letos Mund aus. Wenn sie doch nur selbst die Wahrheit herausfinden könnte. Wenn sie doch nur *sehen* könnte.

Sie hatte es versucht. Natürlich hatte sie es versucht. Sie hatte alle lächerlichen Dinge zusammengetragen, die sie finden konnte – Brot, Fleisch, Wein, Kleider, jedes kleine Schmuckstück, das die Götter vielleicht von ihr würden haben wollen – und es in Brand gesteckt. Hatte die Augen gegen den Qualm zusammengekniffen, hatte gefragt, hatte Apollo und später jeden einzelnen der Götter angefleht, ihr etwas zu zeigen. Irgendetwas.

Die Götter hatten sie nicht erhört.

Es hatte Momente gegeben, da hätte sie schwören können, dass da etwas war – eine süße Melodie, das Knarren einer Tür, der sanfte Druck einer Hand auf ihrer Wange –, aber dann war das Gefühl auch wieder verschwunden, und Leto blieb allein zurück, um vor Frustration zu heulen und sich zu fragen, ob es das Wispern der Götter in ihren Ohren gewesen war oder ein trauriges Echo ihrer eigenen Erinnerungen.

»Leto?«

Melanthos Stimme riss sie erneut aus ihren Gedanken. Ihre Verzweiflung musste ihr deutlich ins Gesicht geschrieben stehen, denn Melantho streckte stirnrunzelnd eine Hand nach ihr aus. »Leto, geht es dir –«

»Nicht«, unterbrach sie sie. Wenn sie diese harmloseste aller Fragen beantworten musste – *geht es dir gut?* –, wusste sie, dass sie in klägliche Tränen ausbrechen würde. Und Leto gestattete es sich nicht zu weinen, nicht um ihre verlorene Mutter. Nicht mehr. Sie richtete sich abrupt auf und sah Melantho in die Augen. »Du wolltest mir doch eine Geschichte erzählen. Poseidon hat also einen Prinzen verlangt?«

Es spielte keine Rolle, wie ihre Mutter gestorben war. Wenn die königliche Familie sie umgebracht hatte, wie ihr Vater immer geargwöhnt hatte, dann trugen sie die Verantwortung dafür. Und wenn sie auf Poseidons Befehl gestorben war, weil der Fluch weiter wirkte, weil der Prinz – so Melantho die Wahrheit sprach – weiterlebte, dann trugen sie ebenfalls die Verantwortung.

Vielleicht bestraften die Götter sie ja gar nicht. Sie *belohnten* sie. Gewährten ihr die Rache, nach der sie sich tief im Herzen sehnte.

Zu ihrer Erleichterung ließ Melantho das Thema fallen. »Wenn es doch nur so wäre. Als Gegenleistung für die zwölf Mägde, von denen Poseidon schwor, sie seien seine treuen Dienerinnen gewesen, verlangte er zwölf von dem König, der sie zum Tode verurteilt hatte. Zwölf aus seinem Geschlecht. Zwölf Männer, denn der König war noch nie jemand gewesen, der Frauen besonders schätzte.«

Leto erbleichte. »Zwölf?«, stieß sie hervor. Sie hatte sich gerade erst für *einen* gewappnet. Zumindest für die Vorstellung, es zu tun. Auge um Auge. Doch *zwölf.* »Aber du hast gesagt –«

»Elf sind schon tot«, unterbrach Melantho sie. »Die Dummköpfe und Pechvögel von ein oder zwei Jahrhunderten.« Sie beobachtete Leto genau, während sie sprach, als warte sie darauf, dass sie entsetzt davonwankte. »Nur einer ist also noch übrig.«

In ihren Augen stand etwas Schreckliches und Unausgesprochenes geschrieben. Leto hatte diesen Blick schon einmal gesehen, bei einem Soldaten, der zu ihr gekommen war, um sie um Hilfe zu bitten. Die Götter hätten ihn verstoßen, hatte er gesagt, und ob sie sich für ihn bei ihnen verwenden könne?

Es war ihr nicht gelungen.

»Du hast diese elf getötet«, flüsterte Leto.

»*Wir* haben es getan. Ich leugne es nicht – es hat einen Grund, warum ich noch lebe«, sagte Melantho. »So wie du jetzt noch lebst. Ich nehme an, wir sollten dankbar dafür sein, dass wir alle zum Tod durch den Strick verurteilt wurden und nicht zum Tod durch die Klinge. Poseidon hätte sich vielleicht schwer damit getan, kopflose Leichen wiederzubeleben, aber ein erwürgtes Mädchen ist einem ertrunkenen recht ähnlich, und er hat unseren Körpern so leicht Leben eingehaucht, wie du oder ich eine Kerze auspusten würden. Wir altern nicht. Wir können weder krank werden, noch leiden wir Hunger.« Dann hielt sie inne, als sei ihr noch etwas eingefallen. »Aber wir können sehr wohl sterben.« Ihre Worte hatten ein großes Gewicht und waren gleichzeitig voller Liebe und voller Zorn. Zorn und einer stillen, nachdenklichen Traurigkeit, die sagte, dass manche Dinge besser begraben blieben.

Also ließ Leto sie in der Erde. »Es wäre einfach genug«, sagte sie. »Eine Klinge an der Kehle, ein Tropfen Gift in seinem Wein.« Er hatte es verdient. Er verdiente es. Sie formte ihren Hass zu etwas grausam Scharfem, etwas Tödlichem.

Nach dem, was seine Familie ihrer angetan hatte? Nun, warum sollte sie *nicht* Rache üben? Sie strich ihr Gewand glatt, dessen Stoff steif war vom Salz und unter ihren Fingern knisterte wie Papyrus.

»Vielleicht«, sagte Melantho. »Vielleicht wird es einfach. Aber es gibt eine Bedingung. Sein Tod ist ein Geschenk an Poseidon, also muss er im Meer sterben, und zwar von der Hand einer der Auserwählten Poseidons. Anderenfalls hätten wir die Seeleute im Hafen bestechen können, es zu versuchen. Aber wenn es für einen Mann aus dem gemeinen Volk schon schwer ist, in den Palast hineinzukommen, ist es noch tausendmal schwerer, mit einem Prinzen unter dem Umhang wieder hinauszuspazieren. Und«, sie zog eine goldene Augenbraue hoch, »sein Tod muss innerhalb eines bestimmten Zeitraums erfolgen: einer Phase, die in dem Moment beginnt, in dem die ersten Mädchen gezeichnet werden, und die bei Sonnenuntergang der Frühjahrs-Tagundnachtgleiche endet. Dem Tag der Hinrichtungen.«

Leto runzelte die Stirn. »Aber … das umfasst meistens nur zwei Wochen. Und woher soll man wissen, wann die ersten Mädchen gezeichnet werden? Dafür gibt es keinen festgelegten Zeitpunkt.«

Melantho zuckte mit den Schultern. »Poseidon hatte schon immer einen Hang zur Dramatik. Vielleicht hat er sich an der Ungewissheit ergötzt. Oder vielleicht gedacht, die Menschen würden sich erheben, um die Ihren zu retten, wenn sie erst genau wissen, was sie zu verlieren haben. Das taten sie natürlich nicht.« Sie ließ ein kurzes, grimmiges Lächeln für Leto aufblitzen.

»Vielleicht wussten sie es nicht«, sagte Leto. »Oder sie haben es nicht geglaubt.« Sie war sich nicht ganz sicher, ob sie es überhaupt selbst glaubte, und doch saß der Beweis vor ihr und schauten sie mit grasgrünen Augen und goldüberhauchten Wangen an. »Also«, überlegte sie laut, »wie wollen wir es anstellen?«

»Ah«, entgegnete Melantho. Etwas veränderte sich in ihren Zügen, und sie wandte den Blick von Leto ab und starrte nun auf die gegenüberliegende Höhlenwand. »Da ist noch etwas. Ich bin schon so lange hier, viel länger, als es mir bestimmt war. Ich bin jetzt an Pandou gebunden, so wie Pandou an mich gebunden ist. Ich fürchte, diese Aufgabe musst du allein lösen.«

10

DEM WECHSELNDEN MOND

Leto

Am Himmel von Pandou strahlte die Vormittagssonne und steckte den Sand mit ihrem Licht und ihrer Hitze in Brand.

Melantho war früh aufgestanden, um die toten Mädchen zu begraben, und als Leto wieder am Wasser stand, gab es nichts als meilenweiten Sand und Muschelschalen zu sehen.

Muschelschalen und Melantho an ihrer Seite, während sie ins Meer gingen.

Melantho ermahnte sie, geduldig zu sein, sich Zeit zu lassen, um sich daran zu gewöhnen. Sie konnten den Prinzen ohnehin nicht töten, bevor die ersten Mädchen gezeichnet waren – bevor diese letzten, schrecklichen Tage des Winters angebrochen waren –, also konnte es nicht schaden zu warten. Aber Leto hatte sie angelächelt, ihre Hände ergriffen und gesagt: »Darauf habe ich gewartet.« Jetzt, kaum dass ihre Zehen auf die Brandung trafen, begann die Verwandlung. Das seltsame Kribbeln, das von ihren Füßen nach oben kroch und sich um ihre Schenkel schlang. »Gewöhnt man sich daran?«, stieß sie hervor, trotz des Zitterns, das die Veränderung mit sich brachte.

»Ja.« Melantho drehte sich zu Leto um und warf ihr ein strahlendes, unartiges Lächeln zu, das auch eine Warnung hätte sein können. »Aber es ist immer einfacher, es schnell zu machen. Den Sprung zu wagen.«

In Melanthos Augen lag etwas Tödliches, etwas, das sich zuspitzte, während sich das Schwarz ihrer Pupillen ausbreitete und erst die Iris und dann das Weiß ihrer Augen verschluckte. Sie hätte monströs wirken müssen. Tat es aber nicht. Leto runzelte die Stirn. »Warum siehst du mich so an, als wür…«

Melantho schlug schnell wie eine Schlange zu. Das Meer wogte unter Letos Füßen, und eine Welle erhob sich aus der Untiefe. Sie riss sie von Melanthos Seite und schleuderte sie hoch in die Luft. Leto hatte gerade noch Zeit für einen wilden, keuchenden Atemzug, bevor sie wieder ins Wasser geschmettert wurde.

Das Gefühl, das sie einhüllte, hätte man leicht mit Kälte verwechseln können. Zuerst war der Unterschied nur schwach, dann so enorm, dass es unglaublich war. Statt langsamer, begann Letos Herz schneller zu schlagen. Statt sich zu verkrampfen, strömte Energie durch ihre Gliedmaßen. Noch nie hatte sie sich so lebendig gefühlt. Es war so verblüffend anders als jede Erfahrung, die sie jemals mit dem Meer gemacht hatte. Ihre Lungen brannten nicht vor Luftnot, und sie brauchte einen Moment, um zu begreifen, dass sie keine Luft benötigten. Als sie die Augen öffnete, stellte sie fest, dass sie *alles* sehen konnte. Sie konnte jeden schillernden Lichtstrahl im Wasser ausmachen, jede Bewegung in der Strömung.

Und da war Melantho. Mit grauer Haut und schwarzen Augen, das Haar wirbelte ihr wie Tinte um das Gesicht. Als sie grinste, kamen spitze, glänzende Zähne zum Vorschein. Die letzten Sonnenstrahlen des Sommers durchbrachen glitzernd die Wasseroberfläche. Ihnen blieben noch Monate bis zur Tagundnachtgleiche. Monate, um über alles nachzudenken, um den Tod eines Jungen mit schwarzen Augen und einer goldenen Krone zu planen. Leto erwiderte Melanthos Grinsen.

Die Tage schmolzen im Schaum des Meeres dahin. Vielleicht erstreckte sich die Illusion, die über der Insel hing, bis zu den endlosen Kreisen der Sonne und des Mondes, bis zur Zeit selbst. Vielleicht war es aber auch Leto, die sich verändert hatte.

Jeden Morgen wachte sie früh auf und verbrachte den ganzen Tag mit Melantho im Meer. Vor dem Ende des Winters, bevor die Tagundnachtgleiche den Beginn einer neuen Jahreszeit und das Ende von zwölf unschuldigen Leben einläutete, würde Leto durch die unsichtbare Barriere schwimmen müssen, die Pandou vor der Welt dahinter verbarg, um sich auf den Weg zum Palast von Ithaka zu machen und einen Prinzen zu töten. Bis dahin gab es viel zu lernen: Wie sie ihre Bewegungen im Wasser steuern konnte, wie sie ihre Energie über Meilen einteilen konnte und wie die Wechsel der Gezeiten und die Strömungsschwankungen einzuschätzen waren, die von Handelsschiffen unterwegs zwischen Same und Vathi verursacht wurden. Und dann waren da noch die praktischen Dinge: Wie sie das Wasser von ihrer Haut und aus ihren Kleidern verdampfen konnte – auf diesem Gebiet war sie absolut erfolglos – und wie sie es überallhin mit sich nehmen und formen konnte. Wie sie ihre Augen scharf und ihren Verstand wendig hielt. Melantho ließ sie immer wieder die Grenzen ihrer Kräfte austesten, damit sie verstand, wie weit sie sich vom Meer entfernen konnte, bevor dessen Macht sie verließ. Sie lernte, aus immer größerer Entfernung an ihrer Kraft festzuhalten. Wenn sie sich schließlich auf den Weg nach Ithaka machte, musste sie auch das beherrschen.

»Du bist nicht besonders gut darin«, sagte Melantho während einer solchen Lektion. Der Herbst hatte sie überrumpelt, und die Blätter, die über das Meer herüberwehten, verfärbten sich schon von Grün in flammende Rot- und Goldtöne, auch wenn das Laub der Bäume, die auf Pandou wuchsen, sich nicht veränderte. Melantho zupfte die Blütenblätter von einer Narzisse – wie alles andere schienen die kleinen, gelben Blumen auf der Insel den Jahreszeiten zu trotzen, und sie wuchsen überall –, während Leto wieder einmal daran scheiterte, aus Meerwasser einen Vogel zu formen.

Melantho bewegte die Arme und ließ eine Herde Wasserpferde durch die Brandung galoppieren. »Du willst keinen Vogel formen. *Sag* dem Wasser einfach, wie ein Vogel aussieht.«

»Wie«, stieß Leto hervor, »soll ich das denn anstellen?«

»Um der Götter willen«, sagte Melantho. »Sieh dir nur deine Haltung an.« Sie ging auf Leto zu und streckte die Hände nach ihr aus.

Leto war sich nicht sicher, was sie erwartet hatte – vielleicht, dass Melantho ihre Arme neu positionieren oder ihren Rücken aufrichten würde. Stattdessen schob sie sich blitzschnell hinter Leto, presste sich an sie, und hielt Letos Handgelenke fest. Leto versteifte sich für einen Moment, dann sank ihr verräterischer Körper an Melanthos Brust, schmiegte sich an sie. Sie zwang sich auszuatmen.

So war es manchmal. Melanthos Hand lag auf ihrer Schulter, oder ihre Hüften berührten sich im Gehen, und Letos Seele begann zu singen. Ihre Seele wusste, dass Melantho der Schlüssel zu ihrer Zukunft sein könnte. Dass Letos Schicksal auf ewig mit dem Wispern eines Mädchens mit goldenem Haar und Sommersprossen, die jeden Fleck ihrer olivfarbenen Haut bedeckten, verwoben sein würde.

Nun, vielleicht nicht jeden Fleck. Leto hatte das nicht genau überprüft.

Sie ertappte sich dabei, dass ihr die Röte ins Gesicht und Hitze in die Wangen schoss.

Sie dankte den Göttern, dass Melantho es nicht bemerkte – sie war zu vertieft in die vor ihr liegende Aufgabe. »So musst du es machen«, erklärte sie. Ihr Atem bewegte die feinen Haare über Letos Ohren, während sie Letos Arme im selben Rhythmus wie ihre eigenen bewegte und sie durch die Luft führte. »*Sag* dem Wasser, was es tun soll.«

Leto achtete kaum auf das, was sie tat – jeder Muskel in ihrem Körper, so fühlte es sich an, war angespannt. Ihr Gehirn konnte sich nur auf das Gefühl von Melanthos Haut an ihrer eigenen konzentrieren. Halbherzig versuchte sie es. *Eine Lerche,* sagte sie dem Wasser.

Unglaublicherweise klappte es. Die Wellen brandeten auf, und aus der Wellenkrone flog ein kleiner Vogel, dessen perfekt geformte Federn sich in der Brandung abzeichneten. Er breitete die Flügel aus und umkreiste sie, während er schwindelerregend schnell über ihre Köpfe hinwegschoss.

Melanthos Lachen schallte in ihren Ohren, und Leto strahlte, verblüfft von ihrer eigenen Leistung. Sie hatte sich noch nie so fähig gefühlt – zumindest bis das schaumige Wesen sich ohne Vorwarnung auflöste, auf sie hinabstürzte und sie bis auf die Haut durchnässte.

»Oh, verdammt.« Wo das Wasser sie berührte, bedeckten grüne und schwarze Schuppen Letos Arme.

»Vielen Dank dafür.« Melantho verzog das Gesicht zu spielerischem Tadel. Sie zupfte sich eine feuchte Haarsträhne vom Gesicht und strich sie sich hinters Ohr. Die Narzisse war ihr aus der Hand gefallen, und ihre Blütenblätter lagen im Sand verstreut.

»Tut mir leid«, sagte Leto.

»Du brauchst dich nicht zu entschuldigen.« Melantho – in der Sonne smaragdgrün und golden überhaucht – lächelte. »Ich habe keine Angst vor ein bisschen Wasser. Lass es uns noch einmal versuchen. Diesmal einen ganzen Schwarm.«

Sie schloss ihre Finger um die von Leto, als das Wasser auf sie zuströmte.

In solchen Momenten war es leicht zu vergessen, warum sie übten. Es war leicht, sich vorzustellen, dass sie auf Pandou bleiben und nur in Momenten wie diesen leben könnten – mit Narzissenblüten zu ihren Füßen, während der Wind ihnen das Haar aus dem Gesicht pustete. So zu tun, als würde Leto nicht bald fortgehen und Melantho nicht hierbleiben müssen. Leto warf einen verstohlenen Blick in ihre Richtung. Würde das Brechen des Fluchs sie aus Pandous Griff befreien?

Und wenn ja, würde sie diese Freiheit mit Leto teilen wollen?

Leto hieß die Wellen willkommen, als sie sie trafen. Sie zog Kraft aus dem Wasser, nahm wahr, wie sie durch ihre Adern strömte. Das alles würde bald enden, da es enden musste, mit dem Tod eines Prinzen. Sie tat gut daran, das im Gedächtnis zu behalten.

Leto schloss die Augen und hob die Hand, die ihm das Leben entreißen würde, und ließ Melanthos Finger aus ihren schlüpfen.

Leto fand schon bald ihren Lieblingsplatz von ganz Pandou. Er war eine ganze Meile, wenn nicht mehr, von der Küste entfernt, ein Ort, an dem das flache Wasser endlich in das große ionische Meer überging. Dort ragte ein Felsen aus dem Wasser, ein perfekter Ausguck, von dem aus man über die wirbelnde Strömung schauen und die Handelsschiffe beobachten konnte, die Waren zwischen Ithaka und Kefalonia transportierten. Wenn Leto ganz nach oben auf den Felsen kletterte und an den äußersten Rand trat, spürte sie den Widerstand von Pandous Grenzen, konnte die Hände darauf legen und fühlen, wie sie sich im Rhythmus der Wellen krümmten.

Manchmal spürte sie Blicke in ihrem Rücken und wirbelte herum, ihre Lippen bereits zu einem schwachen Lächeln hochgezogen, in der Erwartung, Melantho zu sehen, die sich aus dem Wasser hochzog. Aber nie war jemand auf dem Felsen, und Melantho tauchte immer erst etwas später aus dem Ozean auf, mit klatschnassem Chiton, der ihr am Körper klebte, und einem kleinen Netz voller Fische in den Händen.

Doch heute blieb dieses Gefühl fern. Leto blinzelte in die Sonne jenseits der Barriere. »Was würde denn eigentlich passieren, wenn ich da hindurch wollte?«

Melantho hatte sich weiter unten ausgestreckt – sie weigerte sich immer, bis an den Rand zu gehen, und zog es vor, sich dort hinzulegen, wo der Felsen flach war, das Gesicht der Sonne zugewandt – sie beäugte Leto argwöhnisch, bevor sie antwortete. »Nichts, vermute ich. Thalia und die anderen vor ihr haben immer wieder zurückgefunden.«

Thalia. Das war das letzte Mädchen, das das Meer wieder ausgespien hatte. Melantho erwähnte sie kaum je.

Sie nahm an, es lag daran, dass Thalia tot war.

Leto wollte nicht über sie sprechen. Sie beschwor eine Wasserblase in ihre Handfläche und ließ sie in tausend Tröpfchen zerplatzen. »Darf ich es versuchen?«

»Die Insel zu verlassen?«

»Und zurückzukommen. Das ist doch Teil des Plans, oder nicht?«

Melanthos Gesicht wurde ausdruckslos. »Ich … ja natürlich.«

»Dann ist heute vielleicht ein guter Zeitpunkt, an den Feinheiten zu arbeiten.«

»Mir war nicht bewusst, dass wir uns auf irgendwelche Feinheiten verständigt hätten. Ich wollte warten, bis«, Melantho deutete vage in ihre Richtung, »deine Fähigkeiten etwas ausgereifter sind.«

»Das *sind* sie.«

Melantho seufzte. »Na schön. Der Plan.«

Leto strahlte. »Der Plan.«

»Der erste Schritt wird darin bestehen, in den Palast einzudringen. Glaubst du, du kannst …«

»Das ist einfach.« Leto hatte auf diese Frage gewartet – hatte wieder und wieder in ihren schlaflosen Nächten darüber nachgegrübelt. Es war eine Ablenkung von dem Gedanken an Melantho, die nur eine Höhle weiter schlief, nur eine zerklüftete Felswand von ihr getrennt. »Die Tochter des Bäckers arbeitet im Palast. Sie steht jeden Tag sehr früh auf, um die Öfen in der Bäckerei anzuheizen – ihr Vater ist ein Trinker und völlig nutzlos. Sie trägt einen anderen Chiton als sonst, wenn sie in den Palast geht. Ich nehme an, sie will nicht, dass er mit Mehl bestäubt wird. Ich könnte darauf warten, dass sie geht, mich in die Bäckerei schleichen …«

»Den Chiton stehlen und dich dann getarnt als Magd in den Palast schleichen.« Melantho nickte anerkennend. »Du glaubst nicht, dass man dich erkennen wird?«

»Glaubst *du* es?« Leto breitete die Arme aus und grinste. Ihre Kleider waren feucht und klebten ihr am Körper. Bildete sie sich nur ein, dass Melanthos Blick auf ihren Schenkeln, an ihren Brüsten hängenblieb? Sie erfreute sich an ihrem fülligen Körper; sie hatte jetzt Kurven, die sie nie zuvor besessen hatte.

Eine lange Pause folgte. »Ich weiß nicht, was du meinst«, sagte Melantho. Ihre Wangen hatten sich rosig gefärbt.

»Du denkst, ich sehe noch genauso aus wie früher, nicht wahr? Aber findest du nicht, dass ich von der Sonne braun geworden bin? Dass ich zugenommen habe?« Sie drehte sich langsam um und sah kokett über ihre Schulter. »Und ich schwöre, meine Narben sind ebenfalls verschwunden.« Alle, bis auf die Narbe durch das Seil, die noch immer ihren Hals verunstaltete. Aber damit wollte sie sich jetzt nicht beschäftigen.

Melanthos Hand wanderte zu ihrem Haaransatz. »Das stimmt. Das Wasser heilt nicht nur unsere neuen Verletzungen – es heilt auch die alten. Wenn es allerdings eine wirklich große Narbe ist …« Sie räusperte sich. Der Hauch eines Schattens glitt über ihre Züge. »Wie dem auch sei, du siehst tatsächlich verändert aus. Aber ich würde trotzdem vorsichtig sein. Vielleicht könnten wir dein Haar bleichen oder …«

Leto heuchelte Gekränktheit. »Was stimmt nicht mit meinem Haar?«

»Mit deinem Haar ist alles in Ordnung! Es ist wunderschön. Es ist nur so, dass es … nun, es ist *dein* Haar. Wenn wir dich unkenntlich machen wollen …« Melantho brach ab. Sie runzelte die Stirn, obwohl der Schatten bereits von ihren Augen abfiel. »Du machst es mir absichtlich schwer, nicht wahr?«

»Ganz und gar nicht. Aber jetzt kommt der Teil des Plans, an dem ich nicht weiterkomme: Was soll ich tun, wenn ich *im* Palast bin?« Leto lehnte sich vorsichtig zurück und drückte, so fest sie es wagte, gegen die Barriere zur Außenwelt. Es war nicht leicht – ihre Bauchmuskeln protestierten, als sie sie anspannte –, aber sie war davon überzeugt, dass es sie hervorragend aussehen ließ. »Den Prinzen betäuben und rauszerren? Ihm drohen?«

»Ihn verführen?«

»Ihn verführen?« Leto hatte die Barriere hinter sich bereits halb vergessen. Sie ruderte dramatisch mit den Armen und …

Fiel hindurch.

Der Wind entriss ihrer Kehle ein Kreischen, als sie die Arme ausstreckte und verzweifelt nach etwas suchte, woran sie sich festhalten konnte, bevor sie in die Wellen stürzte. Ihre Finger trafen auf warmes Fleisch. Einen Moment später wurde sie von einem eisernen Griff festgehalten.

Melantho hatte sie aufgefangen.

Keuchend hing sie da. »Götter«, brachte Leto schwach hervor, den Blick in den Himmel gerichtet. Ein Unwetter zog auf; das war seltsam. Auf Pandou hatte es noch nie gestürmt. »Es wird regnen.« Sie sah mit einem kläglichen Lächeln zu Melantho auf. Oder zumindest wollte sie es.

Melantho war fort. Wo sie hätte sein sollen – wo der Felsen hätte sein sollen mitsamt Pandou dahinter –, war nichts als Luft und Gischt.

Die untere Hälfte von Letos Körper war verschwunden. Sie spürte zwar Melanthos Finger, die ihre umklammerten, aber ihr eigener ausgestreckter Arm schien am Handgelenk zu enden. »Melantho?«, flüsterte sie zaghaft.

»Leto.« Melanthos Stimme schien aus weiter Ferne zu kommen. »Kannst du mich hören?«

»Ja. Zieh mich wie …«

»Gut.« Melantho schnitt ihr das Wort ab. »Hör genau zu. Wenn ich dich loslasse, wirst du mich vielleicht nicht mehr hören können. Aber das ist in Ordnung. Versuch nicht zu horchen, versuch nicht zu sehen. Folge dem Gefühl von Pandou – deine Kräfte werden dich immer hierher zurückführen, verstanden?«

»Was?« Letos Stimme war bloß noch ein Quieken. Ihre Finger verkrampften sich und waren schweißnass, während sie langsam abrutschten.

»Dann sehen wir uns gleich.« Melantho ließ sie los.

Das Wasser jenseits von Pandou war wirklich kalt.

Während Leto dahinglitt, ungläubig der umherwirbelnden Strömung ausgesetzt, rauschte ihre Kraft durch sie hindurch. »Lächerlich«, murmelte sie vor sich hin, die Worte eine Reihe von Bläschen. Sie streckte ihre Sinne nach dem Meer aus und wartete, bis sie spüren konnte, wie es in ihren Adern sang, dann katapultierte sie sich mit einer Drehung ihres Handgelenks vorwärts.

Der umgekehrte Weg durch die Barriere fühlte sich nicht genauso an wie der Weg hinaus. Leto presste die Augen fest zusammen und wandte angstvoll das Gesicht ab, während sie sich auf den Aufprall vorbereitete. Aber es kam keiner.

Sie öffnete die Augen. Da war nichts, nichts als das Blau des Meeres und das wirbelnde Grau des fernen Himmels.

Pandou war verschwunden. Sie versuchte es noch einmal und dann noch einmal, warf sich in alle Richtungen, während sie suchte und suchte und suchte nach dem Ort, wo die Wahrheit zum Mythos wurde, wo die reale Welt in einen zeitlosen Ort überging, der ebenso schön wie durch und durch einsam war.

Sie tauchte auf und schüttelte sich das Wasser aus dem Gesicht. Der Obolus, den sie immer noch an der Lederschnur um den Hals trug, hatte sich aus ihren Kleidern befreit. Sie umklammerte ihn.

Was hatte Melantho noch gleich gesagt? Folge dem *Gefühl?* Was bedeutete das überhaupt? Aber es blieb ihr gar nichts anderes übrig – schließlich gab es meilenweit um sie herum nichts als das Meer und kein anderes Geräusch als den Wind und die kreischenden Möwen, die über ihr kreisten.

Sie schloss erneut die Augen, streckte ihre Sinne aus und zog die Zehen durch das Wasser, während sie gleichzeitig die Fäden der Gezeiten mit den Fingern festhielt. Hier gab es so viel mehr als auf Pandou; sie konnte jede Welle spüren, die sich um sie herum auftürmte, jeden Fischschwarm, der unter der Wasseroberfläche vorbeihuschte, und …

Da. Etwas Stärkeres, etwas, woran sie sich klammern konnte. Etwas, das sich vertraut und tröstlich anfühlte und das sie anzog.

Sie ließ sich dorthin treiben und davon leiten, bis es wie aus dem Nichts vor ihr auftauchte. Ein Schimmern im Wasser, eine Verzerrung, die nichts anderes sein konnte. Sie versuchte, es mit einer Hand zu packen und hätte schreien können vor Erleichterung über den kleinen Schauer, der sie durchlief, als ihre Finger durch den Spalt verschwanden. Einen Augenblick später folgte der Rest von ihr, und sie war wieder in den Gewässern Pandous und schaute blinzelnd in die Sonne.

»Da bist du ja.« Ruckartig drehte Leto sich im Wasser um und sah Melantho, die immer noch ausgestreckt auf dem Felsen lag. Sie applaudierte langsam. »Du hast dir Zeit gelassen.«

»Ich habe es gefunden«, jubilierte sie. »Sieh nur, ich bin wieder da!«

Sie strahlte Melantho an, die die Augen verdrehte. »Das sehe ich.«

Leto lächelte nur noch breiter. »Ich werde es noch mal tun.«

Und das tat sie, wieder und wieder und wieder, bis sie sich sicher war, dass sie es mit verbundenen Augen schaffen würde.

Beim letzten Mal machte sie einen Rückwärtssalto aus dem Wasser, einfach weil sie es konnte. Ihre Seele selbst schien vor Kraft zu singen.

Triumphierend ließ sie sich neben Melantho auf den Felsen fallen und grinste sie an. »Du bist dran.«

»Ich kann nicht hindurchgehen, und das weißt du«, sagte Melantho. Sie hob eine Hand und fing die Gischt ab, bevor sie sie treffen konnte, formte sie zu einem festen, wirbelnden Ball und warf ihn zurück ins Meer. »Ich bin schon viel zu lange hier, ich gehöre jetzt dem Meeresgott. Auch wenn ich ein Geschöpf Poseidons bin, ist Pandou mein Zuhause. Mein Gefängnis.«

»Aber wenn du es doch könntest?« Leto wusste, dass sie es gefährlich weit trieb.

Melantho setzte sich ruckartig auf. »Spielt das eine Rolle? Du musst bald aufbrechen. Daran sollten wir stattdessen denken.« Es war immer leicht zu erkennen, wenn ihr der Geduldsfaden zu reißen drohte; das Wasser um sie herum war dann aufgewühlt und peitschte gegen die Seiten des Felsens. Der schwarze Ring um ihre Iris verdunkelte sich noch weiter, und das an Frühlingsgras erinnernde Grün ihrer Augen wurde von etwas anderem verdrängt, das immer unter der Oberfläche lauerte.

Doch es machte Leto keine Angst mehr. Melantho war in Grau und Smaragdgrün ebenso schön wie in Pfirsichtönen und Gold. Trotzdem ließ sie das Thema fallen und nahm ihre Beobachtung der Handelsschiffe und Fischerboote wieder auf, sah den über das Meer jagenden, Fontänen ausstoßenden Delfinen nach, die mit schrillem Quieken durch das Wasser sprangen.

11

IN DEN SCHATTENHAIN

Mathias

Mathias hatte sich eingeredet, dass der Tempel des Apollo alle Antworten bereithalten würde. Doch als er jetzt hineinging, flackerte der zaghafte Hoffnungsfunke in seiner Brust einmal auf und erlosch.

Irgendwie waren die letzten Sommertage wie im Flug vergangen – die gehetzte Ernte des spärlichen Getreides, das Schlachten und Einsalzen, das Aufatmen, als die Fischschwärme endlich wirklich nach Ithaka kamen. Der Herbst verflog genauso schnell.

Er knirschte mit den Zähnen. Natürlich hatten seine Pflichten und die Vorbereitungen auf die Ankunft seiner athenischen Braut ihn in Atem gehalten, aber er konnte kaum verstehen, warum er so lange gebraucht hatte, um hierherzukommen. Und warum er so große Hoffnung darauf gesetzt hatte.

Jetzt erschien ihm das durch und durch lächerlich.

Der Tempel war eine Ruine und fast zwanzig Jahre lang andauernden Plünderungen, Unwettern und schierer Vernachlässigung ausgeliefert gewesen. Schwache Sonnenstrahlen bahnten sich einen Weg durch die Löcher in der gewölbten Decke. Alles Wertvolle war verschwunden und der Boden übersät von zerschlagenen Töpferwaren, Tierknochen und zerbrochenen Steinplatten, in deren Rissen das Unkraut wucherte.

»Oh«, sagte Olympia leise. Sie hatte ihn genau in dem Moment ertappt, als er sich durch die Palasttore geschlichen hatte, und nicht aufgehört, ihm auf die Nerven zu gehen, bis er ihr verraten hatte, wohin er wollte. Und als er es ihr erst gesagt hatte – eine hastig erfundene Geschichte, er wolle wieder Kontakt zur Geschichte der Insel aufnehmen –, war es ihr nicht auszureden gewesen, ihn zu begleiten.

»Oh«, echote Mathias.

Für einen Moment standen sie Seite an Seite da. Ein sanfter Wind wehte durch den Säulengang, hob den Saum von Mathias' Gewand an und sandte ein Frösteln durch seinen Körper. Er ballte die Hände zu Fäusten und lockerte sie wieder. Wenn er versuchen würde zu sprechen, bräche seine Stimme, das wusste er. Dies war kein Tempel mehr. Es war ein Grabmal – ein Grab für die Götter, von denen Ithaka sich fast gänzlich abgewandt hatte.

Neben ihm bewegte sich Olympia unruhig. Sie hatte noch nie besonders gut mit Stille umgehen können. Früher – als Selene noch lebte, bevor seine jüngere Schwester Hekate weggeschickt worden war – konnte man sich darauf verlassen, dass Olympia jeden Streit schlichten und Tränen mit einem kleinen Scherz genau zur richtigen Zeit trocknen würde, dass sie Purzelbäume durch die Palastgänge schlagen würde, bis sie erneut von Gelächter widerhallten. Sie waren nicht blutsverwandt – sie war die Schwester von Alexios –, aber sie waren zusammen aufgewachsen. Sie war für ihn immer wie eine Schwester gewesen.

Jetzt wusste er nicht mehr, was sie für ihn war. Sie duldete seine Neckerei nicht mehr und folgte seiner Mutter wie ein verirrtes Entenküken, und manchmal ertappte er sie dabei, wie sie ihn mit einer wilden Sehnsucht ansah, die ihn nervös machte.

Irgendwann ergriff sie das Wort, offensichtlich außerstande, das Schweigen auch nur einen Moment länger zu ertragen. »Hast du es dir so vorgestellt?«

Er schüttelte den Kopf, ohne sie anzusehen.

»Können wir dann wieder gehen?«

»Nein.« Er war selbst überrascht von dem Nachdruck in seiner Stimme. Doch er konnte nicht gehen, nicht solange noch eine winzige Möglichkeit bestand, hier etwas zu finden, etwas, das den Fetzen verbrannten Pergaments von vor so vielen Monaten erklären würde – sowie das darauf gekritzelte Wort. *Tod.*

»Was wollen wir dann tun?«

Darauf hatte er keine vernünftige Antwort. So zuckte er nur hilflos mit den Schultern und hielt den Blick starr auf die zerbrochenen Steinplatten unter seinen Füßen gerichtet.

»Wie du willst«, sagte Olympia. »Ich werde nach Gold suchen. Ich wette, irgendetwas ist noch davon übrig.« Sie schritt entschlossen auf eine besonders stark beschädigte Nische zu. »Lass mich wissen, wenn wir gehen können.«

Ihm blieb nichts anderes übrig, als ihrem Beispiel zu folgen.

Mathias suchte bestimmt eine Stunde lang, riss unermüdlich die letzten Überreste des Tempels auseinander, während er Ausschau nach etwas hielt, nach irgendetwas, das ihn zu Antworten führen würde. Nichts, *nichts.* Keine einzige Schriftrolle oder Tafel. Schließlich gelang es ihm, einen zerbeulten, kleinen Bronzebecher zu bergen, der in einem Riss im Boden festgeklemmt hatte, aber seine Oberfläche war schmucklos und diente keinem Zweck. Es gab keinen Hinweis mehr auf das Orakel, das die Wahrheit über Mathias' Leben gekannt hatte, das Orakel, das aus dem Palast verschwunden war, noch bevor er das Laufen gelernt hatte. Sie war tot. So viel wusste er.

Gelegentlich ertappte er Olympia dabei, wie sie in seine Richtung schaute und ungeduldig von einem Fuß auf den anderen trat, während sie so tat, als untersuche sie eine Tonscherbe. Sie war eine allgegenwärtige Erinnerung daran, dass Mathias nicht hier sein sollte. Dass er im Palast sein und sich auf die Ankunft eines Mädchens vorbereiten sollte, dem er noch nie begegnet war, und auf eine Verlobungsfeier, die ihm nie etwas bedeutet hatte. Und dann musste er an die Opferungen denken, die der Zeremonie folgen würden ... Schuldgefühle schnürten ihm die Kehle zu. Er war der Einzige, auf den sein Volk sich verlassen konnte, der Einzige, der es retten konnte, und er hatte kaum etwas herausgefunden. Vielleicht würde Prinzessin Adrasteia die Dinge verändern; vielleicht würde sie den Platz an Mathias' Seite ausfüllen, den Platz, der immer wieder leer geworden war, bis Mathias gelernt hatte, Liebe mit Verlust gleichzusetzen.

Er starrte angestrengt auf den Bronzebecher in seiner Hand und strich mit einem Finger über die verbeulte Oberfläche. Vielleicht würde Adrasteia ihn mögen. Vielleicht würde sie ihn sogar lieben. Vielleicht würde er auch sie verlieren.

Er fuhr zusammen, als ihn eine Hand am Ärmel berührte. »Mathias«, sagte Olympia. Er hatte wohl zu heftig reagiert, denn sie zog die Hand zurück, glättete bereits ihre verletzt verzogenen Lippen. War er schon immer so vor ihr zurückgeschreckt? Er konnte sich kaum erinnern. »Können wir zurückgehen? Hier ist nichts.«

»Nur noch eine Sache.« In seiner Stimme schwang ein verzweifelter Unterton mit, der selbst für ihn hörbar war. Vorsichtig stieg er über einen umgekippten Sockel und ließ sich in der Mitte des Raums auf die Knie sinken. Einst hatte hier eine Apollo-Statue gestanden – Mathias konnte noch immer den Stein ausmachen, wo sie platziert gewesen sein musste, wo das Moos eine Spur lichter war –, aber auch diese Statue war verloren gegangen. Während er noch immer Olympias fragenden Blick ignorierte, schaute er zu der Stelle auf, wo einst Apollos Antlitz gewesen sein könnte, und betete.

Seine Gebete waren nie etwas, das er in Worte kleiden konnte, nie klar oder greifbar, nur ein Strudel quälender Gefühle und Hoffnungen und Erinnerungen an Selenes Gesicht, das vor seinen Augen verschwamm.

Manchmal erhaschte er einen Blick auf das pausbäckige Gesicht seiner jüngeren Schwester Hekate, die man nur wenige Wochen nach Selenes Tod nach Kreta verfrachtet hatte. Sie war damals sieben Jahre alt gewesen, und mit seinen damals vierzehn Jahren hatte er sie für ein Baby gehalten.

Sie musste jetzt elf sein.

Sie wiederzusehen, auf dem Boden eines Ithaka, das nicht singend ihren Tod verlangte – das war etwas, worum er beten konnte, dafür würde er stunden-, tage- und wochenlang über Schriftrollen brüten, wenn es bedeutete, dass sie nach Hause kommen konnte.

Adrasteia würde keine Lösung dafür, doch zumindest das Gold mitbringen, das Ithaka so verzweifelt brauchte. Dann wäre er wenigstens imstande, sein Volk noch ein oder zwei Jahre zu ernähren und es, so gut es ging, vom Tod ihrer Töchter abzulenken.

Mathias erhob sich und kehrte an Olympias Seite zurück. »Das ist alles«, sagte er. Er ließ den Bronzebecher wieder auf den Boden fallen, ohne sich darum zu kümmern, wo er landete. »Lass uns nach Hause gehen.«

Olympia war merklich glücklicher, sobald sie den Tempel hinter sich ließen und sich über die Hügel auf den Weg zum Palast machten. Sie hakte ihn unter und hüpfte neben ihm her. Der Abend senkte sich herab – wie immer schneller, als Mathias es erwartete, obwohl die Tage inzwischen länger wurden und der Frühling näher rückte, die Hinrichtungen näher rückten. Sie folgten dem Licht des Mondes und der fernen Fackeln.

»Dieser Ort war schrecklich«, sagte Olympia mit einer Munterkeit, die irritierend war. »Auch wenn ich eigentlich nichts anderes erwartet habe, wenn man bedenkt, dass es das alte Orakel war, das den Tempel gepflegt und die Dorfbewohner dort hinaufgelockt hat. Jetzt ist sie tot und ihre Tochter auch …«

»Ihre Tochter?« Mathias wäre beinahe über einen Stein gestolpert. Er richtete sich hastig auf, bevor Olympia es bemerken konnte. »Ich wusste gar nicht, dass sie eine Tochter hatte. Oder dass ihre Tochter tot ist.« Wie kam es, dass alle anderen immer so viel mehr über Ithaka und sein Volk zu wissen schienen als er? Immerhin war er dazu bestimmt, schon bald König zu sein.

»Die Königin hat es mir erzählt«, sagte Olympia in einem Tonfall großer Überlegenheit. Ihr Haar wehte ihr ums Gesicht, als sie sich zu ihm umdrehte. »Die Tochter des Orakels war eines der gezeichneten Mädchen in diesem Jahr. Sie war selbst ein Orakel, wenn auch ein ziemlich miserables, und hat von Vathi aus gearbeitet.« Sie runzelte die Stirn und zog die dunklen Brauen über ihren dunklen Augen zusammen. »Es überrascht mich, dass du das nicht wusstest – anscheinend rankt sich eine große Legende um dieses Mädchen. Sie hatte versucht zu fliehen, aber Alexios fing sie natürlich ein, bevor sie allzu weit kommen konnte. Doch er hat mir erzählt, sie habe sich gewehrt, sodass sie langsam starb.«

Mathias konnte nicht anders: Er zuckte sichtbar zusammen.

Nein, das hatte er nicht gewusst, hatte nicht den Mut gefunden, zuzuschauen, wie das zerschundene und von Blutergüssen übersäte Mädchen seine letzten, verzweifelten Atemzüge tat. Er hatte sich sofort abgewandt, als Alexios nach dem Seil griff. Wie lange sie wohl gekämpft und nach Luft gerungen hatte? Waren ihre Augen weit aufgerissen gewesen, die Panik und die Angst sogar durch die geschwollenen Lider noch sichtbar?

»Mathias?«

Er atmete scharf ein. Ihm war gar nicht bewusst gewesen, dass er stehen geblieben war, aber jetzt stellte er fest, dass er erstarrt war und jeder Muskel in seinem Körper sich schmerzhaft verkrampfte. »Tut mir leid, ich – ich habe das nicht gewusst.«

Olympia kniff die Augen zusammen. Sie hatte sich noch immer fest bei ihm untergehakt. »Die Orakel dieser Familie haben nichts anderes getan, als unserer Familie zu schaden. Du solltest froh darüber sein.«

Unserer Familie. Darauf fiel ihm keine Erwiderung ein. Er wandte den Blick von ihr ab und schaute über die Hügel. Der Schaden, den das Meer Ithaka zugefügt hatte, war im Winter nicht so deutlich. Man hätte beinahe glauben können, dass die Verwüstung eine Folge der Kälte war, der wenigen Sonnenstunden und der Unfruchtbarkeit, die Demeters Sehnsucht nach ihrem verlorenen Kind mit sich brachte. Jenseits der Felder in den Küstendörfern flackerten schwache Feuerpunkte.

Eine plötzliche Entschlossenheit legte sich völlig überraschend über ihn. »Olympia«, sein Tonfall war scharf, »hast du gesagt, das Orakel – das Mädchen – stammte aus Vathi?«

»Ja, genau.« Wenn sein Ton sie beunruhigte, ließ sie es sich nicht anmerken. »Sie und ein weiteres Mädchen, glaube ich. Warum fragst du?«

»Zwei Mädchen aus ein und demselben Dorf?«

Ein Hauch von Gereiztheit stahl sich in ihre Stimme. »Ich sage dir nur, was ich weiß. Du kannst ja Poseidon danach fragen, wenn du es für ungerecht hältst.«

»Ich gehe jetzt.«

Ein langes, verwirrtes Schweigen folgte. Er mied absichtlich den Blick von Olympia, die ihn mit ungläubigen, fragenden Augen anfunkelte. »Du gehst … wohin genau?«

»Nach Vathi.« Vielleicht war es völlig bedeutungslos – sicherlich konnte er die toten Mädchen nicht wieder zum Leben erwecken –, aber er konnte ihnen zumindest seine Hochachtung erweisen, konnte versuchen, ihre Namen in Erfahrung zu bringen und sie in seine Gebete einschließen. Dann würde er vielleicht aufhören, von einem Mädchen mit eingefallenen Wangen und grimmigen, zornigen Augen zu träumen.

»Die Leute in Vathi hassen dich.« Es war offensichtlich, dass Olympia ihn für ziemlich verrückt hielt. »Du bist ein Symbol für alles, was sie verachten. Dein Reichtum, deine Macht, deine Schönheit …«

»Sie haben keine Ahnung, wie ich aussehe«, unterbrach Mathias sie. »Denn meine Mutter lässt mich nur selten aus den Augen. Also wird das alles keine Rolle spielen. Hier …«, er nahm mit seiner freien Hand den goldenen Reif von seinem Kopf, »du wirst den hier für mich zurückbringen, nicht wahr? Und mich bei der Königin entschuldigen, falls sie fragt.«

»Sie wird nicht fragen«, murmelte Olympia, nahm aber trotzdem den Reif von ihm entgegen. »So oder so sind deine Kleider immer noch viel zu vornehm. Du wirst dort trotzdem auffallen.« Eine Pause folgte, dann wurde ihr Ton weicher. »Hast du vor, etwas Lächerliches zu tun?«

Behutsam löste er seinen Arm aus ihrem. »Möglicherweise.«

12

WO DIE SEELEN WOHNEN

Melantho

Melantho konnte nicht aufhören, an Letos Mutter zu denken.

Zugegeben, es war seltsam, so etwas nachzuhängen – vor allem, da es so viel anderes gab, worüber es sich nachzudenken lohnte –, aber sie konnte dieses Gespräch einfach nicht vergessen, die Hoffnung, die in Letos Gesicht aufgeflackert war. *Erinnerst du dich an die Mädchen?*

Manchmal, war die wahrheitsgemäße Antwort.

Manchmal zogen ihre Gesichtszüge durch Melanthos Geist, wenn sie träumte. Dann sah sie sie im Wasser liegen, ihre offenen Augen starr in den Himmel gerichtet. In ihren Träumen – zumindest in denen, die nicht so schlimm waren – blieben sie so und schauten zum Mond über ihnen auf. In den schlimmen Träumen starrten sie Melantho an. Die grauen Lippen zitterten und formten Worte.

Deine Schuld.

Sie wünschte, Letos Mutter wäre unter ihnen gewesen. Es waren Monate seit Letos Frage vergangen – in der Welt jenseits von Pandou herrschte nun tiefer Winter, wenn man nach dem ruhigen Himmel und dem leeren Meer urteilte –, und dennoch kehrte sie oft zu dem Gedanken zurück und wünschte, sie könnte Leto irgendetwas anderes anbieten als ein Kopfschütteln oder einen mitfühlenden Händedruck.

Doch sie erinnerte sich an nichts, was die Frau betraf, die

Leto ihr beschrieben hatte, und während die Tage wieder und wieder in kühle, sternenklare Nächte übergingen, fand sie sich mit dem Gedanken ab, dass sie sich niemals erinnern würde.

In einer dieser Nächte saßen sie Seite an Seite vor einem schwelenden Feuer und rösteten Brot über den glühenden Holzscheiten.

»Wie war sie so?«, fragte Melantho und richtete den Blick auf einen Rußfleck auf ihrem nackten Fuß.

Der Stock, den Leto in den Händen hielt – Hände, die normalerweise geschickt und sicher mit einem Messer, einem Stein oder dem Hals eines Vogels, dem sie das Genick brach, umgingen … »Sie?«, fragte sie, obwohl Melantho ihrer Stimme entnehmen konnte, dass sie genau wusste, von wem die Rede war.

»Du hast gesagt, deine Mutter hätte ausgesehen wie du. Dann muss sie sehr schön gewesen sein.« Es klang wie eine beiläufige Schmeichelei. Aus dem Augenwinkel sah sie das Zucken von Letos Lippen.

Die Worte hätten sie nicht mit einem solchen Glück erfüllen sollen. Melantho war sich sicher, dass sie so auch mit einigen der anderen dagesessen und sie zum Lächeln gebracht hatte, bevor sie sie fortgeschickt hatte, um einen König zu töten. Es gab nur wenige, an die sie sich wirklich erinnerte – nur ein paar waren nach ihrer ersten Mission zurückgekehrt. Thalia war wiedergekommen und Hebe auch, aber nicht, nachdem sie sie ein zweites Mal fortgeschickt hatte, und auch Timo …

Nein, nein. Das war ein Mädchen, an das sich zu erinnern Melantho nicht ertragen konnte. Sie richtete ihre Aufmerksamkeit wieder auf Leto, die nun mit einem Ausdruck trunkenen Glücks begann, von ihrer Mutter zu sprechen.

»Sie war wirklich wunderschön. Und klug. Eine hervorragende Geschichtenerzählerin und Näherin und … eigentlich konnte sie alles.« Wenn da ein Hauch Bitterkeit in ihrer

Stimme mitschwang, so verlor er sich in den kreiselnden Wirbelwinden, die das Meer aufwühlten. »Die Dorfbewohner verehrten sie, kamen jeden Tag zu ihr und bettelten um ihre Prophezeiungen, selbst wenn sie sie nicht brauchten.«

Prophezeiungen? »Deine Mutter war ein Orakel?« Melantho beäugte Leto zweifelnd. Leto hatte etwas Derartiges schon einmal erwähnt – oder war drauf und dran gewesen, es zu tun. Melantho war natürlich davon ausgegangen, dass sie eine Betrügerin gewesen war. Wahre Orakel fanden sich nur selten. »Sie konnte die Zukunft sehen?«

Leto setzte sich aufrechter hin. Im Licht der sterbenden Glut schien sie selbst zu leuchten. Sie hätte Hestia sein können, die sich um ihre Feuerstelle kümmerte. Oder Aphrodite. Melantho spürte, wie ihr die Hitze in die Wangen schoss. Sie senkte schnell den Kopf, als Leto weitersprach, und rückte ihr Stückchen Brot näher an die Holzscheite. »Die Zukunft, die Vergangenheit, die Gegenwart, sie konnte alles sehen.« Dann, als sei es ihr gerade erst eingefallen, fügte sie hinzu: »Diese Gabe hat sie an mich weitergegeben. Angeblich.«

Ein wahres Orakel. Ein leibhaftiges. Vielleicht war das der Grund, warum Poseidon sie auserwählt hatte.

In ihrem ganzen Leben – und es war kein kurzes gewesen – war Melantho noch nie einem Orakel begegnet. Leto schien jetzt noch heller zu leuchten. Es lag eine Kraft in diesen graubraunen Augen. Melantho lehnte sich an sie und fragte – in einem verschwörerischen Flüsterton, obwohl niemand sonst auf Pandou war, der sie hätte hören können: »Wie viel kannst du sehen?«

Leto schaute weg und rutschte unbehaglich auf ihrem Platz herum. »Das kommt drauf an, vermute ich.«

»Worauf?«

»Darauf, wie viel Apollo mir zeigen will.«

»Natürlich.« Melantho ließ das Thema fallen und griff nach einem weiteren Stück Brot. Trotzdem konnte sie das Gefühl nicht unterdrücken, das durch sie hindurchraste, wie Ausläufer eines Blitzes, der die Blätter von den Ästen eines Baums riss. Hoffnung. Leto war das letzte Mädchen; sie würde den letzten Sohn Ithakas töten. Das Ende des Fluchs war in Sicht, und zum ersten Mal seit dreihundert Jahren konnte Melantho es wagen, sich zu fragen, was dann geschehen würde.

Wenn es eine Zukunft für sie gab, eine Zukunft, in der sie nicht an die Erde von Pandou gefesselt war, an den Boden, in dem Tausende ihrer Toten lagen, jede einzelne ein Bedauern, das wie Blei auf Melanthos Herz lastete, dann konnte Leto es ihr vielleicht sagen.

Welcher Weg liegt vor mir?, wollte sie fragen.

Und dann: *Wirst du ihn mit mir gehen?*

Schon am nächsten Tag stellte sie Leto diese Frage. Sie standen am Strand und ließen das Meer über ihre Zehen spülen, und Leto versuchte, nicht grün zu werden. Melantho hatte darauf bestanden, dass sie lernte, das Meer und die Magie, die es mit sich brachte, abzuwehren – Leto konnte schließlich schlecht mit grauer Haut und grünen Schuppen in den Palast hineinspazieren –, und jetzt tat Melantho ihr Bestes, nicht in Gelächter auszubrechen.

Leto verzog vor Konzentration das Gesicht, während ihre Schuppen – smaragdfarbene Flecken, die ihre Wangen und ihre nackten Schultern bedeckten – mal verblassten, mal erneut erblühten. Sie warf die Hände in die Luft, deren graue Haut von der Gischt, die sie von ihrer Haut abzuhalten versuchte, besprenkelt war. »Das ist unmöglich!«

»Wirklich?« Melantho lächelte, als Leto sich zu ihr umdrehte, und zog die Augenbrauen hoch. Sie wusste, dass ihre eigenen Augen grün sein würden, dass ihr Haar – welches ihr in dicken Locken über die Schultern fiel – golden schimmern würde unter der Sonne. Es war der einfachste aller Instinkte, sich gegen das Meer zu stemmen, wenn es darum rang, sie für sich zu fordern. Einzig ihre Knöchel – umspült von Salzwasser – blieben hartnäckig graugrün.

»Für dich vielleicht nicht«, murmelte Leto und kniff die Augen zusammen. Ihre Wangen verfärbten sich rosa, und an die Stelle der grünen Schuppen traten unzählige braune Sommersprossen, so perfekt, dass sie hätten aufgemalt sein können. Melantho kämpfte gegen den Drang, mit den Fingern darüber zu fahren und ihre Hände auf braune Flecken zu untersuchen, um festzustellen, ob sie abgefärbt hätten.

»Dafür kannst du Dinge, die ich nicht kann«, sagte sie sachlich. Letos Augen waren noch immer geschlossen. Melantho zwang ihre Stimme, ruhig und fest zu klingen. »Die Götter zeigen dir Dinge. Haben – haben sie dir je einen Weg gezeigt, wie ich von hier fortgehen könnte? Oder hast du vielleicht auf Ithaka etwas gehört. Eine Legende oder …« Sie brach ab.

Leto öffnete ein Auge und betrachtete sie mit unergründlicher Miene. »Ich weiß es nicht«, sagte sie schließlich. »Ich hatte noch nie von dir gehört – oder von Pandou. Einmal haben die Götter mir etwas gezeigt, aber …« Sie räusperte sich und wandte den Blick ab. »Nun. Vergiss es. Ich habe es nicht verstanden. Und ich bin mir sicher, dass ich noch viele andere Visionen hatte, die ich nicht verstanden und gleich wieder vergessen habe. Außerdem hat Ithaka sein Bestes getan, den Fluch zu verdrängen. Wenn es einen Weg gibt, einen Weg von hier weg für dich, kenne ich ihn nicht.«

»Vielleicht könntest du fragen«, sagte Melantho.

»Fragen?« Leto runzelte die Stirn. Als ihre Konzentration nachließ, färbten sich ihre Wangen erneut grün. »Wie sollte ich … oh.« Jetzt dämmerte es ihr. »Du sprichst von den Göttern. Du willst eine Prophezeiung.«

Es war ein Fehler gewesen zu fragen. Melantho konnte es in jeder Linie von Letos Gesicht sehen, als es sich verzog. Aber trotzdem konnte sie die Sehnsucht danach, mehr zu wissen, nicht unterdrücken. Leto war die Zwölfte, also war sie Ithakas letzte Chance. So lautete die Abmachung, die vor über drei Jahrhunderten getroffen worden war. Wenn Melantho mit ihr gehen, wenn sie sie beschützen konnte, wenn sie alles in ihrer Macht tun würde, um sicherzustellen, dass sie Erfolg hatte … dann würde Melanthos Vergangenheit vielleicht ihre Krallen aus ihrer Haut ziehen, und sie wäre endlich, endlich frei.

»Bitte«, murmelte Melantho und schämte sich für die Sehnsucht in ihrer eigenen Stimme. »Du hast mir selbst erzählt, dass deine Mutter ein Orakel war, dass sie ihre Gabe an dich weitergegeben hat. Du hättest mir das nicht erzählt, wenn es unmöglich wäre, nicht wahr? Wenn es eine Möglichkeit gibt …«

»Ich werde es tun«, fiel Leto ihr ins Wort und trat vom Wasser weg. Sie sah plötzlich sehr müde aus, und die Schatten unter ihren Augen wurden dunkler. »Zumindest kann ich es versuchen. Hast du Weihrauch?«

»Wofür?« Weihrauch gehörte nicht gerade zu den Dingen, die auf Pandou angespült wurden. Aber vielleicht konnten sie einige der Kräuter verbrennen, die auf der Insel wild wuchsen, oder das Fleisch einer überreifen Orange.

Leto biss sich auf die Unterlippe. »Um ehrlich zu sein, ich weiß es nicht. Es ist das, woran ich mich bei meiner Mutter erinnere. Wenn sie nach Hause kam, roch sie immer nach Weihrauch. Und immer, wenn ich versucht habe, zu sehen, wenn Leute zu mir kamen mit ihren Fragen, schien Weihrauch zu helfen.« Sie lachte bitter und trommelte mit den Fingern auf ihre Oberschenkel. »Es hat die ganze Sache ein wenig glaubwürdiger gemacht. Das und die Tauben.«

Melantho beugte sich zu ihr vor. »Was für Dinge hast du dann gesehen?«

Leto zuckte mit den Schultern. »Es war nicht immer das Gleiche. Manchmal habe ich Gesichter oder Orte gesehen, aber meistens waren es Kleinigkeiten. Ich sah eine Farbe oder hörte das Fragment eines Liedes oder hatte einen speziellen Geruch in der Nase. In der Woche vor dem Brand in der Bäckerei ist die Bäckersfrau zu mir gekommen – sie war schwanger und erwartete jeden Tag ihr Kind –, und sie hat gefragt, ob es gesund sein würde. Aber ich konnte nichts sehen, ich konnte nur den Brandgeruch wahrnehmen. Sie ist in dem Feuer gestorben.«

»Und das Kind?«, wagte Melantho zu fragen.

»Hat sich vermutlich zusammen mit seiner Mutter in Rauch und Asche verwandelt«, sagte Leto. »Was ich sah, war also die Wahrheit. Ich wusste nur nicht, was ich sah. Ich weiß, dass meine Mutter Visionen hatte, *echte* Visionen, eine ganze Szene oder eine vollständige Prophezeiung. Solche, die einen Sinn ergaben. Das Klarste, was ich je gesehen habe, war …« Sie brach ab, und Röte stieg ihr in die Wangen, als sie den Blick von Melanthos Gesicht abwandte.

Ich kenne dich. Das waren die ersten Worte gewesen, die sie zu Melantho gesagt hatte. Und die Art, wie sie eben weggeschaut hatte … *einmal haben die Götter mir etwas gezeigt.* Es war sicherlich nicht zu kühn anzunehmen, dass Leto *sie* gesehen hatte. Dass es ihnen schon immer bestimmt gewesen war, dass ihre Wege sich kreuzten. »Was war es?«, fragte Melantho. Es klang atemlos.

Leto sah sie an. Ihre Iris hatte den haselnussbraunen Schimmer eines Lerchenflügels. »Ich habe dich gesehen.«

»Mich.« Eine köstliche Wärme entfaltete sich in Melanthos Brust.

»Du standest da und sahst mich an. Ich habe mir nicht viel dabei gedacht, wirklich nicht, es war nur ein Traum, aber nachdem das Mal erschienen war …« Sie griff sich unwillkürlich an die Kehle. Ihre Augen weiteten sich, als ihre Finger die Schuppen dort streiften, als hätte sie die Bewegung überhaupt nicht beabsichtigt. Sie ließ die Hand wieder auf ihren Schoß sinken und schüttelte den Kopf. »Ich weiß nicht, warum ich es getan habe. Vielleicht dachte ich, es sei nicht wahr. Aber ich habe alle Lampen entzündet und die Seidengewänder meiner Mutter hervorgeholt, und ich habe Apollo gefragt, was meine Bestimmung sei. Ich nehme an, ich dachte, du wärst vielleicht eine Göttin.« Wenn ihre Wangen zuvor schon rosig gewesen waren, waren sie jetzt dunkelrot. »Weil ich dachte, du würdest mich retten. Nicht, weil …«

Melantho konnte das Lächeln, das sich in ihre Züge stahl, nicht unterdrücken. »Eine Göttin?«

»Ich weiß es nicht! Es war nur … ich wollte nicht sterben. Also …« Sie machte Anstalten aufzustehen … »Versuchen wir es jetzt? Möchtest du, dass ich die Geheimnisse deiner Vergangenheit, deiner Gegenwart und deiner Zukunft aufdecke?« Sie versuchte sich an einem Lächeln, das nicht ganz bis zu ihren Augen reichte.

»Hast du so früher deine bedauernswerten Kunden in Versuchung geführt?« Melantho schlug den unbefangensten Ton an, der ihr möglich war. Sie wusste nicht viel über das Schicksal, aber sie nahm an, dass es den Prophezeiungen eines unglücklichen Orakels wahrscheinlich an Optimismus mangelte.

Zu ihrer großen Erleichterung lächelte Leto. Diesmal war es ein echtes Lächeln. »Mehr oder weniger. Ich habe mich in Schals und Perlen und allen möglichen anderen Kram eingewickelt und versucht, meine Stimme tiefer klingen zu lassen. Es gibt nichts Unglaubwürdigeres als ein zwölfjähriges Orakel.«

»Nun gut«, antwortete Melantho. »Dann werde ich jetzt den Weihrauch holen gehen.«

Natürlich war kein Weihrauch zu finden, aber Melantho schaffte so viele Kräuter herbei, wie sie auftreiben konnte, und zündete sie zusammen mit einem Haufen Orangen und dicken Aprikosen an, bis sie qualmten.

Leto saß im Schneidersitz im Sand und atmete tief ein. Abgesehen von dem Ring aus Schuppen um ihre Kehle war sie wieder zur Gänze menschlich, jetzt, da das Meer sich nicht mehr um ihre Oberschenkel schlängelte. Mit leiser Stimme murmelte sie einige Worte, so schnell, dass Melantho kein einziges davon verstehen konnte. Der Rauch um sie herum wurde dichter.

Letos Hände waren zu Krallen geworden, und ihre Nägel gruben sich in die sonnengebräunte Haut ihrer Oberschenkel. Zuvor hatte Melantho immer verlegen weggesehen, wenn Leto ihre neue Fülligkeit zur Schau stellte, aber jetzt konnte sie sie unbemerkt betrachten. Sie war inzwischen so anders als bei ihrer Ankunft. Nicht nur die gräuliche Blässe des Todes hatte sie mittlerweile abgeschüttelt, auch ihre eingefallenen Wangen hatten sich gefüllt, die Schatten unter ihrem schmalen Brustkorb verschwanden langsam, und ihre Haut war von dem bräunlichen Rosa eines reifen Pfirsichs und übersät mit Sommersprossen.

Melantho streckte eine Hand aus, um eine Locke von Letos Haar einzufangen – einzelne Strähnen hatten sich im Wind losgerissen, und das Braun ihres Haars hatte sich in der Sonne in Messing verwandelt.

Leto riss die Augen auf. Sie waren leer und blicklos und auf eine Weise auf Melanthos Gesicht geheftet, dass sie nicht das Gefühl hatte, angeschaut zu werden, sondern als würden sie durch sie hindurchschauen. Sie neigte nicht dazu, sich von so etwas aus dem Gleichgewicht bringen zu lassen, aber die Leere in Letos Gesichtsausdruck ließ sie vor Unbehagen schaudern.

Leto blinzelte, dann klärten sich ihre Augen, und das Gefühl verschwand.

Melantho beugte sich eifrig vor. »Was hast du gesehen?« Vielleicht war dies der Moment, vielleicht würde Leto die Worte aussprechen, die sie aus den Fesseln ihrer Ungewissheit befreiten.

Doch Leto stand auf. »Nichts.« Sie setzte sich in Bewegung, den Strand entlang in Richtung der Höhlen. »Wir hätten es gar nicht versuchen sollen.«

»Was meinst du mit ›nichts‹?« Melantho sprang auf und rannte hinter Leto her. Es durfte nicht nichts sein. Sie würde es nicht zulassen. Leto drehte sich erst um, als Melantho sie erreicht hatte und am Arm festhielt, damit sie stehen blieb. »Was meinst du damit?«, wiederholte Melantho. »Wie kann es nichts gewesen sein?«

»Ich habe nichts gesehen, das uns helfen würde.«

»Du musst *irgendetwas* gesehen haben.«

»Nein, habe ich nicht.«

»Lüg mich nicht an, Leto! Das ist nicht fair, und du weißt es. Ich sitze hier schon länger fest, als ich denken kann. Ich war jahrzehntelang allein. *Bitte.*« Sie schlug einen weicheren Ton an und entspannte den Griff ihrer Finger um Letos Arm. »Was hast du gesehen?«

Leto stieß mit einem Schnauben den Atem aus, und Melantho musste unwillkürlich an Thalia denken. Sie würde Leto diese Geschichte irgendwann erzählen müssen, von Thalias Leben und ihrem Tod und wie sehr sie sie geliebt hatte. *Noch nicht,* sagte die Stimme in ihrem Hinterkopf, der Teil von ihr, der törichterweise hoffte, dass sie Leto vielleicht lieben würde, so wie sie Thalia geliebt hatte. Noch mehr sogar.

»Bitte«, sagte sie.

»Ein Schiff«, antwortete Leto tonlos. »Ich habe ein brennendes Schiff gesehen, und ich sah zu, wie seine Segel vom Feuer verzehrt wurden. Die Luft war voller Asche, und es roch nach Verwesung. Der Tod liegt im Wind, Melantho. Er kommt.«

13

DIE KEINER NENNET OHN' ABSCHEU!

Mathias

Die gehängten Mädchen waren aus ganz Ithaka gekommen, jede aus irgendeinem Dorf, das Mathias immer nur als einen Kohlekringel auf einer verblichenen Landkarte gesehen hatte. Einige Dörfer waren mehr als einen Tagesritt entfernt, ganz gleich, wie gut genährt und ausgeruht Sthenios war. Andere bestanden aus kaum mehr als einer Handvoll baufälliger Häuser, die wie eine Maus in einem Tal kauerten, sodass er stundenlang fruchtlos im Kreis reiten musste, bis er darauf stieß.

Dennoch war es ihm in den vergangenen Monaten, fast den ganzen unfruchtbaren Winter hindurch, gelungen, zu zehn Dörfern zu gelangen. In jedem suchte er nach der Familie der auserwählten Mädchen. Einige waren vom Ort ihres Kummers geflohen, und einige der Mädchen hatten überhaupt keine Familie gehabt. Aber wo er konnte, folgte er den Wegbeschreibungen zu ihren Häusern und hinterließ kleine Gaben in den Ritzen ihrer Hauseingänge, die erst entdeckt werden sollten, wenn er längst wieder fort war. So leer wie Ithakas Schatzkammern waren, konnte er nicht viel geben, aber zumindest war es ihm möglich, *etwas* zu geben. Ein oder zwei Goldstücke … jeder Besuch linderte die Schuldgefühle, die ihm das Herz zusammenkrampften.

Vathi – den einen Ort, der das Pech gehabt hatte, gleich zwei seiner Töchter zu verlieren – hob er sich bis zum Schluss auf.

Als er sich auf den Weg gemacht hatte und aus dem Tempel in die Hügel gestürmt war, war er eine halbe Meile vor den verfallenen Toren des Dorfes abrupt stehen geblieben. Eine Frau hatte vor ihm gestanden: eine graue, gebrechliche kleine Alte, über einen Gehstock gebückt und bekleidet mit einem zerlumpten, blauen Peplos. Der Saum des Gewandes war schlammig, und ihre ebenso schmutzigen Füße steckten in Sandalen, die so alt waren, dass sie bei ihrem nächsten Schritt auseinanderzufallen drohten. Olympia hatte zu Recht an seiner dürftigen Tarnung gezweifelt. Die alte Frau hatte nur einen einzigen Blick auf Mathias geworfen – selbst ohne seinen goldenen Stirnreif war die kostbare Beschaffenheit seiner Kleidung offensichtlich – und war auf die Knie gefallen. Er hatte ihr seinen kleinsten Ring in die Hand gedrückt, eine Entschuldigung gestammelt, die sie sichtlich verwirrt hatte, und war zurück in den Palast geflüchtet.

Jetzt stand er wieder an derselben Stelle und holte tief Luft. Er hatte seine Lektion gelernt, und erst jetzt fühlte er sich beinahe bereit, sich Vathi zu stellen. Er trug heute keine prächtige Kleidung, sondern den fleckigen Chiton einer Wache, den er von der Leine der Palastwäscherei gestohlen hatte. Seine Handgelenke und Finger waren bar seiner gewohnten Ringe und Armreife, und seine Stirn ungeschmückt. Das einzige Gold, das er bei sich trug, steckte in einer ledernen Börse an seiner Taille. Diesmal würde er nicht weglaufen. Diesmal würde er die Wahrheit erfahren. Die Wahrheit über *sie.* Er konnte ihr stolz hochgerecktes Kinn und den Hass, der in ihren Zügen gebrannt hatte, einfach nicht vergessen.

Vor den Toren des Dorfes – die in einem so grauenhaften Zustand waren, dass sie kaum noch einen Zweck zu erfüllen schienen – näherte er sich der ersten Person, die er sah: einem

Mädchen, das hinter einer spärlichen Auslage mit Ledersandalen hockte.

»Guten Tag«, sagte er. »Hast du vielleicht einen Moment Zeit, mir eine Frage zu beantworten?«

»Geht es bei der Frage um diese Sandalen?« Sie sah nicht viel älter aus als Mathias selbst, ungefähr zwanzig Jahre, und sie betrachtete ihn mit freundlichem Interesse. Ihr dunkles Haar war zu einem praktischen Zopf geflochten, der ihr über der Schulter hing.

»Ich – ähm, nein. Tut mir leid.« Mathias warf einen Blick auf die Schuhe. Die Sandalen waren tadellos gefertigt, die Stiche sauber und filigran, aber nichts konnte von der schlechten Qualität des Leders ablenken. Zweifellos waren es Reste von weitaus feineren Sandalen für eine viel wohlhabendere Kundschaft. Diese hier würden innerhalb einer Jahreszeit durchgescheuert sein.

»Warum sprichst du mich dann überhaupt an? Ich kann meine Familie nicht damit durchbringen, dass ich Fragen beantworte, oder?« In ihrem Ton schwang sanfter Spott mit. Als er ihr in die Augen sah, zog sie kokett eine Braue hoch.

Hastig richtete Mathias seine Aufmerksamkeit wieder auf die Sandalen. »Es geht um die Hinrichtungen im letzten Frühjahr. Es wurden Mädchen aus Vathi geholt – ich hatte gehofft, ihre Namen in Erfahrung zu bringen. Vielleicht könntest du so freundlich sein, mir den Weg zu ihren Häusern zu beschreiben?«

Schweigen. Selbst der sanfte, trockene Wind schien erstorben zu sein.

Mathias schaute auf. Alle Wärme war aus dem Gesicht des Mädchens verschwunden. Ihr Kiefer war starr, und als sie endlich sprach, schien ihr jedes Wort die Kehle zuzuschnüren. »Sie hieß Cressida. Warum willst du etwas über meine Schwester erfahren?«

Darauf war er nicht vorbereitet gewesen. Zuvor hatte ihm

immer irgendein hilfsbereiter Dorfbewohner den Weg zu der trauernden Familie des gehängten Mädchens gewiesen. Und wenn jemand nach seinen Gründen gefragt hatte, war ihm leicht eine Lüge eingefallen – er sei ein Gesandter irgendeines Gottes und wünsche, dessen Worte und Gnade auf Ithaka zu verbreiten. Aber als er jetzt in das erschütterte Gesicht von Cressidas Schwester schaute … »War sie ein Orakel?«, platzte er heraus.

»Ein Orakel? Nein, sie war … sie war doch erst zwölf. Welchen Nutzen hätte ein zwölfjähriges Orakel?«

Mathias zog den Kopf ein. »Ich entschuldige mich. Ich sprach vom anderen Mädchen aus Vathi. Ich nehme an, sie war das Orakel. Es war nicht meine Absicht …« Er brach mitten im Satz ab und holte tief Luft, um sich zu beruhigen. Er konnte die Sache noch retten. Er würde eines Tages König sein. Ein König sollte stets wissen, wie er zu seinem trauernden Volk sprechen musste. Aber Mathias' Kopf war in diesem Moment fast völlig leergefegt, und ihm fiel nichts ein, was er noch zu Cressidas Schwester sagen konnte, während sich das Schweigen zwischen ihnen weiter und weiter in die Länge zog. Als es schließlich zu qualvoll wurde, zwang er seine Lippen, sich zu bewegen. »Wie viel willst du für die Sandalen?«

»Die Sandalen?«

Mathias nestelte an seiner Börse und hielt ihr eine Goldmünze hin. Es hatte keinen Sinn, jetzt das Geld an der Tür des Hauses ihrer Familie zu verstecken. »Reicht das aus? Nein, Moment …« Er nahm noch eine weitere Münze heraus. »Reicht das?«

Sie starrte ihn erstaunt an.

»Es tut mir wirklich leid«, stammelte er. »Ich wollte nur etwas über das Orakel erfahren. Ihren Namen.« Den zwölften, den er seinen nächtlichen Gebeten hinzufügen würde, seinen nutzlosen Entschuldigungen, die er gen Himmel sandte.

»Ich habe keine Ahnung.« Sie kniff die Augen zusammen.

»Was geht es dich überhaupt an? Warum kümmert es dich so sehr?«

Mathias ließ die Münzen auf den Tisch fallen. »Es kümmert mich gar nicht. Ich wollte nur … danke. Und es tut mir leid.« Er eilte davon, und seine Wangen brannten vor Scham.

Er drehte sich nicht einmal um, als das Mädchen ihm nachrief: »Du hast deine Sandalen vergessen!«

Auch die nächsten drei Personen, die er fragte, kannten den Namen des jungen Orakels nicht. Als die letzte Frau, deren Gesicht sich vor Argwohn verzog, mit stetig lauter werdender Stimme in ihn drang, warum er hier sei, und sie immer mehr Blicke auf sich lenkten, floh Mathias zurück zu den Dorftoren. Zu seinem Glück war die jämmerliche Auslage von Sandalen – und auch ihre Hüterin – verschwunden. Er lehnte sich an den Torpfosten und vergrub den Kopf in den Händen.

Er war länger geblieben, als er hier willkommen war, aber er würde zurückkehren. Beim nächsten Mal würde er finden, was er suchte. Das musste er.

Aber es war unmöglich, die Zweifel zu unterdrücken, die ihn beschlichen. Vielleicht war dies ein Fluch, ein Fluch, den die Götter als Strafe für seine schiere Nutzlosigkeit geschickt hatten. Vielleicht würde er niemals mehr über das tote Orakel erfahren, abgesehen von der Art und Weise, wie sie ihn in den Augenblicken, bevor er sie zum Tode verurteilt hatte, angefunkelt hatte.

»Wirst du dich noch bewegen?«

»Hm?« Mathias drehte sich um. Ein Mann stand hinter ihm, die Hände um den Griff eines hölzernen Karrens gelegt. Mathias, der mitten im Tor stand, versperrte ihm den Weg. »Oh … Verzeihung.« Er trat beiseite.

Der Mann grunzte und schob den Karren vorwärts.

»Warte …« Mathias hielt ihn an der Schulter fest. Dies war seine letzte Chance. »Nur eins noch, bevor du weitergehst. Das

Mädchen aus Vathi, das im vergangenen Frühjahr Poseidon geopfert wurde, wie war sein Name?«

Der Mann legte den Griff des Karrens vorsichtig auf dem Boden ab. Stirnrunzelnd wischte er sich die Hände an seinem verblichenen Chiton ab. »Cressida?«

Mathias rang um einen neutralen Gesichtsausdruck. »Nicht Cressida, die andere. Es waren zwei.«

»Ah.« Der Mann kratzte sich am Kinn. »Das Orakel-Mädchen, stimmt.«

Mathias ließ das Schweigen zwischen ihnen sich länger hinziehen, als streng genommen nötig gewesen wäre. »Und ihr Name?«, hakte er nach.

»Ähm …« Der Mann ächzte. »Ihr Name. Nun ja. Ich war nicht … das heißt, ich bin nicht abergläubisch, verstehst du? Die Götter. Die Zukunft sehen und all das. Ich kann nicht behaupten, dass ich etwas mit dem kleinen Orakel zu tun gehabt hätte. Nicht viele von uns hatten etwas mit ihr zu tun. Man hat sie kaum gesehen, nur bei Nacht, wenn sie sich an die nistenden Vögel herangeschlichen hat. Es dauerte eine Weile, bis wir überhaupt bemerkt haben, dass sie weg ist. Sie hat sehr zurückgezogen gelebt, nach der ganzen Sache mit ihrer Mutter. Und dann noch ihr Vater, der arme Mann.« Er schüttelte ernst den Kopf. »Hat sich mit seiner Trauer selbst um den Verstand gebracht.«

Mathias hatte diese letzten Worte kaum gehört, sondern stand nur mit offenem Mund und sprachlos da. Schließlich gelang es ihm, sich zu sammeln, und er fragte knapp: »Wie lange hat es gedauert zu begreifen, dass sie nicht mehr da ist? Dass sie *tot* ist?«

»Ich habe es dir doch gesagt.« Die Stimme des Mannes klang jetzt abwehrend. Er hatte die Schultern hochgezogen. »Wir hatten nicht viel mit ihr zu tun! Ich könnte Euch kaum beschreiben, wie sie ausgesehen hat. Es war eine ihrer Stammkundinnen, die es am Ende bemerkt hat, als sie zu mehreren

Verabredungen nicht auftauchte. Sie hat reagiert wie du – sehr aufgebracht – und gesagt, wir hätten uns nicht um das Mädchen gekümmert. Als hätten wir nicht eigene Kinder, um die wir uns kümmern müssen.«

»Ich bin nicht aufgebracht«, widersprach Mathias rasch. Jedes Organ in seiner Brust schien sich zusammenzukrampfen. Er konnte kaum atmen.

»Natürlich«, erwiderte der Mann. »Ist das dann alles? Es ist nämlich so, ich muss …«

»Das ist alles.« Offensichtlich gab es nichts weiter herauszufinden. Mathias zwang sich, respektvoll den Kopf zu neigen. »Vielen Dank für deine Zeit.«

Der Mann quittierte Mathias' Dank mit einem Grunzen, dann hob er seinen Karren auf und setzte seinen Weg fort, während er unmelodisch vor sich hin pfiff.

Mathias sackte wieder gegen den Torpfosten. Natürlich war er an der letzten Hürde gescheitert. Er hatte die Namen von elf Mädchen herausgefunden, von jedem Mädchen, das im vergangenen Frühling gestorben war. Er kannte die Namen aller Mädchen, bis auf diesen einen. Kannte sie alle bis auf *ihren*. Würde es jemals wieder eine Nacht geben, in der er nicht von der zornigen, namenlosen Zwölften träumte? Von ihren eingefallenen Wangen, ihrem von Hass verzogenen Mund …

»Es widerstrebt mir, Euch zu stören, junger Herr, aber hörte ich recht, dass Ihr Euch nach dem Orakel erkundigtet?«

Wie aus dem Nichts war ein Mann vor ihm aufgetaucht. Ein gebückter, zerlumpter Mann mit Haar, das ihm über die Schultern fiel, und bleicher, wächserner Haut. Er sah aus, als würde er kaum je einen Schritt vor die Haustür setzen – und roch, als ob er noch seltener badete.

Mathias fand seine Sprache wieder. »Ja. Hast du sie gekannt?«

»Gekannt oder von ihr gehört. Wo ist da der Unterschied?«

Der zerlumpte Mann machte eine wegwerfende Handbewegung. »Ich weiß viele Dinge. Schon komisch, was Menschen alles sagen, wenn sie glauben, man kann sie nicht hören. Aber meine Wände sind dünn.« Er nickte mit dem Kopf in Richtung des nächststehenden Hauses. Es war klein und baufällig, und die Holztür hing nur noch gerade so in ihrem Rahmen.

»Was hast du denn gehört?« Mathias trat einen Schritt vor, und sein Herz machte einen Satz.

»Oh … alles Mögliche. Aber mein Gedächtnis ist nicht mehr das, was es einmal war. Vielleicht könntet Ihr mir eine Kleinigkeit geben, das mir hilft … mich zu erinnern?« Der zerlumpte Mann beäugte vielsagend Mathias' Börse.

Es war das Einfachste auf der Welt, die Börse aufzuziehen und eine dicke Goldmünze herauszuholen. »Ihr Name«, sagte Mathias eifrig. »Erinnerst du dich an ihren Namen?«

»Ah, vielleicht. Ja … es fällt mir wieder ein, ja!« Er fing die Münze auf, die Mathias ihm zuwarf, und grinste, dass sein lückenhaftes Gebiss zu sehen war. »Ja! Ich hab's!«

»Nun? Wie war ihr Name?«

Der zerlumpte Mann packte Mathias am Chiton und zog ihn näher heran. Das fettige Haar fiel ihm in die Augen. Der Geruch war wirklich kaum zu ertragen. Die verbliebenen Münzen in Mathias' Börse klirrten gegeneinander, als sich die trockenen Lippen des Mannes an seinem Ohr bewegten. »Das letzte Orakel … sie nannten sie … *Ophelia.*«

Mit einer dramatischen Gebärde ließ der zerlumpte Mann ihn los, machte eine schwungvolle, tiefe Verbeugung und verschwand in seinem kleinen Haus. Die Tür klapperte in ihren Angeln, als sie hinter ihm zuschlug.

»Ophelia«, wiederholte Mathias ins Nichts. Er lächelte breit, und so etwas wie Hoffnung stahl sich in seine Stimme, als er ihren Namen erneut aussprach: »Ophelia.«

Mathias war zurück in seinen eigenen, geschützten Gemächern und ließ sich in seinen Lieblingssessel fallen, als er bemerkte, dass man ihm seine Börse gestohlen hatte.

Während der Name »Ophelia« in seinen Ohren widerhallte, untersuchte er die zerschnittene Schnur, die noch immer um seine Taille geknotet war, und stellte fest, dass er sich nicht dazu durchringen konnte, sich darüber zu ärgern.

14

INDES DIE HARPYIEN

Leto

Tage wurden zu Wochen, der Winter dauerte und dauerte, und das Schiff tauchte nicht auf. Vielleicht hatte Leto sich das Omen nur eingebildet, mit seinem intensiven Geruch nach Verwesung. Trotzdem konnte sie es nicht vergessen. Sie hielt jedes Mal danach Ausschau, wenn sie an der Küste stand, denn der Zeitpunkt ihrer bevorstehenden Abreise rückte stetig näher. Aber das Meer jenseits von Pandou blieb leer, und sie suchte verzweifelt nach einer Ablenkung, sehnte sich danach zu planen, wovon sie beide wussten, dass es als Nächstes geschehen musste.

Melantho konnte es offensichtlich auch nicht vergessen. Sie war ein wenig stiller, lächelte nicht mehr so oft, scherzte seltener mit ihr, aber die Veränderungen waren gering genug, dass Leto hoffen konnte, sie sich nur einzubilden.

»Woher wusstest du, dass es auf Ithaka einen Prinzen gibt?«, fragte Leto ein paar Tage später, während sie die Zehen in den Sand des Strandes bohrte und in der grellen Sonne die Augen zusammenkniff.

Melantho zuckte mit den Schultern und schaute von den Narzissen auf, die sie gerade etwas ungeschickt zu einer gelben Krone zusammenflocht. »Du wärest nicht hier, wenn es keinen Prinzen gäbe, den es zu töten gilt. So war das schon immer.«

»Aber du warst dir nicht sicher?«

»Wie hätte ich mir sicher sein können? Wer sollte es mir erzählt haben? Nach Pandou kommen nur die Toten.«

»Das ist nicht wahr. Ich bin gekommen.«

»Und du warst tot, als du kamst, oder?« Melantho grinste. »Zumindest hast du so gerochen …«

Leto stieß ein entrüstetes Kreischen aus und schubste sie weg. Als Melantho sich wieder aufgerichtet hatte und sich erneut lächelnd vorbeugte, räusperte Leto sich und sagte: »Ich wette, es gibt eine Möglichkeit.«

Melantho versteifte sich. »Eine Möglichkeit? Wozu?«

»Von Pandou wegzukommen«, antwortete Leto. »Für dich, nicht nur für mich. Ich bin davon überzeugt. Poseidon kann doch nicht immer hinschauen, oder?«

Melantho senkte den Blick wieder auf ihre Narzissen. »Wir haben doch schon darüber gesprochen. Wenn es eine Möglichkeit gäbe, hätte ich sie gefunden. Glaub mir. Ich habe lange danach gesucht.«

Leto streckte eine Hand aus und stahl eine Narzisse. »Ich habe noch nicht gesucht.« Sie gab ihrer Stimme einen unbeschwerten Tonfall, ließ sie neckisch und kokett klingen. Die Tändelei war nicht ernst gemeint; sie wollte sich nur bei Melantho einschmeicheln, um ihre Zustimmung zu bekommen. Mehr nicht. Aber hinter Melanthos hübschem Lächeln verbarg sich etwas, das von etwas Dunklerem kündete, von einem Kummer, einer Schuld. Vielleicht war das der Grund für ihr Zögern. Vielleicht wollte sie trotz allem, was sie gesagt hatte, gar nicht wirklich weg von hier. »Ich habe das Fortgehen selbst erst vor Kurzem gemeistert. Du musst doch neugierig sein; bestimmt hast du nichts dagegen, es noch einmal zu probieren. Außerdem bin ich mir sicher, dass ich klüger bin als du.«

»Ach ja?« Melantho zog eine goldene Augenbraue hoch. »Das ist eine kühne Behauptung.« Sie grapschte nach der Narzisse, aber Leto riss sie aus ihrer Reichweite und grinste.

»Siehst du? Das habe ich kommen sehen. Doppelt, wenn nicht sogar dreimal so klug.«

»Oder war es nur ein raffiniertes Ablenkungsmanöver?«

Melantho hob die verschränkten Hände. Das Meer richtete sich auf wie eine angreifende Viper, wand eine glitzernde Schlinge um Letos Taille und schleuderte sie so schnell ins tiefe Wasser, dass sie kaum Zeit hatte zu kreischen, bevor sie auch schon untertauchte, ihre Haut im Nu grün und grau. Sie griff nach ihrer Kraft und richtete sich mit einer weit ausholenden Handbewegung im Wasser auf.

Neben ihr erklang Gelächter. Sie musste sich etwas verrenken, um zu sehen, wie Melantho hinter ihr hersprang, die Hand bereits ausgestreckt, bereit nach der Letos zu greifen. Ein entzücktes Lächeln lag auf ihrem Gesicht. Im Wasser, gesehen durch Letos verwandelte Augen, war Melantho noch faszinierender. Ihre Haut war wieder grün und ihr Haar wieder schwarz, aber hängen blieb Letos Blick an den Rundungen ihres schlankes Leibes, den wohlgeformten, starken Oberschenkeln und den scharf hervortretenden Wangenknochen. Ihre muskulösen Arme bewegten sich sanft durchs Wasser, als sie es zu ihnen zog, um sie ruhig darin schweben zu lassen.

Leto verdrehte die Augen und tauchte auf. Einen Moment später kam auch Melantho an die Oberfläche und schüttelte sich das Wasser aus dem Haar.

»Das nenne ich siegreich.« Sie grinste und wackelte mit den Fingern, sodass das Meer um sie herumwogte.

»Lächerlich.« Leto hob ihrerseits die Hände, und auf ihren Befehl hin formte sich eine Welle und trug sie sanft zurück an den Strand, bis sie nebeneinander im Sand lagen.

Melantho ließ den Kopf nach hinten fallen und lachte, streckte der Sonne ihre Kehle und die Schuppen darauf entgegen.

Leto beobachtete sie schweigend. Sie hätte schwören können, dass sie durch Sommersprossen gemalte Götter auf Melanthos Wangen sehen konnte: Sternbilder, die sich über ihr Kinn und ihren Hals erstreckten und unter dem durchnässten und ungeschickt drapierten Stoff ihres Gewandes verschwanden.

Melantho schüttelte den Kopf und brach damit den Bann. »Hältst du dich immer noch für die Klügere von uns beiden?«

Leto zuckte mit den Schultern. Sie konnte nicht aufhören zu lächeln, und langsam taten ihr die Wangen weh. »Eine Zurschaustellung von roher Gewalt beweist wohl kaum das Gegenteil.«

Melanthos Mund öffnete sich in perfekt gespielter Entrüstung. »Wie kannst du es wagen!« Sie sprang auf die Füße und hob die Hand, um noch einmal zuzuschlagen.

Die Narzissenkrone war von ihrem Kopf gefallen. Jetzt lag sie in einer seltsamen Schlaufe im Sand, eine Form, die Leto an etwas erinnerte, das ihren Magen unbehaglich schlingern ließ. Aber dann stürmte Melantho schon auf sie zu und wirbelte dabei den Sand auf, das Wasser folgte ihr, und die Krone wurde unter Sand vergraben und entzweigerissen.

Als Leto das nächste Mal fragte, gab Melantho nach. Sie hatten sich viel zu lange im Winter verloren, und bald würde der Frühling kommen. Nur allzu bald – denn wenn Melantho den Himmel und das Meer richtig deutete, war in drei Wochen die Tagundnachtgleiche. Dann blieb ihnen nur noch eine Woche bis zu Letos Aufbruch. Es bedurfte nur einer ganz kleinen Erinnerung daran – und an den Tod, den der Wechsel der Jahreszeiten bringen würde –, und sie begannen mit ihren Fluchtversuchen. Vielleicht schmeichelte Leto sich selbst, aber manchmal gestattete sie sich zu denken, dass es noch einen anderen Grund gab, warum Melantho zugestimmt hatte. Wenn sie allein war, verweilte sie bei der Erinnerung daran, wie Melanthos Gesicht gezuckt hatte, als Leto ihr ins Gedächtnis gerufen hatte, dass sie vielleicht nur noch eine Woche miteinander hatten.

Eins musste man ihr lassen, Melantho ertrug Letos Experimente mit Gleichmut. Sie schwamm mit Leto bis zum Meeresgrund und beobachtete mit einem schwachen, leicht genervten Lächeln, wie Leto den gesamten Rand der Barriere absuchte nach einer Stelle, die nicht das verräterische Schimmern aufwies oder sich gefährlich verformte, wenn sie dagegendrückte, bevor sie mit einer inzwischen geübten Leichtigkeit hindurchschlüpfte – und wieder zurückkam.

Sie machte keine Bemerkung, als sie Leto dabei erwischte, wie sie blinzelnd das Meer jenseits von Pandou betrachtete und Ausschau hielt nach einem Schiff, das möglicherweise – vielleicht – doch noch auftauchen würde, so wie sie es vorhergesehen hatte. Sie beschwerte sich auch nicht, als Leto die größte Welle heraufbeschwor, die sie heraufzubeschwören vermochte, um Melantho in die Luft zu schleudern, vielleicht in der Hoffnung, dass sie für die Barriere das war, was von einer Balliste abgeschossene Steine für eine besonders hohe Stadtmauer darstellten. Aber Poseidons Gefängnis schien allumfassend zu sein, allumschließend. Als Melantho zum fünften Mal gegen die Barriere krachte, hätte Leto schwören können, dass sie spürte, wie der Sand unter ihren Füßen bebte, als würde Poseidon lachen.

Ihr letzter Plan war der brillanteste, fand sie: Bläschen.

Die Idee war ihr gekommen, nachdem sie Delfine beobachtet hatte – wie sie Ringe von Luftblasen in die Lippfischschwärme bliesen, um die kleinen Wesen zu blenden und zu verwirren und sie dann direkt in die wartenden Mäuler der Delfine zu treiben. Im aufgewühlten Meer war es unmöglich, einzelnen Tieren zu folgen, während sie sich mit verblüffender Geschwindigkeit wanden und dahinglitten. Wenn sie nicht zu viel Aufmerksamkeit auf sich lenkten – und Poseidon nicht allzu genau hinschaute –, dann würde ein Mädchen vielleicht wie das andere aussehen, umgeben von einer wilden Menge von Bläschen. Vielleicht wären dann zwei Mädchen nur schwer von einem zu unterscheiden.

Es funktionierte nicht, und sie nahm ihre Grübeleien wieder auf.

Als Melantho Leto schließlich dabei erwischte, wie sie eine schlecht gebaute Axt am Fuß eines schlanken Olivenbaums schärfte, flehte sie sie an, ihre Versuche aufzugeben.

»Die funktioniert wie ein Rammbock!«, protestierte Leto, aber Melantho wollte nichts mehr davon hören.

»Wie oft muss ich es dir noch sagen?« Sie seufzte. »Poseidon lässt nicht so leicht los, was ihm gehört. Du wirst ohne mich gehen müssen. Und zwar bald.«

Leto zog finster die Augenbrauen zusammen. »Wie bald? In drei Tagen? In zwei? In einem Monat oder gar in einem Jahr? Du sagst mir nicht wann.«

»Das kann ich nicht! Glaubst du, ich würde dich fortschicken, wenn ich eine Alternative hätte? Ich würde dich für immer hierbehalten, wenn ich könnte, selbst wenn ich wüsste, dass du bereit bist, fortzugehen und ich mir sicher sein könnte, dass du erfolgreich sein wirst! Aber zwölf Mädchen werden bald auf Ithaka sterben, Leto. *Du kannst sie retten.*« Sie funkelte sie an, und ihre Brust hob und senkte sich schnell.

»Wann also?«

Melantho warf die Hände in die Luft. »Ich kann dich nicht zwingen zu gehen. Aber uns läuft die Zeit davon, und Poseidon wird nicht darauf warten, dass du bereit bist! Und es gibt nicht mehr viel, was ich dir beibringen kann. Jedenfalls nichts Wesentliches.«

Leto musterte sie von Kopf bis Fuß – goldenes Haar, goldene Haut, Augen wie das Fruchtfleisch einer unreifen Olive. Die anmutige Kurve ihres Halses, die Spannung in ihren Fäusten. Sie zitterte. »Was ist mit dem Schiff?«, fragte sie leise. Was, wenn es kam – mit Feuer und Tod, so wie sie es vorhergesehen hatte –, sobald sie fort war? Und warum hatte sie gerade das gesehen, als sie nach einem Weg gesucht hatte, wie Melantho von hier entkommen konnte? Die beiden Umstände waren miteinander verbunden. Es konnte nicht anders sein. Das Schiff und Melanthos Ausweg waren ein und dasselbe.

»Leto, ich …« Melantho wandte den Blick ab. »Ich kann dich nicht begleiten. Bitte. Du musst …«

»Also morgen?«

»Was?«

»Morgen.« Allein es laut auszusprechen, festigte die Entschlossenheit in ihrem Herzen. »Du hast recht. Ich kann hier nicht mehr viel lernen, und ich darf nicht egoistisch sein. Ich werde morgen früh aufbrechen.«

Insgeheim wünschte sie sich, dass Melantho Einwände erhob. Ihre Handgelenke umklammerte und weinte und sie für sich behalten wollte. Aber Melantho senkte nur den Kopf, faltete die Hände und lächelte sanft. »Also morgen.«

15

GEGEN DEN NORD

Melantho

Es war sieben Jahrzehnte her, dass das letzte verwandelte Mädchen gestorben war, und der Schmerz, der immer noch in ihr brannte, hatte gerade erst begonnen, ein wenig nachzulassen. Trotzdem musste Melantho ständig darum kämpfen, nicht an Thalia zu denken.

Sie versuchte, nicht an Thalias Lächeln zu denken, nicht an ihr Lachen, ihre Unbekümmertheit, ihre Angewohnheit, sich das dunkle Haar über die Schulter zu werfen, wenn sie log – was oft vorgekommen war. Dann versuchte sie, nicht an Thalias Augen zu denken, die groß und verwirrt ausgesehen hatten, als sie das letzte Mal an Land gekommen war, mit dem Speer der verfluchten Wache in ihrer Brust.

Aber an jedem Tag in diesen sieben Jahrzehnten war Melantho gescheitert.

Sie lag auf dem Rücken in der dunklen Höhle und lauschte auf das ferne Tröpfeln von Wasser. Das war noch so etwas, das ewiges Leben mit sich brachte: Nichts schien sich jemals zu ändern. Jeden Tag ging sie durch die gleichen Tunnel, blickte hinauf zu den gleichen Decken und dem gleichen glitzernden Felsen mit seinen nadelförmigen Steinspitzen über ihr. Und dann, hin und wieder, blieb sie mit den Haaren an einem Stalaktiten hängen, der ein wenig zu lang geworden war, und stellte fest, dass zehn Jahre verstrichen waren und hundertzwanzig

Mädchen nach Pandou gebracht und in seiner Erde vergraben worden waren.

Alle bis auf eines.

Etwas flatterte in Melanthos Brust, die winzigen Flügel der Hoffnung, gefangen in der Büchse Pandoras. Leto – die zweifellos auf der anderen Seite der Steinwand immer noch schlief – hatte etwas in ihr geweckt, etwas, das sie seit langer Zeit nicht mehr gefühlt hatte. Sogar die Insel selbst schien sich zu regen.

»Melantho.« Der Ruf zerriss die Stille.

Melantho fluchte laut und schoss hoch, die Augen kaum geöffnet, nahm sie schon eine Verteidigungshaltung ein und tastete nach dem Messer, von dem sie wusste, dass es um ihre Hüfte gegürtet war. Es dauerte einen Moment, bis sie das Gesicht der Gestalt erkennen konnte, die da im Höhleneingang stand – Leto, mit geröteten Wangen, aufgerissenen Augen und einem Seilbündel in den zitternden Händen.

»Hast du gerade gesagt, ich solle Erde fressen?«

Melantho lockerte ihre Haltung. »Tu das nie wieder«, sagte sie langsam, »in deinem eigenen Interesse. Um deinetwillen wie um meinetwillen.«

Leto beachtete sie gar nicht. »Wir müssen los!«, stieß sie atemlos hervor und stützte sich mit den Händen auf den Knien ab, während sie tiefe, keuchende Atemzüge in ihre Lungen saugte. »Sofort!«

»Was?«

»Das Schiff.« Leto drehte sich bereits um, ihr Haar ein wildes Durcheinander. Melantho sehnte sich danach, die verworrenen Locken voneinander zu lösen.

»Das Schiff?« Melantho sah sie stirnrunzelnd an. Sie konnte doch nicht ernsthaft …

»Das Schiff«, wiederholte Leto. »Das brennende Schiff, das Schiff, das ich gesehen habe. Ich *wusste* es! Ich wusste, dass wir nicht ohne das Schiff fort können. Es ist da! Du musst es sehen, Melantho – es ist hier, und jetzt verstehe ich auch die Vision.

Wir müssen auf der Stelle los!« Sie ergriff Melanthos Handgelenk und zog sie hinter sich her, während sie in Richtung Strand lief.

»Siehst du das?«, keuchte Leto, als Melanthos nackte Füße den Sand trafen. Grinsend zeigte sie mit dem Finger auf die hellen Segel eines Schiffes, ein weißer Fleck am Horizont. Die Bucht war von dichtem Nebel verdeckt. Melantho konnte sonst kaum etwas erkennen.

»Ich sehe es«, sagte sie. Es musste etwas geben, das ihr entging, etwas, das dieses Schiff irgendwie anders machte. Sie hatte Leto selten so aufgeregt erlebt, abgesehen von dem einen Mal, als sie eine Schildkröte im seichten Wasser entdeckt hatte und wie eine grinsende Statue in der Sonne saß, um sie zu beobachten, bis das Tier träge davongepaddelt war. »Es ist ein Schiff.« *Und es brennt nicht.*

»Es ist ein athenisches Schiff«, sagte Leto mit Nachdruck. »Ich bin rausgeschwommen. Das Zeichen ist athenisch. Ich bin mir dessen ganz sicher. Es ist der bötische Schild – sie prägen ihn auf all ihre Münzen. Ich *kenne* den Schild.«

»Ah …«, sagte Melantho, »und?«

Leto wirbelte auf der Stelle herum und ergriff Melanthos Hände. Ihre Finger waren fiebrig heiß, und sie strahlte vor Freude. »Der Prinz ist mit einer athenischen Prinzessin verlobt«, sagte sie. »Wenn das ihr Schiff ist – und davon bin ich überzeugt, denn es gibt einfach keine andere Erklärung dafür, dass ich es schon einmal gesehen habe, dass die Götter es mir gezeigt haben –, dann haben wir unseren Weg in den Palast gefunden.«

Unseren Weg. Melantho konnte ihr nicht ins Gesicht sehen. »Und du bist dir sicher? Das Schiff brennt nicht.«

»Es wird bald brennen.« In Letos Stimme schwang so viel Zuversicht mit, dass Melantho ihr fast – fast – vertraute. »Ich selbst werde die Feuersteine zusammenschlagen, wenn es sein muss. Und wenn es so weit ist und diese Segel von den Flammen verschlungen werden, werden wir angreifen. Zusammen. Du kommst mit mir. Die Prinzessin wird kaum wissen, wie ihr geschieht.«

Sie war herrlich, göttlich in ihrer Freude und ihrer Gewissheit. Aber sie würde scheitern.

Trotzdem kniff Melantho die Augen zusammen und schaute in Richtung des Schiffs und der Nebelschwaden, die hinter ihm waberten. Es konnte nicht schaden, es Leto dieses eine Mal versuchen zu lassen. Und wenn es nicht klappte, würde sie trotzdem heute aufbrechen, wie sie es besprochen hatten, und sie würde allein gehen. Denn dies war ihre letzte Chance.

Melantho wollte diese Chance nicht zunichte machen – wollte nicht Poseidons Zorn riskieren, indem sie seinen sorgfältig angelegten Fesseln entfloh. Es war ihr nicht bestimmt, fortzugehen. Es war nicht das Schicksal, das er ihr zugedacht hatte.

Sie wusste nur zu gut, dass diejenigen, die sich in das Schicksal einmischten, selten ein angenehmes Ende fanden.

»Eine Prinzessin«, wiederholte Melantho. Wenn Leto irgendwie doch richtig lag, dann konnte eine Prinzessin aus Athen überaus nützlich sein. »Es ist keine schlechte Idee. Wir können unseren ursprünglichen Plan anpassen. Du könntest ihre Magd werden oder ihre Schneiderin – kannst du nähen? Und der Rest ist eine Frage der Verführung – Prinzen haben schon immer gern mit ihren Mägden angebandelt.«

Aber Leto schüttelte bereits den Kopf. »Nein.« Sie lächelte, sodass Melantho die unheimlich spitzen Eckzähne in ihrem Mund sah – sie hatten sich in die Länge gezogen, waren noch spitzer geworden, während sie gesprochen hatte, als ob ihre Macht über das Meer und die damit einhergehende monströse Gestalt gespürt hätten, dass sie gebraucht würden.

»Ich werde nicht ihre Magd werden«, sagte Leto und schloss ihre Finger um Melanthos. »Eine Magd kommt einem Prinzen nicht nah genug. Nein, ich werde der Prinzessin nicht dienen.«

Sie lächelte. Sie war außerordentlich hübsch.

»Ich werde ihren Platz einnehmen.«

»Und den Prinzen dann verführen?«

Leto ließ Melanthos Hände abrupt los. »Wieso bist du nur so besessen davon, dass ich ihn verführe?«

»Was könntest du denn sonst tun?«

»Oh, keine Ahnung. Wie wär's damit, ihn zu erstechen?«

Melantho schüttelte den Kopf und tat ihr Bestes, sich ihr Erschrecken über diese plötzliche Hinwendung zur Gewalt nicht anmerken zu lassen. »Aber er muss im Meer sterben …«

»Einen Dolch kann ich ihm überall in den Leib rammen, Hauptsache, es tötet ihn nicht zu schnell.« Leto wedelte geringschätzig mit einer Hand. »Wir können auf dem Schiff darüber reden.«

»Leto, ich kann nicht mit auf das Schiff kommen.« Melantho hörte die Frustration in ihrer eigenen Stimme und versuchte, sie zu mäßigen. »Du weißt, dass ich nicht kann.«

Letos Lächeln geriet nicht ins Wanken. »Ich weiß, dass du glaubst, du könntest es nicht«, sagte sie sanft. »Ich habe noch eine Idee, eine letzte Idee – ich denke schon seit einer Weile darüber nach –, aber du wirst mir vertrauen müssen. Wirst du mir vertrauen?«

Jetzt verblasste ihr Lächeln doch ein wenig. Sie blickte mit großen Augen in Melanthos Gesicht – Augen, die zwischen Schwarz und Grau hin und her flackerten, während das Wasser darum kämpfte, sie zu seinem Geschöpf zu machen, und Leto, halsstarrig wie immer, sich weigerte, es zuzulassen. Die Hände hatte sie angespannt zu Fäusten geballt.

Melantho seufzte. »Und was ist das für eine Idee?«

Leto beugte sich vor, sodass kaum noch ein Haar zwischen sie beide gepasst hätte. Melantho schluckte, als Leto verschwörerisch den Kopf neigte und flüsterte: »Erinnerst du dich an den Olivenbaum?«

16

DIE ORKANE UNBERÜHMT

Leto

»Ist das ein Floß?« Melantho verzog verwundert das Gesicht, während sie das Gefährt betrachtete. »Leto. Hast du wirklich gedacht, ich hätte es noch nie mit einem Floß versucht?«

Leto spürte, wie ihr das Herz sank. Vielleicht war ihr Plan doch nicht ganz so brillant, wie sie gedacht hatte.

Sie biss sich auf die Unterlippe, dann sagte sie stockend: »Ich denke, du hast es noch nicht mit einem Floß wie *diesem* ausprobiert.«

Melantho schwieg, während Leto ihr ihren Plan erläuterte. Sie würden zusammen auf dem Floß sitzen und sich große Mühe geben, das Wasser nicht zu berühren. Sie würden es mit ihrer Muskelkraft antreiben und ein eilig geschnitztes Ruder benutzen, um bis an die Barriere zu paddeln.

»Solange das Wasser uns nicht berührt, bleiben wir Menschen«, schloss sie. »Dann gehören wir nicht Poseidon.«

»Ich nehme an, als ich in der Vergangenheit ein Floß benutzt habe, war ich nicht so vorsichtig.« Melantho runzelte die Stirn. »Aber warum willst du nicht einfach deine Kräfte einsetzen? Du kannst jederzeit fortgehen, ob Geschöpf Poseidons oder nicht.«

»Weil ...« Sie kam sich ein wenig lächerlich vor und senkte die Stimme. »Ich schwöre, dass ich manchmal spüren kann, wie er mich beobachtet. Das spürte ich schon beim ersten Mal, als ich ins Wasser gegangen bin, und seitdem jedes Mal, wenn ich dorthin zurückkehrte, auch vorhin, als wir versucht haben, die Barriere zu durchbrechen. Wann immer ich meine Kräfte einsetze, sieht er es. Das weiß ich. Er sieht mich und dich auch.«

»Ich glaube dir«, erwiderte Melantho ernst. »Ich kann es auch spüren.«

»Dann wirst du es also versuchen?«

»Ja. Aber wenn es nicht funktioniert, musst du allein aufbrechen. Du musst mich heute verlassen. Versprich es mir.«

»Ich verspreche es«, sagte Leto.

Es würde funktionieren. Sie tat ihren zweiten Schwur, während sie das Floß an Land zog und Melantho vorsichtig half, darauf zu klettern. *Es würde funktionieren.* Sie kamen langsam voran, etwas, wofür sie keine Zeit hatten, aber ein Versagen wäre verhängnisvoll gewesen. Wann immer sie dachte, das Wasser würde sie oder Melantho vielleicht berühren, sprang sie mit pochendem Herzen zurück in den Sand.

Es würde funktionieren. Das musste es einfach. Denn jedes Mal, wenn Leto Melantho ansah, klopfte ihr Herz einen wilden Trommelwirbel, ihre Finger krümmten sich, und die kleine Stimme in ihrem Hinterkopf sagte: *Wenn du sie zurücklässt, wirst du dir das nie verzeihen.*

Schließlich gelang es ihnen, sich abzustoßen: trocken, in Menschengestalt, unbeobachtet. Leto stieß das Ruder in die Wellen und bewegte das Floß vorsichtig vom Strand weg. Sie konnte Melantho nicht ansehen, konnte den Spott nicht ertragen, von dem sie wusste, dass er ihr ins Gesicht geschrieben stand. Es war ein lächerlicher, wahnwitziger Plan, und doch war es der einzige, den sie hatten.

»Ich glaube, das hier könnte klappen«, sagte Melantho nach einer Weile.

»Wirklich?« Leto drehte sich unsicher zu ihr um und stellte fest, dass Melantho lächelte – sie lächelte sie tatsächlich an.

Ihre Wangen hatten Grübchen bekommen, und ihre Augen strahlten. »Wirklich?«

»Wie oft willst du mir diese Frage noch stellen?« Melanthos Lächeln wurde noch breiter. Sie streckte eine Hand nach Letos Gesicht aus. Ein Schauer lief durch Letos Körper, machte sie steif und regungslos, während Melantho eine Handvoll ihrer Locken packte. »Und du hattest übrigens recht.« Sie drehte die losen Strähnen zu einem unordentlichen Zopf zusammen.

Leto schluckte. »Ich … was?«

Melantho nickte in Richtung Schiff. »Es brennt. Wie du vorhergesagt hast, nicht wahr?«

»Wa…« Die Frage erstarrte auf Letos Lippen, als sie zu dem Schiff herumwirbelte, und ihr Haar entglitt Melanthos Griff. Das Floß schaukelte unter ihnen, doch sie bemerkte es kaum. Das Schiff brannte tatsächlich; Melantho sagte die Wahrheit. Es war genauso, wie sie es vorhergesehen hatte, wie sie es *gewusst* hatte. Und doch hatte sie im Stillen an ihrer Vision gezweifelt, hatte gedacht, es sei einfach ein weiterer Teil des ausgeklügelten Scherzes, den die Götter schon ihr ganzes Leben lang mit ihr trieben. Der Anblick der roten Flammen, die nun am Horizont emporzüngelten – als könnten sie mit ihren brennenden Zungen an der Sonne lecken –, brachte etwas in ihrem Herzen in Aufruhr. Sie hatte eine Prophezeiung ausgesprochen, eine echte, und sie war eingetreten. Zumindest das meiste davon.

Doch ein Teil fehlte noch.

Ihre Entschlossenheit verstärkte sich, wurde zu einer eisernen Klinge. »Dann komm. Wir haben ein Schiff zu besteigen.«

»Lass uns nur hoffen«, sagte Melantho leise und griff nach ihrem Ruder, »dass Poseidon weiterhin in die andere Richtung schaut.«

17

DAS LICHT DER SONNE

Melantho

Als sie endlich die Barriere durchbrachen, erwartete sie ein Himmel voller Flammen. Melantho umklammerte Letos Hand und atmete die salzige, nach Asche schmeckende Luft ein.

Hinter ihnen versank Pandou.

Melantho brauchte sich nicht umzudrehen, um es zu wissen. Sie spürte es, ein entsetzlicher Schmerz in ihrer Brust, ein Kreischen im Wasser um sie herum, als die Insel, die jahrelang, jahrhundertelang, ihre Heimat gewesen war, ein leises Todesstöhnen von sich gab und in dem Ozean versank, dem sie einst entrissen worden war. Eine merkwürdige Erkenntnis stieg in ihr auf. Ohne sie gab es nichts, was die Insel hätte erhalten können. Pandou war an sie gebunden, so wie Melantho an die Insel gebunden gewesen war, und jetzt, ohne diesen Anker, wurde sie nicht mehr gebraucht.

Thalia lag dort begraben. Und auch Timo. Und Tausende und Abertausende anderer, die mit den Bäumen und den Höhlen und allen Hoffnungen und Träumen und Ängsten, die Melantho dort zurückgelassen hatte, in die Tiefe gezogen wurden. Aber Melantho versank nicht mit ihnen.

Sie hatte alles verloren, was sie je besessen hatte.

Nie hatte sie sich freier gefühlt.

Letos Hand legte sich warnend auf ihre, und Melantho schaute ruckartig auf. Sie waren höchstens noch dreißig Meter von dem Schiff mit seinem auf den Wellen auf und ab schaukelnden hölzernen Rumpf und seinen großen, weißen Segeln entfernt.

Zumindest waren sie einmal weiß gewesen. Nun brannten sie lichterloh und man sah nur flackerndes Orange und schwarze Rauchsäulen. Das athenische Wappen – einen böotanischen Schild hatte Leto es genannt –, das einst die Segel geziert hatte, war nur noch ein zerrissener, qualmender Fetzen. Vor ihren Augen zerfielen die Segel zu Asche und existierten nicht länger.

Mit ihrem Verschwinden erlosch auch das Feuer. Vielleicht war es der Besatzung gelungen, die Flammen zu ersticken, bevor sie sich durch das Deck brennen konnten.

»Da«, sagte Leto leise. »Siehst du das?«

Melantho folgte der Richtung ihres ausgestreckten Fingers zu einem weiteren Boot – einem kleinen, ramponierten Holzding, das neben dem riesigen athenischen Schiff geradezu verloren wirkte.

»Piraten.« Leto lächelte verschlagen. *Wie kannst du lächeln?* »Ich nehme an, das verheißt nichts Gutes für unsere Prinzessin.«

Sie waren jetzt frei von Pandou, und es spielte keine Rolle mehr, ob die Götter – ob Poseidon – sich noch einmal umdrehten, um sie zu beobachten, aber Melantho schauderte trotzdem, als sie sah, wie Leto eine Hand ins Wasser steckte. Die Kraft des Wassers antwortete ihrem Ruf und schoss in grünen und schwarzen Spiralen ihren Arm hinauf. Wenn Poseidon von ihrer Flucht wusste, war er offensichtlich nicht zornig. Vielleicht hatte er absichtlich weggesehen; vielleicht war es immer seine Absicht gewesen, ihr die Freiheit zu schenken. Die Härchen auf Melanthos Armen stellten sich auf, als das Meer sie mit einer weiteren Handbewegung Letos vorwärts trieb.

Sie näherten sich dem Wrack durch das von Trümmern übersäte Wasser. Etwas Geschwärztes dümpelte vor ihnen auf der Wasseroberfläche, etwas, das einen Geruch verströmte, der Melantho seltsam vertraut war. Der Geruch weckte eine uralte Erinnerung in ihr, einen längst vergessenen Instinkt, der ihr zuschrie: *Lauf.*

Leto würgte. »Ist das ...«

Das war es. Melantho erkannte einen Moment zu spät, was für ein Geruch das war und wo sie ihn schon einmal in der Luft geschmeckt hatte. Sie öffnete den Mund, um zu sprechen. *Halt.*

Noch bevor das Wort ihre Lippen verlassen hatte, gab es ein plötzliches Aufbranden in der Strömung, und sie konnte nur hilflos zusehen, wie sich der Körper eines Mädchens mit halb verbrannten, verzerrten Zügen langsam und entsetzlich im Wasser dem weißen Himmel zudrehte.

»Götter.« Melantho fuhr vor dem toten Mädchen zurück, ihre Kehle brannte. »Leto, kommen wir – kommen wir zu spät?« Sie drehte sich zu Leto um, deren Finger ihre eigenen so fest umklammerten, dass jedes Gefühl aus ihnen wich. Ihre graugrünen Gesichtszüge waren erstarrt, und sie hatte sich so heftig auf die Unterlippe gebissen, dass rote Tropfen ihr Kinn benetzten.

»Ich hoffe nicht«, sagte sie grimmig. »Das darf nicht sein.«

Sie bewegte sich nicht, jedenfalls nicht, soweit Melantho sehen konnte, aber das Wasser um sie herum *zuckte* plötzlich. Eine Sekunde später erhob sich eine Welle aus der Tiefe unter ihnen, hob Melantho und Leto hoch und trug sie in den Himmel. Das vertraute Gefühl von Letos Kraft umgab Melantho, und sie atmete es tief ein.

»Hast du einen Plan?«

»Nicht sterben.« Leto ließ ihre Hand los, und das Wasser trug sie davon.

Panik flatterte in Melanthos Brust. Pläne sollten genau dabei helfen – zu verhindern, dass man starb. Hastig getroffene Entscheidungen dagegen – ob aus Zorn, Angst oder Trauer getroffen – waren es, die schief gehen konnten. Melantho wusste das besser als die meisten; sie hatte einen höheren Preis dafür gezahlt, als andere es je tun würden.

Jetzt war nicht der richtige Zeitpunkt, sich darüber Gedanken zu machen.

Endlich hatten sie die schwelende Bordwand des Schiffes passiert, und die Welle setzte sie auf dem hölzernen Deck ab. Melantho streckte eine Hand aus, um sich an einem dicken Holzfass festzuhalten – Teil von einem großen Haufen von Dingen, alle gestempelt mit dem mittlerweile schon vertrauten athenischen Wappen –, und aus diesem Fass sickerte eine goldbraune Flüssigkeit. Ein Splitter bohrte sich in ihre nackte Fußsohle.

Melantho blieb wenig Zeit, auf dieses neue Ärgernis zu reagieren – abgesehen von einem gezischten Fluch an welchen Gott auch immer, der über Splitter herrschte –, bevor das Deck gefährlich unter ihr schwankte und sie zu Fall brachte.

Die verbrannten Überreste des Mastes brachen mit einem schockierenden Krachen, und das Schiff schlingerte abermals und richtete sich erneut im Wasser auf. Melantho kauerte schwer atmend neben dem Fass. Eine Hand schloss sich um ihren Arm, und sie schlug instinktiv um sich und traf auf weiche Haut.

»*Au.*« Leto hielt sich die Wange. Sie hatte bereits wieder ihre menschliche Gestalt angenommen – trotz der Umstände regte sich Stolz in Melantho. »Wofür war das denn?«

»Was machst du da?«, zischte Melantho. »Runter mit dir.«

Man würde sie sehen, sie schnappen, sie *töten*, bevor sie überhaupt die Küste Ithakas erreicht hatten. Melantho hatte keine Ahnung vom Kämpfen – sie hatte sich nie verteidigt, war nie dazu imstande gewesen.

»Warum sollte …« Erschrocken brach Leto ab und duckte sich neben Melantho. Auf ihrem Gesicht war ein grellroter Fleck zu sehen, wo Melantho sie geohrfeigt hatte. »Da sind sie.« In ihrer Stimme lag Entsetzen.

Gemeinsam spähten sie um das Fass herum.

Siegesgewiss, johlend und jubelnd, mit offenen Weinflaschen in den Händen, betraten vier von den Piraten das Deck, gekleidet in übertrieben prunkvolle Gewänder. »Ich dachte, Athen wäre eine große Militärmacht«, krähte einer von ihnen. Auf seiner Wange klaffte eine Wunde, aus der dunkles Blut tropfte. »Das war wohl ein Irrtum.«

»Vorsicht«, mahnte ein anderer, ein schmächtiger Junge mit hellbraunem Haar, das ihm in die Augen fiel. »Lass das bloß nicht das Mädchen hören.«

»Was soll sie denn machen? Mich ausschimpfen? Mit ihrem Pantöffelchen aufstampfen?«

»Iason hält sie für eine Hexe.« Ein anderer Pirat – ein Hüne von einem Mann mit struppigem grauem Bart – lachte rau. »Seid vorsichtig, Jungs, oder sie verzaubert euch noch.«

Der kleine Pirat musste Iason sein; er runzelte bei den Worten seines Kameraden finster die Stirn. »Sie ist eine Hexe, Kapitän. Merk dir meine Worte.«

»Eine Hexe?«, hauchte Melantho und vergaß sich für einen Moment. Was man mit einer *Hexe* alles machen konnte. »Meinst du, sie sprechen von der Prinzessin? Du hast nicht gesagt, dass sie eine Hexe ist.«

Leto, deren warme Gliedmaßen sich an ihre Seite pressten, schnaubte. »So etwas wie Hexen gibt es nicht.«

Melantho wandte sich ihr zu und zog vielsagend die Augenbrauen hoch. *Manche Leute sagen auch, dass es so etwas wie Orakel nicht gibt,* hätte sie gern erwidert. *Manche sagen, tot ist tot, und von dort kommt niemand zurück.*

Die Piraten – den Göttern sei Dank – hinderten sie daran, etwas so Dummes zu sagen. Denn als sie den Mund öffnete, gab es auf Deck ein gewaltiges Getöse, das an Lautstärke und Wildheit noch zunahm, als ein fünfter Pirat ein sich heftig wehrendes Mädchen aus dem Unterdeck hervorzerrte.

»Ihr Bastarde«, kreischte sie und ließ jedem Wort einen heftigen Tritt gegen das Schienbein des Piraten folgen. »Ich bringe euch um.«

Er packte sie noch fester und riss sie an den Haaren, sodass sie den Kopf stillhalten musste.

Melantho sog scharf die Luft ein. Die Athenerin konnte nicht viel älter als zwanzig sein. Ihre olivfarbene Haut war glatt und makellos und spannte sich über hohe Wangenknochen und ein markantes Kinn. Ihre Lippen waren voll und symmetrisch, ihre Zähne, die sie bleckte, gerade und weiß, und sie hatte erstaunlich lange, dichte Wimpern. Sie konnte ihr königliches Blut unmöglich verbergen; jeder ihrer Züge zeugte von Wohlstand und Macht, von einem Geschlecht, das mit den reichen Ländern östlich des ägäischen Meeres verbunden war. Was ihr aber jetzt nicht viel helfen würde.

»Das ist sie«, sagte Melantho. Sie konnte den Blick nicht von der Prinzessin abwenden. Der Pirat mit dem Bart war mit der besonderen Arroganz, die ihn als ihren Anführer auswies, vorgetreten. Er strich mit einem schmutzigen Finger über die Wange der Prinzessin. Sie schnappte nach ihm, und er riss fluchend gerade noch rechtzeitig die Hand zurück.

»Wo ist die andere?«, fragte er und strich sich dabei nachdenklich über den Bart.

»Die hab ich umgebracht«, verkündete der zuletzt Hinzugekommene. Das Mädchen in seinen Armen heulte auf wie ein verletztes Tier und stieß eine Flut von Flüchen aus, die so unflätig waren, dass jede anständige Edelfrau dabei errötet wäre.

»Sie umgebracht?« Der Kapitän wirkte enttäuscht. »Was für eine Verschwendung. Sie hätte nützlich sein können.«

»Wir haben ja immer noch die da.«

»In Ordnung«, sagte Leto leise und mit kalter Stimme. »Das reicht.«

»Was?«

Melantho drehte sich gerade rechtzeitig um, um zu sehen, wie Leto auf die Füße kam und grinsend brüllte: »Hier ist noch eine, wenn ihr sie fangen könnt!« Sie schenkte Melantho ein strahlendes Lächeln, drehte sich abrupt um und marschierte über das Deck auf die Piraten zu.

»Leto.« Melantho war aufgestanden, ohne es eigentlich zu wollen, immer noch halb versteckt hinter den Fässern, während sie nach der Kraft des Meeres griff und sich anschickte, sie gegen die Männer vor ihr zu schleudern. Sie hatte gewusst, dass Leto impulsiv sein konnte – ja sogar dumm –, aber nicht, dass sie *so* dumm sein würde.

Die Piraten hatten für Melantho keinen Blick übrig; ihre Augen waren auf Leto gerichtet, die sich ihnen ohne irgendeinen Schutz außer ihrem strahlenden, liebreizenden Lächeln näherte. »Kommt doch!«, rief sie. Sie hatten ihre Schwerter nicht gezückt, sondern beobachteten sie mit stiller Bewunderung. »Na los.«

Der, den sie Iason nannten, schien der Meinung zu sein, seine Chancen bei Leto stünden besser als bei der Prinzessin. Er zog sein Schwert und richtete es auf Leto. »Willst du meinen Stahl kosten, Kleine?«

»Das kommt drauf an«, antwortete sie munter. Sie hatte die Männer fast erreicht. Wenn Melantho nicht gewusst hätte, wonach sie Ausschau halten musste, hätte sie die Fäden von Salzwasser vielleicht übersehen, die sich durch die Planken des Decks schlängelten, sich um Letos Beine schlangen und grüne Schuppen über die plötzlich kieselgraue Haut zogen.

»Worauf?«, fragte Iason.

»Bist du ein guter Schwimmer?«

Leto hob den Arm, und das Meer erhob sich mit ihm. Eine Welle türmte sich über dem Schiff auf, schwankte, schoss dann vor und riss Iason an sich. Er ruderte mit Armen und Beinen und versuchte, Halt zu finden, wo es keinen gab. Leto war gerade eben außerhalb der Reichweite der übrigen Piraten stehen geblieben. Jetzt legte sie den Kopf schräg. »Offenbar nicht.«

Wann ist sie so mächtig geworden? Es war ein flüchtiger Gedanke, der schnell durch einen dunkleren ersetzt wurde. *Das hätte ich auch tun können.*

Ein Energiestoß fuhr durch die Welle, und sie verschlang Iason. Melantho streckte zaghaft eine Hand aus, und sie fühlte seine Angst, als das Meer ihn hinabzog, immer weiter in die Tiefe.

Leto war nicht grausam – das Ertrinken war kein schneller Tod, aber zerquetscht zu werden, wenn das schiere Gewicht des Wassers Iasons Organe zusammenpresste und seine Augen aus seinem Schädel platzen ließ, würde nicht lange dauern.

Leto streckte eine Hand nach den verbliebenen Piraten aus und krümmte die Finger. Eine Einladung. »Wer ist der Nächste?«

Die nächsten drei Piraten begegneten ihrem Schicksal ohne Protest.

Leto hatte einen getötet, und Melantho, die sich gezwungen sah, endlich ebenfalls einzugreifen, hatte zwei weiteren den Garaus gemacht. Es waren die ersten Männer, die sie in ihrem Leben tötete, und doch hatte es eine so geringe Wirkung auf sie, dass sie sich fragte, ob die Zeit auf Pandou sie herzlos gemacht hatte. Wenn sie doch nur Eurymachos so gegenübergetreten wäre oder Antinoos. Sie hätte sie beide vernichtet.

Noch nie hatte sie ihre Kraft auf diese Weise eingesetzt, aber es fühlte sich richtig an, als sie die Männer ohne Umstände ins Meer schleuderte. Die Fische würden heute Abend vorzüglich speisen.

Zwei blieben übrig: der Kapitän und sein stämmiger Lakai, der noch immer die Prinzessin mit seinen muskulösen Armen festhielt. Sie hatte aufgehört, sich zu wehren. Stattdessen starrte sie mit großen schwarzen Augen und halb geöffnetem Mund zu Leto und Melantho.

»Dann sind es jetzt also zwei gegen zwei.« Melantho hatte das Reden bisher Leto überlassen und sprach ihre ersten Worte in diesem Kampf. Es war ihnen beiden gelungen, ihr menschliches Aussehen zu bewahren, abgesehen von den Schuppen, die ihre Knöchel hinaufkrochen, aber sie hatten sich von den Wassermassen, die an der Reling des Schiffes entlangschossen, so gut wie möglich ferngehalten. »Ich nehme an, das macht uns einander ebenbürtig, zumindest in dieser Hinsicht.«

Der Kapitän schürzte die Lippen. »Was für Geschöpfe seid ihr?«

Leto hatte ihr einmal die gleiche Frage gestellt, klatschnass und verängstigt. Melantho öffnete den Mund, um etwas zu erwidern, aber Leto war schneller. »Mein Name ist Leto«, sagte sie. »Du solltest dir den Namen merken, wenn sie dich im Hades fragen, wie du dort hingekommen bist.«

»Ich heiße Damianos«, knurrte er. »Du solltest dir den Namen ebenfalls merken.« Melantho hatte das kleine Messer an der Hüfte des Kapitäns nicht bemerkt. Dumm, töricht. Zu spät beschwor sie eine Welle vom Meer herauf, *zu spät*. So konnte sie nur noch zusehen, wie er das Messer aus der Scheide riss und es mit erschreckender Kraft nach Leto warf.

Das Lächeln glitt aus Letos Gesicht. Sie hob die Hände – das Wasser hob sich mit ihnen –, aber das Messer durchschlug beides und grub sich in ihre Brust.

Leto sackte mit einem schrecklichen, röchelnden Aufschrei zu Boden. Sie umklammerte die aus ihrem Brustkorb ragende Klinge – sie steckte weiter oben, als Melantho gedacht hatte, dicht genug an ihrer Schulter, um nicht tödlich zu sein, den Göttern sei Dank –, schloss ihre blutverschmierten Hände um den Griff. »Du … verdammter …« Sie brach ab.

Diesmal bemerkte Melantho rechtzeitig das Glitzern des zweiten Messers.

»Leto!«, schrie sie.

Leto schaute auf, und ihr Gesicht erschlaffte in jäher, kindlicher Angst, als die zweite Klinge durch die Luft auf sie zuwirbelte. Sie hätte sie ins Herz getroffen, hätte sie in einem einzigen Augenblick niedergestreckt, wäre nicht Melanthos Welle über die Reling des Schiffes geschwappt und hätte sie zur Seite gerissen. Sie kauerte jetzt auf dem Boden, ihr Haar ein tropfendes Durcheinander aus Schwarz und Braun in einer Lache aus Blut und Salzwasser. Das Meer verwandelte sie bereits, und ihre Haut flackerte von Pfirsichfarben zu Steingrau und wieder zurück.

Sie würde durchkommen. Sie musste.

Der Kapitän lächelte. Es war klar, dass er Melantho nicht für eine Bedrohung hielt. Er sah aus wie Eurymachos; er sah aus wie Antinoos. Er sah aus wie Odysseus.

Übelkeit, plötzlich und heftig, stieg in Melanthos Kehle auf und ließ sie würgen. Sie war wieder siebzehn und hilflos, wehrlos …

Nein. Dem Gedanken folgte eine seltsam tiefe Ruhe. *Nein.* Melantho hatte Eurymachos sterben sehen, hatte Antinoos sterben sehen, hatte selbst ihr Blut vom Holzboden geschrubbt. Auch Odysseus war schon lange tot. Und Melantho *lebte.*

»Ich werde dich töten«, sagte Melantho freundlich und lächelte den Kapitän an. Das war der Grund, warum Poseidon ihr ihre Kräfte verliehen hatte. Für Männer wie diesen. Sie warf sich auf den Kapitän.

Einen Moment später folgte das Meer ihrem Beispiel. Eine gewaltige Wasserschlinge brach aus der See hervor – eine Spirale aus Wasser, die sich über ihnen auftürmte und sogar die Sonne verdeckte. Die Augen des Kapitäns weiteten sich, seine Lippen öffneten sich, und er wandte sich zur Flucht, als die Welle – Melanthos Welle – über ihm zusammenschlug. Das Deck verschwand unter den Fluten.

Lebte er noch?

Melantho wartete nicht ab, um es herauszufinden. Sie verschränkte die Finger ineinander und zog, um das Meer wie einen widerspenstigen Hengst im Zaum zu halten. Dann holte sie erneut aus, riss ihren Arm durch das Wasser, das jetzt hüfthoch stand, und schickte eine Welle von Energie auf den anderen Piraten zu, dem, der noch immer die Prinzessin umklammerte, während er Melantho blöde anstierte. Sie hatte sich völlig verändert; sie konnte es fühlen. Sie war ein Ungeheuer. Es fühlte sich besser an, als sie es sich je hätte vorstellen können.

Sie lächelte, als ihn die Welle von den Füßen riss. Er mühte sich, das Gleichgewicht wiederzufinden, als das Deck unter ihm hochfederte und das Wasser über die Bordwände schwappte. Die Prinzessin hatte sich aus seinem Griff befreit und taumelte mit bewundernswerter Entschlossenheit von ihm weg. Melantho hatte ein zerbrechliches, schwaches Ding mit dünnen Handgelenken erwartet, aber in den schwarzen Augen der Prinzessin glühten Kohlen, als sie sich an einem großen Holzsplitter festhielt, der sich in das Deck gebohrt hatte. Mit finsterer Miene zerrte sie daran, als wollte sie sich davon überzeugen, dass er hielt.

Der Pirat hatte sich wieder gefangen. Er griff nach dem Schwert an seiner Hüfte.

»Idiot«, sagte die Prinzessin. Es stellte sich heraus, dass sie gar nicht an dem Holzsplitter gezogen hatte, um zu prüfen, ob er halten würde. Sie hatte gar nicht *gewollt*, dass er hielt. Mit einem siegessicheren Lächeln zog sie ihn heraus, tanzte mit verblüffender Eleganz auf ihn zu und rammte ihn dem Piraten in die Seite.

Er brach zusammen.

Die Prinzessin spuckte auf ihn herab.

Melantho hätte sich gern einen Moment Zeit genommen, um den Anblick des Toten auf sich wirken zu lassen – denn das Leben war bereits aus ihm gewichen, während sich eine Blutlache um ihn bildete – doch schwere, schwankende Schritte hinter ihr kündigten die Rückkehr des Kapitäns an.

Verdammt. Sie hatte gebetet, dass die Welle ihn töten würde.

Mit erhobenen Händen drehte sie sich zu ihm um.

18

IN DAS DICKICHT DES STARKEN LÖWEN

Leto

Leto erhob sich taumelnd.

Das Wasser, das sie umgab, sang zu ihr, während es ihre verletzte Haut wieder zusammenfügte. Der Schmerz, als sie das Messer herausgezogen hatte, war ungeheuerlich gewesen, aber die Klinge war nun ein willkommenes Gewicht in ihren Händen.

Melantho stand neben der Prinzessin, die Hände erhoben, während der Piratenkapitän auf sie zuschritt. Der Nebel um sie herum lichtete sich allmählich – ein Anlass zur Sorge, denn bald würde man sie von der Küste aus sehen können, und das war eine Komplikation, mit der Leto sich nicht auseinandersetzen wollte. Sie erlaubte sich stattdessen, sich am Glanz des Sonnenlichts auf Melanthos Haut zu erfreuen. Sie war herrlich anzusehen wie Athene selbst, die just in diesem Moment in die Schlacht zog.

Leto hätte gerne zugesehen, wie sie diesen elenden Kerl in Stücke riss, aber so viel Zeit hatten sie nicht. Sie betrachtete das Messer in ihren Händen, prüfte sein Gewicht. Sie war nicht so blind für ihre eigene Unfähigkeit, dass sie glaubte, sie könnte es werfen und es würde sein Ziel in der Mitte des Rückens des Kapitäns finden, ihn auf dem Holzdeck umsinken lassen.

Manchmal war die einfachste Methode die beste.

Auf nackten Sohlen schlich sie leise vorwärts.

Der Kapitän hörte sie in der allerletzten Sekunde. Er erschrak und drehte sich um, sein Gesicht in Überraschung erstarrt, als Leto das Messer zwischen seine Rippen schob und es ruckartig umdrehte. So fein wie der sich hebende Nebel sprühte sein Blut, und seine Pupillen weiteten sich, als er zu Boden fiel.

Leto wartete nicht, bis sein Herz aufhörte zu schlagen. Sie rief die Wellen zu sich, die ihn ins Meer trugen, während ihm der letzte Rest seines Lebens zwischen den Fingern zerrann. Sie hatte heute drei Männer getötet. Sie holte tief Luft. Jetzt blieb nur noch einer. Nur noch ein Junge mit goldener Haut und einer goldenen Krone, dann war sie frei.

»Was«, erklang eine scharfe Stimme, eine Stimme in der Melodie des Festlandes, »im Namen aller Götter ist gerade passiert?«

Leto hatte die Prinzessin fast vergessen. Jetzt legte sich die Erkenntnis wie ein erdrückendes Gewicht auf ihre Brust, ein Druck, der immer stärker wurde. Eine Stimme in ihr flüsterte: *Dies ist der Moment, an dem es aufhört, einfach zu sein.*

Denn sie würden auch die Prinzessin töten müssen.

Leto stand da wie gelähmt und starrte auf das Mädchen, während in ihr langsam die Erkenntnis aufstieg: Sie konnten sie nicht am Leben lassen, konnten das Risiko nicht eingehen, dass sie irgendjemandem erzählte, was sie gesehen hatte. Bei den Piraten, die das Mädchen gefangen genommen hatten, hatte sie nicht lange gezögert – sie kannten die Risiken, die sie eingingen; sie hatten es verdient –, aber das einzige Verbrechen dieses Mädchens war es, von blauem Blut zu sein. Das machte sie zu einer Zielscheibe.

Es war einfach ungerecht.

Leto wusste, dass ihr die Schuldgefühle ins Gesicht geschrieben standen, sah ihre eigene Angst widergespiegelt in den großen schwarzen Augen der Prinzessin, als das Mädchen eine Hand in ihren Chiton schob und den Saum von dem feuchten, mit Ruß bedeckten Deck hochhob. Sie machte einen schwankenden Schritt zurück, dann noch einen.

»Ihr seid nicht hier, um mich zu retten, nicht wahr?« Sie klang dabei nicht überrascht, eher müde, resigniert.

Leto öffnete den Mund, um zu sprechen, und stellte fest, dass sie es nicht konnte. Dieses Mädchen war unschuldig; sie war jung, sie war schön, sie hatte das ganze Leben noch vor sich und …

Und sie hatte Leto gerade ein Messer ins Gesicht geworfen.

»Verdammt.« Leto heulte auf und warf sich zur Seite. Ein Messer – Leto hatte keine Ahnung, wo die Prinzessin es plötzlich her hatte, und wenn sie nicht so erschrocken gewesen wäre, hätte es sie vielleicht beeindruckt. Es verfehlte sie um wenige Zentimeter und segelte über die Schiffsreling.

»Tu das besser nicht noch mal.« Das war Melantho. Leto hatte sie fast vergessen; sie war zu sehr damit beschäftigt gewesen, sich über die entsetzliche Aufgabe, die vor ihr lag, den Kopf zu zerbrechen. Die vertraute Starre von Melanthos Kiefer war ein willkommener Anblick, auch wenn in ihren Augen eine seltsame Schwärze lag. Melantho würde wissen, was zu tun war.

Melantho sah sie nicht an. Stattdessen betrachtete sie stirnrunzelnd die Prinzessin. »Wie heißt Ihr?«

Die Prinzessin runzelte ihrerseits die Stirn. »Ich glaube, du kennst meinen Namen.«

Leto, die das Gefühl hatte, ausgeschlossen zu sein, gefiel das Ganze überhaupt nicht. Auch nicht, wie die Prinzessin mit Melantho sprach, ihr widerstrebte diese arrogante Anmaßung, dass sie wissen sollten, wer sie war. Selbst wenn sie im Prinzip recht damit hatte. »*Ich* glaube, dass Ihr Euch für berühmter haltet, als Ihr seid.«

Die Prinzessin reckte das Kinn. »Ich bin Prinzessin Adrasteia, zweite Tochter von König Elpidios von Athen und Königin Antigo …«

»Adrasteia also«, unterbrach Melantho sie. Ihre Stimme war überraschend sanft. Leto kannte diesen Ton, und spürte, wie ihr der Mut sank. Auch Melantho wollte das Mädchen nicht töten. Aber eine von ihnen musste es tun. »Ich werde Euch nicht belügen, Adrasteia. Wir sind nicht hier, um Euch zu helfen.«

»Sondern um mich zu töten?«, fragte die Prinzessin. Ihre Stimme war bewundernswert gelassen. Tonlos, kalt. »Oder mich als Geisel zu nehmen und Lösegeld zu erpressen?« Sie lachte. »Ich kann euch versichern, dass mein Vater nicht halb so viel bezahlen wird, wie ihr es euch erhofft.«

»Wir wollen kein Geld.« Die Worte waren über Letos Lippen gepurzelt, bevor sie es verhindern konnte. Es war ein Reflex, der sich nicht so leicht abgewöhnen ließ. Manchmal waren die adligen Männer und Frauen von Ithaka zu ihr gekommen, mit dem Wunsch, von ihren Fähigkeiten zu profitieren. Sie hatten immer auf sie herabgeblickt, und in ihren Worten schwang stets die Unterstellung mit, dass sie – Leto – viel dringender auf sie angewiesen war, als umgekehrt. Dass sie ihr Geld *brauchte*.

Und sie hatten recht. Deshalb hatte es so wehgetan.

Sie funkelte die Prinzessin an. »Eigentlich versuchen wir, Menschenleben zu retten.«

Die Prinzessin zog eine Augenbraue in die Höhe. »Wie heldenhaft. Und was habe ich damit zu tun?«

»Gar nichts.« Letos Mitgefühl schwand, weggewischt von dem Ausdruck gelangweilter Überlegenheit, der sich in Adrasteias zarten Zügen zeigte. »Ich nehme an, Ihr hattet recht – wir wussten tatsächlich, wer Ihr seid. Und wer Euer Verlobter ist. Der Prinz hat Euch nie kennengelernt, nicht wahr? Er hat keine Ahnung, wie Ihr ausseht, wie Ihr Euch anhört. Ihr seid für ihn nichts als ein königliches Siegel und eine Truhe voller Gold, zwei Dinge, die wir Euch ganz einfach wegnehmen können.«

Sie war sich nicht sicher, woher ihr Zorn kam, aber er verflog schlagartig, als ihre Worte ihr Ziel trafen, als Adrasteias Augen sich auf eine Weise weiteten, die durchaus echte Angst sein konnte. »Du willst dich für mich ausgeben?« Ihre Augen verengten sich ebenso schnell wieder, wie sie sie aufgerissen hatte. »Du willst den Prinzen heiraten?«

»Wir wollen den Prinzen töten«, sagte Melantho. Ihre Stimme klang klar und freimütig, als sie einen Schritt auf Adrasteia zuging. »Es ist … notwendig. Es wird sehr viel Leid lindern, musst du verstehen. Es gibt da einen Fluch …«

»Ich bedeute dem Prinzen nichts«, unterbrach Adrasteia sie.

Melantho blinzelte. »Wie bitte?«

Adrasteia richtete das Wort jetzt an Leto. Die drehte sich hastig weg, von der plötzlichen Angst befallen, Melantho könnte ihre Bewunderung für die Prinzessin bemerken. Gleich darauf ertappte sie sich bei der Frage, ob es Melantho überhaupt kümmern würde, dass sie die Prinzessin bewunderte. Ihr war plötzlich sehr heiß.

»Ich bedeute dem Prinzen nichts«, wiederholte Adrasteia, und Leto stürzte sich dankbar auf diese Worte.

»Nein«, sagte sie, »und …«

»Und er bedeutet mir nichts«, unterbrach Adrasteia sie abrupt. »Ich werde euch helfen.«

»Ihr werdet – was?«

Adrasteia zog eine Schulter hoch. »Entweder das oder sterben, nehme ich an.«

Leto starrte sie einen Moment ausdruckslos an, dann drehte sie sich hilflos zu Melantho um. Adrasteia konnte ihnen nicht helfen, oder? Ihr Plan war bereits so vage, so hastig zusammengestückelt, dass sie nicht riskieren konnten, entdeckt zu werden, indem sie die Prinzessin mitnahmen.

»Ihr könnt nicht mit uns kommen«, sagte Melantho.

Leto stieß erleichtert den Atem aus, den sie angehalten hatte. Jetzt brauchte sie diese Entscheidung nicht mehr zu treffen.

»Ich will nicht mit euch kommen«, erklärte Adrasteia. »Ihr werdet mich gehen lassen. Und ich werde den Mund halten. Ich schwöre es im Namen aller Götter.« Sie lächelte, durchtrieben und verschwörerisch und … hoffnungsvoll. »Es gibt eine Welt, die ich sehen will, bevor ich unweigerlich mit einem Prinzen in einem fremden Land verlobt werde, an das ich nicht gebunden sein möchte. Hier.« Sie zog die schweren, goldenen Armreifen von ihren Handgelenken. »Die werdet ihr brauchen. In einer der Truhen ist ein Chiton für das Fest der Tagundnachtgleiche – zieht ihn an; er war teuer. Und nehmt meinen Siegelring und den Brief meines Vaters. Ich habe bereits eine Antwort skizziert, in der ich ihm meine Ankunft bestätige. Sie ist sehr unhöflich, aber ihr könnt sie zu Ende schreiben und abschicken. Es ist mir gleichgültig.«

Ihr Lächeln hatte sich zu einem Grinsen verwandelt. Sie drückte Melantho die Armreife in die Hand und machte sich daran, einen dicken Silberring von ihrem Finger zu ziehen.

Leto sah Melantho an. Melantho sah Leto an.

»Nun?«, fragte Adrasteia.

Melantho hielt Leto die Armreifen hin.

Leto nahm sie.

Sie streifte sie sich über ihre Handgelenke. Sie waren sehr schlicht, nicht zu vergleichen mit dem kunstvollen Schmuck an Adrasteias Ohren oder den funkelnden Ringen, die ihre Finger zierten. Und sie waren *schwer;* sie klirrten aneinander, als sie die Hände drehte. Es war Leto unverständlich, warum Adrasteia sie trug.

»Was hat es damit auf sich?«

Leto hob bei dem scharfen, zornigen Ton von Melanthos Stimme erschrocken den Kopf. Melantho hatte sich plötzlich auf Adrasteia gestürzt, umklammerte ihre Handgelenke und funkelte sie an.

Leto folgte ihrem Blick.

Adrasteias dunkle, olivfarbene Haut war glatt und makellos, durchsetzt mit einigen zarten, dunkelbraunen Schönheitsflecken. Ihre Finger waren weich und ohne Schwielen, die Kennzeichen eines Mädchens, das noch nie in seinem Leben auch nur einen Tag gearbeitet hatte, aber um ihre Handgelenke zogen sich rote Wundmale. Leto hatte solche Male schon einmal gesehen, an ihren eigenen Handgelenken – die Spuren des Seils, mit dem sie gefesselt worden war, während jemand ihr das Haar geflochten und sie in ein weißes Kleid eingenäht hatte. Plötzlich konnte sie nicht mehr atmen.

»Die Piraten?«, brachte sie heraus.

Melantho antwortete, bevor Adrasteia es tun konnte. »Die Male sind alt«, sagte sie sehr leise. »Nicht wahr?«

Adrasteia nickte.

»Warum?«, fragte Melantho.

Der Wind pfiff um die rauchenden Überreste des Schiffes. Adrasteia blieb mehrere Momente lang stumm. Dann sagte sie: »Mein Vater glaubt, dass ich verheiratet werden sollte. Ich war da anderer Meinung. Er ist kein sehr überzeugender Mensch, versteht ihr, und so sah er sich gezwungen, es mit einer – nun, sagen wir, einer überzeugenderen Methode zu versuchen.« Ihr Lächeln war voller Verbitterung.

Leto starrte sie an. So lächerlich es war, ihr war nie der Gedanke gekommen, dass die Prinzessin nicht willens gewesen sein könnte, nach Ithaka zu reisen, um dessen wunderschönen, feigen Prinzen zu heiraten. Und schon gar nicht hätte sie vermutet, dass sich Adrasteias Vater so einfach über die Wünsche seiner Tochter hinwegsetzen könnte, dass er sie in Ketten legen und gegen ihren Willen über das Meer segeln lassen würde.

»Und was möchtet *Ihr?*«, fragte Melantho.

»Was?« Adrasteias Augen weiteten sich und flackerten kurz auf. Dann, als sie offenbar festgestellt hatte, dass Melantho nicht scherzte – Leto war das klar gewesen, darum lächelte sie. Diesmal war das Lächeln echt. »Ich würde am liebsten nach Delphi gehen, um die Orakel dort kennenzulernen. Dann würde ich gerne weiterreisen, hinaus auf die Gewässer, die noch nicht kartografiert wurden, um die Inseln zu finden, die immer in Nebel gehüllt liegen, die Inseln, die man nicht finden kann, es sei denn, man weiß, wo man hinfährt. Es heißt, es gäbe dort Hexen. Ich würde schrecklich gerne einmal eine kennenlernen.«

»Ich nehme an«, sagte Melantho, »dass Euer Vater das nicht erlauben wollte.«

»So ist es.«

»Und Ihr glaubt, dass Ihr Eure Hexen finden werdet?«

Adrasteia lächelte durchtrieben und blickte zu Leto. »Ich sehe dieses Mal an deiner Kehle, Kreatur. Was immer du bist – Nymphe, Halbgöttin …«

»Mensch«, sagte Leto, genau wie Melantho es einmal zu ihr gesagt hatte. »Ich bin ein Mensch.«

»Ich glaube dir nicht«, widersprach Adrasteia. »Aber das ist auch nicht wichtig. Es gibt seltsamere Dinge auf dieser Welt als ein Mädchen mit einer Fischkehle …«

»Wie bitte?« Die Schuppen um ihren Hals waren nicht wie die eines Fisches. Sie hatte noch nie einen Fisch gesehen, mit Schuppen wie aus Obsidian, die in der Sonne grün und violett schimmerten.

»Na gut«, sagte Melantho hastig. »Du gibst uns dein Versprechen. Du wirst zu niemandem ein Wort davon sagen, ja?«

Adrasteias Lächeln wurde noch breiter. Leto sah etwas in den Augen der Prinzessin: eine durchtriebene Freude, Verruchtheit und eine Verständigung. Vögel im Käfig, so vermutete sie, erkannten sich an ihren Liedern.

»Ich werde niemandem etwas sagen. Und mein Gefolge ist tot.«

»Das tut mir leid«, sagte Melantho.

Leto blieb stumm. Die Besatzung war schon tot gewesen, als sie angekommen waren. Es gab nichts, weswegen sie sich entschuldigen musste. Außerdem klang Adrasteia nicht besonders traurig. Sie klang eher nachdenklich, als würde sie auf einen Kratzer auf einem Fliesenboden hinweisen.

»Mir nicht«, sagte Adrasteia. »Jeder auf diesem Schiff ist – war – meinem Vater treu ergeben. Jeder Einzelne von ihnen hat mich verraten. Nun, vielleicht mit Ausnahme von einem, aber das spielt jetzt wohl keine Rolle mehr. Ich werde nicht in ihre Fußstapfen treten. Ich halte mein Wort, und das schwöre ich auch jedem Gott, der es hören will.« Schnell wie eine Schlange streckte sie die Hand nach Melanthos Taille, nach dem Messer, das dort steckte, aus.

Leto fuhr zusammen und machte Anstalten, sie aufzuhalten. Melantho bewegte sich nicht vom Fleck.

Adrasteia riss das Messer heraus und zog es über ihre Handfläche. Blut tropfte aufs Deck. »Ich schwöre es«, wiederholte sie. »Niemand wird je erfahren, was hier heute geschehen ist. Nicht von mir.«

»Gut«, sagte Melantho. »Gut.« Seit sie die Male von Adrasteias Gefangenschaft gesehen hatte, war sie angespannt und verkrampft gewesen. Jetzt lösten sich ihre Glieder, sie straffte sich und nahm Adrasteia das Messer ab, um es an den Röcken ihres Chitons sauber zu wischen. »Wir können das Ruderboot des Schiffes nehmen – es gibt doch eins?«

Adrasteia nickte.

»Gut. Es gibt noch ein Boot, ein kleines, mit dem die Piraten gekommen sind. Es wird Euch zu den Häfen von Kefalonia bringen. Von dort aus werdet Ihr allein den Weg finden; ich denke, Ihr seid klug genug, um es sicher bis nach Delphi zu schaffen. Nehmt Euch von diesem Schiff, was Ihr braucht, und überlasst den Rest uns.« Eine Pause folgte. »Eine letzte Sache. Wie viele Tage sind es noch bis zur Frühjahrs-Tagundnachtgleiche? Wir sind … schon eine Weile fort, versteht Ihr.«

Adrasteia hob die Augenbrauen, drang aber nicht weiter in Melantho. »Noch elf Tage.«

Melantho zuckte zusammen. »Elf, soso. Danke.«

Leto hatte schweigend zugehört. Sie würden Adrasteia also gehen lassen. Und in ein paar Tagen, wenn die ersten Mädchen ausgewählt worden waren, würden sie versuchen, ihren Verlobten zu töten.

Hier wurde zumindest ein Leben verschont.

Ein letzter Gedanke ließ sie nicht los: dass es vielleicht das Einzige blieb, das verschont werden würde.

19

WO ABEND ODER WO MORGEN

Melantho

Nie wieder wollte Melantho einen Fuß auf ein Schiff setzen, wenn sie das alles hinter sich gebracht hatten. Und Leto würde ihr zustimmen, da war sie sich sicher.

Sie standen sich auf dem Deck gegenüber. Adrasteias Truhen wurden in das Ruderboot des rapide sinkenden Schiffes verladen und die letzten Leichen über Bord geworfen. Adrasteia war inzwischen sicher schon auf Kefalonia – Melantho hatte ihr in das verlassene Boot der Piraten geholfen und dem Meer den Befehl gegeben, sie durch die Meeresenge zu tragen, aber irgendwann war ihre Verbindung zu dem Boot abgerissen, und nun konnten sie nichts anderes tun, als zu beten, dass die Prinzessin ihr Wort halten würde. Leto hatte ihren zerrissenen Chiton abgelegt und war in eins von Adrasteias extravaganten Gewändern geschlüpft. Vor ihrem Aufbruch hatte die Prinzessin einen kleinen Kasten mit Schminke für sie herausgesucht, hatte ihre Augenbrauen und Lider dunkler gemalt und ihre Lippen blutrot gefärbt. Trotzdem sah Leto nicht besonders königlich aus; sie hatte ein grimmiges Gesicht aufgesetzt und war bis auf die Haut durchnässt. »Glaubst du, sie wird ihre Hexen finden?«

»Ich wüsste nicht, was dagegen spräche.«

»Ich glaube immer noch nicht an Hexen. Nicht einmal

nach«, sie deutete vage auf Melantho, »all dem hier. Es ist einfach unmöglich, nicht wahr?«

Melantho lächelte. Sie hätte Leto gern das Haar aus dem Gesicht gestrichen – ihre Zöpfe hatten sich wieder gelöst – und sie daran erinnern, dass es mehr außergewöhnliche Dinge auf der Welt gab, als sie sich vorstellen konnte. Sie wäre gern mit dem Daumen über ihre volle Unterlippe gestrichen.

Stattdessen ließ sie eine Hand über Letos Schulter gleiten, über den dicken Stoff dort. Sie wusste, dass die Haut darunter immer noch rosa und gerunzelt war, aber die Wunde verheilte langsam. Es würde vielleicht nicht einmal eine Narbe zurückbleiben. »Wir sollten das Schiff versenken«, schlug sie vor. »Sonst wird man es finden. Wir dürfen nicht noch ein Risiko eingehen; wir können nicht –«

Die Falltür in der Mitte des verwüsteten Decks knallte auf und etwas – jemand – kletterte heraus.

Ein Mädchen. Sie hatte sie noch nicht gesehen, weil sie in die falsche Richtung schaute, den Rücken gekrümmt, als hätte sie Schmerzen.

Sie trug einen klatschnassen, gelben Chiton, dessen Stoff an ihrer schmalen Gestalt klebte. Sie musste sich unter Deck versteckt haben, musste hinter irgendeiner mit Edelsteinen gefüllten Truhe oder dergleichen gehockt haben, während der Rest des Gefolges abgeschlachtet worden war. Jetzt taumelte sie unsicher umher und blinzelte ins Sonnenlicht.

»Prinzessin?«, rief sie.

Aber die Prinzessin war fort. Melantho sah das Entsetzen auf Letos Gesicht und wie sie die Brauen zusammenzog, als ihr die Erkenntnis dämmerte, und wusste, dass ihr eigenes Gesicht den gleichen Ausdruck widerspiegelte. Adrasteias Worte klangen ihr in den Ohren: *Jeder auf diesem Schiff ist – war – meinem Vater treu ergeben. Jeder Einzelne von ihnen hat mich verraten.* Das bedeutete, dass sie dieses Mädchen nicht gehen lassen konnten. Sie hatten bereits zu viel riskiert.

Letos Hände zitterten, und sie verzog unentschlossen die Lippen.

Melantho setzte sich in Bewegung.

Es hätte nicht so leicht sein sollen, die Arme um die Magd zu legen, sie an sich zu ziehen und ihr das Messer in die Brust zu stoßen. Aber es war so einfach. Die Magd starb ohne einen Laut.

Erst jetzt entdeckte Melantho die Wunde, die bereits den Bauch des Mädchens verunstaltete, eine Wunde, an der sie zweifellos gestorben wäre. Sicherlich war sie von einem der Piraten verletzt worden.

Melantho starrte wortlos darauf, dann ging sie zur Reling – ohne Letos Stimme zu beachten, die verzweifelte Frage darin – und erbrach sich ins Meer.

Leto blieb auf Deck, als das Schiff zu sinken begann. Melantho beobachtete sie schweigend.

Sie konnte den Blick nicht von dem Blut auf dem Holz abwenden, von der Stelle, an der die Magd ihren letzten röchelnden Atemzug getan hatte.

Als sie aufgehört hatte zu würgen, hatte Melantho das tote Mädchen mit einem Goldstück aus der Truhe der Prinzessin ins Meer geworfen. Das würde mehr als genug sein, um für ihre Überfahrt über den Styx zu bezahlen, in das jenseitige Leben, das am anderen Ufer wartete. Melantho hoffte, dass es ein gutes sein würde.

»Leto.« Melantho ging auf sie zu. Sie sollte etwas sagen. Vielleicht ein paar tröstende Worte. Aber was gab es zu sagen? Sie standen da, Seite an Seite, bis Melantho das Schweigen nicht länger aushielt. Sie streckte eine Hand nach Letos Schulter aus, zog sie aber im letzten Moment zurück und wandte sich wieder zum Gehen. »Es war notwendig«, sagte sie. An Letos Fingern steckten mehrere Ringe, sie gehörten zu ihrer Verkleidung als Prinzessin, dicke, goldene Dinger, die mit Edelsteinen besetzt waren. Melantho hätte ihr die Ringe am liebsten einen nach dem anderen abgezogen und ins Meer geworfen, hätte sich gern auf die Knie fallen lassen und gesagt: *Götter, fühlt sich das so an? Einen unschuldigen Menschen zu töten? Das wusste ich nicht.*

Stattdessen sagte sie: »Einen Fluch zu brechen, ist nie so einfach, wie man hofft.«

Leto antwortete nicht.

»Komm«, sagte Melantho, diesmal sanfter. »Wir sollten aufbrechen. Das Ruderboot des Schiffes ist ebenfalls in keinem guten Zustand. Wir können uns glücklich schätzen, wenn wir es bis ans Ufer schaffen.«

20

DIE FETTEN GEFILDE

Leto

Melanthos Prophezeiung war zutreffend gewesen. Die durchlöcherten und mit Wasser vollgelaufenen Überreste ihres Fluchtbootes hielten sich nicht lange. Als sie die Küste von Ithaka erblickten, war das Boot schon so gut wie nicht mehr seetüchtig. Melantho hatte sich wortlos über die Bordwand geschwungen und war unter das Boot geschwommen, und jetzt setzte sie ihre Kräfte ein, um es so gut es ging zusammenzuhalten. Es war eine Erleichterung gewesen, sie untertauchen zu sehen; Leto hätte ohnehin nicht gewusst, was sie zu ihr sagen sollte.

Ich verstehe es. Aber sie verstand es nicht, nicht wirklich.

Jeder von den Piraten hatte sein Schicksal verdient. Es war nicht schwer gewesen, sich einzureden, dass sie den Tod verdienten, sie vom Schiff zu werfen, damit der Ozean den Rest für sie erledigte.

Doch die Magd …

Sie war dem Tode nahe gewesen. Leto hatte es der Haltung ihrer Schultern und dem Zittern ihrer Hände ablesen können, bevor Melantho die Arme um sie gelegt hatte. Aber trotzdem war sie unschuldig gewesen. Und jetzt war sie tot.

Endlich zurück auf Ithaka, beobachtete Leto grimmig vom Hafen aus, wie das Boot endgültig sank. Melantho tauchte in der Nähe auf und bleckte ihre verlängerten Eckzähne. Ihre

Haut war aschfahl, ihr Haar schwarz. Sie wuchtete eine letzte Truhe auf trockenes Land.

Sie hatten nur so viel mitgenommen, wie in das zerstörte Boot passte – ein paar Gewänder, eine Hand voll Schmuck, nicht ansatzweise so viel, wie sie für ihre Scharade brauchten. Dafür würden sie sich später eine Ausrede einfallen lassen müssen. In diesem Moment war Leto zu erschöpft, um etwas anderes zu tun, als ihre Schulter zu umklammern und über die Geschwindigkeit zu staunen, mit der die Wunde aufgehört hatte zu bluten und sich zu einer gerunzelten Narbe verschlossen hatte. Es war fast nichts mehr davon übrig, versteckt unter dem weiten Schulterstoff von einem von Adrasteias Chitons. »Wie sollen wir das alles erklären? Wir kommen allein, und die Hälfte von Adrasteias Hab und Gut ist verloren gegangen.«

»Mit der Wahrheit. Ein Angriff durch Piraten«, sagte Melantho. »Gefolgt von einer tollkühnen Flucht, versteht sich.«

Leto musste sich zwingen zu lächeln. In ihrem Bauch flatterte es vor Nervosität.

»Dein Haar«, bemerkte Melantho. »Es ist nass.«

»Oh.« Leto konnte das Meer schwingen wie eine Klinge, konnte ihm befehlen, erwachsene Männer in das dunkle Wasser zu ziehen, aber die Feinheiten stellten nach wie vor eine Herausforderung dar. Sie hatte die Kunst, es zu kontrollieren, noch nicht soweit gemeistert, dass sie das Wasser aus ihrem Haar bannen konnte, ohne dass es anschließend spröde und schrecklich kraus war. »Daran habe ich gar nicht gedacht.«

Ihre Bestürzung musste offensichtlich sein. »Lass mich das machen«, erbot sich Melantho.

Gehorsam neigte Leto den Kopf. Melantho strich mit beiden Händen vorsichtig durch die Strähnen, lockerte die Knoten und zog schimmernde Wasserfäden heraus. Schließlich fielen Leto die dunklen kastanienbraunen Locken locker um das Gesicht. Melantho strich sie ihr behutsam hinter die Ohren. »So«, sagte sie.

Sie waren sich gefährlich nah, näher als je zuvor, seit Leto in Melanthos Zukunft geschaut und den Tod in der Luft gerochen hatte. Aber vielleicht dachte Melantho, die Prophezeiung sei bereits eingetreten. Die Piraten waren schließlich tot. Genau wie die Magd.

Auch Leto hoffte, dass es damit vorbei war.

Melantho war noch nicht wieder zurückgetreten. Ihre Augen waren auf Letos geheftet und bohrten sich förmlich in sie hinein.

»Mein Chiton ist immer noch nass«, sagte Leto leise. »Eine Prinzessin würde nicht bis auf die Haut durchnässt erscheinen.«

»Mach dich nicht lächerlich, du wirst nicht bis auf die Haut durchnässt erscheinen. Hier.« Melantho strich mit den Händen über Letos Taille. Der Stoff zitterte unter ihrer Berührung – oder war es Leto selbst? – und trocknete sofort. Melantho hielt inne und ließ die Hände über Letos Hüften gleiten. »So ist es besser.«

Leto schaute an ihrem Chiton herunter und sah dann wieder Melantho an. Sie schluckte. »Er passt mir nicht.«

»Er hat sich nur gelockert«, sagte Melantho. Ohne Vorwarnung fasste sie Leto um die Taille, wirbelte sie herum und zupfte die Röcke zurecht, bevor sie die Schärpe neu band. Der Moment, der sich zwischen ihnen abgespielt hatte, war wie weggeblasen. Es war eine verblüffende Erleichterung, obwohl das Gefühl von Melanthos Händen durch den dünnen Stoff einen weiteren seltsamen Schauer über Letos Rücken jagte. Es war anscheinend kälter, als sie dachte.

Leto öffnete den Mund, um zu sprechen. Die Worte schienen sich zu verlieren, bevor sie ihre Lippen erreichten. »Ich …«, brachte sie heraus, räusperte sich und drehte sich um. Melanthos Hände glitten über ihre Hüften, ließen sie aber nicht los. »Wie sehe ich aus? Die Schminke?«

Melantho ließ den Blick langsam über Letos Gesicht wandern. »Du hast da etwas auf der Wange«, sagte sie schließlich.

»Oh.« Leto hob die Hand.

»Ich mach das schon.« Melantho nahm die Hände von Letos Hüften, und ihre Abwesenheit ließ ihre Haut dort im kühlen Wind kribbeln, aber Leto bemerkte es kaum, als Melantho langsam mit dem Daumen über ihre Wange strich. »Na bitte«, sagte sie. »Wunderschön.«

Das Grün von Melanthos Haut verschwand allmählich, als sie trocknete. Die Schuppen an ihrer Kehle verblassten und wurden durch die rote, frische Narbe ersetzt. Sie waren einander so nah, dass Leto die Sommersprossen hätte zählen können, die in einem braunen Reigen über Melanthos Nase tanzten. Sie konnte die roten Stellen an Melanthos Lippen erkennen, wo sich ihre Zähne hineingegraben hatten. Es wäre so einfach, sich vorzubeugen und …

Sie zuckten beide zusammen, als in der Ferne ein Horn erschallte. Ein Hirte vielleicht, der seine Herde rief, oder ein Seemann, der die Ankunft seines Schiffes am Ufer bekannt gab.

Melantho wandte den Blick ab. In ihrer Hand lag ein blassrosa Band, das sie sich jetzt geschickt über das Mal an ihrer Kehle knotete. Stirnrunzelnd betrachtete Leto das Ergebnis. Es war nicht das Mal des Seils, das sie stutzen ließ – ihre eigene Haut war wie ein Spiegelbild davon–, es war vielmehr die Tatsache, dass dies Melanthos einziger Makel war. Es gab keine Schuppen, nichts, das Melantho als eine Auserwählte Poseidons ausgezeichnet hätte. Aber das ergab keinen Sinn. Die einzigen Mädchen, die auf Pandou an Land gespült wurden, waren die gehängten Mädchen; das hatte Melantho immer wieder betont.

Vielleicht hatte das Vergehen der Zeit ihr die Schuppen gestohlen. Würden auch Letos eigene Schuppen irgendwann von ihrer Kehle verschwinden? Sie strich mit der Hand über ihre weichen Ränder.

Melanthos Stimme riss sie aus ihren Gedanken.

»Komm schon. Wir sollten hier draußen nicht unsere Zeit verschwenden.« Mit einer einzigen schnellen Handbewegung ließ sie das Wasser aus ihrem eigenen Chiton und von ihrer Haut wegwirbeln. Ihr Haar verwandelte sich zurück in goldene Locken. Sie drehte sich um und ging den Weg zum Palast hinauf, sodass Leto nichts anderes übrigblieb, als sich eine dicke, goldene Kette um den Hals zu hängen und ihr zu folgen.

Sie schüttelte ihre Röcke aus und tat ihr Bestes, die grünen Flecken, die immer noch darunter waren, zu verbergen.

21

ESST MIT WOHLGEFALLEN, IHR FREUNDE!

Melantho

Sie erreichten die Tore des Palasts, als es in der Nachmittagssonne langsam etwas abkühlte.

Melantho war es gelungen, zwei Vathi-Jungen dazu zu überreden, ihnen für jeweils ein Silberstück das Gepäck zu tragen. Eigentlich hätte sie sich über diesen unverhohlenen Wucher empören sollen, aber sie war zu nervös und zu erschöpft, um sich darum zu scheren. In der Sonne war es immer noch brütend heiß, und außerhalb des Wassers zu sein, brachte Melantho an den Rand eines Zusammenbruchs. Sie hatte Poseidons Reich seit Jahrhunderten nicht verlassen, und Ithaka fühlte sich an wie eine ganz andere Welt.

Leto sah nicht viel besser aus. Der Marsch in Adrasteias schwerem, prächtigem Gewand ließ Ströme von Schweiß an ihrem Hals hinabrinnen. Die sorgfältig aufgetragene Schminke der Prinzessin auf ihrem Gesicht verlief bereits.

»Verzeihung«, keuchte Melantho an den Wächter gewandt, der am Tor stand. Er warf ihr einen zweifelnden Blick zu. »Dies ist Prinzessin Adrasteia von Athen.« Sie wies auf Leto, der es gelang, eine schlaffe Hand zum Gruß zu erheben. Ihr Gesicht war dunkelrot. »Sie bittet um eine Audienz beim Prinzen.«

Der Zweifel des Wächters verwandelte sich in unverhohlene Ungläubigkeit. »Prinzessin?«, wiederholte er.

Leto richtete sich auf, strich sich über ihre vom Schweiß feuchten Locken und bewegte auffällig die Hand, um ihn die Ansammlung schwerer, mit Juwelen besetzter Ringe und den silbernen Siegelring sehen zu lassen. Melantho musste sich ein Lächeln verkneifen. Leto sah aus wie Thalia, als sie einst mit einer Truhe voller Schmuck von Ithaka zurückgekehrt war: ein blutverschmiertes Kind, das Verkleiden gespielt hatte. Sie hatte sich monatelang mit Juwelen geschmückt, bis es ihr gelungen war, sie alle zu verlieren.

Manchmal fand Melantho noch immer einen verirrten Rubin in einem verschrammten Silberring, und die Erinnerungen schnürten ihr die Kehle so fest zu, dass es sich anfühlte, als würde sie ersticken. Thalia war zu viele Risiken eingegangen. Dummes Mädchen. Doch jetzt war die Trauer nicht mehr ganz so schmerzhaft, gemildert durch den Anblick Letos, die jetzt die Brust vorreckte und sich auf Zehenspitzen stellte. »Ich nehme an, man erwartet mich?«

Der Blick der Wache war auf die Ringe fixiert. Die Unschlüssigkeit stand dem Mann ins Gesicht geschrieben, aber Melantho wusste, dass er seinen Posten nicht riskieren würde, indem er einer Prinzessin den Zutritt verwehrte. Offensichtlich kam er zu demselben Schluss, denn er senkte den Kopf und verbeugte sich rasch. »Euer Gnaden, willkommen auf Ithaka. Ihr und Eure Männer, ihr dürft eintreten.«

»Meine Männer?« Letos Stimme wurde lauter. Die Panik in ihren Zügen war unübersehbar.

»Das sind nicht unsere Männer«, schaltete Melantho sich rasch ein und deutete auf die Jungen, die immer noch mit dem Gepäck hinter ihnen herumlungerten. »Sie haben uns nur geholfen, hierherzugelangen. Wir sind in der Meeresenge von Piraten überfallen worden. Unsere Männer sind …« Sie senkte den Kopf und blinzelte die Wache durch ihre Wimpern hindurch an. »Sie sind alle tot.«

»Tot?« Die Stimme des Wächters war nur ein Quieken. Man

konnte die Gedanken förmlich sehen, die ihm durch den Kopf schossen: War Adrasteia erzürnt? Würde sie Ithaka die Schuld zuweisen?

»Dank sei den Göttern, dass Ihr unversehrt geblieben seid«, brachte er schließlich heraus. Melantho konnte nur hoffen, dass seine Gedanken nicht die letzte Lücke zu der Frage schlossen – wie genau es kam, dass sie unversehrt geblieben waren.

Er drehte sich um, um zwei Soldaten herbeizuwinken, die ein wenig weiter oben auf dem Weg zum Palast auf ihren Posten standen. »Das ist Prinzessin Adrasteia«, erklärte er ihnen. »Es gab einen Überfall. Ihre Begleiter sind tot. Nehmt ihr Gepäck und informiert das Gesinde über ihre Ankunft. Ruft ihnen ins Gedächtnis, dass die Prinzessin alle erdenklichen Annehmlichkeiten erhält. Sorgt dafür, dass ihre Gemächer binnen einer Stunde bereit sind. Verständigt die Königin. Und ihre Magd …«

»Bleibt bei mir«, unterbrach Leto den Mann mit fester Stimme und drehte sich um, um Melantho anzugrinsen.

Ihr Handrücken streifte ihren, als sie weitergingen, und sie sich das Haar über die Schultern warf. Es kostete Melantho ihre ganze Kraft, diese Hand nicht zu umklammern, um sie nie wieder loszulassen. Für einen Moment stand sie reglos da, atmete tief durch und schaute hinter sich zum Meer, das sie zurückgelassen hatte. Das nächste Mal, wenn sie am Ufer stand, würde sie sich in Begleitung eines Prinzen befinden. Und er würde dort sterben. Melantho hatte es sich geschworen. Der Fluch würde kein weiteres Mädchen fordern, nicht solange sie noch atmete.

Die Jungen, die ihr Gepäck getragen hatten, hatten sich bereits umgedreht und waren den Weg zurückgerannt, ihre Silbermünzen hoch erhoben, während sie Freudenschreie ausstießen. Dann, als ob die Götter wünschten, dass ihre Ankunft so ungünstig wie möglich verlief, begann es zu regnen.

Der Prinz war nicht da.

Das war typisch, dachte Melantho, während sie zusah, wie Leto ihre neuen Gemächer begutachtete, dass, kaum dass *eine* Sache glatt lief, der Rest auseinanderfiel. Der Prinz war verschwunden, dem gedämpften Getuschel des Gesindes nach zu schließen, und keiner der Diener wusste, wohin er gegangen war.

Sie hatte ihr Bestes gegeben, um ihre Besorgnis zu verbergen, als ein schweigender Diener sie durch den Palast geführt und dabei mit seiner nichtssagenden, näselnden Stimme erklärt hatte, wo sie sich gerade befanden. *Das hier ist natürlich die Galerie, und hier ist die Waffenkammer. Und hier befindet sich eine weitere Galerie. Eine weitere Waffenkammer.* Melantho hatte nicht genau zugehört.

Die Räume sahen alle gleich aus: übersät mit kunstvoll geschnitzten Klinen – Sofas, die ausdrücklich als Liegen gedacht waren, während hübsche Mägde Teller mit verschiedenen Käsesorten und Trauben anboten –, und auf jedem einzelnen Sofa befand sich eine Fülle feiner, seidener Kissen.

Die Herausforderung bestand natürlich nicht darin, ein Zimmer vom anderen zu unterscheiden, denn Melantho kannte jedes Detail dieses Palastes. Das Schwierige war, sie von denen von damals auseinanderzuhalten. Zu versuchen, sich nicht an die Gräuel zu erinnern, die sie in diesem Gang gesehen, in jenem kleinen Versammlungsraum miterlebt hatte – das Blut, das sie hier gerochen hatte, der üble Geruch eines toten Mannes, dessen Därme sich entleert hatten. All dieses Schreckliche.

Die meiste Zeit über hielt Melantho darum den Blick auf den Boden gerichtet.

Leto war still geblieben, bis sie zu ihren Räumen gekommen waren und sie den Luxus darin sah. Zu ihren Gemächern gehörte ein weitläufiges Wohnzimmer; Melantho konnte drei verschiedene Tische zählen, zwei Schreibpulte und jede Menge Stühle. Dann kam das Schlafzimmer, verborgen vor den Blicken anderer durch einen schweren, violetten Vorhang.

»Diese Zimmer sind …« Leto starrte Melantho an. »Sie sind alle für mich?«

»Für uns.« Melantho warf sich auf das Bett. Das *einzige* Bett.

Auf Pandou hatte Leto sicher eine Höhle weiter geschlummert, selbst wenn die Nacht Gedanken an sie heraufbeschwor – wie ihre Lider sich flatternd senkten, ihr Mund sich öffnete, wie sich ihr Bauch anfühlen würde, würde er sich an Letos drücken. Aber sich ein Bett zu *teilen?* Melantho war sich nicht sicher, ob sie so viel Verletzlichkeit ertragen konnte, solche in die Länge gezogene Nähe. Sie senkte den Kopf, weil sie Angst hatte, ihr Gesichtsausdruck würde ihre Gedanken verraten. Die vielen Schichten von Decken waren Meisterwerke aus goldenem Garn und rotem Färbemittel auf einer Unterlage, die so weich war, dass sie fünfzehn Zentimeter tief hineinsank. Sie zupfte eine Feder aus einem kunstvoll gearbeiteten Kopfkissen und untersuchte sie eingehend. »Gänsefedern. Nett.«

Weder reagierte Leto, noch schien sie das Schlafarrangement bemerkt zu haben. Vielleicht machte ihr der Gedanke auch nichts aus, ein Bett zu teilen, oder sie zog nicht einmal in Erwägung, dass es ein Problem sein könnte. Melantho schluckte, und ihre Kehle war plötzlich seltsam trocken, während Leto jede Ecke des Raums aufs Genaueste untersuchte. Die Aufregung war in jedem Zentimeter ihres Gesichts sichtbar, sie sang aus der Haltung ihrer Schultern, aus ihren Bewegungen. Sie wischte sich die verlaufene Schminke ab und riss sich die goldene Kette vom Hals. Melantho konnte die Ränder der Schuppen sehen, die unter der Kette verborgen gewesen waren.

Melantho beobachtete sie stumm. Jahrhunderte auf Pandou hatten ihr zumindest eine Gabe beschert: Geduld.

»Um der Götter willen«, blaffte Leto schließlich. »Wir müssen etwas tun. Können wir aufs Meer hinausfahren? Trainieren? Beten? Irgendetwas.«

Es war schwierig, ihre Ungeduld nicht komisch zu finden. Melantho drehte sich auf den Bauch und drückte das Gesicht in das Kissen. Doch der Gedanke ans Meer ließ auch ihr Herz schmerzen. Sie vermisste es jetzt schon, den Rausch der Kraft, der mit Poseidons Fluch einherging. Ohne ihn fühlte Melantho sich *schwer.* Müde bis in das Mark ihrer Knochen.

Oder war es etwas anderes, das sie schmerzte? Etwas anderes, das sie in sich selbst zusammenschrumpfen, das ihr Herz schneller schlagen ließ und ihren Geist überflutete mit Erinnerungen an Hände und Gesichter und Stimmen und …

Nein. Dieser elende Palast war schon einmal der Schauplatz ihres Untergangs gewesen; sie würde nicht zulassen, dass derselbe Palast sie abermals brach. Sie atmete langsam ein, bevor sie zu sprechen anhob.

»Sollten wir nicht auf den Prinzen warten?« Ihre Stimme war durch das Kissen gedämpft.

»Der Prinz ist mir völlig einerlei«, sagte Leto, deren Stimme von falscher Liebenswürdigkeit nur so triefte. »Und ich plane auch, dass das so bleibt. Es ist viel schwieriger, jemanden zu töten, der einem etwas bedeutet, selbst wenn sein Tod unzählige Leben retten wird.«

Melantho hob leicht den Kopf an, sodass sie deutlicher sprechen konnte. »Was haben wir zu gewinnen, wenn wir jetzt fortgehen? Und was haben wir überhaupt zu gewinnen, wenn wir den Prinzen treffen? Wir können nicht einmal den Versuch machen, ihn zu töten, bis wir uns sicher sind, dass das erste Mädchen als Opfer auserwählt wurde. Also, welchen Sinn hätte das?«

Leto warf ihr einen finsteren Blick zu, und ihre Augen blitzten. »Der Sinn«, stieß sie hervor, »ist, dass dieser Mann mich töten ließ!«

»Was hat das denn mit unserer Aufgabe zu tun? Du kannst ihn schlecht deswegen zur Rede stellen, oder?« Melantho hielt ihre Stimme ruhig, ihren Ton gelassen. Sie würde sich nicht mit ihr streiten.

Es war ohnehin nicht so, als könnte Leto jetzt viel Unheil anrichten. Der Prinz war nicht da, und seine Diener hatten seine Abwesenheit bestätigt. Sie würden einfach warten müssen.

»Das werde ich erst wissen, wenn ich ihn sehe«, sagte Leto. »Vielleicht finde ich ja etwas Nützliches heraus.« Mit plötzlicher Entschlossenheit riss sie einen von Adrasteias Reiseumhängen aus einer Tasche, warf ihn sich über die sonnengebräunten Schultern und marschierte zur Tür. Dort hielt sie inne, ihre Hand auf dem Riegel, und warf Melantho einen erwartungsvollen Blick zu. »Kommst du?«

Melantho ärgerte sich. Sie war sich nicht sicher, was genau es war, aber da lag etwas in Letos Ton, das an ihren Nerven zerrte. Es zog Erinnerungen an die Oberfläche, die sie im Laufe der Jahre still und sorgfältig vergraben hatte. »Nein«, sagte sie schroff. Würde alles hier sie an das Leben vor ewigen Zeiten erinnern? Vielleicht war es gar keine Frage, *ob* sie sich dem stellen musste, sondern nur wann. Und sie war nicht bereit, jedenfalls noch nicht.

Sie sah Leto an und schüttelte den Kopf. »Es hat wenig Sinn, hier herumzuschnüffeln.«

»Und es hat *gar keinen* Sinn, herumzusitzen«, versetzte Leto. »Ich werde nach den Gemächern des Prinzen suchen. Ich bin mir sicher, dass es dort irgendetwas zu entdecken gibt.« Sie öffnete die Tür, schlüpfte hindurch und ließ sie hinter sich zuschlagen.

Melantho drückte das Gesicht wieder ins Kissen. Sie hätte wissen müssen, dass es so sein würde. Leto war so jung, und ihr Hass brannte noch immer heiß und hell, sie war ungestüm und impulsiv und …

Du hast Angst. Weil du sie nicht verlieren möchtest.

Es war Thalias Stimme, die in ihrem Kopf erklang: hinterhältig, scharf, wissend. Melantho gab einen zornigen Laut von sich – halb Schrei, halb Stöhnen. Es war nur natürlich, dass sie Leto beschützen wollte. Sie war Melanthos letzte Hoffnung, Ithakas letzte Hoffnung.

Mehr war es nicht.

Sie drehte sich auf den Rücken und beschäftigte sich damit, Muster in der Marmordecke zu finden.

Sie war noch nicht lange dabei, als die Türen zu den Gemächern erneut aufflogen. Laute Schritte hallten über den steinernen Boden. Melantho rappelte sich vom Bett hoch und streckte den Kopf in den Hauptraum, wo Leto stand, die Arme verschränkt, das Gesicht starr vor Ärger.

»Das ging aber schnell«, sagte Melantho. Und dann fügte sie hinzu, obwohl sie die Antwort in Letos Gesicht lesen konnte: »Hast du etwas herausgefunden?«

»Ich habe mich auf dem Rückweg verirrt und musste einen Diener ansprechen. Es gibt gar nicht so viele von ihnen, aber sie sorgen trotzdem dafür, dass die Tür des Prinzen bewacht ist. Keine Möglichkeit, dass ich da reinkomme. Aber weißt du, ich bin mir ziemlich sicher, dass seine Gemächer direkt unter diesen liegen.«

»Oh, nun, das ist …« Melantho brach ab, als Leto direkt an ihr vorbeimarschierte und die Fensterläden des Zimmers aufstieß. »Moment, sag mir, dass du nicht versuchen wirst, aus dem Fenster zu klettern.« Langsam bekam sie den Eindruck, dass Leto noch impulsiver war als Thalia.

Die Thalia in ihrem Kopf – der Teil von Melantho, der immer noch ihr gehörte – meldete sich erneut zu Wort. *Siehst du, du hast sehr wohl Angst, sie zu verlieren, so wie du mich verloren hast.*

»Ich werde nicht nur *versuchen*, aus dem Fenster zu klettern«, sagte Leto, während sie bereits durch das Fenster stieg.

Melantho hätte ihr folgen sollen. Hätte hinrennen und Leto an einem ihrer schlanken Handgelenke festhalten sollen.

Aber Thalias Stimme in ihrem Ohr wollte nicht verstummen, und jetzt gesellten sich andere Stimmen dazu, und eine Traurigkeit, eine Hoffnungslosigkeit, ein Entsetzen raste durch Melanthos Adern, die sie praktisch lähmte. Also konnte sie nur noch auf das Scharren lauschen, das von außerhalb des Fensters kam, und hoffen, dass sie gerade nicht noch einen Fehler beging.

22

DIE DÄMMERNDE FRÜHE

Leto

Es war gar nicht so schwierig, an der Wand des Palastes hinunterzuklettern. Zugegeben, es war aber auch nicht so einfach, wie Leto es sich erhofft hatte. Der Mond hatte sich fast gänzlich hinter dunkelgraue Wolken verzogen und verbarg sie zum Glück vor argwöhnischen Blicken, während sie sich an den rauen Stein klammerte. Die Oberfläche war vom Regen rutschig und voll rauer Steinpartikel, die sich schmerzhaft in ihre Fingerspitzen gruben.

Vorsichtig ließ sie sich zentimeterweise hinab, den Blick starr auf die Stelle unter sich gerichtet, wo der Stein einem Fenstersims Platz machte. Und dieses Fenster, so hoffte sie, würde sie direkt in die Gemächer des Prinzen führen. Sie war sich nicht sicher, was genau sie dort zu finden hoffte, aber sie konnte es nicht ertragen – im Gegensatz zu Melantho, wie es schien – einfach abzuwarten. Irgendwie hatte sie auch erwartet, dass Melantho ihr folgen würde. Ein bisschen enttäuschte es sie, dass es nicht so war.

Vielleicht entdeckte sie ja ein bequemes Versteck, ein verbotenes Geheimnis, das sie zu ihrem Vorteil nutzen konnten, wenn die Zeit kam. Und die Zeit würde bald kommen.

Ihr hin und her schwingender Fuß zerriss einen Teil des Efeus, der sich an dem Gebäude emporrankte, und ließ etliche Blätter in den Innenhof unter ihr rieseln.

Leto erstarrte. Es gab nicht allzu viele Wachen im Palast, wie sie bereits festgestellt hatte. Im Innenhof war bestimmt niemand …

Das sanfte Fallen des Regens wurde plötzlich übertönt von Schritten. Nicht schnell genug für eine rennende Person, aber auch nicht langsam genug, um der Gang eines Mannes zu sein, der keinen Grund zur Sorge hatte. Irgendjemand hatte irgendetwas gehört, hatte irgendetwas gesehen. Leto tastete ohne viel Hoffnung die Mauer ab. Das Fenster war immer noch viel zu weit unter ihr, um eine Zuflucht darzustellen, und im Innenhof gab es nichts außer einem sprudelnden Springbrunnen, dessen Wasser sich in ein großes Marmorbecken ergoss. Ithakas Springbrunnen wurden teils von Salzwasser, teils von Süßwasser gespeist.

Bitte, dachte Leto, ein stummes Gebet. *Lass diesen hier Salzwasser enthalten.*

Der Wächter war unter ihr aufgetaucht. Er betrachtete eingehend den Haufen herabgefallener Efeublätter. Dann kratzte er sich am Kinn und hob schließlich den Blick …

Bevor er sie bemerken konnte, streckte Leto eine Hand in Richtung des Brunnens aus. Für einen Sekundenbruchteil passierte nichts. Ihr Herz setzte einen Schlag aus, und ihre Kehle schnürte sich zusammen. Dann bewegte sich die Fontäne des Springbrunnens.

Sie brandete empor, wirbelte auf Letos Befehl hin herum, und spritzte wild Wasser in die Luft. Irgendwie reichten die Tropfen weit genug in die Höhe, um Letos Chiton zu durchtränken, trotz der Entfernung zwischen ihnen. Sie murmelte einen gedämpften Fluch und ließ das Wasser los. Es sank zurück zu seinem gewohnten, fügsamen Geplätscher.

Sie hörte die Wache aufschreien. »Was zum …«

Leto grinste triumphierend. Sie konnte sich bereits Melanthos entzücktes Gesicht vorstellen, aus dem alle gequälte Duldsamkeit verschwunden sein würde. *Ein Salzwasserspring-*

brunnen, Leto, ernsthaft?, würde sie sagen. *Nun ja, ich nehme an, auch der gehört zu Poseidons Reich. Du bist ein Genie.*

Unter sich sah sie, wie sich die Wache wild nach einer Erklärung für das seltsame Schauspiel des Brunnens umblickte. Aber er kam nicht auf die Idee, nach oben zu schauen. Schließlich verschwand er kopfschüttelnd um eine Ecke, und Leto widmete sich wieder der vor ihr liegenden Aufgabe – in die Gemächer des Prinzen zu gelangen.

Obwohl es mühsam war, das letzte Stück zum Fenster zurückzulegen – ihr feuchter Chiton blieb immer wieder an dem rauen Stein hängen, und ihr Haar verfing sich mehr als einmal in losem Blätterwerk. Endlich erreichte sie den Sims, drückte die Fensterläden auf und fiel geradezu hinein. Mit einem dumpfen Aufschlag landete auf dem gefliesten Boden. In dem Bemühen, ihr Gleichgewicht wiederzufinden, hätte sie um ein Haar eine kleine Vase mit gelben Narzissen umgeworfen. Dann stolperte sie weiter in den leeren Raum.

Doch es wurde sehr schnell sehr deutlich, dass der Raum keineswegs leer war.

Alle möglichen Sachen waren wahllos auf den niedrigen, hölzernen Flächen verteilt und, wie Leto mit einem wachsenden Gefühl des Entsetzens registrierte, ihr Besitzer, einen nur halb zugebundenen Chiton um seinen muskulösen Oberkörper, starrte sie in unverhohlenem Erstaunen an. Nasse Locken klebten an seiner Stirn, und Wasser tropfte von seiner Brust.

Sie hätte ihn erkannt, selbst wenn dies ihre erste Begegnung gewesen wäre. Er war jedem der vielen hundert königlichen Bildnisse im Palast wie aus dem Gesicht geschnitten – mit großen, kaffeebraunen Augen, geschwungenen Wimpern und vollen, femininen Lippen. Wunderschön für einen Todgeweihten.

Prinz Mathias war, wie es schien, von seinen Reisen zurückgekehrt.

»Ah«, sagte Leto und trat einen halben Schritt zurück. So hatte sie sich die Sache nicht vorgestellt. Er hätte *fort* sein sollen. Und sie war nicht nur zerzaust, es war ihr auch nicht gelungen, Adrasteias dicke Schminke wieder aufzutragen. Was, wenn er sie erkannte? Nein, rief sie sich ins Gedächtnis, das sicher nicht. Sie war ein mageres, halb verhungertes Ding gewesen, als sie sich das letzte Mal begegnet waren, mit einem Knebel zwischen den Zähnen und einem blau geschlagenen Auge. Trotzdem … »Falsches Zimmer, würde ich sagen. Verzeihung.« Sie drehte sich rasch auf der Stelle um, stieß die Fensterläden wieder auf und machte Anstalten, aus dem Fenster zu steigen. *Götter,* dachte sie bei sich, *was mache ich hier?*

Der Prinz schien der gleichen Meinung zu sein. »Götter, was macht Ihr da?« Er sprang vor und zog sie mit einer Hand von der Öffnung weg. Mit der anderen hielt er den Stoffstreifen fest, der seine Scham schützte. »Wer seid Ihr? Was um alles in der Welt macht Ihr hier?« Er kniff die Augen zusammen und musterte sie. »Warum seid Ihr so nass?«

Leto war geneigt, darauf hinzuweisen, dass er ebenfalls nass war. »Ich wollte …« Sie suchte verzweifelt nach einer passenden Ausrede. Ihre Röcke waren so nass nun auch wieder nicht, nur von der wilden Gischt aus dem Springbrunnen bespritzt und an manchen Stellen fleckig von der Feuchtigkeit auf den Steinen. Durchaus zu rechtfertigen. »Ich wollte eine Runde durch den Palast drehen, in der Nähe des Springbrunnens. Er hat sich sehr seltsam aufgeführt, versteht Ihr.«

Der erstaunte Ausdruck verweilte auf Mathias' hübschem Gesicht. Aber es war dort nicht der Hauch eines Wiedererkennens zu entdecken. Obwohl dies eigentlich eine Erleichterung hätte sein sollen, war es irgendwie auch … enttäuschend. So wie er gesprochen hatte, so wie er sie direkt angesprochen hatte, bevor er den Befehl zu ihrem Tod gegeben hatte, hätte sie erwartet, dass er sich an sie erinnern würde. Offensichtlich tat er das nicht. Und das war gut so – es würde die Dinge verkomplizieren, wenn er sie wiedererkannt hätte, würde vielleicht den ganzen Plan zum Scheitern bringen. Sie hätte es sich gar nicht wünschen sollen, aber … nein. Ein lächerlicher Gedanke.

»Der Springbrunnen hat sich seltsam aufgeführt«, wiederholte Mathias. »Ich glaube, Ihr habt gerade eine meiner drei Fragen beantwortet und viele weitere aufgeworfen. Also, wer seid Ihr, bevor ich meine Wachen hereinrufe?«

Leto straffte sich. Sie musste sich in einer ziemlich üblen Verfassung befinden. Aus dem Augenwinkel konnte sie mehrere Blätter sehen, die sich in ihrem Haar verfangen zu haben schienen. »Ich bin Prinzessin Adrasteia aus Athen«, sagte sie. »Es freut mich, Eure Bekanntschaft zu machen.«

Wenn das eine Antwort war, die Mathias erwartet hatte, gelang es ihm hervorragend, so zu tun, als sei es etwas durch und durch Erstaunliches. Hastig ließ er ihren Arm los und trat einen Schritt zurück. »Die Freude ist ganz meinerseits, Prinzessin«, sagte er geschmeidig. »Ich bin Prinz Mathias von Ithaka. Haben alle Mitglieder der königlichen Familie von Athen die Angewohnheit, wie Mauereidechsen an der Außenseite von Palästen emporzuklettern und bei ahnungslosen jungen Männern vorbeizuschauen?«

»Ich glaube, das mache nur ich so.« Leto lächelte entschuldigend. Götter, was sollte sie Melantho erzählen? »Ich hatte gehofft, das hier ist mein Zimmer. Wo ich jetzt übrigens sehr gern wäre. Wenn Ihr mich also entschuldigen wollt, werde ich einfach …« Wieder ging sie auf das Fenster zu. Wieder machte Mathias einen Satz, um sie daran zu hindern.

»Ich fürchte, ich kann Euch nicht erlauben, weiter wie eine Eidechse am Palast herumzuklettern«, erklärte er ziemlich energisch. »Vielleicht würdet Ihr gern die Tür benutzen. Ich glaube, die meisten Menschen ziehen es ohnehin vor.«

»Gut. Dann werde ich …« Leto wandte den Blick von ihm ab und lief zur Tür. Dort hielt sie mit einer Hand auf dem Riegel inne. Würde es ihr gelingen, einen Diener zu finden, der ihr den Weg wies? Sie freute sich nicht auf die Aussicht, eine weitere Stunde durch die Gänge zu irren. »Ihr wisst nicht zufällig, wie ich dort hinkomme, oder?«

Nach dem Ausdruck auf Mathias' Gesicht zu schließen, war sehr klar, dass er nichts weniger wollte, als einem durchnässten und möglicherweise wahnsinnigen Mädchen, das durch sein Fenster geklettert war, zu erklären, wie sie zu ihrem Zimmer zurückkam. Leto vermutete sogar, dass er lieber nicht im selben Gebäude wie sie schlafen wollte. Sie konnte ihm keinen Vorwurf daraus machen. Es beeindruckte sie, dass er nicht schon längst seine Wache hereingerufen hatte, um sie zu exekutieren oder sie zumindest hinauszuwerfen. »Gebt mir eine Minute«, sagte er schließlich und verschwand hinter einem großen, hölzernen Wandschirm.

Einige Sekunden später tauchte er in einem lockeren, grauen Chiton wieder auf, der diesmal richtig gebunden war, während er sich mit dem, den er ausgezogen hatte, das Haar trocken rubbelte. »Hier entlang«, sagte er, öffnete die Tür und trat in den Gang.

Leto raffte ihre Röcke und eilte hinter ihm her.

Es war gar nicht so einfach, im Inneren des Palastes zurückzufinden, nachdem man aus dem Fenster ein Stockwerk nach unten geklettert war. Die Gänge schienen von unendlich vielen Türen gesäumt zu sein, und offensichtlich gab es nur eine einzige Treppe im ganzen Stockwerk, und die war eine Meile entfernt. Hinzu kam, dass Mathias sich sehr schnell bewegte. Er hielt kaum je inne, außer um hilfreich darauf hinzuweisen, welcher Gang in den Speisesaal führte, sodass ihre Unterarme, als er sie endlich vor einer vertrauten Tür absetzte, vom Schweiß feucht waren und sie für eine angebliche Prinzessin viel zu schnell atmete.

»Diese Tür müsst Ihr nehmen.« Mathias deutete mit dem Kopf dorthin. »Und«, er drückte die Tür auf und gab Leto ein Zeichen, hindurchzugehen, »ich schlage vor, dass Ihr sie in Zukunft benutzt, um zu kommen und zu gehen.«

»Vielen Dank«, sagte Leto lauter als notwendig und in der Hoffnung, dass Melantho sie hören und wissen würde, dass sie nicht aus dem Schlafgemach herauskommen oder etwas Ungehöriges sagen durfte. »Ich werde daran denken.«

»Gut.« Mathias sah für einen Moment so aus, als wollte er noch etwas hinzufügen. Er ergriff Letos Hand und drückte sanft die Lippen darauf. Leto starrte ihn an. Ihr fiel kein einziger Anlass ein, bei dem jemand tatsächlich ihre Hand geküsst hatte. Es wirkte so lächerlich förmlich. Aber natürlich war sie jetzt eine Prinzessin, kein Kind, das sich als die Stimme Apollos ausgab. Sie würde gut daran tun, sich das zu merken.

»Es freut mich, dass Ihr hier seid.« Mathias lächelte sie an. »Dann wünsche ich Euch eine gute Nacht, Prinzessin.«

Er betonte das Wort »Prinzessin« mit einer gewissen Belustigung, als könnte er es immer noch nicht recht glauben. Was keine allzu große Überraschung war, da es keineswegs der Wahrheit entsprach. Als ihr klar wurde, dass sie ihn immer noch anglotzte wie ein dummer Fisch, versuchte Leto, sich eine geziemend königliche Antwort einfallen zu lassen. »Ähm«, brachte sie heraus. »Ihr dürft mich Leto nennen, wenn Ihr wollt.«

»Leto?«

Verdammt. In ihrer Verlegenheit hatte sie ihre Tarnung vergessen. Sie suchte hastig nach einer Erklärung. »Ein Spitzname«, sagte sie. »Für meine … engen Freunde. Ein Geheimnis, das unter uns bleibt?« Er würde den Namen nicht kennen, aber andere vielleicht schon. Sie musste vorsichtiger sein – schließlich standen mehr als nur zwölf Menschenleben auf dem Spiel. Ihre Verbrechen, Täuschung und Unterwanderung, würden nicht ungestraft bleiben, wenn sie entdeckt wurde.

Das Lächeln des Prinzen war erstaunlich süß. Leto hatte noch nie ein so ebenmäßiges Gesicht gesehen. Es kam ihr vor wie aus Stein gemeißelt, so makellos schön wie das Abbild des Hermes oder des Apollo in einem Tempel. »Leto«, wiederholte

Mathias. »Ich werde mein Bestes tun, mir das zu merken.« Er ließ ihre Hand los, drehte sich entschlossen um und verschwand um eine Ecke.

»Dann auf Wiedersehen«, sagte Leto benommen in den leeren Gang hinein. Sehr plötzlich kam ihr erneut der Gedanke, dass dies der Mann war, der sie zum Tod durch den Strick verurteilt hatte. Angesichts all der Dinge, die seither geschehen waren, hatte sie fast vergessen, dass sie tatsächlich gehängt worden – und gestorben – war. Und er die Verantwortung dafür trug. Wenn sie sich doch hier und jetzt hätte rächen können, bevor sie sich noch weiter blamierte. Aber Melantho hatte sich klar ausgedrückt – sie mussten warten, bis das erste Mädchen gezeichnet war, oder der Tod des Prinzen wäre vergebens.

23

UM SIE ALLE

Leto

Es waren nicht die mit sauberer Wäsche und heißem Wasser durch die Gänge eilenden Dienerinnen, die Leto am nächsten Tag weckten – Melantho hatte allen mit deutlichen Worten den Eintritt in ihre Gemächer untersagt –, sondern die durch einen Spalt in den Fensterläden fallende Sonne, die sie wohl offen gelassen hatte. Sie stöhnte, bedeckte ihre Augen und ließ die Erinnerungen der vergangenen Nacht an sich vorbeiziehen.

Wie man sie in den Palast eingelassen hatte, wie sie den Springbrunnen manipuliert hatte – und das aus einer solchen Entfernung! – und dann der Prinz und sein seltsames Lebewohl. Der Prinz … Leto setzte sich ruckartig auf, und Hitze schoss ihr in die Wangen. Götter, es war ihr gelungen, die Begegnung für einen Moment zu verdrängen, aber jetzt tauchte sie in all ihren schauerlichen Einzelheiten wieder auf. Sie schlug sich beide Hände vor das brennende Gesicht und stöhnte.

Neben ihr regte sich Melantho. Leto hatte ihr nicht erzählt, was zwischen ihr und dem Prinzen vorgefallen war. Sie hätte die Scham nicht ertragen. Außerdem hatte Melantho bereits halb geschlafen, als Leto zurückgekommen war, zusammengerollt zu einem verärgerten Ball auf einer Seite des Bettes.

Leto hatte nicht viele Gedanken an die Schlafsituation verschwendet, bis ihr klargeworden war, dass es nur das eine Bett gab, sonst nichts. Das Bett, in dem Melantho lag. Sie hatte vorsichtig Abstand gehalten, als sie unter die Decken geschlüpft war, ihre Augen fest geschlossen und sich in einen unruhigen Schlaf gezwungen.

Das Gleiche tat sie auch jetzt: Sie presste die Augen zusammen, bis kein Licht mehr durch ihre Lider drang.

Sie war eine Idiotin. Es ziemte sich einfach nicht für eine angebliche Prinzessin, sich so aufzuführen. Vielleicht würde man sie gleich nach dem Frühstück aus dem Palast werfen. Denn wie könnte die königliche Familie sie weiter hier dulden, wenn sie erst diese Geschichte gehört hatten? Sie musste vorsichtiger sein. Wenn man sie hinauswarf, würde es nicht mehr nur schwierig werden, Mathias zu töten, es wäre unmöglich. Und zwölf weitere unschuldige Mädchen auf Ithaka würden sterben.

Aus dem Wohnzimmer kam ein Klopfen. Götter, das konnte doch nicht Mathias sein, oder? Was würde Melantho dazu sagen?

Leto sprang auf und stürmte aus dem Schlafgemach. »Ein Brief für Euch, Prinzessin«, sagte eine hübsche Magd und deutete mit dem Kopf auf eine Schriftrolle, die unter einem Teller mit Brot und Kompott steckte. »Vom Prinzen. Er ist gestern Abend zurückgekommen.«

Was du nicht sagst. Leto setzte einen neutralen Gesichtsausdruck auf. »Vielen Dank, stell … stell einfach alles dort ab.«

Die Augen der Dienerin verengten sich fast unmerklich. »Hier, Prinzessin? Auf dem Boden?«

»Ja«, sagte Leto.

Die Magd hatte offensichtlich keine Lust zu widersprechen. Sie kniete sich ohne Umstände hin und stellte den Teller mit dem Brot und dem Kompott auf die Fliesen. Als sie sich wieder aufrichtete, musterte sie den schmalen Streifen, der zwischen der Tür und den Marmorwänden von Leto sichtbar war. Ihr Gesicht zuckte. »Genießt Euer Frühstück, Prinzessin«, sagte sie und marschierte davon.

Verspätet bemerkte Leto, dass ihr Arm mit daumenabdruckgroßen Blutergüssen und Schrammen übersät war. Schnell holte sie das Frühstückstablett herein und hoffte, dass der Magd die Kratzer an ihrer Brust nicht aufgefallen waren. Ihre Kletterpartie war nicht so folgenlos geblieben, wie sie gehofft hatte.

Sie stellte das Tablett auf den nächstbesten Tisch und drehte sich wieder zur Tür, um sie zu verriegeln. Dabei erhaschte sie einen Blick auf sich selbst in dem breiten Bronzespiegel an der gegenüberliegenden Wand und zuckte zusammen. Selbst wenn die Magd die Schrammen nicht bemerkt haben sollte, war es unwahrscheinlich, dass ihr der Zustand von Letos Haar nicht aufgefallen war. Ihre dunkelbraunen Locken hatten sich so stark gekräuselt, dass sie wie eine Wahnsinnige aussah, und sie entdeckte mindestens einen kleinen Zweig, der sich darin verfangen hatte.

Missmutig griff sie nach der Schriftrolle. Jetzt würde die Dienerschaft sie auch für eine Irre halten, wie der Prinz. Oder schlimmer noch, sie würden erkennen, dass sie eine Betrügerin war. Sie zwang sich zu einem tiefen, beruhigenden Atemzug. Es spielte keine Rolle. Das erste Mädchen würde bald gezeichnet werden. Leto musste nur noch ein paar Tage warten, bis sie verurteilt wurden. Bis sie …

Nun, daran wollte sie jetzt nicht denken.

Der Brief war in einer sehr eleganten Handschrift verfasst, die zwar wunderschön ausschaute, sich aber ziemlich schwer entziffern ließ. Leto hielt das Schreiben ganz dicht vor ihr Gesicht.

Meine liebe Adrasteia, begann der Brief. *Es war mir ein großes und überaus unerwartetes Vergnügen, Euch gestern Abend kennenzulernen. Es kommt nicht oft vor, dass ich nach einer Rückkehr von diplomatischen Reisen fremdländische Prinzessinnen über die Dächer klettern sehe. Obwohl ich Euren Besuch ungemein genossen habe, werdet Ihr mir sicher zustimmen, dass nun eine traditionellere Bekanntmachung angebracht ist. Ich muss mich heute*

Morgen um mehrere Angelegenheiten kümmern, hoffe aber, dass Ihr Euch mit einem Mittagessen mit mir und meiner Mutter im Beisein einiger Hofdamen einverstanden erklären werdet.

Ihr könnt mir Eure Antwort über meinen Wächter, Alexios, zukommen lassen, der Euch nach dem Frühstück aufsuchen wird. Ich erwarte mit Spannung Eure Antwort und freue mich auf das Mittagessen in Eurer Gesellschaft, so Ihr damit einverstanden seid. Vielleicht kann ich Euch dann eine formellere Führung durch den Palast geben als die, die Ihr Euch selbst verschafft habt.

Ich heiße Euch aufs Herzlichste willkommen auf Ithaka und verbleibe

Euer Mathias

Er hatte einen hastig gekritzelten Zusatz hinzugefügt. *Ihr wollt Euch vielleicht vor diesem Essen das Haar kämmen. Die Königin wird das sehr begrüßen.*

Leto las das Schreiben zweimal durch und wurde von Sekunde zu Sekunde ärgerlicher.

Das Ganze klang nach selbstgefälliger Erheiterung. Sie konnte sein schiefes Lächeln in jedem Wort förmlich vor sich sehen.

Stirnrunzelnd griff sie nach einer der leeren Schriftrollen, die ordentlich präsentiert auf dem Schreibpult in einer Reihe lagen, und kritzelte eine Antwort.

Hochgeschätzter Prinz, begann sie und strich die Worte dann durch. *Mathias.* Sie schrieb: *Ihr müsst mich mit jemandem verwechseln. Ich habe noch nie auch nur von einem Dach gehört. Was mein Haar betrifft, so ist es stets untadelig, Adrasteia.*

Die Falte zwischen ihren Augenbrauen vertiefte sich, als sie auch diese Worte wieder durchstrich. Niemand hatte sich je die Mühe gemacht, ihr die Etikette höfischer Korrespondenz zu vermitteln. Es war ungewöhnlich, dass sie überhaupt lesen und schreiben konnte, aber ihre Mutter hatte darauf bestanden, dass sie es lernte, sobald sie alt genug gewesen war, einen Stift zu halten.

Ihr letzter Versuch war schlicht und einfach. *Lieber Prinz Mathias,* stand da zu lesen. *Vielen Dank für Eure freundliche Einladung. Ich freue mich darauf, mit Euch und der Königin zu speisen. Eure Prinzessin Adrasteia.*

Sie starrte ungehalten auf ihren eigenen unordentlichen Nachtrag. *Ihr wollt vielleicht zu diesem Treffen vollständig bekleidet sein. Ich bin sicher, die Königin wird dies ebenfalls sehr begrüßen.*

Sie bezweifelte, dass Mathias überhaupt seine eigene Korrespondenz las. Sie fragte sich, was Alexios davon halten würde.

Nachdem sie für sich entschieden hatte, dass es ihr gleichgültig war, rollte sie die Nachricht zusammen und verschnürte sie mit einem Band. Ihr Knoten war genauso schluderig wie ihre Handschrift. Sie stieß ein spöttisches Lachen aus und warf die Rolle neben Mathias' Brief auf das Schreibpult.

»Was ist das?«

Melanthos Stimme war schlaftrunken, als sie in ihrem dünnen Nachthemd ins Zimmer kam und gähnte. Zu Letos großer Erleichterung machte sie keine Anstalten, nach den Schriftrollen zu greifen, um ihren vernichtenden Inhalt zu untersuchen.

Leto wandte den Blick ab. »Der Prinz hat mich zu sich gerufen. Sein Diener wird binnen einer Stunde hier sein, vermute ich, um meine Antwort abzuholen.« Sie hielt inne. »*Soll* ich überhaupt antworten?«

Melantho zuckte mit den Schultern, und dabei rutschte ihr das Nachthemd von der Schulter. Sie hatte ihr Haar wie gelbe Ähren zu zwei Zöpfen geflochten. Sie sah sehr jung aus. »Wir werden ihn auf die ein oder andere Weise überzeugen müssen, mit uns ans Meer zu kommen – es kann nicht schaden, jetzt nett zu ihm zu sein. Ist das Erdbeermarmelade?« Sie hatte das Frühstückstablett erspäht, und ihr Gesicht leuchtete auf. »Ich liebe Erdbeermarmelade.«

»Du kannst sie ganz für dich allein haben«, antwortete Leto.

»Das lass ich mir nicht zweimal sagen. Du solltest dir das Haar kämmen.«

Kurz nachdem Leto und Melantho mit dem Frühstück fertig waren, klopfte es laut an der Tür. Es war ihnen nicht gelungen, alles aufzuessen, daher hatte Leto das verbliebene Gebäck sorgfältig in ein Leinentuch gewickelt. Sie würden später immer noch gut schmecken.

»Ich mache auf«, sagte Melantho und erhob sich vom Bett. Leto saß noch immer vor dem Spiegel, nachdem sie die kleinen Zweige und Blätter aus ihrem Haar entfernt, es geölt und zu Locken frisiert hatte. Jetzt überlegte sie, welchen Chiton sie anziehen sollte. Obwohl die Hälfte der Kleider der Prinzessin an Bord des gesunkenen Schiffes zurückgeblieben war, hatte Leto noch nie eine so umfangreiche Garderobe besessen – schon gar nicht eine so kostbare. Sie kam sich in allem übertrieben herausgeputzt vor, und die Gewänder waren viel schwerer als die, an die sie gewöhnt war.

»Danke.« Sie schlüpfte in einen Chiton. Dann betrachtete sie ihr Spiegelbild genau. Der Chiton war hellblau, am gewellten Saum mit gelben Blumen bestickt. Ihr Haar über dem sorgfältig gerichteten Halsausschnitt war ordentlich, und ein breiter, goldener Kragen verbarg die Narbe an ihrem Hals. Sie hätte schön sein können, aber ihr Gesicht war blass und müde. Schließlich kniff sie sich in die Wangen, um ein wenig Farbe hineinzubekommen, und machte sich dann daran, ihre Augen mit Kohlestift zu umrahmen.

»Der gefällt mir.« Melantho lächelte geistesabwesend und griff nach der Schriftrolle, die Leto vorbereitet hatte. »Blau steht dir gut.«

Sie verschwand im Hauptraum. Leto hörte, wie die Tür geöffnet wurde, und vernahm dann Melanthos klare, kühle Stimme. »Ich vermute, Ihr seid Alexios.«

Die Antwort war kurz und barsch. »Ja.«

Leto erstarrte. Sie kannte diese Stimme. Sie zerrte eine Erinnerung hervor und schnürte ihr die Kehle zu; die Luft verdichtete sich in ihren Lungen und wurde zu geschmolzenem Blei.

Ganz langsam schlich sie sich aus dem Schlafgemach ins Wohnzimmer.

Melantho stand an der offenen Tür und blickte stirnrunzelnd zu einem großen, dunkelhaarigen Mann auf. *Alexios,* hatte sie gesagt. Leto schauderte und positionierte sich zur Sicherheit hinter einem solide aussehenden Stuhl. Er war kein hässlicher Mann – ganz und gar nicht –, aber sie konnte ihn nicht ansehen, ohne dass Übelkeit in ihr aufstieg, ein leises Pochen des Wiedererkennens. Ihre Hand zuckte, und es drängte sie, über die empfindliche Narbe zu streichen und über die Schuppen unter dem Kragen an ihrer Kehle. Melantho räusperte sich und ließ die Schriftrolle in seine riesige Hand fallen. »Die Antwort meiner Herrin für Mathias.«

»Für dich ist es Prinz Mathias«, verbesserte Alexios sie kurz angebunden. Er hatte verblüffende blaue Augen, in denen Interesse aufflackerte, als er an Melantho vorbei zu Leto hinüberschaute, die halb verborgen hinter der breiten, mit Brokat überzogenen Rückenlehne des Stuhls stand.

Sie begegnete seinem Blick, schaute in diese hellen, schönen blauen Augen, und für einen Moment verlor sie sich in der Erinnerung daran, wie sie mit dem Mund voller Blut auf einem Hügel kniete und ihr Todesurteil vernahm.

Sie hörte ein leises Geräusch, das sie vielleicht als einen Windhauch abgetan hätte, wenn sie nicht gespürt hätte, wie Luft über ihre Lippen strich. Sie konnte ihre eigene Angst in der Luft schmecken. Melantho hatte es den Göttern sei Dank, bemerkt, und sie versteifte sich und drehte sich halb zu ihr um. Ihr war sofort bewusst, dass Leto Angst hatte.

»Nun«, erklärte Melantho hastig, »ich bin mir sicher, *Prinz* Mathias wird deine Eile, diese Antwort zu übermitteln, zu schätzen wissen. Einen schönen Tag.« Sie versuchte, die Tür zu schließen, aber der Wächter sprang vor und schob einen riesigen, in einem Lederstiefel steckenden Fuß in den Spalt.

Die beiden musterten einander stumm und reglos, dann zog er den Fuß mit einer merkwürdigen Abruptheit zurück, und die Tür schlug zu.

»Was für ein unangenehmer Mensch.« Melantho wandte sich wieder Leto zu.

Sie stand vollkommen reglos in der Mitte des Raums. Ihr Herz raste nicht nur, es krampfte sich so heftig in ihrer Brust zusammen, als würde es versuchen, sich aus ihrem Oberkörper zu sprengen.

»Dieser Mann«, sagte sie langsam, »ist der Anführer der königlichen Garde. Er hat mich aus meinem Heim gezerrt. Er hat mich sterben sehen.«

Als es etwa eine Stunde später abermals an der Tür klopfte, stand Mathias davor. Der Prinz war in ein geradezu beängstigendes Senfgelb gewandet, aber er lächelte freundlich, als Leto die Tür öffnete, in der Hand Adrasteias Empfehlungsschreiben – und den hastig beendete Brief an ihre Familie. Sie wusste eigentlich nicht, warum sie sich mit letzterem überhaupt abgegeben hatte; er würde erst lange nachdem ihre Arbeit hier getan war, zugestellt werden. Die Reise nach Athen dauerte lang – der Bote würde zuerst mit dem Schiff und dann auf dem Landweg reisen müssen –, und sie hatte nicht die Absicht, länger als nötig auf Ithaka zu verweilen. Aber irgendwie fühlte sie sich der Prinzessin verbunden. Sie konnte ihr so zumindest einen größeren Vorsprung verschaffen.

»Ihr seid früh dran«, sagte sie ohne nachzudenken. Sie hatte den Schock über die Begegnung mit Alexios noch immer nicht überwunden.

Melantho hatte sich mit Fragen förmlich überschlagen. Sie wollte ganz genau wissen, wie Leto den Mann hatte erkennen können, ob er sie lange genug gesehen hatte, um sich ihre Gesichtszüge einzuprägen, und ob er sie jetzt wiedererkennen würde. Aber Leto war seltsam unfähig gewesen zu antworten. Es hatte sich angefühlt, als würden sich ihre Lungen zusammenziehen und jedes Wort festhalten, bevor es ihr über die Lippen kommen konnte. Sie war wortlos zu ihrer Kleidertruhe geflüchtet und hatte ihr Bestes getan, Melanthos Blick zu ignorieren, der sich in ihren Rücken bohrte.

Jetzt holte sie tief Luft und zwang sich, den Prinzen anzulächeln, der vor ihr stand. Er zumindest erkannte offensichtlich nicht, wer sie wirklich war. Hier zeigte sich die Wirkung von kostbarem Schmuck und feinen Kleidern und mehr Essen, als man zum bloßen Überleben brauchte.

»Ich wollte mich davon überzeugen, dass Ihr es sicher in den Speisesaal schafft.« Mathias bot ihr seinen Arm und Leto ergriff ihn. Seine Haut schien zu glänzen wie Gold. Er gehörte in einen Tempel: eine wunderschöne Statue mit Opfergaben, die zu ihren Füßen verrotteten. »Ohne einen Umweg über die Dächer.«

»Sehr witzig.« Unter dem Schock des vergangenen Abends war Leto untypisch freundlich zu ihm gewesen. Aber der Anblick Alexios hatte sämtliche Gefühle von Groll und Hass auf diesen jungen Mann und alles, wofür er stand, zurückgebracht. Sobald sich ihr eine Gelegenheit bot, würde sie seinem lächerlich zauberhaften Leben ein Ende bereiten. Sie warf sich das Haar über die Schultern. »Außerdem bin ich ziemlich zuversichtlich, dass ich den Weg inzwischen kenne, vielen Dank.«

»Wirklich? Dann geht voran.«

»Natürlich.« Leto streckte den Kopf durch den Türrahmen und musterte den Gang. Es war leichter, kalt und unfreundlich zu sein, wenn man sich nicht hoffnungslos verloren fühlte. Sie hatte gewusst, dass der Palast riesig und prachtvoll sein würde – man konnte seine Säulen selbst von Vathi aus noch sehen –, aber im Innern war er noch überwältigender. Ein Gang sah aus wie der andere, ein Labyrinth aus Marmor, Säulen und einem Prunk, der so verschwenderisch war, dass er einen bitteren Geschmack in ihrem Mund hinterließ. »Nach links«, sagte sie schließlich und gab sich Mühe, sich ihre Frustration nicht anmerken zu lassen.

»Netter Versuch«, versetzte Mathias. »Wir müssen nach rechts. Ich wusste doch, dass Ihr meine Hilfe benötigen würdet.«

Leto sah ihn von der Seite an. »Ich hätte einen Diener fragen können.«

»Das hättet Ihr«, pflichtete Mathias ihr bei, »und es wäre genauso effektiv gewesen, aber Ihr hättet nicht den zusätzlichen Vorteil, der meine Anwesenheit Euch bietet.«

»Und der wäre?«

»Die Freude an meiner Gesellschaft natürlich.« Mathias lächelte gewinnend.

Leto lachte und schämte sich dann fast sofort dafür. Wie schnell sie sich gestattet hatte, sich zu entspannen. Sie schaute über ihre Schulter zu Melantho, die leise hinter ihnen herging, eine *Spur* näher bei ihnen, als nötig gewesen wäre. Als sie bemerkte, dass Leto sie ansah, zog sie die Augenbrauen hoch, eine schnelle Bewegung, die sagte: *Brauchst du meine Hilfe?*

Leto drehte sich wieder um. Nein. Melantho sprach nicht oft von ihrer Vergangenheit – und wenn sie es tat, blieb sie sehr sparsam mit den Einzelheiten –, aber es war klar, dass es sich dabei um keine gute Vergangenheit handelte. Sie hatte mehr als ihren gerechten Anteil geleistet. Leto würde sie nicht dazu zwingen, alles noch einmal zu tun, sie würde ihren Plan nicht an ihrer eigenen Heftigkeit, ihrer Ungeschliffenheit scheitern lassen. Bis es soweit war, bis sie einen Weg gefunden hatte, Mathias allein zum Meer zu locken, musste sie vorsichtiger sein.

Mathias schenkte ihr erneut sein hübsches Lächeln, und sie zwang sich, es zu erwidern.

24

VÖGEL UND TIERE ZERRISSEN

Mathias

Mathias hatte sein Verlöbnis schon jetzt ruiniert.

Irgendwie, irgendwann zwischen den verwirrenden Ereignissen des vergangenen Abends und dem jetzigen Moment, als er neben Adrasteia – neben *Leto* – durch die Gänge lief, war es Mathias gelungen, einen schweren Fehler zu begehen. All ihre Wärme war verflogen und jedes Lächeln, das sie ihm schenkte, wirkte gequält und falsch. Ihre hübsche Magd folgte ihnen wortlos, und wann immer er über seine Schulter schaute, ertappte er sie dabei, wie sie voller Zorn auf einen Wandteppich starrte oder mit ihren Schuhen in beunruhigender Heftigkeit über den Marmorboden trampelte.

Was hatte er verbrochen? War es der Brief? Er war ein wenig informell gewesen – aber Leto hatte sich weit über die Grenzen der Schicklichkeit hinausgewagt, als sie spät am Abend durch sein Fenster geklettert war. Vielleicht schämte sie sich einfach. Oder sie hatte vielleicht eins von Ithakas schändlichen Geheimnissen herausgefunden. Davon gab es jedenfalls mehr als genug: Die leere Schatzkammer, die verschwundenen Prinzessinnen – eine tot, eine praktisch in die Verbannung geschickt – und die dürftige Bewachung. Oder, und das wäre am schlimmsten gewesen, vielleicht hatte sie erfahren, dass er in nur zehn Tagen die Hinrichtung von zwölf unschuldigen Menschen beaufsichtigen würde. Aber das wusste sie sicherlich bereits, nicht wahr? Oder hatte die Welt jenseits von Ithaka ihren Fluch so schnell vergessen? Die Ungewissheit ließ ihn die Hände zu Fäusten ballen, und sein Nacken fühlte sich heiß an.

»Ich habe gehört, dass Ihr von Piraten angegriffen wurdet«, begann er. Ein Diener hatte ihn an diesem Morgen darüber in Kenntnis gesetzt. Vielleicht war das der Grund für ihre Kälte. Ja, so musste es sein; jetzt, da die Aufregung der Flucht nachgelassen hatte, war sie erschüttert und verängstigt.

»Ich …« Leto stolperte an einer Steinplatte, stieß gegen seine Seite und fuhr genauso schnell zurück. Sie hielt die Briefe in ihrer Hand fest umklammert und räusperte sich. »Ja.«

»Wie habt Ihr es geschafft zu entkommen?« Abgesehen von seiner Sorge, von ihr zurückgewiesen zu werden, abgesehen von seiner Sehnsucht, zu der Unbeschwertheit ihres Abschieds des vergangenen Abends zurückzukehren, war er wirklich neugierig. Wenn ihr gesamtes Gefolge getötet und ihr Besitz gestohlen worden war, wie hatte *sie* dann überlebt?

»Oh … ähm. Ich nehme an, die Götter waren uns gewogen. Die Bewohner Athens sind ein frommes Volk.«

War das eine Beleidigung? Wenn ja, war es keine besonders subtile. Mathias kannte die Gerüchte – dass Ithaka sich von den Göttern abgewandt habe. *Das würdest du auch tun*, wollte er sagen, *wenn die Götter nichts anderes im Sinn hätten, als dein Volk abzuschlachten*. Er begnügte sich mit einem: »Ah.« Dann fügte er hinzu: »Was sind das für Briefe?«

»Einer ist von meinem Vater«, sagte Leto. »Für Eure Mutter. Der andere ist von mir. Eure Diener sollen ihn für mich nach Athen bringen. Ich würde meine eigenen Männer darum bitten, aber, nun ja …« Sie ließ ihren Satz unvollendet.

»Natürlich«, stimmte Mathias hastig zu. »Ich werde es veranlassen.«

Es war fast eine Erleichterung, den Speisesaal zu erreichen und Leto hineinzubegleiten. Seine Mutter saß am Kopfende des Tisches. Sie begrüßte ihn mit einer herrisch hochgezogenen Augenbraue. An diesem Morgen hatte sie ihm bereits aufgelauert, um ihn nach der Mitgift seiner Verlobten zu fragen, dem Gold, das Athen ihr mitzugeben versprochen hatte. Er konnte in ihrem Gesicht ablesen, dass sie es nicht vergessen hatte. Götter, er musste Leto von ihr fernhalten.

»Setzt Euch hierhin«, sagte er schnell und zog den nächstbesten Stuhl vom Tisch. Er stand nahe genug bei der Königin, um es nicht zu unhöflich wirken zu lassen, aber weit genug entfernt, dass sie nicht …

»Nein, nein«, unterbrach ihn die Königin. »Das geht nicht an. Kommt hierher, meine Liebe.« Sie nickte zum Platz zu ihrer Linken. Er war nicht leer; Mathias' Cousine Melina schaute mit einem Ausdruck der Erleichterung auf. Sie war sofort auf den Füßen und ließ sich in einen anmutigen Knicks sinken, bevor sie sich geschwind von der Königin entfernte.

Seine Mutter bedeutete Leto erneut, sich auf den von Melina freigegebenen Stuhl zu setzen. Olympia, an der rechten Seite der Königin, beobachtete das Geschehen stumm, und ihr Blick flog zwischen Mathias, seiner Mutter und seiner Verlobten hin und her.

Melina war ihr Unbehagen gewöhnlich nicht ganz so deutlich anzusehen. Die Königin musste heute in besonders schlechter Stimmung sein. Selbst Olympia wich ihrem Blick aus, auch wenn das selbstgefällige Kräuseln ihrer Lippen nicht zu übersehen war, ihr Entzücken darüber, dass Melina vertrieben worden war und nicht sie.

Natürlich hätte die Königin Olympia niemals von ihrem Platz verbannt. Nicht solange sie Mathias gern ins Gedächtnis rief, welch gute Gefährtin Olympia für ihn abgeben würde, wenn er nur ein und für allemal dieses ermüdende athenische Zwischenspiel beenden würde.

»Na wunderbar«, murmelte Mathias.

»Wie bitte?«, fragte Leto.

»Ach, nichts«, erwiderte Mathias hastig. »Ich nehme an, wir sollten tun, worum meine Mutter gebeten hat. Sie hat gewiss viele Fragen an Euch.« Dann, als wäre es ihm erst im Nachhinein eingefallen, senkte er die Stimme. »Sie ist unerträglich. Es tut mir leid.« Es war ein befriedigender, heimlicher Verrat. Er ergötzte sich daran.

Das Entsetzen auf Letos Gesicht spiegelte genau das wider, was er nicht aussprach. Die Königin hatte schon hundertmal klargestellt, wie wenig sie von dieser Verbindung hielt. Vielleicht war es Leto bereits zu Ohren gekommen. Etwas in ihrem Gesicht erinnerte ihn an seine Schwester. Ausnahmsweise nicht an Selene – obwohl es ihm so vorkam, als würde er sie neuerdings überall sehen –, sondern an Hekate, die so jung nach Kreta geschickt worden war, um sie dort zu verheiraten.

So subtil er konnte, beugte er sich vor und ergriff Letos Hand, um tröstend ihre Finger zu drücken, als wollte er sagen: *Keine Sorge, ich bin hier.*

Sie entriss ihm ihre Hand, ohne ihn anzusehen, und hielt ihre Briefe wie einen Schild vor sich. Dann drückte sie die Schultern nach hinten, und diesmal dachte er tatsächlich an Selene, und das Herz schmerzte ihm dabei. »Wie schlimm kann das hier schon sein?«, fragte sie. »Ich bin davon überzeugt, dass die Königin mich lieben wird.«

25

MIT HEIMLICHER LIST

Leto

»Die Königin hasst mich«, verkündete Leto.

Das Mittagessen war schrecklich gewesen. Mehr als schrecklich. Sie konnte den Gedanken daran kaum aushalten. Sobald es die Höflichkeit zugelassen hatte – oder es zumindest möglich gewesen war zu fliehen, hatte sie genau das getan und Mathias mit kaum einem Abschiedswort zurückgelassen. Melanthos Gedächtnis war, den Göttern sei Dank, fantastisch und sie hatte sie mühelos zurück zu ihren Gemächern geführt.

Nun hob Leto zu einer neuerlichen Schimpftirade an, der dritten an diesem Abend. Sie hatte einen Pfad zwischen den drei Tischen und den zwölf dazugehörigen Stühlen – die sich alle durch ihre Form oder die sorgfältige Gestaltung des Brokats voneinander unterschieden –, freigeräumt und lief wie ein eingesperrtes Tier zwischen den Möbeln auf und ab. »Sie hat dreimal nach meiner Mitgift gefragt, und jedes Mal war ihre Frage noch nachdrücklicher gewesen als zuvor! Ich meine, wir haben gewusst, dass Adrasteia im Prinzip verkauft worden ist, wie ein wertvolles Rind, aber mir war nicht klar, dass es so schlimm sein würde! Ich kann nicht ewig um das Thema herumtanzen, aber ich kann der Königin auch nicht erzählen, dass kein Ersatz für ihr kostbares Gold kommen wird, oder?« Sie sah Melantho an.

»Oh weh«, sagte Melantho zum dritten Mal von ihrem Platz

auf dem Bett, wo sie lag und an die Decke starrte. Über ihren Händen schwebte eine schimmernde Kugel aus Wasser – der Inhalt des Wasserschlauchs, den sie unten am Springbrunnen gefüllt hatte, als Leto ihr erzählte, dass er Salzwasser enthielt. Gerade unterhielt sie sich damit, es zu einem kleinen Vogel zu formen. Mit einem Fingerschnippen ließ sie ihn quer durch den Raum zu Leto fliegen.

Leto funkelte den Vogel an. »Hast du mir überhaupt zugehört? Sie hasst mich. Kann meinen Anblick nicht ertragen. Anscheinend sind Adrasteia und Mathias einander seit Kindesalter versprochen – natürlich alles arrangiert vom König. Die Königin hatte nichts damit zu tun. Hast du gewusst, dass sie aus Sparta stammt?« Sie war sich nicht sicher, warum sie so aufgebracht war. Die Königin brauchte sie ja gar nicht zu mögen. Aber etwas an ihren höhnisch verzogenen Lippen und der Art, wie sie langsam den Blick über Leto hatte wandern lassen, während sie sich an ihrem Unbehagen ergötzte, ließ Letos Blut kochen. Einige ihrer Kunden hatten sie so angesehen: Das arme Orakel mit seiner mageren Gestalt und dem baufälligen kleinen Haus mitten in einer von Vathis heruntergekommenen Straßen. Sie hatte ihnen immer ein schlechteres Schicksal prophezeit, als die Karten, der Rauch oder die Eingeweide voraussagten, und gehofft, dass es eintreten würde.

»Nein, ich wusste nicht, dass sie aus Sparta ist«, entgegnete Melantho müde.

»Nun, sie ist es. Und Adrasteia stammt aus Athen.«

»Wie furchtbar.«

»Die Königin tut so, als sei ich persönlich verantwortlich für diesen Konflikt!« Melanthos Vogel flatterte noch immer um ihren Kopf. Leto schnappte ihn sich gereizt. Ihre Finger glitten mühelos durch seinen durchsichtigen Körper hindurch, und er zerfiel sofort zu einem Schauer dicker Tropfen, der die Teppiche zu ihren Füßen durchnässte. Dort, wo sie das Wasser berührt hatte, verfärbte sie sich sofort. Die Haut ihrer Fingerknöchel überzog sich mit smaragdgrünen Schuppen. Ein winziger Kraftstoß schoss ihren Arm hinauf.

»Du hast meinen Vogel getötet«, sagte Melantho düster und setzte sich auf. »Ich spüre, dass diese … Situation mit der Königin dich verärgert.«

»Allerdings!« Leto hatte die Wand am anderen Ende des Zimmers erreicht. Sie drehte sich auf der Stelle und zeigte anklagend mit dem Finger auf Melantho. »Sie hat sich die ganze Zeit bei dieser elenden Olympia mit ihren hübschen Augen, ihrer perfekten Nase und ihren vornehmen Tischmanieren eingeschmeichelt und so getan, als wäre ich eine unerfreuliche Kreatur, die aus der Latrine gekrochen ist! Weißt du, ich glaube, sie will gar nicht, dass Mathias mich heiratet.«

»Und warum ist das ein Problem?«, fragte Melantho sanft. »Dir ist doch bewusst, dass du ihn nicht wirklich heiraten wirst, oder?«

Das war ein berechtigter Einwand. Leto hielt in ihrem Auf- und Ablaufen inne. Es war ja nicht so, dass eine Verheiratung mit Mathias ihr etwas nützen würde, wenn sie später unausweichlich wegen seiner Ermordung quer durchs Land gehetzt werden würde.

»Es ist eine Beleidigung für Adrasteia«, sagte sie schließlich. »Sie hat die ganze weite Reise von Athen auf sich genommen, nur um …«

»Nur damit wir ihr Schiff versenken, all ihre Besitztümer stehlen und sie mit nichts als den Kleidern, die sie am Leib hatte, in die Welt hinausschicken«, unterbrach Melantho sie. »Sie könnte inzwischen tot sein, nach allem, was wir wissen. Dass ihre zukünftige Schwiegermutter sie nicht leiden kann, ist wohl das Geringste ihrer Probleme.«

»Dann ist es eben eine Beleidigung für mich«, protestierte Leto. »Das ist dir doch sicher nicht gleichgültig, oder?«

»Dass die Königin von Ithaka Abneigung empfindet?«, gab Melantho zurück. »Doch, das ist mir gleichgültig. Meiner Erfahrung nach sind die Worte der Königinnen von Ithaka ohnehin nicht viel wert.« Sie runzelte die Stirn, ihre Augen für einen Moment ins Leere gerichtet. Dann wurde ihre Stimme weicher. »Denkst du, sie hat dir geglaubt? Ich habe einige deiner Antworten auf ihre Fragen gehört. Sie waren …«

»Schrecklich«, ergänzte Leto rundheraus. Ihre Manieren waren ebenso beklagenswert gewesen. Kaum ein Wort von dem, was Mathias zu ihr gesagt hatte, war zu ihr durchgedrungen, beispielsweise die Namen seines Hofstaates. Sie hatte einfach zu viel anderes zu bedenken gehabt als Namen: Wie sie sitzen, wie sie lächeln, wie sie Suppe in ihren Mund löffeln sollte, ohne sich über den Tisch zu beugen, aber auch ohne ihren Chiton zu bekleckern. Aus reiner Nervosität hatte sie viel schneller Wein getrunken, als sie es gewohnt war. Mehr als einmal hatte sie Mathias dabei erwischt, wie er beunruhigt zu ihr herübersah, und sich zwingen müssen, ihren Becher abzusetzen. Sie freute sich kein bisschen auf das bevorstehende Fest der Tagundnachtgleiche; sie würde sich die doppelte Anzahl von Namen merken müssen, die doppelte Anzahl von Augenpaaren würde auf ihr ruhen, und man würde von ihr erwarten, dass sie tanzte.

Und die Fragen. Götter, noch nie waren ihr so viele Lügen in so kurzer Zeit über die Lippen gekommen. Sie hatte ihr Bestes getan anzudeuten, sie habe ein schlechtes Verhältnis zu Adrasteias Eltern – eine halbherzige Ausrede dafür, dass sie sie überhaupt nicht kannte –, und die Zeit größtenteils mit lächerlichem Geplapper über Springbrunnen und Steuern gefüllt und darüber, wie überaus kräftezehrend ihre Reise gewesen sei und wie sehr sie sich wünsche, sich in ihren Gemächern ausruhen zu können.

Nicht dass sie sich jetzt ausruhen konnte. Ihr Herz flatterte wie ein Vogel in ihrer Brust. »Es war schrecklich«, sagte sie wieder und ließ sich auf einen Stuhl fallen. »Wie lange müssen wir noch warten, bis wir die Sache hinter uns bringen können?«

»Nun …« Melantho zögerte. Ihre verkrampften Finger verrieten sie – sie verbarg irgendetwas.

»Nun, was?« Leto kniff die Augen zusammen.

Melantho seufzte. »Ich wollte es dir heute eigentlich noch nicht erzählen. Ich dachte, wir könnten morgen darüber sprechen, aber …«

»Aber?«

»Ich kann es dir nicht erzählen, wenn du mich immer wieder unterbrichst! Es steckt vielleicht gar nichts dahinter, aber ich habe auf dem Weg zur Waschküche etwas belauscht. Ich …«

»Was hattest du überhaupt dort zu suchen?«

»Die Hälfte deiner Kleider stank nach Rauch, das passiert eben, wenn man Sachen von einem brennenden Schiff rettet. Lässt du mich jetzt ausreden?«

Leto schenkte Melantho ein entschuldigendes Lächeln, das aufrichtigste, das sie zustande brachte, dann bedeckte sie ihren Mund mit den Händen. Sie riss vielsagend die Augen auf. *Sprich weiter.*

»Danke.« Vielleicht versuchte Melantho, streng zu klingen, aber ein Heben ihrer Mundwinkel und der Glanz in ihren Augen verrieten sie. »Ich habe gehört, wie eine Magd sich darüber beklagt hat, dass sie Blutflecken aus dem Chiton einer Wache habe waschen müssen. Und dann hat eine andere zu ihr gesagt: ›Nun, du gewöhnst dich besser daran. Es kommen noch elf weitere, und das geht nie still und leise vonstatten.‹«

Letos Blut schien in ihren Adern zu erstarren, zu gefrieren und dann in Nadeln zu zersplittern, die sie von innen zerstachen. »Noch elf weitere«, wiederholte sie. »Das erste der gezeichneten Mädchen wurde geholt?«

Melantho nickte. »So muss es sein. Was könnte es sonst gewesen sein?«

»Dann können wir es heute Nacht tun?«

»Heute Nacht?« Etwas Dunkles glitt über Melanthos Züge. Sie blinzelte hektisch. »Ich meinte nicht – das erscheint mir etwas voreilig. Es sind noch zehn Tage bis zur Tagundnachtgleiche. Wir sollten uns vielleicht ein wenig mehr Zeit geben, uns vorzubereiten.«

»Dann eben morgen«, sagte Leto. Es war eine Erleichterung, es laut auszusprechen. Der Albtraum konnte so schnell vorüber sein, wie er begonnen hatte. »Ich kann mich nicht mehr sehr lange verstellen. Wir werden die Sache morgen beenden.«

Den Plan schmiedeten sie gemeinsam. Er war ganz einfach: Eine Einladung an den Prinzen zu einem romantischen Spaziergang an den Klippen Ithakas. Wunderschön, sehr praktisch, sehr nah am Meer.

Unübertrefflich.

Als Leto am folgenden Morgen erwachte, war sie fest davon überzeugt, dass dies ihr letzter Tag im Palast war. Mathias würde von den Klippen stürzen, das Meer ihn holen, und kein Mädchen müsste mehr auf Ithaka sterben. Auch nicht für Ithaka.

Und sie und Melantho würden aus diesem Königreich fliehen, sobald es vollbracht war. Wohin würden sie dann gehen? Die ganze Welt stand ihnen offen, und sie konnten sie sich zusammen ansehen.

Ein weiterer Brief von Mathias zerstörte ihren Traum. Er hatte bereits die meisten Förmlichkeiten, die noch seinen ersten Brief geziert hatten, fahren lassen. Selbst seine schwungvolle Handschrift wirkte etwas weniger verschnörkelt, als sie jetzt die Worte las: *Meine liebe Leto, ich wäre entzückt, Euch zu den Klippen zu begleiten. Aber es ist ein zu weiter Spaziergang für einen einzigen Tag – ich habe stattdessen darum gebeten, dass man Pferde für uns bereit macht. Ich hoffe, Ihr werdet mir zustimmen, dass dies ein guter Kompromiss ist. Ich freue mich darauf, Euch wiederzusehen. Mathias.*

Leto blickte zornig auf das Schreiben. Pferde. Na wunderbar.

Leto hatte erst dreimal auf einem Pferd gesessen. Jedes Mal war sie abgeworfen worden – oder etwas weniger dramatisch, einfach heruntergefallen –, bevor sie auch nur die Koppel verlassen hatte. In der Regel mochten Pferde sie nicht. Sie hatte irgendwo gehört, dass die Tiere Angst riechen konnten, und sie hatte keinen Zweifel daran.

»Sieh dir das an.« Sie drückte Melantho den Brief in die Hand.

»Ich möchte es mir lieber nicht ansehen, danke.« Melantho fuhr fort, ihr Haar zu einem Zopf zu flechten, und ihre Finger arbeiteten mit großem Geschick daran, jede einzelne verirrte goldene Locke einzufangen und zu befestigen. Doch in ihren Augen stand ein sanfter Ausdruck, als sie Leto einen anerkennenden Blick zuwarf. »Der kommt vom Prinzen, nehme ich an?«

»Bedauerlicherweise, ja«, sagte Leto. »Er möchte keinen Spaziergang machen. Er sagt, es sei zu weit. Er will reiten.«

»Oh«, murmelte Melantho. »Nun, ich nehme an, so sind wir schneller da. Ist das schlecht?«

»Es ist katastrophal«, sagte Leto. »Ich kann nämlich nicht reiten.«

»Aber ich«, sagte Melantho munter. »Obwohl ich gestehe, dass es sehr lange her ist. Es gibt nicht so viele Pferde auf Pandou zum Üben.«

»Eins hätte vollkommen genügt.« Leto marschierte zu ihren Truhen und nahm willkürlich Gewänder heraus. Sie hatte keine Ahnung, was eine Prinzessin zum Ausreiten anzog. »Glaubst du, ich könnte meine weiblichen Vorzüge einsetzen, um ihn trotzdem zu einem Spaziergang zu überreden?«

Melantho lachte laut auf. Leto warf ihr einen zornigen Blick zu – Melantho hatte ihr Haar fertig geflochten, und ihr blieb nichts mehr zu tun, außer Leto in ihrem Leiden zuzusehen.

»Was?«, fragte Leto scharf. Sie warf Melantho einen zusammengeknüllten Chiton an den Kopf.

»Du klingst geradezu dramatisch.« Melantho fing den feinen Stoff auf, bevor sie die Falten darin glättete. »So schlimm kann es nun auch wieder nicht sein. Außerdem«, fügte sie hinzu, beugte sich verschwörerisch vor und hielt sich eine Hand vor den Mund, als seien Spione in den Mauern versteckt, die nur darauf warteten, sie bei ihrem Verbrechen zu ertappen, »kommen wir immerhin zu den Klippen. Denk dran, sie sind sehr steil, und das Gelände ist sehr unsicher. Selbst für einen Prinzen.«

Leto hielt mit einer Hand auf einem hellvioletten Peplum inne. Bildete sie es sich nur ein, dass da noch etwas anderes in Melanthos Stimme mitschwang, verborgen unter den leicht hingeworfenen Drohungen? »Ich bin nur eine Prinzessin.« Sie hielt ihre Stimme süß, fast kokett. Der Plan würde trotzdem funktionieren. Er musste funktionieren. »Und du bist nur meine Magd. Was können wir schon tun, wenn er, sagen wir, über den Klippenrand stürzt? Wir wären vollkommen hilflos.«

»Hilflos«, kam das Echo von Melantho. »Wirklich tragisch. Und das Meer ist so tief …«

»Und so ungeheuer weit.«

»Es wäre eine ziemliche Leistung, seinen Leichnam zu bergen«, spann Melantho den Faden weiter. »Praktisch unmöglich, denke ich.«

»Damit könntest du recht haben.«

Für einen Moment verharrten sie so und lächelten sich an. Wenn in diesem Moment Helios über sie hinweggefahren wäre und den Himmel mit seinem strahlenden Licht bemalt hätte, hätte er zwei wunderschöne Mädchen gesehen, aufblühend im Glanz jugendlicher Bewunderung.

Aber wenn er genau hinschauen würde?

Nun, dann würde er sehen, dass Nachtschattengewächse ebenso tödlich wie liebreizend waren.

26

DER UNGLÜCKSELIGSTE ALLER MÄNNER

Melantho

Melantho zockelte hinter Leto her, während sie die letzte Treppe in den Innenhof hinabgingen, und sie tat ihr Bestes, fügsam und unschuldig zu wirken. Niemand würde sie verdächtigen, einen Mord zu planen, nicht in diesem schlichten Chiton in der Farbe von frischer Pfefferminze und mit zu Boden gesenktem Blick.

Mathias, der vor dem Springbrunnen auf sie wartete, begrüßte Leto mit einem strahlenden Lächeln. »Ihr seht wunderschön aus.«

Melantho hatte ihr das Gleiche gesagt, als sie zusammen ihre Gemächer verlassen hatten.

Sie hatte Leto sorgfältig das Haar geflochten, die losen Strähnen festgesteckt, und darauf bestanden, dass sie Adrasteias größte und kunstvollste Ohrringe trug. Alles, was half, Mathias abzulenken, und verhindern würde, Leto Fragen zu stellen, wenn sie ihn dazu überredete, sich an den Rand der Klippe zu begeben. Sie wusste, wie hoch die Klippen waren und wie weit – zu weit – das Meer entfernt war. Also hatte sie einen Wasserschlauch in den Chiton eingenäht: Gefüllt mit Wasser aus dem Springbrunnen, würde er Leto einen Hauch ihrer Kräfte schenken, falls sie sie brauchte. Genug, um ihr ein wenig zusätzliche Kraft zu verleihen – Kraft, die sie brauchen würde, um einen menschlichen Prinzen zu überwältigen.

Bei der Auswahl von Letos Kette hatte Melantho weniger Freiheiten gehabt; das dicke Metallband um ihren Hals war eins der wenigen, das den Ring aus Schuppen bedeckte, der so hartnäckig an ihrer Haut haftete. Sie hatte Leto überredet, außerdem ein Diadem aus gedrehtem Gold aufzusetzen. Noch jetzt verblüffte sie sein Glanz in dem Braun von Letos Haar, und, was noch beunruhigender war, wie sehr das Diadem einer Krone glich.

Melantho hatte keine guten Erinnerungen an Menschen, die Kronen trugen.

Doch als sie Leto so betrachtete, breitete sich ein seltsam tröstliches Gefühl in ihrer Brust aus – eines, das sie zuerst nicht einordnen konnte. Doch dann dämmerte es ihr. Sie fühlte sich … sicher. Sie wartete nicht länger darauf, dass Poseidon sie bestrafte. Wann hatte sie begriffen, dass er sie nicht holen kommen würde, dass er vielleicht immer gewusst hatte, dass sie aus seinem Gefängnis ausbrechen würde? Vielleicht war es ihr schon immer bestimmt gewesen, hier zu sein.

Sie verschränkte die Hände, um das Zittern ihrer Finger zu verbergen. Wenn sie heute Erfolg hatten, dann wäre es vorbei. Jahre, Hunderte von Jahren, aufgespart und verbraucht und verloren an einen Fluch, der von einer Sekunde auf die andere gebrochen werden konnte, von einem Mädchen mit krausen braunen Locken und Augen wie dem Holz einer Esche und mit einem goldenen Diadem auf der Stirn.

Bitte. Sie war sich nicht sicher, an wen sie ihr Gebet richtete. *Bitte, lass es klappen.*

Sie wartete nicht auf eine Antwort – die Götter hatten es noch nie für nötig gehalten, sie mit etwas Derartigem zu segnen –, während sie ihre Aufmerksamkeit wieder auf die junge Frau und den jungen Mann vor ihr richtete.

»Also, was das Reiten betrifft«, sagte Leto im Plauderton

und lächelte Mathias dabei entschlossen an, »habt Ihr das oft getan, im Laufe der Geschichte?«

Melantho widerstand dem Drang, die Augen zu verdrehen.

»Ich … nehme es an?« Mathias runzelte die Stirn. »Und Ihr?«

»Überhaupt nie«, sagte Leto. Ihr falsches Lächeln wurde breiter, bis es aus Sicht von Melantho fast eine Grimasse hätte sein können. »Ich kann es gar nicht.«

»Nun«, versetzte Mathias ermutigend, »hier ist eine Gelegenheit, Eure Fertigkeiten zu verbessern.« Er war so ungemein ernsthaft. Damit hatte Melantho nicht gerechnet. Sie war auf einen jungen Mann wie ihren eigenen Prinzen gefasst gewesen, den Jüngling, den sie wie einen Bruder geliebt und der sie verraten hatte. Aber wo Telemachos nur mit scharfen Worten und Wutausbrüchen hervortrat, blieb Mathias zurückhaltend, und seine Augen waren sanft, als er Letos Lächeln erwiderte.

Melantho fragte sich, ob da irgendwo eine Schlange lauerte, bereit zum Angriff.

»Wunderbar«, sagte Leto düster. »Ich kann meine Aufregung kaum zügeln.«

»Ich nehme an, Ihr seid in Athen ausschließlich mit dem Wagen gefahren?«, erkundigte sich Mathias.

Melantho trat näher an die beiden heran und beobachtete die Bewegung seiner breiten Schultern unter seinem Chiton.

Er war groß und überragte Leto, und er hatte Muskeln, von denen Melantho wusste, dass sie von jahrelanger Übung mit dem Schwert herrührten – nicht dass dieses Prinzlein jemals eine Schlacht sehen würde –, hinzu kamen dann gewiss noch Bogenschießen und Reiten und alle möglichen anderen Dinge, die junge Männer taten, während ihre Schwestern sich mit Handarbeiten abquälten. Es würde keine leichte Aufgabe sein, ihn über den Rand zu stoßen, aber Leto war stärker, als sie aussah. Sie beide waren es – sonst hätten sie nicht so lange überlebt.

So viele andere konnten das nicht von sich behaupten.

Mathias und Leto hatten den Innenhof durchquert. Vor ihnen konnte Melantho saftige Weiden sehen, sorgfältig kurz geschnitten, und ein Stallknecht kümmerte sich um ein stämmiges Pony.

»Ja, mit dem Wagen«, bestätigte Leto beiläufig. Melantho brauchte einen Moment, um sich daran zu erinnern, worüber sie gesprochen hatten. Über das Reisen. Wie überaus langweilig. »In Athen ist es nicht ganz so ländlich wie hier, wisst Ihr, darum sind wir bei der Wahl unserer Fortbewegungsmittel etwas zivilisierter.«

Sie dachte sich diese Dinge offensichtlich aus, während sie redete.

»Ländlich«, wiederholte Mathias nachdenklich. »War das dein erster Eindruck von mir?«

Nun, *das* interessierte Melantho. Sie hatte mit Leto in der kurzen Zeit seit ihrer Ankunft nur sehr wenig über den Prinzen gesprochen – schließlich wollte sie nicht eifersüchtig wirken. Trotzdem konnte sie nicht umhin, sich zu fragen, ob Leto den Prinzen auf die gleiche Weise betrachtete, wie es offensichtlich einige der Mägde taten.

Melantho hatte die Mägde in den Wäschereien kichern hören, wenn sie dachten, dass sie nicht lauschte – oder vielleicht kümmerte es sie auch nicht, ob sie lauschte oder nicht; sie war schließlich ebenfalls nur eine Magd. Pausenlos schwärmten sie von seinen Augen (schwarz wie die Nacht selbst!) und von seinen Lippen (perfekt geschwungen, wie der Bogen von Eros persönlich!) und sogar von seinen schlanken Händen, mit ihren goldenen Ringen und den sorgfältig polierten Fingernägeln.

Es waren Hände, die niemals eine Arbeit verrichtet hatten, die Hände eines Mannes, der alles hatte. Melantho mochte seine Hände fast genauso wenig, wie sie den Mann selbst mochte, obwohl es dabei zugegebenermaßen ums Prinzip ging.

Die anderen Mägde fanden seine Hände natürlich sehr elegant.

Melantho hoffte nur, dass Leto es nicht tat.

Vor ihr überlegte Leto für einen Moment. »Ihr seid anders, als ich erwartet habe«, sagte sie schließlich.

Inwiefern? Melantho runzelte die Stirn.

»Inwiefern?« Mathias klang aufrichtig gekränkt.

Leto zuckte mit den Schultern. »Ich mag Euch jetzt lieber«, erklärte sie, »falls das ein Trost ist.«

Es war kein Trost. Nicht für Melantho. Warum sollte Leto ihn jetzt lieber mögen, wo sie kurz davor war, ihn zu töten? Sie konnte keinen Grund dafür erkennen.

Der gekränkte Unterton in Mathias' Stimme veränderte sich nicht. »Trotzdem«, beharrte er, »kann ich nicht verstehen, warum Ihr schlecht von mir gedacht habt. Ich war der Meinung, ich habe mich ziemlich gut benommen, wenn man bedenkt, dass ich nur mit einem halb gebundenen Chiton bekleidet überrascht wurde. Ich erscheine nicht gern halb bekleidet vor fremden Frauen. Das ist eine Situation, in der ich mich nicht oft wiederfinde.«

Melantho stolperte über einen Pflasterstein und wäre um ein Haar in einem niedrigen, sorgfältig gestutzten Strauch gelandet. Sie war dankbar für die weichen Sohlen ihrer Sandalen – sie ließen sie jeden Stein auf ihrem Weg deutlich spüren, aber sie klapperten nicht auf dem Boden, als sie taumelte und sich hastig wieder aufrichtete.

Weder Leto noch Mathias schienen es bemerkt zu haben. Vielleicht hatten sie sie vollkommen vergessen. Mit einem tiefen Atemzug lauschte sie weiter. Wann hatte Leto Mathias halb bekleidet gesehen?

»… Ihr etwa, ich tue das gewohnheitsmäßig?« Mathias klang entrüstet.

Leto blieb stehen. Sie drehte sich um, um ihn direkt anzusehen – und erblickte Melantho, dicht hinter ihnen. *Zu* dicht.

Melantho kämpfte gegen den jähen, verzweifelten Drang, sich zu verstecken. Leto wusste, dass sie hier war, wusste, dass sie lauschen würde. Letos Blick flackerte zurück zu Mathias.

»Ihr könnt nicht von mir erwarten zu glauben«, begann sie mit einer seltsamen Steifheit in der Stimme, die sich Melantho nicht erklären konnte, »dass Ihr mit einem Hof voller Edelfrauen, die an Euren Lippen hängen, noch nie …«

»Ich bin verlobt«, erwiderte Mathias knapp. »Mit Euch, möchte ich hinzufügen, und meine Mutter erwartet, dass ich mich entsprechend benehme.« Er holte kurz Luft, dann sprach er sanfter weiter. »Sehen Eure Eltern das nicht genauso?«

»Doch«, sagte Leto.

Schadete es, solche Lügen zu erzählen? Ihre Geschichte mit einem einzigen Wort abzuändern? Melantho hatte ihre Eltern nicht gekannt, nicht wirklich, aber sie hatte Leto oft genug von ihrer eigenen Mutter sprechen hören und wusste, dass sie sich im Grunde ihres Herzens immer noch nach ihr sehnte.

»Ich glaube, es wäre ihnen lieber, wenn ich unter der Aufsicht von jemand anderem stehen würde«, fuhr Leto fort.

Mathias lachte. »Das kann ich mir gut vorstellen. Klettert Ihr in Athen auch an der Außenmauer des Palastes herum? Haben sie Euch deshalb den ganzen weiten Weg hierhergeschickt? Ich denke, dies ist vielleicht der einzige Ort, der weit genug entfernt ist, um die Gerüchte über Eure ganzen Eskapaden nicht mitzubekommen.«

Melantho ertappte sich dabei, dass sie finster die Stirn runzelte, und glättete rasch ihre Züge wieder. Wovon um alles in der Welt sprachen die beiden? Sicherlich ging es um den vergangenen Abend, als Leto an der Seitenwand des Palastes hinuntergeklettert und sie selbst beschämenderweise zurückgeblieben war. Nein, das konnte nicht sein. Davon hätte Leto ihr erzählt. Aber was war Melantho entgangen, während sie in den Busch gestolpert war?

»Unsinn«, sagte Leto entrüstet.

»Ich ziehe Euch doch nur auf«, beruhigte Mathias sie. Er drehte sich um und betrat die Weide, und Leto folgte ihm. Der Stallknecht, den Melantho zuvor gesehen hatte, führte das Pony in einen sorgfältig gebauten, hölzernen Stall, aus dem nun ein anderer Stallbursche trat, der eine anmutige, pechschwarze Stute am Halfter führte.

»Es ist schön«, sagte Mathias so leise, dass Melantho die Ohren spitzen musste, »mit jemandem zu sprechen, der das versteht. Es werden ständig Entscheidungen für mich getroffen. Ich habe das Gefühl, dass mein Leben sich im Galopp bewegt, und ich renne hinterher, in dem Versuch, es einzuholen.«

Götter, er war genau wie all die jungen Männer, die Melantho einst gekannt hatte. Hielt er sich etwa für einen Dichter? Melantho würde ihn später nachäffen, wenn sie wieder in ihren Gemächern waren, und Leto würde kichern und lächeln und sagen …

Melanthos Magen machte einen Satz. Sie würden nicht in ihre Gemächer zurückkehren. Sie würden nie wieder einen Fuß in den Palast setzen, nicht nachdem sie Mathias über den Klippenrand gestoßen hatten. Sie würden von Ithaka fliehen müssen, weit weg von den ionischen Inseln. Melantho schauderte und blickte auf.

Der Stallknecht hatte Mathias das Halfter des pechschwarzen Pferdes übergeben, und jetzt hielt Mathias es Leto hin.

Sie nahm es zaghaft. »Braver Junge.«

»Es ist ein Mädchen«, korrigierte Mathias sie.

»Braves Mädchen.« Leto tätschelte die Nase des Tieres. Seine Nüstern blähten sich, und es nahm ihre Witterung auf.

Letos Augen waren vor Entsetzen aufgerissen. Melantho hätte sie nie und nimmer mit zum Reiten genommen.

»So ist es richtig«, lobte Mathias sie lächelnd. »Seht nur, sie erinnert sich an Euch.«

Leto runzelte die Stirn. »Sie erinnert sich an mich?«

»Sthenios kommt aus den Ställen Athens – sie ist ein Geschenk Eurer Familie.« Mathias' Lächeln verrutschte. »Man hat mir mitgeteilt, es sei eins deiner Lieblingspferde, aber ich nehme an …«

»Ah, Sthenios! Ich habe dich gar nicht wiedererkannt!« Letos Stimme klang eine Spur zu munter. Melanthos Fäuste waren geballt und sie knirschte mit den Zähnen. Würde Mathias die Lüge durchschauen? »Oh, sie ist groß geworden!«

Mathias lachte erfreut. »Ja, nicht wahr? Sie frisst mehr als alle anderen.« Melantho gestattete sich, sich zu entspannen.

Mathias grinste immer noch, als er ein Halfter über den Kopf seines eigenen Pferdes zog, einen riesigen, schwarzen Hengst, der schnaubend mit den Hufen scharrte. Er überprüfte schnell den Halt des Halfters und zog mit geübter Leichtigkeit an den Ledergurten. Offenbar zufrieden damit, ließ er das Halfter los. Das Pferd stand gehorsam still, während Mathias die paar Schritte zurück zu Leto ging. »Darf ich Euch hinaufhelfen?«

Melantho sah Letos Wangen sich röten. »Wir werden doch nicht zu schnell reiten, oder?«, fragte sie ängstlich, während Mathias sie auf die Reitdecke hob. Sie saß in einer unsicheren Grätsche da, sodass Melantho sich des Eindrucks nicht erwehren konnte, sie könnte jeden Moment hinunterrutschen.

Zwei weitere Pferde wurden herausgeführt. Sie sah, wie Leto ihnen einen neugierigen Blick zuwarf. »Erwarten wir Gesellschaft? Ich glaube nicht, dass Melantho *zwei* Pferde braucht.«

Mathias lachte. »Nein, nun, ja. Alexios wollte …«

»Alexios?« Letos Stimme war hoch und panisch. Melantho versteifte sich, ihre Hand nach dem Pferd ausgestreckt, von dem sie beschlossen hatte, dass es das ihre sein würde. Wenn Alexios Leto jemals erkennen würde, dann hier, in der strahlenden Sonne, unter freiem Himmel, wo man sich nirgends verstecken konnte.

Melantho sah sich wild um. Was konnte sie tun, was konnte sie sagen, um den Prinzen davon zu überzeugen, dass er seine Wache nicht brauchte, um Letos heikle Tarnung nicht zu gefährden? Vielleicht konnte sie eins der Pferde erschrecken oder …

»Alexios?« Diesmal war Letos Stimme gelassen und bedächtig, vielleicht sogar … sinnlich? Sie beugte sich zu Mathias vor; wenn Melantho sie nicht so eingehend gemustert hätte, hätte sie vielleicht nicht gesehen, wie sie in ihrem Sitz schwankte. »Eure Wache, wenn ich mich richtig erinnere. Glaubt Ihr, Ihr müsst vor mir beschützt werden?«

»Ich …«

»Vielleicht könnten nur wir beide ausreiten. Und Melantho natürlich – wir können schließlich nicht ganz ohne Begleitung fortreiten, das wäre unschicklich, aber …« Leto lachte leise. »Nun, meint Ihr nicht, das wäre etwas netter? Ich habe keine Freude an einem Publikum. Es gibt mir das Gefühl, als würde ich auf einer Bühne stehen. Aber wenn wir allein reiten, weiß ich, dass ich ganz ich selbst sein kann.«

Es folgte ein langes, verblüfftes Schweigen.

Melantho ballte die Fäuste.

»Nun gut«, sagte Mathias endlich. »Ich … ja. Ich verstehe, was Ihr meint. Vielleicht werde ich … ähm …« Er zappelte auf seinem Platz wie ein verwirrtes Kind. »Wenn Alexios kommt, richte ihm aus, dass ich ihn nicht mehr benötige.« Es lag etwas in Mathias' Stimme, als er den Stallknecht ansprach, das Melantho nicht gefiel. Sie ignorierte es, so gut sie konnte, und richtete ihre Aufmerksamkeit wieder auf ihr Pferd. Sie machte sich nicht die Mühe, ihr Halfter zu überprüfen, wie Mathias es getan hatte – sie hätte ohnehin kaum gewusst, worauf sie achten musste –, aber sie nahm sich einen Moment Zeit, um mit beiden Händen über das kurze, graue Fell des Pferdes zu streichen und in seine großen, braunen Augen zu schauen.

»Wir sind beide Geschöpfe Poseidons, du und ich«, flüsterte sie ihm ins Ohr. »Sei nett zu mir. Ich bin aus der Übung.« So ging die Legende: dass Poseidon die Pferde aus der schäumenden Gischt der Meereswellen erschaffen habe. Das Pferd schien das nicht zu wissen; es bewegte sich unter Melantho, als sie anmutig auf seinen Rücken sprang, und wieherte verärgert. Ihr Chiton hatte auf einer Seite einen Schlitz, was bedeutete, dass sie dem Stallknecht, der noch immer dort herumstand, einen großen Teil ihrer Schenkel zeigte. Er wurde sehr rot im Gesicht und huschte zurück in den Stall.

Leto und Mathias waren bereits vorausgeritten und hatten sie offenbar ganz vergessen. Sie spornte ihr Pferd stärker an, als sie das unter gewöhnlichen Umständen getan hätte – ein Fehler, für den sie beinahe sofort bezahlte, als das Tier einen Satz nach vorn machte und sie fast von seinem Rücken rutschte.

»Das ist schrecklich!«, hörte sie Leto vor sich rufen. »Es ist so unbequem!«

»Ihr klingt wie meine Schwester!«, rief Mathias zurück. Er war ein selbstbewusster Reiter und übernahm gekonnt die Führung.

»Wie viele Schwestern habt Ihr denn eigentlich?« Leto hüpfte bei jedem Schritt ihres Pferdes auf dessen Rücken auf und ab.

»Zwei«, antwortete Mathias. Etwas in der Haltung seiner Schultern hatte sich verändert. Er zog an den Zügeln seines Pferdes, sodass der große Hengst sein Tempo drosselte und nur noch im Schritt ging.

Leto folgte seinem Beispiel und lenkte ihr Pferd neben seins. Melantho war jetzt dicht hinter ihnen. Das Reiten war einfacher, als sie es in Erinnerung hatte. Vielleicht hatte ihre Verwandlung ihr einen besseren Gleichgewichtssinn beschert.

»Wie wunderbar«, sagte Leto. Wenn Melantho es nicht besser gewusst hätte, hätte sie gedacht, Leto wäre ehrlich interessiert. »Wie alt?«

»Hekate muss jetzt, hm, zwölf sein.« Trotz der Anspannung in seinen Armen und seinem Rücken war Mathias' Stimme sanft. Seine Zuneigung zu seiner Schwester schimmerte in jeder Silbe durch. »Und sie ist ein absoluter Albtraum! Wild entschlossen, die ganze Welt zu bereisen. Nach meinen letzten Informationen wollte sie eine Hexe werden.« Er lachte, entspannte sich endlich und stürzte sich in eine Geschichte über die Eskapaden seiner Schwester. Sie hatten inzwischen das Palastgelände hinter sich gelassen und ritten über einen holprigen Weg, der über die Hügel in Richtung der Klippen führte.

Leto drehte sich lächelnd zu Mathias um, und durch das Anheben ihrer Wangen verwandelten sich ihre Augen in graubraune Schlitze. Ausnahmsweise einmal war Melantho froh darüber, hinter ihnen zu reiten. Es bedeutete, dass sie selbst kein Lächeln vorzutäuschen brauchte.

Zwölf Jahre.

Schrecklich jung, um einen Bruder zu verlieren.

27

DIE STAUBENDE LAUFBAHN

Leto

Nach einiger Zeit, in der Mathias Leto so ziemlich seine gesamte Kindheit und die Hekates erzählt hatte, kamen sie an eine Stelle, an der der Weg eine scharfe Biegung nach links machte.

Davor verlief er nur eine knappe Armeslänge vom Klippenrand entfernt. Unter ihnen lag die gewaltige Weite des Ozeans. Etwas an dem Anblick ließ Leto frösteln, als sie sich vorstellte, wie sie sich nach vorn beugte und Mathias von seinem Pferd über die Kante stieß. Sie konnte fast sehen, wie sich sein Gesichtsausdruck veränderte, von träger Zufriedenheit zu Überraschung und dann zu Angst. Ein einziger Stoß, und der Fluch wäre gebrochen.

Melantho war mürrisch und stumm hinter ihnen hergeritten, aber je weiter sie sich vom Palast entfernten, umso mehr hatte sie sich entspannt. Jetzt ritt sie mit einer Art freudiger Wildheit, schüttelte ihre gelben Locken im Wind – sie hatten sich aus ihren Zöpfen gelöst – und grinste in die Sonne, die über ihnen lachte. Das Licht verlieh ihrer Haut einen goldenen Schimmer, und ihre Augen blitzten im gleichen Grünton wie das Gras unter den Hufen ihrer Pferde. Eine Handbewegung von Leto würde sie von einem Moment zum anderen ernüchtern lassen. Sie würde Leto helfen, einen Mord zu begehen.

Zu Letos Rechten, gefangen zwischen ihr und der Klippe, sprach Mathias noch immer in begeistertem, zärtlichem Tonfall von seiner Schwester. Sie waren keine drei Schritte mehr von der Biegung des Weges entfernt. Zwei Schritte. Ein Schritt.

Wenn Melantho die Chance erkannt hatte, ließ sie es sich nicht anmerken, sah Leto nicht mit vielsagend hochgezogenen Brauen an, signalisierte ihr nicht, dass die Zeit gekommen sei. Zeit, sich zu dem Jüngling an ihrer Seite mit seinem entzückten, jugendlichen Lächeln umzuwenden. Zu dem Jüngling, der zugesehen hatte, wie Leto gestorben war, dem Jüngling, der seine Schwester liebte.

Leto zog scharf die Luft ein und wandte sich von ihnen beiden ab. Ihr Magen krampfte sich zusammen, und Übelkeit kroch ihre Kehle hinauf. Sie konnte es nicht tun. Sie hatte die Sache nicht wirklich durchdacht, und jetzt wurden die vielen Mängel ihres Plans offensichtlich. Es war zu riskant. Was, wenn Mathias nicht bis hinunter zum Meer fiel? Er musste im Ozean sterben. Melantho hatte sich diesbezüglich ganz klar ausgedrückt. Was, wenn er sich auf dem Weg nach unten den Kopf anstieß; oder sich sein Umhang im Geäst eines abgestorbenen Baumes verfing?

Leto zwang sich, den Blick zu senken, und musterte eindringlich das Gebüsch unter ihnen, obwohl sie sich nicht sicher war, wonach sie suchte. Verteilt über den harten Boden waren Flecken von gelben Blumen. Narzissen wie die, die Melantho auf Pandou im Haar getragen hatte, als sie geplant hatten, wie sie einen Prinzen töten könnten. Letos Hände, die die Zügel des Pferdes umklammerten, zitterten.

Und dann waren sie um die Biegung herum und die Klippen verschwanden außer Sicht, während Mathias neben ihr weiter plapperte, in seliger Unkenntnis, wie knapp er gerade dem Tode entronnen war.

Bald erreichten sie den höchsten Punkt in den Hügeln.

Ithaka mit seinen orangefarbenen Dächern und ausgedörrten Grasflächen lag ausgebreitet vor Leto. Der Weg war kaum mehr ein Weg. Auf der letzten Etappe ihres Ausflugs waren sie nichts anderem gefolgt als den Kanten der Insel. Sie hatten sich wieder dem Klippenrand genähert – Leto konnte das Meer hören. Sein Ruf war fast unwiderstehlich.

Irgendwie hatten sich Letos Reitkünste seit ihrem Aufbruch noch verschlechtert. Die Reitdecke verrutschte bei jeder Bewegung unter ihr, und es schien keine Möglichkeit zu geben, sie zurechtzuziehen. »Ich dachte, Poseidon sei der Herr aller Pferde«, zischte sie ihrem Reittier zu. »Solltest du nicht auf mich hören?«

Melantho, die jetzt neben ihr ritt, schenkte ihr ein schiefes Lächeln.

Ihr Pferd zuckte mit den Ohren und lief schneller. Mathias stellte ein Stück vor ihnen seine Fertigkeiten zur Schau, galoppierte mit seinem Hengst davon und kam dann in halsbrecherischem Tempo zurückgeritten.

Wieder verrutschte die Reitdecke, und es kostete Leto ihre ganze Kraft, nicht zu fallen. »Ich hasse reiten«, zischte sie Melantho zu. »Es ist ein erbärmlicher Zeitvertreib für Idioten.«

»Mir gefällt es«, widersprach Melantho. »Ich glaube, dir würde es ebenfalls gefallen, wenn du nicht so schrecklich schlecht darin wärst.«

»Ich bin nicht …«, hob Leto zu sprechen an, aber sie brach ab, als die Reitdecke erneut verrutschte, stärker und schneller als zuvor. Melantho war ihr Unbehagen nicht aufgefallen. Sie grinste, und da sie nie einem Wettstreit widerstehen konnte, galoppierte sie hinter Mathias her, in der festen Absicht, ihn zu überholen.

Letos Sitz auf dem Pferd wurde immer instabiler. »Mathias«, rief sie schließlich und brachte mit einiger Mühe ihr Pferd dazu, in langsamerem Trab zu laufen. »Melantho, wartet einen Moment!« Sie zog ruckartig an den Zügeln. »Bleib stehen, du verdammte Kreatur. Ich …«

Dann geschahen fast gleichzeitig zwei Dinge. Ihr Pferd warf den Kopf nach hinten und kam abrupt zum Stehen. Kaum eine Sekunde später rutschte die Reitdecke vollends herunter, und Leto flog seitwärts zu Boden.

»Oh, ver…« Sie fiel mit dem Gesicht in den Dreck, und die Reitdecke landete in einem Haufen auf ihr. Das Pferd wieherte zufrieden, senkte den Kopf und begann zu grasen.

Leto stöhnte. Der Aufprall hatte ihr die Luft aus den Lungen gepresst, und der Laut, den sie von sich gegeben hatte, war so jämmerlich, dass es einfach nur beschämend war.

Ihr Rufen war nicht weit genug gedrungen. Melantho hatte nicht einmal das Tempo gedrosselt. In der Tat waren sie und Mathias nur noch ein kleiner Fleck in der Ferne, als einer der beiden sich an Leto erinnerte. Mathias wendete sein Pferd und bemerkte Letos Pferd – jetzt reiterlos. Seine Lippen formten hektisch Worte, die vom Wind auf den Hügel fortgeweht wurden.

Als sie zu ihr zurückgaloppiert kamen – Melantho einen Hauch vor Mathias –, war Leto gerade damit beschäftigt, sich von dem schweren Tuch zu befreien. Dabei fiel ihr Blick auf den Gurt der Reitdecke: auf das polierte Leder, das gleichmäßig mit runden Metallstiften besetzt war, und den sauberen Schnitt, der es durchtrennt hatte.

Leto starrte darauf.

Der Gurt war nicht etwa gerissen. Jemand hatte sich daran zu schaffen gemacht.

Verdammt. Das konnte nur Melantho gewesen sein. Sie musste gewusst haben, dass Leto sich als Feigling entpuppen würde – dass sie im entscheidenden Moment zurückschrecken würde. Sie hatte eine Möglichkeit gesucht, den Prinzen vom Pferd zu stoßen, eine Möglichkeit, ihn verwundbar zu machen. Sie musste den Gurt durchtrennt haben, als sie zum Springbrunnen gegangen war, um den Wasserschlauch zu füllen. Aber sie hatte wohl nicht damit gerechnet, dass Mathias Leto sein Pferd anbieten würde, und so hatte sie versehentlich das Pferd von Leto erwischt.

Sie musste das Ganze vertuschen. Mathias hatte Melantho inzwischen überholt und war nur noch Sekunden entfernt. Der Wind peitschte ihm das Haar aus dem Gesicht, als er sich ihr näherte, sein Gesicht sorgenvoll in Falten gelegt. Leto hielt wild Ausschau nach einer Lösung, und als sie keine andere Möglichkeit fand, hob sie die sperrige Reitdecke hoch und warf sie über den Rand der Klippe. Sie kullerte herunter, ihre Schnallen blitzten auf, dann verfing sie sich auf dem Weg nach unten in einem Busch. Das würde genügen müssen.

»Leto!« Mathias war abgestiegen – glücklicherweise hatte er sich gerade abgewandt, als sie die Reitdecke geworfen hatte – und eilte an ihre Seite. Er hielt kurz inne, um die Zügel ihrer Pferde zusammenzubinden. »Was ist passiert?« Melantho, die nur einen Augenblick hinter ihm war, glitt mit beeindruckender Anmut von ihrem Pferd. Sie erreichten Leto gleichzeitig. Melantho stieß auf eine Weise gegen Mathias, die man als Besorgnis oder gar Panik hätte interpretieren können, wären ihre Augen nicht so hart gewesen und ihre rosigen Lippen nicht zu einem so dünnen Strich verzogen.

Leto ignorierte es. Ein dumpfer Schmerz hatte begonnen, sich in ihrer rechten Seite auszubreiten. Sie würde bis zum Morgen unglaubliche Blutergüsse haben. »Verdammtes Pferd«, stieß sie mit zusammengebissenen Zähnen hervor. »Ich hasse reiten.«

Melantho half ihr in eine sitzende Position. Mathias spähte mit vor Sorge aufgerissenen Augen über den Klippenrand zu der Decke hinab, die sich wie eine große, ledrige Fledermaus im Wind bewegte. »Götter«, sagte er. Er sah aus, als würde er sich gleich übergeben.

»Zumindest seid Ihr in die andere Richtung gefallen. Ich

will mir gar nicht vorstellen, was passiert wäre, wenn Ihr nicht …« Er brach ab.

»Aber es ist nichts passiert«, sagte Leto und tätschelte sanft seinen Arm. Es war gut, dass Gedanken an ihre Sicherheit ihn ablenkten. Das gab ihm weniger Zeit, sich die Frage zu stellen, wie um alles in der Welt sich die Reitdecke vom Rücken des Pferdes lösen und in Richtung Meer geflogen sein konnte. Weniger Zeit, die Anspannung in Melanthos Schenkeln zu bemerken, als sie sich hinhockte und mit ihren scharfen Augen die Szene vor sich betrachtete.

Sie waren allein am Rand der Felsen, und unter ihnen brodelte das Meer.

Der unbewaffnete Mathias kauerte neben Leto.

Ein Pferd hatte seinen Reiter abgeworfen; wenn sie in den Palast zurückkehrten, wäre es ein Leichtes zu behaupten, dass Mathias von seinem Reittier gefallen war. Dass er über die Kante gerutscht war, bevor sie ihn retten konnten.

Mathias sah immer noch erschreckend schlecht aus, und sein Gesicht hatte einen unschönen Grauton angenommen. »Und bist du verletzt?«

»Natürlich ist sie verletzt«, fauchte Melantho. »Euer Pferd hat sie abgeworfen!«

»N-Nun«, stammelte Mathias verblüfft. »Streng genommen kommt Sthenios aus Athen …«

Leto riss die Augen auf. Melantho fand nicht oft so scharfe Worte. Nach dem Ausdruck auf Melanthos Gesicht zu urteilen, war ihr das ebenfalls aufgefallen. Sie errötete und senkte den Blick. »Ich bitte um Verzeihung«, sagte sie. »Ich war besorgt …«

»Du warst vollkommen im Recht, so zu sprechen«, sagte Mathias, der sich auf bewundernswerte Weise erholt hatte. »Ich habe deiner Herrin wehgetan. Deiner Freundin.«

»Ich bin nicht verletzt – nur mein Stolz hat einen Kratzer bekommen, denke ich.« Ohne die Blicke zu beachten, die Melantho ihr zuwarf, hob Leto den Arm, um ihn zu untersuchen. Beim Aufbranden des Schmerzes sog sie zischend die Luft durch die Zähne. »Und mein Ellbogen.« Sie zog den Ärmel ihres Chitons hoch und musterte blinzelnd die fleckige Haut darunter. »Oh, seht euch das an.« Sie verdrehte ihren Arm und Blut tropfte auf ihre Röcke. »Ich blute.«

»Ich wusste doch, dass wir nicht ohne Eskorte hätten ausreiten sollen.« Mathias sah sich wild um. »Wir müssen die Blutung stillen.«

»Ich bin doch hier«, sagte Melantho.

»Es ist nur ein bisschen Blut …« Leto brach ab, als Mathias seinen Chiton in seinen Händen strammzog und einen Streifen von dessen unterem Saum abriss. »Das ist doch nicht nötig.«

Melanthos Brauen waren in die Höhe gezuckt und verschmolzen fast mit ihrem Haaransatz, als Mathias begann, den Stoffstreifen um Letos Arm zu wickeln. »Gott, das sieht schlimm aus.«

Die Wunde war in Wirklichkeit gar nicht so tief, aber Leto hielt einfach den Mund und ließ zu, dass Mathias sich weiter um sie bemühte. Schließlich verknotete er mit einem Ausdruck großer Zufriedenheit den provisorischen Verband. »Schon erledigt«, sagte er. Da nun an seinem Chiton der Streifen Stoff fehlte, war seine Tunika lächerlich kurz. Sie erreichte kaum die Mitte seiner gebräunten, muskulösen Oberschenkel. Aus irgendeinem Grund war es Leto unmöglich, den Blick abzuwenden.

»Vielleicht ist jetzt der Zeitpunkt gekommen, darüber nachzudenken, ob Ihr nicht tatsächlich eine Eskorte hättet mitnehmen sollen«, sagte Melantho. Ihre Stimme war ruhig und emotionslos, aber sie betrachtete Mathias' entblößte Haut voller Geringschätzung.

»Ich glaube, du hast recht«, pflichtete Mathias ihr bei. Die Blässe war von seinem üblichen warmen, goldenen Hautton verdrängt worden, aber die Sorge war nicht ganz aus seinen

Augen gewichen, und seine Mundwinkel, die normalerweise nach oben zeigten, bildeten eine flache Linie. »Wir sollten umkehren.«

Er erhob sich anmutig und streckte dann die Hand aus, um Leto auf die Füße zu ziehen.

Sie waren einander sehr nah, näher als sie es je zuvor gewesen waren, bei all dem Getue und der Etikette des Palastes. Gerötet von der Sonne und der körperlichen Bewegung und mit feuchtem Haar war Mathias einfach wunderschön. Leto öffnete den Mund, um etwas zu sagen, schloss ihn dann aber wieder. Der Gedanke löste sich in Luft auf, bevor er überhaupt richtig Gestalt angenommen hatte.

Das war der Moment, in dem sie ihn packen und in die tosenden Wellen hinabstürzen lassen sollte. Sie tat es nicht.

Mathias sah sie an, sein Blick undeutbar. »Leto …«, hob er zu sprechen an.

Sie kniff die Augen zusammen und musterte Mathias, dessen seltsamer, durchdringender Blick noch immer auf sie geheftet war. Was war hier los? Warum war sie erstarrt? Warum konnte sie nicht wegschauen. Dies vor ihr war *Mathias.* Er war lächerlich und von königlichem Geblüt und ein Feigling. Sie war dazu bestimmt, ihn zu töten. Und Melantho beobachtete sie und den Prinzen.

Das hätte keine Rolle spielen sollen. Warum also war es wichtig? Letos Mund war staubtrocken, und ihre Zunge fühlte sich an wie Blei.

»Ja?«, brachte sie heraus, und der Wind riss ihr das Wort von den Lippen. Die Pferde warfen ungeduldig die Köpfe hoch, aber Mathias schien es nicht zu bemerken, oder wenn doch, interessierte es ihn ganz offensichtlich nicht.

»Du bist …«, begann er von Neuem und trat einen Schritt vor. Sie waren sich jetzt so nah, dass sein Oberkörper ihren berührte, dass Leto jedes goldene Einsprengsel in seinen dunklen Augen erkennen konnte. Sie kämpfte gegen den Drang, einen

Schritt von ihm wegzutreten. Wenn er nur ein wenig näher an den Abgrund gehen würde …

»Ich glaube, also, ich bin … ich muss …«

Urplötzlich beugte er sich vor, um sie zu küssen.

Sie hätte nie erwartet, dass er etwas so Kühnes tun würde – noch dazu vor Melantho? Sie war zu überrascht, um etwas anderes zu tun: Sie ohrfeigte ihn.

Dann riss sie den Wasserschlauch an ihrer Taille auf, sodass das Springbrunnenwasser an ihrem Bein hinuntertropfte und eine Woge der Kraft durch ihren Körper schießen ließ. Sie spürte das vertraute Kribbeln, als Poseidon seinen Blick auf sie richtete, und sie sich anschickte, ihn von der Klippe zu stürzen.

28

ERINNERUNG TRAURIGER LEIDEN

Mathias

Mathias hätte schwören können, dass seine Verlobte gerade versucht hatte, ihn zu töten.

Zuerst hatte sie ihn geohrfeigt – ein harter, brennender Schlag, der ihn mehr verletzte, als er zugeben mochte –, und dann hatte sie ihn an den Schultern gefasst und mit Gewalt in Richtung Abgrund gedrängt.

Sie war überraschend stark, ihr Griff fest und ohne das leiseste Zittern, und selbst jetzt konnte er sich des Gefühls nicht erwehren, dass sie hätte erfolgreich sein können. Vielleicht erfolgreich gewesen wäre, wenn ihre goldhaarige Magd nicht einen schrecklichen Laut von sich gegeben hätte, ein keuchendes, panisches Schnappen nach Luft, als sie über etwas stolperte – obwohl Mathias nicht dahintergekommen war, worum es sich dabei gehandelt hatte – und einen Satz nach vorn machte.

Leto hatte ihn sofort losgelassen. Sie hatte ihre Magd aufgefangen – *Melantho* hatte sie sie genannt – und in ihre Arme geschlossen. Mathias war ziemlich hastig vom Abgrund zurückgetreten. Es mochte eine Täuschung des Lichts gewesen sein oder der Sonne, die vom wolkenlosen Himmel schien, aber als er die beiden Mädchen beobachtete, hatte er das seltsame Gefühl zu stören, und er hätte schwören können, dass Letos Augen voller Tränen gewesen waren.

Aber jetzt bezweifelte er sogar das.

Denn natürlich hatte Leto nicht versucht, ihn zu töten. Sie hatte lediglich mit großer Panik auf seine Annäherungsversuche reagiert, einer Panik, die er hätte erwarten sollen, denn er hatte ohne ein Fünkchen Anstand, Respekt oder Ehre gehandelt, und er schämte sich zutiefst.

Er stellte sich vor, was Selene sagen würde, wie sie ihn finster mustern würde, bevor sie ihre dichten, dunklen Augenbrauen zusammenzog. Das hatte sie immer getan, jedenfalls bei den wenigen Gelegenheiten, da sie ihn dabei erwischt hatte, wie er mit den Mägden schäkerte, und dann hatte sie ihn so gründlich ausgeschimpft, dass er am liebsten vor Scham im Boden versunken wäre.

Sie hätte Leto gemocht, und ihre offenkundige Geringschätzung für Tradition und Schicklichkeit hätten ihr gefallen. Sie hätte Mathias beiseitegenommen und ihm gesagt, dass Leto eine ausgezeichnete Ehefrau abgeben würde. Das hieß, wenn Leto ihn immer noch haben wollte, einen erbärmlichen Prinzen eines erbärmlichen Königreichs.

Jetzt mochte sie ihn nicht einmal ansehen, während sie und Melantho Seite an Seite hinter ihm herritten.

Später saß Mathias in der Bibliothek über den Tisch gebeugt und atmete den Geruch von vermoderndem Papyrus ein.

Das wahre Ausmaß seines Scheiterns drang langsam zu ihm durch; das erste der gezeichneten Mädchen war gefunden worden – Alexios hatte ihm die Nachricht bei seiner Rückkehr von den Klippen überbracht –, und Mathias hatte immer noch keinen Weg gefunden, den Fluch zu brechen, der ihr den Tod bringen würde. Er hatte sie aufsuchen wollen, um ihr das bisschen vergeblichen Trost anzubieten, das er konnte, aber Alexios hatte auf diesen Vorschlag mit vernichtender Ungläubigkeit und einer scharfen Frage reagiert: *Was würde die Königin dazu sagen?*

Alexios hatte recht; seine Mutter würde seine Sentimentalität bestimmt nicht billigen. Und jetzt, wo er näher darüber nachdachte, war Mathias sich nicht sicher, ob seine Anwesenheit für das unglückliche, zum Tode verurteilte Mädchen nicht vielmehr eine Zumutung wäre. Es wäre eine selbstsüchtige Tat gewesen, einzig geboren aus Schuldgefühlen der verblassenden Erinnerung an ein anderes Mädchen. Ophelia, die Tochter des Orakels, zornig, furchtlos, *tot*.

Mathias drückte die Stirn auf die hölzerne Tischplatte und stöhnte.

Er würde auch bei Leto weder Trost noch Unterstützung finden. Doch zumindest wurde ihm ein einziger Tag gewährt, an dem er sich verstecken konnte, ohne seiner verächtlichen künftigen Braut gegenübertreten zu müssen. Doch für den folgenden Tag hatte seine Mutter ein Abendessen für sämtliche Edelleute Ithakas anberaumt, um das Verlöbnis ihres Prinzen zu feiern. Als Prinz sollte er unbedingt an dem Essen teilnehmen.

Und als Verlobte des Prinzen würde Leto ebenfalls zugegen sein.

Er wusste nicht, ob er ihr würde gegenübertreten können. Er war so überzeugt von dem gewesen, was er in ihren Augen gesehen hatte – Anziehung oder zumindest Bewunderung –, und doch hatte sie ihn so schnell und so scharf zurückgewiesen, dass ihm sein Irrtum jetzt vollkommen bewusst war. Vielleicht hätte er mit den Dienerinnen tändeln sollen, wie Alexios es ihm oft genug angeraten hatte. Dann wäre er vielleicht nicht ganz so ahnungslos gewesen, wenn es um Herzensangelegenheiten ging, um Fragen des Gefühls.

Mathias war nie sehr gut darin gewesen zu wissen, was andere dachten. Der einzige Mensch, den er verstanden hatte – von dem er geglaubt hatte, ihn zu verstehen, bis ihm gezeigt wurde, wie sehr er sich irrte –, war Selene. Und Selene war tot.

Er warf einen mutlosen Blick auf ihr Tagebuch. Die Blätter waren auf dem Tisch neben ihm verstreut, Beweis für seine verzweifelte, fruchtlose Suche nach etwas, irgendetwas, das es ihm ermöglichen würde, den Fluch zu brechen. Das ihm am nächsten liegende Blatt war eine Art Rätsel. *Zwölf durch Zufall, zwölf mit Gewalt. Eins in freier Wahl.* Sie hatte die Worte ein Dutzend Mal in wechselnder Reihenfolge aufgeschrieben, die Hälfte davon durchgestrichen. Die Seite war übersät mit Fragezeichen und Tintenklecksen. Vielleicht bedeutete das Rätsel etwas, aber Mathias konnte sich keinen Reim darauf machen. Für ihn waren die nützlichen Worte nicht von denen zu unterscheiden, die lediglich die alltäglichen Gedanken eines zornigen Mädchens festhielten. Er war nutzlos, töricht.

Wenn Leto ihn schon jetzt nicht wollte, konnte er sich nicht vorstellen, wie sie sich fühlen würde, wenn sie zum ersten Mal zusah, wie er die Hinrichtung von einem Dutzend unschuldiger Mädchen überwachte. Ganz gleich, was sie von Ithakas Not wusste – oder auch nicht wusste –, er stellte sich vor, dass sie die Angelegenheit nicht besonders gutheißen würde.

Gut möglich, dass sie bald schon lernen würde, ihn genauso zu verachten, wie er sich oft selbst verachtete.

Er hatte nicht genug getan. Seine Mutter hatte ihn mit seinen Pflichten auf Trab gehalten, hatte ihn zu diplomatischen Ausflügen rund um die Insel geschickt und lange, schriftliche Berichte verlangt. Er hatte tatsächlich versucht, der Spur von Ophelias Mutter zu folgen, von Ithakas letztem königlichem Orakel. Sie hatte von seinem Tod gesprochen – oder zumindest vom Tod von jemandem, der in Mathias' Leben bedeutsam genug war, um in der Prophezeiung vorzukommen – und sie hatte immerhin im Palast gelebt. Aber sie war vor fast zwei Jahrzehnten verstoßen worden. Das machte es ihm schwer, nicht das Gefühl zu haben, seine Zeit zu verschwenden, indem er Nachforschungen über sie anstellte. Sein eigener Tod war gar nicht seine vordringliche Sorge.

Vielleicht war das auch der Grund, warum er nicht nach Vathi zurückgekehrt war, obwohl er es immer häufiger in Erwägung zog. Schließlich hatte er dort *ihren* Namen erfahren. Aber es waren nur noch neun Tage bis zur Tagundnachtgleiche, und er durfte jetzt nicht an sie denken, durfte keine Zeit mehr in Vathi verschwenden. Auch wenn ein seltsames Gefühl sich in ihm ausbreitete, ein Gefühl, dass er etwas übersehen hatte, dass er irgendwie getäuscht worden war.

Seine Mutter beharrte immer noch darauf, dass sie die Frühjahrs-Tagundnachtgleiche feierten, als sei sie irgendetwas anderes als ein Omen des Todes, der kurz darauf folgte. Jahr für Jahr lud sie alle Adelsfamilien des Königreiches ein – und mehrere von jenseits der Grenzen Ithakas –, um mit ihnen zu speisen und zu trinken und zu tanzen. Das Fest fand natürlich zwei Tage vor der tatsächlichen Tagundnachtgleiche statt, damit die Besucher alle schon wieder fort waren, wenn Mathias hinunter zum Henkersstrand ritt und zwölf Mädchen zum Tode verurteilte. Bevor zwölf Familien einen weiteren Grund zu trauern und gegen ihre unfähigen Herrscher zu wüten hatten. Es war eine Zeit der Politik und Intrigen, ebenso wie es eine Zeit der Freude über den neuen Frühling war. Der Tag selbst war nicht so wichtig.

Die Königin würde Mathias' Proteste nicht beachten, also suchte er Trost in kleinen Meutereien. Im Palast herrschte große Betriebsamkeit, Diener liefen mit Öllampen und großen Stoffbahnen hin und her, und Handwerker, die aus den Dörfern herbeigerufen worden waren, nahmen Reparaturen vor. Als Mathias auf einen Schmied gestoßen war, der in irgendeiner nebensächlichen Angelegenheit für die Königin durch die Gänge irrte, hatte er den Mann gebeten, die Riegel zu zerschlagen, die die uralten Türen zur Bibliothek verschlossen hielten.

Seine Freude über ihre Zerstörung war nur von kurzer Dauer gewesen; die kleine Revolte war praktisch bedeutungslos geblieben. Leto würde nicht an seiner Seite bleiben, wenn der Fluch weiter Bestand hatte, wenn sie erst sah, was das bedeutete und welche Rolle er darin spielte. Und wenn sie abreiste, würde sie die Unterstützung, die militärische Macht und das Gold von Athen mitnehmen.

Ein Stück seines Herzens – das Stück, von dem er gedacht hatte, es sei gestorben, als Selene gestorben war – würde ebenfalls mit ihr gehen.

29

ALSO TREIBT IM HERBSTE DER NORD DIE VERDORRETEN DISTELN

Leto

Später, nachdem sie alle zurückgeritten waren – Mathias hatte ihr Pferd genommen und war ohne Reitdecke galoppiert, was sie sehr ärgerte und ihren Puls stärker rasen ließ, als es der Ritt zuvor bewirkt hatte –, stolperte Leto zurück in ihre Gemächer und warf sich auf das Bett. Sie war total aufgebracht und tausend Gedanken wirbelten ihr durch den Kopf.

»Das ist ganz und gar nicht so gelaufen wie geplant«, sagte sie in Richtung Zimmerdecke. Sie hätte Melantho sehr gern gefragt, warum sie sie aufgehalten hatte, warum sie sich so rücksichtslos auf Leto gestürzt hatte. Es musste etwas gewesen sein, das Leto nicht bemerkt hatte, etwas, das ihr entgangen war. Etwas, das bedeutete, dass es schief gehen würde. Vielleicht hatte sie es sich aber auch auf dieselbe Weise ausgeredet, wie Leto es getan hatte: dass die Klippen zu hoch waren, das Meer zu weit entfernt. Sie konnten Mathias' Leben nicht auf diese Weise beenden, nicht wenn sie nicht sicher waren, dass es funktionieren würde.

Und da war noch etwas anderes. Sie war sich nicht sicher, ob sie es sich nur eingebildet hatte oder ob ihr von Schmerz verwirrter Geist es aus dem Nichts heraufbeschworen hatte. Eine Vision.

Sie war flüchtig gewesen, schon in einem Wimpernschlag wieder verschwunden.

Nein. Sie musste es sich eingebildet haben. Sie war kein so begabtes Orakel, dass Visionen einfach so zu ihr kamen. Sie musste sie ihrem Gott abbetteln, musste sie ihm mit gemurmelten Gebeten, Brandopfern und den feucht glänzenden Eingeweiden eines auf ihrem Tisch ausgebreiteten Tieres abringen.

Trotzdem konnte sie nicht aufhören, es zu sehen, konnte es nicht ignorieren, dass es sich wie ein Fanal in ihren Verstand brannte. Ein Bild, ein Moment, etwas, das noch nicht eingetreten war. Etwas, das nicht eintreten würde, weil Leto es nicht zulassen würde.

Melantho: aschfahl, keuchend, sterbend. Die Lippen geöffnet, während sie mit ihren langen Fingern ihre vernarbte Kehle umklammerte. Und ihre Augen – groß und grün und voller Angst.

Nein. Die Götter waren grausam: Sie nährten sich von Angst, von Schmerz, von Verlangen. All das ließ Letos Herz bereits jetzt bluten. Sie hatten schon, was sie wollten. Die Vision war eine Ausgeburt ihrer eigenen Fantasie; die Götter hatten keinen Grund, sie ihr zu schicken.

Sie räusperte sich und zwang sich, in die Gegenwart zurückzukehren. »Wir können es noch einmal versuchen, nicht wahr?« Melantho sagte nichts.

Leto spürte, wie das Bett sich unter ihrem Gewicht senkte, als sie sich auf die Kante setzte, aber sie war nicht so schnell bei der Hand mit einer bissigen Bemerkung, wie sie es zu anderen Zeiten gewesen wäre. Leto drehte sich auf die Seite, um sie anzusehen. Melanthos Gesicht war angespannt vor Besorgnis, ihre Hände in den Röcken ihres Chitons zu Fäusten geballt. Sie hatte selten so ernst gewirkt, selbst in den ersten Tagen auf Pandou nicht, als sie Leto langsam und zurückhaltend von ihren Tragödien erzählt hatte.

Leto setzte sich auf. »Was ist los?«

Melantho sah sie nicht an. »Ich bin nicht gestolpert«, sagte sie tonlos.

Leto blinzelte. »Was?«

»Ich bin nicht gestolpert«, wiederholte Melantho mit großem Nachdruck. »Auf der Klippe, als Mathias versucht hat … nun, als du versucht hast, ihn hinunterzustoßen. Du hast innegehalten, weil …«

»Weil du mich gehindert hast!«, unterbrach Leto sie. »Das hast du getan, nicht wahr? Oder du bist gefallen …«

»Das versuche ich dir doch gerade zu erzählen«, sagte Melantho. »Ich bin nicht gefallen. Ich bin nicht gestolpert oder gestrauchelt oder etwas in der Art. Ich bin gestoßen worden. Irgendjemand, irgend*etwas* hat mich gestoßen. Ich habe es schon einmal gespürt, Leto – die Berührung eines Gottes. Und ich habe es heute wieder gespürt.«

Leto schüttelte den Kopf. »Das verstehe ich nicht.«

Jetzt schaute Melantho doch auf. Sie fixierte Leto mit ihrem klaren, bohrenden Blick und starrte sie so eindringlich an, dass ihr unbehaglich wurde. »Du glaubst mir nicht.« Es war keine Frage.

»Was? Doch, ich …«

»Du brauchst nicht zu lügen.« Melantho tat ihren Einwand mit einer erhobenen schlanken Hand ab. »Ich mache dir keinen Vorwurf.«

»Aber ich glaube dir doch.«

»Du brauchst mir nicht zu glauben.« Melantho holte tief Luft, um sich zu beruhigen, schlang die Arme um ihre Knie, und beugte sich vor. »Ich weiß, es klingt lächerlich. Ich bin mir ja nicht einmal sicher, ob ich es selbst glaube. Ich hätte mir das Gefühl, die Berührung von ihnen, von den Göttern, auch einbilden können. Vielleicht war es nur der Wind oder die Hitze oder – oder irgendetwas anderes. Vielleicht war ich auch nur überrascht.« Sie schüttelte heftig den Kopf. Ihre Stimme war plötzlich heller, und sie sah Leto forschend ins Gesicht. »Weißt du, da ist noch etwas, worüber wir reden müssen.«

Die Vision. Sie weiß Bescheid. Leto suchte nach irgendeiner Ausrede. »Ich …«

»Täusche ich mich, oder hat Mathias versucht, dich zu küssen?«

»Oh.« Oh. Sie spürte, wie ihr Gesicht heiß wurde.

»Er hat es also getan.« Diesmal grinste Melantho, und es war ein echtes Lächeln. Leto konnte es an den Grübchen an ihren Mundwinkeln erkennen, daran, wie ihre Wangenknochen sich hoben, sodass sich ihre Augen halb schlossen. Sie war entzückend, wenn sie lachte, sie war so lebendig. Es tat Leto einfach nicht gut, sie sich anders vorzustellen.

Leto erwiderte ihr Lächeln. »Ich hätte gedacht, er würde zumindest warten, bis wir allein sind! Er muss sich seiner Sache ziemlich sicher gewesen sein. Er hat dich nicht einmal weggeschickt.«

Melantho kreischte höhnisch auf. »Ich hätte gern gesehen, wie er es versucht! Um nichts in der Welt würde ich von deiner Seite weichen – und das hätte ich wirklich nicht gerne verpasst. Hast du sein Gesicht gesehen? Er hat geschaut, als hätte er in eine Zitrone gebissen.«

Leto lachte. Sie konnte nicht anders; Melantho hatte recht. Der Schreck auf Mathias' Gesicht war, wenn auch nur flüchtig zu sehen, sehr, sehr komisch gewesen.

Sie ergaben sich einem weiteren Lachanfall, ließen sich in eine Leichtigkeit fallen, die die Angst und den Zweifel wegbrannte, und hüllten sich schließlich in Betttücher, bevor sie die letzten Lampen löschten. In der Sekunde erst wurde Leto klar, dass sie Melantho gegenüber den durchgeschnittenen Gurt nicht erwähnt hatte. Sie hätte sie damit necken können, hätte sie daran erinnern können, in Zukunft vorsichtiger zu sein – *ich bin bereits einmal getötet worden; ich habe nicht den Wunsch, das erneut zu erleben.* Sie würde leise lachen, um deutlich zu machen, dass sie nicht zornig war. Melantho würde erleichtert lächeln. Sie würde sich mit leiser Stimme entschuldigen, und Leto würde ihr genau sagen, was sie tun konnte, um es in Ordnung zu bringen.

Sie schüttelte den Kopf.

Nein, dies war nicht die richtige Zeit für Schäkereien, für die Erfindung von Szenarien, in denen Melantho sich vorbeugte, wie sie es im Hafen von Ithaka getan hatte, um ihren Daumen an Letos Wange zu drücken. In diesen Träumereien zog Melantho sich nicht zurück. In solchen Träumen …

Leto kniff sich kräftig. Vielleicht ein andermal. Sie schaute wieder zur Decke auf, auf den Marmor, der unter einem Mantel aus Dunkelheit verborgenen war. Im Moment musste sie über wichtigere Dinge nachdenken.

Zum Beispiel, dass ihr nur noch neun Tage bis zur Tagundnachtgleiche blieben. Neun Tage, um sich Melantho gegenüber zu beweisen, um zu zeigen, dass sie Erfolg haben konnte. Dass Melantho sich keinen anderen Plan ausdenken musste, um ihr zu helfen, dass sie keinen weiteren Reitgurt durchschneiden musste, um zu helfen, einen Fluch zu brechen, der sie bereits so viel gekostet hatte.

Nein, jetzt war die Reihe an Leto, und ihr blieben noch neun Tage, um Mathias erneut zum Meer zu locken, nachdem sie ihn zurückgewiesen hatte. Und geohrfeigt hatte. Und versucht hatte, ihn von einer Klippe zu werfen.

Neun Tage. Ihr war schmerzhaft bewusst, dass Melantho neben ihr in der Dunkelheit lag, und sie lauschte dem leisen Geräusch ihres Atems. Ihr blieb genug Zeit.

Alles andere war unausdenkbar.

30

DIE SCHWARZE WOLKE DES TODES

Melantho

Leto aß beim Verlobungsmahl kaum einen Bissen.

Melantho wusste das, weil sie sie seit ihrer Ankunft unablässig beobachtet hatte. Sie waren gezwungen gewesen, ihren Mordversuch zu verschieben, da Mathias unauffindbar gewesen war und die beiden koketten Nachrichten, die von Leto zu seinen Gemächern gesandt worden waren, ignoriert hatte. Stattdessen verschwendeten sie einen ganzen qualvollen Tag damit, in ihren Zimmern herumzulungern, ins Leere zu starren und so zu tun, als würden sie nicht über ihren gescheiterten Versuch nachdenken. Darüber, *was* ihn hatte scheitern lassen. Melantho war sich jetzt im Rückblick nicht mehr so sicher, nicht mehr so fest davon überzeugt, dass etwas anderes, etwas nicht ganz Irdisches sie hatte vorwärts taumeln lassen.

Vielleicht wollte sie aber auch einfach nicht darüber nachdenken, was das Gegenteil bedeutete. Entweder war die Auskunft unzutreffend gewesen, und das erste Mädchen war gar nicht gezeichnet gewesen, oder die Götter wollten gar nicht, dass sie und Leto Erfolg hatten. Vielleicht wollten sie aber auch nur nicht, dass *Melantho* Erfolg hatte. Acht Tage blieben noch, dann sieben: Jeder einzelne wog schwer auf Melanthos Herz.

Heute Abend hatte sie Leto in einen Chiton von der Farbe eines Rosenblatts gewandet und eine Handvoll Bänder in ihre

Zöpfe geflochten. Das letzte hatte sie vorsichtig um Letos Hals geknotet.

Leto war von Mathias an die Stirnseite des Tisches gewunken worden, und sie saß jetzt steif zwischen ihm und seiner Mutter. Wann immer Mathias einen jämmerlichen Versuch machte zu scherzen oder Leto einen Moment zu lange ansah oder auch nur aufsprang, um einem Diener zuvorzukommen und ihr eine Schale mit Spargel anzubieten, warf die Königin Leto einen verärgerten Seitenblick zu und nahm einen langen Schluck von ihrem Wein. Melantho hätte ihr am liebsten den arroganten Ausdruck aus ihrem kantigen Gesicht geschlagen.

Stattdessen stand sie finster dreinblickend an der Wand, neben einem halben Dutzend anderer Diener. Der Krug in ihrer Hand war leer, aber sie hatte nicht die Absicht, ihn neu zu füllen. Sie hatte bereits vor einem halben Jahrtausend ihre Zeit abgeleistet und würde sich nicht noch einmal zu einer Dienstmagd degradieren lassen.

Ihr Magen knurrte, als ein junger Diener mit zu einer Pyramide aufgehäuften Feigen vom Gewicht einer kleinen Ziege vorbeiging. Götter, sie hatte vergessen, wie qualvoll es war, zuzusehen, wenn Edelleute sich mit Fleisch und Wein vollstopften und die Reste von Knochen und Knorpel ihren Hunden hinwarfen. Und es half auch nicht besonders zuzusehen, wie Leto mit dem Prinzen von Ithaka schäkerte.

Wie aufs Stichwort brach Mathias in Gelächter aus, schüttelte seine schwarzen Locken und lehnte sich in seinem schweren Holzstuhl zurück. Er bot einen recht hübschen Anblick, einen außerordentlich hübschen; er hätte aus Stein gemeißelt und von Aphrodite persönlich zum Leben erweckt worden sein können. Melantho hasste ihn.

»Alles in Ordnung, Liebes?«

Einem der Edelmänner war es gelungen, sich von seiner Bank zu erheben – gemessen am Essiggeruch seines Atems und der Röte seines Gesichts keine geringe Leistung –, und er gab sich offensichtlich der Illusion hin, sie zu einem Gespräch überreden zu können.

Melantho richtete die volle Wucht ihres Spottes auf den Mann. »Kann ich Euch helfen?«, fragte sie und ließ alles an kaltem Hass, den sie für ihn empfand – auf die Völlerei um sie herum, auf den Prinzen, auf den ganzen verdammten Hof –, in ihre Stimme einfließen.

Er beugte sich zu ihr vor. Aus der Nähe roch er noch schlimmer nach Knoblauch und verdünntem Rotwein.

Melantho hasste ihn. Sie kannte ihn nicht – sie brauchte ihn nicht zu kennen –, aber sie hasste schon jetzt seine dünnen Spinnenfinger und seine wässrigen blauen Augen und die Art, wie sein Blick mit lüsterner Trägheit an ihrer Hüfte hinabglitt. Sie hasste das Gold und die Juwelen, die um seinen mageren Hals hingen und ihn fast umzuwerfen drohten. Sie wollte den Krug in ihrer Hand auf seinem Schädel zerschmettern, wollte zusehen, wie das Blut zwischen seinen Fingern hindurchrann, während er sich die Wunde hielt. Sie wollte ihm ins Gesicht spucken. Ein eigenartiger Zorn war in ihr hochgekocht und hatte Jahre des Hasses und Grolls an die Oberfläche geholt, Hass und Groll und …

Trauer.

Melantho sackte in sich zusammen.

Die Erinnerung – sanft, still, quälend – bohrte ihre Finger in Melanthos Geist und bettelte um Einlass. Es war leicht, sich an Thalia zu erinnern, an ihre Lippen und Arme, ihre zersplitterten Rippen, als sie gestorben war. Aber Thalia war nicht die Einzige gewesen; es gab noch andere Schatten, die sich in den Ecken des Raums mit ihrem vermischten, andere Geister, die sich in den Dachtraufen zusammenrollten und Melantho ins Ohr wisperten.

Der von Timo flüsterte am lautesten. Melantho konnte ihre Stimme nicht ausblenden, dieses Mal nicht. Die Erinnerungen – die Bilder, die sie so lange mit aller Kraft weggedrückt hatte – drängten an die Oberfläche, schlüpften ihr durch die Finger und leuchteten vor ihren Augen auf.

Sie hatte einmal mit Timo an dieser Wand gestanden, hatte Timos winzige Finger in ihren gehalten. Timo war zu klein gewesen, um gut Getränke einzuschenken, ihre Handgelenke und zarten Unterarme zu dünn, um Platten herumzureichen, also hatte Melantho die Königin dazu überredet, Timo zu erlauben, hinter Melantho zu stehen und zu lernen.

Timo, ihr Schatten, hatte olivfarbene Haut und gleichfarbiges Haar gehabt, das ihr Gesicht umrahmte wie Rauch, ganz gleich, wie sehr sie die Locken einölte und versuchte, sie festzustecken. Melantho war eine Ersatzschwester für sie gewesen und hatte sie vor den lüsternen Edelmännern beschützt, die in den Sälen speisten.

Am Ende war ihr Schutz sehr wenig wert gewesen.

»He!« Eine klebrige, abstoßend warme Hand schloss sich um Melanthos Unterarm und riss sie zurück in die Gegenwart.

Sie blinzelte schnell und zwang Tränen zurück, die schon zu lange ungeweint geblieben waren.

»Lasst. Los.« Sie ließ so viel Drohendes in ihre Worte einfließen, wie sie es wagen konnte.

Er ließ sie nicht los. »Ein junges, hübsches kleines Ding wie du sollte nicht so düster dreinschauen.« Er grinste lüstern. »Schenk mir ein Lächeln, hm?«

Ein Diener mit einer Platte, auf der ein großer Schweinebraten lag, ging gerade vorbei.

Melantho lächelte; sie wusste, wie schön sie aussah.

»So ist es schon besser«, säuselte der Edelmann.

Sie stürzte sich auf ihn, sodass sie beide rücklings gegen den Diener stießen. Fett, heiß und stechend, flog durch die Luft; es verbrannte Melanthos Handgelenk, und der Schmerz war so schockierend, so ernüchternd, dass sie hätte weinen können. Der Edelmann stöhnte, ein zusammengesunkener Haufen auf dem Boden.

»O Herr«, gurrte Melantho und rappelte sich von den Steinplatten auf, um sich kniend über ihn zu beugen. »Seid Ihr wohlauf? Ihr seid einfach zusammengebrochen.«

Sie kniete auf seinem Handgelenk, klemmte es dort ein, verdeckt von den wallenden Röcken ihres Chitons. Er ächzte.

»Einen Wundarzt!«, rief sie und drückte noch fester zu. Etwas gab mit einem leisen Knacken nach, und die Augen des Edelmannes rollten in ihren Höhlen nach hinten. »Für den Edelmann.«

In einer geschmeidigen Bewegung erhob sie sich. »Entschuldige mich«, sagte sie zu dem Diener, mit dem sie zusammengestoßen waren. »Ich glaube, ich sollte mich umziehen.« Sie wartete nicht darauf, dass er antwortete; sie drehte sich auf dem Absatz um und marschierte auf die geschlossene Tür zu.

Sobald diese hinter ihr zugefallen war, ließ sie die Tränen kommen.

Timo, tot. Agathe, Timos kleine Schwester mit den strahlenden Augen, tot. Callidora, tot. Euphrosyne, Hebe, Stamatia und die anderen. Sofia, Thalia – so, so viele von ihnen. Wie leicht es gewesen war, sie zu vergessen. Wie schrecklich, sich zu erinnern.

Es war so lange still in ihr gewesen, dass sie gedacht hatte, sie würde es irgendwie vergessen, aber jetzt heulte sie ihre Trauer in den sich verdunkelnden Himmel hinauf und zerrte an den plötzlich abschnürenden Bändern ihres Chitons, sodass er an ihr herabfiel, kaum dass sie Letos Gemächer erreichte.

Wenn diese sieben Tage vorüber waren, wenn Prinz Mathias auf dem Grund des Meeres lag, würde Melantho Ithaka verlassen. Zumindest würde sie es versuchen. Falls sie überlebte, falls ihr Leben nicht so hoffnungslos mit dem Fluch verwoben war, wie sie schon immer geargwöhnt hatte, würde sie mit dem ersten Schiff, das sie finden konnte, eine Überfahrt nach Same erwerben.

Sie würde nie mehr zurückkommen.

31

KRIEGSMUT ATMEND

Leto

Von einem langen Augenblick zum nächsten – die Zeit dazwischen war größtenteils von heftigen Bewegungen ausgefüllt, als Leto ihren Wein umkippte – verschwand Melantho. Leto suchte den Saal nach ihr ab, einmal, zweimal und dann ein drittes und letztes Mal, bevor sie widerstrebend zu dem Schluss kam, dass sie wirklich fort war. Die Schar der Diener hatte sich im Laufe des Festmahls gelichtet – leere Platten mit Fleisch, Käse und Früchten waren lautlos weggeräumt worden –, daher vermutete sie, dass man Melantho zu guter Letzt entlassen hatte.

Das war nicht zwangsläufig etwas Schlechtes; Melanthos Gesicht hatte sich im Laufe des Abends stetig verfinstert, und Leto war zu sehr darauf konzentriert gewesen, unter den Edelleuten nicht aufzufallen, um sich etwas auszudenken, wie sie sie retten konnte. Tausend Szenarien waren ihr durch den Kopf gegangen, und jedes hatte zu der Aufdeckung ihrer Lüge geführt. Jemand würde bemerken, dass ihre Haut nicht den satten, makellosen Olivton von Adrasteias Haut aufwies oder dass ihre Augen nicht mit dem dunklen Mahagoniton der Augen der Prinzessin übereinstimmten. Oder man würde ihr eine Frage über ihr angebliches Heimatland stellen, und sie würde so spektakulär versagen, dass für alle Anwesenden offenkundig war, dass sie nicht an ihren Tisch gehörte und nicht die war, für die sie sich ausgab.

»Woran denkt Ihr?«

Eine sanfte Berührung an ihrem Handgelenk riss sie aus ihren Grübeleien, und Mathias' behutsame, leise Stimme drang in ihr Ohr. Ihr war nicht bewusst gewesen, wie nah sie nebeneinander saßen. Als sie sich umdrehte, um ihn anzusehen, brachte die Bewegung seine sorgfältig geordneten Locken durcheinander. Ein einzelnes, perfektes Löckchen hob sich und fiel in seine vorherige Position zurück.

Sie blinzelte. »Ich – Verzeiht, wie bitte?«

»Schon gut.« Sein strahlendes Lächeln war wunderschön. »Vielleicht sollten wir ein wenig frische Luft schnappen. Es ist heiß hier drin, nicht wahr?«

»Ist es das?« Jetzt, da er es erwähnte, wurde ihr die Hitze plötzlich in überwältigender Weise bewusst. Die Wärme so vieler Leiber und die sterbende Glut von Hunderten von Lampen ließen den Raum geradezu erstickend wirken. Sie sog schwüle, feuchte Luft in ihre Lungen und verschluckte sich fast daran. »Ja, Luft. Können wir?«

Er erhob sich geschmeidig. Die Stühle waren erschreckend schwer – Leto hatte das herausgefunden, nachdem ihr eine Feige unter den Tisch gefallen war und sie ihren Stuhl nicht weit genug hatte zurückschieben können, um sie wieder aufzuheben –, also wartete sie darauf, dass er ihr aufhalf. Als sie stand, drehte sich ihr sofort der Kopf. Entweder hatte sie länger gesessen, als es ratsam war, oder sie hatte mehr Wein getrunken als gedacht.

Sie gingen dicht nebeneinander her. Zu dicht. Mathias führte sie durch den Raum, eine seiner Hände umfasste ihren Unterarm, während die andere auf ihrem Rücken ruhte, eine Berührung, die keusch genug war, um schicklich zu sein, aber auch intim genug, um ihr fast den Atem zu rauben.

Im Gehen schaute sie hinter sich. Die Männer und Frauen an der hohen Tafel schienen ihr Verschwinden größtenteils nicht bemerkt zu haben, aber es gab eine gewichtige Ausnahme: die Königin, die stocksteif mit vor der Brust verschränkten Armen dasaß, auf ihrer Stirn schimmernde Juwelen, starrte ihnen nach. Trotz der Hitze schauderte Leto. Im flackernden Lampenlicht war der zornige Blick der Königin scharf genug, dass Blut hätte fließen können.

Draußen sog sie in tiefen Atemzügen die kühle Abendluft ein und hielt so weit Abstand von Mathias, wie es noch höflich war, bis ihr Schwindelgefühl nachließ. Als sie endlich wieder ausreichend Vertrauen in ihre eigene Standfestigkeit hatte, ließ sie seinen Arm los und trat hastig beiseite.

»Besser?« Mathias lehnte sich an die nächstbeste Säule.

»Viel besser.« Sie schenkte ihm ein anerkennendes Lächeln. »Wird es ihnen etwas ausmachen, dass wir gegangen sind? Ich meine, Eurer Mutter und den anderen?«

Er zuckte mit den Schultern. Es war ihr noch nie aufgefallen, dass er sich bewegte wie ein Darsteller kurz vor dem Tanz. »Sie werden den Raum ohnehin gleich umräumen«, meinte Mathias leichthin.«

»Wofür das?«

Das Geräusch von Schritten ganz in der Nähe ersparte Mathias eine Antwort. Einen Moment später erschien Olympia neben ihnen, die leicht verärgert wirkte. Als sie sie bemerkte, wurde ihre Miene trotz des sorgsamen Abstands zwischen ihnen noch säuerlicher. Leto konnte den Grund erraten. Von der ersten Mahlzeit an, die sie an Mathias' Hof eingenommen hatte, war Olympia geradezu eifersüchtig auf Mathias fixiert gewesen. Sie klopfte ihm immer wieder auf die Schulter, zupfte an seinem Ärmel und tat, was sie konnte, um seine Aufmerksamkeit von Leto weg auf sich zu lenken. Zu einer anderen Zeit hätte Leto es vielleicht belustigend gefunden, dass Olympia sie offensichtlich als Rivalin betrachtete. Wie die Dinge lagen, fand sie es einfach nur irritierend.

Olympia warf sich die sorgfältig geölten Locken über die

Schulter, und ignorierte Leto vollkommen, während sie sich an Mathias wandte. »Wirst du den Wettstreit versäumen?«

Er griff sich ans Herz und heuchelte Verletztheit. »Das würde ich nie tun.«

Das schien sie zu besänftigen. Sie schenkte ihm ein schwaches Lächeln. Sie war wirklich sehr hübsch: groß, mit einer knabenhaften Figur und einem starken Kinn. Sie trug einen dunkelblauen Peplos, und ihre Handgelenke und ihr Hals waren mit Gold geschmückt. »Gut. Wir sehen uns dann drinnen.« Sie stolzierte davon.

Mathias legte den Kopf schräg und sah wieder Leto an. »Bereit?« Die Bewegung ließ seine Ohrringe im Licht aufblitzen: dicke, goldene Ringe, von denen Leto ein ganzes Jahr hätte leben können, wäre sie noch in Vathi. Für einen flüchtigen Moment verspürte sie eine seltsame, quälende Sehnsucht nach dem kleinen Dorf. Sie mochte dort fehl am Platz gewesen sein – ein Waisenmädchen, das sein Gesicht hinter den Seidentüchern eines Orakels versteckte –, aber nicht einmal dort hatte sie sich so fehl am Platz gefühlt wie hier.

Sie schluckte das Gefühl hinunter. »Bereit wofür?«

»Das soll eine Überraschung sein – ich denke, es wird Euch gefallen, wirklich. Kommt schon, vertraut Ihr mir?« Er bot ihr seinen Arm.

Sie zwang sich, kein finsteres Gesicht zu machen. Mathias' Vertrauen und seine Zuneigung waren entscheidend. »Ich denke schon.« Sie nahm seinen Arm und ließ sich von ihm wieder hineinführen.

Binnen dieser wenigen kurzen Minuten war der große Saal wie verwandelt.

Die langen Tische waren von allen Speisen und Getränken befreit und weggetragen worden; die Diener hatten den Boden sauber geschrubbt und die Weinflecken entfernt. Die heruntergebrannten Lampen waren durch frische ersetzt worden, und der Raum war wieder hell erleuchtet. Auf solche Weise geleert, raubte ihr der riesige Saal den Atem.

Sie brauchte einen Moment, um zu verstehen, warum man die Tische weggetragen hatte. An ihrer Stelle waren ein Dutzend Äxte in einer geraden Reihe in den Boden gerammt worden, am gegenüberliegenden Ende des Raumes prangte eine bunt bemalte Zielscheibe. Eine Handvoll prächtig gekleideter Edelmänner hatte sich bereits an der ersten Axt versammelt, ihre Bögen in der Hand und tief ins Gespräch versunken.

»Oh.« Mathias klang erfreut. »Sie haben noch nicht angefangen, das ist gut.«

Leto konnte ihre Neugier nicht verbergen. Sie ließ Mathias' Arm los und näherte sich dem Geschehen. »Was machen sie da?«

»Es ist eine Tradition für besondere Anlässe.« In Mathias' Augen lag ein kindliches Glitzern, und seine Lippen waren vom Wein dunkel. »Zur Erinnerung an König Odysseus' Rückkehr und seine Heldentat, bei der er seinen großen Bogen spannte und einen Pfeil durch die Schaftlöcher von zwölf Äxten schoss. Als Beweis seiner Liebe zu seiner Frau und zu seinem Königreich.«

Etwas in Letos Brust zog sich seltsam enttäuscht zusammen. Odysseus' Rückkehr hatte noch eine andere Bedeutung. An diesem Tag hatte er auch die unschuldigen Mägde seiner Gemahlin hängen lassen, woraufhin Poseidon Ithaka in ihrem Namen verflucht hatte. Natürlich erinnerten sich die Einwohner Ithakas nicht an diese Seite ihrer Geschichte, und das obwohl die Hinrichtungen nur noch sieben Tage entfernt waren – auch Mathias hatte ihr gegenüber noch kein Wort darüber verloren. Glaubte er etwa, dass seine Athener Braut nichts von den Hinrichtungen wusste? Und wenn er das dachte, wie lange hatte er vor, sie vor ihr verborgen zu halten?

»Odysseus' Rückkehr?«, hakte sie nach. Sie durfte nicht zeigen, dass sie mehr wusste, als man von ihr erwartete. »Ich glaube, ich erinnere mich da an eine Geschichte.«

»Oh.« Er warf ihr einen kurzen, schuldbewussten Blick zu. »Nun, es ist wohl das Aufregendste, was in Ithakas Vergangenheit passiert ist. Sie wird gern von den Barden ausgeschmückt.«

Leto zwang sich zu einem Lächeln. *Aufregend?*

»Kommt, von hier drüben kann man am besten sehen.«

Er führte sie an die Stirnseite des Saals, wo die Königin mit einer Gruppe von Frauen in Peplos in allen Farben der Edelsteine stand. Sie wäre fast gestolpert, als Mathias abrupt stehen blieb, obwohl sie noch mehrere Schritte von ihnen entfernt waren.

»Ein wenig Ungestörtheit«, murmelte er als Antwort auf den fragenden Blick, den sie ihm zuwarf. »Ich bin der Gesellschaft überdrüssig.«

»Vielleicht gehe ich besser?« Sie sollte sich wahrscheinlich ohnehin auf die Suche nach Melantho machen.

»Verzeiht, ich habe mich unklar ausgedrückt. Ich bin der Gesellschaft überdrüssig, die nicht die Eure ist.«

Sie warf ihm einen überraschten Seitenblick zu. Ein Gefühl von freudiger Wärme entfaltete sich in ihrem Magen. »Nun …«

»Ah!«, unterbrach er sie. Seine Augen leuchteten auf. »Sie fangen an!«

Sie drehte sich wieder den Äxten zu. Die Männer hatten sich schubsend in einer Reihe aufgestellt. Vor Letos Augen hob der Erste – ein riesiger, dunkelhaariger Mann mit Händen von der Größe von Esstellern – seinen Bogen und schoss mit einem dumpfen Ächzen einen Pfeil auf die Äxte ab. Der Pfeil flog durch das Schaftloch der ersten, dann durch das der zweiten Axt, und er bewegte sich so schnell, dass Leto ihn nicht im Auge behalten konnte, bis er den Kopf der neunten Axt streifte und abprallte. Ein Raunen erhob sich unter den versammelten Zuschauern. Die Königin klatschte höflich Beifall, und eine Handvoll ihrer Hofdamen taten es ihr eilig gleich.

»Das war gar nicht schlecht«, murmelte Mathias. »Die meisten schaffen es nicht über die achte hinaus.«

»Oh«, sagte Leto höflich. Ein zweiter Bogenschütze nahm Aufstellung. Sein Pfeil traf, nachdem er abgeschossen worden war, die erste Axt und fiel zu Boden.

Der dritte und dann der vierte Teilnehmer versuchten sich ebenfalls an der Aufgabe, doch ohne Erfolg. Es war der fünfte, ein geschmeidiger, knabenhafter Angehöriger der Garde Ithakas, dessen Pfeil als Erster die Zielscheibe traf.

Mathias atmete angespannt aus. »Oh, gut. Ich hatte gehofft, dass einer von unseren es schaffen würde.«

Es mussten an die vierzig Männer sein, die zu dem Wettkampf angetreten waren, aber selbst nachdem jeder Einzelne von ihnen sein Glück versucht hatte, waren nur drei Pfeile bis zur Zielscheibe gekommen. Die zuschauenden Damen hatten beim zwölften Bogenschützen das Interesse verloren – selbst Leto beobachtete inzwischen die Diener, die mit frischem Wein hereinkamen, als sich jemand an ihnen vorbei in den Raum drängte und ihre Aufmerksamkeit völlig in Anspruch nahm.

Olympia war zurückgekehrt.

Leto konnte sie nur anstarren. Olympia trug einen Chiton nach Art der Männer: locker und kurz, sodass er die schlanken Muskeln ihrer Waden zur Geltung brachte. In den Händen hielt sie einen Langbogen, dessen Pfeile sie sich auf den Rücken gebunden hatte. Sie hatte ihre losen Locken aufgesteckt und ihren protzigen Schmuck abgelegt. Sie wirkte vollkommen furchtlos. Leto konnte sich fast vorstellen, wie sie als eine von Artemis' Jägerinnen frei durch die wilde Natur streifte.

Leto war kaum überrascht zu sehen, dass sie nicht zur Königin und ihren Damen schritt, sondern zu der Gruppe von Wettstreitern, und schenkte ihr ein schwaches, ermutigendes Lächeln. Eine Geste des Friedens.

Olympias Blick glitt, ohne sie zu sehen, über sie hinweg

und suchte stattdessen den von Mathias. Er hatte ihr Erscheinen nicht bemerkt; er befingerte müßig den Verschluss eines Armbands und summte leise vor sich hin. Olympia biss die Zähne zusammen und marschierte an die Schusslinie.

Mit einer geschmeidigen Bewegung legte sie einen Pfeil ein, spannte die Bogensehne und sah noch einmal zu Mathias.

Er schaute immer noch nicht hin. Leto stieß ihm einen Ellbogen in die Rippen und versuchte sich noch einmal an einem Lächeln. Als Mathias diesmal mit einem leisen, Schmerzenslaut aufschaute, sah Olympia sie. Ihre Schultern versteiften sich. Sie stellte sich noch eine Spur breitbeiniger hin und hielt Letos Blick fest, ihr Gesicht vollkommen ausdruckslos. Sie starrte sie immer noch an, als sie die Bogensehne losließ und der Pfeil davonflog, sauber durch die Schaftlöcher der Äxte hindurch und in die Mitte der Zielscheibe traf. Leto spürte, wie das Lächeln von ihrem Gesicht rutschte.

Mathias stieß ein Freudengeheul aus. Olympia grinste und bleckte in wilder Glückseligkeit die Zähne.

Mathias bestand darauf, Leto nach dem Wettkampf, der irgendwie recht angenehm geendet hatte, in ihre Gemächer zurückzubegleiten. Olympia war der Siegespreis zugesprochen worden – ein schöner, neuer Axtkopf, den sie mit einem strahlenden Lächeln in Empfang genommen hatte.

Mathias blieb dicht neben ihr, als sie durch die Gänge schlenderten. Erschöpft, ein wenig betrunken und ohne unmittelbare Pläne für seine Ermordung ließ Leto sich während des kurzen Weges nur allzu gern von seinen weitschweifigen Geschichten unterhalten, bei dem er sie auf die verschiedenen Wandteppiche und auf die schönsten Ausblicke aus den Fenstern aufmerksam machte. Schließlich brauchte sie sein Vertrauen, wenn sie ihn dazu überreden wollte, sie ans Meer zu begleiten.

Außerdem, das musste sie sich eingestehen, war es nützlich,

einen Führer zu haben. Sie fand sich immer noch nicht ganz im Palast zurecht, und die Gänge sahen im schwachen Flackern der Fackeln alle gleich aus. Aber Mathias bewegte sich mühelos in den Korridoren und zog Leto am Ellbogen durch Gänge, die so eng waren, dass Leto sie ohne ihn gar nicht bemerkt hätte.

Schließlich hielten sie am Eingang eines weiteren unbekannten Ganges inne, der auf der einen Seite von einer großen Zahl von Marmorbüsten gesäumt war. An der anderen befanden sich noch mehr Wandteppiche. Diejenigen, die Leto am nächsten waren, zeigten eine sehr blutige Schlacht. Eine Gestalt in der Mitte wand sich offenkundig in Todesqualen, und ein Pfeil hatte den Knöchel des Mannes durchbohrt.

Mathias folgte ihrem Blick. »Der Trojanische Krieg«, sagte er in einem Ton, der nahe legte, dass Leto das auf den ersten Blick erkennen müsste. Und das tat sie. Jeder hätte das. Ein Jahrzehnt voller unnötigem Tod und Zerstörung, inszeniert von den Göttern selbst. »Diese Wandteppiche erzählen die Geschichte von Odysseus, wie Ihr sehen könnt.«

»Oh ja«, sagte Leto höflich. Sicherlich würde er ihr jetzt auch von dem Fluch erzählen. Würde sich sein Gesicht wieder schuldbewusst verziehen, während er davon sprach? Würde er erneut den Blick von ihr abwenden, im denkbar schlimmsten Moment?

»Mein Ahnherr«, fuhr Mathias fort, ahnungslos ob ihrer Gedanken. »Schaut, da ist er.« Er zeigte auf eine der Marmorbüsten, die einen Mann mit strengem Gesicht, vielen Locken und einem dichten Bart darstellte. Dann sah er Leto um Zustimmung heischend an. Sie zwang sich zu einer gleichmütigen Miene, obwohl sich ihr der Magen zusammenkrampfte.

»Und hier ist Telemachos«, sagte Mathias. »Die Namen der anderen, muss ich gestehen, weiß ich nicht auswendig.« Er lachte unbehaglich. »Aber natürlich sind das die Legenden Ithakas. Sind sie in Athen auch so wohlbekannt?«

Stellte er sie auf die Probe? Wollte er herausfinden, wie viel sie über den Fluch wusste? Sie würde ihm die Sache nicht erleichtern. Er sollte ihr ins Gesicht sehen und ihr alles erzählen. Leto räusperte sich. »Ich muss zugeben«, begann sie, »dass ich nur wenige Geschichten von Euren westlichen Inseln kenne. Wenn sie in Athen allgemein bekannt sein sollten, sind sie mir leider verborgen geblieben. Meine Mutter zog es vor, uns Geschichten zu erzählen, die sie als lehrreich ansah.«

Das entsprach tatsächlich der Wahrheit. Letos Mutter hatte immer darauf geachtet, dass ihre Tochter alle Gefahren und alles Böse in der Welt – Selbstsucht, Neugier und Ehrgeiz waren ihre besonderen Favoriten gewesen – verstand und wusste, wie man ihnen aus dem Weg ging. Bedauerlicherweise hatte sie es versäumt, ihr beizubringen, wie man solchen Gefahren auch entkommen konnte, wenn man schon unvermeidlich in sie verstrickt war. Ein paar Geschichten mehr über Helden und Schlachten hätten Leto in ihrer gegenwärtigen Zwangslage sicher gute Dienste geleistet.

Etwas veränderte sich in Mathias' Zügen. War es Entschlossenheit? »Nun, Ihr solltet sie kennen. Das hier wird bald Euer Königreich sein. Aber andererseits …« Er wandte den Blick ab. »Ihr werdet in Euren Gemächern erwartet, nicht wahr? Ich werde keine Zeit haben, Euch alles zu erzählen.«

Letos Gedanken wanderten für einen Moment zu Melantho, aber sie schüttelte sie mit Leichtigkeit ab. Sie musste wissen, was er ihr sagen wollte. Außerdem waren das hier Nachforschungen. Wenn Mathias zu viel über den Fluch und seine Herkunft wusste, würde er schneller Verdacht schöpfen, würde dem Meer und seiner Macht gegenüber misstrauischer sein. Melantho würde es verstehen. »Dort werde ich nicht gebraucht. Und wenn Ihr die Zeit habt, ich habe sie ebenfalls.«

»Nun gut«, sagte Mathias. Er bot Leto seinen Arm, obwohl er ihr immer noch nicht in die Augen sehen wollte. »Gestattet

Ihr mir, Euch die auf diesen schönen Wandteppichen erzählten Legenden näher zu bringen?«

Sie nahm den dargebotenen Arm. Mathias' Haut war sehr warm – sie konnte die Hitze durch den dünnen Stoff seiner Tunika fühlen. Das Blut, das durch seine Adern floss, würde bald kalt sein. Mit welchen Gefühlen würde sie ihn dann betrachten? Würde er im Tod so schön sein wie im Leben? Würde sie um ihn trauern?

»Ich glaube, das tue ich«, sagte sie.

Mathias war ein überraschend guter Geschichtenerzähler. Er begann, so wie die Wandteppiche anfingen – mit dem Ende des Trojanischen Krieges – und stürzte sich sodann in die epische Geschichte von Odysseus und seinem jahrzehntelangen Kampf, nach Hause zurückzukehren, nach Ithaka.

Obwohl Leto sich zuerst nicht an sie erinnerte, erkannte sie doch einige der Details, auch wenn Mathias' Wiedergabe dieser Geschichten weitaus fesselnder war. Seine Version von Odysseus' Begegnung mit dem Kyklopen Polyphem, bei der er jeder Figur eine dröhnende Stimme verlieh, ließ sie lachen, wie sie seit ihrer Ankunft im Palast noch nicht gelacht hatte.

»Und Odysseus sagt zu Polyphem: ›Mein Name ist Niemand!‹ Und blendet ihn. In seiner Qual brüllt Polyphem den anderen Kyklopen zu: ›Niemand hat mich verletzt! Niemand hat mich geblendet.‹ Also zucken sie mit den Schultern und überlassen ihn seinem Geheul.« Mathias grinste.

»Aber er brauchte doch bestimmt nicht den Namen seines Angreifers?«

»Ah, das ist ja gerade das Schöne bei diesen Geschichten«, sagte Mathias. »Sie halten nicht den kleinsten Nachfragen stand. Die Fantasie kann nicht immer so robust sein wie die Wahrheit.«

»Ihr meint, die Geschichten sind nicht wahr?« Wenn Mathias glaubte, dass sie erfunden waren, dann wusste er sicher auch nichts von der Verbindung zwischen Odysseus und Ithakas Fluch. Die Verbindung zu ihm selbst.

»Oh doch, sie sind wahr«, beteuerte Mathias schnell. »Auch wenn sie die Heimkehr des Helden ein wenig ausschmücken. Und davon abgesehen …« Er zog sie zum nächsten Wandteppich weiter, auf dem ein ablegendes Schiff zu sehen war, das mit knapper Not einem großen Felsbrocken entging. »Diese Geschichte ist auf die eine oder andere Weise sicherlich wahr – schaut, hier segelt Odysseus von der Insel der Kyklopen weg.«

»Und das bedeutet, dass die Geschichte wahr sein muss?«

Mathias nickte. »Oh, absolut. Versteht Ihr, Odysseus ist arrogant und sehnt sich verzweifelt nach Ruhm und Anerkennung. Nachdem er davongesegelt ist, ruft er dem geblendeten Kyklopen zu: ›Du bist von König Odysseus von Ithaka besiegt worden.‹ Daraufhin will Polyphem das Boot mit einem Felsen zerschmettern, was ein unglückseliges Ende für Odysseus bedeutet hätte, aber Polyphem verfehlt sein Ziel.« Mathias strahlte Leto aufgeregt an. »Jetzt kommt der entscheidende Teil. Der Kyklop weint sich bei seinem Vater über diesen Odysseus von Ithaka aus, und sein Vater wird zornig.«

»Poseidon«, ergänzte Leto mit tonloser Stimme. Es lief immer auf Poseidon hinaus. Und wenn nicht auf ihn, dann auf Zeus.

Mathias sah sie triumphierend an. »Genau. Deshalb hasst Poseidon Odysseus und macht es zu seiner Lebensaufgabe, ihn zu vernichten.«

»Und deshalb opfert Ihr ihm immer noch jedes Jahr diese Mädchen?« Sie konnte nicht dagegen an. Er zeigte einfach keine Bereitschaft, in seiner Geschichte auf den Fluch zu sprechen zu kommen. Vielleicht hatte sie den Ausdruck in seinen Augen falsch gedeutet, und er hoffte, ihr diese Einzelheit noch eine Weile vorenthalten zu können.

Mathias' erfreute Miene löste sich augenblicklich in Luft

auf. Er sah sie mit einem Ausdruck solcher Scham und solchen Entsetzens an, dass sie sich geradezu elend fühlte.

»Ich …«, begann er. »Nein. Das ist nicht der Grund. Ich war mir nicht sicher, ob Ihr überhaupt etwas von dem Fluch, der auf unserer Insel liegt, wisst.«

Er hatte die Wahrheit also wirklich vor ihr verbergen wollen. Zorn, der in seiner Heftigkeit erschreckend war, brannte in ihrer Kehle. Scharf sagte sie: »Ich weiß ein wenig darüber.«

»Oh«, murmelte Mathias und verstummte.

Leto spürte Entrüstung in sich aufsteigen. Wie konnte er es wagen, so wortkarg zu sein? Glaubte er wirklich, er könnte vor ihr verbergen, dass Hunderte ihr Leben verloren hatten? In seinem so prächtigen Palast mit seinen Statuen und Wandteppichen und Vasen hatte sie nicht den geringsten Hinweis darauf gesehen, dass man sich an eines dieser Mädchen erinnerte, um sie trauerte oder ihr großes Opfer überhaupt anerkannte.

Sie war eines dieser Mädchen, ganz gleich, wie sehr sie sich bemühte, es zu vergessen. Sie funkelte Mathias an. »Ich habe das Recht, danach zu fragen«, blaffte sie. »Als ich zum ersten Mal gehört habe, dass Ihr dieses Ritual überwacht, bei dem unschuldige junge Frauen gehängt werden, musste ich das Schlimmste über Euch denken. Und warum sollte ich das nicht tun?«

Mathias wirkte erschrocken. »Es ist der Schatten, der über diesem Königreich liegt. Wenn es uns nicht gelingt, unsere Verpflichtung dem Meeresgott gegenüber zu erfüllen, sucht sein Zorn seinesgleichen. Wir haben – *ich* habe versucht, ihm diesen Tribut zu verwehren. Ihr müsst verstehen, Leto, dass es auf Ithaka einst Dörfer gab, die nicht mehr existieren. Jedes einzelne wurde in dem Augenblick zerstört, als Poseidon merkte, dass er sein Opfer nicht bekommen würde.« Der zaghafte Frieden, der zwischen ihnen bestand, war verschwunden. Er konnte sie nicht einmal mehr ansehen, sondern krallte die Hände in seinen Chiton und starrte eindringlich auf den Wandteppich. »Also ist Poseidon gekommen, um es sich selbst zu holen.«

Leto hatte den zerstörten Teil der Insel oft genug gesehen. Mathias sagte die Wahrheit.

»Und der Fluch kann nicht gebrochen werden?«, tastete sie sich weiter vor. Vielleicht wusste er es. Es würde sicherlich die Schuldgefühle, die seine Ermordung in ihr wachrufen würde, auslöschen, wenn er wusste, dass sein Tod die Mädchen hätte retten können, die an ihrer Seite gestorben waren. Die Mädchen, die, anders als sie, nicht zurückgekommen waren.

Mathias schüttelte den Kopf. »Soweit mir bekannt ist, nein.« Er sah sie plötzlich mit großer Eindringlichkeit an und griff nach ihren Händen. »Leto, Ihr müsst etwas wissen. Wenn es einen Weg gäbe, wenn ich mein Volk von diesem Kummer befreien könnte, würde ich es tun. Das schwöre ich Euch. Ihr dürft nicht schlecht von mir denken. Ich habe es versucht ...« Hier schienen ihm die Worte auszugehen. Sein Mund bewegte sich weiter, aber es kam kein Ton mehr heraus.

Er kämpfte verzweifelt um ihre Anerkennung. Es hätte irgendwelche Gefühle in ihr wecken sollen – ein so schöner Mann, der sich derart überschlug, um ihre Zuneigung zu gewinnen –, aber sie fühlte nichts als Grauen und Zorn und eine Trauer, die in ihr hochkochte und überzulaufen drohte.

Leto sagte nichts. Also wusste er nichts. Nichts, das ihr helfen würde, nichts, das erklären würde, was auf der Klippe passiert war – die Szene, die vor ihren Augen aufgeblitzt war, die unsichtbare Macht, die Melantho zum Abgrund gedrängt hatte. Sie entzog ihm ihre Hände und ließ sie sinken. »Ich glaube, ich ziehe mich jetzt in meine Gemächer zurück«, sagte sie. »Ich habe plötzlich Kopfschmerzen.«

Mathias sah niedergeschlagen aus. »Ja, natürlich«, murmelte er und senkte den Blick. »Hinter dem letzten Wandteppich befindet sich ein Durchgang, der Euch auf dem schnellsten Weg dorthin bringen wird. Den wollte ich Euch hier zeigen. Eure

Magd kann vielleicht etwas gegen Eure Kopfschmerzen ausrichten. Ich … ich wünsche Euch rasche Genesung.« Er nickte ihr zu, dann drehte er sich um und ging, bevor sie etwas erwidern konnte. Einen Moment lang lauschte Leto dem Echo seiner Stiefel. Dann hörte sie das Knarren einer sich öffnenden Tür, und erneut senkte sich Stille herab.

32

MIT TRÄNEN DAS HERZ ERLEICHTERT

Leto

Sie tat, was Mathias ihr geraten hatte – sie duckte sich unter dem letzten Wandteppich hindurch – und stieß nur Sekunden später auf den Gang, der zu ihren Gemächern führte. Sie stampfte bewusst laut mit den Füßen auf, als sie eintrat, damit Melantho gleich wusste, wie wütend sie war.

»Ich schwöre«, verkündete sie, »Mathias ist der enervierendste, feigste …« Sie brach abrupt ab, als ihr Blick auf Melantho fiel.

Melanthos Gesicht war wild verzerrt, ihr Haar ein einziges Durcheinander. Sie hatte die Hände zu festen, zornigen Fäusten geballt. An ihrem goldenen Handgelenk klebte getrocknetes Blut. »Du bist da«, sagte sie. »Gut.«

Ohne ein weiteres Wort schob sie sich an Leto vorbei und trat hinaus auf den Gang. Verwirrt folgte Leto ihr.

Melanthos Schritte waren zielstrebig, und ihre Sandalen klatschten rhythmisch auf den Marmorboden. Sie raffte mit einer Hand ihren Chiton, um zu verhindern, dass sein Saum sich unter ihren Füßen verhedderte.

Leto konnte kaum Schritt mit ihr halten. »Warum die Eile?«

»Warum die Eile?« Melantho wirbelte ohne ein Wort der Warnung herum, und Leto stieß mit ihr zusammen.

»Heute Nacht«, sagte Melantho. »Ich hasse diesen Palast, jeden einzelnen erbärmlichen Teil davon. Ich kann hier keinen Moment länger bleiben. Wir versuchen es heute Nacht noch einmal.« Sie drehte sich um und nahm ihr rasantes Marschtempo wieder auf.

»Heute Nacht? Melantho, was …« Leto versuchte, sie an der Schulter festzuhalten, damit sie langsamer ging, aber Melantho schüttelte sie ab. »Könntest du bitte warten? Ich verstehe das nicht!«

Melantho blieb erst stehen, als sie Mathias' Gemächer erreicht hatten. Es waren keine Wachen davor postiert, was, wie Leto argwöhnte, bedeutete, dass sich darin wahrscheinlich kein Prinz aufhielt. Melantho wartete, dass Leto zu ihr aufschloss, dann riss sie die Türen auf.

Der Raum war verwaist, wie Leto es vorausgesehen hatte.

Das Gleiche galt für den nächsten, versteckt hinter einem goldenen Vorhang, und auch den übernächsten. Mathias war nirgends zu finden. Seltsamerweise war Leto ein wenig erleichtert. Ihnen blieben noch sieben Tage – oder sechs, denn es war sicher schon nach Mitternacht – sie mussten also nichts überstürzen.

»Er ist nicht hier, Melantho. Wir sollten gehen, bevor er zurückkehrt und uns wieder beim Herumschnüffeln sieht!«

»Wieder? Ich möchte dich daran erinnern, dass *ich* in unseren Gemächern geblieben bin, während du mit deinem halb bekleideten Prinzen auf und davon spaziert bist. Er muss hier doch irgendwo sein. Er muss einfach! Wo sollte die kleine Ratte sonst hingehen?«

»Melantho.« Etwas an der Art, wie Melantho die Worte »halb bekleidet« ausgespien hatte, war jenseits von Zorn, jenseits von Schmerz. War es … Eifersucht? Leto hielt sie an der Schulter fest und zwang sie stillzustehen. »Er ist nicht hier. Und selbst wenn wir ihn finden würden, glaube ich nicht, dass du in einer Gemütsverfassung bist, um irgendetwas auszurichten. Was ist los mit dir?«

Melantho gab einen erstickten Laut von sich, einen Laut, der wie ein Wort klang. Nein, ein Name. Ein Name, den Leto schon einmal gehört hatte, ausgesprochen von Melantho, als sie träumte, ihr Gesicht vor Schmerz verzerrt.

Thalia.

Leto fragte Melantho nicht, warum Thalias Name immer der Erste war, der ihr über die Lippen kam. Sie fragte Melantho nicht, ob es Thalia war, von der sie jede, wirklich jede Nacht träumte, wenn sie zusammengerollt neben Leto lag. Sie fasste Melantho nur an der Hand, zog sie an ihre Brust und sagte ganz leise: »Ich bin da, Melantho. Du kannst mir alles sagen.«

Melantho holte tief und keuchend Luft. »Leto. Leto, ich kann nicht.« Sie krallte die Finger in Letos Röcke. »Ich kann nicht, ich weiß nicht, was ich sagen soll.«

»Wer ist Thalia?«

Melanthos Hände erstarrten. Sie seufzte, und ihre Schultern sackten herab, aber sie trat nicht von Leto weg. »Thalia war meine Geliebte«, flüsterte sie.

Leto hatte es fast erwartet. Trotzdem tat es weh. »Ich … was ist ihr zugestoßen?«

»Sie war eine von uns. Und dann ist sie gestorben«, sagte Melantho knapp. »Getroffen von einem Speer aus der Hand einer königlichen Wache. Der Speer hat sie durchbohrt. Sie fand gerade noch rechtzeitig den Weg nach Pandou, um es mir zu erzählen, gerade noch rechtzeitig, um bei mir zu *sterben.*« Das Wort ging fast unter in einem keuchenden, qualvollen Atemzug. Tränen strömten über Melanthos Wangen. »Nicht einmal die Kraft des Meeres in ihr konnte eine solche Wunde heilen. Dummes Mädchen, sie hat sich immer zu weit vorgewagt, nahm zu viele Risiken auf sich. Sie wollte nie Pläne machen, wollte nicht nachdenken, wollte sich nicht von mir beschützen lassen. Nicht dass ich das wirklich vermocht hätte, aber ich hätte es versuchen können. Sie wollte unbedingt diejenige sein, die den Fluch bricht. Sie war nie zufrieden, selbst nachdem sie so viele getötet hatte …« Melantho brach ab. »Sie wusste, dass nur noch einer übrig war. Sie wollte – sie wollte es zu Ende bringen.«

»Natürlich«, sagte Leto. Eine Frage sprudelte über ihre Lippen, bevor sie sie aufhalten konnte. »Aber woher wusste sie es? Dass noch einer übrig war? Woher weißt *du* es, wenn so viele Mädchen losgezogen und nie mehr zurückgekehrt sind?«

»Ich fühle es.« Melanthos Augen brannten. »Es fühlt sich an – es fühlt sich an, als würde ich ausatmen, nachdem ich eine Ewigkeit die Luft angehalten habe. Es sollte wehtun, es sollte sich schrecklich anfühlen, weil jedes Mal ein Mann tot daliegt, aber das tut es nicht. Es ist immer eine Erleichterung, und es ist furchtbar. Und als ob das nicht genug wäre …« Sie hielt Leto abrupt ihr Handgelenk hin. »Schau.«

Leto brauchte einen Moment, um zu verstehen, was sie sich ansehen sollte. Was sie für einen Schönheitsfleck gehalten hatte, ein kreisrunder Punkt auf der Innenseite von Melanthos Handgelenk, war eine winzige, schwarze Schuppe.

»Es waren einmal zwölf«, flüsterte Melantho. »Und jetzt ist da nur noch diese eine. Siehst du das?«

»Ich sehe es«, sagte Leto.

Eine Pause trat ein.

»Ich weiß also«, sprach Melantho weiter, »dass das hier funktionieren wird. Aber – aber das ist noch nicht alles. Thalia ist nicht alles. Da ist noch jemand, von dem du wissen solltest. Ihr Name war Timo, und ich habe sie mehr geliebt als irgendjemanden zuvor. Oder nach ihr.«

Oh. Letos Brust zog sich schmerzhaft zusammen.

»Ich habe ihr gegenüber versagt«, sagte Melantho. »Timo war – Timo ist – die Erste und Letzte in meinem Herzen. Ich habe sie wie eine Schwester geliebt, mehr als alles andere. Sie war zart und ängstlich und unendlich sanft. Wenn man sie kennenlernte, hatte man nur einen Wunsch: sie zu beschützen.«

Ich habe sie wie eine Schwester geliebt. Leto hätte es natürlich nicht zugegeben, aber Melanthos Worte lösten einen Knoten, von dem sie gar nicht gewusst hatte, dass er in ihr existierte.

»Es tut mir leid«, murmelte sie. »Was ist mit ihr passiert?«

»Sie war eine von uns.« Melanthos Lächeln war voller Bitterkeit. »Also kannst du es dir sicher denken. Aber ich werde es dir trotzdem erzählen. Es gab einen König vor langer Zeit. Er war ein Träumer, ein Narr, und – das musst du verstehen – der Fluch verlangte seinen Tod.«

»Ja, das verstehe ich«, sagte Leto.

»Gut«, fuhr Melantho fort. »Das ist gut, denn ich will nicht, dass du sie verurteilst. Es war nämlich die Schuld des Königs, der an dem Abend, an dem es geschah, mit seiner Gemahlin aufs Meer hinausruderte. Sie waren allein und ungeschützt, und es war eine Gelegenheit, die man sich nicht entgehen lassen konnte. Timo brachte das Boot zum Kentern, zog den König in die Tiefe, sodass er ertrank. Die Gemahlin ließ sie bei dem gekenterten Bot zurück.«

Leto hörte schweigend zu.

»Als Timo wieder an die Oberfläche kam, schrie und weinte die Gemahlin des Königs, und schlug im Wasser um sich. Sie suchte nach etwas. Nach ihrem Kind.«

»Nein«, flüsterte Leto.

»Timo brachte sie ans Ufer. Sie wehrte sich die ganze Zeit – sie hinterließ Kratzspuren an Timos gesamtem Körper –, und als Timo zum Boot zurückkehrte, fand sie den Leichnam ihres Sohnes. Er konnte nicht mehr als drei Jahre alt gewesen sein, blau im Gesicht und bereits so weit jenseits einer Rettung, dass es hoffnungslos gewesen wäre, es auch nur zu versuchen. Aber Timo hat es versucht. Sie wies mit einem Befehl das Wasser aus seinen Lungen und versuchte, sein kleines Herz wieder zum Schlagen zu bringen, aber er war mit seinem Vater gestorben.«

»Doch sie hat es nicht mit Absicht getan. Sie konnte es nicht wissen.«

»Vielleicht hätte sie es trotzdem getan«, sagte Melantho. »Das Kind war ein Prinz, es war von königlichem Blut, und er wurde dem Meer geopfert, wie der Fluch es verlangte. Doch was immer sie vorgehabt hatte, Timo sagte, sie habe ihren Teil getan.«

Sie brauchte also nicht auszusprechen, was Timo getan hatte. Leto konnte es in ihren Augen sehen und sie erkannte die Wahrheit.

»Komm«, sagte sie noch leiser. »Es tut nicht gut, über solche Dinge nachzugrübeln. Wir sollten gehen – wir wollen hier nicht entdeckt werden.«

Melantho lachte. »Das kümmert mich nicht. Es gibt keinen Ort in diesem Palast, an den ich gehen könnte. Timo folgt mir auf Schritt und Tritt.«

Leto musste plötzlich an ihre Mutter denken. Wie ihr Duft, ihre Hand, ihre Essenz dem Haus anhaftete, dem kleinen Raum, in dem sie ihre Prophezeiungen verkauft hatte. Nach dem Tod ihres Vaters hätte Leto dort bleiben sollen. Aber sie war Tage damit beschäftigt gewesen, all ihr Hab und Gut quer durch Vathi in das Haus zu schleppen, in dem sie seither gelebt hatte. Manchmal tauchten Dinge aus ihrer Vergangenheit in ihrem Bewusstsein auf, die sie nicht auslöschen konnte. Sie konnte nur weglaufen, weglaufen, weglaufen und hoffen, dass sie ihr nicht folgten.

»Gehen wir ans Meer?« Leto wollte das Wasser zwischen ihren Fingern spüren, das Aufbranden der Kraft, das es mit sich brachte. »Man wird uns nicht aufhalten. Wir sagen einfach, dass wir dort beten wollen.«

»Ans Meer?« Melantho seufzte. »Ich werde nie frei von ihm sein, nicht wahr? Aber du hast recht. Wir sollten vielleicht wirklich zu Poseidon beten, dass er uns wohlgesonnen ist, wenn wir den nächsten Versuch unternehmen, um … nun, um den Fluch zu brechen.« Leto war froh, dass sie Mathias' Namen nicht erwähnte. Sie wollte heute Nacht nicht an seinen

Tod denken. Nicht nachdem Melanthos Erzählung ihr Herz zu einer festen kleinen Faust zusammendrückte und nicht mehr losließ.

Melantho hatte ihre Beklemmung nicht bemerkt. Sie redete einfach weiter und schob ihre Trauer und ihren Schmerz irgendwie beiseite. Zumindest für den Moment. »Und – *Götter,* es ist so lange her – wir sollten trainieren. Vielleicht kannst du mir noch einen Vogel machen. Zumal du meinen letzten so skrupellos ermordet hast.«

»Sie sind nicht lebendig«, sagte Leto.

»Ich weiß«, sagte Melantho, »aber ich hätte trotzdem gerne einen neuen.«

33

BIS DIE SONNE SICH NEIGTE

Leto

Melantho hatte von Gebet und Training gesprochen, aber als sie endlich am Strand ankamen – nachdem sie einer Dienerin in der Nähe stotternd ihre Ausreden vorgetragen hatten und aus dem Palast gerannt waren, bevor jemand sie aufhalten konnte –, seufzte sie nur und streckte sich mit geschlossenen Augen im feuchten Sand an der Wasserkante aus. Die Feuchtigkeit ließ ihr dünnes Gewand durchsichtig werden.

In wenigen Augenblicken spielte Mondlicht auf den smaragdfarbenen Schuppen, die an der Stelle erschienen, wo das Wasser ihre Haut berührte, und die sie vom Nabel bis zur Hüfte bedeckten, um sich von dort über ihre Beine zu legen – wie juwelenbesetzte Algen im seichten Wasser ausgebreitet, die sanft in den Gezeiten wogten. Sie übersäten die Oberseite ihrer knochigen Füße und Zehen und lösten sich in den weichen Falten ihrer Knie und Schenkel und dem lockenden Raum dazwischen in zarte Salbeitöne auf.

Auf der bronzefarbenen Haut ihres Oberkörpers tanzten moosgrüne Sommersprossen. Sie kamen und gingen wieder, wenn sich Salzwasserspritzer absetzten und dann in der warmen Nachtluft trockneten. Zwischen den schwarzen und jadegrünen Strähnen in ihrem Haar befanden sich glänzende Goldfäden, die der Wind einfing und die dann verschwanden wie Lippfische in den Riffen.

Leto beugte sich vor und wickelte sich ein verirrtes goldenes Löckchen um den kleinen Finger. Melanthos Lider öffneten sich für einen Moment flatternd und schlossen sich dann wieder, als sie den Kopf leicht in den Nacken sinken ließ. Ihre Locken fielen hinter ihr hinab und entblößten ihren schlanken Hals mit seinem Ring aus schrecklichen, schwarzen Schuppen, der mit den anderen aus dem Meer gekommen war. Leto hatte nicht viel an sie gedacht – nur das eine Mal im Hafen von Ithaka, als sie sich auf den Palast vorbereitet hatten –, aber jetzt fragte sie sich erneut, warum Melanthos Schuppen mit den Gezeiten kamen und gingen. Warum ihre eigenen das nie taten.

»Woran denkst du?«, fragte Leto unvermittelt.

Melantho öffnete die Augen nicht. »An dich.«

»Oh.«

»Ohne dich hätte ich nicht weggehen können«, sagte Melantho. »Ich kann immer noch kaum glauben, dass ich hier bin.«

»Du bist hier«, gab Leto zurück. »Du bist frei.«

»Ich werde niemals frei sein«, widersprach Melantho.

Vor Zorn schnürte sich Letos Kehle zu. »Sag das nicht«, blaffte sie. »Sag das nie wieder zu mir, Melantho. Du musst wissen, dass deine Freiheit für mich ein ebenso kostbares Gut ist wie die von Ithaka. Die Zukunft, von der ich träume, die Zukunft, in der die Mädchen von Ithaka nicht jedes Jahr dem Tod ins Auge blicken müssen – du bist Teil dieser Zukunft. Wir sind Freundinnen, du und ich, nicht wahr? Du weißt, dass ich diesen Ort nicht ohne dich verlassen werde. Du musst frei sein. Du musst.«

Melantho schwieg. Dann öffnete sie endlich die Augen. »In dieser Zukunft, die du dir ausmalst, sind wir also Freundinnen? Das ist es, wonach du dich sehnst?«

Nein. »Ja«, sagte Leto. »Ja. Ich ertrage die Welt ohne dich nicht.«

»Das wirst du vielleicht müssen.«

Leto funkelte sie an. »Das werde ich nicht.«

»Du scheinst dir da sehr sicher zu sein.« Melantho weigerte sich, ihr in die Augen zu sehen. Ihr Blick glitt über Letos Wangen bis zu ihren Lippen.

»Ich muss es sein«, sagte Leto. Und dann, obwohl es impulsiv und lächerlich war und jeden Teil des kostbaren Gewebes wahrer Kameradschaft, das zwischen ihnen entstanden war, hätte zerstören können, beugte Leto sich vor und küsste sie.

Sie war sich nicht sicher, was sie erwartet hatte. Vielleicht, dass Melantho mit einem Ausdruck von Überraschung und Abscheu zurückweichen würde. Oder vielleicht unter Letos Berührung einfach erstarrte. Oder, und das wäre das Schlimmste, dass sie den Annäherungsversuch für einige Sekunden halbherzig über sich ergehen lassen und sich dann zurückziehen würde: kühl und ungerührt.

Aber Melantho tat nichts Dergleichen. In dem Moment, in dem Leto sie berührte, wölbte sie sich ihr aus dem Sand entgegen, presste sich an Leto und umklammerte mit den Beinen Letos Taille. Ihre Arme schlangen sich um Letos Schultern, während sich ihre Lippen unter Letos Mund öffneten und sie einen ganz leisen Laut von sich gab. Sie roch nach Rauch und schmeckte nach reifen Feigen.

Leto ließ ihre Lider zufallen. Sie küsste *Melantho.* Es war einfach zu erstaunlich. Jede Faser ihres Körpers vibrierte, und ihr Herz pochte so rasend schnell, dass sie fast befürchtete, es würde ihr gleich aus der Brust fliegen. Melanthos Lippen waren warm und weich. Sie umfasste mit einer Hand Letos Kinn und zog sie mit der anderen näher, näher, näher.

Endlich, sagte Melantho, nicht mit Worten, sondern durch die Bewegung von Händen, Beinen und Lippen. *Endlich,* antwortete Leto, obwohl ihr Mund beschäftigt war. Sie sagte es mit ihrer Hand, die sie in Melanthos Haar schob, mit der Umklammerung ihrer Hüften und dem langsamen, schwelgerischen Ausflug ihrer Zunge über die Kurve von Melanthos

Hals und die flache Kuhle sonnengebräunter Haut über ihrem Schlüsselbein.

Das Rauschen des Meeres trat in den Hintergrund, während Melantho sich unter Letos Berührung wand und an sie presste und seufzte. Letos Berührungen waren erst hauchzart und wurden dann kühner. Es war wunderbar zu entdecken, dass es eine Stelle an ihrer linken Schulter gab, die, wenn Leto mit ihren kurz geschnittenen Fingernägeln ganz leicht darüber strich, Melantho mit einen gedämpften Schrei zusammenzucken ließ. Dass sich ihre Bauchmuskeln zusammenzogen, als Leto endlich, endlich, langsam ihre Hand zwischen ihre zitternden Schenkel schob und dort das begann, wo weit entrückte und unmögliche Fantasien immer aufgehört hatten.

Später lagen sie eng umschlungen und halb schlafend da, wie zwei Katzen in Flecken aus hellem Sonnenschein. Leto hatte sich über Melantho ausgestreckt und den Kopf an ihre Brüste geschmiegt. Geistesabwesend fuhr sie mit der Hand durch Melanthos verworrene Locken und hielt nur gelegentlich inne, um einen Knoten zu entwirren oder Sandkörner oder einen kleinen Zweig herauszuklauben. Bei näherer Betrachtung war der Strand vielleicht nicht der beste Ort für Liebesabenteuer. Leto hatte Sand im Haar, unter den Fingernägeln, zwischen ihren Zehen und, was am unangenehmsten war …

»Ich habe Sand *in* mir«, sagte Melantho. »Ich habe es bisher ertragen, aber der Sand wandert an Stellen, die ich als inakzeptabel erachte.«

Leto lachte. Sie hatte das Gefühl, zu erfüllt zu sein von Glück – ihre Brust fühlte sich ganz leicht an davon. »Sollen wir zurückgehen?«

Melantho nickte und hielt Leto ihre Wange hin. Eine so kleine, natürliche Geste, dass Letos Herz vor Freude vibrierte. Sie küsste Melantho auf ihren goldenen Wangenknochen und stand auf.

»Dann komm. Ich fordere dich zu einem Wettrennen heraus.«

Am frühen Morgen kehrten sie in den Palast zurück und schlüpften durch die Tür, die sie unverschlossen gelassen hatten. Im Halbdunkel lehnte Leto sich an die Steinwand des schmalen Gangs, den sie betreten hatten, und das Herz in ihrer Brust klopfte. Sie hob eine Hand und fuhr sich behutsam über die Unterlippe, während sie in der Erinnerung an Melanthos Mund schwelgte, und sie lächelte, ohne es eigentlich zu wollen. Sie konnte Melanthos leises Atmen neben sich hören.

»... Ja, ich versuche es, Olympia. Aber ich habe noch andere Dinge zu erledigen – es gibt fünf weitere Berichte über gezeichnete Mädchen. Ich werde sie heute Nacht holen müssen oder morgen in aller Frühe, wenn ich nicht irgendeinen faulen Hurensohn dazu bewegen kann, mitzukommen und mir zu helfen. Wir müssen dabei gründlich zu Werke gehen. Die ersten Besucher des Festes werden bald erscheinen, und wir wollen nicht, dass sie mehr sehen als nötig ...«

Leto zuckte beim Klang von Alexios' Stimme, die um die Ecke schallte, zusammen. Schnell drückte sie sich an die Wand und duckte sich in die Schatten, die die Fackeln in ihren Halterungen erzeugten. Von Melantho an ihrer Seite kam nur ein Rascheln von ihren Röcken, das Licht der Fackeln spiegelte sich in ihren aufgerissenen Augen. Leto presste sich einen Finger auf die Lippen.

Mehr als einmal hatte sie Alexios' feindselige Blicke auf sich gespürt. Es hatte nicht den Anschein, als würde sie ihm bekannt vorkommen, aber sie konnte die schleichende, würgende Angst nicht abschütteln, dass er sie vielleicht doch noch erkennen würde. Mit angehaltenem Atem betete sie, dass er nicht weitergehen und ihr Versteck entdecken würde. Sie sollte sich lieber von ihm fernhalten.

Vor allem jetzt, da er gerade über die gezeichneten Mädchen sprach, ihre Gefangennahme und ihren Tod plante. Leto schluckte. Sie wusste aus erster Hand, wozu er fähig war, konnte noch immer das Klatschen hören, als er sie schlug, sein mit Speichel bedecktes und vor Zorn verzerrtes Gesicht vor sich sehen. Nicht mehr lange, und zwölf weitere Mädchen würden ihm auf Gedeih und Verderb ausgeliefert sein.

Und seine Schwester war kaum besser. Der Ausdruck auf ihrem Gesicht, als sie ihren siegreichen Pfeil abgeschossen hatte, war nicht so leicht zu vergessen.

»Es ist schwer, sie bei einer verdächtigen Handlung zu erwischen, wenn ich sie nur so selten überhaupt aufspüren kann«, fuhr Alexios zornig fort. Leto und Melantho waren offensichtlich in einen Streit zwischen den Geschwistern geraten. »Nur der Prinz verkehrt mit ihr, obwohl ich wünschte, er würde es lassen.«

»Abscheuliche Fremdländerin«, pflichtete Olympia ihm bei. »Warum Mathias die Vorzüge der Frauen Ithakas nicht erkennt, weiß ich nicht. Was hat Adrasteia mit ihrer albernen Schminke und ihrem ungekämmten Haar ihm schon zu bieten? Ich wette, *sie* kann keinen Bogen spannen.« Leto klappte vor Entrüstung der Mund auf. Melantho ergriff ihre Hand und drückte sie fest. Eine Warnung.

»Sie hat etwas an sich, das mir nicht gefällt«, unterbrach Alexios Olympia, als sie eine umfangreiche und ziemlich kränkende Liste von Letos Mängeln herunterzubeten begann. »Ich habe das Gefühl, sie von irgendwoher zu kennen, obwohl mir nicht einfallen will, wo ich ihr schon einmal begegnet sein könnte …«

So leise wie möglich tastete Leto hinter sich nach dem Riegel der Tür, die sie gerade geschlossen hatte. Wenn sie schnell waren, konnten sie vielleicht wieder hindurchschlüpfen, bevor Alexios sie sah. Sie drehte ihn langsam und zog daran. Die Tür klemmte, und Leto fluchte leise.

Das Geräusch von Alexios' und Olympias Schritten verstummte jäh.

»Hast du das gehört?«, fragte Olympia.

Neben Leto straffte Melantho sich und griff nach einer der Fackeln.

»Bleib hinter mir«, befahl Alexios. »Wer auch immer es ist …« Sie hörte das unverkennbare Geräusch eines Schwertes, das aus seiner Scheide gezogen wurde. »Wer da?«, rief er.

Leto zog ein letztes Mal erfolglos an der Tür. Sie blieb hartnäckig geschlossen. Na schön. Mit einem warnenden Blick in Melanthos Richtung holte sie tief Luft, drückte die Schultern durch und marschierte durch den Gang auf Alexios und Olympia zu. Sie war eine Prinzessin. Sie konnte tun, was sie wollte. »Wer will das wissen?«, rief sie zurück und hoffte, dass sie herrisch und hochmütig klang und nicht wie ein trotziges Kind.

Sie hörte, wie die Geschwister sich etwas zuraunten, dann bog sie um die Ecke und stand ihnen fast Auge in Auge gegenüber. Die beiden hätten einander nicht unähnlicher sein können; wenn Mathias Leto nicht von ihrer Verwandtschaft erzählt hätte, hätte sie es nicht für möglich gehalten. Alexios war riesig – er beanspruchte mehr als die Hälfte des Raums im Korridor für sich. Olympia stand in einem wallenden, purpurfarbenen Gewand neben ihm, mit einem Gesicht wie saure Milch. Ihr Haar war immer noch aufgesteckt, obwohl eine Handvoll Locken sich gelöst hatten und ihre ebenmäßigen Züge umrahmten. Aus der Nähe kamen sowohl ihre Wildheit als auch ihr Liebreiz noch besser zur Geltung. Wenn sie tatsächlich Absichten in Bezug auf Mathias hatte, wäre das nicht die abwegigste Verbindung gewesen. Der Gedanke verursachte Leto Bauchschmerzen.

»Guten Abend«, sagte Olympia steif.

»Guten Abend«, antwortete Leto. »Ich wollte …« Sie zermarterte sich das Hirn auf der Suche nach einer Ausrede, und ihr fiel nichts anderes ein als die Erinnerung an Melantho. Ihre Lippen, ihre Augen, ihre Schenkel …

»Ihr wart in der Küche, nicht wahr?« Olympia rümpfte die Nase. »Ich habe gesehen, dass Ihr beim Abendessen nicht viel zu Euch genommen habt.«

»Wie liebenswürdig von Euch, das zu bemerken«, sagte Leto.

»Es war eine Erleichterung«, entgegnete Olympia. »Ihr kaut so überaus laut.«

Leto runzelte die Stirn. Die Frechheit dieses Mädchens war verblüffend.

»Ihr solltet Eure Magd bitten, Euer Gewand zu ändern«, fuhr Olympia fort. »Es schmeichelt Euch nicht im Mindesten. Ich hoffe, Ihr habt etwas für das kommende Fest, das Eurer Stellung … angemessener ist. Und wenn Ihr uns jetzt bitte entschuldigen wollt, mein Bruder und ich müssen weiter.«

Sie packte den stummen Alexios am Ärmel und zerrte ihn weiter. Leto sog angstvoll den Atem ein – würden sie auch Melantho entdecken und sich fragen, was eine Prinzessin und ihre Magd allein in der Dunkelheit zu suchen hatten? Würden sie Verdacht schöpfen und erraten, was sie getan hatten? Aber sie gingen auf eine Tür zu, die Leto zuvor gar nicht bemerkt hatte, versteckt in der Dunkelheit, wo der Gang eine Biegung beschrieb. Als sie an Leto vorbeigingen, musste sie sich gegen die Steinwand drücken, um ihnen Platz zu machen. Olympia warf ihr einen Blick voller unverhohlener Verachtung zu. »Gute Nacht«, sagte sie.

»Gute Nacht«, erwiderte Leto höflich und wünschte sich innigst, auch sie wäre in der Kunst der Beleidigungen geübter gewesen. Die echte Adrasteia hätte genau gewusst, was sie sagen sollte. Gewiss hätte sie eine vernichtende Bemerkung darüber gemacht, dass sie Mathias' Verlobte sei, eine gewitzte Erinnerung daran, dass sie hatte, was Olympia begehrte.

Aber ihr Kopf war immer noch leer, als Olympia und Alexios durch die Tür traten und sie energisch hinter sich zuzogen. Stirnrunzelnd schaute sie ihnen nach.

Melantho, leise wie eine Maus, kam um die Ecke und verschränkte ihre Finger über denen von Leto. Dann drückte sie die Lippen auf Letos Hals. »Oh, sie ist so eifersüchtig.«

»Hm?« Leto konnte an nichts anderes denken als die Berührung von Melanthos Lippen.

»Olympia. Sie hat sich angehört, als würde sie über Nägel laufen. Dein Anblick muss für sie eine Qual sein; sie weiß sicherlich, dass sie neben dir wie ein Kind aussieht. Götter, es hat mich meine ganze Kraft gekostet, nicht zu lachen.«

Leto brachte ein Grinsen zustande. »Also hast du nichts gegen meine alberne Schminke und mein ungekämmtes Haar?«

Jetzt musste Melantho doch lachen, und sie streckte die Hand aus und zog an einer von Letos losen Locken. »Die Schminke ist wirklich albern«, sagte sie. »Aber sie dient einem Zweck. Was dein Haar betrifft … nun, ich habe nichts dagegen, dass es ungekämmt ist, solange ich diejenige bin, die es in diesen Zustand versetzt hat.«

»Ach ja?« Leto beugte sich zu ihr vor.

»Ja«, sagte Melantho. »Ich finde sogar, dass es ein wenig zu ordentlich aussieht. Vielleicht sollte ich …«

Leto ließ sie den Satz nicht beenden. Sie war schon dabei, die Tür aufzustoßen und Melantho hinter sich her in ihre Gemächer zu zerren, alle Überlegungen, was Olympia und Alexios betraf, von ihrem rasenden Herzen ausgelöscht.

34

WEIT IN DAS FISCHDURCH-WIMMELTE WELTMEER

Leto

Ithaka ließ nicht lange zu, dass Leto glücklich war. Mathias rief sie schon am nächsten Morgen zu sich in das Gemach, das er in seinem Brief »das Kriegszimmer« nannte.

»Wie romantisch«, schnaubte Melantho, während sie ein noch warmes Brotstück aufriss und mit Öl bestrich. Draußen regnete es in Strömen und heftiger Wind peitschte das Nass gegen die Mauern und trieb es durch die Ritzen zwischen den Fensterläden.

»Ich muss hingehen«, sagte Leto dumpf und betrachtete mit Unwillen ihr eigenes Frühstück – eine Handvoll Trauben und ein großzügiges Stück Ziegenkäse. Sie hatte gehofft, den Tag nutzen zu können, um Pläne zu schmieden, um nachzudenken, um eine weitere Intrige zu ersinnen, wie sie Mathias ans Meer locken konnte. Sie wusste, dass sie ernsthafter sein sollte, aber ihr war schwindelig vor Glück. »Oh, Götter, glaubst du, er plant einen Krieg?«, fragte sie Melantho. »Würdest du für mich vorausgehen, herausfinden, was er vorhat, und versuchen, es weniger schrecklich zu machen? Ich bin noch nicht einmal angezogen.«

Außerdem war sie sich nicht sicher, ob sie Mathias allein gegenübertreten konnte. Als sie ihn das letzte Mal gesehen hatte, hatte sie klargestellt, wie wenig sie von seinem Königreich und seiner Krone hielt. Bei ihrer Begegnung davor hatte sie versucht, ihn zu töten.

»Du brauchst meine Hilfe beim Ankleiden nicht?« Melantho zwinkerte ihr zu. Die Nacht am Strand – und dann in dem Bett, das sie danach geteilt hatten – hatte alles zwischen ihnen verändert. Melantho war fast überschäumend.

Hitze schoss Leto ins Gesicht. Was war das zwischen ihnen? Das gemeinsame Erwachen war wie ein Bad in der Sommersonne gewesen: warm, vertraut, tröstlich. Als sie Melantho jetzt ansah, geriet ihr Denken ganz durcheinander und kam dann jäh zum Stillstand. »Ich kann es nicht gebrauchen, dass du mich ablenkst. Jedenfalls nicht jetzt. Bitte, gehst du für mich hin?«

Melantho zuckte mit den Schultern und nahm einen Bissen von ihrem Brot. Mit vollem Mund sagte sie: »Wie Ihr befehlt, *Prinzessin.*«

Leto warf mit Weintrauben nach ihr.

Das Kriegszimmer befand sich in einem Teil des Palastes, in dem Leto noch nie gewesen war; sie ging zweimal daran vorbei, bevor ein Diener ihr den Weg zeigte.

Die schwere Holztür stand einen Spaltbreit offen. Leto trat ein und zog die Tür hinter sich zu.

Der Raum war größer als erwartet, die Wände gesäumt von Marmorsäulen, die unter der Last der hohen, gewölbten Decke fast ächzten. Er war genauso üppig dekoriert wie ihre eigenen Gemächer, eine schwindelerregende Zurschaustellung von Extravaganz mit kunstvoll geknüpften Wandteppichen, Amphoren auf kleinen Sockeln und einem großen, runden Tisch aus Marmor. Irgendjemand hatte enge, spiralförmige Muster in seine Oberfläche gemeißelt und sie mit geschmolzenem Gold ausgefüllt.

Als Leto nähertrat, sah sie, dass die Muster Formen bildeten, die sie nur zu gut kannte: Ithaka, die Küsten und Umrisse des Königreichs in glitzerndem Gold.

Dahinter stand Mathias. »Leto.« Seine gebräunten Wangen waren gerötet, sein Haar feucht, und seine herrlichen, schwarzen Locken klebten ihm an der Stirn. Er musste von draußen gekommen sein; selbst von der anderen Seite des Raums konnte Leto den Regen an ihm riechen, nasses Gras und etwas Süßes. Sie war sich nicht sicher, was sie von dem Prinzen erwartet hatte, außer Juwelen und Allüren, aber dass er so … naturverbunden war, hatte sie nicht gedacht. Mathias lächelte. Seine Zähne waren vollkommen. »Ihr seid gekommen.«

»Ihr habt mich hergebeten«, entgegnete sie etwas überrascht, als ihr in den Sinn kam, dass sie die Bitte auch hätte ablehnen können. Immerhin war sie jetzt eine Prinzessin, kein halb verhungertes Mädchen aus Vathi, das gezwungen war, der Königin und ihrem lächerlichen Sohn bedingungslos Folge zu leisten. Sie riss den Blick von seinem Gesicht los – etwas an seinen großen, schwarzen Augen und dem markanten Kinn machten es unmöglich, klar zu denken – und sah sich noch einmal im Raum um. »Wo ist Melantho?«

»Oh.« Mathias lächelte abermals, ein mehr als liebreizendes Lächeln. »Ich habe sie weggeschickt. Es hat ihr nichts ausgemacht.«

»Ihr habt sie weggeschickt.« Das war keine Frage, sondern eine tonlose, gereizte Feststellung. Leto kämpfte das Aufflackern der Panik in ihrer Brust nieder, das Kribbeln banger Erwartung, das an ihrer Wirbelsäule hinaufkroch und flüsterte: *Du kannst das ohne sie nicht tun*. Doch war es nicht das, was sie sich gewünscht hatte? Es selbst zu tun. Die Last von Melanthos Schultern zu nehmen, Atlas zu sein und für einen kurzen Moment die ganze Welt für sie zu tragen.

Mathias' Lächeln verrutschte. »Sie hatte nichts dagegen einzuwenden«, fügte er ziemlich hastig hinzu. »Leto, ich dachte …«

»Euer Gnaden«, unterbrach Leto ihn abrupt und förmlich. Sie hätte ihm ihren wahren Namen niemals verraten sollen, hätte nicht in der Verwirrung jener ersten Nacht damit herausplatzen dürfen. Jedes Mal, wenn er ihm über die Lippen kam, veranlasste ein verräterischer Impuls sie, sich ihm mit großen, suchenden Augen zuzuwenden. Sie versetzte ihrer Stimme einen zusätzlichen Tropfen Gift, als sie ihm antwortete, fest entschlossen, sich nicht von ihm durcheinanderbringen zu lassen. »Mir war nicht bewusst, dass Melantho Eure Dienerin ist, die Ihr einfach wegschicken könnt.«

Mathias wirkte jetzt wie ein gescholtenes Kind. Er zog die Schultern hoch und seine Brauen zogen sich über seinen dunklen Augen zusammen. »Ich dachte …«, versuchte er es erneut.

»Wohin habt Ihr sie geschickt?«

»In die Küche, ich …«

»Melantho ist kein Küchenmädchen«, fauchte Leto. »Sie ist meine Magd. Ihr wäret gut beraten, Euch in Zukunft daran zu erinnern, mein *Prinz*.«

Er sah sie jetzt nicht einmal mehr an. Sein Blick war auf einen unsichtbaren Makel auf dem Tisch geheftet. »Ich wünschte, Ihr würdet mich Mathias nennen«, murmelte er.

Vielleicht war sie ein wenig zu schroff gewesen. Sie durfte nicht vergessen, dass – verlobt oder nicht – Mathias die Macht hatte, mehr zu tun, als Melantho aus einem Zimmer zu schicken. Er konnte sie und Leto mit ihr ganz von Ithaka verbannen, wenn es ihm gefiel. Es blieb nicht mehr so viel Zeit; sie sollte sich bei ihm beliebt machen. Oder zumindest sollte sie ihn nicht anschreien. Sie mäßigte ihren Ton. »Wenn es Melantho nichts ausgemacht hat, wie Ihr sagt, dann werde ich Euch wohl vergeben. Trotzdem verlasse ich mich darauf, dass es nicht wieder vorkommt.« Sie legte bewusst eine Pause ein, bevor sie hinzufügte, als sei es ihr erst gerade eingefallen: »Mathias.«

Beim Klang seines Namens hob er den Kopf. Sie schenkte ihm ein kleines Lächeln, ein Zeichen für ihre großzügige Vergebung.

»Ich werde es mir merken«, versprach Mathias und begegnete ihrem Blick ohne einen Wimpernschlag und mit großer Aufrichtigkeit. »Ihr werdet Euch bei ihr für mich entschuldigen, nicht wahr? Und wenn sich unsere Wege das nächste Mal kreuzen, werde ich es selbst tun.«

Leto spürte, wie ihr Lächeln sich in etwas verwandelte, das aufrichtig hätte sein können, noch während sie ihn anlog. »Ich bin mir sicher, dass Melantho Euch Eure Taktlosigkeit verzeihen wird.«

»Das hoffe ich«, antwortete Mathias. »Wirklich, das tue ich.«

»Nun gut«, sagte Leto. In sechs Tagen würde er tot sein, und sie würde diejenige sein, die ihn getötet hatte. Für den Moment konnte sie freundlich zu ihm sein. »Warum sind wir wir hier?«

Ein Würfelspiel. Es war dumm und kindisch und lenkte sie von ihrer unvermeidlichen Aufgabe ab. Doch irgendwie machte es Leto tatsächlich Spaß.

Sie kannte die Regeln nicht, daher hatte Mathias sie ihr langsam und sorgfältig erklärt – so sorgfältig, wie man das Konzept erklären konnte, einen Hühnerwirbelknochen in die Luft zu werfen und nach denen auf dem Tisch zu grabschen, die nicht geworfen wurden, während man versuchte, den Rest mit einer Hand zu fangen. Sie hatte sich dabei ertappt, dass sie lächelte, als er erzählte, wie er mit seinem Vater gespielt hatte, und ziemlich gefährlich die Stirn gerunzelt, als er vorgeschlagen hatte, Olympia einzuladen, die anscheinend eine besondere Vorliebe für das Spiel hegte.

»Ihr mogelt«, erklärte Leto, als er Erfolg hatte und sie zum fünften Mal scheiterte.

»Ich habe geübt«, sagte Mathias. Auf dem Tisch stand ein Krug voller frischer Narzissen. Er zog eine heraus und steckte sich den Stängel hinters Ohr, eine Explosion von Gold vor dem

Hintergrund seines dunklen Haars. »Das ist der einzige Unterschied zwischen uns.«

Leto runzelte die Stirn, warf einen Knochen hoch und suchte auf dem Tisch herum, um die restlichen einzusammeln, bevor der erste Knochen auf die Tischplatte fiel. Als sie endlich Erfolg hatte, jubelte sie so laut, dass ein erschrockener Diener den Kopf ins Zimmer streckte, um nach ihnen zu sehen.

»Verzeiht«, sagte sie, obwohl sie wusste, dass sie ganz und gar nicht so klang, als täte es ihr leid.

»Ihr braucht Euch nicht zu entschuldigen«, sagte er und sammelte die Knochen ein. »Noch einmal?«

Mathias hatte im Laufe des Spiels weitere Knochen hinzugefügt. Wo einst nur fünf gewesen waren, waren es jetzt neun Knochen, die hoch in die Luft flogen. Er fing sieben davon mit einer Hand.

»Beeindruckend«, sagte Leto. »Aber so geht das Spiel nicht.«

Er grinste, mit seinen geraden, weißen Zähnen, blitzenden, schwarzen Augen und entzückenden kleinen Grübchen an den Mundwinkeln. Es war unmöglich, ihn nicht schön zu finden – selbst ein Narr hätte sehen können, dass er so hübsch war wie eine Nymphe mit dieser dummen Narzisse hinter dem Ohr. »Ihr wart beeindruckt. Das ist das Spiel.«

Nein, entschied Leto energisch. Sie durfte sich nicht gestatten, erneut in diese Scharade einzusteigen, daher schaute sie ihm ins Gesicht und sagte sehr kühl: »Ich wusste gar nicht, dass meine Gunst ein Spiel für Euch ist.«

Er erbleichte. »Ich … ich meinte nicht …«

»Ich weiß«, unterbrach sie ihn. Sie hatte nebenbei, während sie gesprochen hatten, die Knochen in die Luft geworfen, und jetzt fielen die kleinen, elfenbeinfarbenen Würfel klappernd auf den Tisch. Mathias schien das Geräusch kaum wahrzunehmen, doch Leto warf einen neugierigen Seitenblick auf die Tischplatte.

Sie erstarrte.

Die Knochen waren dort in der Form eines Totenschädels zum Liegen gekommen.

Ehe sie sich versah, war Leto auf den Füßen und wischte mit einer raschen Handbewegung die Knochen beiseite. »Es ist schon spät«, platzte sie heraus. Wie konnte sie nur? Herumsitzen und Spiele spielen mit dem Jüngling, den sie töten wollte? Die Götter waren offensichtlich nicht zufrieden mit ihr. War das eine Warnung? Eine Drohung?

Mathias schaute blinzelnd zu ihr hoch. »Es ist … was? Leto, es ist kaum Nachmittag.«

In dem Moment erinnerte sie sich an das gedämpfte Gespräch, das sie in der Nacht zuvor belauscht hatte. Es bot sich eine Gelegenheit, grausam zu sein, und sie ergriff sie. »Ich habe gehört, dass letzte Nacht weitere Mädchen hergebracht wurden – oder war das heute Morgen? Solltet Ihr nicht ihre Hinrichtung planen?«

Er schnappte hörbar nach Luft, dann sagte er: »Das ist nicht gerecht.«

»Ungerecht ist, dass Ihr Euch hier an Würfelspielen ergötzt, während sie dem Hades entgegenblicken. Wo ist Euer Schamgefühl?«

»Ich …«

»Gestern Nacht habt Ihr mir erzählt, die Sache läge Euch am Herzen. Das glaube ich nicht. Ich denke, Ihr begnügt Euch damit, großartige Ansprachen zu halten und zu sagen, dass Ihr alles tun würdet, damit Ithaka frei ist, aber das stimmt nicht. Was habt Ihr je getan, um Euch zu beweisen?«

»Ihr urteilt zu hart über mich«, sagte Mathias bissig.

»Tue ich das? Und warum sollte ich das nicht?«

»Weil ich mein Bestes gebe!« Seine Hände waren jetzt zu Fäusten geballt. »Ich habe es versucht. Ich habe Stunden allein in der Bibliothek zugebracht und modernde Dokumente und Landkarten und Mythen studiert auf der Suche nach irgendetwas, das mir helfen würde. Ich bin in den Tempeln auf den

Hügeln gewesen, ich habe …« Er brach ab. Seine Wangen waren fleckig und rot. »Verzeiht. Ich hätte nicht die Stimme erheben dürfen.«

Leto sah ihn an. »Warum habt Ihr mir das alles nicht früher erzählt?«

Er zog kaum merklich die Schultern hoch. »Was spielt es für eine Rolle? Ich bin gescheitert.«

»Was es für eine Rolle spielt?« Es spielte aus so vielen Gründen eine Rolle: Weil es bedeutete, dass er nicht so selbstsüchtig, so feige war, wie sie geglaubt hatte. Es bedeutete, dass es sich nicht wie Gerechtigkeit anfühlen würde, ihn zu töten. »Ich hoffe, Ihr belügt mich nicht.«

Mathias sah sie unglücklich an. Er nahm die Narzisse hinter seinem Ohr hervor und steckte sie zurück in den Krug. »Ich wünschte, Ihr würdet das nicht über mich denken. Das meiste von dem, was ich herausgefunden habe, habe ich in der Bibliothek entdeckt. Würdet Ihr … würdet Ihr mit mir kommen und mich beweisen lassen, dass ich die Wahrheit sage?«

Die Bibliothek lag am anderen Ende des Palastes, und sie legten den Weg dorthin schweigend zurück. Sie kamen am großen Saal vorbei, aus dem die Stimme der Königin schallte – scharf und herrisch –, und Mathias drehte sich so abrupt um, dass Leto fast mit ihm zusammengestoßen wäre. »Hier entlang«, sagte er schnell und warf ihr einen verzweifelten Seitenblick zu.

Sie hinterfragte das Ausweichmanöver nicht. Sie wollte die Königin genauso wenig sehen wie er.

Der nächste Korridor war leer bis auf eine einzelne Dienerin, die eine brennende Kerze vor sich her trug. Als sie um die Ecke bogen, schaute sie auf, wurde sehr rot und rannte dann fast durch die Tür am entgegengesetzten Ende des Gangs.

»Jetzt ist es nicht mehr weit«, sagte Mathias leise.

»Gut.« Leto warf einen weiteren verstohlenen Seitenblick auf ihn, und ein seltsames Schuldgefühl stieg angesichts seiner niedergeschlagenen Miene in ihr auf. Sie schluckte. »Hört, Mathias, ich wollte Euch nicht so anschreien. Ich dachte nur …« Als erneut Stimmen vor ihnen zu hören waren, brach sie ab.

»Du denkst, *das* ist sauber? Ich kann dir versichern, das ist es nicht.« Alexios. Typisch. Natürlich war er hier.

»Es tut mir leid, Herr. Wirklich.«

Eine Mädchenstimme, ängstlich und schrill und … seltsam vertraut. Leto runzelte die Stirn. Wo hatte sie die Stimme schon einmal gehört?

»Ich habe deine Ausreden alle schon einmal vernommen. Sie überzeugen mich immer weniger. Denk nicht, ich hätte die Sache vom vergangenen Frühling vergessen.«

»Ein Fehler, Herr.«

»Das hast du mir damals gesagt, aber eine Schere ist nicht so leicht zu übersehen, oder? Vielleicht lügst du mich an. Vielleicht wolltest du, dass sie entkommt, hm?«

Oh. *Oh!* Eine Erinnerung blitzte in Leto auf: Ein Mädchen mit großen, puppenhaften Augen und zitternden Händen. Händen, die kleine, weiße Blumen in Letos Haar flochten.

Die Magd würde wissen, wer Leto war. Sie hatten Stunden zusammen verbracht, während die Dienerin vorsichtig ihr Kleid festgesteckt und ihre Locken zu Zöpfen geflochten hatte. Und wenn Alexios sie zusammen sah – dann würde auch ihm wieder einfallen, woher er sie kannte. Seine Worte in der vergangenen Nacht hatten deutlich genug gemacht, dass er ohnehin einen Verdacht hegte.

Leto durfte nicht zulassen, dass die beiden sie sahen. Dies könnte das Ende von allem bedeuten.

Die Stimmen kamen näher; sie musste sich verstecken.

Hektisch suchte sie nach einem Fluchtweg, und als sie keinen anderen sah als die nächstbeste Tür, riss sie sie auf und zerrte Mathias hinter sich her.

Er war viel größer als sie und erheblich stärker, aber die Plötzlichkeit ihres Manövers musste ihn so vollkommen überrumpelt haben, dass er kaum Widerstand leistete, bis auf ein gedämpftes: »Leto!«, als sie ihn in die Ecke schubste. Ein tönernes Klappern war zu hören – sie befanden sich in einem Vorratsraum, der mit übereinander gestellten Tongefäßen gefüllt war. Vielleicht Wein oder Krüge mit Oliven.

»Pssst!«, zischte Leto und zog die Tür hinter ihnen zu. Ihr Herz raste in ihrer Brust, und da war eine Anspannung in ihrem Magen, die sich nicht lösen ließ.

»Was macht Ihr da?«, fragte Mathias und trat aus der Ecke, in die sie ihn gestoßen hatte. Der winzige Raum war kaum groß genug für sie beide, und sie wurden auf eine Weise gegeneinandergedrückt, die Hitze in Letos Wangen schießen ließ. Sie stieß Mathias erneut zornig gegen die Steinwand, damit sie durch das Schlüsselloch spähen konnte.

»Ich dachte, ich hätte jemanden gesehen …«, begann sie und brach dann ab. Sie konnte ihm die Sache nicht erklären, ohne sich zu verraten. »Eine Dienerin, der ich aus dem Weg gehen möchte«, vollendete sie ihren Satz schwach und blinzelte immer noch durch das kleine Loch im Schloss. »Ich, ähm, ich habe versehentlich Tee über sie geschüttet, und ich bezweifle sehr, dass sie mir verzeihen wird.« Eine Lüge: Obwohl sie tatsächlich am vergangenen Morgen Tee über Melantho verschüttet hatte. Der Ausdruck verblüffter Entrüstung auf Melanthos Gesicht war in Sekundenschnelle wieder verschwunden. Sie hatte grinsend ihren Schlauch mit Wasser aus dem Springbrunnen benutzt, um ihre gerötete Haut zu beruhigen.

»Tee?«, wiederholte Mathias. War das Erleichterung, die sie aus seiner Stimme heraushörte? Er musste dankbar dafür sein, dass sie ihm nicht länger zürnte. »Sie kann sich kaum wegen etwas Tee so aufregen.«

»Er war sehr heiß«, fantasierte Leto drauflos.

»Nun, ich vermute, die Brandwunde wird heilen«, sagte Mathias, »im Gegensatz zu meinem Bein, das auf diesem Krug aufgespießt zu sein scheint.«

»Was?« Als Leto sich umdrehte, sah sie Mathias ziemlich unglücklich auf die Stelle hinabschauen, wo sich eine Terrakottascherbe, die gefährlich von einem zerbrochenen Henkel abstand, in seinen Oberschenkel gebohrt hatte. Ein dünnes Rinnsal Blut befleckte seine Tunika. »O Götter«, brachte sie schwach hervor. »Das tut mir sehr leid. Erlaubt mir, mir die Wunde anzusehen. Ich wollte nicht …«

»Es geht mir gut«, beteuerte Mathias mit Nachdruck, »und ich denke doch, Ihr habt fürs Erste genug getan.«

Ihre Gesichter waren sich jetzt sehr nah, es lag kaum Abstand zwischen ihnen, und Mathias schaute sie etwas ratlos an. »Ihr habt Spinnweben im Haar«, sagte er nach einer kurzen Pause und mit einem kleinen Lächeln. Dann streckte er eine Hand aus, um die Spinnweben wegzuwischen. Leto stellte fest, dass sie den Atem anhielt. All ihre Muskeln waren erstarrt, und sie schien nicht zu wissen, ob sie von ihm abrücken oder sich dichter zu ihm vorbeugen sollte.

Die Tür wurde aufgestoßen, und sie zuckten beide zusammen, Mathias mit einem Schmerzensschrei, als die Bewegung die Scherbe bewegte und seine Tunika aufschlitzte. Alexios stand mit einem Gesicht wie vom Donner gerührt in der Tür.

Seine Augen nahmen langsam ihre Situation zur Kenntnis. Mathias hatte eine Hand an Letos Gesicht gelegt, das von der plötzlichen, seltsamen Unruhe des Augenblicks erhitzt war. Seine Berührung war hauchzart auf ihrer Wange, und sie standen wirklich sehr nah beieinander.

»Alexios«, begann Mathias, aber der Wachmann wandte sich bereits ab.

»Verzeiht, Euer Gnaden«, sagte er hölzern und schlug ihnen dann die Tür vor der Nase zu.

35

DULDE, MEIN HERZ!

Mathias

»Nun«, sagte Mathias in die Dunkelheit hinein. Er wusste nicht, was er sonst sagen sollte. Es kam nicht jeden Tag vor, dass er mit einem Mädchen in einer Vorratskammer eingesperrt war – noch dazu mit einem sehr schönen Mädchen mit langem, braunem Haar und graubraunen Augen, mit denen sie anscheinend jeden seiner Gedanken lesen konnte. Es war ein Mädchen, das wieder dazu übergegangen war, ihn zu hassen. »Ich nehme an, es hätte schlimmer kommen können.«

»Es hätte schlimmer kommen können?«, wiederholte Leto. »Inwiefern?«

»Man hätte uns in einer wesentlich kompromittierenderen Position antreffen können«, stellte Mathias vernünftig fest. Sie waren sich bereits versprochen, um zu heiraten, und Verheiratete gaben sich recht häufig der Art von Unternehmungen hin, bei denen Mathias ganz sicher nicht erwischt werden wollte. Er ertappte sich dabei, dass er daran dachte, diese Dinge zu tun – sie mit Leto zu tun –, und er war dankbar, dass die Dunkelheit die Hitze verbarg, die ihm den Hals hinaufkroch und seine Wangen brennen ließ.

Der Raum war viel kleiner, als ihm zuerst bewusst gewesen war, und sie wurden sehr eng aneinandergedrückt. Der Bauch eines Kruges presste sich unangenehm gegen die Rückseiten seiner Beine. Er spürte das Pochen von Letos Herz – oder war es sein eigenes? –, und konnte das sanfte Geräusch hören, wenn sie einatmete.

Sie lachte, ein kurzer, höhnischer Laut. »Ich denke, das ist mein Stichwort zu gehen. Einen guten Tag, Mathias.« Die Tür klapperte, als sie daran zerrte. Es war ein Klappern, das immer lauter und schneller wurde, je verzweifelter sie daran rüttelte.

»Sie ist abgeschlossen«, sagte sie entsetzt. »Wir sind hier eingesperrt.«

»Oh weh«, murmelte Mathias.

Letos Atmung war jetzt lauter, jedes Schnappen nach Luft und jedes zornige Ausatmen dröhnte Mathias in den Ohren. Ohne Vorwarnung spürte er, wie sie sich mit einem dumpfen Aufprall gegen die Tür warf.

»Zur Hilfe!«, heulte sie. »Lasst uns raus!«

Mathias rührte sich nicht. Vor einem Monat waren sie gezwungen gewesen, eine weitere Gruppe von Dienern zu entlassen. Ihre täglichen Kosten waren bereits hoch genug, aber durch das Gold, das sie für das Verlobungsfest ausgegeben hatten, und wegen der bevorstehenden Feierlichkeiten … nun, jetzt waren die Korridore im Palast fast verwaist, da der Großteil der Dienerschaft seine Zeit in den Küchen verbrachte. Die Mägde wichen der Edelfrau, der sie dienten, nicht von der Seite, und die Wachen patrouillierten eher draußen vor dem Palast, als durch irgendwelche schmalen, mit Lagerräumen gesäumten Gänge.

Und da Alexios bereits hier gewesen war und ziemlich sicher nicht zurückkommen würde … Mathias glaubte nicht, dass in absehbarer Zeit jemand an der Tür vorbeigehen würde. Diesen Gedanken behielt er jedoch für sich, als Leto sich erneut mit einem wütenden Schrei gegen die Tür warf. Seine Verlobte neigte dazu, ihm eine gewisse Feindseligkeit entgegenzubringen, und er war sich nicht sicher, dass sie vertraut war mit dem Ausdruck: »Erschießt nicht den Boten«.

»Au«, sagte Mathias milde, als sie wieder gegen ihn stieß und ihm ein scharfer Schmerz in den Oberschenkel schoss.

»Vorsicht. Da ist ein Loch in meinem Bein, und ich glaube, es blutet immer noch.«

Leto erstarrte. »Verzeiht«, sagte sie schließlich. »Das hatte ich vergessen.«

»Kann vorkommen.« Er würde ihr verzeihen. Um ehrlich zu sein, er würde ihr alles verzeihen. Er hatte gar nicht wirklich gemerkt, wie einsam er gewesen war, seit Selene fort war, Hekate Ozeane entfernt auf Kreta weilte, und sein Vater tot im Grab lag. Die zornige, vernichtende Leto schien überhaupt nichts von ihm zu wollen, was nur dazu führte, dass er alles von ihr wollte.

Zornig schwieg sie einen Moment lang in der stillen Dunkelheit. »Nun, ich nehme an, wir werden hier warten müssen.«

»Ja, das nehme ich auch an.«

Es entstand eine lange Pause. Dann sagte Leto trocken: »Wir hätten die Knochenwürfel mitnehmen sollen. Ich langweile mich jetzt schon. Und es stinkt hier drin – ich hoffe, das ist der Inhalt dieser Krüge und nicht Ihr.«

Mathias beschloss, darauf nicht zu antworten.

36

IN DIE ASCHE

Leto

Es waren Stunden vergangen, dessen war sich Leto gewiss.

Vielleicht würden sie hier sterben, und irgendjemand würde zehn Jahre später ihre bedauernswerten Skelette finden und sich fragen, wie um alles in der Welt sie das fertiggebracht hatten.

»Ihr habt eine Schwester«, platzte sie heraus. Es war das Einzige, das ihr aus ihren früheren Gesprächen im Gedächtnis geblieben war. Oder waren es zwei Schwestern? Sie hatte sich immer Geschwister gewünscht, besonders einen Bruder; bald würden auch Mathias' Schwestern sich einen Bruder wünschen. Der Gedanke hinterließ einen bitteren Geschmack in ihrem Mund.

»Ja«, sagte Mathias. »Ich habe eine Schwester. Hekate.«

Also nur eine Schwester, obwohl sie hätte schwören können … gleichviel. »Wo ist sie?«

Sie spürte die Wärme seines Atems, als er die Luft ausstieß. »Auf Kreta. Die Cousine meiner Mutter ist dort Königin, und Hekate ist mit ihrem Sohn verlobt; das ist sehr praktisch, Ihr versteht.« In seiner Stimme schwang Bitterkeit mit. »Es beschützt sie, beschützt sie vor Ithaka und seinem …« Er hielt inne. »Nun, sie ist dort in Sicherheit. Das ist alles.«

Langsam dämmerte es Leto. »Der Fluch kann sie dort nicht erreichen?«

Sein Haar raschelte in der fast völligen Finsternis, als er den Kopf schüttelte. »Ein kleiner Segen. Der Fluch beherrscht uns, knechtet uns. Aber er ruft uns nicht nach Hause.«

Leto biss sich auf die Unterlippe. Als sie sprach, klang ihre Stimme zögerlich und argwöhnisch, selbst in ihren eigenen Ohren. »Wenn man dem Fluch entfliehen kann … warum geht Ihr dann nicht fort?«

»Warum ich nicht fortgehe?« Er lachte. Da war sie wieder, diese Bitterkeit. »Wisst Ihr, wie viele Menschen hier leben? Wie viele *arme* Menschen, Leto? Wer würde sie fortbringen? Woher sollten sie das Geld für die Überfahrt nehmen? Sie sind hier gefangen, fürchte ich. Und ich auch.«

Diese letzten Worte sagte er sehr leise. Sie war sich nicht sicher, ob er überhaupt wollte, dass sie sie hörte.

Sie hatte nicht gewusst, dass der Fluch Grenzen hatte. Dass sie einfach hätte davonlaufen können und nie wieder den Strick hätte fürchten müssen. Warum hatte ihre Mutter sie nicht von hier weggebracht? Oder ihr Vater?

»Leto?« Mathias' Stimme war kaum ein Flüstern.

»Ja?«

»Ich habe das, was ich sagte, ernst gemeint. Dieser Fluch ist etwas Bösartiges, Hässliches. Ich würde alles – ich *tue* alles, was ich kann, um ihn zu brechen. Ich gebe zu, dass ich noch nicht viel herausgefunden habe, aber ich habe es versucht. Ich gehe jeden Abend, an dem es mir möglich ist, in die Bibliothek. Ich würde alles tun, damit er endet. Alles, versteht Ihr?«

Das tat sie. Sie hasste es, aber es war eine unleugbare Tatsache. Es machte es so viel schwerer zu wissen, was sie tun musste, was sie ihm antun musste. »Das würde ich auch«, antwortete sie.

»Gut«, sagte Mathias.

Als er sie diesmal küsste, stieß sie ihn nicht weg.

Wenn Küsse Worte wären, wäre dieser ein Flüstern gewesen. So sacht berührten Mathias' Lippen ihre, dass Leto sich nicht ganz sicher war, dass sie sie überhaupt berührten. Sein Mund streifte ihren mit solcher Zärtlichkeit, dass es ihr für einen Moment den Atem raubte.

Leto hatte schon seit ihrem Ritt zu den Klippen darüber nachgedacht. Und jetzt waren sie da, diese Lippen waren auf ihren, sein hübsches Gesicht unglaublich nah. *Was würde Melantho sagen?* Aber natürlich brauchte Melantho nichts davon zu erfahren. Wenn Leto es ihr nicht erzählte.

Es kostete Leto all ihre Kraft, nicht vor lauter Frustration aufzustöhnen. Sie war schwach, sie war eine Verräterin, sie erwiderte seinen Kuss.

Mathias war sanfter, als sie erwartet hätte. Er presste sich nicht an sie, wie sie es sich vielleicht gewünscht hätte, sondern schmiegte sich an sie, während er ihr Kinn umfasste und ihr Gesicht ein wenig näher zu sich heranzog.

Seine Lippen waren geöffnet unter ihren, sein Atem süß und warm.

Schließlich zog er sich zurück. »Götter«, flüsterte er ehrfürchtig.

»Götter«, wiederholte sie und lehnte sich an die Wand. Etwas klirrte metallisch, als sie dagegen stieß und es zu Boden warf. »Verdammt, was war das?«

»Lass mich«, erbot sich Mathias. Sie spürte, dass er sich auf die Knie niederließ und vorsichtig an ihren Knöcheln vorbeigriff, um den Boden abzutasten. Das Klirren erklang erneut. »Ah«, murmelte Mathias.

»Was ist es?«

»Der Schlüssel«, sagte Mathias. »Wie es scheint, sitzen wir hier doch nicht fest.«

Kaum dass Mathias die Tür aufgeschlossen hatte, ergriff Leto die Flucht. Was sollte sie auch sonst tun? Sie konnte nun nicht mit ihm in die Bibliothek gehen, konnte nicht riskieren, dass er noch mehr von ihrer Zuneigung gewann. Und er hatte selbst gesagt, dass seine Nachforschungen kein Ergebnis erbracht hatten. Sie musste ihn töten. Sie musste ihn bald töten. Wie im Nebel ging sie zurück zu ihren Gemächern, und ihre Gedanken überschlugen sich.

Sie konnte es kaum glauben, aber da waren sie, in ihr Gedächtnis gemalt mit unauslöschlichen Pinselstrichen. Mathias' Lippen auf ihren, seine Hände, die ihr Gesicht umschlossen, die Luft, die mit seinem Duft durchdrungen war. Sie konnte diesen Duft auch jetzt noch riechen, er haftete ihren Kleidern und ihrem Haar an: weiches Leder und Holunderblüten.

Sie durfte nicht darüber nachgrübeln; sie drängte das Geschehene aus ihren Gedanken, als sie ihre Gemächer erreichte und zaghaft die Tür aufdrückte. »Melantho?«

Das schöne Zimmer war verwaist, auf den mit Brokat überzogenen Stühlen saß niemand, und die halb geöffneten Fensterläden zitterten im feuchten Wind. Hinter dem Wandschirm aus goldener Seide, der das Schlafgemach abteilte, hörte sie das sanfte, vertraute Geräusch von … Wasser?

Die Tür fiel mit einem dumpfen Geräusch hinter Leto ins Schloss. »Melantho?«, versuchte sie es noch einmal.

Diesmal bekam sie eine Antwort. »Hier drin.« Melanthos Stimme war leise und heiser.

Leto folgte dem Geräusch zu dem kleinen Badegelass, das sie sich teilten. In der Tür blieb sie abrupt stehen. Die Melantho, die sie zu sehen erwartet hatte, hatte Haar und Haut wie goldener Sand, ihre Augen die Farbe der ersten Frühlingsgrashalme. Die Melantho vor ihr – in der Wanne liegend, die Beine über dem Rand gekreuzt, von wo Wasser auf den gefliesten Boden tropfte – hatte Haare und Augen wie Tinte. Ihre Haut hatte das gesprenkelte Grau eines Kieselsteins, der schon so lange am Ufer gelegen hatte, dass Moos über seine Oberfläche gekrochen war und sich dort festgesetzt hatte.

Die kupferne Badewanne war randvoll mit Wasser. Leto spürte ihren Sog, konnte fast hören, wie sie sie summend zu sich lockte, und spürte etwas in ihren Handflächen flimmern. »Ist das Meerwasser?« Sie runzelte die Stirn. »Bitte, sag mir nicht, dass du irgendeine arme Magd überredet hast, ein Fass Meerwasser für dich den Hügel hinaufzuschleppen.«

Melantho lachte und ließ dann grinsend ihre perlmuttartigen Zähne sehen, die eine Spur zu spitz waren. »Wenn an diesem grauenvollen Ort überhaupt eine Magd zu finden wäre«, sagte sie, »würde sie wohl kaum auf mich hören. *Ich* bin die Magd, schon vergessen?«

Leto kniff die Augen zusammen. »Erzähl mir nicht, dass *du* ein Fass Meerwasser den Berg hinaufgeschleppt hast.«

Melantho ließ die Hand über die Oberfläche des Wassers gleiten. Leto war plötzlich dankbar für den salzigen Nebel und das Aufwirbeln der trägen Strömungen, die sich immer um Melantho herum bildeten. Sie wusste, was unter der Oberfläche lag, sehnte sich danach. Und in diesem Augenblick sollte sie Melantho eigentlich tadeln, nicht wie gebannt auf ihren Schenkel, ihren Hals und …

»Es ist Wasser aus dem Brunnen«, erklärte Melantho. Ihre schwarzen Augen glänzten im Fackellicht. Aus einiger Entfernung hätte sie ein gewöhnliches Menschenmädchen sein können, getaucht in flüssigen Ton und geschmückt mit Schnörkeln aus moosgrüner Tinte. »Willst du zu mir kommen?«

Leto konnte nicht Nein sagen. Sie schlüpfte mit geübter Leichtigkeit aus ihrem Chiton und gestattete sich einen Moment, um den Schwung von Melanthos Lippen zu bewundern, während Melanthos Blick über Letos Körper glitt. Sie stand länger als unbedingt notwendig vor der Badewanne. Niemand hatte sie je *so* angesehen. Es war wie eine hauchzarte Berührung auf ihrer nackten Haut.

»War das Blut auf deinem Chiton?«

Ah. *Die Wunde blutet wahrscheinlich immer noch.* Es war Blut, und sie wusste genau, von wem es stammte. Und wie es dorthin gelangt war. Aber was würde es ihr nutzen, aufrichtig zu sein und jetzt einen solchen Verrat einzugestehen? Bald würde es keine Rolle mehr spielen, was sie über Mathias dachte. »Nein«, sagte sie. »Wein. Mach Platz.«

Melantho rutschte gehorsam zur Seite.

Leto tauchte einen Zeh ins Wasser und spürte den vertrauten Schauer der Verwandlung, der ihre Beine hinaufkroch. »Es ist warm«, platzte sie heraus. Sie hatte sich auf Kälte eingestellt, aber das Wasser war wohltemperiert, sogar eine Spur zu heiß.

Melantho grinste. »Frag mich, wie ich das gemacht habe.«

Leto ließ sich ins Wasser sinken und setzte sich zwischen Melanthos Beine. Der Bronzespiegel, der neben der Badewanne stand, war beschlagen, aber Leto wusste, was sie erblicken würde, wenn der Spiegel klar wäre: sich selbst und Melantho, Poseidons Geschöpfe, Spiegelbilder in Grün und Grau. Melantho sah sie mit einem eifrigen Leuchten in den Augen an und platzte fast vor Selbstzufriedenheit. »Wie hast du es gemacht?«, fragte Leto ihr zuliebe. Es war das Mindeste, was sie tun konnte.

»Schau her«, sagte Melantho und strich mit den Fingern über die Wasseroberfläche. Bläschen explodierten unter ihren Fingerspitzen, und Leto riss in der plötzlich aufkommenden Hitze die Beine weg.

»Aber wie?« Leto beugte sich vor, und diesmal war ihr Interesse echt, als sie die letzten Bläschen betrachtete, bevor sie sich auflösten.

»Ich wusste doch, dass du beeindruckt sein würdest«, sagte Melantho sehr zufrieden mit sich. »Thalia hat damit auf Pandou immer das Meer erwärmt, um Fische zu fangen. Das hatte ich ganz vergessen. Während du den ganzen Tag mit dem Prinzen unterwegs warst, habe ich eine Menge Zeit damit verbracht, ziellos umherzuwandern.« Sie deutete mit dem Kopf in Richtung Schlafgemach. »Ich habe die Küche nach etwas Essbarem durchstöbert, und als ich sah, wie sie Fische gekocht haben, ist es mir wieder eingefallen. Dann habe ich zwei Stunden damit verbracht, Krüge mit Wasser aus dem Brunnen zu füllen und sie hierherzutragen. Ich dachte, wir könnten deine Ausbildung fortsetzen, falls du nicht zu sehr mit deinem Prinzen beschäftigt bist.«

»Wir sind noch nicht einmal eine Woche hier. Du hast keine hohe Meinung von mir, wenn du dir Sorgen machst, ich könnte unsere Übungen jetzt schon vergessen haben.« Leto zog bewusst die Augenbrauen nach oben und verdrängte alle verräterischen Gedanken an Mathias aus ihrem Kopf. »Und er ist nicht *mein* Prinz. Außerdem warst du neulich, soweit ich mich erinnere, nicht allzu erpicht darauf zu trainieren.«

»Du aber auch nicht«, wandte Melantho ein.

»Du warst traurig«, sagte Leto. Sie hatten nicht noch einmal über Melanthos eigenartigen Zorn gesprochen, über die allgegenwärtige tragische Aura, die sie umgab. »Du warst so, so traurig.«

Melantho schwieg einen Moment und zeichnete Muster in die Wasseroberfläche. »Ich bin oft traurig«, entgegnete sie. »Du auch, glaube ich.«

»Vielleicht«, sagte Leto.

»Willst du mir erzählen, warum?« Melantho beugte sich vor. »Vielleicht kann ich dir ja helfen. Ich habe schon viel Traurigkeit gesehen, und manchmal konnte ich beobachten, wie sie sich auflöst.«

Leto seufzte. »Na gut, ich werde es dir erzählen. Aber ich werde es dir vor dem Feuer erzählen, wenn wir beide angezogen sind, denn ich kann nicht über Traurigkeit reden, solange du«, sie wedelte müßig mit einer Hand in Melanthos Richtung, »so aussiehst.«

Melantho wölbte den Rücken, sodass ihre Brüste aus dem Wasser auftauchten. Wasser lief über ihre Schultern und bahnte sich einen Weg über ihre Schlüsselbeine und …

»Ich werde es dir ein andermal erzählen«, sagte Leto. »Versprochen.«

»Ein andermal«, stimmte Melantho zu.

Während Melanthos Hände ihren Weg zu Letos Taille fanden, streifte ihr Mund Letos Hals, und Leto gelang es, Mathias zu vergessen. Sie vergaß die Wärme seiner Berührung und den Druck seiner Lippen auf ihren und die Art, wie er sie angelächelt hatte – als wäre sie das Liebreizendste, das er je gesehen hatte.

37

DIE GREULICHE NACHT

Leto

Später, angekleidet und warm, auf Sitzkissen vor dem Feuer, erinnerte Leto sich an ihr Versprechen. Sie hatte noch nie mit jemandem über ihre Vergangenheit gesprochen, über den Tod ihrer Mutter, wie ihr Vater daran zerbrach und wie sich dadurch plötzlich und unwiderruflich alles verändert hatte.

»Dies ist ein gefährlicher Ort«, begann sie. Ihre Mutter hatte einst hier gelebt, und es hatte sie zerstört. War es in Melanthos kurzem Leben genauso gewesen?

»Hm? Oh ja.« Melantho war dabei, Narzissen auf den Ärmel eines Chitons zu sticken. Sie schien die Ernsthaftigkeit in Letos Tonfall gar nicht zu bemerken. »Ich wurde heute von einer Schlange gebissen.«

Die Worte drangen erst langsam zu Leto durch. Stirnrunzelnd betrachtete sie Melantho. Das war nicht das, was sie erwartet hatte. »Was?«

»Ja, ich habe vergessen, es dir zu erzählen. Die Schlange war in der Tasche deines Umhangs, zusammen mit einer Notiz von dir. Ich habe mit einem Schuh darauf geschlagen und die Hand dann in den Brunnen gehalten.« Sie schien sehr zufrieden mit sich zu sein, als sie Leto besagte Hand hinhielt. »Sie ist grün geworden, und ich war kurz besorgt, dass ich die Hand verlieren könnte, aber jetzt ist alles wieder in Ordnung. Sieh mal, die Bissspuren sind fast verschwunden.«

Leto starrte sie an. »Eine Notiz von mir? Welche?«

»Oh, keine Ahnung. Ein Stück Papyrus. Es war mit schwarzer Tinte beschrieben und …«

Leto erhob sich taumelnd. Sie hatte keine Notiz geschrieben. »Welcher Umhang?«

Melantho schaute erschrocken auf. »Der grüne. Was hast du …«

Leto stürzte geradezu zu dem Kleidungsstück, schob die Hand in die verborgene Tasche und riss den kleinen Papyruszettel heraus. Ein einziger Blick auf das unordentliche Gekritzel verriet ihr, dass es nicht ihre eigene Handschrift war. Auf den zweiten Blick bemerkte sie, dass da etwas ganz und gar nicht stimmte.

»Melantho«, sagte sie leise, »ist heute jemand hier gewesen? Jemand, der diesen Zettel zurückgelassen haben könnte?«

Melantho schüttelte den Kopf und blickte Leto beunruhigt ins Gesicht. »Nein, ich … wie ich gesagt habe, ich bin gekommen und gegangen. Was steht denn da?«

Leto konnte ihr nicht in die Augen sehen. »Hier steht: *Das Gift dürfte nicht tödlich sein. Wenn du es überlebst, solltest du fortgehen.* Das hier ist eine Drohung.«

Langsam und allmählich dämmerte ihr etwas. Zuerst war sie sich nicht sicher, aber je länger sie darüber nachdachte, umso größer wurde ihre Gewissheit. »Melantho«, sagte sie, »hast du neulich den Reitgurt durchgeschnitten?«

»Ob ich … was?«

Natürlich hatte sie das nicht. Natürlich nicht. Leto hätte es wissen müssen. »Meine Reitdecke«, wiederholte sie. »Als ich vom Pferd gefallen bin. Der Gurt war durchgeschnitten – ich nahm an, dass du es warst, dass du das Pferd Mathias zugedacht hattest.«

»Der Gurt war zerschnitten? Und das sagst du mir erst jetzt? Warum um alles in der Welt sollte ich deinen Reitgurt zerschneiden? Was hast du dir nur dabei gedacht? Wünschst du dir so verzweifelt, getötet zu werden, dass …« Sie hielt inne, und in ihren Augen stand die Frage, die sich nun auch in Letos Kopf drängte. »Wer hat ihn dann durchgeschnitten?«

»Und wer hat die Schlange in meinen Umhang getan?«, fügte Leto hinzu.

»Du denkst, jemand versucht, uns zu töten.«

»Das glaube ich nicht«, sagte Leto milde. »Ich denke, jemand versucht, *mich* zu töten, und es ist nur ein Zufall, dass … es dich erwischt hat.« Die Schlange hatte schließlich in der Tasche *ihres* Umhangs gesteckt. Und der Gurt von *ihrer* Reitdecke war zerschnitten worden. Die Prinzessin von Athen, so schien es, war auf Ithaka nicht ganz so willkommen, wie sie gedacht hatte.

»Danke«, sagte Melantho. »Du weißt wirklich, wie du einem das Gefühl gibst, etwas Besonderes zu sein.«

Leto sah sie an und richtete den Blick auf das Grün von Melanthos Augen. »Wenn du stirbst«, erklärte sie langsam, »würde ich mit dir sterben.« Sie hatte schon einmal alles verloren, sogar zweimal. Sie könnte das nicht noch einmal durchstehen.

Melantho zog die Augenbrauen in die Höhe. »Vielleicht ist das ein wenig übertrieben.«

»Ist es nicht«, sagte Leto. »So ist es meinem Vater ergangen. An einem gebrochenen Herzen zu sterben, liegt mir im Blut.«

»Ich möchte lieber nicht wissen, was in meinem Blut liegt.« Melantho machte vorsichtig einen weiteren Stich in ihre Handarbeit, mit einem Faden aus gelber Baumwolle und dem silbernen Aufblitzen einer Nadel. »Ich glaube nicht, dass wir durch unser Blut definiert werden, genauso wenig wie ich daran glaube, dass unser Schicksal nicht unser eigenes ist. Ich glaube nicht wie viele andere, dass die Schicksalsgöttinnen über die Umstände unseres Lebens oder unseres Todes entscheiden. Mein Leben ist kein Faden, den Lachesis abmessen oder Atropos durchschneiden kann.«

Leto blinzelte sie an. Sie hatte seit vielen Jahren niemanden mehr über die Moiren sprechen hören, die drei Schicksalsgöttinnen, die den Lebensfaden von Sterblichen spannen, maßen und zerschnitten. Vielleicht hatte Ithaka sich weiter von den Göttern entfernt, als ihr bewusst gewesen war.

»Ich glaube, dass meine Taten etwas verändern«, sagte Melantho. »Wozu gibt es mich sonst?«

»Wir sind mehr als unsere Taten«, gab Leto zurück. »Uns macht die Art und Weise aus, wie wir lieben und geliebt werden.« *Und die Art und Weise, wie andere sich selbst in unserer Abwesenheit zerstören, und beschließen, dass niemand sonst jemals gut genug sein wird, um das Leben wieder lebenswert zu machen.*

»Das ist sehr philosophisch«, sagte Melantho. »Du denkst an deinen Vater, nicht wahr?«

Sein großer Mund, seine kräftigen, sonnengebräunten Hände. Der Blick seiner leeren, grauen Augen auf eine Stelle direkt hinter Letos Gesicht gerichtet. Ja, sie dachte an ihren Vater, auch wenn er selbst nie einen Gedanken für sie übrig gehabt hatte.

Leto holte tief Luft. »Nach dem Tod meiner Mutter hätte mein Vater ebenso gut mit ihr gestorben sein können. Er hat einfach … aufgegeben. Hat aufgehört zu arbeiten, zu baden, sogar zu essen. Ich habe Stunden damit zugebracht, ihn zu überreden, einen Schluck gottverdammtes Wasser zu nehmen.«

Melanthos Stiche wurden langsamer. Schließlich legte sie die Handarbeit beiseite und schaute auf. Ihre Wangen waren gerötet von der warmen Abendluft, ihre Pupillen riesig in der Dunkelheit. Eine goldene Strähne hatte sich aus ihren Zöpfen gelöst, und Leto sehnte sich danach, sie ihr wieder hinters Ohr zu streichen, ihr Gesicht zu sich heranzuziehen und zu vergessen, dass sie hier eine Aufgabe hatten. Eine Aufgabe, die in einem Gemetzel enden würde, ob sie nun Erfolg hatten oder nicht. Ein einziges Leben oder immer und immer wieder zwölf Leben. »Trauer macht seltsame Dinge mit den Menschen«, sagte Melantho leise.

»Mich hat sie dazu gebracht, ihn zu hassen«, murmelte Leto. »Ich habe meinen eigenen Vater gehasst, weil er mich dazu gebracht hat, *sie* zu hassen. Weil ich jeden Tag aufwachen musste in dem Wissen, dass ich nicht so gut war wie sie. Nicht so interessant wie sie, nicht so gütig wie sie, nicht so klug oder talentiert oder wertvoll. Ich musste meinem Vater ins Gesicht sehen, während er dahinsiechte, weil er beschlossen hatte, dass ohne sie an seiner Seite nichts einen Sinn ergab. Ich wusste, dass ich es nicht wert war, für mich zu leben. Dass ich, wenn ich ein wenig mutiger gewesen wäre, ein wenig stärker, ihn hätte retten können.«

»Nein, du hättest ihn nicht retten können«, widersprach Melantho. »Du kannst niemanden retten, der nicht gerettet werden will.«

Leto hatte auch nicht gerettet werden wollen. Sie erinnerte sich noch an die Erleichterung des Todes, daran, wie der Schmerz von ihr abgefallen war und ihr erlaubt hatte, friedlich im Nichts zu versinken. Die Qualen des Stricks waren vergessen; es hatte sich angefühlt wie eine Heimkehr. Und doch …

»Das ist eine Lüge«, sagte Leto. »Du weißt, dass es eine Lüge ist.«

»Wir müssen es heute Nacht noch einmal versuchen«, erklärte Melantho später mit leiser Stimme. Der Himmel war in ein sanftes Zwielicht getaucht, übersät von Sternen. »Wenn wir recht haben und jemand dich töten will, dann wird der Betreffende wohl nicht allzu lange damit warten, es noch einmal zu versuchen.« Sie hielt inne. »Oder vielleicht sollten wir es ihm sagen. Er weiß möglicherweise, wer …«

»Es ihm sagen?« Leto starrte sie an. »Was könnte er schon tun? Es ist Alexios oder seine grässliche Schwester. Davon bin

ich überzeugt. Die Königin hört auf ihren Rat, und sie würde es sofort erfahren, wenn wir Mathias davon erzählen. Und das heißt, die beiden ebenfalls.«

»Dann bleibt uns nur die Möglichkeit, es zu Ende zu bringen«, erwiderte Melantho. »Das weißt du genauso gut wie ich.«

»Mathias könnte in der Bibliothek sein«, überlegte Leto laut. Ihr war schwer ums Herz; sie hatte es allein tun wollen, hatte Melantho nicht mit der Angelegenheit belasten wollen. Stattdessen war sie unvorsichtig und abgelenkt gewesen, und jemand hatte Melantho angegriffen. Selbst wenn Leto das eigentliche Ziel des Anschlags gewesen war, durfte sie nicht zulassen, dass es wieder passierte. Außerdem – der schreckliche Gedanke dämmerte ihr langsam – war sie eine Prinzessin. Ihre Ermordung wäre eine echte Grenzüberschreitung, aber Melanthos …

»Die Bibliothek«, wiederholte sie mit Nachdruck. *Ich gehe jeden Abend, an dem es möglich ist, in die Bibliothek.* Wo sollte er sonst hingehen? »Er wird dort sein. Sollen wir ihn aufsuchen?« Der Gedanke hatte etwas seltsam Abstoßendes an sich, die bloße Vorstellung, in den Raum einzudringen, der Mathias' Zuflucht war, der Ort, an dem er gehofft und geträumt hatte, an dem er versucht hatte, den Fluch zu brechen.

Für Mathias war es zu spät, aber für die zwölf Mädchen, die Poseidons Mal trugen, die zwölf Mädchen, die in nur sechs Tagen dem Strick gegenüberstehen würden, war es das nicht.

»Nein«, sagte Melantho, und Leto spürte Erleichterung. »Nein, nicht dort. Er muss im Wasser sterben, schon vergessen? Poseidon muss in der Lage sein, ihn für sich zu fordern. Du solltest ihm eine Nachricht schreiben – ihn unter einem Vorwand ans Meer einladen.«

»Welchen Grund könnte es dafür geben? Es ist mitten in der Nacht.«

»Was sollen wir sonst tun?«

Leto erinnerte sich daran, wie Melantho lachend in der Kupferwanne gesessen hatte, wie das Wasser unter ihren Fingern schäumte. Es war nicht das Meer, aber sicher einen Versuch wert. »Der Brunnen«, sagte sie. »Der Brunnen gehört Poseidon. Glaubst du, das könnte funktionieren?«

Mathias' Lächeln, Mathias' Lachen, Mathias' Mund auf ihrem. Sie würde ihn nie wieder sehen, hören, fühlen. Sie erlaubte sich nicht, bei dem Gedanken zu verweilen. Bis zur Tagundnachtgleiche blieben nur noch sechs Tage, die Hälfte der Zeit war schon verstrichen, und er lebte immer noch. Sie durften die Sache nicht länger aufschieben.

Melanthos Lächeln war dunkel, gefährlich. »Ja.«

Leto schickte den Brief an Mathias, so wie Melantho sie anwies, und seine Antwort kam kurz darauf. *Alles,* stand da zu lesen, *was du willst.*

Sie würde ihn um Mitternacht im Hof am Springbrunnen treffen.

Sie würde ihn ins Wasser stoßen.

Sie würde dem Ganzen ein Ende bereiten.

Leto schlüpfte zwischen den Schatten der Säulen hindurch, die den Innenhof säumten, und verbarg sich vor Mathias' Blick, während er um den Brunnen herumging und darauf wartete, dass sie zu ihm kam. Melantho, ein stummes Gespenst an ihrer Seite, hatte ihre Hand in Letos gleiten lassen und ihre Finger verschränkt.

Leto warf einen letzten Blick auf Mathias: Auf die weiche Rundung seiner Wangen, die im Fackellicht schimmerten wie Gold, die schwarzen Locken, die ihm in die Stirn fielen, das nervöse Flattern seiner Fingerspitzen, während er auf und ab ging und an seinen zahlreichen Ringen nestelte. Er war schön, und er hatte Angst. Er verdiente das nicht.

Leto entzog Melantho ihre Hand und hob sie. Sie streckte sie nach dem Wasser des Brunnens aus, sprach ein stummes Gebet und bat es, den Prinzen von Ithaka zu ertränken.

Mathias bemerkte nicht, wie die ersten Wasserausläufer auf ihn zukrochen. Er zuckte nicht zusammen und schrie auch nicht erschrocken auf, als sich einer davon zart um sein Handgelenk schlang. Weder etwas an seiner Haltung noch an seinem Gesichtsausdruck veränderte sich, als er hinabblickte. Das Einzige, was sich veränderte, waren seine Lippen – seine vollen, wunderschönen Lippen –, die sich in unschuldiger Überraschung öffneten.

Der nächste Wasserfinger schloss sich um das andere Handgelenk, dann um seinen Hals, um seine Brust, traf hart auf die Stelle über seinem Herzen und riss ihn nach hinten. Mathias ruderte mit den Armen und stieß gegen den steinernen Brunnenrand. Langsam, als ob sich die Zeit selbst um ihn verdichtet hätte, kippte er hinein, und das Wasser strömte in seine Lungen.

An Letos Seite gab Melantho einen kleinen Laut von sich.

Leto konnte den Blick nicht abwenden, das Wasser ließ es nicht zu. Es beherrschte sie nun ebenso sehr, wie sie es beherrschte, und schlug mit freudiger Inbrunst über Mathias zusammen. Alle Zweifel, die Leto gehegt hatte, dass der Springbrunnen vielleicht nicht genügen würde, dass es das Meer sein *müsse,* waren vollkommen unbegründet gewesen. Der Ozean sang in ihrem Blut; das hier war es, worauf er so lange gewartet hatte.

Sie konnte nicht aufhören. Sie war so hilflos wie eine Marionette, als das Wasser aufbrandete und Mathias keuchend dagegen ankämpfte. Sie spürte, wie er ertrank. Sie wollte schreien, brachte aber keinen Laut heraus. Doch da war noch etwas anderes. *Jemand* anderes. Das Gefühl des Schmerzes dieser Person überkam sie, selbst als Mathias erlahmte, als er sich irgendwann nicht mehr rührte.

Sie kannte dieses Gefühl. Sie brauchte nur zu lange, um es zu begreifen.

Melantho brach zusammen.

Sie sackte gegen Letos Beine, sodass sie beide zu Boden stürzten.

Der Zugriff des Ozeans lockerte sich, und Leto stieß ihn mit der ganzen Kraft, die sie aufbringen konnte, von sich. Melantho keuchte neben ihr auf, ihr Gesicht aschfahl, während sie die Fingernägel in ihre Kehle krallte.

Sie ertrank. Leto erinnerte sich an die Szene auf der Klippe. Wie Melantho gestolpert war, als Mathias stolperte, wie sie gesagt hatte, jemand habe sie gestoßen.

Fühlte sich so Liebe an? Die Gelegenheit, etwas Großes zu tun, etwas Wichtiges, verstreichen zu lassen, weil Melantho in Gefahr war?

»Melantho.« Leto zog sie in ihre Arme. »Melantho, nein! Was ist mit dir?« Sie wusste nicht, was sie sonst tun sollte; sie verstand es einfach nicht. Das hier durfte nicht geschehen. Mathias hätte schon längst tot und der Fluch gebrochen sein müssen. Und Melantho sollte jetzt frei sein. Nicht nach Luft schnappen, während die Farbe in ihr Gesicht zurückkehrte. Die Erkenntnis kam urplötzlich – wie sie auf der Klippe gestolpert war, wie sie jetzt keuchte und hechelte. Mathias' Schicksal und Melanthos waren miteinander verwoben.

»Melantho«, flüsterte Leto noch einmal.

Melanthos Lippen formten Worte, aber es kam kein Laut heraus. Sie weinte, ihre Augen vor Angst weit aufgerissen, während sie Leto ansah. Sie versuchte, wieder zu sprechen, und diesmal schaffte sie es, umklammerte Letos Handgelenk. »Geh … geh zu …« Sie erstickte fast an den Worten und sog einen verzweifelten Atemzug in ihre Lungen – »ihm.«

»Zu ihm?«

»Mathias. Töte …« Melantho sackte wieder in sich zusammen. Ihre Gesichtszüge waren wie erstarrt vor Schmerz, aber jeder raue Atemzug von ihr klang ein wenig klarer. Was immer es gewesen war, das sie hatte töten wollen, es war jetzt fort. Als Leto sich nicht bewegte, umklammerte Melantho Letos Handgelenk noch fester und grub die Fingernägel hinein. Es war keine Bitte, es war ein Befehl.

Leto stand auf und trat zögernd in den Hof. Was sie dort sah, verschlug ihr den Atem.

Sie hatte den Ozean nicht nur aus sich selbst herausgezwungen, sie hatte ihn zur Gänze aus dem Springbrunnen vertrieben. Jeder Stein und jede Säule um sie herum war durchtränkt von Salzwasser. Der Brunnen selbst war leer, und Mathias lag bäuchlings in seinem Becken.

Er war schwerer, als sie erwartet hatte. Ihre Bewegungen waren ohne jede Anmut, als sie ihn herauszerrte und auf den Steinplatten des Innenhofs ablegte. Irgendwie, gegen jede Wahrscheinlichkeit, atmete er noch. Jedes Luftholen war schwach und ungleichmäßig, aber er klammerte sich mit unerbittlicher Entschlossenheit an das Leben.

Melantho hatte gesagt: *Töte ihn.* Aber als Leto in sein schönes Gesicht schaute, zögerte sie. Wenn sie nichts unternahm, würde er überleben. Der Fluch würde weiter bestehen. Und doch konnte sie es nicht zu Ende bringen. Nicht solange irgendetwas, irgendjemand, sein Schicksal an das von Melantho band, nicht solange sein Tod vielleicht auch Melanthos Tod bedeutete. Leto ließ ihn dort liegen.

Zitternd vor Anstrengung und voller Angst, dass es sie wieder packen würde wie zuvor, griff sie mit ihrer Kraft erneut nach dem Wasser und bannte es zurück in sein Becken. Sie hielt den Atem an, bis auch der letzte Tropfen wieder an Ort und Stelle war und das Wasser in dem Brunnen wieder stetig vor sich hin sprudelte, als wäre überhaupt nichts Ungewöhnliches geschehen.

Leto stieß den Atem aus. Sie kniete sich neben Melantho, presste schluchzend die Lippen auf ihre Stirn und versuchte, nicht über die schreckliche Wahrheit nachzudenken, die ihr langsam klar wurde. Die Wahrheit, dass, wenn Melantho bei ihrem Zusammenbruch nicht gegen sie gefallen wäre, alles anders gekommen wäre. Leto hätte nicht wieder die Kontrolle über sich selbst gewonnen und hätte nicht abbrechen können. Und Melantho wäre …

Nein. An so etwas durfte sie gar nicht denken.

Sie drückte Melantho fest an sich und lauschte auf ihre keuchenden Atemzüge. »Du bist in Sicherheit«, murmelte sie, nur halb überzeugt, dass sie zu Melantho und nicht zu sich selbst sprach. Es war nach Mitternacht; sie hatten noch fünf Tage. Fünf Tage, um Mathias zu töten, bevor zwölf weitere Mädchen zum Tode verurteilt wurden. Aber wenn das bedeutete, dass auch Melantho sterben würde …

Sie glaubte nicht, dass sie dann imstande wäre, es zu tun.

Sie strich Melantho die Locken aus dem Gesicht und drückte einen Kuss auf ihre feuchte Stirn.

»Du wirst mich nicht verlassen. Ich lasse nicht zu, dass dir etwas zustößt.«

38

DURCH FINSTERE WEGE

Melantho

Zurück in ihren Gemächern verharrten Melantho und Leto lange Zeit in Schweigen. Sie hatten Mathias in sein Bett geschleppt – Melantho, immer noch benommen und verängstigt, war keine große Hilfe gewesen – und ihn dann mit seiner schweren Decke zugedeckt, dann waren sie gegangen. Sie konnten nur hoffen, dass er nicht gesehen hatte, wie sie am Rand des Hofs herumgelungert hatten, dass er von ihrem Mordversuch nichts ahnte. Nicht ahnte, woran sie gescheitert waren.

Würde er sich erinnern an das, was passiert war? Sie hatten seine Kleider getrocknet und ihm die wirren Locken gekämmt. Melantho hoffte – betete, auch wenn sie niemand war, die ihr Vertrauen in die Götter setzte –, dass er nur mit der Erinnerung an einen bösen Traum erwachen würde.

Melantho atmete ein weiteres Mal tief durch. Sie würde das Atmen von nun an nie wieder als Selbstverständlichkeit ansehen. Diese Momente am Boden, als sie ihre Kehle umklammert und gespürt hatte, wie ihre Brust sich verzweifelt hob und senkte, während ihre Lungen nach Luft rangen, waren die längsten und schmerzhaftesten ihres Lebens gewesen.

Ihre Kehle fühlte sich immer noch rau und wund an, und ihre Finger zitterten in ihrem Schoß.

Doch trotz allem war das überwältigende Gefühl in ihrem Herzen weder Schmerz noch Furcht, sondern grimmige Befriedigung. Sie hatte gewusst, dass Poseidon sie nicht so leicht gehen lassen würde, und hier war der Beweis.

Sie schauderte. Vielleicht, *vielleicht* hätte das Wasser sie gar nicht getötet. Ein ganz klein wenig wünschte sie sich, Leto hätte nicht aufgehört, sodass Melantho ihr eigenes Schicksal endlich kennen würde. Und wenn es der Tod war, der sie erwartete – nun, vielleicht hätte sie ihn sogar begrüßt. Tief im Innern wusste sie, dass sie ihn verdiente.

»Ich werde es nicht tun«, sagte Leto.

Melantho schaute auf. Letos Gesicht war aschfahl, ihre grauen Augen dumpf und blutunterlaufen. Ihre Finger krallten sich in die gepolsterten Armlehnen ihres Stuhls, und sie hatte sich so fest auf die Unterlippe gebissen, dass ein Rinnsal Blut aus ihrem Mundwinkel über ihr schmales Kinn lief.

»Was wirst du nicht tun?«, fragte Melantho, obwohl sie die Antwort genauso gut kannte wie ihren eigenen Namen.

»Das.« Leto holte mühsam Luft. »Nicht nach dem, was gerade passiert ist.« Eine Pause folgte. »Was ist überhaupt passiert?«

Melantho zwang sich zu einem Schulterzucken. »Ich weiß es nicht.«

»Ich verstehe es einfach nicht. Vielleicht haben wir uns geirrt – der Springbrunnen ist mit Salzwasser gefüllt, aber es ist kein Meerwasser. Oder ist nicht genug. Ja, das muss es sein, nicht wahr? Eine andere Erklärung gibt es dafür nicht. Vielleicht darf ich auch meine Kräfte gar nicht einsetzen – vielleicht muss er gehängt werden, wie die Mädchen. Aber nein – du hast mir erzählt, Timo habe ihren Prinzen ertränkt. Wie hat Thalia ihren getötet? Hat sie ihre Kräfte benutzt? Vielleicht ist es das.«

Melantho seufzte. Sie war zu Tode erschöpft, und ihr Körper wählte ausgerechnet diesen Moment, um gegen den gnadenlosen Raubbau an ihm zu protestieren, indem er ihr rasende Kopfschmerzen sandte. »Ich weiß es nicht«, sagte sie. »Ich bin nie mit ihnen gegangen.«

»Na ja, aber wie hast *du* es gemacht?«

Gar nicht. Ich habe es nie tun müssen. Pandou war immer mein Gefängnis – ich war dazu bestimmt, für immer dort zu bleiben. Die Worte lagen ihr schon auf der Zunge, aber sie schluckte sie hinunter. Es würde die Tür zu so vielen Fragen öffnen, deren Antworten Melantho noch nicht bereit war, preiszugeben. Vielleicht würde sie niemals dazu bereit sein. »Die einzige Bedingung ist, dass sie in Poseidons Reich sterben müssen. Vielleicht hast du recht. Vielleicht reichte der Brunnen nicht aus.«

Doch Leto war offensichtlich nicht zufrieden mit dieser Antwort. Sie schnaubte und rang die Hände. »Ich verstehe nicht, warum es diese Auswirkung auf dich hatte. *Nur* auf dich.«

Melantho schaute auf ihre Hände hinab. »Spielt das eine Rolle?«

»Was? Natürlich tut es das!«, herrschte sie Leto aufgebracht an.

»Nein, das tut es nicht. Es darf keine Rolle spielen.« Melantho sah ihr in die Augen. »Wenn du wieder die Gelegenheit hast, wenn du ihn töten kannst, dann musst du es tun. Du hast Alexios gehört – sie suchen bereits nach den gezeichneten Mädchen, und sie werden sie töten. Du darfst nicht meinetwegen aufhören. Ich bin nicht zwölf Leben wert. Ich bin nicht Hunderte von Leben wert.«

»Was?«, zischte Leto. »Du bist *alles* wert. Und ich werde dich nicht in Gefahr bringen, es sei denn, es ist die allerletzte Option.« Ihre Haltung veränderte sich bedenklich. Hatte sie eben noch mit herunterhängenden Schultern und verängstigt dagestanden, straffte sie sich jetzt, stellte sich breitbeinig hin und biss die Zähne zusammen. »Nein, wir müssen einen anderen Weg finden, und wir haben nicht viel Zeit. Das bedeutet wohl, dass es nur eins gibt, das wir noch tun können.«

»Und das wäre?«

Leto lächelte grimmig. »Es wird dir nicht gefallen.«

39

DUNKLE UND UNERKLÄRBARE TRÄUME

Mathias

Es gab nicht viele Dinge, die Mathias Angst machten, aber als er von einer Schriftrolle aufschaute – seiner vierzehnten an diesem Nachmittag – und seine Verlobte mit verschränkten Armen im Eingang zu seiner Bibliothek stehen sah, erschrak er. Nachdem er endlich den Mut aufgebracht hatte, die Riegel an den Türen entfernen zu lassen, hatte er gedacht, sein größtes Problem würde seine Mutter sein. Doch Leto war weitaus furchteinflößender.

Er schluckte. Was immer sie sagen wollte, er ahnte, dass es nichts Gutes war.

Er hatte die beharrlichen bösen Vorahnungen nicht abschütteln können, die seit dem frühen Morgen über ihm hingen. Es war noch dunkel gewesen, als er in seinem Bett aufgewacht war, ohne zu wissen, wie er dort hingekommen war, am ganzen Körper fiebrig und schweißnass. Ein unvergleichliches Entsetzen krampfte ihm die Brust zusammen, und seine Gedanken rasten in Erinnerung an *irgendetwas,* das ihm jedes Mal entschlüpfte, wenn er danach griff. Ertrinken – das war alles, woran er sich erinnern konnte.

Danach hatte er nicht wieder einschlafen können.

Und jetzt das.

Es war weniger die Tatsache, dass Leto wütend wirkte, die

ihn beunruhigte, sondern dass er ihre Ankunft nicht bemerkt hatte. Sie hätte schon seit Stunden dort stehen können, eine geisterhafte Erscheinung in ihrem goldenen Chiton.

Er beäugte sie misstrauisch. Sie war ihm bisher noch nie in die Bibliothek gefolgt. Nach dem Zwischenspiel in der Vorratskammer hatte sie sich vor ihm versteckt. Was immer sie ihm nun sagen wollte, es musste etwas Wichtiges sein. Sie war immer noch für einen Ausflug ins Freie gekleidet. Ihre Wangen waren rosig, ihre Augen glänzten, und die Nadel ihres dunkelblauen Umhangs saß nicht mehr ganz mittig, sodass die scharfe Kante ihres Schlüsselbeins zu sehen war. Neben ihr stand wie immer Melantho, deren Kaskaden aus goldenem Haar ein wildes Durcheinander bildeten. Sie funkelte ihn an.

Bedächtig legte Mathias die Schriftrolle beiseite und versuchte, sein rasendes Herz dazu zu bringen, sich zu beruhigen.

»Guten Tag«, sagte er. Er war erschöpft, und es war das Einzige, was ihm zu sagen einfiel.

Leto trat einen Schritt vor. »Guten Tag, Mathias.« Der Klang seines Namens von ihren Lippen ließ erneut sein Herz pochen. Seit ihrem letzten Kuss – und dem Ausdruck auf Letos Gesicht, als sie von ihm weggeeilt war – dachte er, dass sie ihn wohl niemals lieben würde, dass ihre Ehe nicht so sein würde, wie er es immer gehofft hatte. Doch sie war nach wie vor unglaublich schön; sie versetzte ihn immer noch in einen Taumel der Freude, jedenfalls in den seltenen Momenten, in denen sie freundlich zu ihm war. Allein von diesen Momenten konnte er leben.

Verspätet erinnerte er sich daran, dass er zugestimmt hatte, sich am vergangenen Abend mit ihr zu treffen. Hatte er es zum Brunnen geschafft? Hatte sie ihn mit dem Blick ihrer riesigen, graubraunen Augen durchbohrt, so wie sie es jetzt tat? Sie wirkte nicht zornig. Vielleicht hatte er das alles nur geträumt.

»Wir«, begann Leto, und ihr Blick huschte zu Melantho hinüber, »haben gehofft, mit dir sprechen zu können. Jetzt, wenn du Zeit hast. Es geht um etwas ziemlich Wichtiges, verstehst du, und wir brauchen deine Hilfe.«

Melantho sah aus, als hätte sie Schmerzen.

Mathias konnte nicht anders, er zog die Augenbrauen hoch. »Ihr braucht Hilfe … von mir?«

Er hatte es nicht für möglich gehalten, aber irgendwie wurde Melanthos Gesichtsausdruck noch mordlustiger. »Ich habe es dir doch gesagt«, zischte sie und machte sich kaum die Mühe, ihre Stimme zu senken. »Wir hätten nicht herkommen sollen. Wir verschwenden unsere Zeit.«

Jetzt war es an Leto, die Stirn zu runzeln und sie zu mustern. »Melantho …«

»Warte …« Mathias war aufgestanden und hatte die Hand ausgestreckt, bevor es ihm bewusst war. »Es tut mir leid. Ich wollte dich nicht kränken, ich bin nur …« Was genau war er nur? Überrascht? Erschrocken? Oder war er von einer vorsichtigen, zaghaften Hoffnung erfüllt, dass sich endlich etwas zwischen ihnen ändern würde? Er begnügte sich mit etwas weniger Dramatischem. »Ich habe nicht damit gerechnet, dass du herkommen würdest.« *Nicht nach dem gestrigen Tag.*

»Nun«, meldete Melantho sich naserümpfend zu Wort, »das liegt sicher daran, dass es hier so schmutzig ist.«

Leto schlug ihr auf den Arm. Nicht so, wie seine Mutter oft nach ihren eigenen Mägden schlug – hart ins Gesicht, sodass ein Mal zurückblieb –, sondern auf eine freundschaftliche, milde Art, die von echter Zuneigung zeugte. »Melantho«, sagte sie, »muss ich dich daran erinnern, dass wir uneingeladen hierhergekommen sind? Und sieh nur …« Sie deutete mit einer Hand auf das Durcheinander von Schriftrollen auf den Tischen, die Haufen von Rollen auf dem Boden. Ein Stich der Verlegenheit durchzuckte Mathias. »Er gibt sich Mühe. Was mich betrifft, so würde ich gern hören, was er herausgefunden hat.«

Sie sprach nicht immer auf diese gespreizte, förmliche Weise; Mathias hatte sie lachen und scherzen hören, wenn sie neben Melantho durch die Gärten gegangen war. Sie hatte ihm Beleidigungen direkt ins Gesicht geschleudert, ohne einen Hauch von Besorgnis. Jetzt sah er die Anspannung in ihren Gesichtszügen, in den geballten Fäusten, die sie an ihre Röcke presste. Sie war nervös.

»Setzt euch«, bot er an.

»Wohin?«, fragte Melantho.

Es war eine berechtigte Frage. Auf jeder freien Fläche türmten sich Schriftrollen, ausgehöhlte Kalamos-Schilfrohre und die getrockneten Tintenblöcke, die sie füllen sollten. Inmitten des Durcheinanders lagen auch mindestens vier Apfelkerngehäuse, außerdem eine halbe Pastete, die Mathias vor einer Woche verlegt hatte. Er konnte sich den triumphierenden, verächtlichen Ausdruck auf Melanthos Gesicht vorstellen, wenn sie die Pastete fand.

»Setz dich auf meinen Stuhl«, sagte er hastig und deutete auf die einzige freie Sitzgelegenheit. Es war klar, dass Melantho eine feste Größe in seinem Leben sein würde. Leto hatte keinen Zweifel daran gelassen, dass sie ihre Entlassung niemals dulden würde, und auch Mathias war ehrlicherweise gar nicht daran gelegen – daher war es in seinem eigenen Interesse, Melantho dazu zu bewegen, ihn zumindest zu tolerieren.

»Wir sind zu zweit, Mathias«, sagte Leto, aber lächelte, während sie Melantho über die staubigen Fliesen mit sich zog. Sie war betörend. Mehr als betörend. Sein Herz hüpfte wie ein ausgelassenes Kind. Er kämpfte sein Unbehagen nieder, dieses schreckliche, erstickende Gefühl, und ertappte sich dabei, dass er ihr Lächeln mit einem eigenen hoffnungsvollen und ein wenig zaghaften Lächeln erwiderte. Er würde nicht fragen, ob sie in der vergangenen Nacht zum Brunnen gegangen war, um sich dort mit ihm zu treffen, ob sie auf ihn gewartet hatte.

»Es ist ein großer Stuhl«, entgegnete er.

Leto lachte. »Such uns noch einen zweiten, ja? Dann können wir reden.«

Er tat, worum sie gebeten hatte. Er schob die Schriftrolle, in der er gelesen hatte, in seine Tasche, und nachdem er die Sitzfläche hastig von Papyrusfetzen befreit hatte, zog er einen schweren, hölzernen Hocker heran. Bei der Schriftrolle ging es nicht um Nachforschungen. Es handelte sich bei ihr um einen Brief von einem seiner Ratgeber – die Piraten in der Meeresenge waren seit einer ganzen Weile nicht mehr gesichtet worden. Vielleicht waren sie noch satt von ihrem Überfall auf das Schiff aus Athen, satt von dem Gold, das für Ithaka bestimmt gewesen war. Gold, das Mathias dringend benötigte.

Doch darüber wollte er sich jetzt nicht den Kopf zerbrechen. Wenn dies das war, was er hoffte – ein Olivenzweig, den Leto ihm hinhielt –, dann musste sich Ithaka vielleicht nicht mehr lange um Gold sorgen.

40

WIE DIE BLÄTTER UND BLUMEN DES FRÜHLINGS

Melantho

»Du willst … mit mir zusammenarbeiten?«

Melantho versuchte, nicht vor lauter Frustration zu kreischen, als Mathias nach diesen Worten Leto dümmlich, mit seinen langen, dunklen Wimpern flatternd, anblinzelte. Der Hocker, den er für sich selbst ausgesucht hatte, war viel zu klein, die Sitzfläche kaum breit genug für einen seiner Oberschenkel. Melantho starrte auf ein gefährlich dünnes Hockerbein und wünschte sich, es würde durchbrechen. Was gäbe sie nicht dafür, das rehäugige Prinzlein in seiner ganzen Pracht erneut auf den staubigen Fliesen liegen zu sehen.

Aber irgendwie hielten die Holzbeine des Hockers, während Mathias sie beide weiter betrachtete – Leto, um genau zu sein, denn er schien seinen Blick nicht von ihr losreißen zu können. Sein Mund stand halb offen. In derselben Verfassung war er in der vergangenen Nacht gewesen, als sie ihn in seine Gemächer zurückgetragen hatten, kaum bei Bewusstsein, während sein Kopf bei jedem Schritt hin und her wackelte. Melantho hatte sich genauso elend gefühlt, da war sie sich sicher, aber *sie* hatte niemand wie einen Sack wegschleppen müssen.

Sie schnalzte ungeduldig mit der Zunge, lehnte sich nach hinten und balancierte jetzt auf den hinteren Beinen ihres eigenen Stuhls. »Habt Ihr denn nichts von dem gehört, was wir –«

Leto beugte sich vor und stieß ihr einen Ellbogen in die Rippen.

»Au.«

»Melantho hat schlechte Laune«, sagte Leto energisch. »Lass dich davon nicht beirren.«

»Hat sie die nicht immer?« Mathias schenkte Leto ein schiefes Lächeln, ein Lächeln, das in dem Moment verrutschte, als er bemerkte, dass Melantho ihn böse ansah.

Er lag völlig falsch. Melantho war nicht immer schlecht gelaunt. Ihre Rippen fühlten sich schließlich nicht immer so eng an, wie ein Käfig um ihre Lungen, der sie zu schnellen, flachen Atemzügen zwang. Auch wenn sie Letos Sorge mit einem Schütteln ihrer Locken und einem Lachen, das selbst in ihren eigenen Ohren falsch klang, abgetan hatte – die Ereignisse der vergangenen Nacht, der Vollmondnacht, hatten sie schwer erschüttert. Jedes Mal, wenn sie die Augen schloss, stand sie wieder in den Schatten des Palastes und eiskaltes Wasser strömte in ihre Lungen, griff sie sich an die Kehle, rang nach Luft, die nicht kam.

Sie ließ die Beine ihres Stuhls wieder auf den Steinboden zurückknallen. »Wenn Leto Eure Königin sein soll«, verkündete sie, »wäre sie lieber nicht die Königin eines sterbenden Königreichs, das jedes Jahr mehrere seiner Untertanen ermordet.«

Wie leicht es war, ihm die Schuld dafür zu geben. Als hätte er eine Wahl. Als wäre Melantho nicht selbst eine Mörderin. Als ob nicht jeder Tod eines Unschuldigen auf Ithaka in den letzten drei Jahrhunderten ihre Schuld gewesen wäre.

Eine dunkle Röte schoss Mathias in die Wangen. »Du redest ja so, als täten wir das zu unserem Vergnügen.«

»Nein, so rede ich nicht«, widersprach Melantho. Sie beruhigte sich mit einem tiefen Atemzug und versuchte, dem zornigen Blick auszuweichen, den Leto auf sie richtete. In

Momenten wie diesen sehnte sie sich nach Thalia. Thalia war immer wieder durch die Korridore hier gegangen und hatte so viele seiner Prinzen in den Tod gerissen. Sie hätte gewusst, was zu tun war. Sie hätte keine Angst davor gehabt zu sterben, im Gegensatz zu Melantho.

Leto räusperte sich. »Ich weiß, dass du dir genauso sehr wie wir wünschst, dass dieser Fluch gebrochen wird …«

Mathias schnitt ihr mit einem untypisch schroffen, freudlosen Lachen das Wort ab. »Genauso sehr wie ihr? Verzeih mir, wenn ich so offen spreche, Leto, aber du stammst nicht aus diesem Königreich. Du magst meine Verlobte sein, du magst dazu bestimmt sein, Königin zu werden, aber du weißt nicht, was wir gelitten haben, kennst den Schmerz nicht, den wir empfunden haben seit – Götter.« Mit einer plötzlichen Bewegung, bei der der Goldreif auf seiner Stirn verrutschte, ließ er den Kopf in die Hände sinken. Als er weitersprach, klang seine Stimme gedämpft. »Seit Jahrhunderten. Niemand – absolut niemand – wünscht sich das Ende dieses Fluches sehnlicher herbei, als ich es tue.«

Melantho bezweifelte stark, dass das stimmte. Trotzdem schwieg sie. Ihr Leben lang war sie mit dem Gefühl von Trauer vertraut, und der Schmerz in Mathias' Stimme war wie ein Echo ihres eigenen. Er griff an ihre Kehle und schürte mit sanften Hände eine Glut, die noch immer in ihr brannte.

»Nun ja«, brach Leto das sich in die Länge ziehende Schweigen, »ich nehme an, wir sind uns in einem Punkt einig: Der Fluch muss gebrochen werden!«

Mathias hob den Kopf hoch genug, um zwischen seinen Fingern hindurchzuspähen, während Leto die Hand nach den Schriftrollen auf dem Tisch ausstreckte und eine davon an sich nahm. Eine Motte, aus ihrem Schlummer aufgeschreckt, flog in einer Staubwolke empor. Für einen Moment verzog sich Letos Gesicht – in einer Überraschung, die sanft und traurig war –, aber dann wurde ihr Gesichtsausdruck wieder offen und warm.

»Du hast gesagt, du würdest schon seit einer Weile nach einer Lösung suchen. Erzähl uns alles, was du bisher herausgefunden hast.«

»Nichts!«, explodierte Melantho, als sie und Leto endlich in ihre Gemächer zurückkehrten. Es war früher Abend. Die Sonne war untergegangen, und der Mond tauchte Melanthos Haut in silbriges Licht, als sie sich aufs Bett warf und sich die Schuhe von den Füßen zog, wobei sie rasch den Blick von dem Spiegel abwandte, der neben dem Bett hing. Dunkle, violette Ringe waren unter ihren Augen erschienen. Sie hatte sich selbst noch nie so müde gesehen.

Leto duckte sich gelassen, als Melantho ihren Schuh an die Wand warf. »Er hat nichts herausgefunden!«

»Das ist nicht wahr«, widersprach Leto milde. Sie saß auf der Bettkante und griff jetzt nach Melanthos Hand. Melantho überließ sie ihr, immer noch finster dreinblickend, und sie saßen schweigend da, während Leto Muster auf ihre Haut zeichnete. »Er hat die Geschichte über die Mägde gefunden«, sagte sie nach einem Moment des Schweigens. Es stimmte; und sie hatte ihre Überraschung nicht verbergen können, als er ihnen die Geschichte erzählt hatte, ganz begeistert von seiner jüngsten Entdeckung. »Das bedeutet, dass er Fortschritte macht, nicht wahr? Diese Geschichte war auf Ithaka in Vergessenheit geraten.«

Melantho rümpfte die Nase. »Bei mir war sie nicht in Vergessenheit geraten.«

»Gib ihm Zeit«, sagte Leto. »Vielleicht findet er etwas heraus, das wir noch nicht wissen.« Sie drückte Melanthos Hand. Ihre Finger waren kalt. »Vielleicht wird er einen anderen Weg finden. Einen besseren Weg.«

Melantho sah sie an. In dem schwachen Licht waren Letos Augen eher grau als braun. Der Pelz eines Wolfs, das Schimmern einer steinernen Speerspitze. »Und wenn nicht?«

Die Antwort hing in der Luft zwischen ihnen. Während sie sich unterhielten, kauerten unschuldige Mädchen in entlegenen Wachtürmen in kargen Zellen. Einige von ihnen waren vielleicht sogar hier im Palast – unerreichbar und gleichzeitig ganz nah. Melantho würde sie nicht sterben lassen. Wenn Mathias sie nicht retten konnte, würde sie es tun. Oder Leto. Sie würden mit ihm zum Meer gehen, ihn in das aufgewühlte Wasser führen und ihn töten. Vielleicht würden sie ihm die Kehle durchschneiden. Das wäre ein gnädigerer Tod als das Ertrinken: schneller, sauberer.

Und dann würde Melantho die Wahrheit über ihr eigenes Schicksal erfahren. Würde die Klinge auch über ihre eigene Kehle fahren? Würde ihr Blut sich im seichten Wasser mit seinem mischen, würde sie neben ihm zu Boden sinken, während das Meer sie beide in seine Tiefen zog?

Sie würde es nicht zugeben, verdiente es nicht, so zu empfinden, aber sie hatte Angst.

Leto hielt ihrem Blick stand. »Noch nicht, Melantho«, sagte sie leise. In ihrer Stimme lag ein Unterton, eine stumpfe Klinge, die sich für einen flüchtigen Moment schärfte. »Frag mich das nicht jetzt. Nicht, wenn du die Antwort kennst.«

41

IN GEHEIMER UMARMUNG

Leto

Es war still und eisig in dem Raum, als Leto sich ins Bett zurückzog und sich in Melanthos Arme schmiegte, und so tat sie, was sie immer tun wollte, wenn Melanthos Augen so aussahen – kalt, sehnsüchtig, alt, und starr auf die Decke über ihnen gerichtet –, sie beugte sich vor und küsste sie.

Erst war der Kuss sanft und süß, bis Melantho sich bewegte und Leto aus dem Gleichgewicht brachte. Leto fiel auf sie. Melantho lag da, ihr goldenes Haar fächerförmig um ihr Gesicht herum verteilt, und schaute sie an. »Das habe ich mit Absicht gemacht.«

»Gut«, sagte Leto.

Der Kuss, der folgte, war heftiger. Leto drückte Melanthos Hüften mit dem Gewicht ihres Körpers in die Bettdecke. Als Melantho sich das nächste Mal bewegte, drehte sie sich, sodass sie nun auf Leto lag und sich ihr Bauch straff und fest an Letos presste. Leto ließ die Hände über Melanthos Rücken gleiten und genoss, wie sich ihre Muskeln anspannten, während Melantho in ihren Mund keuchte.

»Leto?« Es war eine Aufforderung; Melanthos Küsse wurden leidenschaftlicher, drängender. Ihre Hände hatten die hastige Reise hinunter zu Letos Taille begonnen, und sie zog an der Schärpe dort, bis der Knoten sich löste. Dann wanderten ihre Hände tiefer hinab. Ein Luftzug war um sie herum aufgekommen. Er fuhr Melantho ins Haar und kühlte Letos brennende Stirn. Ihr ganzer Körper stand in Flammen, und sie war feucht von Schweiß.

»Ja«, sagte Leto nur und spürte Melanthos Lächeln, bevor sie sich zurückzog und Letos Röcke bis zu ihren Hüften hochschob, um zwischen ihre entblößten Schenkel zu tauchen und …

Ein scharfes Klopfen an der Tür ließ sie auseinanderfahren.

Verdammt. Verdammt. Mathias durfte sie nicht so vorfinden. Keiner seiner Diener durfte sie so vorfinden.

»Einen Moment!«, rief Leto hastig und warf Melantho von sich herunter, die daraufhin einen zornigen Schrei ausstieß.

Leto hörte sie kaum. Sie durfte nicht so unvorsichtig sein. Schließlich war sie mit dem Prinzen verlobt. Es stand ohnehin schon so viel auf dem Spiel, und es war mehr als verantwortungslos, es auf diese Weise zu gefährden. Aber es war auch berauschend, unwiderstehlich. Sie warf einen verzweifelten, sehnsüchtigen Blick auf Melantho. Ihr Haar war ein wildes, goldenes Durcheinander. Sie war schmerzhaft schön.

»Tut mir leid«, zischte Leto und band die Schärpe ihres Chitons zu einem hastigen Knoten, bevor sie sich über ihre Locken strich, um sie zu bändigen.

»Wenn das Mathias ist«, sagte Melantho, »werde ich ihn kastrieren wie ein Pferd.«

Leto legte den Kopf schräg. »Hast du schon einmal ein Pferd kastriert?«

»Nein«, sagte Melantho düster. »Aber ich bin mir sicher, dass ich es könnte, wenn ich es wollte.«

»Nun, dann lass uns hoffen, dass es niemals dazu kommt.« Leto tappte mit nackten Füßen in den mittleren Raum und lief zur Tür. Nachdem sie sie einen Spaltbreit aufgezogen hatte, spähte sie durch die schmale Lücke und sah eine Dienerin draußen stehen. Es war dunkel im Korridor hinter ihr. »Kann ich dir helfen?«

»Eine B-Botschaft, Euer Gnaden«, stammelte das Mädchen und hielt Leto eine Schriftrolle hin.

Leto zog die Tür ein wenig weiter auf. »Von?«

»Prinz Mathias, Seiner Gnaden«, antwortete das Mädchen. »Euer Gnaden.«

»Wunderbar«, sagte Leto trocken, denn sie wusste, dass Melantho lauschte, und sie wusste, dass es genau das war, was Melantho gerade dachte. Das und: *Was ist so dringend, dass es nicht bis morgen warten kann?* Sie zupfte dem Mädchen die Schriftrolle aus der Hand. Der Papyrusbogen war dünn, und im flackernden Licht der Fackeln in den Wandhaltern im Korridor konnte sie Mathias' bedächtige, verschnörkelte Schrift erkennen. »Danke.«

Das Mädchen floh eilends, und Leto ließ die Tür wieder zufallen.

»Klug von ihm, nicht selbst zu kommen.« Melanthos Stimme schwebte durch den hauchdünnen Vorhang, der sie trennte. »Er muss seinen unmittelbar bevorstehenden Untergang geahnt haben.«

Leto lachte und gestattete sich, für einen Moment ihre Schultern zu entspannen und glücklich zu sein. Sie ging zurück in das Schlafgemach und grinste Melantho an. »Das ist doch alles nur Geschwätz«, sagte sie.

»Oh, meinst du?« Melanthos Zähne blitzten weiß auf. Sie lächelte wie ein Raubtier, ein Panther, der sich an seine ahnungslose Beute heranpirschte. »Warum erzähle ich dir nicht genau, was ich mit dir zu tun beabsichtige, und du kannst selbst entscheiden, ob es …« Sie lehnte sich zurück, sodass das Licht über die sanfte Biegung ihrer Schlüsselbeine fiel. Sie hatte sich nicht die Mühe gemacht, ihren eigenen Chiton wieder zuzubinden. Leto beobachtete, wie sich das Kleidungsstück langsam öffnete. Etwas in ihrem Bauch zog sich zu einem Knoten zusammen, als Melanthos Lippen die Worte formten. »… alles nur Geschwätz ist.«

Leto räusperte sich und wandte den Blick ab, bevor ihre Augen jeden ihrer Gedanken verrieten. »Lies das, ja?« Sie warf Melantho die Schriftrolle zu.

Melantho fing sie auf und warf sie mit Schwung zurück. Die Rolle prallte gegen Letos Schläfe.

»Au.«

»Lies doch selbst. Ich bin nicht deine Dienerin.«

»Streng genommen …«

»Versuch es gar nicht erst«, warnte Melantho sie, aber sie lächelte. »Warte damit bis morgen früh, ja? Wir waren gerade mitten in einer anderen Sache.« Sie warf sich wieder in die Kissen, hob das Kinn und zog die Brauen auf diese vertraute, kokette Art in die Höhe. Ihre Augen glitzerten in dem schwachen Licht. »Also«, sagte sie gedehnt. Der Chiton öffnete sich jetzt zur Gänze. »Wo genau waren wir?«

Mathias konnte in den wenigen Stunden nichts Umwälzendes herausgefunden haben. Und wenn Melantho auf diese Weise lächelte, ihr goldenes Haar in Löckchen über den Kissen ausgebreitet … die Nachricht des Prinzen konnte warten.

Leto ließ die Schriftrolle dort liegen, wo sie hingefallen war, stieg ins Bett auf das zerwühlte Laken. Dann beugte sie sich über Melantho, sodass ihre Lippen kaum ein Wispern voneinander entfernt waren. Melantho hob die Hände, um Letos Gesicht zu umfassen, und Leto lächelte.

»Ungefähr hier, glaube ich«, sagte sie, als Melantho den Kopf hob, um sie zu küssen.

Noch am Vormittag des folgenden Tages lag die Schriftrolle ungelesen auf dem Boden, bis endlich das durch die Fenster fallende Sonnenlicht Leto weckte.

Sie befreite sich aus der Umklammerung von Melanthos Armen und Beinen und streckte die Hand aus, um die Schriftrolle an sich zu reißen, bevor sie das Band darum herum löste. Melantho bewegte sich und murmelte leise etwas. Ihr Haar war eine goldene Lache auf den Kissen. In Augenblicken wie diesem – ihr Gesicht entspannt, ihre Lider geschlossen, während ihre hellen Wimpern auf ihren Wangen flatterten – war es leicht zu vergessen, wer sie war und was sie alles erlitten hatte, dass sie nicht nur ein siebzehnjähriges Mädchen war, das in einem Flecken Morgensonne schlief.

Leto konnte sich eines Lächelns nicht erwehren.

Es entglitt ihrem Gesicht, als sie die wenigen Zeilen der verschnörkelten Handschrift las.

Meine liebe Leto, stand da.
Ich kann nicht genug betonen, wie dankbar ich dir für deine Hilfe bin und für die von Melantho. Vielleicht gelingt es uns ja gemeinsam, dieses schändliche Kapitel von Ithakas Geschichte zu beenden. Ich hoffe, dass du – dass ihr beide – zustimmen werdet, morgen mit mir zu frühstücken. Ich werde eine Stunde nach Sonnenaufgang in der Bibliothek warten.
Mit meinem nochmaligen aufrichtigen Dank
Mathias

Er hatte den Brief auf eine besonders elegante Weise unterschrieben, bei der die Buchstaben mühelos ineinander flossen. Blinzelnd wie eine Eule betrachtete Leto das Schreiben, dann richtete sie den Blick auf das Fenster und die Sonne, die davor aufgegangen war. Vor weit über einer Stunde.

»Mist«, sagte sie laut. Melantho wurde wach. Sie hatte die Arme auf den Kissen ausgebreitet – eine bemerkenswerte Angewohnheit von ihr war, weit mehr als ihren gerechten Anteil des Bettes zu beanspruchen –, aber jetzt hob sie abrupt eine Hand, um ihr Gesicht zu schützen, während sie die andere unter die Kissen schob und kurz darauf mit einem Messer erhob.

»Bei Zeus, Melantho!« Leto sprang auf, als Melantho sich hinsetzte und sie verschlafen anblinzelte. »Ich wusste nicht mal, dass es da ist!« Nicht unbedingt ein tröstlicher Gedanke.

Melantho blinzelte sie an. »Das liegt daran, dass du nie die Bettwäsche wechselst«, sagte sie. »Ich dachte, wir werden angegriffen.«

Leto wedelte mit der Schriftrolle. »Wir sollen uns mit Mathias treffen. Wir sind schon spät dran.«

Melantho griff nach einem Kissen und drückte es sich aufs Gesicht. Die Gänsedaunen dämpften ihre Stimme. »Das ist mir gleich.«

Leto griff nach einem von Melanthos achtlos abgestreiften Schuhen – der andere lag noch dort, wo sie ihn am vergangenen Abend hingeworfen hatte, am gegenüberliegenden Ende des Raums – und sie warf ihr den Schuh hin. »Steh auf«, befahl sie, wenn auch nicht unfreundlich. »Und kämm dir das Haar. Es ist ganz durcheinander.«

Melantho spähte hinter den Kissen hervor und kniff ihre grasgrünen Augen zusammen. »Ich hasse dich.«

Und sie hatte jedes Recht dazu. Wenn sie wüsste, was Leto manchmal dachte, ihre Gedanken Mathias betreffend, darüber, ihn am Leben zu lassen, dann würde sie sie vielleicht tatsächlich hassen. Aber Leto würde nicht zulassen, dass diese Gedanken sich Gehör verschafften, würde sich nicht von ihrer Aufgabe abbringen lassen.

Sie lächelte. »Nein, tust du nicht.«

42

GLEICH DEM STRAHLE DER SONN' UND DEM SCHIMMER DES MONDES

Melantho

Als Melantho und Leto in die Bibliothek geeilt kamen, war die Erleichterung auf Mathias' Gesicht deutlich zu erkennen. Melantho schwieg, während Leto atemlos ihre Entschuldigungen vorbrachte, eine Hand auf Mathias' Arm gelegt. Entweder war sie außerordentlich gut darin, sich zu verstellen, oder sie schämte sich tatsächlich.

Mathias tat ihre Entschuldigungen mit einem Schulterzucken ab. »Nein, nein«, sagte er fest. In seinem weißen Chiton, über den er einen goldenen Umgang geworfen hatte, sah er ganz wie der wohlwollende zukünftige König aus. »Es ist meine Schuld – ich hätte nicht erwarten dürfen, dass du meine Korrespondenz sofort liest. Das war anmaßend.«

Melantho verdrehte die Augen. Die Luft war immer noch geschwängert mit dem staubigen Verwesungsgeruch der Bibliothek, aber jetzt mischte sich noch etwas anderes hinein, etwas Süßeres. Leto hatte es ebenfalls wahrgenommen. Sie hob den Kopf und fragte Mathias mit einer Stimme voller Entzücken: »Ist das Honigkuchen?«

Es war Honigkuchen. Außerdem getrocknete Aprikosen und Feigen und ein Dutzend anderer Dinge, die in Steinschälchen auf dem Tisch verteilt standen. Die Schälchen waren so bemalt und glasiert, als wären sie aus Meeresgischt gemacht. Melanthos Magen knurrte. Sie wusste es zu schätzen, dass Mathias es nicht kommentierte, auch wenn sein Blick für einen Moment zu ihr herüberflog, bevor er Leto wieder voller Bewunderung ansah.

»Ich dachte, wir könnten noch einmal von vorn anfangen«, sagte Mathias und hielt Leto eine Platte mit säuberlich in Scheiben geschnittenem Baklava hin. »Mein Volk liegt mir sehr am Herzen. Ich hoffe, dass es dir eines Tages ebenso viel bedeuten wird.« Jetzt sah er Melantho doch an und lächelte. Er war wirklich wunderschön mit seinen hohen Wangenknochen und den herrlichen Locken, die ihm in die Stirn fielen. Er hatte sogar Grübchen.

Melantho wandte den Blick ab. Sie hatte einmal einen solchen Prinzen gekannt, einen Prinzen, der ganz aus Gold und Honig und Süße zu sein schien – bis sich das eines Tages als falsch herausstellte. Es war so leicht, schönen Menschen zu misstrauen; schließlich war auch Pandoras Büchse herrlich anzusehen gewesen. Ein Kunstwerk, trotz der Schrecken, die sie enthielt, trotz der Ungeheuer, die sie daraus auf die Welt losgelassen hatte.

Als er ihr das Baklava anbot, winkte sie ab, ohne ihn anzusehen.

Sie setzten sich an den Tisch unter die flackernden Lichter von einem halben Dutzend Fackeln in kunstvoll gestalteten Bronzehalterungen. Melantho knibbelte mit den Fingernägeln an einer getrockneten Feige, während Mathias angeregt und beinahe leuchtend vor purem Glück, Gesellschaft zu haben, ihnen – in allen Einzelheiten – sein neues System für die Ablage der Schriftrollen erklärte.

»Das ist wunderbar«, sagte Leto, als er zum Ende kam. Sie begutachtete die Etiketten auf einem Korb voller Schriftrollen – die Papiere, die zuvor in entsetzlicher Unordnung herumgelegen hatten, waren jetzt säuberlich und nach ihrem Inhalt sortiert – und strahlte Mathias an. »Wie lange hast du dafür gebraucht?«

Mathias fuhr sich mit einer Hand durch die Locken und schenkte ihr ein verlegenes Lächeln. »Oh, nicht sehr lange. Ich wollte das schon seit Monaten tun, es war also alles geplant. Und ich habe in der vergangenen Nacht eine ganze Weile hier verbracht. Ich konnte nicht schlafen. Und dann bin ich heute Morgen noch einmal eine Stunde damit beschäftigt gewesen, während ich gewartet habe.«

Leto machte ein schuldbewusstes Gesicht.

»Schau mal«, er nahm einen Korb vom Boden auf und stellte ihn vor sie hin. »Das ist mein Versuch, Ithakas Geschichte zu ordnen. Die ältesten Schriftrollen sind größtenteils zerstört, aber einige von ihnen wurden abgeschrieben. Hier«, er zog eine lose Schriftrolle heraus und hielt sie ihr hin, »diese ist kaum dreißig Jahre alt, aber sie berichtet von Ereignissen, die Jahrhunderte zurückliegen. Und die hier«, er hatte eine weitere herausgezogen, »stammt aus der Zeit von König Odysseus selbst. Darin habe ich auch den Bericht über die erhängten Mägde gefunden. Gestern schien dich das Thema zu interessieren, deshalb wollte ich es dir zeigen.«

»Ja«, sagte Leto eifrig. »Ich denke, das ist eine gute Stelle, an der man anfangen kann.«

Irgendwo zwischen den verrottenden Schriftrollen würden sich auch die Berichte über den Tod von elf Prinzen befinden, davon war Melantho fest überzeugt. Sie versuchte, Letos Blick auf sich zu lenken. Auf keinen Fall durften sie zulassen, dass Mathias darauf stieß. Sie konnten es nicht gebrauchen, dass er eins und eins zusammenzählte, um in der Nacht zu fliehen oder sich in seinen Gemächern zu verbarrikadieren oder irgendeine andere Dummheit zu machen. Aber Leto sah sie nicht an. Sie hatte sich ein Stück von dem Honigkuchen abgebrochen und sich in eine der Schriftrollen vertieft, und verschlang jetzt beides. Ihre Augen huschten emsig über den uralten Papyrus.

Mathias schob Melantho eine Schriftrolle über den Tisch zu. »Hier«, sagte er und strahlte sie an. »Die habe ich noch nicht gelesen – sie trägt die Überschrift ›Flüche‹, aber im Grunde könnte sie alles Mögliche enthalten.«

Melantho besah sich die Schriftrolle. Es juckte sie in jedem einzelnen Finger, sie an sich zu reißen, sie zu öffnen und die Worte zu überfliegen, um zu beweisen, dass sie dem allen gewachsen war, dass sie keine Angst hatte, dass sie *nützlich* war. Aber es ging nicht. Sie zwang ihre Stimme dazu, ruhig, gelassen und kalt zu klingen. »Ich kann nicht lesen.«

Leto verschluckte sich an ihrem Kuchen.

Melantho hielt ihre Augen auf die Tischplatte gerichtet, während Mathias aufsprang, und mit dem Weinkrug hantierte, Leto einen Becher in die Hand drückte und sie genau beobachtete, als sie einen deutlich hörbaren Schluck nahm. Sie konnte es nicht ertragen, Leto ins Gesicht zu sehen, die Verwirrung zu sehen, von der sie wusste, dass sie sie darin finden würde. Ihre Wangen brannten vor Scham.

Sie hatte das Thema stets gemieden und allerlei Ausreden benutzt, außerstande, zu der Erinnerung an ein Leben zurückzukehren, in dem sie nur eine Magd gewesen war. Nur irgendeine ungebildete Magd – ihre Königin hatte es vorgezogen, dass ihre Mägde unwissend blieben. So konnte man sich darauf verlassen, dass sie nicht herumschnüffelten.

»Das ist kein Problem«, erklärte sie hastig, sobald Leto aufgehört hatte zu husten. »Ich kann …« Sie versuchte fieberhaft, sich etwas einfallen zu lassen. »Nun, ich bin sicher, es findet sich etwas, das ich tun kann.«

Mathias' Gesicht leuchtete auf. Er war wie ein Kind, das immer darauf brannte, zu gefallen. »Da weiß ich genau das Richtige!« Er tauchte unter den Tisch und kam mit einem weiteren Korb wieder zum Vorschein. »Diese sind bebildert – wenn Worte dabei sind, handelt es sich größtenteils um Titel der abgebildeten Stücke. Hier.« Er hielt ihr den Korb hin.

Melantho nahm ihn entgegen und war zum ersten Mal dankbar für Mathias' Anwesenheit. Zumindest lenkte er Leto ab. Ihre traurigen, forschenden Augen waren nicht länger auf Melanthos Gesicht gerichtet, sondern auf den Korb mit Schriftrollen, den Melantho nun in Händen hielt.

Leto lächelte. »Meine Mutter hat solche Mythen geliebt«, sagte sie und beugte sich vor, um eine Rolle herauszuziehen. Sie schob das Band hinunter und hielt das zarte Pergament so geöffnet, dass Mathias es betrachten konnte. »Seht nur, Persephone und Hades. Sie hat mir von diesem Mythos einmal erzählt. Das war eins der wenigen Dinge, die wir zusammen tun konnten, wenn Zeit dafür blieb. Sie war immer so beschäftigt, und wenn sie nicht beschäftigt war, war sie müde.«

»Das sind die Nachteile, wenn man eine Königin zur Mutter hat«, sagte Mathias.

»Ich … ja.« Leto wurde rot. Sie war eine miserable Lügnerin. »Ja, ich nehme an, so ist es. Aber wenn mal ein Moment der Ruhe einkehrte, eine Zeit, zu der – zu der es keine Steuerabgaben zu begutachten gab und dergleichen Dinge …«

Melantho griff nach einer weiteren Feige und machte sich daran, sie in kleinste Stücke zu zupfen. Mathias sah Leto immer noch mit seinen großen schwarzen Augen an, seine Lippen geöffnet, während sie ihn anlog.

»Zu diesen Gelegenheiten saßen wir zusammen am Feuer«, fuhr Leto fort. »Und sie hat mir Geschichten über die Götter erzählt, über all die Helden des Altertums. Sie hat auch alle Stimmen nachgeahmt. Es war magisch.« Sie holte tief Luft, und die nächsten Worte sprudelten ihr wie von selbst über die Lippen. »Die Leute haben immer zugehört, wenn sie gesprochen hat. Sie war faszinierend. Mehr als faszinierend. Und klug war sie auch, und schön.«

»Du sprichst von ihr, als wäre sie tot«, sagte Mathias. »Ganz so weit ist sie nicht entfernt, Leto. Wenn wir verheiratet sind, kannst du, wann immer du magst, nach Athen zurückkehren.«

Die übel zugerichtete Feige in Melanthos Händen fiel mit einem weichen Aufprall auf den Tisch.

Letos Blick flog zu ihr. Eine kleine, fast nicht wahrnehmbare Bewegung, die Melantho hätte beruhigen sollen, aber das Gegenteil bewirkte. Sie entdeckte Trauer in ihren Augen, aber Letos Wangen waren rot, und sie schien aufgeregt. Melantho wandte demonstrativ den Blick ab. Errötete Leto etwa bei dem Gedanken daran, Mathias zu heiraten?

Leto richtete ihre Aufmerksamkeit auf die bebilderten Schriftrollen aus einem anderen Korb. »Seht euch die hier an. Die sind ja wunderschön.«

Mathias beugte sich vor, um sie sich anzuschauen. »Oh ja«, pflichtete er ihr bei. »Das sind sie wirklich. Ich habe einfach alle zusammengesucht, die das letzte Orakel geschrieben hat, und –«

»Das Orakel?« Letos Stimme klang scharf. Zu scharf. Eine Prinzessin aus Athen würde nicht so auf ein Orakel aus Ithaka reagieren. Aber natürlich war Leto gar keine Prinzessin aus Athen, und sie war gefährlich nah daran, sich zu verraten.

»In Athen gibt es keine Orakel«, schaltete Melantho sich ein. Das hatte Adrasteia erzählt, als sie sie angefleht hatte, sie gehen zu lassen, damit sie auf der Insel Delphi ihre eigene Zukunft finden konnte. »Leto hat daher ein besonderes Interesse an ihnen.«

Leto sah sie nicht einmal an. »Meine Mutter hatte ein ganz besonderes Interesse an diesen Orakeln, verstehst du«, sagte sie und lehnte sich an Mathias.

Warum tat sie das? Sie brauchte ihm doch nicht so nah zu kommen, oder? Es gab gar keinen Grund dafür. Als Mathias den Mund zu einer Antwort öffnete, kam Melantho ihm zuvor.

»Ich habe meine Mutter nie kennengelernt«, sagte sie freundlich. Ihr Herz raste. Sie hasste es, sich so zu fühlen: außer Kontrolle, voller Angst, ungeduldig und impulsiv. Sie war immer die Geduldige gewesen, die Vorsichtige, diejenige, die zu lange wartete, bis es zu spät war. »Ich kann mich jedenfalls nicht an sie erinnern. Sie hat mich für ein Goldstück an die Königin verkauft, als ich sechs war.«

Mathias und Leto schwiegen, und in ihren Gesichtern spiegelte sich dasselbe Unbehagen wider. Melantho kämpfte sich tapfer weiter, ihre Stimme voller falscher Munterkeit. »Das war eine ganze Menge, müsst Ihr wissen. Ich nehme an, ich war ein hübsches Kind.«

»Melantho«, sagte Leto. Es klang wie eine Warnung.

Es war mehr, als Melantho ertragen konnte. Sie schob ihren Stuhl mit einem harten Knirschen von Holz auf Stein über den Boden und stand auf. »Ihr habt recht«, sagte sie barsch. »Ich bin hier keine große Hilfe, nicht wahr? Ich werde einfach etwas tun, das passender für meine Stellung ist. Vielleicht ein paar Böden schrubben?«

Mathias beobachtete sie stumm. Letos Gesicht war verzerrt vor Schmerz. »Melantho«, sagte sie noch einmal.

»Spart Euch die Mühe«, unterbrach Melantho sie. »Ich werde Euch mit Eurer Aufgabe allein lassen. Aber ein Wort des Rates noch. Törichte Legenden werden Euch nicht viel helfen. Warum sucht Ihr nicht nach etwas Bedeutsamerem? Wie Aufzeichnungen über die Untaten *Eurer* Familie.« Wer wusste schon, welche Geheimnisse hier noch verborgen waren? Das würde sie für eine Weile beschäftigen. Melantho drehte sich um und verließ den Raum. Ihre Wangen waren heiß, ihre Augen brannten in der staubigen Luft, und ihr Herz war schwer von dem seltsamen Gefühl, etwas Kostbares verloren zu haben.

43

WIE SEHR ICH AUCH TRAURE

Leto

Leto hatte Melantho angesehen, dass sie ihr nicht folgen durfte. Sie hätte es trotzdem getan, wenn nicht der Prinz vor ihr gesessen und sie durch diese dichten Wimpern hindurch betrachtet hätte. Sie war völlig durcheinander, denn sie hatte Melantho noch nie so unüberlegt, so voller Zorn handeln sehen. Und warum hatte Melantho ihr nie erzählt, dass sie nicht lesen konnte? Leto hätte es ihr doch beigebracht.

Sie schüttelte den Kopf, um sich zu sammeln. Es gab wichtigere Dinge, über die sie jetzt nachdenken musste. Zum Beispiel die Tatsache, dass nur noch vier Tage blieben, bis Mathias sterben musste.

Bis Leto ihn töten musste.

Es sei denn, sie fänden einen anderen Weg. Aber das war fast zu viel der Hoffnung. Sie konnte nicht vergessen, was zwischen ihnen auf dem Tisch lag, der Stapel von Schriftrollen mit Prophezeiungen. Prophezeiungen ihrer Mutter.

»Dieses Orakel«, sagte sie beiläufig, griff nach einer weiteren Pergamentrolle und schüttelte den Staub von ihrem Siegel. »Was weißt du sonst noch über sie?«

Mathias blickte auf sein eigenes Pergament hinunter. »Nicht viel, wenn ich ehrlich sein soll. Ich weiß, dass sie kurz nach meiner Geburt von ihrem Amt zurückgetreten ist. Falls ich ihr je begegnet bin, erinnere ich mich leider überhaupt nicht an sie.«

Die Enttäuschung, die in ihr aufstieg, schmerzte mehr, als Leto erwartet hatte. Ihr war nicht bewusst gewesen, wie viel Hoffnung sie immer noch hegte, dass sie irgendwann, eines Tages, herausfinden würde, was mit ihrer Mutter geschehen war. Und auch nicht, wie viel Hoffnung sie auf den jungen Mann gesetzt hatte, der vor ihr saß. Er kaute geistesabwesend auf einem Bissen Honigkuchen herum und verteilte goldene Krümel über dem Tisch.

»Das ist bedauerlich«, sagte sie.

Mathias schaute auf. »Ach ja?«, fragte er mit einem Mund voll Kuchen.

Leto zog eine Augenbraue hoch, und er errötete. Er schluckte hastig und versuchte es noch einmal. »Warum?«

»Nun«, sagte sie, um eine ausdruckslose Stimme bemüht, die möglichst wenig verriet. »Orakel sprechen Prophezeiungen aus, nicht wahr?« *Ja,* sagte die Stimme in ihrem Hinterkopf, *Prophezeiungen, die einem Melanthos Tod zeigen. Prophezeiungen, die man ignoriert, weil man zu dumm ist, um zu begreifen, was sie bedeuten.* Sie fuhr fort. »Vielleicht sogar etwas über den Fluch?«

»Ich habe den Tempel Apollos durchsucht. Dort gab es nichts, das wir verwenden könnten.« Er schien gar nicht wirklich zuzuhören, denn seine Augen richteten sich bereits wieder auf seine Papiere. »Sieh dir das hier an. Hyakinthos … Krokos …« Er wühlte in den Schriftrollen auf dem Tisch. »Viele unglückselige Sterbliche scheinen als Blumen zu enden, nicht wahr?«

»Nun«, sagte Leto, »wenigstens erinnern wir uns an sie.«

»Hm.« Mathias hielt eine der bebilderten Schriftrollen auf Augenhöhe und betrachtete sie blinzelnd. »Welche Blume könntest du sein?«

»Wie bitte?«

»Wenn die Götter dich töten würden.« Er schaute mit einem strahlenden, wunderschönen Lächeln auf. »Was glaubst du, in was würdest du dich verwandeln?«

»Ich dachte, der Sinn der Sache wäre, eine neue Blume zu erschaffen. Dann würde ich wohl eine Leto-Blume werden.«

Diese Antwort schien ihm nicht zu gefallen. »Darin liegt nicht der Sinn der Sache. Das hätte ja keine besondere Bedeutung.« Eine Pause trat ein. »Ich wäre gern eine Narzisse.«

»Wirklich?«

»Warum nicht? Ich mag Narzissen.«

»Ich ...« Sie musterte ihn aus zusammengekniffenen Augen. »Hör mal, lass uns für einen Moment zu dem Orakel zurückkehren. Sie hatte doch sicher auch ein Leben außerhalb des Tempels. Sie war das königliche Orakel, nicht wahr? Wo hat sie gelebt? War es hier? Vielleicht hat sie Hinweise zurückgelassen. Vielleicht weißt du auch, wo ihre Zimmer waren ... wir könnten sie durchsuchen.«

»Oh, hm«, sagte Mathias und merkte sichtbar auf. Eine seine Locken war ihm über die Augen gefallen. Er strich sie sich hinters Ohr und lächelte sie an. »Wenn sie eigene Räume hatte, sollte es nicht allzu schwer sein herauszufinden, wo sie waren. Ich habe jede Menge Karten gefunden. Es gibt so viele verborgene Gänge in diesem Palast, dass es schon fast lächerlich ist.« Er stöberte in einem Korb, bis er das Gesuchte fand. »Mal sehen ... Unterkünfte für die Dienerschaft ... Stallmeister. Hier! Du hast recht – ich kann nicht glauben, dass mir das nicht schon vorher eingefallen ist. Die Räume des Orakels befinden sich auf der Ostseite des Palastes, und ich bin mir sicher, dass sie nicht angerührt worden sind, seit sie fortgegangen ist.«

»Das ... das glaubst du?«

»Natürlich. Ich werde dich sogar hinbringen«, sagte er, schob seinen Stuhl zurück und sprang auf. Er schien plötzlich voller Tatendrang, voller Erleichterung, dass er endlich etwas Sinnvolles tun konnte. Sie erkannte seine Ungeduld an der Art und Weise, wie er von einem Fuß auf den anderen trat, während er nach ihrer Hand griff. »Komm mit.«

Sie fädelte ihre Finger zwischen seine und ließ sich von ihm aus dem Raum führen.

Die Gemächer ihrer Mutter befanden sich im Ostflügel des Palastes, irgendwo verborgen in dem weit verzweigten Labyrinth identischer, marmorner Korridore und gewundener Wendeltreppen. In Letos Kopf sah ein Gang aus wie der andere, während sie sich mühte, mit Mathias Schritt zu halten, der sie an der Hand hinter sich herzog. Als er endlich stehen blieb – vor einer glatten Holztür, in die ein spiralförmiges Zeichen eingebrannt war –, lief sie direkt in ihn hinein.

»Vorsicht«, sagte er und hielt sie fest, damit sie nicht das Gleichgewicht verlor.

»Das ist es?«

»Ganz genau.«

Sie betrachtete prüfend die Tür. Das Zeichen löste sich auf in einen Reigen wirbelnder Flügel, die an Letos Erinnerungen rührten und den süßen Duft von Weihrauch mit sich brachten. Weihrauch und Asche.

»Das ist es«, sagte sie noch einmal. Diesmal war es keine Frage.

»Ja.« Mathias drückte mit den Fingerspitzen gegen die Tür. Ein langes, schreckliches Quietschen ertönte, als das Holz sich für einen Moment widersetzte, und …

Die Tür fiel aus den Angeln.

»Oh …« Mathias fluchte laut, und die Worte hallten durch den Gang. Im selben Moment, in dem sie ihm über die Lippen kamen, presste er sich eine Hand auf den Mund und wirkte entsetzt. »Götter, verzeih mir. Ich habe nicht …«

Leto lachte. Der Klang dieses Lachens – hell und perlend – überraschte sie selbst. Sie hatte nicht damit gerechnet, mit Mathias so lachen zu können, hatte nicht damit gerechnet, dass sie sich mit ihm so wohl fühlen könnte, als wäre sie zu Hause. »Ich bin robuster, als du glaubst, Mathias«, sagte sie. »Ich werde nicht jedes Mal, wenn du etwas auch nur ansatzweise Ungehöriges sagst, in Stücke brechen.«

Mathias richtete den Blick auf den Boden. Seine Wangen waren hochrot. »Ob du nun entrüstet bist oder nicht, du musst meine Entschuldigung dennoch annehmen. Und meine Komplimente. Ich habe es vorhin nicht erwähnt, aber du siehst heute besonders hübsch aus. So glanzvoll wie der Mond.«

»Ich werde deine Komplimente nicht annehmen; sie sind lächerlich. Gehen wir hinein?« Ihr Gesicht war heiß, und sie schob ihn beiseite, ging vorsichtig um die zerstörte Tür herum und betrat das Gemach. Ihr Herz fühlte sich an wie Glas, wie aus Eis, als könne es jeden Moment zerspringen. Ihre Mutter war hier gewesen.

Ihre *Mutter.* Wie leicht es ihr gefallen war, sie unter all den Intrigen und Ränken zu vergessen. Wie weh es tat, sich wieder an sie zu erinnern.

»Oh«, murmelte Mathias. Er war ihr gefolgt und hielt sich hinter ihr wie ein Schatten. Er strich mit dem Handrücken über ihre Hand, und als sie sich nicht zurückzog, ließ er seine Finger behutsam zwischen ihre gleiten. Dann streichelte er mit dem Daumen ihren Handteller. »Es ist wunderschön.«

Das war es.

Das Zimmer war in einem entsetzlichen Zustand, und doch war es – da hatte Mathias recht – ebenso erlesen, wie es verfallen war.

An einer Wand befand sich eine Platte aus gehämmerter Bronze, die als riesiger, verzerrter Spiegel diente. Weite Teile der polierten Oberfläche verschwanden fast unter Schichten aus Staub und Schmutz. Etwas schimmerte matt auf dem kleinen Tisch neben dieser Wand. Eine gewaltige Delle schien diese zu teilen. Die Spiegelbilder, die Leto entgegenschauten – ein Mädchen und ein Junge Hand in Hand – schillerten und zersplitterten. Wenn sie der Mond war, war er immer, immer die Sonne. Ein flammender, wunderschöner junger Mann, dazu bestimmt zu verbrennen. Sie begegnete seinem Blick im Spiegelbild und sah dann weg.

»Was ist passiert?«, fragte sie ihn. Ihre Mutter hatte in diesen Räumen gelebt, hatte aus diesen Fenstern geschaut. Hatte hier gelacht, vielleicht geliebt. Und jetzt war nur noch eine leere Hülle übrig. Die Luft war geschwängert mit dem Geruch nach Fäulnis, und das einzige Geräusch war das des Windes, der den Staub aufwirbelte.

Mathias schaute sich um, sein schönes Gesicht von Schmerz durchdrungen. »Nichts«, sagte er leise. »Überhaupt nichts – es ist genauso, wie es immer war. Sieh dir nur den Staub an. Ich glaube, wir sind seit fast zwei Jahrzehnten die Ersten, die einen Fuß in diesen Raum setzen.«

Fast zwei Jahrzehnte. Fast zwanzig Jahre lang war das Erbe ihrer Mutter langsam, aber sicher zu nichts zerfallen. Leto hätte Ärger empfinden sollen, hätte den Jungen neben sich in seinem ganzen Prunk hassen sollen. Aber sie fühlte sich einfach nur leer. Hätte sie sich einen Finger an ihr Handgelenk gelegt, wäre es für sie nicht überraschend gewesen, festzustellen, dass dort kein Puls zu spüren war. Ihre Mutter befand sich nicht mehr an diesem Ort, er bedeutete jetzt nichts mehr.

»Es ist nicht nur hier so«, sagte sie. »Es ist überall. Die Bibliothek zerfällt zunehmend. Es gibt Gänge und Treppen, die im Nichts enden, es ist einfach zu viel *Leere* hier.« Sie schaute zu Mathias auf. Er starrte immer noch ausdruckslos auf die staubige Bronzeplatte. »Es kann doch nicht schon immer so gewesen sein, oder?«

»Das stimmt«, Mathias nickte, »du hast natürlich recht.«

»Was hat sich geändert?«

»Das Geld«, sagte Mathias. »Wir haben keins mehr. Unsere Schatzkammer ist so gut wie leer, und wir können uns nur mit knapper Not die wenigen Diener leisten, die wir behalten haben. Unsere Untertanen hungern, und wir stehen im Begriff, unsere dürftigen Mittel für dieses lächerliche Fest zur Tagundnachtgleiche zu verbrennen. Und Zeit. Morgen ist der letzte volle Tag, den wir haben werden.« Er versetzte einem staubbedeckten Sessel einen halbherzigen Tritt. Er erzeugte ein dumpfes Geräusch, und Mathias' Gesicht verzog sich.

»Das sah aus, als hätte es wehgetan.«

»Nicht so schlimm.« Die Qual in seinem Gesicht blieb jedoch. Seine Augen waren natürlich wie immer schwarz, aber irgendwie wirkten sie jetzt noch dunkler.

Leto bemühte sich um einen unbeschwerten Tonfall. »Du siehst ja richtig trübsinnig aus. Sicher ist die Aussicht auf das Fest nicht *so* schlimm.«

»Dieser Raum …«, begann er stockend und brach dann ab.

»Was ist damit?« Etwas in seinem Ton ließ sie stutzen. Sie wandte sich von der Untersuchung des ramponierten Schlosses einer halb verrotteten Truhe ab und blickte zu ihm empor.

Er schüttelte den Kopf. »Ach, nichts. Du wirst mich auslachen.«

»Werde ich nicht.« Was immer es war, das er gesehen hatte, das er gehört hatte, sie musste es wissen.

»Es ist nur …« Er brach wieder ab und schaute weg. Als er weitersprach, war seine Stimme leise und vorsichtig. »Ich glaube nicht, dass das Orakel eine glückliche Frau war. Dieses Zimmer riecht nach Traurigkeit. Ich kann … ich kann es kaum ertragen, hier zu sein. Verstehst du, was ich meine? Es ist …«

»Ja«, unterbrach Leto ihn. Irgendetwas daran, dass Mathias es aussprach, machte es wahr, und sie konnte es nicht aushalten, es zu hören. »Ja, du hast recht, es ist schrecklich hier, und ich kann es auch nicht ertragen. Komm.« Sie griff nach seiner Hand. Seine Haut fühlte sich fiebrig an. Er umklammerte ihre Finger, als wäre er ein Ertrinkender und sie die Sirene, die ihn in den Tod zog. »Hier gibt es nichts für uns.«

Als sie gingen, strich sie wie unbeabsichtigt mit der Hand über den staubigen Tisch und steckte das Fläschchen ein, das in dem Schmutz dort verborgen gewesen war, die Phiole, die ihr mit ihrem Glitzern ins Auge gefallen war. In dem Raum war nun nichts mehr für sie übrig, als die staubige Luft, geschwängert von der Trauer ihrer toten Mutter.

44

BEIM SCHEINE DER FACKELN

Melantho

Als Leto endlich von ihren romantischen Eskapaden mit Mathias zurückkehrte – denn Melantho konnte sich natürlich nicht vorstellen, dass sie irgendetwas anderes gemacht hatten –, war ihr Gesicht blass und eingefallen. Der Saum ihres Chitons und ihre Fingerspitzen waren mit Staub beschmutzt.

»Ich gehe zum Meer«, verkündete sie.

Melantho wartete eine Weile, bis sie aufschaute. War das alles, was Leto ihr zu sagen hatte? Keine Entschuldigung, kein Versuch der Wiedergutmachung für das, was sich in der Bibliothek zugetragen hatte? Melantho erwiderte nichts.

Leto straffte sich und sprach in die Luft über Melanthos Kopf. »Ich möchte das Wrack des Schiffes aus Athen finden.« Es folgte eine Pause. »Ich hatte gehofft«, fügte sie hinzu, und Melantho war erleichtert zu hören, dass dabei ihre Stimme ein wenig brach, »dass du mich begleitest.«

Melantho blieb so lange stumm, wie sie wusste, dass Leto es aushalten konnte. Als sie antwortete, kam sie direkt und unmittelbar zum Punkt. »Warum?«

»Das Wrack des Schiffes«, wiederholte Leto. »Ich muss es finden. Ich muss das Gold finden, das mit ihm untergegangen ist. Und wenn ich es gefunden habe, werde ich jedes einzelne Goldstück vom Meeresgrund hochholen und hierherbringen.

Aber ich kann das nicht ohne dich tun.« Ihre Stimme klang flehend.

Melantho blieb an der schützenden Wölbung von Letos Hand hängen, der Haltung ihrer Finger, die ihr verriet, dass sie etwas darin verbarg. Melantho mochte Geheimnisse. Sie hörte gern von ihnen und hütete sie gern, und sie benutzte sie genauso gern zu gegebener Zeit zu ihren eigenen Zwecken. Was immer Leto jetzt für ein Geheimnis verbarg, Melantho wollte es wissen.

»Ich werde mit dir kommen«, sagte sie und lächelte, so wie auch Leto es tat, als Überraschung und Freude über ihr Gesicht glitten. »Aber zuerst musst du mir zeigen, was du in deiner Hand hast.«

»Einverstanden«, erwiderte Leto, ohne einen Moment zu zögern. Vielleicht war es also doch kein so großes Geheimnis. »Danke, Melantho, danke …«

»Ist schon gut. Du wusstest, dass ich Ja sagen würde.« Sie ließ zu, dass ihre Stimme weicher wurde. »Ich würde alles für dich tun.«

»So wie ich alles für dich tun würde«, sagte Leto, ihre Augen warm und aufrichtig. Sie kam auf Melantho zu, kniete sich neben sie und drückte ihr etwas Kleines und Kaltes in die Hand.

Melantho schaute auf die Phiole hinab.

Sie war mit einer dicken Staubschicht überzogen, aber der Stöpsel hatte gehalten, und die Flüssigkeit darin mochte trüb sein, aber sie war nicht verdorben.

Als sie den Stöpsel vorsichtig herauszog, konnte sie den Moschus der Verwesung an der Flasche riechen und darüber hinaus eine Süße, die eine Erinnerung in ihr weckte. Es war ein eigenartiger Reflex, der sie dazu brachte, ihren kleinen Finger auf die Flaschenöffnung zu legen und sie schnell einmal zu kippen, wodurch ein dicker, milchiger Tropfen auf ihrer Fingerkuppe zurückblieb.

»Melantho …« Leto stand auf und streckte die Hand nach ihr aus, mit einem Ausdruck ängstlicher Vorsicht in ihren haselnussbraunen Augen. »Was machst du …«

Melantho führte den Tropfen an ihre Zunge.

Ja. Da war die Erinnerung, stieg empor und präsentierte sich ihr in ihrer ganzen schrecklichen Vollkommenheit.

Es war, als ob drei Jahrhunderte gar nichts bedeuteten. Kaum dass sie den Mohngeschmack wahrnahm – Opium, denn natürlich war es das, was die Flasche enthielt –, war Melantho wieder siebzehn Jahre alt und wurde an die Wand eines abgelegenen Gangs gepresst, während Eurymachos ihr ins Ohr keuchte, sein fettiges Haar an ihre Wange gedrückt.

Melantho versuchte, sich loszureißen, doch er hielt ihr Handgelenk fest und zerrte beharrlich daran.

»Melantho«, ertönte eine Mädchenstimme. Sie kam von sehr weit her.

Eurymachos war auf ihr, in ihr, und sie konnte sich nicht befreien, sie konnte nicht atmen, sie konnte nicht …

»Melantho!«

Die Erinnerung zersplitterte.

Letos Gesicht, ihre Augen im schwachen Licht ein sanftes Grau, erschien in ihrem Gesichtsfeld. Melantho starrte sie an, ihre Hände zitterten, verkrampften sich unter dem Schmerz und dem Zorn dieser Erinnerung. Ihr armes Herz scherte sich nicht darum, dass sie der Vergangenheit angehörte, es trommelte in einem wilden Stakkato in ihrer Brust.

»Melantho?«, sagte Leto zum dritten Mal. Sie legte die Finger um Melanthos Handgelenke und drückte sanft zu. »Was ist das? Ist es – ist es Gift? Müssen wir zum Springbrunnen gehen? Kannst du mich hören?«

»Es sind Tränen des Hypnos«, erklärte Melantho. »Es ist ein Rauschmittel. Ich – ich habe gesehen, wie Frauen es benutzten, wenn sie …« Sie konnte nicht weitersprechen. Wenn Eurymachos schon so lange tot war, wie konnte sie dann immer noch sein schweinisches Grunzen hören, wie konnte er ihr immer noch so in den Nacken atmen und seine feuchten Finger in die weiche Haut oberhalb ihrer Hüften krallen? Sie schauderte: Ein jähes, heftiges Zucken ihrer Glieder.

»Melantho?« Leto beugte sich zu ihr vor, die Augen weit aufgerissen, mit geöffneten Lippen.

Leto würde ihr nicht wehtun, das wusste Melantho, und doch … etwas drückte sich auf ihre Lungen und strich mit eiskalten Fingern über ihre Rippen. Ihr ganzer Körper schrie auf bei Letos Berührung an ihrem Handgelenk.

»Ich kann nicht atmen«, stieß sie hervor und stellte fest, dass es der Wahrheit entsprach.

»Gibt es ein Gegenmittel?«

Melantho schüttelte wortlos den Kopf. *Es ist nicht das Rauschmittel, was das bewirkt.* Sie hätte sich klarer ausdrücken sollen – die Besorgnis auf Letos Gesicht wurde noch intensiver.

»Es gibt kein Gegenmittel?«

Melantho presste die Worte hervor. »Es ist kein Gift. Es ist … etwas anderes.«

Leto runzelte die Stirn. Endlich ließ sie sie los. »Ich verstehe das nicht.«

»Das brauchst du auch nicht.« Melantho riss ihre Hand zurück und stand abrupt auf. Das Meer würde helfen. Es würde ihre Erinnerungen wegwaschen, würde sie unter dem Sand begraben. So wie früher. »Komm«, sagte sie. »Das Licht schwindet bereits. Wir sollten aufbrechen, wenn wir zurück sein wollen, bevor die Sonne wieder aufgeht.«

»Na schön.« Letos Gesichtsausdruck war immer noch zaghaft und unsicher. »Dann lass uns aufbrechen.«

Es war eine große Erleichterung, in das kühle Wasser einzutauchen, sich vom Sog des Meeres umspülen zu lassen und kein schwaches Menschenmädchen mehr zu sein. Ob Ungeheuer oder Geschöpf, es spielte keine Rolle, solange sie *stark* war, solange sie einen Mann töten konnte, der sie anschaute und nur einen Preis in ihr sah, den es zu gewinnen galt, eine Belohnung, die man sich holen konnte.

Melantho lächelte und spürte, wie sich ihre nadelspitzen Zähne in ihre Lippen bohrten, schmeckte das Blut.

Leto zog an ihrem Arm. Was sie sagen wollte, war klar: *Wir müssen das Schiff suchen.*

Das würde einfach werden. Melantho war gut darin, auf See Verlorengegangenes zu finden; jahrhundertelang war das ihre einzige Aufgabe gewesen. Sie fand die Verlorenen, wusch den Dreck und den Schlamm von ihren erschlafften Gesichtern, bettete sie behutsam unter die Erde von Pandou und wünschte ihnen Glück für ihre Weiterreise.

Später türmten sie einen Berg von Gold vor Mathias' Tür auf. Sie hatten kaum ein Wort gesprochen, während sie das Gold vom Wrack an den Strand gebracht und auch nicht, als sie es den Weg zum Palast hinaufgeschleppt hatten.

Zurück in ihren Gemächern brach Leto das Schweigen.

»Setz dich.« Sie drückte Melantho in einen Stuhl und machte sich daran, Papyrusstücke aus unterschiedlichsten Verstecken hervorzuholen. Das letzte zog sie aus der Lücke eines an die Wand genagelten Fackelhalters.

»Was soll das werden?«, fragte Melantho, als Leto den Haufen Papyrus vor ihr auf den Tisch warf und begann, darin herumzuwühlen.

»Ich bringe dir das Lesen bei«, erklärte Leto knapp und griff nach einem Schilfrohr. Sie nahm ein Stück Papyrus und strich es glatt. Melantho fiel keine Erwiderung ein. Sie konnte Leto bloß anstarren. Noch nie hatte jemand ihr angeboten, sie zu unterrichten, geschweige denn, ihr befohlen, lesen zu lernen.

»Lesen?«, brachte sie schließlich hervor.

»Ja«, sagte Leto. »Das Fest ist in zwei Tagen – eigentlich in einem, wenn man die späte Stunde bedenkt –, und es gibt immer noch so viel zu tun. Wir werden die Schriftrollen viel schneller durcharbeiten, wenn wir zu dritt sind, meinst du nicht auch?« Sie goss ein wenig Tinte in das Schilfrohr und hinterließ einen pechschwarzen Fleck auf dem Papier. Dann lächelte sie zufrieden. »Was möchtest du als Erstes lernen? Deinen Namen?«

»Deinen Namen«, sagte Melantho sofort. Es spielte keine Rolle, dass sie in drei Tagen gemeinsam töten mussten. Für den Moment konnten sie ganz gewöhnliche Menschen sein. Für den Moment war sie einfach nur ein Mädchen, das von einem anderen lernte und sich wünschte, für immer in diesem kostbaren Augenblick verweilen zu können. »Wenn ich jemandem schreibe, dann dir.«

45

DAS KNÄBLEIN ODYSSEUS, DER ZÜRNENDE

Mathias

Es war für Mathias nicht überraschend gewesen, als Leto sich, nachdem sie die Räumlichkeiten des Orakels verlassen hatten, entschuldigt hatte, und sich anschließend in ihre eigenen Gemächer zurückzog. Er hätte nicht mit ihr über die Schatzkammern Ithakas sprechen dürfen; es war ebenso unpassend wie unglaublich töricht gewesen. Welche Prinzessin – welche Prinzessin aus Athen mit seiner militärischen Macht und seinen prall gefüllten Schatzkammern – würde in eine so arme Familie einheiraten wollen? Er konnte ihr nicht die Annehmlichkeiten bieten, nach denen es sie verlangen musste, nicht während sein Volk auf den Straßen hungerte.

Er konnte ihr weder Juwelen noch Gold schenken, und er wusste, dass sie diese Dinge liebte; sie trug immer einen breiten, mit Edelsteinen besetzten goldenen Halsreif. Und wenn sie ihn mal nicht trug, band sie sich eine Schleife um den Hals und trug Diamanten in den Ohren. Er konnte nicht umhin, sich zu fragen, was es war, das sie an ihrem Hals so sehr verabscheute. Hatte sie dort eine Narbe, ein Muttermal? Irgendeine seltsame Entstellung, die sie vor ihm verbergen wollte? Was es auch war, er bezweifelte, dass sie ihre Vorliebe für Halsketten ablegen würde. Nein, Leto würde ihn nicht heiraten wollen, wenn er für dergleichen Dinge nicht bezahlen konnte.

Er hätte seinen verdammten Mund halten sollen. Wieder und wieder hatte er versagt; immer wieder hatte er sie beleidigt – natürlich ohne es zu wollen, aber die Absicht zählte hier nicht, der Ausdruck auf Letos Gesicht allerdings schon – und trotzdem war sie geblieben. Seine Mutter hatte sich ihr gegenüber grässlich aufgeführt, und sie war geblieben. Eines seiner Pferde hatte sie abgeworfen, und sie war geblieben. Er hatte ihr gestanden, dass in seinem Königreich Unschuldige getötet wurden, und sie war nicht nur geblieben, sondern bemühte sich auch, ihm dabei zu helfen, dem ein Ende zu machen.

Er hatte sie nicht verdient.

Aber das würde sich ändern. Er würde diesen Fluch brechen und ihr ein und für allemal beweisen, was er für sie zu tun bereit war. Für Ithaka. Er konnte nur hoffen, dass es genügen würde.

Nur einmal, nur ein einziges Mal konnte er vielleicht etwas richtig machen.

Vielleicht würde Ithaka ihm verzeihen; vielleicht würde er sich diese Vergebung verdient haben.

Melantho saß vor Letos Gemächern, als Mathias endlich dort ankam, um sie für das Fest abzuholen. Es war nur ein Tag vergangen, seit ihn ein Klopfen in der Nacht geweckt und er auf der Türschwelle einen unglaublichen Haufen Gold entdeckt hatte. Es war kein Brief dabei gewesen, aber jede einzelne Münze trug den Stempel Athens, und so hatte er gewusst, dass das Geld von Leto kommen musste. Zuerst hatte er es für einen Traum gehalten – eine Erscheinung, die sicherlich verschwinden würde, wenn er das nächste Mal die Augen schloss und sie wieder öffnete. Aber so war es nicht gekommen, und jetzt wagte er beinahe zu glauben, dass es ein Zeichen ihrer Vergebung, ihres Verständnisses war. Ein Versprechen zu tun, was sie konnte, um sein Königreich zu retten, sicher versteckt in ihren Gemächern, bis sie zu dem Schluss gekommen war, dass er es auch verdient hatte.

»Melantho.« Er wusste, dass die Magd ihn nicht mochte, und allein mit ihr zu sein, hemmte ihn auf eine merkwürdige Art, denn er war sich plötzlich jeder Kleinigkeit bewusst. Seiner Haltung, des Falls seines Chitons, der unbeholfenen Art, mit der er, wie er wusste, seine Hände hielt. »Guten Tag.«

Melantho musterte ihn langsam von Kopf bis Fuß. Ihm entging nicht, wie ihr Blick zu dem goldenen Diadem flog, das auf seiner Stirn prangte, wie er auf den Rubinen in seinen Ohren verweilte und auf den glitzernden Armreifen an seinen Handgelenken. »Guten Tag«, antwortete sie. »Ihr seht gut aus.«

Es hätte ein Kompliment sein können, war aber wahrscheinlich keins. Trotzdem beschloss er, es als ein solches aufzunehmen. »Vielen Dank. Das Gleiche gilt für dich.«

Melantho zog die Augenbrauen hoch. »Ich sehe genauso aus wie immer.«

»Du siehst immer gut aus.« Melantho zog die Brauen noch ein wenig höher. Wahrscheinlich dachte sie, dass er log oder nur aus Höflichkeit Nettigkeiten von sich gab, aber er meinte es wirklich ernst. Sie war nicht auf die gleiche Weise schön wie Leto – der scharfe Kontrast ihrer Haut zu ihren Haaren wie der Mond vor dem Nachthimmel –, aber Melanthos sonnengebräunte Haut war nur eine Nuance entfernt von den Wellen ihrer schimmernden, blonden Locken. Sie hätte eine in Gold gegossene Statue sein können.

»Warum sitzt du hier draußen?«

Sie runzelte finster die Stirn. »Ich bin verbannt worden. Sie sagt, ich sei zu voreingenommen. Könnt Ihr das glauben?«

Ja. »Nein«, antwortete Mathias.

»Ihr lügt«, sagte Melantho leichthin. Ihre Lippen verzogen sich zu einem schwachen Lächeln. Etwas – etwas anderes als Mathias – hatte sie in eine untypisch gute Stimmung versetzt. »Verlogener Kerl.«

Er hätte ihr nicht erlauben sollen, so mit ihm zu sprechen, aber er stellte fest, dass es ihm schlicht einerlei war. Außerdem war es schön, mit Melantho zu sprechen, ungeachtet ihres Tons – sie verbrachte stets einen großen Teil ihrer gemeinsamen Zeit damit, die Stirn zu runzeln oder Obststücke oder Papier zu zerfetzen. Erst an diesem Morgen hatte sie ein beiseite gelegtes Blatt Papyrus herumgedreht – ein unbeschriebenes, den Göttern sei Dank, denn Mathias hatte eine starke Abneigung, was die Zerstörung von Literatur betraf – und es vorsichtig in Streifen gerissen. Dann hatte sie diese Streifen zu etwas zusammengeflochten, das deutliche Ähnlichkeit mit dem Abbild eines Menschen hatte, bevor sie es ins Feuer geworfen hatte. Sie hatte ihrer kleinen Figur sogar eine Krone gemacht.

Als sie Mathias dabei ertappt hatte, dass er sie beobachtete, hatte sie gelächelt. Er hätte schwören können, dass ihre Eckzähne länger waren als zuvor, seltsam und irgendwie anders, aber dann hatte er geblinzelt, und Melanthos strahlendes Lächeln war wieder das eines Menschen gewesen. Drohend und voller Feindseligkeit, aber menschlich.

»Wie lange wird sie noch brauchen?«, fragte er und trommelte ungeduldig mit den Fingern auf die Steinwand. »Flechtet sie sich die Augenbrauen?« Er war sich nicht sicher, warum er das gesagt hatte. So hatte sein Vater immer gespottet, wenn Selene zu lange brauchte, um sich anzukleiden, und Mathias hatte es immer ausgesprochen witzlos gefunden. Aber Melantho lachte, und das laut. Ihre Augen leuchteten auf und spiegelten seine eigene Überraschung wider, dann wurde ihr Blick weicher. Sie schenkte ihm ein breites, aufrichtiges Lächeln. Er sah sie an. Es war vielleicht das erste Mal, dass sie ihn mit etwas anderem betrachtet hatte, als Feindseligkeit.

Zaghaft erwiderte er ihr Lächeln.

46

FLOG WIE EIN VOGEL

Leto

Melantho lachte. Das Lachen kam aus dem Gang vor ihren Gemächern. Einen Moment später stimmte Mathias in ihr Gelächter ein – ein kraftvoller Bariton. Vielleicht war er hingefallen oder hatte sich sonst irgendwie blamiert. Leto fiel kein anderer Grund für die Heiterkeit der beiden ein.

Sie betrachtete sich nervös im Spiegel und versuchte, den Kloß in ihrer Kehle hinunterzuschlucken. In dem festlichen Chiton mit seinen übertriebenen, goldenen Verzierungen und seinem ungemein tiefen, mit Perlen besetzten Ausschnitt fühlte sie sich fast wie eine Prinzessin. Adrasteia war natürlich größer und hatte eine viel vornehmere Figur, aber irgendetwas an dem Gewand gab ihr das Gefühl, wirklich schön zu sein. Vielleicht war es das Oberteil – es war tief genug ausgeschnitten, um einen wahrhaft beängstigenden Teil ihrer Brüste zu präsentieren, geschickt gestützt von sich überlappenden Stoffstreifen, die sehr fest gebunden worden waren. Ein Schleier fiel von ihrem geflochtenen Haar herab, dessen durchsichtigen Stoff sie über ihre Brust gezogen hatte.

Besser würde es nicht werden. Sie holte tief Luft, drehte sich auf einem mit Seide bezogenen Absatz um und marschierte zur Tür.

Melantho und Mathias hörten auf zu lachen, als Leto die Türen aufstieß und in den Gang hinaustrat.

Tatsächlich hatten die beiden sich vor Lachen gekrümmt – sie richteten sich gleichzeitig auf, und auf ihren Gesichtern lagen die gleichen Gewissensbisse. Das war nicht der Empfang, den Leto sich erhofft hatte.

Mathias erholte sich als Erster. »Leto«, sagte er, griff hastig nach ihren Händen und hauchte einen Kuss auf ihre Fingerknöchel, »du siehst glänzend aus.« Er selbst trug ein Gewand in einem kräftigen Pflaumenton, dessen feine Stickerei seinen Wohlstand verriet, so wie der schmale, goldene Reif um seinen Kopf seinen Rang.

»Du siehst aus, als würdest du dich unbehaglich fühlen«, bemerkte Melantho. »Aber natürlich wunderschön. Wie ein Mitglied der Königsfamilie.« Auf ihrem Gesicht lag ein schiefes Lächeln, aber der Ausdruck in ihren Augen sagte, dass sie es ernst meinte.

»Genauso sollte es sein.« Mathias bot ihr seinen Arm. »Wollen wir?«

Leto nahm seinen Arm und erhaschte einen Blick auf Melanthos lachende Augen. Vielleicht hatte es ihr besser gefallen, als die beiden sich noch angeblafft hatten, als sie gewusst hatte, dass Melantho mit Freuden zu jedem Schlag ausholen würde, den Leto nicht tun konnte.

Nur noch zwei Tage bis zur Tagundnachtgleiche. Sie hatten einfach nicht genug Zeit. Diese Tatsache war nach wie vor nicht ganz zu Leto durchgedrungen. Sie klammerte sich immer noch an die vergebliche Hoffnung, sie würden in den verbliebenen Stunden wirklich etwas entdecken, das Mathias vielleicht doch unversehrt entkommen ließ.

Vielleicht konnte sie diesen Abend genießen, bevor diese Illusion zersplitterte.

Der Innenhof war prachtvoll hergerichtet worden.

Stirnrunzelnd betrachtete Leto den Steinboden. Die Diener hatten ihn geschrubbt, bis er beinahe glänzte. Es waren vielleicht hundert Gäste zugegen, die in ihrem Feststaat umherwanderten, tranken und lachten oder auf dem Rand des Springbrunnens saßen und anmutig ihre Finger ins Wasser tauchten. Offensichtlich kannten sie sich alle schon lange. Auch wenn einige von ihnen Leto beim Vorbeischlendern gelegentlich anerkennende Blicke zuwarfen, sprach doch kein einziger sie an.

Das war nicht weiter verwunderlich; Melantho und Mathias flankierten sie wie eine persönliche Garde.

Eine Berührung an ihrer Schulter riss sie aus ihrer Versunkenheit. »Hab nur keine Angst.« Es war Mathias, der sie schüchtern anlächelte. Eine einzelne schwarze Locke hatte sich von den übrigen befreit und hing ihm schräg über die Stirn. Sie widerstand dem Drang, sie zurückzustreichen – sie spürte die Blicke, die auf ihnen ruhten und die sich in Mathias' Rücken bohrten.

»Das sieht wunderschön aus«, sagte sie.

»Es wäre nichts ohne dich«, erwiderte er leise. »Und das nicht nur, weil es mit Athens Gold bezahlt wird. Oder es zumindest dafür gesorgt hat, dass unsere Untertanen am Ende der Feierlichkeiten nicht Hunger leiden werden.«

»Oh«, brachte sie heraus. Sie wollte nicht zu viel sagen, damit er sie nicht bei einer Lüge ertappte. Jeden Moment konnte er fragen, wie sie das Gold wiedergefunden hatte, und das war eine Frage, die sie nicht beantworten konnte.

Er strahlte sie an. »Möchtest du tanzen?«

Leto warf einen verstohlenen Blick über den Hof. Mehrere Edelfrauen zogen schnell die Köpfe ein und begannen eine Unterhaltung, die deutlich lauter war als unbedingt nötig. In der Nähe stand Alexios in Habachtstellung neben einer großen Platte mit Feigen und Käse. Er begegnete ihrem Blick und sah sie finster an. Schnell drehte sie sich wieder Mathias zu und zwang sich zu einem Lächeln. »Natürlich.«

Melanthos Finger strich über ihre Taille, eine Berührung,

die sagte: *Geh nur. Ich werde auf dich warten.* Als Leto sich umdrehte, um sie anzusehen, war sie bereits fort und bahnte sich einen Weg an den Rand des Hofs. Sie besaß die Art von Ausstrahlung, die dazu führte, dass ihr die Leute instinktiv Platz machten und dann verwirrt innehielten, wenn ihnen klar wurde, dass sie gerade einer bloßen Magd den Weg freigemacht hatten.

Mathias lächelte und legte ihr eine Hand an den Ellbogen. »Hier entlang«, sagte er und führte sie durch die dicht gedrängte Menge. Wie von Zauberhand öffnete sich vor ihnen eine Lücke, als die Edeldamen und ihre Begleitungen Mathias anmutig aus dem Weg gingen.

Als sie den besten Platz in der Mitte des Hofs gefunden hatten, ließ Leto sich von ihm in die richtige Position schieben. Sie wiegten sich im sanften Abendlicht. Es war das letzte Licht der untergehenden Sonne – was für eine passende Metapher.

»Alle starren uns an«, murmelte sie.

»Ja«, sagte Mathias. »Ich glaube, sie wissen nicht, was sie sonst tun sollen.«

»Na wunderbar.« Ein Diener ging mit einem Tablett voller Kelche vorbei, die randvoll mit rubinrotem Wein gefüllt waren. Leto schnappte sich zwei Kelche und gab sich Mühe, sie gerade zu halten. Schon ein einziger Tropfen würde ihr Gewand ruinieren, und sie hing seltsamerweise jetzt schon daran, aber sie konnte die Nacht nicht überstehen ohne etwas, das die unerbittliche Raserei ihrer Gedanken eindämmte und ihr half, diesen lächerlichen Prunk zu ertragen.

Mathias machte Anstalten, ihr einen der Kelche abzunehmen.

»Verzeihung.« Sie zwang sich zu einem unbefangenen, neckenden Ton. »Hol dir deinen eigenen Wein.«

»Aber du hast zwei.«

»Und sie sind beide für mich. Geh nur.« Sie stieß ihn mit einem Ellbogen an.

»Es wird noch mehr Wein geben, Leto.« Wieder griff er nach dem Kelch. »Komm schon, gib ihn mir. Ich werde mit jeder Edelfrau hier tanzen müssen, weißt du. Ich *brauche* ihn.«

»Und ich werde mit jedem Mann tanzen müssen, nehme ich an? Also brauche *ich* ihn.«

»Nicht mit Alexios«, korrigierte Mathias sie. »Das ist schon mal einer weniger.«

»Und alle anderen habe ich noch vor mir.« Mit einer einzigen Bewegung leerte Leto einen der Kelche und reichte ihn ihm.

Er nahm ihn gedankenlos entgegen. »Was soll ich damit?«

Der Wein war stark und sauer. Sie lächelte Mathias an und zuckte mit den Schultern. »Wenn du mich nicht vor den Horden von Edelmännern beschützen kannst, kannst du zumindest meinen Kelch halten.«

»Aber er ist leer.«

»Eben.« Dann trank sie den anderen aus und genoss, wie er ihr zu Kopfe stieg.

»Mathias!« Olympia löste sich aus der Menge und drängte sich zwischen sie. Die großen Ringe aus poliertem Metall um ihren Hals und ihre Handgelenke klimperten bei jeder ihrer Bewegungen. Leto verbiss sich ein Lächeln. Das Klimpern erinnerte sie an die kleine Glocke, die die Katze in Vathis Bäckerei immer trug und die bimmelte, wenn sie umherstreifte und versuchte, Pasteten zu stehlen.

Olympia lächelte Mathias an. »Du schuldest mir einen Tanz, erinnerst du dich?«, sagte sie in einschmeichelndem Ton und ignorierte dabei geflissentlich Letos Anwesenheit. »Erzähl mir nicht, dass du es vergessen hast!«

Mathias erwiderte ihr Lächeln – auch wenn Leto nicht das Gefühl hatte, dass sein Herz ganz bei der Sache war – und neigte den Kopf. »Natürlich nicht«, antwortete er. »Wie könnte ich vergessen haben, mit meiner liebsten Freundin zu tanzen?« Olympias Lächeln erstarrte leicht bei dieser Beschreibung ihrer Person. »In der Tat«, fuhr Mathias tapfer fort, »ich glaube, dass Musicus Linos später eine Ode auf der Kithara zum Besten gibt, ein Stück, das er für diesen Anlass komponiert hat. Es wäre mir eine Ehre, dich zu einer so schönen Musik zum Tanz aufzufordern. Ich werde dich suchen kommen, bevor es anfängt.«

Seine Stimme ließ keinen Zweifel daran, dass die Unterhaltung damit zu Ende war. Olympia machte mit einem Gesichtsausdruck wie saure Milch einen Knicks und drehte sich zu Leto um. »Adrasteia.«

»Euer Gnaden«, korrigierte Leto sie freundlich. Es war nicht nett, was sie tat, und sie tat es mit Absicht. Dieses Mädchen hatte eine Schlange in ihr Zimmer geschmuggelt, davon war sie überzeugt.

»Euer *Gnaden*«, Olympia verzog das Gesicht, »die Königin wünscht, Euch zu sehen.«

Ein merkwürdiges Kribbeln lief Letos Wirbelsäule hinauf. Was konnte die Königin, die aus ihrer Geringschätzung für sie keinen Hehl gemacht hatte – ihr zu sagen haben?

Mathias' Gesicht spiegelte dieselbe Frage wider; seine Brauen zuckten in die Höhe, und sein Mund stand halb offen. »Was, jetzt? Aber das Fest …«

Olympia lächelte steif. »Ich glaube, es geht um ein heikles Thema, das eine gewisse Dringlichkeit hat.«

Mathias drehte sich hilflos zu Leto um. Sie zwang ihre Züge zu einem Ausdruck pflichtschuldigen Gehorsams und lächelte mit zusammengebissenen Zähnen. Für ein paar Minuten würde sie die Feindseligkeit der Königin schon ertragen. »Dann sehen wir uns später, denke ich.«

»Oh«, sagte Mathias. »Ja, das denke ich auch.« Er nahm ihre Hand und drückte seine Lippen auf ihr Handgelenk, wo fein verzweigtes Blau unter ihrer Haut sichtbar war. »Eile.«

Wenn Leto nicht darauf geachtet hätte, wäre ihr Olympias zorniges Schnauben vielleicht entgangen. Sie unterdrückte ein Lächeln. »Du wirst mich kaum vermissen«, versprach sie ihm. »Wahrscheinlich geht es um Schmuck oder einen Brief aus meinem Königreich. Ehe du dich's versiehst, bin ich wieder da.«

47

TÖCHTER DER QUELLEN UND SCHATTIGEN HAINE

Melantho

Von ihrer Position aus – halb verborgen unter den Wedeln einer Palme – hatte Melantho beobachtet, wie Leto Mathias allein ließ. Einen Moment später war Alexios an seiner Seite aufgetaucht und hatte ihm etwas zugeflüstert. Von einer Sekunde auf die andere war ein erschütterter Ausdruck auf Mathias' Gesicht erschienen. Jetzt folgte Melantho dem Prinzen mit ihren Blicken, als er die Tanzfläche überquerte, sich eine Platte mit verkohltem Fleisch schnappte und durch einen Vorhang verschwand, der den Ostflügel abtrennte.

Sie rang mit sich, ob sie es auf sich beruhen lassen sollte, ob sie ihm erlauben sollte, mit seinem Fleischteller durch die Gänge zu wandern. Aber wenn Melantho irgendetwas war, dann unverbesserlich neugierig. Sie folgte ihm.

Sie fand ihn ohne Mühe; der Prinz bewegte sich nicht besonders lautlos, und seine Sandalen klatschten bei jedem seiner Schritte auf den steinernen Boden. Sie bog gerade noch rechtzeitig um eine Ecke, um zu sehen, wie er in ein unauffälliges Nebengelass verschwand und die zerkratzte Holztür hinter sich zuzog. Offensichtlich wollte er allein sein.

Doch was *er* wollte, kümmerte Melantho nicht besonders. Irgendetwas zog sie zu diesem melancholischen jungen Mann hin, der so ganz anders war als der Prinz, den sie vor vielen

Jahrhunderten gekannt hatte. Wenn er die Wahrheit wüsste, was würde er sagen? Würde er den Tod um seines Volkes willen willkommen heißen oder davor weglaufen? Sie stieß die Tür auf und trat ein.

Mathias hatte sich vor einen Kamin gekniet. Beim Knarren der Tür zuckte er zusammen und wandte sich hastig von den Flammen ab. Seine Haut – für gewöhnlich sonnengebräunt – war rosa und fleckig, und er wischte sich hastig mit dem Ärmel seines Chitons über die Augen.

Götter, weinte er etwa? Plötzlich fühlte sich Melantho unbehaglich.

»Ähm«, sagte sie.

»Melantho«, schniefte Mathias. »Guten Abend, komm doch herein.« Er war der Inbegriff der Höflichkeit und überging die Tatsache, dass sie bereits ohne seine Einladung eingetreten war.

»Seid Ihr betrunken?«, fragte sie hoffnungsvoll. Sie hatte Männer in betrunkenem Zustand über die idiotischsten Dinge weinen sehen. Wenn Mathias betrunken war, war er vielleicht nicht wirklich traurig, und Melantho müsste sich nicht so unbehaglich fühlen, weil sie in sein Elend hineingeplatzt war.

Er runzelte die Stirn. »Warum sollte ich betrunken sein?«

Sie zuckte die Achseln. »Warum habt Ihr das Fest verlassen?«

»Sie haben das zwölfte Mädchen gefunden«, sagte er tonlos. »Das letzte gezeichnete Mädchen. Jetzt haben wir also alle beisammen. Ihre Angehörigen werden trauern, deshalb verstehe ich nicht, was wir feiern. Heute Abend beten wir zu Poseidon, weißt du? Als ob er uns nicht jahrhundertelang Leid zugefügt hätte. Als würde er uns nicht noch weitere Jahrhunderte lang quälen.«

Ich weiß das. Aber du kannst dem ein Ende machen.

Melantho hätte dies zu ihm sagen können. Und dass mit dem zwölften Mädchen nur noch wenig Zeit blieb. Zwei Tage.

Nur zwei. Stattdessen sagte sie: »Ein Königreich kann nicht jahrhundertelang trauern«, und sie meinte es ernst. Ithaka hätte diese Trauer nicht so lange ertragen dürfen, hätte nicht leiden und leiden und weiterleiden müssen. Nicht wenn die Schuldige so leicht aufzuspüren war: ein silberner Faden, der zurück zu Melantho führte.

»Das stimmt, es sollte nicht so sein.« Seine Hände waren nun zu Fäusten geballt und seine Stimme härter, als sie sie je gehört hatte. Melantho beschloss, ihn nicht weiter zu bedrängen, und beschäftigte sich stattdessen damit, sich in dem kleinen Raum umzusehen, in dem sie sich befanden.

Er war bemerkenswert schlicht und völlig ohne Möbel, es gab nur den Kamin und den Sims darüber. Darauf stand eine kleine, einzelne Statue, die Melantho jetzt genauer betrachtete.

Die Statuette war bunt bemalt und wirkte erstaunlich lebensecht. Sie stellte ein Mädchen dar, mit langem, wallendem Haar und Augen, die Melantho zu folgen schienen, obwohl sie aus Marmor gemeißelt waren. »Oh, solche Figuren gefallen mir«, sagte sie und nahm sie in die Hand. »Sie sind dazu da, der Toten zu gedenken, nicht wahr?«

»Ja.« Mit demonstrativer Entschlossenheit nahm Mathias ihr die Statue aus der Hand. »Das ist richtig.«

Sein Ton war nicht unbedingt scharf, aber es lag doch eine gewisse Anspannung darin. Schmerz vielleicht. Oder Trauer …

Oh. Sie war eine Idiotin. Das Essen, das er von dem Fest mitgenommen hatte, schwelte im Kamin. Eine Opfergabe. Endlich verstand sie. »Ihr habt jemanden verloren.« Es war keine Frage.

Mathias stieß den Atem aus. »Meine Schwester. Selene.« Er stolperte über die Worte, als hätte er sie so lange unausgesprochen gelassen, dass er vergessen hatte, wie sie klingen sollten.

Die Überraschung erfasste Melantho scharf und ohne Vorwarnung, und sie entfaltete sich in ihrer Brust und erblühte zu etwas anderem. Sie hätte ihn gerne gehasst, wollte ihn mit

Inbrunst verabscheuen für die Art, wie er Leto ansah. Aber natürlich sah sie selbst Leto ganz genauso an, und das Zittern, das jetzt in seiner Stimme lag, war Melantho schmerzhaft vertraut. Verlust war Melanthos ständiger Begleiter; er wich nie von ihrer Seite.

Im Raum war es sehr still geworden. Melantho schüttelte den Kopf. »Verzeiht.« Es gab so viel mehr, das sie sagen wollte; sie wollte seine Hände nehmen, in sein hübsches Gesicht sehen und ihm sagen: *Ich verstehe Euch.* Ihm sagen, dass sie manchmal, wenn sie die Augen schloss, nur Thalia sah, die einen Speer aus ihrer Brust zog. Hunderte Male hatte sie es im Geiste durchlebt, und Thalias Gesichtsausdruck war immer, *immer* derselbe. Überraschung. Und der erste Anflug von Angst, die schleichende Erkenntnis, dass sie sterben würde.

Sie wollte die Augen schließen und ihm sagen, dass sie bei anderen Gelegenheiten Sofia sah, die im Sand auf die Knie fiel und schrie. Wie sie sich mit einem Stein, der nicht scharf genug war, um es schnell zu machen, die Kehle aufschlitzte.

Oder Timo. Die Augen geschlossen, im Wasser treibend, ihre zarten Hände erschlafft.

»Sie war sechzehn«, sagte Mathias und riss Melantho damit aus ihren Erinnerungen. Er beobachtete sie aufmerksam und neugierig, seine dunklen Augenbrauen zusammengezogen.

Als sie ihm das erste Mal begegnet war, hatte sie gedacht, er sähe aus wie die Königin; er hatte ihre glatte, braune Haut und ihre schwarzen Locken, außerdem ihre vollen, femininen Lippen. Doch jetzt erschienen sie ihr so verschieden wie Nacht und Tag. Die Augen der Königin waren kalt, leer und gegenüber dem Rest der Welt verschlossen. Mathias stand jeder seiner Gedanken ins Gesicht geschrieben. Jetzt beugte er sich zu Melantho vor und fügte hinzu: »Ich war vierzehn und wähnte mich an der Schwelle zum Erwachsensein, war gerade dabei, ein aufgeblasenes Gefühl von Wichtigkeit zu entwickeln. Ein Idiot.«

»Ein Vierzehnjähriger ist noch ein Kind«, warf Melantho ein.

Mathias schüttelte den Kopf. »Ich war ein *Prinz*. Ein Prinz ist niemals nur ein Kind. Jede meiner Launen musste befriedigt werden, was immer ich wollte, was auch immer ich verlangte, es musste getan werden. Als ich den Ring aus Schuppen um ihren Hals sah …« Er brach ab, und Melantho begriff mit einem unangenehmen Zusammenkrampfen ihres Magens, dass er weinte. »Ich habe es verboten«, stieß er hervor. »Ich wollte sie nicht gehen lassen. Meine Mutter hat protestiert, und mein Vater hat sie darauf wegsperren lassen. Auf sie hörte er nie, aber auf mich. Und das hätte er nicht tun sollen. Selene tat es nicht. Und als das Meer sie holen kam, hat sie für mich getan, was ich selbst nicht tun konnte. Sie hat mich gezwungen loszulassen.«

»Es war nicht Eure Schuld. Was immer Ihr denkt – «, begann Melantho, aber Mathias brachte sie mit einer knappen Bewegung seiner mit Ringen überladenen Hände zum Schweigen.

»Es gibt einen Springbrunnen im Hof«, sagte er. »Mit Salzwasser. Den Legenden nach hat Poseidon ihn selbst aus der Erde gehoben. Er gehört ihm.«

Ich weiß.

»Selene wusste das. Eine ihrer Mägde hat sich erboten, an ihrer Stelle zum Galgen zu gehen. Die beiden waren zusammen aufgewachsen. Sie standen sich sehr nah, näher, als ich es für eine Prinzessin und ihre Magd für möglich gehalten hätte. Und sie ist umsonst gestorben.«

Dieses Geständnis verschlug Melantho den Atem, doch der Kummer verzerrte noch immer Mathias' Züge, und er redete weiter, stolperte über die hastig hervorgestoßenen Worte. »Ich habe sie in ihrem Zimmer eingeschlossen, während jenseits des Palastes der Sturm wütete, und sie musste mitansehen, wie das Meer alles zerstörte, das zwischen ihm und ihr lag. Ich habe mich draußen postiert, in der lächerlichen Vorstellung, sie zu beschützen, falls jemand versuchten sollte, sie zu holen – um zu tun, was wir von Anfang an hätten tun sollen.« Tränen strömten ihm über die Wangen und glänzten im flackernden Fackellicht. »Sie rief nach mir und ich rannte hinein, in der Erwartung, jemanden dort vorzufinden. Jemanden, der sie bedrohte, der sie zwingen wollte, zum Meer zu gehen. Aber es war niemand da, nur Selene, die in der Fensteröffnung stand. Ihr Haar wehte um ihr Gesicht herum, und sie lächelte.«

Melanthos Brust schnürte sich zusammen. Selbst wenn sie nicht gewusst hätte, dass Selene tot war, selbst wenn sie es nicht in jeder Kummerfalte auf Mathias' Gesicht hätte sehen können, hätte sie gewusst, was für ein Lächeln das gewesen sein musste. Hätte gewusst, was es bedeutete.

Thalia hatte ebenfalls gelächelt, im allerletzten Moment. Und da hatte Melantho gewusst, dass es vorbei war.

»Sie lächelte«, wiederholte Mathias. »Und es hat mich an Ort und Stelle erstarren lassen. Ich konnte nicht sprechen, konnte mich nicht einmal bewegen, als sie sich dem Ozean zuwandte. Nicht einmal als sie über ihre Schulter zurückblickte und die letzten Worte zu mir sprach, die sie jemals sagen sollte.« Er biss sich so fest auf die Unterlippe, dass sie blutete.

»Ihr braucht es mir nicht zu erzählen«, murmelte Melantho. »Ich werde Euch nicht dazu zwingen.«

»Die Worte haben sich in mein Gedächtnis eingebrannt. Ich kann sie nicht vergessen: ›Wenn wir uns wiedersehen, werden wir uns viel zu erzählen haben. Ich weiß, dass ich dann stolz auf dich sein werde.‹ Und dann ist sie gesprungen.« Seine Stimme brach. »Ich nehme an, sie wollte in den Springbrunnen springen, wegen des Wassers darin. Aber sie ist auf dem Rand aufgekommen. Das Geräusch …«

Melantho konnte nicht länger zuhören. »Ihr wart noch ein Kind«, sagte sie noch einmal, und diesmal unterdrückte sie den Impuls, ihn zu trösten, nicht mehr. Sie nahm seine Hände in ihre und schüttelte sie. »Seht mich an, Ihr Narr.«

Mathias lachte, ein kurzer, heller Laut, der zu einem erstickten Schluchzen wurde. »Das Wasser im Springbrunnen hat nach ihr gegriffen und sie geholt. Und dann war sie fort.«

»Es war nicht Eure Schuld.«

»Und wenn doch?«

»Ich kann Euch nicht leiden«, sagte Melantho. »Mir gefällt nicht, wie Ihr redet, wie Ihr eine Gabel haltet, ich mag Eure dumme Krone nicht. Sie ist lächerlich.« Sie brach ab – die Worte *und mir gefällt es nicht, wie Ihr Leto anseht,* lösten sich auf ihrer Zungenspitze in Nichts auf.

Mathias hob eine Hand zu dem goldenen Reif auf seiner Stirn und verzog gekränkt die Lippen.

»Aber«, fuhr sie nachdrücklich fort, »ich behalte mir das Recht vor, Euch nicht zu mögen, weil Ihr ein Erwachsener seid. Ihr trefft Eure eigenen Entscheidungen. Ihr habt das Potential zu vernünftigem, maßvollem Denken. Selbst wenn Ihr dieses Potential nicht immer ausschöpft.«

Jetzt lächelte Mathias, ein schwaches, schiefes Lächeln, während er sich mit den Ärmeln seiner Tunika über seine glänzenden Wangen wischte. Melantho hatte noch nie viel von Jungen gehalten, auch nicht von den Mädchen, die das taten, aber Mathias brachte sie in Rage, weil sie genau wusste, warum Leto ihn mochte. Er war nicht nur hübsch, sondern auch freundlich, sanft und gutmütig. Manchmal wollte sie ihn einfach nur schütteln und ihn anschreien: *Warum konntet Ihr nicht einfach schrecklich sein? Warum konntet Ihr es ihr nicht leichter machen?*

»Vor fünf Jahren aber«, sagte sie, »beim Tod Eurer Schwester, wart Ihr kein Erwachsener. Ihr wart ein dummes, unreifes Kind. Ein mächtiges Kind vielleicht, aber dennoch ein Kind. Ihr wart umgeben von Erwachsenen, die Euch hätten aufhalten sollen, die es hätten besser wissen sollen. Erwachsene, die Euch eigentlich hätten beschützen sollen und bei dieser Aufgabe gründlich versagt haben.«

»Ein Kind mit Macht ist etwas Gefährliches«, sagte Mathias.

Melantho musste sofort an Telemachos denken. *Glaubt mir,* hätte sie sagen können. *Das weiß ich.*

»Es ist gefährlich, wenn es Angst hat«, erwiderte sie. »Ein Kind sollte keine Angst haben müssen.«

»Was ist mit dir, Melantho?«

Damit hatte sie nicht gerechnet. »Was?«

Seine schwarzen Augen waren starr auf ihr Gesicht gerichtet. Sie trat unbehaglich von einem Fuß auf den anderen. »Glaub nicht, ich hätte vergessen, was du über deine Mutter gesagt hast«, fuhr er fort, »und die Königin, die dich gekauft hat. Ich bin mit Schuldgefühlen vertraut; ich trage sie jeden Tag mit mir herum.«

»Ich …«

»Ich werde dich nicht zwingen, es mir zu erzählen«, unterbrach er sie. »Aber, Melantho, du kannst nicht älter als achtzehn sein. Was immer dir zugestoßen ist, was immer dir als Kind zugestoßen ist, auch du solltest keine Angst haben müssen. Jemand hätte dich beschützen sollen. Du kannst solche Dinge nicht zu mir sagen, ohne dass sie auch für dich gelten, das wäre falsch.«

Melantho starrte ihn an. »Ich …«

Sie wusste nicht, was sie noch sagen sollte. Er irrte sich; natürlich irrte er sich. Melantho hatte ihre Königin verraten, und darum verstand es sich von selbst, dass die Königin nichts unternommen hatte, um sie zu retten. Melantho hatte ein Königreich verflucht – warum sollte ihr da irgendjemand helfen? Doch Mathias stand vor ihr und meinte, dass es nicht ihre Schuld gewesen war.

Er hatte Unrecht.

Trotzdem war es seltsam, jemanden solche Worte sagen zu hören. Ihr ganzes Leben war eine Aneinanderreihung von verängstigten Mädchen gewesen, die entsetzt waren von den Gräueltaten, von denen sie wussten, dass sie sie begehen mussten. Melantho hatte sie getröstet, sie überzeugt, hatte ihnen ihre Schuldgefühle abgenommen, sie zu ihren eigenen gemacht. Aber niemand hatte *sie* je getröstet. Nicht auf diese Weise. »Ihr wisst nicht, was ich getan habe«, stieß sie schließlich hervor.

»Ich weiß, was du jetzt tust«, sagte er. »Du versuchst, einen Fluch zu brechen, den ein Gott über uns verhängt hat. Du bist nur ein Mädchen, Melantho, und doch nimmst du es auf dich, in die Zornesausbrüche und die Launen eines Wesens einzugreifen, das viel größer ist als du, ich oder wir beide. Ich glaube – nein, ich *weiß* –, dass du ein guter Mensch bist. Was immer du in der Vergangenheit getan hast, ich zweifle nicht daran, dass du es mit den besten Absichten getan hast.«

»Absichten zählen nicht immer«, stieß Melantho mit erstickter Stimme hervor. Götter, weinte sie etwa? Sie hasste diesen dummen Jungen.

»Natürlich tun sie das«, widersprach Mathias. »Ich habe meine Schwester geliebt. Ich liebe sie immer noch. Als ich sie vor ihrem Schicksal zu bewahren versuchte, dachte ich nicht daran, dass es Tod und Zerstörung nach sich ziehen würde, weil ich nicht über den Gedanken hinaussehen konnte, sie zu retten. Wenn ich sie mit der Absicht beschützt hätte, zu zerstören, wäre ich ein böser Mensch. Hältst du mich für böse, Melantho?«

»Nein.« Sie wünschte, es wäre anders, wünschte, er wäre ein verderbtes Herz, das nicht beschützt werden musste. Vor ihr.

»Ich halte dich ebenfalls nicht für einen bösen Menschen.« Er stand auf und ging an ihr vorbei, dann mit der Hand an der Tür, wandte er sich noch einmal zu ihr um. »Du bist dir doch darüber im Klaren, dass noch nie jemand so zu mir gesprochen hat, wie du es gerade getan hast, oder?«

Melantho zuckte mit den Schultern. »Ich nehme an, sie haben einfach zu viel Angst.«

»Meine Mutter hätte dich auspeitschen lassen«, fügte er hinzu. Aus dem Mund eines anderen wäre das vielleicht eine

Drohung gewesen. Aber Mathias sagte es so nachdenklich, so leichthin, als sei es rein hypothetisch, etwas, das nicht eintreten würde, sodass Melantho keine Angst verspürte.

»Ihr würdet es nicht zulassen«, erwiderte sie. »Ihretwegen.«

»Ich nehme an, du hast recht.« Eine Pause folgte. Dann: »Melantho?«

»Ja?«

»Warum ist es dir so wichtig? Ich meine, den Fluch zu brechen.«

Sie blinzelte ihn an. Warum es ihr wichtig war? Wie hätte es ihr nicht wichtig sein können? Seine Schwester war tot. Seine Schwester war *ihretwegen* tot. Verspätet erinnerte sie sich an ihre Tarnung – die Dienerin aus Athen, die Fremde. »Ich – ich nehme an, weil es einfach nicht gerecht ist.«

Mathias lächelte schief. »Was ist schon gerecht im Leben?«

»Das bedeutet nicht, dass man Ungerechtigkeit einfach ertragen sollte. Dass man sie hinnimmt. Wir sollten nicht – wir sollten nicht der Spielball der Götter sein.« Sie holte scharf Luft und ließ die nächsten Worte sich in einem Schwall ergießen. »Es ist nicht recht, dass ein Gott, der sich langweilt und mehr Macht hat, als er einzusetzen weiß, ein Gott, der rachsüchtig ist, ein Königreich voller Menschen zerstört, nur um seine persönliche offene Rechnung mit dessen Herrscher zu begleichen. Die Mädchen auf dieser Insel sind unschuldig. Warum sollten wir das Meer fürchten? Ich bin ein Individuum, kein Ding, mit dem man Handel treibt. Ich bin keine – keine Märtyrerin, dazu geschaffen zu leiden, damit andere leben können. Hat mich irgendjemand gefragt, was ich will? Ich will leben. Ich will weiterleben, und ich will keine Angst haben müssen.«

Im Raum war es still, bis auf das sanfte Knistern des Feuers. »Ich verstehe«, sagte Mathias schließlich.

»Wirklich?«

»Ich weiß es nicht.« Er hielt inne. »Melantho?«

»Ja?«

»Mir ist klar, dass du mich nicht magst, aber ich hoffe, du weißt, dass ich dich sogar sehr mag.« Und mit diesen Worten zog er die Tür auf und trat hinaus in den Gang.

Melantho verharrte an Selenes Schrein und starrte in die flackernden Kohlen. Mathias' Stimme wollte nicht aufhören, in ihren Ohren nachzuhallen. *Weil ich nicht über den Gedanken hinaussehen konnte, sie zu retten.*

Sie hatte gedacht, sie würde Timo retten, doch stattdessen hatte sie sie vernichtet. Aber sie hatte es versucht. Sie hatte getan, was sie für richtig gehalten hatte, war verzweifelt bemüht gewesen, Timo festzuhalten, so wie Mathias Selene festgehalten hatte.

Wenn sie ihm das verzeihen konnte, konnte sie sich das Gleiche auch verzeihen.

»Es tut mir leid, Timo.«

Sie sprach die Worte laut aus, und sie hingen in der Luft, während sie sich umwandte, um den Raum zu verlassen. Sie hatte einen Mord zu planen.

Trotzdem ließ sie es dort zurück, dieses eine Bedauern, den Kummer um Selene, und sie drängte den Gedanken beiseite, der ihr unaufgefordert gekommen war. Selene war nicht im Meer gestorben. Sie war in den Springbrunnen gefallen, dessen Wasser Anspruch auf sie erhoben hatte, und ihr Tod hatte die rachsüchtigen Gezeiten besänftigt. Aber die geopferten Mädchen mussten Poseidon überlassen werden.

Das bedeutete, dass das Wasser im Brunnen wirklich ihm gehörte, genauso wie das Meer selbst. Wo auch immer Mathias sein Leben ließ, das Ergebnis würde dasselbe sein. Für ihn – und für Melantho.

48

DAS SONNENTOR

Leto

Olympia führte Leto an den Rand des Innenhofs, wo sie ein oder zwei Minuten warteten, bevor sie kurzerhand Alexios überantwortet wurde.

Sie folgte ihm – angespannt und soweit irgend möglich mit abgewandtem Gesicht, während ihre Blicke jeden Gang entlangflogen auf der Suche nach einer Waffe, nach einem Fluchtweg, falls sie einen brauchen sollte. Der Lärm des Festes nahm ab, bis nur noch ein fernes Raunen zu hören war. Und selbst das wurde fast übertönt vom schweren Dröhnen von Alexios' Schritten und Letos eigenen, leichteren und schnelleren. Sie ging etwas weiter hinter ihm, als es der Anstand gebot, und ihr Atem verwandelte sich in ein hektisches Keuchen. Hatte er sie endlich doch erkannt? Würde er sie gleich zur Rede stellen, sie entlarven?

»Hier.« Er blieb vor einer kleinen, eleganten Tür stehen und hämmerte mit seiner großen Faust gegen das Holz.

»Tretet ein.« So leise sie auch war, verlor die Stimme der Königin niemals ihre stählerne Schärfe.

Alexios stieß die Tür auf. Sobald Leto an ihm vorbeigeschlüpft war, wobei sie das Gesicht immer noch bewusst abgewandt hielt, ließ er die Tür hinter ihr zufallen, und sie war mit Mathias' Mutter allein.

Die Königin trug Grün. Welche ihrer Mägde ihr auch immer dazu geraten hatte, war eine wahrhaft kluge Person; es schien, als wäre sie dazu geboren worden, diese Farbe zu tragen. Ihr dunkles Haar, zu Zöpfen geflochten, war mit kleinen, metallischen Blättern und Schnüren aus schimmerndem Gold durchwirkt. Ihre Haut hatte einen leicht geröteten und liebreizenden Ton, sodass sie eine Dryade hätte sein können, aus ihrem Wald entkommen und in ein Gefängnis aus Stein gesperrt.

Nicht dass die Königin wie eine Gefangene wirkte. Wenn überhaupt, war sie die Kerkermeisterin, die sich vor ihr mit geübter Arroganz in ihrem großen Eichenstuhl zurücklehnte. Sie winkte Leto mit einem einzigen herrischen Finger zu sich. »Setzt Euch.« Sie deutete auf den einzigen weiteren Stuhl im Raum.

Leto folgte der Aufforderung.

Für einen Moment verharrten sie so und sahen einander in vollkommenem Schweigen über das hölzerne Pult der Königin hinweg an. Als Leto es nicht länger aushielt, öffnete sie den Mund, um zu sprechen.

»Ich nehme an, Ihr fragt Euch, warum ich Euch hierhergebeten habe«, kam ihr die Königin zuvor, bevor die erste Silbe über Letos Lippen kommen konnte.

Gebeten war ein weniger starkes Wort als das, welches Leto benutzt hätte. Befohlen vielleicht. Oder verlangt. Sie neigte den Kopf. »Ja, Euer Gnaden.«

»Ich habe eine Warnung für Euch«, sagte die Königin. »Und Ihr wäret gut beraten, sie zu beachten.«

Das seltsame Kribbeln war zurückgekehrt. Leto konnte nur mit Mühe verhindern, dass sie schauderte. »Euer Gnaden?«

Die Königin beugte sich mit einem lieblichen Lächeln vor. Ihr Mund glich dem von Mathias, doch wirkte er in ihrem schmalen Gesicht nicht so sanftmütig wie in seinem. »Geht fort von hier.«

Leto blinzelte. »Wie … wie bitte?«

»Heute Abend sind auch Besucher vom Festland hier«, fügte

die Königin glattzüngig hinzu. »Ich habe Euch eine Überfahrt mit Gästen aus Thrakien gesichert – natürlich nicht unter Eurem eigenen Namen. Ihr werdet als Dienerin reisen müssen oder auf eine andere unauffällige Weise. Wenn Ihr klug seid, und ich halte Euch für klug, werdet Ihr Ithaka mit ihnen verlassen.«

Ithaka verlassen. Einst, vor langer Zeit, war das alles gewesen, was Leto je gewollt hatte. Doch jetzt …

»Warum sollte ich das tun?«, fragte sie. »Ich bin verlobt. Mit Eurem Sohn. Ihr wollt, dass ich ihn sitzenlasse?«

Die Königin lächelte immer noch. »Ein Ratschlag«, sagte sie, »von einer Prinzessin an eine andere: Ich komme aus Sparta und Ihr aus Athen – beides glückliche, wohlhabende Länder. Ihr könnt hier nicht glücklich werden. Ithaka ist am Verrotten. Nein, unterbrecht mich nicht.«

Leto hatte den Mund geöffnet, um zu sprechen, und schloss ihn wieder.

»Glaubt nicht, dass ich Eure Geschichte nicht kenne, Prinzessin. So jung und liebreizend – ich bin mir sicher, Euer Vater war begeistert, als Ihr zu einem so wertvollen kleinen Juwel heranwuchst. Mit Euch ließen sich Bündnisse stärken, um den Weg für einen Eurer Brüder freizumachen, den Thron zu besteigen, ohne dass Ihr stören würdet. Mich wollte man ebenfalls aus dem Weg haben, versteht Ihr. Und ich war dankbar dafür, hierherzukommen. Sparta ist nicht immer gut zu den Seinen. Es hat mir so viel genommen. Aber Ithaka …« Ihr Gesicht verzerrte sich, und ihre dunklen Augen blitzten. »Ithaka hat mir alles genommen.«

»Ich glaube nicht …«

»Wir sind vom gleichen Holz. Und ich biete Euch einen Ausweg an, damit Ihr nicht so endet wie ich – eine verbitterte alte Frau, die alles verloren hat, was sie liebt.«

Leto runzelte die Stirn. Man konnte die Königin kaum als *alt* bezeichnen, und dann war da diese seltsame Bemerkung …

»Alles? Was ist mit Mathias?«, fragte sie stockend.

Die Königin lachte. »Mathias? Ihr habt recht damit, dass ich ihn liebe, aber mein Sohn erwidert meine Liebe schon seit vielen Jahren nicht mehr. Nein, er war immer das Kind seines Vaters, und seine Schwestern waren meine Kinder. Aber seine Schwestern sind fort – eine tot, eine weggeschickt, damit sie nicht das gleiche Schicksal erleidet. Nein, ich habe kein Kind mehr, das mich liebt.«

Leto wurde sich bewusst, dass ihr der Mund offen stand. Sie klappte ihn zu und presste die Lippen aufeinander. Tot. Mathias' Schwester war tot. Natürlich war sie das; wie hatte sie die Gerüchte vergessen können, die vor so vielen Jahren durch Vathi geweht waren, als das Meer sich erhoben hatte, um die Hügel zu verwüsten. Es hatte geheißen, ein Mädchen, das im Palast arbeite, habe Poseidons Mal verborgen, habe sich so vor ihrem Schicksal versteckt und sie alle ins Verderben gestürzt. Aber das war eine Lüge gewesen.

Wie die Königin dies hatte geheim halten können, wusste sie nicht. »Ich …«

»Wie ich sehe, hat Mathias es versäumt, Euch darüber in Kenntnis zu setzen.« Die Königin lächelte grimmig. »Erlaubt mir, die Lücken zu füllen.« Sie zog eine Schublade des Schreibtisches auf und nahm eine Papyrusrolle heraus. Sie berührte sie mit ungewohnter Sorgfalt und hielt sie zwischen den Fingerspitzen, wie ein Kätzchen, während sie die Falten darin glättete. »Wisst Ihr, was das ist?«

Leto schüttelte wortlos den Kopf. Das war also der Grund, warum die Königin sie mit solcher Kälte behandelt hatte. Sie sah in Leto – eigentlich in Adrasteia – alles, was sie selbst einst besessen, alles, was sie verloren hatte.

»Es ist eine Prophezeiung«, sagte die Königin. »Vom Orakel meines Gemahls, anlässlich der Geburt seiner ersten Tochter.«

Leto erstarrte. Sie hatte das Pergament schon vor diesen Worten voller Interesse beäugt, aber jetzt kostete es sie all ihre

Kraft, den Blick davon loszureißen, der Königin in die Augen zu sehen und zu fragen: »Orakel?«

»Diese bösartige, betrügerische Kreatur«, fauchte die Königin. »Wir haben ihr zu essen gegeben, sie gekleidet, sie beherbergt, und *so* hat sie es uns vergolten.« Sie stieß das Pergament ruckartig Leto entgegen.

Zögernd nahm Leto es.

Die Handschrift war nicht die ihrer Mutter – sie nahm an, dass eine Gehilfin die Worte niedergeschrieben hatte –, aber der Fluss, die Struktur, rief eine uralte Erinnerung in ihr wach. Eine Erinnerung an ihre Mutter, die murmelnd vor dem Kamin saß, ihre Augen weit und leer.

Dieses Mädchen ist von einem Gott berührt worden, stand da zu lesen. *Er hat sie gesehen, und er ist erfreut.*

Er hat Anspruch auf sie erhoben,
damit kein anderer ihr etwas zuleide tut.

»Kein anderer«, zischte die Königin. »Versteht Ihr? Als ich es das erste Mal gehört habe, war ich erfreut. Ich dachte, das ist eine Zukunft, die meiner Tochter würdig ist. Von den Göttern berührt, wahrhaftig. Aber Poseidon wollte meine Selene nicht vor sich selbst beschützen, nicht vor seinem Zeichen. Poseidon hat nicht verhindert, dass sie sich in den Tod stürzte.« Sie brach mit einem Keuchen ab.

Behutsam legte Leto die Prophezeiung ihrer Mutter beiseite. »Ein Orakel spricht nur die Wahrheit, die ihm gezeigt wird. Vielleicht hat sie es nicht zu deuten gewusst, vielleicht …«

»Ich habe versucht, es zu verhindern. Die Frauen Spartas empfangen den Tod nicht mit offenen Armen, und ich wollte meine Tochter nicht so ohne Weiteres aufgeben. Mein Gemahl hat mich weggezerrt, obwohl ich getobt habe.« Sie lächelte kalt. »Man hat mich gerade noch rechtzeitig herausgelassen, damit ich sehen konnte, wie die Wellen ihren reglosen Körper davontrugen. Und dann. Dann musste ich meinen Schmerz verbergen, musste ihren Tod verbergen. Musste irgendeiner unglücklichen Dienerin die Schuld dafür geben, dass das Meer sich erhoben hatte. Ich musste so tun, als sei Selene zusammen mit ihrer Schwester nach Kreta gegangen, damit das Volk sich nicht gegen uns wandte. Mein Gemahl ließ mich Monate später ihren Tod verkünden, und ich musste vorgeben, dass ihr Dahinscheiden nichts mit Poseidon zu tun hatte. Ihr könnt es Euch nicht vorstellen.« Sie holte tief Luft. »Und wollt Ihr wissen, welche Zukunft sie für Mathias vorausgesagt hat? Wollt Ihr wissen, welche Zukunft sie für meinen Sohn sah? Für meinen Sohn und für Euch. Lasst uns schauen, ob Ihr sie dann immer noch für so unschuldig haltet.«

»Für mich?« Ihre Mutter hatte sich immer geweigert, nach Letos Zukunft zu fragen, und war schnippisch und ärgerlich geworden, wann immer Leto in sie drang. *Es ist uns nicht bestimmt, unser Schicksal zu kennen.* War das etwa der Grund dafür? Stand da in krakeliger Handschrift etwas geschrieben, das von Letos Untergang kündete? Oder war es Adrasteias Schicksal, das auf dem Papyrus festgehalten wurde?

»Oh ja«, sagte die Königin. Sie zog ein zweites Pergament hervor. Dieses hielt sie Leto nicht hin – stattdessen las sie es mit gequältem, getragenem Tonfall laut vor:

»Auch diese ist von den Göttern berührt.
Wo zwölf verstoßen werden, kehrt eine zurück,
um Flammen zu bringen dem Schatten, der uns erstickt.«

Leto starrte sie an. *Wo zwölf verstoßen werden, kehrt eine zurück.* Und die Flammen, die dem Schatten gebracht wurden – konnte sie es wagen zu hoffen, dass dies bedeutete, dass sie Erfolg haben würde? Ja, es war ihr Schicksal. *Ihres.* Nicht das Adrasteias, und das bedeutete … »Ich vermag nicht zu erkennen, inwiefern das mich betrifft«, sagte sie vorsichtig. Sicherlich konnte die Königin ihre wahre Identität nicht kennen. In dem Fall wäre sie längst unter Arrest gestellt worden. Oder – überlegte sie weiter, als sie den flammenden Blick der Königin sah – wäre hingerichtet worden. »Eine Prinzessin wird nicht erwähnt, genauso wenig wie eine Hochzeit. Nicht einmal ein Verlöbnis.«

»Zwölf werden verstoßen«, sagte die Königin bedeutungsvoll. »Zwölf Schiffe, versteht Ihr, ausgeschickt von meinem verstorbenen Gemahl im Sommer nach der Geburt unseres Sohnes. Sie wurden in jedes Königreich gesandt, das wir für nützlich erachteten, mit einem Heiratsangebot.«

»Oh«, sagte Leto.

»In der Tat, oh«, entgegnete die Königin. »Ich wusste sofort, was das bedeutet, und sandte zwölf meiner eigenen Schiffe aus, um sie aufzuhalten. Aber eines erlitt im Sturm Schiffbruch. Sein Ziel entkam. Es erreichte Athen.«

Wenn sie nicht in Gesellschaft der Königin gewesen wäre, hätte Leto vielleicht darüber gelacht. So war das mit Prophezeiungen – sie konnten jeden meinen und alles, wenn man sie nur ein wenig anders deutete. Aber sie gingen immer in Erfüllung, auf die eine oder andere Weise. »Ihr könnt Euer Schicksal nicht ändern«, sagte sie ohne zu überlegen. Wie oft hatte sie das im Laufe der Jahre schon zu Kunden gesagt? Irgendwann hatte sie aufgehört, stockend wiederzugeben, was Apollo ihr gezeigt hatte, und ihren Kunden einfach erzählt, was sie hören wollten. »Ungeachtet was Ihr Euch wünscht, ist das Ende stets das Gleiche. So wollen es die Moiren …«

»Sprecht nicht mit mir über Schicksal, Kind«, blaffte die Königin. »Geht nicht davon aus, dass ich das nicht weiß. Geht nicht davon aus, dass Ihr für Euer eigenes Kind nicht das Gleiche getan hättet. Das hier ist die einzige Abschrift der Prophezeiung, die übrig geblieben ist – den Rest habe ich verbrannt. Niemand sonst weiß davon. Niemand sonst wird davon erfahren. Ich werde meine Kinder vor denjenigen beschützen, die danach trachten, den Willen der Götter auszuführen.«

Darauf hatte Leto keine Antwort. Sie wusste wenig darüber, was Eltern für ihre Kinder tun würden. Sie für immer verlassen, ohne ein Wort? Dahinwelken, bis nichts mehr übrig war? »Aber …«, brachte sie heraus. »Was ist an dieser Prophezeiung so schrecklich? Flammen zu einem Schatten bringen – ich nehme an, damit ist der Fluch von Ithaka gemeint, nicht wahr? Sicherlich …«

»Genau die gleiche Frage habe ich dem Orakel gestellt«, unterbrach die Königin sie. »Ich hatte ihre Prophezeiung gehört, und obwohl ich gestehen muss, dass sie mich ins Grübeln gebracht hat, wusste ich nicht, wie sie mit Mathias zusammenhängen sollte. Also habe ich sie gefragt. Seht her, die Schreiberin hat es notiert.«

Leto folgte dem zitternden Finger der Königin zu einer Zeile in krakeliger Schrift. *»Und was ist mit meinem Sohn?«*, las sie vor.

»Und was ist mit meinem Sohn?«, wiederholte die Königin. »Wollt Ihr wissen, was sie gesagt hat?«

Wieder konnte Leto nicht antworten. Es lag eine Schwere in der Luft, ein Druck auf ihrem Herzen. Sie konnte in den verzerrten Zügen der Königin erkennen, dass Mathias kein freundliches Schicksal bestimmt war.

»Wer wird die Flammen nähren? Euer Junge hat Augen wie Kohle.« Das letzte Wort war kaum zu verstehen, weil die Königin es herausschrie. Ihre Augen hatten sich mit Tränen gefüllt. »Das waren ihre erbärmlichen Worte, als sie meinen Sohn zum Tode verurteilte. Zum Tode durch Eure Hand, wie die Schreiberin überaus hilfreich in der Prophezeiung festhielt. *Das Orakel hat den Tod des Prinzen vorausgesagt*, das ist es, was sie geschrieben hat. Nein, bleibt sitzen …«

Leto umklammerte die Armlehnen ihres Stuhls, bereit, abzurücken, wenn es nötig war. Sie bewegte sich nicht von der Stelle.

»Ihr seid die eine der zwölf.« Die Königin legte die Prophezeiung zurück in ihre Schublade. Als sie die Schublade zuschob, erhaschte Leto einen Blick auf etwas anderes, das darin lag – ein kleines, goldenes Medaillon mit einem verschlungenen Zeichen. Leto kannte es: Es war das Zeichen von Delphi. Sie kannte auch dieses Medaillon. Es hatte ihrer Mutter gehört. Wie kam es hierher?

Sie ballte eine Hand in ihrem Schoß zur Faust, während die Königin weitersprach. »Ich bin mir dessen sicher. Ihr seht jetzt, warum Ihr gehen müsst, Ihr müsst einfach.«

»Es wird sein Schicksal nicht ändern«, sagte Leto leise. »Ihr wisst, dass es nichts ändern kann.«

»Ich habe es schon einmal geändert. Das Orakel glaubte, die Worte bezögen sich auf sie, versteht Ihr. Sie hat es mir selbst gesagt – sie war eine der zwölf Erwählten, von Ithaka ausgesucht, in den Tempeln Delphis ausgebildet zu werden. Sie war die Siegerin, und diese erbärmliche Kreatur kehrte zurück, um ihrer Krone zu dienen. Zwölf wurden verstoßen, eine ist zurückgekehrt, versteht Ihr? Sie hat es mir selbst gesagt, vor acht Jahren, als sie, mit einem Messer in der Hand, am Bett meines Sohnes stand und mir mitteilte, die Götter hätten sie auserwählt. Dass sie vor ihrem Schicksal nicht zurückschrecken dürfe.«

»Was?« Leto erschrak beinahe beim Klang ihrer Stimme. Sie hatte gar nicht gewusst, dass sie überhaupt noch eine Stimme besaß, hatte gedacht, die Worte der Königin hätten sie vielleicht einfach zum Verschwinden gebracht. Ihre Mutter hatte versucht, Mathias zu töten. Sie war dabei erwischt worden.

»Alexios persönlich hat sie aufgehalten«, erzählte die Königin weiter. »Kaum zwölf Jahre alt, aber schon damals so loyal, dass er sich auf eine Wahnsinnige gestürzt hat, ohne die geringste Sorge um sein eigenes Wohlergehen. Bei dieser Gelegenheit hat er sich diese Narbe zugezogen.«

»Er hat sie getötet?«

»Oh nein.« Die Königin bleckte die Zähne. »Nein, dieses Vergnügen hatte ganz allein ich. Sie wollte den Fluch brechen, versteht Ihr, um ein weiteres Jahr voller Hinrichtungen zu verhindern. Aber da die Tagundnachtgleiche jenes Jahres nur einen Tag entfernt war, war es nicht schwer gewesen, sie verschwinden zu lassen. Ich sagte ihrer Familie, Poseidon habe Anspruch auf sie erhoben. Dann kettete ich sie an eine Wand im Kerker und ließ sie dort zurück. Vielleicht war es der Hunger, der sie getötet hat. Vielleicht haben die Ratten ihr das noch schlagende Herz aus der Brust gefressen. Es war zumindest das, was sie verdiente, weil sie meine Familie zerstört, weil sie *mir* das Herz herausgerissen hat. Wisst Ihr, ich war drauf und dran, den Tod *ihrer* Tochter zu befehlen. Aber als ich meine Männer zu dem Haus schickte, erzählten sie mir, sie sei ein nutzloses kleines Ding, das sich durch ihre jämmerlichen Prophezeiungen stammelte und nur einen Bruchteil der Macht ihrer Mutter besaß. Sie am Leben zu lassen, war ein grausameres Schicksal, dachte ich – aber am Ende hat Poseidon sie für sich beansprucht. Es war fast poetisch.«

Leto sprang auf. »Hört auf«, stieß sie grimmig hervor. »Hört auf damit.« Sie hätte sich am liebsten übergeben, wäre gerne ohnmächtig geworden, wollte sich über das Pult werfen und die Königin mit ihren bloßen Händen erwürgen.

Sie musste weg von hier. Blind eilte sie zur Tür, die Worte der Königin noch in den Ohren. Es war nicht nur das grauenhafte Schicksal ihrer Mutter, sondern auch ihr kühnes Handeln. *Sie könne nicht vor ihrem Schicksal zurückschrecken.* Was hätte sie von Leto gedacht, wenn sie sie jetzt hätte sehen können?

»Ich will Euch nicht drohen«, sagte die Königin, während Leto sich halb blind abmühte, die Tür zu öffnen, um zu entfliehen. »Aber jetzt wisst Ihr, was ich mit denjenigen mache, die meine Familie in Gefahr bringen. Ich habe Selene verloren. Auch Hekate habe ich im Grunde verloren. Mathias ist meine Chance – meine einzige Chance. Ich werde ihn zu einem König machen, der der Linie Spartas würdig ist. Rettet Euch, kleine Prinzessin. Wenn die Gesellschaft aus Thrakien in See sticht, seht zu, dass Ihr mit ihnen segelt.«

Bei ihrer Rückkehr wartete Mathias schon auf sie.

Sie ahnte, wie furchtbar sie aussah. Es gelang ihr einfach nicht, die Königin aus dem Kopf zu bekommen, konnte ihre Gedanken nicht ordnen. Die Drohungen der Königin. Selene, Mathias, Alexios. Ihre Mutter.

Ihre Mutter hatte versucht, den Fluch zu brechen – es hatte eine edle Tat sein sollen. Aber wenn sie verschwunden war, als Leto zehn gewesen war, ein bloßes Kind, dann musste ihr Opfer ebenfalls noch ein Kind gewesen sein. Elf Jahre alt ungefähr.

Hätte Leto es getan? Das war eine Frage, die sie nicht beantworten konnte. Unwillkürlich musste sie daran denken, wie Timos Leben geendet hatte; ein Kind zu töten war keine leichte Sache, und es war auch schwer, mit der Erinnerung daran zu leben.

Mathias lächelte sie vergnügt an. Seine Augen leuchteten. »Folge mir, ich muss dir etwas erzählen.« Er führte sie rasch zu einer mit einem Vorhang verdeckten Tür und zog den Stoff beiseite, um eine enge Wendeltreppe freizugeben. Würde er sie auch so ansehen, strahlend und hoffnungsvoll und offenherzig, wenn sie ihm ihre Klinge in die Brust stieß und seinen Kopf unter die Wasseroberfläche des Meeres drückte? Ihre Brust schmerzte von einer namenlosen Traurigkeit ohne jede Hoffnung. Sie waren nicht weit genug gekommen; sie würden rechtzeitig keinen Weg finden, um ihn zu retten.

Es spielte daher keine Rolle, was er für sie empfand. Wenn sein Herz für sie schneller schlug, machte das keinen Unterschied. Es würde trotzdem ins Stocken geraten und dann stillstehen, wenn Poseidon sich erhob, um ihn für sich zu fordern. Zwei Tage noch. Nur zwei. Sie schluckte. »Dort hinauf?« Vor ihnen brannten keine Fackeln.

»Es ist nicht gefährlich, versprochen. Ich werde vorausgehen.« Ihre Hände hatten zueinander gefunden, und er zog sie hinter sich her, die Stufen hinauf.

Mathias sagte nichts mehr, bis sie auf einen breiten, steinernen Balkon gelangten, der schwach von unten durch die Fackeln im Innenhof erhellt wurde.

»Es ist kalt«, sagte sie. Abseits der Feuer war die Nacht kühl und still.

»Hier.« Mathias' Finger wanderten zu dem Knoten an seinem Umhang.

Leto hob eine Hand, um ihn daran zu hindern. »Lass ihn an.« Sie zog sich ihren Schleier um die Schultern, obwohl der dünne Stoff wenig dazu beitrug, sie zu wärmen. »Was hast du mir denn zu sagen?«

»Leto«, sagte Mathias seufzend, »wie kannst du mich das fragen – kennst du die Antwort denn wirklich nicht?«

»Ich … was?«

Mathias legte ihr zwei Finger unters Kinn und hob ihren Kopf zu seinem Gesicht. »Leto, du bist ein unglaubliches Geschöpf.« Er küsste sie.

Vielleicht war es die Musik, vielleicht die kühle Nachtluft oder der Wein, aber unwillkürlich erwiderte Leto seinen Kuss und schob die Finger in sein weiches, dunkles Haar. Sie spürte, wie das goldene Diadem, das er trug, verrutschte, und er keine Anstalten machte, es wieder gerade zu rücken.

Stattdessen fuhr er mit langen, sanften Fingern über den gebauschten Stoff an ihrer Taille und ließ sie dann in köstlichen Spiralen über die Außenseite ihres Schenkels kreisen. Ihr Magen krampfte sich zusammen, und sie spürte, wie sie an seinem Körper zuckte.

Er lachte. Ein leiser, aufreizender, wunderschöner Laut direkt an ihrem Mund. »Habe ich dir schon gesagt«, fragte er zwischen zwei hauchzarten Küssen, »wie schön du heute Abend aussiehst?« Er bewegte den Mund zu ihrem Kinn und verteilte Küsse über ihren Hals.

»Das hast du, ja.« Leto legte den Kopf in den Nacken. Mathias Hände wanderten zu ihrer Taille, und er zog sie noch näher zu sich heran.

»Dann lass es mich dir noch einmal sagen«, erwiderte er. Sein Mund kehrte zu ihrem zurück, und er küsste sie erneut, sanft und ohne etwas zu fordern. »Du bist das schönste Mädchen, das ich je gesehen habe.«

Dann geschahen mehrere Dinge gleichzeitig. Mit einer Hand umfasste er Letos Taille, um sie noch fester an sich zu drücken, und sie drehte die Hüften, um ihm entgegenzukommen, schloss die Augen und stieß ein scharfes »*Oh*« aus.

Dann machte Mathias sich mit seiner anderen Hand daran, die dicke, goldene Kette um ihren Hals zu öffnen. In der einen Sekunde schmiegte ihr Körper sich noch verräterisch an ihn, in der nächsten nahm ihr von Lust umnebeltes Hirn die Arbeit wieder auf, und sie riss sich in Panik von ihm los. Ihre Hand flog an ihre Kehle, um sie zu verdecken, bevor die Kette wegrutschen und offenbaren konnte, was darunter lag.

Sie stieß mit dem Rücken schmerzhaft gegen die steinerne Balustrade und ihre Brust hob und senkte sich hektisch, die Augen groß und ungläubig auf Mathias gerichtet. »Mathias.« Die Kette war nicht heruntergefallen. Es war alles in Ordnung.

»Leto?« Ihr Name kam nicht von Mathias' Lippen, sondern vom oberen Ende der Treppe. Letos Herz hatte in ihrer Brust gepocht. Jetzt sackte es ihr abrupt in den Magen, als sie den Blick hob. *Nein, nicht jetzt. Bitte nicht.* Aber natürlich erhörten die Götter ihr Gebet nicht.

Melantho stand am Zugang des Balkons und presste sich eine zitternde Hand vor den Mund. Sie hatte alles gesehen, das stand ihr deutlich ins Gesicht geschrieben. Sie sah aus, als sei ihr übel.

»Melantho?« Mathias drehte sich zu ihr um.

»Mathias.«

Er wirbelte wieder zu Leto herum. »Leto?« Es war eine hilflose Frage. Seine Pupillen hatten sich geweitet, jetzt zogen sie sich wieder zusammen. Sein Lächeln war endgültig verschwunden. Er richtete seine Kleidung und rückte das Diadem zurecht, das ihm fast von der Stirn gerutscht wäre.

Sie wusste nicht, was sie sagen sollte. Ihr Kopf war vollkommen leer, und sie konnte an nichts anderes denken als an das seltsame Klingeln in ihren Ohren und den noch immer verweilenden Geschmack von Mathias auf ihren Lippen.

Melantho drehte sich um und rannte die Treppe hinunter.

»Melantho?«, fragte Mathias noch einmal. Er drehte sich wieder Leto zu. »Was ist denn los?«

Leto konnte nur den Kopf schütteln. Sie wollte fliehen, wollte hinter Melantho herlaufen und sie an der Hand fassen und sagen: *Nein, nein. Du verstehst das nicht.*

»Leto, bitte.« Er trat mit einem Ausdruck hilfloser Besorgnis auf sie zu. »Es tut mir leid, ich hätte niemals voraussetzen dürfen, dass du möchtest … dass du willst … was ich sagen will ist, dass du alle Zeit hast, die du brauchst. Ich kann warten …« Er streckte die Hand nach ihr aus.

»Nicht.« Das eine Wort kam schärfer heraus als gewollt.

Mathias erstarrte an der Stelle, wo er stand, den Arm noch immer ausgestreckt. Einen Moment lang sahen sie sich schweigend an.

»Leto? Bitte, ich …«

»Ich kann nicht.« Die Worte drangen unwillkürlich über ihre Lippen. Der Ausdruck auf seinem Gesicht war unerträglich. Es war, als hätte sie einen Welpen getreten. Ein Schatten bewegte sich am Fuß der Treppe und schlüpfte davon, aber Leto war so auf Mathias konzentriert, dass sie ihn nicht weiter beachtete. Wenn Melantho beschlossen hatte zu lauschen, würde Leto sie nicht davon abhalten. »Wir versuchen, den Fluch zu brechen, Mathias. Wir haben keine Zeit für … für so etwas.«

»Warum nicht?« Seine Augen schimmerten im Mondlicht – dunkel wie das Meer, und sie hätte in ihnen ertrinken können. »Ich habe mit Melantho gesprochen. Sie hat mir geholfen, etwas zu verstehen, nämlich, dass ich mich nicht ewig selbst bestrafen kann, dass Sel… dass die Menschen, die ich verloren habe, das nicht wollen würden. Sie hätten dich geliebt. Haben wir es nicht verdient, glücklich zu sein?«

Selene. Er sprach von Selene. »Glücklich? Es *sterben* Menschen, Mathias! Es gibt Wichtigeres, als dass wir uns darüber Gedanken machen, ob wir *glücklich* sind.«

»Und du meinst, wenn wir unglücklich sind, wird das ihren Tod verhindern?«

»Du bist sehr arrogant, zu glauben, dass du mich glücklich machen kannst.« Das hätte sie nicht sagen sollen. Sie meinte es nicht einmal so – sie wollte einfach nur, dass das Gespräch endete, damit sie gehen, nach Melantho suchen und sie in die Arme schließen konnte –, aber die Art, wie Mathias den Mund öffnete und wie seine Schultern heruntersackten, verrieten ihr, dass es keine Rolle spielte. Er glaubte ihr.

»Oh«, sagte er. »Nun, ich nehme an, das verändert die Situation erheblich.«

»Mathias …«

»Entschuldige mich, Leto«, unterbrach er sie glattzüngig. »Ich denke, diese Unterhaltung ist beendet. Gute Nacht.« Er machte auf dem Absatz kehrt und marschierte die Treppe hinunter.

»Verdammt.« Leto raffte ihre Röcke und eilte hinter ihm her.

Als sie in den Innenhof zurückkehrte – es war unglaublich schwierig, die steile Wendeltreppe hinunterzugehen, weil ihr Chiton sich bei jedem Schritt unter ihren Sandalen verfing –, tanzte Mathias gerade mit Olympia. Olympia schien entzückt zu sein; Mathias sah aus, als hätte er etwas Giftiges gegessen.

Sie hätte zu ihm hinübergehen und ihn aus Olympias Armen in ihre reißen können. Sie sehnte sich danach, zu ihm zu laufen, ihn an sich zu ziehen und ihm Liebesworte zuzuflüstern. Aber dann wäre Melantho allein gewesen, und in ihrem

Geist hätten sich hundert Szenen abgespielt, in denen Leto ihr Mathias vorzog.

Leto ging um den Innenhof herum. Die Musikanten hatten jetzt erst richtig angefangen – die zahlreichen Höflinge tanzten und stießen im Takt der Musik gegen Leto, während sie sich an ihnen vorbei kämpfte. Es war eine kleine Gnade des Schicksals, dass sie Alexios nicht sah – er hatte offensichtlich irgendwo einen angemessen deprimierenden Ort zum Herumschleichen gefunden. Die Königin stand neben einem der Gäste aus Thrakien, der durch den besonderen Grünton seines Chitons als solcher zu erkennen war. Leto schaute weg, bevor sie sie sah.

Endlich hatte sie das Gedränge hinter sich. Sie warf Mathias einen letzten verzweifelten Blick zu, dann schlüpfte sie durch die Tür, die in den Palast hinein führte. Wenn sie Glück hatte, würde Alexios das Kabinett der Königin nicht bewachen. Wenn sie Glück hatte, konnte sie unbemerkt hinein- und wieder herausschlüpfen.

Die Zeit war fast abgelaufen, aber es gab noch etwas, ohne das Leto nicht fortgehen konnte.

Leto stieß die Türen zu ihren Gemächern auf und marschierte hindurch. Das Kabinett der Königin war, wie sie erhofft hatte, unbewacht gewesen. Die Kette ihrer Mutter befand sich jetzt sicher an ihrem Herzen unter ihrem Chiton. Die Abschrift von Mathias' Prophezeiung war in einer der verdeckten Taschen versteckt. Irgendetwas, das sie nicht näher bestimmen konnte, hatte sie dazu gebracht, sie mitzunehmen. Es war schließlich nicht so, als könnte sie ihm die Prophezeiung zeigen.

Melantho stand am Fenster und schaute auf den Innenhof hinunter, auf die ins Fackellicht getauchten Bodenplatten und die sich drehenden Tanzpaare. Sie hatte ihr Haar von seinen Bändern befreit, und es fiel ihr in einer Kaskade aus geschmolzenem Gold über den Rücken. Ihre Hände an ihren Seiten waren zu Fäusten geballt.

»Melantho …«

»Wenn ich nicht wäre«, unterbrach Melantho sie mit gefährlich sanfter Stimme, »könntest du ihn heiraten.«

Leto riss die Augen auf. Darauf war sie nicht gefasst gewesen.

Ungläubig lachte sie. »Mathias heiraten? Mach dich nicht lächerlich.« Ein Kuss war eine Sache, eine Heirat eine ganz andere, vor allem solange der Fluch andauerte und die nächsten Hinrichtungen nur noch zwei Tage entfernt waren. Zudem hatten sie noch keine Alternative zu Mathias' Ermordung gefunden.

Melanthos Schultern verspannten sich. »Lach mich nicht aus. Es ist ja nicht so, als hättest du nicht selbst schon darüber nachgedacht. Du und Mathias, lesend aneinandergeschmiegt und für den Rest eures Lebens vereint.«

»Weil das ja so bedeutsam ist. Wer würde nicht davon träumen, Prinzessin zu sein?« Es war die falsche Antwort, und sie wusste es. Aber Melantho sah so zornig aus, dass die Härchen auf Letos Armen sich aufstellten. Sie fühlte sich benommen und schutzlos.

Melantho drehte ruckartig den Kopf. Ihre Wangen waren rot und fleckig, ihre Nase rosig. Ihre Augen glänzten. »Ich habe einmal einer Königin gedient«, sagte sie schroff. »Ich war ihre Favoritin, ihr kleines Schoßtier. Und ich habe sie geliebt. Ich hatte die törichte, kindische Hoffnung, dass sie diese Liebe erwiderte, aber ich irrte mich. Als ich zum Tod durch den Strick verurteilt wurde, unternahm sie nichts.«

»Was hätte sie schon tun können? Der Fluch …«

»Sie hat einfach gar nichts unternommen«, wiederholte Melantho. »Es war, als ob es sie nicht interessierte. Sie hat nicht einmal zugesehen. Mein Traum war eine lächerliche Illusion, die niemals wahr werden konnte. Aber du …« Sie holte zornig Luft. »Mir ist nicht entgangen, wie er dich ansieht. Er könnte dir gehören, wenn du ihn wolltest.«

»Ich will ihn aber nicht«, gab Leto hitzig zurück. »Wenn ich ihn heirate, würde ich Hunderte von Mädchen zum Tode verurteilen.«

»Tausende«, korrigierte Melantho sie.

»Genau!« Leto riss die Hände hoch. »Das kommt überhaupt nicht infrage! Wenn ich wirklich so selbstsüchtig wäre, zu glauben, mein Glück wäre auch nur ein einziges Leben wert, wäre ich …«

»Aber genau das habe ich gemeint«, unterbrach Melantho sie. »Wenn ich nicht wäre, müsstest du diese Entscheidung nicht treffen.«

»Ich wäre tot! Wenn ich dir nicht begegnet wäre, wäre ich tot, Melantho.«

»Das ist es nicht, was ich …« Melantho schüttelte den Kopf. »Ich will nur – ich will nur, dass du weißt, dass ich es verstehen würde. Mathias ist ein Prinz, und ich bin einfach nur eine Magd. Er kann dir die ganze Welt zu Füßen legen, Leto, und du sollst wissen, dass du all das haben kannst, wenn du willst.«

»Der Fluch …«, begann Leto.

»Vergiss den Fluch!« Melantho stampfte tatsächlich mit dem Fuß auf. »Darum geht es nicht, Leto!«

»Worum denn dann? Dass ich deine Erlaubnis habe, Mathias in irgendeiner vergoldeten Ecke dieses verdammten Palastes meine Zunge in den Hals zu stecken?«

»Ja!«, rief Melantho. »Genau das will ich sagen!«

Leto starrte sie an, und ihre Brust hob und senkte sich hektisch. »Was ist los?«, gab sie zurück, eine Frage, die eher an sie selbst gerichtet war als an Melantho.

»Ich liebe dich«, sagte Melantho. »Wie könnte es auch anders sein? Aber du bist mir nichts schuldig. Und ich will sicherstellen, dass du das weißt. Mathias liebt dich.«

»Aber ich liebe ihn nicht. Ich liebe dich.« Es war eine seltsame Erkenntnis. Eine, die Leto bis zu diesem Moment selbst nicht ganz begriffen hatte. Aber jetzt, wo sie es laut aussprach –

ohne zu zögern –, erfüllte dieses Wissen ihr Herz. Sie liebte Melantho. Liebte sie aufrichtig und vollkommen und mit jeder Faser ihres Wesens. Das musste genügen.

Melantho lachte, und es klang bitter, schrecklich. »Was habe ich getan, um das zu verdienen?«

Leto betrachtete sie. Melantho liebte sie; es war lange her, dass jemand das getan hatte. Melantho hatte mit ihr gelacht, mit ihr geweint, war mit ihr ins Meer gegangen und hatte die Kraft aus ihren zitternden Fingern hervorgelockt. Was war Leto vorher gewesen? Ein verängstigtes kleines Mädchen, ohne Mutter, ohne Vater, ohne Freunde. Sie hatte sich jetzt unwiderruflich verändert.

»Alles«, sagte sie schließlich.

Was immer als Nächstes kam, sie wusste, dass diese eine Sache wahr war.

Der nächste Tag war ihr letzter. Am folgenden Mittag würden zwölf Mädchen in zwölf Schlingen fallen, und ihre Leichen würden dem Meer überantwortet werden. Leto konnte das nicht zulassen.

So demütigend sie es auch fand, sie musste Mathias gegenübertreten. So viel war sie ihm schuldig. Er wusste es nicht, aber seine Zeit war fast abgelaufen – dies war ihre letzte Chance, einen anderen Ausweg zu finden, irgendeinen. Der Gedanke daran, ihn wiederzusehen, war nicht sehr verlockend.

»Er wird mich hassen«, beklagte sie sich. Sie hatte ihn verschmäht, hatte ihn rundheraus zurückgewiesen. Trotzdem bedeutete er ihr etwas, auch wenn sie es nicht gewagt hätte, den Gedanken laut auszusprechen.

»Nein, das wird er nicht«, sagte Melantho. »Er war betrunken und hat sich vom Fest mitreißen lassen, genau wie du. Er wird dir verzeihen, wie du sehr wohl weißt.«

Leto warf ihr einen scharfen Blick zu. »Und wenn er das nicht tut?«

Melanthos einzige Antwort war ein müdes Schütteln ihres goldenen Kopfes. Irgendetwas stand noch immer zwischen ihnen, das Wissen um das, was Leto getan und Melantho gesehen hatte.

Leto war schon seit Stunden angekleidet. Die Kette ihrer Mutter lag sicher um ihren Hals, die Prophezeiung war in den Falten ihres Chitons versteckt. Trotzdem konnte sie das Gefühl nicht abschütteln, dass sie etwas versäumt hatte, dass sie auf das, was vor ihr lag, nicht vorbereitet war.

»Dann komm«, sagte sie schließlich seufzend. »Wir wollen nicht zu spät kommen.«

Leto hatte sich zu Recht Sorgen gemacht. Als sie endlich die Bibliothek erreichten, begrüßte Mathias sie recht kühl.

»Es ist nicht mehr viel übrig, was wir lesen müssen«, sagte er.

»Wir verschwenden unsere Zeit«, gab Melantho zurück. »Die Antworten werden sich nicht in irgendeiner lächerlichen kleinen Schriftrolle finden lassen. Wenn es eine andere Möglichkeit gibt, den Fluch zu brechen, werden wir danach suchen müssen. Aktiv.«

»Eine andere Möglichkeit?«, wiederholte Mathias und runzelte die Stirn. »Haben wir denn überhaupt auch nur eine Möglichkeit gefunden?«

Melantho warf Leto einen panischen Blick zu. »Ihr habt mich missverstanden«, beeilte sie sich zu beteuern. Es war nicht die glaubwürdigste aller Lügen, aber andererseits kannte Leto Melantho erheblich besser, als Mathias sie kannte. Vielleicht würde er das Zucken um ihre Augen herum nicht bemerken oder die unnatürliche Starre ihres Kiefers.

»Ich glaube nicht …«, begann Mathias.

»Melantho hat recht«, unterbrach Leto ihn hastig. Sie glaubte zwar nicht zwangsläufig, dass das der Wahrheit entsprach, aber es war wahrscheinlich die beste Methode, um Mathias von der Wahrheit abzulenken, die Melantho um ein Haar entschlüpft wäre. »Wir sollten weiter unten suchen – in den Kellergewölben. Es muss Hunderte von Räumen dort unten geben. Du hast gesagt, dass es auf den Karten, die du gefunden hast, viele geheime Gänge gibt – hast du sie alle überprüft, Mathias?«

Er zog den Kopf ein. »Ich widerspreche dir ja gar nicht. Aber wo sollen wir anfangen?«

Leto zuckte mit den Schultern. »Gibt es in der Nähe einen Eingang zu den Kellergewölben?«

»Nicht allzu weit weg, ja«, sagte Mathias.

»Dann bring uns dorthin.«

Sehr bald hatten sie sich verlaufen.

Die Gänge sahen alle gleich aus, und selbst Mathias – der sein ganzes Leben hier verbracht hatte – sah sich mit kaum verhohlener Verwirrung blinzelnd um. Leto beobachtete ihn dabei, wie er auf einen ausgefransten Wandteppich starrte, als würde er ihm den Weg aus diesem Labyrinth weisen können.

»Es muss hier entlanggehen«, sagte er ohne echte Überzeugung und zeigte in einen dunklen Gang. »Auf diesem Weg gelangen wir in die Küchen. Glaube ich.«

Melantho musterte ihn zweifelnd. »Glaubt Ihr.«

In diesem Moment erhoben sich Stimmen vor ihnen.

Eine leise, unterwürfige Stimme und eine weitere, die lauter und schärfer war und sofort vertraut klang.

Die Königin.

Die Königin, die großes Interesse daran haben würde zu erfahren, warum sie hier in den Kellergewölben herumschnüffelten. Die Königin, die die Prophezeiung von Letos Mutter verbrannt hatte. Die Königin, die Leto den Tod versprochen hatte, wenn sie das Königreich nicht verließ.

Und das hatte Leto nicht.

Sie fluchte leise und packte Mathias am Arm. »Hier hinein«, zischte sie, dann zerrte sie ihn durch die nächstbeste Tür – die unverschlossen war, als hätten die Götter endlich entschieden, sie mit so etwas wie Glück zu segnen – und in das Gelass dahinter. Er stolperte hinein, unmittelbar gefolgt von Melantho. Leto kämpfte gegen den plötzlichen Drang zu lachen an; das hier war nicht das erste Mal, dass sie Mathias durch eine unbekannte Tür gezerrt hatte. Zumindest führte diese nicht in eine Vorratskammer; der Gedanke an sie drei, zusammengedrängt in der Dunkelheit, erfüllte sie mit unvorstellbarem Entsetzen.

»Was sollte das denn, verdammt?«, knurrte Melantho. Sie rieb sich eine rote Stelle an ihrem Handgelenk: Die Stelle, an der Mathias' Finger sich in ihre Haut gebohrt hatten, als er sie hinter sich hergezogen hatte.

»Sei leise«, flüsterte Leto. Dann fügte sie hinzu: »Regnet es hier drinnen?« Ein Wassertropfen war ihr auf den Kopf gefallen. Unwillkürlich blickte sie auf, und was sie über sich entdeckte, verschlug ihr den Atem.

Die gekrümmte Wand des runden Raums war gesäumt von Statuen. Gemeißelt aus weißem Marmor ragten zwölf Skulpturen über ihnen auf, die Gesichter nach oben gerichtet. In ihren ausgestreckten Händen waren Wasserbecken, die die Tropfen auffingen, die rhythmisch aus einem sorgfältig angelegten System von Rinnen über ihnen fielen. Und in jedem dieser Becken schwamm eine kleine Kerze.

Leto trat unwillkürlich einen Schritt vor. »Wie ist es möglich, dass diese Kerzen immer noch brennen?«

Hinter ihr gab Melantho einen kleinen, entsetzten Laut von sich. Ihr Blick war starr auf eine der Statuen gerichtet. Es war die kleinste, ein winziges Ding, dessen Schopf von Kringellocken geschickt aus dem Marmor gemeißelt worden war. Melantho bewegte wortlos die Lippen. Sie sog scharf und gequält die Luft ein.

»Melantho?«, sagte Leto leise. »Was ist los?«

»Wir sollten von hier verschwinden«, antwortete Melantho. »Jetzt.«

»Was?« Blinzelnd betrachtete Leto die Statue noch einmal. Sie stellte ein Mädchen dar. Es wirkte weder furchteinflößend noch bösartig; es war einfach nur ein Mädchen. »Warum?«

»Bitte.« Sie hatte Melanthos Stimme noch nie so klingen hören, so dünn, zerbrechlich und panisch. »Vertraust du mir, Leto? Dann komm mit mir hier weg, *bitte*. Dieser Ort ist nichts für uns.« Ihre Blicke flogen durch den Raum und hefteten sich auf etwas anderes. Ein Herzschlag verging, und ihr Blick flog zurück zu Leto. Sie wirkte verzweifelt, und ihre Brust hob und senkte sich hektisch bei jedem Atemzug. Wieder betrachtete sie irgendetwas, um dann sofort den Blick abzuwenden. »Dies ist ein Heiligtum für die ersten Mägde. Wir sollten nicht hier sein.«

Leto verstand nicht. Melantho kannte das Schicksal der ersten Mägde doch bereits. Was hatte sie an diesem Ort gesehen, über das sie nicht schon gemeinsam hundertmal nachgegrübelt hatten? Leto konnte nicht anders: Sie drehte sich um, um zu sehen, was um alles in der Welt Melantho so sehr beunruhigte.

Sobald ihr Blick darauf fiel, wusste sie es.

Es war eine weitere Statue, noch ein aus Marmor gehauenes Mädchen, halb beleuchtet vom Kerzenlicht, genau wie die anderen. Aber diese Skulptur war anders – der Schock fuhr ihr in die Glieder, als sie sie wiedererkannte.

Es war eine Statue von Melantho.

Der Künstler war ein geschickter Mann gewesen, denn die Statue war ein fast perfektes Abbild, von den losen Locken hinter einem runden Ohr, der Linie ihres Kinns bis zu dem anmutigen Übergang ihrer Taille zu ihren schmalen Hüften. Die marmorne Melantho lächelte heiter himmelwärts. In ihren steinernen Wangen waren Grübchen, dort, wo das Salzwasser von oben herabfiel und auf den Boden tropfte.

Die echte Melantho lächelte nicht. Sie starrte Leto entsetzt an. Leto starrte zurück.

Es handelte sich um Statuen von den ersten Mägden. Und Melantho war eine von ihnen gewesen. Wenn Melantho von ihnen gesprochen hatte, dann hatte sie also stets von Mädchen gesprochen, die sie gekannt hatte. Mädchen, mit denen sie zusammengearbeitet, die sie geliebt hatte. Mädchen, denen Gewalt angetan worden war, die man verraten und ermordet hatte.

»Das ist fantastisch«, sagte Mathias.

Leto hatte ihn fast vergessen, und an der Art, wie Melantho zusammenfuhr, erkannte sie, dass es ihr genauso ging.

Seine Stimme war voller Entzücken. »Das muss ein bedeutsamer Ort sein, nicht wahr? Seht euch die Kerzen an und das Salz. Und diese Statuen sind wirklich hervorragend gearbeitet. Das sind die Mägde des Odysseus, oder? Es sind zwölf, und sie sehen jung aus. Und schaut nur«, er hob die Hand, um auf die ihnen am nächsten stehende Statue zu zeigen, woraufhin Melantho zusammenzuckte, »die Male der Schlingen. Sie sind es tatsächlich. Es muss irgendetwas geben, das wir hier in Erfahrung bringen können!« Er trat vor und musterte den Marmor, als wäre dieser imstande, ihm jedes Geheimnis Ithakas zu offenbaren.

Leto bewegte sich nicht. Irgendetwas hier stimmte nicht. Melantho hatte so oft von den Mägden gesprochen, hatte ohne Zurückhaltung ihre Geschichte erzählt. Doch sie war eine von ihnen. Sie hatte Leto angelogen. *Warum hat sie gelogen?*

Sie öffnete den Mund, um etwas zu sagen, aber bevor ihr die ersten Worte über die Lippen kamen, erklang vor der Tür im Gang plötzlich ein Klappern, und leise Stimmen drangen von draußen zu ihnen herein.

Die Königin stieß die Tür auf und betrat den Raum. Olympia, deren schwarze Locken zu einem Zopf hochgebunden waren, folgte ihr auf dem Fuße.

»Mutter«, sagte Mathias.

»Mathias«, antwortete die Königin. »Oh, und die Prinzessin ist auch hier. Und ihre Magd.« Sie bedachte Leto mit einem gezwungenen, angespannten Lächeln. In ihren Augen blitzte tödlicher Zorn auf. Melantho würdigte sie nicht einmal eines Blickes.

»Mutter«, sagte Mathias noch einmal, »was ist das für ein Raum? Warum hat mir nie jemand davon erzählt? Und warum um alles in der Welt bringst du *Olympia* hierher, wo du deinen eigenen Sohn nie hergebracht hast?«

Olympia wirkte verletzt. »Warum sollte ich nicht hier sein dürfen?«

»Pssst, Kind«, sagte die Königin. »Mathias ist nicht auf dich wütend, sondern auf mich. Warum überlässt du diese Angelegenheit nicht mir? Weißt du noch, worüber wir gesprochen haben?«

Olympia nickte, zog einen Schmollmund und verstummte.

»Worüber habt ihr denn gesprochen?«, fragte Mathias. »Deine Ränke sind peinigend, Mutter.«

Melantho schob sich in Richtung Tür. Die Neigung ihres Kopfes verbarg ihr Gesicht und ihre Augen, aber Leto konnte ihre Angst in der Haltung ihrer schmalen Schultern, in dem fast unmerklichen Zittern ihrer geballten Fäuste erkennen.

Sie sehnte sich danach, zu ihr zu gehen, sie in die Arme zu schließen und zu sagen: *Ich weiß nicht, warum du mich belogen hast, aber es ist mir egal. Ich vertraue dir. Ich liebe dich.*

Melantho schlüpfte durch die offene Tür und verschwand. Einen Augenblick später folgte Olympia ihr mit einer unverständlichen, gemurmelten Entschuldigung. Auch Leto machte Anstalten, den Raum zu verlassen, und bewegte sich dabei so langsam und leise, wie sie nur konnte.

»Adrasteia.« Die Königin legte ihr eine Hand auf die Schulter. »Ihr geht?« In ihrer Stimme lag eine seltsame Befriedigung.

»Du kannst ruhig gehen, Leto«, bemerkte Mathias. »Meine Mutter hat dir nichts von Bedeutung zu sagen.«

»Oh«, murmelte Leto. Sie wusste nicht, wie sie mit einer solchen Situation umgehen sollte. Sie durfte die Königin nicht beleidigen, nicht ohne ernsthafte Konsequenzen befürchten zu müssen, aber sie wollte auch nicht bleiben. Nicht wenn Melantho gegangen war, nicht nachdem die Wahrheit über sie so unerwartet aufgedeckt worden war.

»Mathias, ich bin sicher, du irrst dich.« Die Hand der Königin auf ihrer Schulter verkrampfte sich, und ihre Ringe drückten sich hart in Letos Fleisch.

»Ihr schmeichelt mir«, sagte sie.

»Adrasteia muss sich um einige Dinge kümmern, Mutter«, erklärte Mathias. »Und ich habe einige Dinge, über die ich mit dir sprechen möchte. Wie zum Beispiel: Was hat es mit diesem Raum auf sich? Und warum um alles in der Welt hast du mir nicht davon erzählt?«

Dies schien Leto ein guter Zeitpunkt zu sein, um die Flucht zu ergreifen.

Sie schüttelte die Hand der Königin so höflich wie möglich ab und machte einen Knicks. »Ich werde Euer Gespräch nicht länger stören. Wenn Ihr mich bitte entschuldigen würdet, Euer Gnaden.«

Dem Gesicht der Königin nach zu urteilen, war sie ganz eindeutig nicht entschuldigt, aber sie brachte es nicht über sich, sich darum zu scheren, als sie die Tür hinter sich zuwarf, ihre Röcke raffte und Melantho hinterherrannte.

49

EIN WILDBRET IM DICHTVERWACHSENEN WALDTAL

Melantho

Als sie endlich die Kellergewölbe hinter sich gelassen hatte, lehnte Melantho sich keuchend an eine Säule.

In ihrem Kopf rauschte das Meer, das mit jeder Flutwelle Leto herantrug, Leto, Leto. Letos Augen, in denen etwas gefunkelt hatte, bevor sie Melantho zum ersten Mal geküsst hatte, die unverhohlene Sehnsucht in Letos Gesicht, als sie sich zu Mathias vorgebeugt hatte über Stapeln geöffneter Schriftrollen, Letos Mund, der sich öffnete, als sie zu den Statuen aufschaute – zu Melantho, gehauen aus bleichem Stein.

In Melanthos Augen brannten Tränen, und sie hatte ein so lautes Klingeln in den Ohren, dass sie die Schritte hinter sich nicht hörte, sich nicht umdrehte, bis jemand sie an der Kapuze ihres Umhangs herumriss. Erschrocken wehrte sie sich, zuckte zusammen und spürte, wie etwas über ihre Rippen kratzte. Der Schmerz, den es mit sich brachte, war scharf und schockierend.

Sie schlug wild um sich und bekam einen dünnen Arm zu fassen.

Es gab einen Augenblick, in dem sie sich schon fast in Sicherheit wähnte, in dem sie spürte, wie die andere Gestalt taumelte und auf sie fiel. Aber dann kam der Schmerz – gleißender und heftiger diesmal – als die Person ihren Griff um Melanthos Umhang lockerte und ihr ein Messer in den Bauch stieß.

»Eine Botschaft«, zischte eine vertraute Stimme, »für deine Herrin. Sie sollte gehen, wenn sie nicht das gleiche Schicksal erleiden will.«

50

WANN DER JETZIGE MOND ABNIMMT

Leto

In den Gängen hätte es nicht so still sein dürfen – unheimliche Totenstille.

Das einzige Geräusch war das rhythmische Klatschen von Letos Schuhen, als sie auf ihre Gemächer zurannte. Das war der einzige Ort, an den Melantho gegangen sein konnte, es sei denn, sie hatte sich auf den Weg zum Meer gemacht. Sollte das der Fall sein, würde Leto sie niemals finden. Nicht bevor Melantho es wollte.

Sie schlitterte um eine Ecke und wäre fast mit einem anmutigen, dunkelhaarigen Mädchen zusammengestoßen. Olympia hob erschrocken den Kopf, als Leto jäh einen Arm ausstreckte, um sich an einer Rille in der Wand festzuhalten und zum Stehen zu kommen.

»Verzeihung«, stieß sie atemlos hervor. »Ich wollte nur …« Sie brach ab. Olympia sah sie an, als hätte sie ein Gespenst erblickt. »Olympia? Ist alles in Ordnung mit Euch?«

Olympia öffnete den Mund und schloss ihn dann wieder. »Mmph«, kam schließlich aus ihr heraus. Sie hielt ihren Arm unbeholfen und verdreht unter ihrem Umhang. Irgendetwas an ihrer Haltung war seltsam, und Leto kniff die Augen beim Anblick des hellen Stoffs zusammen.

»Olympia, blutet Ihr?«

»Nein«, sagte Olympia, obwohl es Leto jetzt absolut klar war, dass sie sehr wohl blutete.

»Seid Ihr Euch sicher?« Leto streckte die Hand nach ihr aus, nach den dunkelroten Spritzern, die sich scharf von dem Gelb ihres Umhangs abhoben.

»Ich bin mir *sicher,* Prinzessin!«, fauchte Olympia und riss sich los. »Und wenn Ihr mich jetzt bitte entschuldigen würdet …« Ohne ein weiteres Wort schob sie sich an Leto vorbei und verschwand in einem schmalen Korridor. Ihre Schritte hallten durch den Gang, regelmäßig zuerst und dann hart und schnell, als sie zu rennen begann.

Leto schaute ihr stirnrunzelnd nach. Irgendetwas stimmte da nicht, irgendetwas war passiert. Sie konnte es in der Luft schmecken.

»Zeigt es mir«, flüsterte sie. Ihre Mutter hatte in genau diesen Gängen die gleiche Bitte ausgesprochen und hatte die Götter antworten hören. *»Zeigt es mir.«*

Die Vision war ein Albtraum.

Überall war Blut. Es war in Letos Nase, in ihrem Mund, in ihren Augen. Ihre Hände waren glitschig davon. Die Luft war erfüllt von seinem Geruch. Rost. Rost und Tod.

Durch den roten Nebel kam eine Hand zum Vorschein: goldene Haut mit abgerundeten Nägeln und Narben auf den Knöcheln.

Melantho, wisperte Apollo.

Melantho.

Die Vision verschwand so plötzlich, wie sie gekommen war, doch die Erinnerung daran, der Geruch, das beklemmende, erstickende Gefühl, hing wie eine Wolke über Leto. Halb blind vor Panik rief sie: »Melantho!«

Vor ihr ertönte ein leises Geräusch. Leto riss den Kopf hoch und suchte den Gang nach Melanthos vertrautem, goldenem

Haar, nach ihren geröteten Wangen ab. Einen Moment lang dachte sie, der Korridor sei verlassen.

Und dann sah sie sie.

Melantho war auf dem Boden zusammengesackt. Sie hatte sich in eine Nische geschleppt – oder jemand hatte sein Bestes getan, sie dort zu verstecken. Sie schaute nicht auf, als Leto auf sie zustürzte. »Melantho«, stieß sie hervor. »Melantho, bist du verletzt?«

Melanthos Kopf baumelte zur Seite. Ihr Arm rutschte von ihrem Bauch und landete mit einem dumpfen Aufprall auf dem Boden. Leto nahm das Geräusch kaum wahr – ihre Gedanken waren in dem Moment zum Stillstand gekommen, als Melanthos Hände freigaben, was darunter lag.

Blut, genau wie sie es gesehen hatte.

Eine dunkle Lache davon breitete sich über Melanthos Chiton aus und verwandelte das helle Rosa in ein so dunkles Rot, dass es fast schwarz war. Ihre Lippen bewegten sich, und sie stieß Worte aus, die nur ein schwaches Keuchen waren.

Leto warf sich neben Melantho auf den Boden und presste ihre eigenen Hände auf die Wunde, die dort unter dem Stoff sein musste. Ihre Fingerspitzen fanden die Verletzung – eine hässliche, gezackte Schnittwunde. Es war ein ungeschickter Stich gewesen, und jemand hatte das Messer ohne jede Vorsicht wieder herausgerissen. »Wer hat dir das angetan?«

Melantho schüttelte den Kopf. In ihren verblüffend grünen Augen standen Tränen. Sie sah verängstigt aus. Wahrhaft verängstigt und nie weiter entfernt von dem wilden Geschöpf, das Leto seinerzeit aus dem Meer gezogen hatte. Ihr kluges Gesicht war nicht länger golden überhaucht, sondern gräulich und verzerrt vor Schmerz. Ihre blutleeren Lippen formten Worte, die nicht kommen wollten. Sie ließ sich gegen die Wand sinken.

»Nein«, sagte Leto laut. »Nein, nein. Melantho!«

Sie versuchte, Melantho hochzuheben, versuchte, sie in die Arme zu nehmen, aber sie war so schlaff wie eine Puppe. Ihr totes Gewicht – nein, nicht tot, nicht *tot*, denn Melantho durfte nicht sterben – war zu viel für Leto, um sie allein wegzutragen. Es war niemand in der Nähe, und die Gänge, über deren Verlassenheit sie sich kurz zuvor noch gefreut hatte, fühlten sich jetzt eher wie eine Gruft an. Einen Diener würde sie hier nicht finden. *Mathias.* Sie brauchte Mathias.

Sie hob den Kopf und schrie seinen Namen. Der Schrei hallte durchdringend durch die Gänge, während Leto sich erneut in gekrümmter Haltung über Melantho beugte, die Hände auf die grausame Wunde in ihrem Bauch gedrückt, während ihre Finger in der sich ausbreitenden Blutlache umhertasteten, als könne sie die unerbittliche Flut zwingen, sich zurückzuziehen.

»Halte durch«, flüsterte sie und wiegte Melantho in ihren Armen. »Mathias wird bald hier sein. Er wird uns helfen. Du musst nur durchhalten, Melantho.«

Melanthos Augen waren leicht glasig geworden. Sie starrte ausdruckslos ins Nichts. Ihre Lippen zitterten; Leto hörte einen hohen, schrillen Laut, und sie brauchte einen Moment zu lange, um zu begreifen, dass er von ihr kam. Melanthos Flüstern war kaum mehr ein Flüstern, und dann war es gar nichts mehr.

»Melantho«, sagte Leto erneut – leise, verzweifelt – »verlass mich nicht. Hörst du? Verlass mich nicht.«

Doch wenn Melantho sie hörte, ließ sie es sich nicht anmerken. Sie starrte nur weiter ins Nichts und murmelte stumme Worte, während sie rubinrot und rostfarben verblutete.

51

UND DER FOLGENDE ZUNIMMT …

Mathias

Mathias sah Leto mit schmerzhafter Resignation nach. Er sehnte sich danach, ihr zu folgen, aber zuerst hatte er etwas anderes zu erledigen.

Er drehte sich zu seiner Mutter um. Sie stand völlig reglos da, den Rücken durchgedrückt, eine Hand auf ihrer Hüfte und mit einem Gesichtsausdruck, den er nicht mehr bei ihr gesehen hatte, seit er ein Kind gewesen war und sie ihn bei einer Missetat erwischt hatte.

Er versuchte, ihrem bohrenden Blick standzuhalten, und war sich schmerzlich bewusst, dass er darin über kurz oder lang scheitern würde. »Warum bin ich noch nie hier gewesen?«

»Das weiß ich nicht.« Sie zog eine zarte Schulter nach oben. »Sag du es mir.«

»Du hast mich nie hierher mitgenommen. Aber du hast Olympia hergebracht? Sie ist nicht dein Kind – ich bin das.«

»Ah, Mathias, so vorwurfsvoll. Du warst schon immer der Sohn deines Vaters.«

»Und was willst du mir damit sagen?« Die Worte waren heraus, bevor er es verhindern konnte. Angesichts der Trotzigkeit in seiner eigenen Stimme, der kindischen Wut, wäre er am liebsten zusammengezuckt. Er kannte die Wahrheit, warum also leugnete er sie? Die Ehe seiner Eltern war so gewesen, wie seine es sein würde: eine politische Verbindung, geschlossen ohne irgendein anderes Gefühl als Habgier. Leto zumindest hatte ihre eigene Gleichgültigkeit sehr deutlich gemacht.

Außerdem waren Ehen ohne Liebe, wie er wusste, sehr häufig keine glücklichen. Und eine Königin, die von der anderen Seite des Meeres wie ein Ballen Seide eingekauft wurde, war selten gut geschützt. Eine Erinnerung regte sich in ihm: die Schreie seiner Mutter, als die Männer des Königs sie in ihre Gemächer eingeschlossen hatten. Selene, die schluchzte, während die Königin immer und immer wieder ihren Namen rief.

Die Königin betrachtete ihn gleichmütig. »Ein König sollte um seine eigenen Fehler wissen – und um die seiner Vorgänger.«

»Es war mir nicht bestimmt, König zu werden!«, blaffte er.

»Als müsste man mich daran erinnern.«

Sie funkelten einander quer durch den kleinen, dunklen Raum an. Die Lippen seiner Mutter waren geschürzt. Er gab als Erster nach, wie er es immer tat. »Na schön.« Er drehte sich um und ging zur Tür. Er war kaum drei Schritte weit gekommen, als seine Mutter ihn zurückzerrte. Langsam und bedächtig richtete er den Blick auf die Finger seiner Mutter, die sehr zart aussahen, wie sie da sein Handgelenk umklammerten.

»Lass mich los«, knurrte er. »Leto – Adrasteia, meine ich. Ich sollte ihr nachgehen.«

Seine Mutter gab ihn immer noch nicht frei. Etwas glitt über ihr Gesicht – der Hass, den sie von Anfang an für seine Verlobte aus Athen empfunden hatte, schäumte an die Oberfläche und quoll über. »Komisch«, zischte sie, »dass du sie *Leto* nennst. Soll ich dir erzählen, was der letzten Leto zugestoßen ist, die ich kannte?«

Er machte sich mit Gewalt los und ignorierte, dass ihre Fingernägel schmerzhaft über seine Haut kratzten. »Ich nehme an, du hast sie umbringen lassen? Oder ihre Hände zerquetschen lassen – glaube nicht, dass ich davon nichts gehört hätte.«

Die Königin lächelte. Ihre Haltung geriet nicht ins Wanken; offensichtlich hatte sie nicht den Wunsch, die Wahrheit vor ihm zu verbergen, hielt ihr Tun nicht für falsch genug, um sich dafür zu schämen. Sie war einst eine Prinzessin aus Sparta gewesen, und Spartaner waren nicht für ihre Sanftmut bekannt. »Mathias, Liebling, ich bin keine Mörderin, wenn ich es vermeiden kann. Aber in diesem Fall hat Poseidon mir die Arbeit abgenommen. Obwohl …« Sie hielt inne und betrachtete ihre Fingernägel. »Ich nehme an, dass du selbst den Befehl dazu gegeben hast, nicht wahr?«

»Ich … was?« Mathias starrte sie mit seinem ausdruckslosesten Blick an.

»Ach, komm schon, Mathias. Das kannst du nicht einfach vergessen haben. Es kommt doch jedes Jahr vor.«

Was meinte sie? Für einen Moment konnte er nichts anderes tun, als sie aus zusammengekniffenen Augen zu mustern. Dann … oh. *Oh*. Sofort hatte er einen trockenen Mund und einen bitteren Geschmack auf den Lippen: Salz und Sand und die grün-braunen Pflanzen, die in kläglichen Büscheln an der Küste wuchsen. Seine Brust bebte, als er einatmete, und er hatte das seltsame Gefühl, dass etwas – auch wenn er nicht recht wusste, was das war – an seinen Platz rutschte. »Eins der … der auserwählten Mädchen. Der gehängten Mädchen.«

»Und sie war ebenfalls sehr temperamentvoll. Genau wie deine Leto. Um ein Haar wäre sie davongekommen, aber Alexios hat sie noch erwischt.« Ihr Lächeln wurde noch breiter, und sie beugte sich zu ihm vor, als teilten sie einen heimlichen Scherz. »Es überrascht mich, dass sie das nicht hat kommen sehen.«

Er runzelte die Stirn. Die Pointe lag irgendwo außerhalb seiner Reichweite. Seine Mutter vermittelte ihm immer das Gefühl, dumm zu sein, begriffsstutzig: ein lahmendes Fohlen, das hinter der Herde herstolperte. »Aber wie hätte sie das kommen sehen sollen? Poseidons Entscheidungen sind völlig willkürlich.«

Sie zog die Augenbrauen nach oben. »Ich dachte, Olympia hätte es dir erzählt?«

Bei der Erwähnung ihres Namens sah er sich instinktiv nach Olympia um. Aber der Raum war verwaist, bis auf ihn und seine Mutter und die zwölf stummen Statuen, die über ihnen thronten, ihre leeren, steinernen Augen gen Himmel gerichtet, als könnten sie direkt durch die tropfende Marmordecke hindurch zu den Sternen dahinter schauen.

Seine Mutter wertete sein Schweigen als ein Nein. »Nun, mach dir nichts draus, ich bin mir sicher, dass du dich an sie erinnern wirst. Ich hörte, sie habe so einen Eindruck auf dich gemacht, dass du ihr zu Ehren eine entzückende kleine Rede gehalten hast.«

Die Erinnerungen traten pflichtschuldig in sein Bewusstsein: Das Mädchen mit den eingefallenen Wangen und den blau geschlagenen Augen, der zornige Mund mit einem Knebel verschlossen. Und darüber hinaus der zerlumpte Bettler in Vathi, der ihn mit abgebrochenen Zähnen angelächelt und ihm den Namen *Ophelia* genannt hatte, und dieses deutliche Gefühl, etwas zu übersehen. Das Gefühl, belogen worden zu sein.

»Das Orakel-Mädchen«, sagte Mathias tonlos. »Das Mädchen, das versucht hat, wegzulaufen. Ihr Name war Leto.«

Seine Mutter nickte nur. In ihren Augen lag ein hartes Glitzern; sie wusste, dass sie dieses Mal gewonnen hatte, auch wenn sie nicht so recht wusste, warum.

»Aber ...« Er rang darum, es zu verstehen. »Er – ich meine, man hat mir erzählt, ihr Name sei Ophelia gewesen. Als ich gefragt habe – ich habe nach dem Namen des Orakels gefragt, das dort lebte, und der Mann hat mir gesagt ...«

»Ophelia war tatsächlich das Orakel, das dort gelebt hat. Das letzte königliche Orakel und sein wertloser Ehemann und ihre wertlose Tochter. Wenn Leto irgendetwas war, dann eine blasse Imitation ihrer Mutter.« Sie machte eine wegwerfende Handbewegung. »Ich habe Männer ausgeschickt, um Nachforschungen über sie anzustellen, und sie haben mir versichert, dass ihre Prophezeiungen kaum mehr waren als kindische Fantastereien.«

»Sie ist tot. Es ist nicht nötig, so über sie zu sprechen.«

»Ich spreche über die Toten, wie es mir gefällt.«

Es gab eine subtile Veränderung in der Atmosphäre. Die Augen seiner Mutter verdunkelten sich, ihre Haltung wurde sanfter, und sie schien sich in sich selbst zurückzuziehen. Sie sprachen jetzt nicht mehr über das tote Orakelmädchen, davon war Mathias überzeugt.

»Mutter«, sagte er leise.

»Unsere bösen Taten gehen nicht mit uns, wenn wir sterben«, sagte sie. Ihre Finger zuckten an ihren Seiten, als hätte sie vorgehabt, die Hände nach ihm auszustrecken und sich dann eines Besseren besonnen. »Manchmal verdienen die Toten es, dass man schlecht über sie spricht, wegen all des Leidens, das sie im Leben anderen zugefügt haben. Sterben ist keine so schwierige Aufgabe, als dass man sich damit meine Vergebung verdienen könnte.«

Das Kerzenlicht flackerte auf ihrem Antlitz. In ihren dunklen Augen, dem starren Kinn und der hohen Wölbung ihrer Wangen lag etwas von Selene. Bei all ihrer grimmigen Wildheit konnte man manchmal vergessen, was sie alles aufgegeben hatte, was ihr genommen worden war. Sie warf ihm einen letzten forschenden, enttäuschten Blick zu, gab einen leisen Seufzer von sich, der sein Name hätte sein können, und verließ den Raum.

Als er allein war, ertappte Mathias sich dabei, dass er in das steinerne Antlitz der nächststehenden Statue empor schaute.

Auch wenn seine Mutter jetzt fort war, blieb das Gefühl der Unzulänglichkeit, das sie in ihm geweckt hatte, bestehen. Rastlos trommelte er mit den Fingern auf seinen Oberschenkel und betrachtete die Statue genauer. Was übersah er? Was hatte es mit diesem Gelass auf sich? Warum war es errichtet worden, und wer hielt es in Ordnung? Wer entzündete die Kerzen, und wieso brannten sie weiter, obwohl Wassertropfen in endloser Folge von der Decke fielen? Da war etwas – er konnte es spüren, es befand sich gerade außerhalb seiner Reichweite.

Er trat näher an das steinerne Mädchen heran, das ihm am nächsten war. Dann zog er sich aus einem verrückten Impuls heraus zu ihr auf den Sockel hinauf.

Dort oben war sein Kopf auf gleicher Höhe mit ihrem Kinn. Die Kerze in ihren schalenförmig zusammengelegten Händen war warm. Vorsichtig, damit er nicht herunterfiel, griff er danach und drückte sie sich an die Brust. »Wer hat das hiergelassen?«, sprach er in die Leere hinein. Es kam keine Antwort, nur das Echo seiner eigenen Stimme.

Weil er sich plötzlich töricht vorkam, kletterte er wieder herunter. Die Flamme in seiner Hand zuckte, und das flackernde Licht spiegelte sich in … was *war* das? Vorsichtig kniete er sich so hin, dass sein Gesicht sich auf gleicher Höhe wie die steinernen Füße des Mädchens befand.

Dort war eine Inschrift, eingemeißelt in den Sockel, auf dem sie stand, aber die Jahre hatten die Worte unleserlich gemacht und das tropfende Wasser Rinnen durch die Worte gegraben.

Ehrfürchtig strich er mit dem Zeigefinger über eine der Rillen. Er konnte gerade noch ein einziges Wort ausmachen. Dieses Wort hätte »zwölf« heißen können, und ein anderes vielleicht »Zufall«. Oder war es »Unfall«? Mathias beugte sich noch dichter darüber. Was hatte diese Inschrift besagt? Wer hatte sie in den Stein gemeißelt? Und warum?

Vielleicht hätte er mehr entziffern und mehr in Erfahrung bringen können, wäre nicht geschehen, was als Nächstes kam: Von irgendwo aus weiter Ferne schrie Leto.

Sie hatte noch nie so geschrien, jedenfalls nicht, dass er es mitbekommen hätte, aber irgendwie wusste Mathias, dass sie es war. Der Schrei war heiser vor Schmerz und voller unvergleichlicher Trauer, die immer heftiger und heftiger wurde, während der Schrei durch die Gänge um ihn herum widerhallte. Sein Herz zog sich zusammen, so fest, dass es wehtat, dann begann es wie wild zu pochen.

Mathias rannte auf die Quelle des Schreis zu. Zu Leto.

Er wusste nicht, wohin er ging; sie hätte in jedem beliebigen Gang sein können, die von dem abzweigten, in dem er sich befand. Doch irgendwie schienen seine Füße zu wissen, wohin sie ihn tragen mussten, führten ihn Treppen hinunter und durch Bogengänge und vorbei an Wandteppich nach Wandteppich, bis er sie fand.

Er roch das Blut, bevor er es sah, diesen durchdringenden, metallischen Gestank von Gemetzel. Genauso hatte Mathias' Vater gegen Ende seines Lebens gerochen, als er begonnen hatte, große, dunkelrote Klumpen zu husten. Die Mägde hatten Mathias weggescheucht, wenn sie ihn dabei erwischt hatten, wie er seinen Vater beobachtete, aber sie konnten die Erinnerungen nicht aus seinem Gedächtnis löschen: Sein Vater, der sich krümmte und einen Klumpen von der Größe von Mathias' kleiner Faust in eine polierte Silberschale spuckte.

Leto lag im Sterben. Eine andere Erklärung gab es dafür nicht.

Beim Klang seiner Schritte schaute sie auf und hielt in ihren hilflosen Bemühungen inne, etwas, das über ihrem Schoß lag, über den Boden zu zerren. Ihre Augen waren panisch und voller Qual, aber sie waren klar. Sie war nicht in Gefahr. Er schämte sich für die Erleichterung, die sich in ihm ausbreitete, als er erkannte, dass es nicht Leto war, die starb, sondern Melantho.

Gleich darauf folgte die Angst. Melantho: die zornige, hasserfüllte Melantho, die so sanft zu ihm gesprochen hatte, als er um Selene geweint hatte. Melantho durfte nicht sterben. Er hatte nicht einmal geglaubt, dass sie dazu imstande wäre.

»Mathias.« Letos Stimme war kaum mehr als ein Flüstern. »Hilf mir.«

Er hockte sich neben sie. Melantho war über und über mit Blut verschmiert, ihre Lider flatterten schwach, und ihre Atmung ging in rauen, keuchenden Stößen. »Wie?«

»Glaubst du, du kannst sie hochheben?«

»Ob ich sie hochheben kann?«, wiederholte er. Melantho war groß, aber sie hatte schmale Hüften und eine zarte Gestalt. Mathias würde sie mühelos tragen können. Aber wohin sollten sie sie bringen? Einen Wundarzt gab es nicht mehr im Palast, und bis zum nächsten Dorf war es zu weit.

»Ich kann dir helfen, wenn du Hilfe brauchst …«

»Ich kann sie tragen«, unterbrach er sie energisch. »Aber wohin …«

»Gut«, fiel Leto ihm ihrerseits ins Wort. »Folge mir.«

Unerklärlicherweise führte sie ihn die steile Treppe in den Innenhof hinunter. Melantho, die er an seine Brust drückte, lag schlaff in seinen Armen und fühlte sich erschreckend kalt an. Als sie in den Innenhof hinaustraten, war ihm die warme Abendluft mehr als willkommen.

Leto trat an den Springbrunnen. »Leg sie ins Wasser.«

»Was?« Was sollte das nutzen? Er hatte davon gehört, dass man Salz in Wunden streute – um Entzündungen vorzubeugen, um die Wunde zu versiegeln –, aber der Springbrunnen? Das Salzwasser würde die Blutung doch sicherlich nur verstärken?

»Tu es«, knurrte Leto. Ihre Finger waren zu festen kleinen Fäusten an ihren Seiten geballt, und ihre Schultern hochgezogen. Sie zitterten vor Anspannung.

Er tat wie geheißen und hielt Melantho vorsichtig über den Rand des Springbrunnens, sodass das Wasser sie bis zur Taille bedeckte. Wo er sie an sich gedrückt hatte, war sein Chiton mit Blut getränkt.

»Tiefer«, sagte Leto. »Das Wasser muss über ihre Rippen reichen.« Plötzlich war sie neben ihm und beugte sich an ihm vorbei, um beide Hände auf Melanthos blutverschmierten Bauch zu drücken. Sie roch nach Veilchen. Nach Veilchen und Blut.

Mathias ließ Melantho ein wenig tiefer sinken. Er sah Leto ängstlich an in der Hoffnung auf Zustimmung, aber sie würdigte ihn keines Blickes. Sie hatte sich auf die Unterlippe gebissen, zog die Wangen ein und runzelte die Stirn. Ihm war nicht bewusst gewesen, dass sie weinte, aber Tränen rannen über ihre Wangenknochen und tropften ihr vom Kinn.

Er korrigierte den Griff, mit dem er Melantho festhielt, und spürte, dass ihr Chiton unter seinen Händen wegglitt. Es war ungehörig, die nackte Haut einer Frau zu berühren – selbst wenn es sich nur um die Magd einer Edelfrau handelte –, und er machte Anstalten, sich zurückzuziehen …

Seine Finger trafen auf etwas, das keine Haut war.

Das Gefühl ließ ihn in sprachlosem Entsetzen zurückzucken. Wo er erwartet hatte, Melanthos Beine zu finden, war keineswegs glatte Haut. Stattdessen hatten seine Finger eine Schicht von biegsamen, mit scharfen Rändern versehenen Schuppen gestreift.

Götter. Er sah ganz plötzlich die Schriftrollen aus der Bibliothek vor sich, bebildert mit lebendigen Darstellungen aus Legenden und Mythen. Es waren Schriftrollen, die seine Mutter zum Verrotten dort liegen gelassen hatte. *Circe verwandelt Skylla* hatte sich in sein Gedächtnis gegraben: eine bildhafte Szene der Nymphe Skylla, die sich in Qualen wand, während Hundeköpfe aus ihrer Taille brachen und Reptilienschuppen auf ihrem Hals hervortraten, während dieser sich in sechs Teile spaltete.

Er konnte es nicht verhindern – sein Blick flackerte zu Melanthos Taille. Keine Hundeköpfe – nur die sich ausdehnende

Blutlache um ihre Wunde herum, die den hellen Rosaton ihres Chitons dunkelrot färbte. Und Letos Hände, die in der Feuchtigkeit abrutschten, als sie verzweifelt versuchte, den Strom zu stillen und Melantho festzuhalten, während sie verblutete.

Dann sah er Melantho ins Gesicht, und alles brach in Stücke.

52

STURM UND WOGE SO WEITHIN ÜBER DAS MEER

Leto

Leto wusste genau, in welchem Moment Melantho sich verwandelte, denn tief aus Mathias' Kehle kam ein schrecklicher, angstvoller Laut und er stieß sich weg von ihr.

»Mathias«, sagte sie mit zusammengebissenen Zähnen. Überall war Blut: eine sich ausbreitende Wolke im Wasser, ein Geruch, der schwer in der Luft hing, eine Flüssigkeit, die die goldenen Spitzen von Melanthos Haaren rubinrot färbte und dann schwarz, als das Meer von ihr Besitz ergriff. Ihre Arme und Beine waren grau und grün, und nur ihr Gesicht und ihr Hals waren frei von Wasser und behielten darum ihre menschlichen Züge. Beinahe: Ihre Augen waren halb geöffnet und von einem matten, insektenhaften Schwarz. »Nicht jetzt, bitte.«

»Sieh sie dir an«, stieß er hervor.

»Ich weiß.« Endlich schaute sie in Mathias' entsetztes, erschüttertes Gesicht. Seine gebräunte Haut hatte jetzt einen grauen Schimmer, seine Augen waren weit aufgerissen, und seine Lippen zitterten. »Aber bitte, *bitte*, ich brauche deine Hilfe.« Der Springbrunnen heilte Melantho nicht so schnell, wie sie es sich wünschte. Sie brauchte Zeit, jede Menge Zeit. Vielleicht hätte es weniger Aufmerksamkeit erregt, sie zum Meer zu bringen, aber Leto konnte sie nicht allein dorthin schaffen;

dafür würde sie Mathias brauchen, und er müsste ihr bis dahin vertrauen.

Mathias schüttelte wortlos den Kopf. Er sah mitgenommen aus, mit zerknitterten Kleidern und fast so blutverschmiert wie Leto selbst.

»Hilf mir, Mathias.«

Er zuckte zusammen, öffnete den Mund und schloss ihn dann wieder.

»Mathias.«

»Na schön, na schön.« Sie wusste nicht, ob er mit ihr sprach oder mit sich selbst. Sie hörte ohnehin kaum hin, weil sie zu beschäftigt war, das Wasser von ihren eigenen Fingerspitzen fernzuhalten und das Grau und Grün niederzuzwingen, das erschien, wenn sie mit ihm in Berührung kam. »Wir sollten ihr die Kette abnehmen«, murmelte Mathias. »Sie kann nicht atmen.«

Leto brauchte eine Sekunde zu lange, um zu reagieren. »Warte!«

Schon hatte er sich vorgebeugt und Melantho die Kette vom Hals gerissen und das bronzene Schmuckstück beiseite geworfen.

»Was zum –« Er brach abrupt ab, erstarrte in der Bewegung. Leto brauchte seinem Blick nicht zu folgen, um zu wissen, was er sah. Melanthos Kehle, im schwindenden Licht bloßgelegt, und die Narbe darum herum.

Sie hätte etwas sagen sollen, hätte irgendeine wilde Ausrede erfinden sollen, warum Melantho das Mal des Stricks trug, aber ihr fiel nichts ein. Vielleicht würde Mathias es nicht verstehen. Vielleicht würde er es auf einen verrückten Unfall schieben, irgendeinen längst vergessenen Fehltritt und ein knappes Entrinnen vor dem Gesetz.

Er schaute auf. Seine Augen waren ausdruckslos und undeutbar, bis auf eine schreckliche Art des Wiederkennens, der Gesichtsausdruck eines Mannes, der etwas gesehen hatte, das er nie für möglich gehalten hätte. Sie erinnerte sich an sein

Gesicht, als er im Heiligtum der Mägde gestanden hatte, wie er mit den Fingern über Timos steinerne Hände gestrichen war. Ihm musste aufgefallen sein, dass eine der Statuen genauso aussah wie Melantho. Jetzt stellte er sicherlich die Verbindung zwischen den beiden her. Seine Hände waren zu Fäusten geballt, als er sie anschaute, während seine Lippen die Worte formten, die ihr Verderben sein würden.

»Nimm deine Kette ab, Leto«, sagte Mathias. Ihr Name in seinem Mund, auf diese Weise ausgesprochen, als wäre er unerträglich kostbar, ließ Letos Herz, dieses verräterische Ding, höher schlagen.

Sie schüttelte den Kopf. »Mathias, ich – ich kann es erklären.«

»Nimm deine Kette ab!« Er hatte ihr gegenüber noch nie die Stimme erhoben, kein einziges Mal. Nicht als Melantho ihn wegen einer lächerlichen, dummen Kleinigkeit zum zehnten Mal an einem Abend angefahren hatte, nicht als Leto ihn geküsst und dann im selben Atemzug zurückgewiesen hatte. Aber jetzt schallte seine Stimme so schneidend wie ein Messer durch den Innenhof. Seine Brust hob und senkte sich. Er klang wie ein Prinz.

Er klang wie der künftige König.

»Nein«, sagte Leto.

»Nimm sie ab«, befahl Mathias. »Oder ich werde sie dir selbst herunterreißen.«

Sie hatte zu zittern begonnen, obwohl die Abendluft warm war. »Du wärest gut beraten, mir nicht zu drohen, Mathias. Ich bin nicht nur deine Verlobte, ich bin eine Tochter Athens, und ich …«

Im nächsten Augenblick war er bei ihr, packte sie an den Schultern und zwang sie still zu stehen, und er sah sie so eindringlich an, dass es sich anfühlte, als schaue er durch sie hindurch. Seine Pupillen waren riesig und seine Zähne gebleckt, als er die Worte hervorstieß. »Nimm. Sie. Ab.«

Leto griff mit zitternden Händen nach dem Verschluss und öffnete ihn. Die Kette rutschte von ihrem Hals und fiel dann klirrend zwischen ihnen zu Boden, aber Leto nahm das Geräusch kaum wahr. Ihr Kopf war erfüllt vom Rauschen des Wassers, während Mathias langsam und bedächtig den Blick auf die gezackte Narbe von dem Seil senkte und dann tiefer hinunter zu dem Ring schwarzer Schuppen, der ihre Kehle umgab.

Er ließ sie ohne ein Wort los.

Sein Zorn hatte sich genauso schnell aufgelöst, wie er aufgekommen war, und jedes Gefühl war aus seinen Zügen gewichen, als er sie jetzt anschaute.

»Mathias …«, flüsterte Leto.

»Leto«, sagte er tonlos. »Das Mädchen, das gehängt wurde, ihr Name war Leto. Und du – wie konnte ich das *übersehen?*« Dann fuhr er mit einer Stimme, in der schreckliche Qual mitschwang, fort: »Wie kommst du hierher?«

»Es ist nicht so, wie du denkst«, sagte sie. »Ich schwöre dir …«

»Verschwinde«, fiel Mathias ihr ins Wort.

»Was?«

»Geh zu den Ställen«, sagte Mathias. »Nimm dir ein Pferd, irgendeins, es ist mir egal. Und dann verschwinde.«

»Du verstehst das nicht«, flehte sie verzweifelt. »Mathias, bitte.«

Er weigerte sich, sie auch nur anzusehen. »Ich muss nicht alles verstehen«, sagte er. »Ich muss nur wissen, dass du mich belogen hast, *Leto,* und ich habe wenig Verständnis für Lügner. Sieh dich doch an – wolltest du den Fluch überhaupt brechen? Offensichtlich hat er dich nicht vernichtet, wie so viele andere. Waren diese Male schon da, als du mich dafür gescholten hast, weil ich zuließ, dass er weitergeht, obwohl du anscheinend weißt, wie er zu umgehen ist? Hast du mir wirklich ins Gesicht gesehen und mir gesagt, ich trüge die Schuld daran, obwohl du Poseidons Mal an deiner Kehle trägst und immer noch am Leben bist? Während meine Schwester tot ist.«

»Mathias, ich habe nicht –«

»Wie hast du überlebt? Verrate es mir, oder geh.«

»Ich kann nicht …« Jedes Wort blieb ihr im Hals stecken.

»Muss ich es selbst tun?«, fuhr er sie an. »Nun gut, ich werde das Pferd holen. Und du wirst damit fortreiten, diesen Ort verlassen und nicht mehr zurückkommen.«

Er schob sich an ihr vorbei und marschierte in Richtung der Ställe, während er sich das rötlich gefärbte Wasser von den Händen schüttelte.

Leto sah ihm wortlos nach. Die Hinrichtungen fanden morgen statt, es durfte nicht jetzt so enden, und nicht auf diese Weise. Mathias würde seine Meinung ändern.

Er *musste* seine Meinung ändern.

Sie wandte sich wieder Melantho zu. Sie war inzwischen komplett im Wasser untergetaucht, und das Gemisch aus Wasser und Blut ließ ihr Gesicht verschwimmen. Obwohl ihre Wunde heilte, ging es nicht schnell genug.

Sie brauchte das Meer, wo Poseidon am stärksten war. Aber Leto konnte sie nicht dort hinbringen. Nicht ohne ihr Leben aufs Spiel zu setzen.

»Leto.« Es war Mathias, der mit einer Stute zurückgekehrt war.

»Mathias.« Sie konnte es nicht ertragen, ihn anzusehen. »Überleg dir, was du tust. Bitte.«

»Wenn du meine Hilfe brauchst, um sie aufzuheben, solltest du mir das jetzt sagen«, antwortete er. Seine Stimme war seltsam tonlos.

»Mathias …«

»Willst du meine Hilfe? Wenn du möchtest, kann ich sie im Springbrunnen liegen lassen. Du kannst auch allein fortreiten und Melantho hierlassen. Doch eins solltest du wissen, Leto, ich werde nicht versuchen, sie zu retten.« Er meinte es ernst.

Irgendwie meinte er es ernst. Er war wirklich bereit, sie zu verbannen, sie nie wiederzusehen. Sie hätte ihn anflehen und versuchen können, ihn zu überzeugen, wenn nur genug Zeit dafür gewesen wäre.

»Ja«, sagte sie. Ihre Stimme brach. »Ja, hilf mir. Bitte.«

»Steig auf das Pferd.«

Sie gehorchte und zog sich ohne jegliche Anmut hinauf. Die Stute bewegte sich unter ihrem Gewicht und dann noch einmal, als Mathias Melantho vor ihr auf den Rücken des Pferdes hievte. Sie war schlaff, und ihre Augen waren geschlossen. Ihr Atem bewegte die feuchten, blutigen Spitzen von Letos Haar; es war der einzige Hinweis darauf, dass überhaupt noch Leben in ihr war.

»Geh«, verlangte Mathias.

Leto wollte weinen, wollte seine Hände umklammern. Sie wollte ihn anschreien: *Melanthos Tod wird Selene nicht zurückbringen.*

Die in ihrer Tasche zusammengeknüllte Prophezeiung fiel ihr ein. »Bitte«, begann sie, zog das Papyrus heraus und hielt es Mathias hin. »Bitte, lies das. Vielleicht wirst du es dann verstehen.«

Er machte keine Anstalten, das Blatt entgegenzunehmen. Schließlich beugte sie sich so weit vom Pferd herunter, dass sie hätte fallen können, drückte ihm das Blatt in die Hand und schloss seine Finger darum. »Bitte«, sagte sie noch einmal. »Tu es für mich.«

Er sah sie nicht an. »Geh.«

Sie hatte keine Wahl. Sie stieß unbeholfen ihre Fersen in die Flanke des Pferdes, und es trabte los, verlangsamt durch das Gewicht ihrer beider Körper.

Sie drehte sich gerade noch rechtzeitig um, um zu sehen, wie Mathias den Fetzen Papyrus fallen ließ. Das Blatt fiel in eine Pfütze zu seinen Füßen, in der sich Salzwasser, Blut und der Schmutz von Stiefeln mischte. Er starrte mit leerem Blick für einen Moment darauf, dann drehte er sich um und ging davon.

Mit Melantho, die reglos und mit geschlossenen Augen in ihren Armen lag, und dem kupfernen Geruch von Blut in der Nase ritt Leto, so schnell sie konnte, zum Meer.

53

HALTE DICH WOHL, DASS EINST DIE SPÄTESTEN ENKEL DICH PREISEN!

Mathias

Als Kind hatte Mathias Geschichten immer geliebt.

Er hatte seinen Kindermädchen ständig in den Ohren gelegen, dass sie ihm welche erzählen sollten, hatte seine Schwester und seine Mutter um Geschichten angebettelt – und dann, wenn sie ihn alle zum fünften oder sechsten Mal am selben Abend abgewiesen hatten, war er die schiefe Treppe hinunter zu den Räumen getappt, die unter dem Palast lagen, den Räumen, die die Bibliothek seines Vaters bildeten.

Dort saß er dann stundenlang im Schneidersitz neben dem Stuhl seines Vaters, verloren in entzückter Versunkenheit, während er gierig Geschichten über Zeus, über Apollo und über Persephone verschlang. Manchmal las sein Vater sie ihm auch mit seiner sanften, klugen Stimme vor, während Mathias auf seinen Knien saß. Mathias hatte diese Geschichten am meisten geliebt.

Etwas von dieser Liebe hatte er nach Selenes Tod verloren und noch etwas mehr davon nach dem Tod seines Vaters. Er hatte die Erinnerungen tief in sich eingeschlossen, damit sie unberührt blieben. Eine jedoch hatte ihren Weg an die Oberfläche gefunden. Vor einigen Tagen – obwohl es sich jetzt in Wahrheit eher wie eine Ewigkeit anfühlte – hatte er sich an

Leto gelehnt, als sie ihm von ihrer Mutter erzählt hatte, und bei dieser Gelegenheit war es ihm wieder eingefallen.

Ein Gespräch: Er hatte mit seinem Vater im Bett gesessen und sich an die Schulter des Königs gelehnt, während dieser ihm die Geschichte von Odysseus erzählt hatte. Als sein Vater innehalten musste, um zu husten, als er nach Atem rang, hatte Mathias gefragt, ob man eines Tages Geschichten über *ihn* erzählen würde.

»Das will ich nicht hoffen«, war die Antwort seines Vaters gewesen.

Mathias hatte die Stirn gerunzelt und ihn gefragt, warum.

»Von glücklichen Menschen gibt es keine guten Geschichten«, hatte er gesagt, und jedes Wort hatte ihn große Anstrengung gekostet. »Die Zeiten, die uns interessant erscheinen, sind Zeiten des Wandels und der Unruhe. Es gibt keine Geschichte ohne einen Konflikt, und keinen Konflikt, ohne dass jemand leidet. Geschichten werden aus Unglück, aus Einsamkeit und Verlust geboren. Helden finden niemals ein glückliches Ende.«

Mathias war zwölf Jahre alt gewesen, und seine jugendliche Naivität hatte es ihm erlaubt, die Worte seines Vaters einfach abzutun. Er wäre lieber ein Held als glücklich, hatte er gedacht, selbst als die Mägde einige Jahre später zu ihm gekommen waren, um ihm die Locken aus dem Gesicht zu streichen und ihm mitzuteilen, dass sein Vater gestorben war.

Doch jetzt, als er an der Tür zu seinen Gemächern lehnte, mit Melanthos Blut an seinen Fingerspitzen, verstand Mathias.

Er hatte Geschichten immer geliebt.

Aber Geschichten hatten ein Ende, und damit es ein Ende geben konnte, musste ein Held fallen.

54

ALLEN ORKANEN ALLER ENDEN

Leto

Leto betete nicht oft, aber jetzt, als sie durch die Hügel in Richtung Meer galoppierte, betete sie. Sie betete aufrichtiger, als sie es je zuvor getan hatte.

Sie konnte nicht gut reiten, aber die Angst, die Verzweiflung und die Liebe gaben ihr die Kraft, sich auf dem Pferderücken zu halten. Es spielte keine Rolle mehr, dass morgen die Tagundnachtgleiche war. Es spielte keine Rolle, dass zwölf Leben verloren sein würden, wenn sie nicht heute Nacht zurückkehrte und dem Ganzen ein Ende setzte. Nichts zählte, außer Melantho.

Leto gestattete sich nicht, innezuhalten, um zu atmen oder nachzudenken, bis die Hufe der Stute auf Sand trafen und sie endlich von ihrem Rücken rutschen konnte, um Melantho in das seichte Wasser zu ziehen und die Wellen über sie hinwegspülen zu lassen.

55

UNBEWEINET UND UNBEGRABEN

Melantho

Das Bewusstsein kehrte nur langsam zu Melantho zurück.

Mit ihm kam der Schmerz, beharrlich und pochend und so schrecklich, dass er jeden ihrer Gedanken verschlang. Sie nahm undeutlich wahr, dass jemand bei ihr war, ihr das Haar aus dem Gesicht strich und den zerrissenen Stoff ihres Chitons beiseite zog, damit das Meer sie umfangen konnte, während es mit seinen vertrauten Bewegungen über sie hinwegstrich.

Sie wollte schlafen, aber der Schmerz ließ es nicht zu. Er hob und senkte sich wie die Gezeiten; aus großer Entfernung hörte sie jemanden weinen. Und dann eine Stimme in ihrem Ohr, leise und vertraut. »Melantho? Kannst du mich hören?«

Geh weg. Lass mich schlafen.

»Melantho.« Die Stimme wurde lauter. »Du musst aufwachen, Melantho. Deine Wunde heilt; du wirst wieder gesund werden. Aber wir können hier nicht bleiben. Man wird uns sehen. Du musst mit mir kommen. Kannst du das tun?«

Nein, versuchte Melantho zu antworten. *Nein, kann ich nicht. Lass mich los.* Hände fassten sie unter den Achseln, zerrten sie aus dem Wasser, legten sie in den Sand und rüttelten an ihren Schultern.

»Melantho«, sagte Leto. »Wach auf.«

Für diese Stimme würde sie alles tun. Sogar sich auf das Licht zubewegen, das brannte und brannte und brannte.

Leto wartet.

Aber es tut weh.

Sie wartet auf dich.

Melantho öffnete die Augen.

56

ABER VERKÜNDIGE MIR, UND SAGE DIE LAUTERE WAHRHEIT

Leto

Die Straßen von Vathi waren dunkel, bis auf das schwache Licht der Mondsichel, als Leto Melantho zu dem kleinen Haus zog, das einst ihr Heim gewesen war. Sie konnte nur hoffen, dass niemand es in Besitz genommen hatte. Es war der einzige Ort, an den sie gehen konnte, etwas anderes fiel ihr nicht ein. Es wäre vielleicht einfacher gewesen zu reiten, aber als sie aus den Wellen aufgetaucht waren, war die Stute verschwunden. Vielleicht gestohlen oder zurückgelaufen in ihren Stall im Palast. Leto stellte sich vor, wie das Tier mit klappernden Hufen in den Innenhof trabte, die Zügel locker am Kopf baumelnd. Mathias würde nur einen einzigen Blick auf die Stute werfen und annehmen, dass sie beide längst fort waren. *Mathias.* Der bloße Gedanke an ihn war wie ein Dolch in ihrer Brust. Leto schluckte und richtete ihre Aufmerksamkeit wieder auf Vathi. Ihre Augen waren viel schärfer als früher. Die Stadt wirkte jetzt kleiner, die Farben greller und die Kanten schärfer. Sogar die Zeit schien hier langsamer zu vergehen.

Mehr als einmal erhaschte sie die Bewegung einer Sandale oder eines fuchtelnden Armes nicht allzu weit entfernt, und sie konnte sich mit Melantho noch rechtzeitig in einen Hauseingang kauern, eine Hand über ihre Kehle gelegt, bevor die

Person, die gewöhnlich eine Flasche bei sich hatte, vorbeiging, ohne sie zu bemerken.

Sie hatte ihre Zeit hier hinter Tüchern und Weihrauch versteckt zugebracht, ein vergeblicher Versuch, ihr Alter vor Kunden geheim zu halten, die einem halbwüchsigen Orakel mit Skepsis begegnet wären, aber es bestand trotzdem die Chance, dass jemand sie erkannte. Und mit dem Mal an ihrem Hals, mit den Opferungen, die so nah bevorstanden … es durfte sie niemand sehen.

Außerdem konnte Melantho, die sich in ihren Armen fiebrig heiß anfühlte, kaum ohne Letos Hilfe stehen. Wenn einer dieser elenden Passanten beschloss, dass sie beide – zerlumpt und erschöpft, wie sie waren – eine leichte Beute darstellten, würde sie wenig tun können, um ihn abzuwehren.

Die Straßen waren beruhigend vertraut. Leto hatte keine Ahnung, wohin sie von hier aus gehen würden, wenn der neue Tag auf die eine oder andere Weise den Tod brachte, aber sie wusste, wo sie heute Nacht hingehen konnten. Vathi mit seiner Vertrautheit ließ ihr Herz schneller schlagen. Hier war der Hufschmied, dort die Schule, die Werkstatt der Weberin. Hier der klapprige Schuppen, der dem seltsamen Greis gehörte, der erzählte, er sei einst ein Held gewesen.

Die meisten Inselbewohner mochten sie aufgegeben haben, aber die Heiligtümer der Götter existierten weiterhin. In Springbrunnen lief Salzwasser in grob behauene Becken, und die Aschereste von Brandopfern schwelten auf Rosten. Vor ihnen, in einer Reihe niedriger, weißer Gebäude, flackerte eine Kerze auf einer Türschwelle.

Sie blickte hoch zum Palast auf dem Hügel. Die Wege dort hinauf lagen still und ohne dass sich etwas regte da. Die Morgendämmerung war noch Stunden entfernt, und obwohl es bald von Händlern und Dienern nur so wimmeln würde, waren sie und Melantho für den Moment allein. Ungesehen. Sie zog sich ihren Umhang noch tiefer ins Gesicht, und Seite an

Seite schleppten sie sich über die vertrauten Pflastersteine, die zu ihrem Haus führten.

Sie kannte jeden Zentimeter der kleinen Straße. Wusste, an welcher Stelle sie über die unebenen Steine stolpern würde, kannte die Stellen, an denen sich nach einem Regenguss das Wasser sammelte. Nichts hatte sich verändert. Der alte Mann im zweiten Haus hatte immer noch die gleichen zerbrochenen Fensterläden. Seine dicke, orangefarbene Katze döste auf dem Fenstersims. Als Leto und Melantho vorbeigingen, öffnete sie ein leuchtendes, gelbes Auge und beobachtete sie reglos.

Endlich stand sie vor ihrem eigenen Haus. Sie konnte sehen, wo die Tür vorsichtig wieder in ihre Angeln gehoben worden war. Jemand hatte ein Holzbrett über die gesplitterten Stellen genagelt, dort, wo die Wachen die Tür eingetreten hatten. Irgendein Dorfbewohner, jemand, der wusste, was aus ihr geworden war, musste es getan haben; ein kleiner Akt der Freundlichkeit für ein Mädchen, das sie für tot hielten. Hatte man um sie getrauert? Hatte sie überhaupt jemand vermisst? Das Schloss war wahrscheinlich nicht zu retten gewesen – die Tür schwang bei ihrer Berührung auf.

Der Geruch von Rosmarin schlug ihr entgegen. Jemand hatte Bündel getrockneter Kräuter auf jeder freien Fläche verteilt. Der Boden war sauber gefegt. Eine weitere freundliche Geste für ein totes Mädchen. Ihr stockte der Atem.

Abgesehen vom Bett, der ramponierten Truhe, in der sich einst ihre Kleider befunden hatten, und dem zerbrochenen Wasserbecken war der Raum leer. Auf seinem Boden befand sich immer noch eine Lache abgestandenen Wassers.

Sie führte Melantho zum Bett, zog vorsichtig ihren Arm unter dem Melanthos hervor und legte sie sanft darauf ab. Melantho zuckte zusammen. Das Blut hatte aufgehört, aus ihrem Bauch zu quellen, die Wunde war verschorft, und während Leto sie vom Strand bis nach Vathi geschleppt hatte, war sie langsam wieder zu sich gekommen.

»Nicht bewegen«, sagte Leto. Sie klappte die Truhe mit einer gewissen Furcht auf – ob die Dorfbewohner, die sie ja für tot hielten, etwas zurückgelassen hatten? – und zog einen uralten Chiton heraus. *Götter.* Als sie dieses Gewand das letzte Mal getragen hatte, war sie ein anderer Mensch gewesen. Hatte falsche Prophezeiungen verkündet und nach den Brosamen geschnappt, die die Götter für sie fallen ließen. Als sie sich wieder zu Melantho umdrehte, spürte sie etwas unter ihrem Fuß, das davonrollte. Es glitzerte. Ein Obolus; die Form war unverkennbar. Ohne nachzudenken bückte sie sich, hob die Münze auf und wischte sie an ihren Röcken ab.

Wann hatte sie sie gefunden? Es musste Jahre her sein. So zerkratzt und staubig die Münze auch war, Leto hatte es anscheinend nicht über sich gebracht, sie liegenzulassen; eine Münze war eine Münzc und konnte immer gegen einen Becher Eintopf aus dem kalten, bereits erstarrenden Bodensatz des Topfes eingetauscht werden. Nach dem Tod ihres Vaters hatte Leto das schnell gelernt. Essensreste waren nicht immer schmackhaft, aber sie stillten den Hunger.

Sie schüttelte die Erinnerung ab und machte sich daran, den Chiton in Streifen zu reißen.

»Was tust du da?« Melanthos Stimme war leise.

»Ich mache einen Verband«, sagte Leto. Sie biss sich auf die Unterlippe. »Ich weiß nicht, wie viel es nutzen wird, aber vielleicht hilft es, eine Infektion abzuwehren oder die Heilung zu beschleunigen oder … ach, ich weiß es nicht. Ich habe nur gesehen, wie andere das getan haben.«

Melantho musste das Zittern in ihrer Stimme gehört haben. »Das ist eine gute Idee«, sagte sie sanft. »Legst du ihn mir an?«

Sie schwieg, während Leto behutsam die Messerwunde verband, und zuckte jedes Mal zusammen, wenn Letos Hände dem zornig-roten Schnitt zu nahe kamen. Als alles fertig war und Leto die losen Enden verknotet hatte, nahm Melantho einen der verbliebenen Streifen des Chitons in die Hand und sagte: »Du musst zurückgehen, das weißt du.«

Dieser Gedanke war Leto schon hundertmal durch den Kopf gegangen – seit sie aus dem Palast weggeritten war, seit sie neben Melantho im seichten Wasser gelegen und darauf gewartet hatte, dass das Meer ihr wieder Leben einhauchte. »Ich weiß«, sagte sie. »Ich weiß.«

»Heute Nacht noch.« Melantho hob eine Hand, um sie auf Letos Wange zu legen, dann wickelte sie vorsichtig den Stoffstreifen in ihrer Hand um Letos Hals. »Du musst. Es ist die letzte Chance, die wir haben. Die Hinrichtungen finden *morgen* statt.«

»Ohne dich?« Der Gedanke war entsetzlich.

»Wie es dir immer bestimmt war, nehme ich an«, sagte Melantho mit einem schiefen Lächeln. »Vielleicht ist das das Zeichen, das die Götter uns zu geben versucht haben, als sie …« Sie brach ab. Keine von ihnen brauchte eine Erinnerung an das letzte Mal, als sie versucht hatten, Mathias zu töten, und Melantho zusammen mit ihm gefallen war und geröchelt hatte, als wäre die Luft aus Teer.

»Und wenn ich scheitere?«

»Du darfst nicht scheitern«, sagte Melantho. »Du darfst einfach nicht. Ich habe dir das noch nicht erzählt, Leto. Ich nehme an, weil ich Angst hatte. Aber jetzt werde ich es dir erzählen. Du bist die Letzte.«

»Die Letzte?«

»Die Letzte, die Poseidon freilässt, das letzte Mädchen, das ins Meer fällt und sich dann wieder erhebt. Er hat mir versprochen, mir zwölf zu gewähren, und *nur* zwölf, und elf Mädchen sind gekommen und gegangen und gestorben. Du bist die Letzte. Wenn du heute Nacht scheiterst, dann ist es vorbei. Dann gibt es keine Chance mehr, den Fluch zu brechen.«

Sie ließ die weiteren Folgen unausgesprochen. Noch Hunderte und Aberhunderte von Mädchen, gehängt wegen des bloßen Verbrechens, auf dieser elenden, verfluchten Insel geboren zu sein. Leto durfte sie nicht im Stich lassen; sie konnte es nicht.

»Also gut«, sagte Leto endlich, in ihrer Stimme verzweifelte Entschlossenheit. Es war noch nicht lange her, dass sie hier an Land gekommen war, vorbehaltlos und mit nur einem Ziel im Sinn. Sie wünschte sich diesen Moment zurück, wünschte sich, das, wenn sie Mathias tötete, ihr Herz nicht vollends zerbrechen würde. »Du hast recht. Ich werde zurückgehen und es zu Ende bringen.«

»Gut.« Melantho schloss die Augen. »Du solltest jetzt aufbrechen. Ich werde schon nicht sterben, nicht an diesem Kratzer.« Leto konnte das Blut noch immer an ihr riechen, unter den Streifen ihres Verbands. Wenn die Dolchwunde irgendetwas war, dann sicherlich kein Kratzer.

»Noch nicht«, sagte Leto. »Wenn Mathias seine Wachen zusammengerufen hat, wenn sie nun wissen, wer ich bin, werden sie versuchen, mich aufzuhalten. *Ich* könnte heute Nacht sterben.«

Melantho antwortete nicht. Ihre Züge verzerrten sich.

»Doch ich werde nicht vergebens sterben«, fuhr Leto fort. »Und ich werde auch nicht unwissend sterben. Bevor ich gehe, willst du mir erzählen, was passiert ist? Diesmal die ganze Wahrheit? Wie ist es zu dem Fluch gekommen, Melantho? Und welche Rolle hast du dabei gespielt?«

»Eine große Rolle.« Melanthos Augen leuchteten im Mondlicht, ihre Haut wie blasses Gold, und sie war so schön wie die erste Narzisse im Frühling. »Vielleicht habe ich die größte Rolle von allen gespielt.«

57

UNENDLICHER JAMMER

Melantho

»Ich wurde als Tochter einer Sklavin im Dorf Vathi geboren.« Bei jedem Wort durchfuhr ein dumpfer Schmerz Melanthos Bauch, eine Erinnerung an die noch nicht ganz verheilte Wunde, die sich unter ihren Verbänden verbarg. »Zumindest hat mir das die Königin, die mich meiner Mutter abkaufte, erzählt.«

Es war leicht, in die Erinnerungen einzutauchen. Melantho schloss die Augen, und schon schritt sie wieder durch die Gänge des Palastes.

Zu jener Zeit hatte er einen wahrhaft wundervollen Anblick geboten: eine weitläufige Anlage – schon für sich allein genommen ein Königreich – mit Marmorsäulen und golddurchwirkten Wandteppichen und engen Gängen, in denen es nur so gewimmelt hatte von Dienern. Ein Meer von Gesichtern, die Melantho so vertraut gewesen waren wie die Sommersprossen und Narben auf ihren Handrücken.

Einst hatte sie das Leben dort geliebt.

Die Diener, die an ihr vorbeigingen, sahen ihr nicht ins Gesicht. Sie wichen ihr so gut es ging aus, wenn sie sich mit einem Korb voller grob gesponnener Ziegenwolle auf ihrer Hüfte den königlichen Gemächern näherte. Sie wussten, dass Penelope auf Melantho hörte, dass sie bösartig und gefährlich sein konnte, wenn man sie verärgerte. Sie wussten von den Schmuckstücken, die Penelope ihr zukommen ließ, von den Einladungen, abends an ihrer Tafel zu speisen, und dass Melantho manchmal vor Penelopes Stuhl kniete und die Königin ihr das goldene Haar flocht, als sei Melantho ihr eigenes Kind. Sie wussten von dem Stalljungen, der auf Melanthos Bitte hin entlassen worden war.

Darüber hinaus wussten sie nichts.

Melantho bog um eine Ecke und stieß mit etwas Festem, Warmem zusammen. Etwas oder besser gesagt jemand, der ein überraschtes Schnauben von sich gab, einen Schritt zurück trat und Melantho an den Schultern fasste, um ihr Halt zu geben. Die Person war an ihren Korb gestoßen, und die helle Wolle hatte sich über die polierten Fliesen ergossen.

»Pass doch auf«, blaffte sie, riss sich los und bückte sich, um die Wolle wieder einzusammeln.

»Pass doch auf?«, wiederholte eine Stimme – eine männliche Stimme, sanft wie Honig und tief wie die Brunnen, aus denen Melantho jeden Morgen Wasser heraufholte. Die Worte trieften von Erheiterung.

Melantho versteifte sich. »Ich bitte um Verzeihung«, sagte sie langsam und hielt den Blick gesenkt. »Ich habe Euch nicht gleich erkannt, mein Prinz.«

Telemachos lachte. »Melantho, mein Liebling. Verschwende deine hübschen Worte nicht an mich. Du weißt, dass ich dir jede Verfehlung verzeihen würde.«

Sie waren zusammen aufgewachsen, Melantho und Telemachos, zwei goldhaarige Kinder in Penelopes Gemächern, während sie auf die Rückkehr ihres Gemahls wartete. Zu jener Zeit hatte er einen Krieg geführt, der Troja dem Erdboden gleichmachen sollte. Die drei Jahre, die sie trennten – Telemachos war der Ältere von ihnen – hatten keine Rolle gespielt, hatten sie nicht daran gehindert, sich kichernd aneinander zu klammern, während sie Penelopes Kleider aus den Schränken holten oder mit ihren kräftigen Ponys über die Hügel galoppiert waren. Sie hatte ihn geliebt.

Wenn sie ihn ansah, selbst wenn sie jetzt an ihn dachte, tat ihr das Herz weh. Sie konnte den genauen Moment nicht festmachen, an dem sich alles verändert hatte, den Moment, in dem sie von *Mel und Tel* zu *Melantho, der Magd, und Telemachos, dem Prinzen,* geworden waren, aber sie wusste, dass er sie von da an nicht mehr als seine Schwester betrachtete. Mit seinen zwanzig Jahren hatte er die Kindheit hinter sich gelassen und sie gegen eine grobe Art von Männlichkeit eingetauscht, und wenn Telemachos sie ansah, glitzerte in seinen schwarzen Augen etwas Härteres, Schärferes. Es war der gleiche Ausdruck, den sie auf seinem Gesicht gesehen hatte, als der erste der Freier in den Palast gekommen war und ihm einen prächtigen, grauen Hengst für seine Ställe geschenkt hatte.

Gier.

Sie hatte ihn nur einmal abweisen müssen, aber dieses eine Mal war genug gewesen. Sie hatte zwei Gänge entfernt gestanden und gehört, wie Penelope ihren Sohn mit schriller Stimme angeschrien hatte, dann das scharfe Klatschen ihrer Hand, als sie auf seine Wange traf und die bronzefarbene Haut seines Gesichts mit ihren Ringen aufriss. Alle Liebe, die Telemachos für Melantho empfunden hatte, war an jenem Tag gestorben, doch die gezackte Narbe auf seinem Wangenknochen war geblieben, ein heller Stern, eine Erinnerung.

Melantho konnte es wieder vor sich sehen, wie er mit der Hand ihr Kinn hochdrückte, und endlich schaute sie in sein schönes Gesicht.

»Eurymachos fragt nach dir.« Er sagte es beiläufig, aber er sah ihr kaum ins Gesicht, während er von dem Freier seiner Mutter sprach. Es waren zu viele, um sie zu zählen; sie lungerten im Palast herum und kämpften gegeneinander, während sie darauf warteten, dass Penelope einen von ihnen erwählte. Die Königin hingegen verbrachte jeden Tag damit, ein Leichentuch zu weben, das Leichentuch, in dem der Vater ihres Gatten begraben werden sollte. Solange es nicht fertig war, würde sie keine Entscheidung treffen, sagte sie. Und die Freier – unter ihnen Eurymachos – suchten ihr Vergnügen anderswo.

Aber das Tuch würde niemals fertig werden, wusste Melantho, denn sie blieb jede Nacht mit elf anderen Mägden wach und trennte den sorgfältig gewebten Stoff des Tages wieder auf. Sie tat dies nicht aus Pflichtgefühl, sie tat es aus Liebe zu einer Königin, die sie immer nur mit Güte behandelt hatte.

»Tut er das?« Melantho hielt ihre Stimme ruhig.

Eurymachos war auf jeden Fall schon über dreißig; sie hatte nie auch nur einen zweiten Gedanken an ihn verschwendet, bis er sie in den ersten Wochen nach ihrem fünfzehnten Geburtstag einmal in eine Ecke gedrängt hatte. Sein Atem hatte nach Wein gestunken, und er hatte sich mit dem Selbstbewusstsein eines Mannes, der nie das Wort »Nein« gehört hatte, an sie gepresst.

Melantho schauderte und unterbrach ihre Erzählung.

Leto beugte sich mit großen Augen vor. »Hat er …«, begann sie, und ihre Lippen verzerrten sich. Melantho spürte, wie sich etwas in ihrem Magen zusammenkrampfte. Leto konnte es nicht einmal aussprechen.

»Er hatte einen Freund«, fuhr sie fort. »Er hieß Antinoos. Du erinnerst dich doch, dass ich dir von Timo erzählt habe, nicht wahr?«

Die Erste und Letzte in meinem Herzen, hatte sie gesagt. Sie konnte aus Letos Gesicht ablesen, dass sie sich erinnerte. Dass sie noch wusste, was mit Timo geschehen war.

»Antinoos hatte ein Auge auf Timo geworfen, und er hat sich genommen, was er wollte«, sagte sie. Timo hatte nicht geschrien, hatte keine einzige Träne vergossen. Aber in ihren Augen war nie wieder ihre zuvor kindliche Freude aufgeblitzt, und sie lächelte nicht mehr so oft, wenn überhaupt. Es war ihr erster Tod gewesen, in jener Nacht. Der erste von dreien.

»Die Königin hatte sie nicht beschützen können – wollte

es vielleicht auch gar nicht. Auch ich konnte es nicht, aber ich wandte mich an jemanden, der es konnte.«

Eurymachos' Hilfe hatte ihren Preis.

Als Melantho die Tür aufdrückte, rekelte er sich träge im Bett und wartete schon auf sie. »Sieh an, wer da ist«, sagte er leise. »Meine kleine Lerche, zum Nisten heimgekehrt.« Seine rote Tunika lag zusammen mit dem Rest seiner Kleidung auf dem Boden. Melantho konnte die Flecken aus getrocknetem Blut auf der hellen Hose sehen. Das würde in den Waschräumen ein Albtraum werden. Er beobachtete, wie sie alles in sich aufnahm, dann winkte er sie zu sich.

Melantho blieb, wo sie war. Blutflecken bewiesen gar nichts. »Was ist mit Antinoos?«

Eurymachos wedelte geringschätzig mit einer Hand. »Er wird sie nie wieder anrühren. Er weiß jetzt, was ich mit einem Messer zu tun imstande bin und tun werde, wenn er mir nicht gehorcht. Timo kann unbesorgt sein.« Er winkte sie erneut zu sich, jetzt schon ungeduldiger.

Melantho senkte den Kopf. »Danke«, sagte sie. Dann war zumindest Timo sicher.

»Das ist alles, weswegen du gekommen bist? Um dich davon zu überzeugen, dass ich Wort gehalten habe?« Eurymachos setzte sich auf. Das Laken fiel von ihm herab, zu einem Ballen in seinem Schoß. Melanthos Blick blieb an dem Stück seiner Oberschenkel hängen, das sichtbar geworden war. Dunkles Haar lockte sich zwischen seinen Schenkeln und verschwand unter dem Leinenlaken. »Denn das habe ich, meine kleine Lerche. Ich habe mein Versprechen eingehalten, und jetzt bist du an der Reihe.«

Timo war in Sicherheit. Sie war in Sicherheit, wegen dem, was Melantho gleich tun würde. Melantho schluckte, dann griff sie nach dem Stoffknoten in ihrem Nacken. Mit einem schnellen Ruck ihrer Finger löste sich das Band, und der Chiton fiel ihr locker bis zur Taille. Eurymachos' Augen weiteten sich vor einer verzweifelten Sehnsucht, die in jeder anderen Situation vielleicht komisch gewesen wäre. Seine Finger zuckten, während er sie mit Blicken verschlang und seine Augen hungrig über ihre Brüste bis zu ihrem Bauch glitten.

»Es ist kalt«, sagte Melantho leise. Sie durchquerte den Raum und zog die Läden vor dem breiten Fenster zu. Der Gedanke, dass kein bedauernswerter Passant zufällig einen Blick hineinwerfen würde, war ein Trost. Vielleicht würden sogar die Götter den Blick abwenden. *Hera, vergib mir.* Sie drehte sich wieder zu Eurymachos um. Die Läden sperrten einen großen Teil des Lichts aus dem Zimmer aus. In der Dunkelheit war er nur eine schattenhafte Gestalt. Ein Schatten konnte ihr nicht wehtun.

Sie straffte die Schultern und löste den zweiten Knoten in ihrem Chiton. Das Kleidungsstück fiel in einer geschmeidigen Bewegung an ihr herab und sammelte sich um ihre Füße. Sie trat vor. Als sie sich bewegte, streckte Eurymachos eine Hand nach ihr aus. Seine Stimme war wie Honig in der Stille. »Meine Liebste.« Wenn sie die Augen schloss, konnte sie fast vergessen, dass er log. »Komm zu mir, meine Geliebte. Meine kleine Lerche.«

Melantho ging zu ihm.

Später, als der Schmerz zwischen ihren Beinen erblühte, lag sie da und blinzelte gegen Tränen an. Eurymachos schnarchte leise neben ihr, einen Arm über ihre Taille geworfen. Das Gewicht und die Wärme bereiteten ihr Übelkeit.

Er war nicht unfreundlich zu ihr gewesen. Tatsächlich hatte er sich beinahe liebenswürdig verhalten. Seine Küsse waren sanft und seine Hände behutsam gewesen. Als er seine Erfüllung fand, hatte er ihren Namen gestöhnt, ihr anschließend das Haar aus der Stirn gestrichen und einen Kuss darauf gedrückt. »Liebreizende, liebreizende Melantho«, hatte er gegurrt. »Du wirst noch mein Tod sein.«

Wäre sie eine mutigere Frau gewesen, hätte sie ihm in die Augen gesehen und gezischt: »Bei den Göttern, das hoffe ich sehr.« Aber sie war keine mutige Frau, und sie musste an Timo denken – wie sollte Timo überleben, wenn Melantho wegen Mordes aufgeknüpft wurde? –, also hatte sie gelächelt, ihrerseits zärtliche Worte gemurmelt, und die Qual in ihren Augen verborgen.

Diese Vereinbarung hielt fast ein Jahr lang.

An den Nachmittagen nahm Eurymachos sich, was er wollte. Abends und bis weit in die frühen Morgenstunden des folgenden Tages hinein saß Melantho – ein wenig stiller, ein wenig älter geworden – bei der Königin und trennte sorgfältig das wieder auf, was sie gewebt hatte. Morgens stand sie schnell auf, um das im Hof trocknende Leinen zu holen, das Wasser für die schmutzige Wäsche, die die anderen Mägde in Kürze haufenweise herunterbringen würden, zum Kochen zu bringen, und heimlich den Boten der Königin am hinteren Tor aufzusuchen. Wenn er keine Nachrichten brachte, war die Königin unruhig, und der wachsame Eurymachos freute sich und war großzügig. Wenn der Bote gute Neuigkeiten brachte, entließ die überglückliche Königin Melantho und übergab sie dem argwöhnischen und aufgebrachten Eurymachos.

»Was lenkt sie nur von ihrer Webarbeit ab?«, wütete er an einem solchen Tag, während er in seinen Gemächern zornig auf und ab ging. Melantho saß schweigend im Bett und strich über die handförmigen Blutergüsse auf ihren Oberschenkeln. »Warum webt sie überhaupt? Braucht dieser elende Laertes wirklich ein Leichentuch? Er ist doch immer noch am Leben.« Er blieb stehen. »Vielleicht sollten wir ihn einfach töten«, überlegte er laut. »Dann müsste sie das verfluchte Ding fertigstellen.«

Eurymachos wusste nichts von der List der Königin. Er wusste nicht, dass sie ihre Mägde, dass sie *Melantho* darum bat, jede Nacht aufzutrennen, was sie am Tag zuvor gewebt hatte. Das Leichentuch würde niemals fertig werden. Penelope würde nie einen neuen Gemahl erwählen. Nichts würde sich je ändern; Melantho würde immer und immer wieder hierherkommen, und es würde irgendwann nicht mehr wehtun. Sie würde ihre Seele ausleeren und zu einer Hülle werden, wie so viele der anderen Mägde, die in den Gängen hier wandelten.

»Antikleia, seine Gemahlin, ist tot«, sagte Melantho. »Ktimene, seine Tochter, ist auf Same vermählt, sein Sohn auf See verschollen. Die Königin hat das Gefühl, das Weben des Leichentuchs sei eine Pflicht, die nur ihr zufallen kann. Es wäre ungehörig für einen so großen Helden ...«

»Verschollen auf See?«, fiel ihr Eurymachos ins Wort. Sein gewohnter Charme hatte sich in Luft aufgelöst. »Odysseus ist tot. Er ist tot, hörst du? Und dieses Miststück wird am Ende wieder heiraten müssen, und je eher sie das begreift, umso besser. Dann werde ich sie bekommen, und der Rest dieser faulen Tölpel kann verschwinden, um in den Hallen eines anderen Mannes ihr Unwesen zu treiben, statt Tag für Tag hier herumzulungern, meine Ziegen zu essen, meinen Wein zu trinken und meiner Königin schöne Augen zu machen!«

»Noch ist sie nicht Eure Königin. Und es sind weder Eure Ziegen, noch Euer Wein.« Kaum hatte sie die Worte ausgesprochen, wich sie auch schon zurück, denn Eurymachos kam auf sie zugestürmt, sein Gesicht in einem hässlichen Rotbraun verfärbt. Melantho senkte den Blick und presste die Augen fest zusammen. Es war die Liebe, die ihre Zunge gelöst hatte, aber sie konnte es nicht bereuen, denn Penelope erwiderte ihre Liebe, als sei sie ihr eigenes Kind.

»Halt dein Hurenmaul!«, zischte Eurymachos. »Glaubst du, deine geliebte Königin würde auch nur eine Sekunde zögern, dich zu verstoßen, wenn sie wüsste, wohin du immer verschwindest? Wenn sie wüsste, dass du die Beine für jeden Edelmann spreizt, der dir etwas versprechen kann?«

Melantho versuchte zu protestieren, aber Eurymachos' Schimpftirade war nicht zu bremsen. »Ich habe nie …«

»Du hältst dich für so tugendhaft, nicht wahr?«, schrie er. »Opferst dich wie eine Märtyrerin für die kleine Timo, hab ich recht? Ich durchschaue dich, Hure. Ich weiß, was du wirklich willst.« Speichel flog von seinen Lippen, und seine Augen waren wild. »Oh, du wärst so glücklich, wenn mein Samen einen Bastard in deinen Bauch pflanzt. Du glaubst, dann hättest du mich an der Leine, aber das wird nicht eintreten.« Er brach schwer atmend ab. »Wenn es je dazu kommt, werde ich dir meinen Bastard persönlich aus dem Leib prügeln und dich in ein Boot setzen, damit du dich zu Ktimene in Same gesellen kannst. Oder ich überspringe einfach die üblichen Mittelsmänner und werfe dich ins Meer.«

Melantho saß wie erstarrt da. Ein falsches Wort würde ihr ein Dutzend weitere blauer Flecken einbringen.

»Hinaus mit dir«, sagte er schließlich. »Und komm nie mehr zurück.«

Melantho brauchte keine weitere Ermutigung. Sie sprang auf und drückte ihren Chiton an ihre Brust und floh eiligst aus dem Zimmer.

An diesem Tag ging Antinoos wieder zu Timo. Melantho wusste, dass es von Eurymachos gebilligt wurde. Er hielt ganz offensichtlich nichts von jenen Regeln, die einem Gast Anstand geboten. Aber Penelope schritt ebensowenig ein. Die Königin hatte Timo nicht beschützt, und sie hatte Melantho nicht beschützt.

Sie würde es nie tun. Penelope mochte sie geliebt haben, aber sie war eben auch eine kluge Königin. Sie würde weder sich selbst noch ihr Königreich in Gefahr bringen, nicht für eine einfache Magd. Melantho hatte ihr nichts zu bieten. Aber sie hatte Eurymachos noch etwas zu bieten.

Am nächsten Abend erzählte Melantho ihm von Penelopes Geheimnis. Sie verriet ihre Königin an die Hunde und sorgte dafür, dass Penelope bald Melanthos Platz in Eurymachos' Fängen einnehmen würde.

Diese Nacht war die letzte.

Mehr zu erzählen, brachte Melantho einfach nicht über sich. »Du weißt, wie es von da an weitergegangen ist.«

Leto beobachtete sie genau mit ihren großen, braunen Augen. »Ja, ich weiß es. Odysseus kehrte nach Ithaka zurück und hat euch bestraft – hat euch alle bestraft – für euren Verrat, eure Verderbtheit. Aber dann … wie ist das, was danach kam, passiert? Das verstehe ich nicht.«

Natürlich verstand sie es nicht. Melantho wollte sie an den Händen fassen, ihr ins Gesicht sehen und sagen: *Das ist gut so. Es bedeutet, dass du den Schmerz, den ich kennengelernt habe, selbst nicht kennst, die Qual nicht kennst, die ich erlitten habe. Du weißt nicht, wie es ist, verzweifelt zu sein, das Gefühl zu haben, sich nirgendwo hinwenden zu können, und ich bin froh, dass du das nie erleben musstest. Es hätte dich verändert, so wie es mich verändert hat.*

Sie seufzte. »Du weißt schon so viel, dass du sicher erraten kannst, was passiert ist. Was ich getan habe – und warum. Ich habe Timo geliebt, und ihr wurde Gewalt angetan, und dann wurde sie gehängt, weil die Vergewaltigung sie *besudelt* habe. Als ich Timo das erste Mal sterben sah, habe ich Poseidon gerufen.« Sie lachte bitter. »Ein Fehler, den ich nicht noch einmal machen würde. Aber ich erinnere mich daran, wie aufrichtig ich, noch als man mich aufknüpfte, geglaubt habe, sie würden sie verschonen. Und ich erinnere mich daran, doch noch begriffen zu haben, dass sie es nicht tun würden; ich erinnere mich an den verschwommenen Anblick zweier ausgestreckter Hände, die mir schrecklich vertraut waren. Es waren Hände, die ich zehn Jahre lang gehalten hatte. Hände, deren Form und deren Narben und Schrammen ich genauso gut kannte wie meine eigenen. Hände, denen ich beigebracht hatte, zu nähen und zu weben und zu werfen und zu schlagen. Es waren Timos Hände, die sie im Sterben nach mir ausstreckte, und da wusste ich, dass ich sie rächen musste.«

Sie ballte die Fäuste in ihrem Schoß. »Und so trug ich den Göttern meine Bitte vor. Ich schickte das Flehen gen Himmel, gen Meer. Habe es in die tiefsten Tiefen der Erde stürzen lassen, um die Hallen des Unsichtbaren zu erschüttern. *Rettet uns. Rächt uns,* habe ich sie angefleht. *Tut ihnen weh, so wie sie uns wehgetan haben …«* Sie brach ab. »Wenn es nach deiner Einschätzung unrecht war, dies zu tun, dann sag es mir jetzt. Ich habe dir erzählt, was mit Timo passiert ist. Du weißt, wie sie gestorben ist. Du weißt, dass ich genug gestraft worden bin.«

»Du hast kein Unrecht getan«, antwortete Leto. »Du hattest Angst, und du hättest keine Angst haben sollen. Das tut mir leid.«

Melantho war nicht bewusst gewesen, dass sie weinte. Mancher Kummer, manche Erinnerungen würden niemals von ihr abfallen. Sie erinnerte sich noch immer – in der Tat, wie hätte sie es vergessen können –, wie sie Pandous Strand das erste Mal erblickt hatte. Die toten Mädchen im Wasser, das Grauen, als sie sich selbst betrachtete und ein Ungeheuer erblickte. Und Timo – die zarte, unschuldige Timo – stand vor ihr, mit leeren Augen und zitternd, während Poseidons Worte und sein Fluch über ihre Lippen strömten. Und während Melantho zugehört und begriffen hatte, was sie in Gang gesetzt hatte, hatte sie gedacht, dass nichts schlimmer sein könnte. Aber dann hatte Timo die Augen wieder geöffnet, ihre eigenen entsetzten, anklagenden Augen, und ihre eigene Verwandlung hatte begonnen, noch während sie die Leichen betrachtete, die um sie herum lagen, und es war der heftigste Schmerz gewesen, den Melantho je verspürt hatte.

Es tut mir leid, hatte Leto gesagt. Melantho sog scharf die Luft ein. »Mir tut es auch leid. Es tut mir leid, seit ich auf

Pandou erwacht bin, mit zehn Leichen neben mir im Wasser und Timo – Timo, die mich voller Entsetzen angesehen hat, als sich die Schuppen über ihrer Haut ausbreiteten. Ich konnte fühlen, dass Poseidon zugesehen hat. Er hatte mir meinen Wunsch erfüllt. Er hatte sie gerettet. Aber er hat sie auch vernichtet.«

58

KOMMT, UND VERSUCHT DEN BOGEN

Leto

Leto kehrte – zum letzten Mal, wie sie wusste – in den Palast zurück. Die Abenddämmerung hatte sich über den Himmel gebreitet und jede Baumwurzel und jeden losen Stein in eine umschattete und tödliche Falle verwandelt. In ihrer Tasche verbarg sie eine kleine Phiole, worin sich zehn Tropfen einer milchig weißen Flüssigkeit befanden. Hypnos' Tränen. Genug, um einen Mann für eine Stunde bewusstlos werden zu lassen. Den Rest hatte sie für Melantho zurückgelassen. Leto hatte das einzige Messer an sich genommen, das sie finden konnten, und sie ertrug es nicht, Melantho völlig schutzlos zu wissen. Sie würde sie bald wiedersehen; sie würden sich bei Sonnenaufgang an Vathis Strand treffen. Ihr Vorhaben würde nicht scheitern.

Sie zog sich ihren Umhang tief ins Gesicht und schlich zum Eingang der Dienerschaft. Nur eine einzige Wache stand am Tor, aber selbst das war ungewöhnlich. Sie war es gewohnt, einfach hindurchzuspazieren.

Sie suchte am Fuß der Mauer nach einem Stein. Sobald sie einen in der passenden Größe gefunden hatte – was sich als nicht allzu schwierig herausstellte, da die Mauer uralt war und überall um Leto herum verstreute Stücke davon lagen –, hob sie ihn auf, wog ihn prüfend in einer Hand und warf ihn dann mit aller Kraft in Richtung der Wache.

Ein überraschter Schrei ertönte. Leto streckte den Kopf um die Ecke. Die Wache wandte ihr den Rücken zu, der Stein lag vor ihm auf dem Boden. Eine Sekunde später untersuchte der Mann die bröckelnde Mauer, um die Herkunft des Steins zu ermitteln. Bevor er das Interesse verlor und auf seinen Posten zurückkehrte, stahl Leto sich durch das Tor in den Palast.

Die Korridore waren verlassen, und Leto erreichte den Gang, der zu Mathias' Gemächern führte, ohne einer Menschenseele zu begegnen. Die wenigen Fackeln, die man nicht gelöscht hatte, brannten nur noch schwach in ihren Haltern. Mathias musste sie entzündet haben, als er das letzte Mal hier entlanggegangen war. Leto hätte schwören können, dass sein Duft noch immer in der Luft lag, was ihren Puls rasen und ihre Finger vor Nervosität zucken ließ.

Die Luft hier war kühl, und die Vorhänge an allen Fenstern waren aufgezogen worden, sodass sie das Glitzern des Springbrunnens im Innenhof sehen konnte. Die Tür zu Mathias' Schlafzimmer lag vor ihr und war unbewacht.

Leto hielt inne, drehte den Kopf von einer Seite zur anderen und lauschte angestrengt, ob sie auch nur das kleinste Geräusch wahrnahm.

Sie trat einen weiteren Schritt vor.

»Bleibt auf der Stelle stehen, Adrasteia.«

Nein. Nicht jetzt. Leto erstarrte, als Alexios vor ihr in den Gang trat.

»Lasst mich durch«, sagte Leto. Ihr Blick huschte durch den engen Gang, auf der Suche nach einem Ausweg oder einer Waffe. Bis auf die flackernden Fackeln, die Wandteppiche und die Amphoren, die jeden Eingang flankierten, war der Korridor leer. Ihr Blick blieb wieder an dem Licht hängen, das das Wasser des Springbrunnens reflektierte.

»Nein«, antwortete Alexios.

Leto holte tief Luft, um sich zu beruhigen. Olympia und Alexios hatten versucht, Melantho zu töten, hatten wahrscheinlich auch versucht, *sie* zu töten. Oder sie zumindest schwer zu verletzen. Leto war in der Absicht gekommen, einen Mord zu begehen, was bedeutete da schon ein weiterer?

»Na schön«, sagte sie. Etwas musste sich in ihren Zügen verändert haben, denn die Arroganz in Alexios' Gesicht verschwand, und er griff nach seiner Klinge.

Er war schnell. Aber Leto war schneller.

Seine Finger hatten sich kaum um den Griff geschlossen, als sie auch schon den Gang entlang auf ihn zurannte. Unbeholfen riss er die Klinge aus der Scheide, und Mondlicht blitzte auf der polierten Schneide.

Leto ließ sich nicht beirren.

Sie wusste, dass er über jahrelange Kampferfahrung verfügte. Wusste, dass seine Klinge, wenn er damit ausholte, sie direkt in die Brust treffen würde. Wusste, dass er jede ihrer Bewegungen so genau beobachtete, dass ihm nichts, was sie unternahm, entgehen würde. Er begegnete Letos Blick und lächelte, in der Gewissheit, dass kein Mensch auf der Insel imstande war, ihn zu bezwingen.

Das war sein Fehler. Denn Leto war kein Mensch. Nicht mehr. Sie ließ ihre Kraft nach ihm greifen und spürte ein jähes Aufbranden, als zugleich etwas auch nach ihr griff.

Sie gehörte dem Wasser, und das Wasser gehörte zu ihr.

Sie lächelte, erfüllt von Schwindel und einem Gefühl von Triumph, dann rief sie das Wasser des Springbrunnens zu sich.

Das Wasser warf sich Alexios mit der Wucht einer galoppierenden Stute entgegen. Es riss ihn umstandslos von den Füßen und schleuderte ihn durch die Luft. Die Gischt durchtränkte Leto, die Kraft strömte durch sie hindurch. Eine Sekunde später war sie bei Alexios, entriss ihm mit Leichtigkeit seine Klinge und stieß ihn zu Boden. Das Wasser war in seiner Kehle, in seinen Augen und Ohren, und wild mit den Armen rudernd fiel er hin wie ein Knochenwürfel, den niemand aufgefangen hatte.

Leto zwang das Wasser tiefer hinein in seine Lungen.

Alexios wurde von Krämpfen geschüttelt. Mit einer Hand packte er Leto um die Kehle und stieß sie von sich. Sie rutschte auf dem nassen Boden aus und prallte gegen ein Ziertongefäß, bevor sie in einem jämmerlichen Häufchen liegenblieb.

Steh auf. Sie durfte jetzt nicht versagen.

Als sie sich taumelnd hochrappelte, war das Wasser bereits zu einem glitzernden Laken zurückgewichen. Am anderen Ende des Gangs kam Alexios auf die Füße und hustete gewaltige Wassermengen aus.

»Du kleines Miststück«, keuchte er. Sie hatte erwartet, dass er überrascht sein würde, aber in seinen Augen stand nichts als Hass. »Ich hätte mir mehr Mühe geben sollen, dich zu töten.«

Sie hatte das Überraschungselement verloren. Alexios hielt den Mund fest geschlossen, als er auf sie zukam und mit seinen riesigen Armen das Wasser wegschlug, das Leto ohne viel Hoffnung auf ihn zuwirbeln ließ. Es hatte sich zu weit verteilt und damit war es nun schwieriger, es in seiner Gesamtheit unter Kontrolle zu halten. Sie wich zurück, bis sie mit dem Rücken an eine Wand stieß. Sie saß in der Falle.

Alexios überwand die Entfernung zwischen ihnen mit wenigen Schritten. Leto befahl dem Wasser, seinen Kopf zu umschließen, ein letzter verzweifelter Versuch, ihn zu ersticken, während er schon die Hand ausstreckte, sie an der Kehle hochhob und dabei den verknoteten Stoffstreifen mit seinen dicken Fingern abriss.

Es war ein Schmerz, den sie von früher kannte; dieses Reißen, dieses Zerren. Alexios' Griff war fest genug, um ihr die Kehle zu zerquetschen; sie fragte sich, ob sie das umbringen konnte. Sie schloss die Augen und tastete hilflos nach ihrem Dolch an ihrer Hüfte. Er entglitt ihren zuckenden Fingern.

Das Geräusch von zerschmetterter Keramik ertönte, und Alexios ließ sie los. Leto riss die Augen auf, während Alexios mit einem fassungslosen Ausdruck auf dem Gesicht und

Tonscherben in seinem dunklen Haar auf die Knie fiel und dann mit dem Gesicht voraus auf den Boden krachte. Die Amphore, die Leto nach ihm geworfen und die das Wasser zu seinem Kopf getragen hatte lag als Scherbenhaufen um ihn herum.

Jemand schnappte nach Luft.

Leto hob den Kopf, und ihr Blick begegnete dem von Olympia.

Oder vielmehr begegnete ihr Blick der Spitze von Olympias Pfeil.

Sie stand am anderen Ende des Gangs, das Gesicht zu einem Ausdruck verzerrt, der zu gleichen Teilen Zorn und Schmerz enthielt. Aber ihre Hände waren ruhig, und der elegante Bogen aus Antilopenhorn, den sie umklammerte, war gespannt. Der Pfeil zielte auf Letos Herz.

»Ist er tot?« Olympias Stimme zitterte, als sie ihren Bruder betrachtete, der ausgestreckt zu Letos Füßen lag. Blut lief ihm über die Wangen, wo er in die Scherben des Tongefäßes gefallen war. Im Schlaf – denn man konnte seine Ohnmacht großzügig als Schlummer betrachten – sah er jünger aus, sanfter.

Leto hatte Olympia schon einmal schießen sehen. Sie erinnerte sich noch, wie Olympia ihr in die Augen gesehen und den Pfeil fliegen lassen hatte, der sein Ziel mühelos gefunden hatte. Wie Olympia gelächelt hatte. Wenn Olympia ihren Pfeil abschoss, würde er sie nicht verfehlen.

Sie hielt beide Hände hoch, die Innenflächen nach außen gedreht. *Schau, ich bin unbewaffnet.* »Nein«, antwortete sie. »Er ist ohnmächtig.«

Olympia sagte nichts. Sie spannte die Sehne noch mehr, stellte die Füße noch weiter auseinander und nahm eine Haltung ein, die Leto wiedererkannte.

»Olympia«, begann sie, »habt Ihr schon einmal einen Menschen getötet?«

»Ich habe getötet«, gab Olympia zurück.

»Das ist etwas anderes«, sagte Leto. »Ein Mensch ist nicht wie ein Kaninchen, Olympia. Ihr seid erst fünfzehn.«

Es war die falsche Bemerkung. »Mein Bruder hat seinen ersten Mann mit zwölf getötet«, knurrte Olympia. »Diejenigen von uns, die nicht von Adel sind, haben nicht den Luxus einer Kindheit und Jugend. Wir müssen uns mit Zähnen und Klauen unseren Weg nach oben erkämpfen; wir müssen uns alles hundertfach verdienen. Was habt Ihr getan, um ihn Euch zu verdienen?«

Sie war wirklich in Mathias verliebt. Es stand ihr ins Gesicht geschrieben, war ihren zusammengepressten Lippen und ihren zusammengebissenen Zähnen abzulesen. Sie hätte ihn haben können, wäre da nicht Leto, wäre da nicht Adrasteia gewesen.

Nichts, hätte Leto sagen können. *Ich habe nichts getan, um ihn mir zu verdienen.* Aber stattdessen sagte sie mit ganz sanfter Stimme: »Olympia«, und griff dann so verstohlen wie nur möglich nach dem Dolch an ihrer Hüfte. Sie konnte nicht gut genug zielen, um das Mädchen aus dieser Entfernung niederzustrecken, aber vielleicht konnte sie ihre Pfeile in der Luft abfangen. Ihre Reaktionen waren schnell und ihre Augen scharf. »Was macht Ihr da?«

»Was ich schon am Tag Eurer Ankunft hätte tun sollen. Was zu tun mich die Königin gebeten hat für den Fall, dass Ihr unsere Hallen noch länger zieren solltet.« Sie ließ ihren Pfeil fliegen.

Zu spät schlossen sich Letos Finger um die leere, lederne Scheide, in der ihr Dolch gesteckt hatte. Zu spät erinnerte sie sich daran, dass die kleine Klinge zu ihren Füßen lag.

Zu weit entfernt.

Leto warf sich zur Seite, und Olympias Pfeil bohrte sich in den Wandteppich, der hinter ihr hing.

Leto rappelte sich auf. Ihr Chiton war durchnässt von dem Wasser, das in einer dünnen Schicht den Boden bedeckte. Ihre

Beine zitterten vor Anstrengung, und das Wasser, das zwischen die Fliesen des Bodens gesickert war, erbebte. Es sammelte sich, stieg in winzigen Strömen nach oben, schlängelten sich auf Leto zu und schloss seine eisigen Finger um ihre Knöchel.

Leto holte scharf Luft. Das Wasser machte sie stärker, schneller; den ersten Pfeil, der sie traf, würde sie vielleicht überleben. Aber den zweiten? Den dritten? Der Dolch war immer noch zu weit weg, und Olympia hatte bereits den nächsten Pfeil eingelegt und spannte die Bogensehne …

»Olympia«, sagte Leto verzweifelt. »Bitte …«

Endlich bemerkte Olympia das Wasser. Ihre Augen weiteten sich angstvoll und sie ließ den zweiten Pfeil fliegen.

Er schlug in die graugrüne Haut von Letos Oberschenkel ein und blieb dort vibrierend stecken.

Leto schrie vor Schmerz auf.

Olympia hatte inzwischen einen dritten Pfeil gezogen. »Der hier wird dich töten«, sagte sie.

Leto zweifelte nicht daran. Es war unmöglich, es zu verhindern, dessen war sie sich sicher. Sie würde hier sterben, in diesem Gang, kaum fünf Schritte entfernt von dem Zimmer, in dem Mathias schlief. Die Zeit schien sich zu verlangsamen, während Olympia die Bogensehne spannte, zielte und schoss.

Eine Erinnerung stieg in Leto auf. Melantho, die grinste. *Frag mich, wie ich das gemacht habe.* Wasser, das sich in einer kupfernen Badewanne erhitzte. Und wenn sie es erhitzen konnte …

Leto hob die Hände. Das Wasser brandete zu einer Wand auf und teilte den Korridor in zwei Hälften, sodass Olympia kaum mehr war als eine nebelhafte Silhouette am anderen Ende. Als der Pfeil gegen die Wand traf, ließ Leto es erstarren.

Der Pfeil steckte fest.

Olympia, die nur noch als schemenhafte Gestalt zu sehen war, drehte sich um und rannte davon.

Jetzt, da sie es einmal getan hatte, war es ganz einfach. Jetzt, da das Wasser wusste, was es tun sollte. Das Eis schmolz sofort.

Leto riss sich den Pfeil aus dem Bein, ignorierte den Schmerz, so gut sie konnte, und schleuderte Olympia das Wasser hinterher. Sie war nicht so stark wie ihr Bruder, und das Wasser holte sie ein und schmetterte sie mit Leichtigkeit gegen die Tür, die sie zu öffnen versucht hatte.

Das Wasser stürzte in Olympias Kehle. Leto war sofort an ihrer Seite und fing das Mädchen auf, bevor es fiel. Olympia war kleiner, als sie gedacht hatte, sehnig und muskulös, aber trotzdem nur ein Mädchen; sie hatte so wenig Substanz. Ihre kindlichen Augen waren riesig, ihre Wangen rund.

Leto drückte die röchelnde Olympia an sich, während das Meer mit grausamer Freude in ihre Lungen drang und sie zuerst rot, dann violett anlaufen ließ, bis ihr Gesicht einen schrecklichen Grauton annahm. Diesmal war Leto vorsichtig. Sie ließ sich davon nicht täuschen; in dem Moment, in dem Olympia das Bewusstsein verlor, zog sie das Wasser aus ihren Lungen. Im Zurückweichen schlang es sich um Letos Beine und heilte die Wunde, die der Pfeil hinterlassen hatte. Sie hatte Glück gehabt – seine Spitze war nicht so tief eingedrungen, wie sie gedacht hatte, und der Schmerz war nur noch ein Pochen, als sie aufstand.

Sie strich Olympia das Haar aus dem Gesicht, überzeugte sich davon, dass das Mädchen atmete, und ließ sie dort zurück.

Die Tür zu Mathias' Schlafgemach knarrte leise, als Leto sie aufdrückte. Sie war bisher nur ein einziges Mal hier gewesen und wäre fast über einen Tisch gestolpert, den sie nicht bemerkt hatte. Drinnen war alles dunkel und still.

Langsam näherte sie sich dem Bett und der zusammengekrümmten Gestalt von Mathias, die darin lag. Die Phiole in ihrer Hand zitterte. Die andere Hand ruhte auf dem Griff des Dolchs an ihrer Hüfte. Sie stellte sich vor, wie sie ihn in Mathias' Körper stieß, nicht tief genug, um zu töten, nur so weit, um ihn zu betäuben, und sofort überkam sie heftige Übelkeit.

Nein, ermahnte sie sich streng. Sie würde ihn nicht benutzen müssen. Die Reste des Rauschmittels in der Flasche würden ausreichen, um ihn kampfunfähig zu machen. Sie mussten ausreichen. Leto erreichte das Bett und öffnete mit angehaltenem Atem das Fläschchen.

»Was hast du damit vor, *Prinzessin?*«

59

DIE WEITHINWALLENDE FLÄCHE

Leto

Leto fuhr zusammen, als das Licht in der gegenüberliegenden Ecke des Raums aufflammte.

Sie wirbelte herum und ließ sich in eine halb geduckte Kauerstellung fallen. Sie zog das Messer aus ihrem Gürtel und richtete es zitternd auf Mathias.

Er saß auf einem Stuhl mit hoher Lehne und ließ sie keine Sekunde aus den Augen. Seine Hände waren in seinem Schoß gefaltet. Eine einzige Lampe brannte neben ihm. Er war voll bekleidet und bewaffnet – sein Schwert lehnte an der Seite des Stuhls, und gerade so konnte sie die Klinge eines Messers sehen, das aus dem Bündchen seines verzierten Ärmels lugte. »Aber ich nehme an«, fuhr er fort, »du bist gar keine Prinzessin, nicht wahr?«

Leto bewegte keinen Muskel.

»Und das Messer?«, fragte Mathias gelassen. »Wolltest du mich damit angreifen?«

»Wenn es nötig gewesen wäre.« Die Worte kamen Leto über die Lippen, bevor sie es verhindern konnte. Sie richtete sich langsam auf. »Was plötzlich erheblich wahrscheinlicher geworden ist.« Sie zwang sich zu einem Lächeln, während ihre Gedanken sich überschlugen. »Du konntest es mir nicht leicht machen, was?«

»Meine eigene Ermordung?«, fragte Mathias nach. »Nein, leider nicht.«

Leto richtete weiter ihre Klinge auf ihn. »Wirklich schade.«

Er lachte, doch seine Erheiterung versiegte, bevor sie seine Augen erreichte. »Was hast du vor, mich hier und jetzt aufzuschlitzen? Ein einziger Schrei von mir, und die Wache von halb Ithaka wird über dich herfallen. Ich glaube nicht, dass du weit kommen würdest.«

Es war seltsam, so offen mit ihm zu sprechen. Normalerweise bestanden ihre Unterhaltungen aus halb versteckten Anspielungen und Gemeinplätzen. Aber jetzt sah Mathias sie durchdringend und herausfordernd an.

»Ich werde dir die Kehle durchschneiden«, sagte Leto leise. Ihre Hand zitterte, und das ließ die Messerspitze ebenfalls beben und das Lampenlicht in alle Richtungen blitzen. »Du weißt nicht, wozu ich fähig bin. Was ich schon getan habe. Wozu ich bereit bin. Aber ich versichere dir, ich werde dir die Kehle durchschneiden und dich auf dem Boden verbluten lassen, während ich fliehe.« Es war eine Lüge – wenn Mathias hier starb, weit weg vom Meer, würde sie alles verlieren und nichts gewinnen. Der Druck, der Schmerz in ihrer Brust war unbeschreiblich, aber sie zupfte an ihrer Kraft, die sich direkt unter ihrer Haut kräuselte, und sie lächelte – während sie ihre Zähne dazu brachte, länger und spitzer zu werden.

Mathias war sofort auf den Beinen. »Was …«, brachte er heraus. »Dann sind es also nicht nur die Schuppen. Du bist wie sie, du bist … du bist etwas nicht Menschliches. Etwas anderes.«

»Ich bin lebendig«, sagte Leto. »Ich wurde gerettet – ich wurde auserwählt. Und meine Aufgabe ist es, der Geißel dieses Landes ein Ende zu machen. Um Hunderte und Aberhunderte von unschuldigen Mädchen davor zu bewahren, abgeschlachtet zu werden.«

Mathias schüttelte den Kopf. »Du lügst.« Seine Finger bewegten sich nun langsam zu dem Messer, das in seinem Ärmel steckte.

»Wenn du diese Klinge berührst«, sagte Leto, »werde ich dich hier an Ort und Stelle töten.« Sie durfte nicht zaudern. Dies war ihre letzte Chance, ihre einzige Chance. Nicht nur Mathias' Leben stand auf dem Spiel, und sie durfte es nicht vergessen. Hunderte von Mädchen. Mädchen wie sie, Mädchen wie Melantho und Timo und Thalia. Wenn die Sonne das nächste Mal ihren Zenit erreichte, würden es zwölf mehr sein. Zwölf weitere, wenn sie dem nicht jetzt ein Ende machte.

Mathias erstarrte. Er atmete scharf und deutlich hörbar ein. Dann trat eine lange, schreckliche Pause ein, in der das einzige Geräusch das Säuseln des Windes und das ferne Schlagen der Wellen am Strand war. Es erfüllte Leto mit Sehnsucht, während der Schmerz in ihrem Bein erneut aufflammte.

»Ich hätte dich nie für grausam gehalten«, sagte Mathias schließlich. »Doch wie ich sehe, habe ich mich geirrt.«

Er hatte sie noch nie so angeschaut. Als wäre sie seine Feindin. Als würde er sie hassen. Es war, als wären Letos Rippen aus Glas, und ihre Brust eng und hart und kalt, kurz davor zu zerspringen. »Ich brauche einen Prinzen«, sagte sie. »Um den Fluch zu brechen.«

»Ich war bereit, dich zu heiraten«, entgegnete Mathias. »Ich war bereit, dich zu lieben. Ich dachte – ich hoffte –, dass du mich auch lieben könntest.«

Alles, was Leto zusammenhielt, zerbrach gleichzeitig.

»Tu das nicht«, knurrte sie. »Wage es nicht, das hier noch schwerer zu machen, als es ohnehin schon ist. Ich weiß, dass du ein guter und freundlicher Mensch bist, ein sanfter Mensch. Und wenn du tot bist, wird mir das Wissen, dass ich dafür verantwortlich bin, furchtbar wehtun.« Ihr Herz pochte wie wild in ihrer Brust, als wünschte es sich nichts sehnlicher, als seinem zerbrochenen Käfig zu entfliehen. Sie ballte die Hände an ihren Seiten zu Fäusten und zwang sich, leiser zu sprechen.

»Aber«, fügte sie hinzu, »die Mädchen, die du morgen hängen sehen würdest, sind auch gut und freundlich und sanft. Vielleicht sind sie auch bissig und verbittert und zornig. Aber keine einzige von ihnen hat es verdient, zu sterben. Sie werden Liebhaber und Freunde haben, Familien, die sie über alles lieben. Die Kinder, die ich habe sterben sehen, waren ohne Schuld. *Ich* war ohne Schuld …« Ihr ging die Luft aus, und das zwang sie, einen weiteren Atemzug zu nehmen und mit dem Ausatmen zu flüstern: »Weißt du, wie das ist?«

»Nein«, sagte Mathias. »Nein, da hast du recht. Ich weiß es nicht. Natürlich weiß ich es nicht.« Er hielt inne. »Ich habe richtig gelegen, nicht wahr? Dass du Leto bist, ein Opfer für Poseidon, die Tochter Ophelias. Das Mädchen, das zu fliehen versucht hat. Das Mädchen, dessen Hinrichtung ich mitangesehen habe.«

»Ja, das hast du.« Was sollte sie darauf sonst sagen?

»Leto«, murmelte Mathias versonnen. »Das zumindest war keine Lüge. Es ist ein sehr hübscher Name. So liebreizend wie du selbst.«

Leto lachte leise. »Du brauchst mir nicht zu schmeicheln. Ich werde dich gleich töten, Mathias.«

»Nein, wirst du nicht.« Mathias' Lächeln war voller Bitterkeit. Er hob eine Hand, und was Leto sah, ließ Erleichterung durch sie hindurchschießen – rasch gefolgt von tiefer Trauer. Die Prophezeiung. Blutverschmiert, besudelt und feucht, aber in Mathias' Finger geschmiegt. »Du kannst es nicht, nicht wahr? Nicht auf diese Weise.«

Sie blinzelte ihn an. Seine Stimme hatte zuvor gezittert, aber jetzt klang sie sicherer. Es musste ihm also bewusst sein, dass sein Tod für Poseidon nur zählte, wenn er im Meer starb. Aber woher wusste er das? Sie bemühte sich, sich an den genauen Wortlaut der Prophezeiung zu erinnern. »Ich … was?«

»*Du* kannst mich nicht töten. Ich muss den Tod wählen«, sagte er. »Nicht wahr? So ist es doch.«

Ist es das? Leto schluckte die Worte herunter. Stattdessen wiederholte sie: »Du musst ihn wählen?«

»Ich muss die Entscheidung selbst treffen. Das ist die Lösung, nach der wir die ganze Zeit gesucht haben«, sagte er. »Oder vielmehr die, nach der *ich* die ganze Zeit gesucht habe – ich nehme an, es wäre töricht zu denken, dass du das nicht wusstest.«

Jetzt war sie so verwirrt, dass sie nur wortlos den Kopf schütteln konnte. Was hatte er gefunden, das ihn so sehr von etwas überzeugte, das eindeutig nicht der Wahrheit entsprach? Sie brauchte seine Erlaubnis nicht, um ihn zu töten. Und wenn sie ihn ertränkte, *würde* es funktionieren – so viel war im Innenhof klar geworden, als das Salzwasser in seine Kehle geströmt und er zusammengebrochen war – und Melantho mit ihm.

Mathias stieß einen verärgerten Laut aus. »Schau.« Er riss einen Packen Papyrusblätter vom Tisch neben ihm. »Selenes Tagebuch«, erklärte er. »Ihre Notizen, alles, was sie herausgefunden hat, um den Fluch zu brechen, bevor sie – bevor sie gestorben ist. Da war etwas, das mir schon immer seltsam vorkam, aber ich habe es erst jetzt verstanden. Sieh nur, dieselben Worte, immer wieder. Wieder und immer wieder niedergeschrieben. Sie muss etwas gefunden haben, oder sie hat ein Orakel befragt, oder … Nun, es spielt jetzt keine Rolle mehr.« Er hielt Leto das zerlumpte Bündel Papiere hin.

Sie brauchte nicht mehr zu lesen als die erste Seite. Dort standen drei Zeilen geschrieben, nein, *hingekritzelt*, mit einer Hand, die bei jedem Wort gezittert haben musste:

Zwölf durch Zufall, die Fluten aufzuhalten.
Zwölf mit Gewalt, um sie zu stoppen oder …
Eins in freier Wahl, sie zufriedenzustellen.

Selene hatte ein Wort ein halbes Dutzend Mal unterstrichen, bis die Spitze ihrer Rohrfeder das tintengetränkte Blatt durchdrungen hatte. *In freier Wahl.*

»Eins in freier Wahl«, wiederholte Leto. Etwas in ihrem Magen zog sich zu einem schmerzhaften Knoten zusammen. Ihr war übel. Ein was? Ein Mädchen? Nein, so einfach konnte es nicht sein. Und um sie zufriedenzustellen? Der Rest war klar genug: Die zufälligen zwölf mussten die gezeichneten Mädchen sein, deren Tod den Fluten für ein Jahr Einhalt gebot, und die zwölf mit Gewalt waren sicherlich die zwölf Söhne aus Odysseus' Linie, die dazu verdammt waren, abgeschlachtet zu werden.

»Selene muss geglaubt haben, *sie* sei damit gemeint«, sagte Mathias. »Das war der Grund, warum …« Er hielt inne und schluckte hörbar. »Warum sie gesprungen ist. Aber sie hat sich geirrt. Nicht sie war damit gemeint, stimmt's? *Ich* bin damit gemeint. Ich war es schon immer.«

»Mathias …« Leto streckte instinktiv die Hand nach ihm aus; sie konnte den rohen Schmerz in seinen Augen, in der Starre seines Kiefers, nicht ertragen. Wenn das, was er sagte, die Wahrheit war, war dieser eine freiwillige Tod alles, was sie brauchten. Dann hätten niemals zwölf aus Odysseus' Linie sterben müssen; es hatte von Anfang an nur einen einzigen gebraucht.

Hätten sie das nur vorher gewusst, wäre dies doch nur dreihundert Jahre früher passiert, hätten die Menschen vor ihnen doch nur für einen Augenblick den Schmerz und die Angst beiseite geschoben, um zusammen gegen den Fluch vorzugehen. Um zu reden, sich gegenseitig zu trösten, zu verstehen. Wie viele Leben hätten gerettet werden können? Aber die Gerechtigkeit oder das, was ihr nahekam, war längst zu verbissener Rachsucht verkommen. Elf aus Odysseus' Linie waren tot. Es war bereits vertan.

Leto sah Mathias hilflos an. Darauf also war all ihr Suchen

und ihr Hoffen hinausgelaufen; sie hatten einen anderen Weg gefunden, aber es war zu spät.

Alles hatte sich geändert, und überhaupt nichts hatte sich geändert.

»Ich wurde geboren, die Flammen zu nähren«, begann Mathias. Er schwenkte die nasse, blutbefleckte Prophezeiung. »Das ist es, was deine Mutter gesagt hat, nicht wahr?«

»Ich nehme es an.« Sie sah ihn einen Moment lang an und hoffte, dass der Schmerz in ihren Augen alles ausdrücken würde, was sie sagen wollte und nicht sagen konnte. »Es ist nicht deine Schuld«, murmelte sie schließlich.

»Aber es muss geschehen?«

»Es muss.«

»Wirst du mir verraten, warum?«, fragte Mathias. »Mir ist klar, dass du unter Zeitdruck stehst. Aber ich – ich denke, du weißt mehr als ich. Ich wüsste gern, warum mein Tod erforderlich ist. *Ob* er wirklich erforderlich ist.« Er straffte sich. »Bist du dir sicher, dass er Ithaka befreien wird?«

Leto nickte langsam. »Das wird er, aber so sehr stehe ich nun auch nicht unter Zeitdruck. Für dich habe ich alle Zeit der Welt.«

Und so erzählte sie es ihm.

Sie erzählte ihm von den Mägden und ihrem Tod, von Melanthos Qualen und ihrem verzweifelten Flehen. Erzählte ihm von dem Fluch, von den toten Königen und ihren Söhnen und dann von ihrer eigenen Hinrichtung – der Kummer auf seinem Gesicht brach ihr dabei fast das Herz –, und sie erzählte auch von ihrem Erwachen. Erzählte ihm von ihren Tagen in Melanthos Gesellschaft und dann von Adrasteia.

Und sie erzählte ihm von ihrer Ankunft auf Ithaka und von dem Moment, in dem ihr klargeworden war, dass der Jüngling, den zu töten sie geschickt worden war, ein Jüngling war, von dem getrennt zu werden sie nicht ertragen konnte.

»Aber hier geht es nicht um mich«, beendete sie ihren Bericht. Sie wusste nicht, wann sie zu weinen begonnen hatte, aber jetzt bahnten sich die Tränen einen warmen Weg über ihre Wangen und tropften von ihrem Kinn. »Hier geht es um die vielen tausend Mädchen, die gestorben sind, und die vielen tausend, die noch sterben würden. Es geht um die zwölf, die in diesem Moment, während wir uns hier unterhalten, in den Zellen schmachten. Ihnen bleiben nur noch Stunden zu leben. Sie sind unschuldig, Mathias, und du bist derjenige, der sie retten kann.«

Danach sah Mathias sie lange an. »Nun gut«, sagte er schließlich. »Ich muss also sterben. Aber es gibt etwas, das du vorher für mich tun könntest.«

Leto hielt ihm ihre Hände hin. »Alles«, sagte sie leise. »Absolut alles für dich.«

»Ich möchte ...« Er brach ab, und ein Ausdruck quälender Ungewissheit verzerrte sein hübsches Gesicht. Dann machte er einen Schritt auf sie zu, ließ Leto dabei nicht aus den Augen. Leto zwang sich, sich nicht zu bewegen, ihm zu vertrauen, als er einen weiteren Schritt vortrat und dann sanft die Hand ausstreckte, um die Tränen von Letos Wange zu wischen. Die Berührung ließ ihre Haut kribbeln und brennen. »Ich würde mir sehr wünschen«, korrigierte er sich, »dich noch einmal zu küssen.«

Leto gab einen erstickten Laut von sich, halb Lachen, halb Schluchzen. Sie senkte den Kopf zu einem Nicken – sie traute sich nicht zu, zu sprechen.

Mathias sah sie mit schimmernden Augen an. Er trat vor, und es blieb kaum noch Raum zwischen ihnen. Unsicher legte er die Hände auf ihre Hüften und zog sie an sich, und dann war buchstäblich überhaupt kein Raum mehr zwischen ihnen. »Leto«, murmelte er, als würde er das Wort auf der Zunge kosten, »ich glaube, ich bin wirklich in dich verliebt.« Und dann, bevor sie Zeit hatte, nachzudenken oder zu antworten, küsste er sie.

Sie wussten beide, dass sie ihn schon einmal geküsst hatte: das eine Mal auf den Klippen – eine Szene, die Leto seither nicht mehr aus dem Kopf gegangen war –, dann wieder in dem Vorratsraum und dann noch einmal, als er auf dem Fest seine verhängnisvolle Liebeserklärung abgegeben hatte. Aber diese Küsse waren kaum richtige Küsse gewesen. Sie waren unterbrochen worden oder vermieden, gehetzt und gezwungenermaßen keusch gewesen, weil der Anstand es verlangte. Aber dies war nicht der richtige Zeitpunkt für Anstand – jetzt führte die Leidenschaft Regie.

Seine Lippen waren warm und sanft, wie sie es zuvor gewesen waren. Ein paar Augenblicke lang erlaubte Leto ihm, weich und züchtig zu sein, sich der Vertrautheit ihrer Umarmung zu versichern, bevor er sich einfach nehmen würde, was immer es war, das er wollte. Als er es nicht tat, gab sie es ihm. Sie zog ihn heftig an sich und grub ihm die Nägel in die Schultern. Als er überrascht aufkeuchte, genoss sie, wie sich seine Lippen unwillkürlich öffneten.

Mathias' Erwiderung war wunderschön. Er nahm die Hände von ihren Hüften und ließ sie in trägen, liebkosenden Bewegungen zu ihrer Taille, zu ihren Schenkeln, ihrem Nacken gleiten. Seine Zunge streifte ihre Lippen wie eine Frage. Sie antwortete mit ihrer eigenen Zunge.

Der Druck seiner Hände ließ für eine Sekunde nach, dann zerrten sie an der lächerlichen Schnürung auf der Rückseite von Letos Chiton, den sich kreuzenden Stoffstreifen, die ihr eine vollkommene Figur verliehen.

»Diese verdammte Mode«, murmelte er dicht an ihrem Mund. Da er merkte, dass sich die Bänder mit jeder verstreichenden Sekunde nur noch mehr verhedderten, trat er einen Schritt von ihr zurück. Eine steile Falte stand zwischen seinen Brauen.

»Es tut mir furchtbar leid«, sagte er. Er bückte sich, zog ein Messer, das in seinem Stiefel gesteckt hatte, heraus und mit einer einzigen, fließenden Bewegung zog er die Klinge über die volle Länge von Letos Rücken.

Einen Augenblick lang, in dem ihr das Herz stehen zu bleiben drohte, dachte sie, er hätte ihr ins Fleisch geschnitten, hätte seine Meinung geändert und beschlossen, dass Leto statt seiner sterben sollte. Dann öffnete sich die Rückseite ihres Gewandes der kühlen Brise vom offenen Fenster, und der Gedanke löste sich in Luft auf. Sie konnte an nichts anderes mehr denken, als an den Jüngling vor ihr, dessen Locken ihm in die Stirn fielen, während er den Blick seiner dunkelbraunen Augen schamhaft abwandte.

»Sieh mich an«, flüsterte sie.

Er tat es. Sie machte einen halben Schritt auf ihn zu und zupfte am Oberteil ihres Gewandes. Der Stoff fiel mit einem Rascheln zu Boden. Dann, mit einem scharfen Ruck von Letos Hand, gesellte sich das schlichte Band, das ihre Brüste bedeckt hatte, dazu. Vollkommen nackt stand sie vor ihm und streckte wortlos die Hände nach ihm aus.

Mathias bewegte sich nicht. Sein Blick legte sich um sie wie Seide. »Wunderschön«, hauchte er. Dann trat er vor und nahm ihr Gesicht in beide Hände. Sie hob das Kinn. Er sah aus, als ob ihm schwindelig wäre vor Verlangen; seine Lippen hatten sich geöffnet, sein Atem ging rasend schnell und seine Pupillen waren riesig. »Wunderschön«, wiederholte er.

Er zog sie wieder an sich, und zusammen fielen sie auf das Bett. Seine Hände bedeckten sie mit ungewohnter Dringlichkeit, und er küsste sie mit einer zornigen Intensität, die sie nicht von ihm erwartet hätte. Zwischen zwei Küssen gelang es ihr, ihm seine Tunika über den Kopf zu streifen. Er befreite sich mit einem wilden Schütteln seiner dunklen Locken. Schweiß klebte ihm das Haar an die Stirn, und Leto fühlte sich lebhaft an ihre erste Begegnung erinnert – Mathias feucht vom Bad, während sie selbst verschwitzt und lächerlich durch das Fenster gekommen war.

Trotz des Drängens in seinen Bewegungen ging von Mathias eine seltsame Sanftheit aus. Er war so anders als Melantho in ihrer verzweifelten Leidenschaftlichkeit, die mit Fingernägeln und Zähnen einherging. Mathias' Streicheln war zart und gemächlich, und er drückte lange, brennende Küsse von ihrem Mund bis zu ihrem Schlüsselbein, dann auf ihren Bauch, dann auf ihre Hüften, dann … *oh*.

Leto schloss die Augen und stellte sich vor, dass sie für immer so weitermachen könnten.

60

WIEDERKEHR IN DEN SCHNELLEN SCHIFFEN

Leto

Leto ging Hand in Hand mit Mathias am Strand entlang. Melantho, bleich und erschüttert, aber lebendig – zum Glück lebendig – erwartete sie dort bereits. Meilen entfernt auf Mathias' kalten Kissen in seinen verwaisten Räumen im Palast lag ein an die Königin adressierter Brief: eine Erklärung, eine Entschuldigung. Ein Lebewohl.

Der Brief würde nicht rechtzeitig gefunden werden, um sie aufzuhalten; Olympia und Alexios lagen bewusstlos dort, wo sie hingefallen waren, und die Tränen des Hypnos, die Leto in ihre erschlafften Münder geträufelt hatte, würden dafür sorgen, dass es auch noch ein Weilchen so blieb.

Leto trug einen hellgrünen Chiton, den sie sich von Mathias geborgt hatte, und der ihr bis über die Mitte ihrer Waden fiel. Sobald das Meer kühl an dessen Saum leckte, blieb sie stehen. Die Sonne war noch nicht aufgegangen, im Mondschein erschien der Himmel wie aus Samt, und die Insel war still. Die Vögel waren noch nicht erwacht, um mit ihrem Gezwitscher zu beginnen.

Das Meer schien den Atem anzuhalten – nur die leiseste Flut zupfte an ihren Sinnen, als sie nach der Essenz des Meeres griff und sich von seiner Kraft umspülen ließ. Mathias umfasste ihre Hand für einen kurzen Moment fester, dann ließ er sie los, während die Färbung ihre Glieder hinaufzog und sie mit dem sanften Graugrün des seichten Wassers bemalte.

Unwillkürlich griff sie nach Mathias' Arm und schloss die Finger um sein Handgelenk.

»Hier«, sagte sie leise und im Bewusstsein von Melanthos Blicken in ihrem Rücken. Sie zog eine Lederschnur, die an ihrer Brust gelegen hatte, hervor. An der Schnur war der Obolus befestigt, den eine Magd von Ithaka ihr vor sehr langer Zeit geschenkt hatte. Darunter hing die Kette ihrer Mutter. »Das hier ist für Charon«, sagte sie und riss die Münze ab.

Mathias blickte auf die Münze. »Ein Obolus«, sagte er. »So wenig.« Er drehte die Münze in der Hand, dann fügte er abrupt hinzu: »Du bist gestorben. Wie viel kostet es wirklich?«

Es war unmöglich, ihn zu belügen. »Alles, was du hast«, sagte Leto.

»Nicht alles«, widersprach Melantho.

Sie war wieder das Mädchen, das sie vor Jahrhunderten gewesen war. Das wunderschöne, hoffnungsvolle Mädchen, das auf Erden gewandelt war und die Königin geliebt hatte. Hier war Melantho, nicht ewig, sondern sterblich. Mit grünen Augen, blonden Haaren, und rosiger, klarer Haut.

»Nicht alles«, wiederholte sie. »Ihr hinterlasst auch viel, Mathias.«

Melantho streckte den Arm aus, öffnete ihre Hand und zeigte die kleine Phiole vor, die darin lag. Die letzten der Tränen des Hypnos. Sie würden ihn schläfrig machen; sein Tod würde schnell und schmerzlos sein.

Mathias versuchte, einen Schritt vorzutreten. »Leto«, sagte er leise, »du musst mich jetzt loslassen.«

»Ich will nicht«, stieß sie mit erstickter Stimme hervor.

»Du musst. Denk daran, wofür wir das tun. Die Schicksalsgöttinnen haben uns zusammengeführt, denke ich. Aber es war immer ihre Absicht, dass es endet.«

»Nicht so«, sagte sie.

»Immer genau so.« Er lächelte. Er war so schön, dass es wehtat. »Ich war tot seit dem Augenblick, in dem du mir begegnet bist.«

Leto schaute auf ihre Hand auf seinem Arm. Sie umklammerte ihn so fest, dass ihre Knöchel weiß geworden waren und Mathias' Haut sich unter ihnen gerötet hatte. Ohne ein weiteres Wort ließ sie ihn los.

Er trat vor, bis er vor Melantho stand. Einen Augenblick schaute er sie an, dann ließ er sich in der Brandung vor ihr auf ein Knie herunter und neigte seinen schönen, dunklen Kopf. »Ich hoffe, du verzeihst mir«, murmelte er mit gesenktem Blick, »die Sünden meiner Familie.«

Melantho fasste mit einer zarten Hand um sein Kinn. »Ich hoffe, du verzeihst mir die meinen.«

Mathias nickte. Leto konnte die Anspannung in seinen Schultern sehen. Sie sehnte sich danach, sich neben ihn zu knien, ihn sanft zu küssen, mit den Händen durch seine von der Gischt befeuchteten Locken zu streichen. Sie ballte die Hände zu Fäusten und blieb, wo sie war.

Ihr Blick flackerte hinüber und begegnete dem Melanthos. Sie beobachtete jetzt Leto, den Kopf schräg gelegt. Dann ließ sie ein angespanntes Lächeln für sie aufblitzen. Bange Erwartung und Angst standen in jede Linie ihres Gesichts geschrieben.

»Also«, sagte Mathias, »sollen wir – sollen wir es hinter uns bringen?« Seine Stimme zitterte fast unmerklich.

Melanthos Lächeln war traurig, als sie ihm die Phiole hinhielt. Ihr Inhalt würde ihm innerhalb von Minuten das Bewusstsein rauben. Er würde nicht einmal spüren, wenn die Wellen ihn ertränkten, wenn das Wasser in seine Lungen drang, wenn sein Herz seinen letzten unruhigen Schlag tat.

Etwas zerbrach in Leto. Sie machte einen taumelnden Schritt vorwärts und dann noch einen.

Sie konnte nicht anders, sie lief unbeholfen durch das seichte Wasser zu Mathias. Dann sackte sie neben ihm zusammen und schlang ihre Arme um ihn. Er erwiderte ihre Umarmung sanft und drückte ihr einen Kuss auf den Kopf. »Weine nicht«, sagte er, als Letos Schultern zu zittern begannen. »Es wird schon gut gehen.«

Behutsam löste er ihre Arme von seinem Körper und stand auf, zog Leto dabei mit sich. »Leb wohl, Leto. Ich bin sehr froh darüber, dass wir uns begegnet sind.« Er nahm ihr Gesicht in beide Hände und drückte es hoch, damit sie ihn ansah. Dann küsste er sie. Es war ein lang anhaltender Kuss. Sein Mund lag warm und weich auf ihrem, und sie konnte das Schlagen seines Herzens an ihrer Brust spüren. Hinter ihm sah Leto, wie Melantho den Blick abwandte.

So würde sie ihn in Erinnerung behalten. Warm und kraftvoll und schön und lebendig. Sie löste sich von ihm und lächelte ihn an. »Leb wohl, Mathias«, flüsterte sie und trat einen halben Schritt von ihm weg. »Ich liebe dich.«

Er drehte sich wieder zu Melantho um, eine Hand immer noch verschränkt mit der Letos, und nahm ihr das Fläschchen ab. Sie hatte den Stopfen für ihn herausgezogen. Er brauchte es nur noch an die Lippen zu führen und den Kopf in den Nacken zu legen. Seine Kehle bewegte sich, als er schluckte.

Das Rauschmittel glänzte auf seinen Lippen. Leto wischte sich mit dem Handrücken die Tränen weg und lächelte ihn grimmig an.

»Ist schon gut«, sagte er als Antwort auf die unausgesprochene Frage, von der sie wusste, dass sie in ihren Augen stand. »Eines Tages werden wir uns wiedersehen.«

Sie führte ihn hinaus in die Bucht. Endlich erreichten sie die Stelle, wo der Sand steil zum offenen Meer abfiel.

Seine Lider schlossen sich flatternd, und er sackte an ihre Schulter. Sie strich ihm das Haar aus dem Gesicht. »Es tut mir leid«, sagte sie. Der Wind peitschte die Worte von ihren Lippen und trug sie davon.

Aber Mathias hörte sie. Er erwiderte ihr Lächeln – er sah aus wie ein junger Gott, wiedergeboren nach seinem sterblichen Leben – und senkte das Kinn.

Das Wasser erbebte, als er sein Bewusstsein losließ. Dann riss ihn der Ozean von ihr weg, zog ihn unter Wasser, schleppte ihn fort. Das Letzte, was sie von ihm sah, waren seine feinen Handgelenke, die Rundung seiner zarten Hände, die bleichen Spitzen seiner Finger, und dann waren auch sie fort. Mathias war fort.

Nur Melantho war ihr geblieben.

Sie kam langsam auf Leto zu. »Wir sollten an Land gehen«, sagte sie, als sie Seite an Seite dastanden. Sie griff nach Letos Hand und führte sie zurück zum Strand. Benommen – mit Salz in den Augen, das ihr über die Wangen floss und sich dort sammelte, wo ihre Lippen aufeinander trafen – folgte Leto ihr.

61

DASS ICH AUCH HIER NOCH DULDE!

Mathias

Mathias fühlte keinen Schmerz. Er fühlte überhaupt nichts.

Er fiel, sank durch einen endlosen, leeren Ozean. Dessen Wellen umfingen ihn zärtlich, als sie ihn in die Tiefe zogen, als sie sich zwischen seine Lippen drängten und die letzten keuchenden Atemzüge aus seinen Lungen zwangen. Aber vielleicht fiel er überhaupt nicht; vielleicht schwebte er nur im Nichts, fühlte nichts und wusste nichts, Arme und Beine weit von sich gestreckt, die Augen geschlossen und den Kopf in den Nacken geworfen, um seine Kehle zu entblößen.

Und dann spürte er etwas, das aus dem Nichts kam, unerwartet, kaum wahrnehmbar, rätselhaft. Ein flüchtiger Druck auf seiner Handfläche, wie wenn Sand aus seiner Faust rieselte, wie der Schatten einer Schlange, die durch seine erschlafften Finger schlüpfte. Was immer es war, es war alles, was Mathias auf der Welt noch hatte, und selbst jetzt wusste er, dass er nicht allein sein wollte. Mit großer Anstrengung und noch dem letzten Rest seiner sterbenden Kraft zwang er sich, die Hand darum zu schließen.

Ah; wie aus weiter Ferne ging ein dumpfer Schmerzensfunke durch ihn hindurch. Sein Körper erbebte, und ihm wurde undeutlich bewusst, dass seine Brust krampfhaft zuckte, während er um Luft rang.

So war es also, das Sterben. Er war dankbar für den bitteren Geschmack des Rauschmittels auf seinen Lippen. Es floss durch seine Adern und ließ sein Herz langsamer schlagen und sein Bewusstsein zu einem winzigen Flackern werden, sodass Mathias nur sehr wenig Angst hatte.

Er wusste, was er jetzt tun sollte. Wusste, dass er auf ein Leben voller Heldentaten, Größe und Mut zurückschauen sollte. Er sollte sich darauf vorbereiten, den Richtern der Unterwelt alle Gründe aufzuzählen, warum sie ihn nicht mit allen anderen herumirrenden, elenden Schatten auf die Asphodeloswiesen verbannen sollten, sondern ins Elysium geleiten, die Insel der Seligen, die Gefilde, wo angeblich alle Helden wandelten.

Aber Mathias war nie ein Held gewesen. Er hatte gelebt, und jetzt würde er sterben, aber was hatte er je getan, dem das Wort Größe gerecht geworden wäre?

Also dachte er stattdessen an Hekate, davongetragen über die Wellen nach Kreta. Er dachte an Selene, kühn und schön, die sich auf den Rand des Brunnens gestürzt hatte. Sogar an seine Mutter dachte er, allein in ihrem Palast, während ihr das Meer auch noch das Letzte ihrer Kinder stahl.

Mathias dachte an Melantho, er dachte an Olympia, er dachte an Leto. Er klammerte sich an dieses unerklärliche Etwas, an alles, was ihm in der Dunkelheit geblieben war, und er ließ nicht los.

Hinunter,

hinunter,

hinunter fiel er, durch das endlose Nichts.

Und dann, endlich, war da etwas. Ein sich Regen im Wasser um ihn herum, wie eine Seele, die seiner nah genug kam, um sie zu berühren. Das Streicheln einer Hand auf seiner Wange, sanfte Finger, die ihm die Locken aus dem Gesicht strichen. Eine vertraute Stimme in seinem Ohr.

»Hab keine Angst, kleiner Bruder«, sagte Selene. Sie war da

und war auch nicht da; es spielte keine Rolle. Er war nicht mehr allein. »Niemand wird dir wehtun. Ich bin hier.«

Mathias lächelte.

Er ließ los.

62

DA DIE STERNE SICH NEIGTEN

Leto

Jeder Schritt, den Leto machte, schien eine Ewigkeit zu dauern. Einzig Melanthos vertraute Hand in ihrer hielt sie davon ab, im seichten Wasser auf die Knie zu sinken, brachte sie dazu, langsam und stetig zum Strand zu gehen. Sie waren nur noch einige Schritte davon entfernt, als etwas durch das Wasser auf sie zubrauste und sie beide der Länge nach hinfallen ließ.

Leto verschluckte sich am Salzwasser. Sie versuchte, sich mithilfe des Wassers wieder hochzuziehen. Es plätscherte nutzlos um sie herum.

Sie runzelte die Stirn. »Was …?« Abrupt brach sie ab, als sie den Ausdruck auf Melanthos Gesicht sah. Sie wirkte entkräftet, niedergeschlagen. Jetzt begann Leto zu verstehen. Sie versuchte erneut, nach dem Wasser zu greifen, aber es fühlte sich fremd und kalt an. Es reagierte nicht im Mindesten auf ihre Berührung.

Taumelnd kam sie auf die Füße. Ihre Kräfte waren verschwunden. Mathias war fort. »Er ist tot.« Und Melantho lebte. Die Erkenntnis verblüffte sie. Dann hatte Poseidon sie also verschont. Er hatte ihr endlich ein Leben zuerkannt, in dem sie nicht nur eine Figur in einem Rachespiel eines anderen war. Ein einziges Mal, ausnahmsweise, hatten die Götter freundlich auf sie herabgeblickt.

»Der Fluch ist gebrochen«, wisperte Melantho. Sie rappelte sich neben Leto hoch und beobachtete mit staunenden Augen, wie die letzte dunkle Schuppe von ihrem Handgelenk in die Brandung fiel. »Es ist vorbei. Ithaka ist gerettet.«

Leto sah sie ausdruckslos an. Ihr fiel keine Erwiderung ein. Es war vorbei. Melantho würde leben. Warum also fühlte sich diese Erkenntnis in ihren Herzen so leer an?

Etwas fehlte. Etwas, das noch kommen sollte.

63

HELIOS LEUCHTENDER AUFGANG

Leto

Leto sah Melantho lange, lange an.

»Was jetzt?«, fragte sie schließlich. Ihre Stimme klang hohl. Es war vorbei. Sie hatte sich für Ithaka und gegen Mathias entschieden. Sie hatte sich für Melantho gegen Mathias entschieden, und jetzt musste sie mit dieser Entscheidung leben. Selbst wenn diese Entscheidung Mathias das Leben gekostet hatte.

»Jetzt?«, wiederholte Melantho leise. »Jetzt will ich alles tun. Ich will am Strand stehen, ohne zu spüren, wie das Meer mich zurückruft. Ich will auf die Spitze dieses Hügels wandern …« Sie zeigte landeinwärts. »Und ich will wissen, dass mir dort nichts passieren kann. Ich will …« Sie brach ab und versteifte sich plötzlich. Dann brach sie in der Brandung zusammen.

»Melantho.« Leto fasste ihre Schultern. Melanthos Gewicht riss sie in die Knie. Sie richtete Melantho zu einer sitzenden Position auf. »Melantho, was …« Die Worte verwandelten sich auf ihrer Zunge in Asche, als sie Melanthos Gesicht sah.

»Hilf mir auf«, hauchte Melantho. Ihre Augen waren wild und voller Angst und von dem klaren, ungebrochenen Grün von Frühlingsgras. Der schwarze Ring war verschwunden.

Leto starrte sie an. »Was passiert hier?«, flüsterte sie.

Nein. *Nein.* Ihr Herz kannte die Antwort und hörte in ihrer schmerzenden Brust auf zu schlagen.

Melantho lächelte, ohne etwas zu erwidern. Ihre Lippen wiesen eine ganz kleine Asymmetrie auf. Es war Leto noch nie aufgefallen. Auch die Narbe unter Melanthos Ohr nicht oder die Tatsache, dass ihre blonden Haare am Ansatz mit Grau durchzogen waren.

Sie verwandelte sich. Ihre Kräfte waren gänzlich verschwunden, und jetzt war sie wieder menschlich. Vollkommen, durch und durch erschütternd menschlich.

Leto hatte sich an ihre überirdische Schönheit gewöhnt. Diese Melantho mit ihrer etwas faltigen Haut und den Kaskaden grauen Haars war qualvoll real. »Was passiert hier?«, fragte sie noch einmal, diesmal lauter.

»Der Fluch ist gebrochen«, sagte Melantho schlicht. »Und – und ich sterbe.« Ihre Stimme brach bei dem letzten Wort, aber sie lächelte. »Ich bin ein Mensch, und ich bin uralt, und ich sterbe.« Sie schloss die Augen.

»Nein.« Leto versuchte, sie aufzurichten. »Poseidon hat dich freigelassen. Du stirbst nicht. Du darfst nicht sterben!« Die Panik schnürte ihr die Kehle zu, noch während Melantho blind nach ihr tastete. Etwas lief ihr über die Wange und tropfte in Melanthos Haar. Das Grau breitete sich dort weiter aus, fraß sich in das Gold und trübte seinen Glanz. Leto brauchte einen Moment, um zu begreifen, dass sie weinte.

»Bring mich aus dem Wasser«, sagte Melantho. In ihrer bebenden Stimme lag plötzlich Dringlichkeit. »Leto, bitte. Ich möchte nicht im Meer sterben. Es hat mir bereits so viel genommen. Bitte, Leto. Hilf mir.« Sie zitterte, wirkte jetzt vollkommen hysterisch, und als sie die Augen öffnete, waren sie glasig und blicklos. »Ich kann nichts sehen. Ich kann nicht aufstehen. Bring mich raus aus dem Wasser, Leto.«

Es gab nichts anderes zu tun. Leto legte Melantho einen Arm um die Schultern und zog das sterbende Mädchen aus dem Wasser. Die Gischt peitschte um sie herum und spülte Salz in Melanthos dichte Locken und vermischte sich mit den stummen Tränen, die über Letos Wangen rannen. »Ich halte dich«, murmelte sie, als sie nicht mehr weiter konnte und sie auf den nassen Sand sanken. Sie setzte sich auf und bettete Melanthos Kopf in ihren Schoß.

Melantho blickte hinauf in den grauen Himmel. Ihre Augen waren blind auf einen Punkt in der Ferne gerichtet. »Der Himmel ist verschwunden«, sagte sie. Sie klang fast erleichtert. Dann drehte sie den Kopf. »Darf ich ehrlich zu dir sein?«, fragte sie ernst.

Leto hatte sie noch nie so feierlich sprechen hören. Da war kein Spott in ihrer Stimme, keine Grausamkeit, keine Lust. Sie nickte. »Du kannst mir alles sagen.«

Melantho lächelte. Sie war so vollkommen und absolut und unwirklich schön. »Ich hasse das Meer.«

Leto musste lachen. Tränen liefen ihr über die Wangen. »Ich auch.«

»In welcher Hölle ich auch landen mag«, sagte Melantho, »ich hoffe, es ist eine Wüste.«

Leto drückte Melantho an sich. »Du gehst in keine Hölle«, erklärte sie zornig. »Du gehst nirgendwohin. Du bleibst genau hier.« Sie strich Melantho das nasse Haar aus dem Gesicht. »Wag es nicht, mich zu verlassen.«

»Ich muss gehen«, sagte Melantho traurig. »Ich bin schon viel länger hier gewesen, als es je meine Absicht war. Es wird Zeit, loszulassen. Der Tod macht mir keine Angst.«

Leto schüttelte heftig den Kopf. »Ich – ich muss es wissen«, platzte sie heraus. »Ich muss es wissen. Hast du schon immer gewusst, dass es dich töten würde? Das Brechen des Fluchs? Schon vor – vor den Klippen und dem Springbrunnen?«

»Ich habe es vermutet«, sagte Melantho schlicht. »Ich hoffte, es würde nicht passieren. Doch ich betrachtete es als einen angemessenen Preis, wenn mir dieses Ende bestimmt war.«

»Warum hast du mir das nicht gesagt?«

»Ich konnte dir diese Entscheidung nicht aufbürden. Die Last der Entscheidung war allein meine. Und ich habe sie mit Freuden getragen, wenn du dadurch verschont würdest. Du hattest schon genug, womit du fertig werden musstest.«

»Du hättest es mir sagen sollen.«

»Hätte es denn irgendetwas geändert?« Melanthos Stimme war schwächer und leiser geworden, und ihre Augen füllten sich mit Tränen, die jetzt über ihre erbleichenden Wangen strömten. »Nach allem«, fügte sie atemlos hinzu. »Nach alledem. Würdest du trotzdem mich wählen?«

»Immer«, sagte Leto. »Immer.«

Melantho schluckte, eine sichtbar quälende Anstrengung. »Gut«, brachte sie mit Mühe heraus. Sie legte Leto ihre zitternden Hände ums Gesicht und ertastete behutsam die Form ihres Kinns. Dann zog sie es zu sich herunter und küsste sie zart auf die Stirn und dann auf beide Wangen. »Ich liebe dich.« Danach hauchte sie mit einer schmerzhaften Endgültigkeit einen letzten süßen Kuss auf Letos Mund. Das Meer hatte sich von ihrem Körper zurückgezogen, und sie schmeckte nicht mehr nach etwas Scharfem und Tödlichem wie zuvor, nicht nach Rauch und reifen Feigen, sondern nach Salz und warmer Haut.

»Geh nicht«, sagte Leto verzweifelt. »Ich liebe dich, Melantho.« Sie rüttelte ganz leicht an Melanthos Schulter. »Bleib bei mir.«

Aber Melantho hörte sie nicht mehr. Ihre Augen waren wieder glasig geworden, und sie schaute mit einem Ausdruck unvergleichlichen Entzückens an Leto vorbei. »Oh.« Ihr Gesicht war voller Staunen. »Ich kann Wiesen sehen.«

»Nein«, stieß Leto hervor. »Nein, nein, nein, nein, nein, nein, nein. Bleib hier. Bleib bei mir.« Ohne es zu merken, hatte sie angefangen, sich mit Melantho in ihren Armen hin und her zu wiegen. Ihre Hände streichelten Melanthos Gesicht, als wollte sie sich das Gefühl ihrer Haut einprägen.

»Ich muss gehen«, wiederholte Melantho. »Sie warten auf mich. Ich muss gehen.« Sie klammerte sich an Leto. »Lass mich gehen. Sie warten auf mich im Elysium, an all den wunderschönen Orten. Ich kann die Wiesen sehen.«

»Also gut«, sagte Leto. »Es wird alles gut werden.« Sie beugte sich erneut über Melantho und wiegte sie wie ein Kind. Tränen tropften von ihrem Gesicht auf Melanthos, während sie sich vorsichtig das Medaillon ihrer Mutter über den Kopf zog und es Melantho in die Hand drückte. Charon würde es akzeptieren. Er musste es akzeptieren. »Dann geh. Ich liebe dich.«

Melantho lächelte. Ihre Augen schlossen sich. Und dann ließ die scharfzüngige Melantho mit ihren blühenden Wangen die zwölf gehängten Sklavinnen aus den Hallen des Odysseus und der Penelope und – endlich, endlich – die Ufer Ithakas mit einem kleinen Seufzer der Erleichterung hinter sich und starb, löste sich auf in nichts als Sand und Schatten, um von den wirbelnden Winden verweht zu werden.

Leto hob die Hände an ihr Gesicht und betrachtete verständnislos ihre leeren Handflächen. Melantho war fort. Mathias war fort. Sie war vollkommen und absolut allein.

»Gib sie mir zurück«, wisperte sie.

Sie wusste nicht, mit wem sie sprach, und wandte nur hilflos das Gesicht dem Meer zu. Der Wind fing die Worte ein und riss sie mit sich fort. Bis auf die Gezeitenwellen, die das Wasser heran- und wieder fortrollen ließen, war das Meer still und ruhig. Sie erhob sich taumelnd und lief ins Wasser, rannte dagegen an, bis es ihr bis zur Taille reichte.

»Bitte«, schluchzte sie. *»Bitte. Gib sie mir zurück.«*

Das Wasser antwortete ihr nicht. Wo sie vorher seine Kraft in sich aufsteigen gespürt hatte, wo sie seinen Ruf in den Ohren gehört hatte, fühlte sie jetzt gar nichts. Sie warf sich in die Wellen, tauchte auf den nahen Grund und zwang ihre Augen auf. Die Welt war verschwommen und blau um sie herum. Jeder noch so kleine Rest ihrer Kraft war verschwunden.

Sie war wieder nur Leto. Ein hilfloser Mensch. Ihre Lungen brannten und schrien verzweifelt nach Sauerstoff.

Sie schwamm an die Oberfläche, schnappte nach Luft und versuchte, in dem sich ständig verlagernden Sand Halt zu finden. Dann zwang sie sich, im Wasser umzudrehen, und kämpfte sich zurück in Richtung Strand.

Dass ihre Kraft verschwunden war, erschütterte sie. Jeder ihrer Schritte war schwerer als der vorangegangene.

Endlich taumelte sie an Land und ließ sich in den Sand fallen. Sie hatte sich kaum Gedanken darüber gemacht, welche Wirkung es haben könnte, ins Meer einzutauchen, aber als sie jetzt zitternd am Strand lag, bereute sie es, ihr Kleid angelassen zu haben. Es war klatschnass und eiskalt.

Sie rollte sich ganz klein zusammen und ein Schluchzen, so quälend, dass sie sich fragte, ob die Götter sie hören würden, schüttelte sie, während ihre tauben Finger im Sand nach etwas suchten, das längst fort war.

Etwas, das nicht mehr zurückkehren würde.

64

KEIN GIESSENDER REGEN

Leto

Es hätten Stunden gewesen sein können, Tage, Wochen, bevor Leto sich vom Strand schleppte. Sie ging wie betäubt zu den Hügeln, dem Land, das vom Meer verwüstet worden war, als Mathias ihm seine Schwester verwehrt hatte.

Sie ließ sich auf dem kargen Boden auf die Knie fallen und bohrte die Fingerspitzen in die Erdklumpen. In den Mythen, die ihr Vater ihr zum Einschlafen zugeflüstert hatte, den Geschichten, die Mathias ihr mit den von ihrer Mutter beschriebenen Schriftrollen wieder ins Gedächtnis gerufen hatte, gab es am Ende immer irgendetwas. Eine Spinne, die ihr Netz zwischen den Bäumen webte. Hoffnung, die aus einem offenen Krug flatterte.

Ein Titan, ein Berg, ein Adler.

Leto presste die Augen fest zusammen und warf den Kopf in den Nacken.

Dies ist das letzte Mal, sagte sie zu den Göttern, und obwohl sie die Worte nicht laut aussprach, hingen sie für einen Moment in der Luft und lösten sich dann wie Nebel in nichts auf. Sie war nicht ihre Mutter, sie war kein Orakel. *Ich werde nicht noch einmal fragen.*

Zeigt mir, was sie euch wert waren.

Die Götter antworteten ihr nicht immer. Sie waren nicht freundlich; sie waren wild und grimmig und ewig. Für sie war

Leto weniger als ein Stern am unendlichen Himmel. Und doch …

Ein Herzschlag. Nicht lang genug, um sich sicher zu sein, aber lang genug, um ihn zu fühlen, als das Meer jenseits des Strandes still wurde, als der Wind in seinem Heulen innehielt und die Luft irgendwie weicher wurde. Leto sog einen tiefen Atemzug ein, und es fühlte sich an, als würde sie aus einem Traum erwachen.

Die Götter antworteten ihr.

Dies.

Die Erde explodierte. Bäume schossen aus dem Boden, ein Aufruhr aus Grün, Orange und Braun. Blumen erblühten zwischen ihren Wurzeln; Vögel sangen in der stillen Luft. Es war die klarste Vision der Zukunft, die ihr je gewährt worden war. Hölzerne Galgen lagen zertrümmert im seichten Wasser, die Schlingen, die an ihnen herabgebaumelt waren, bereits von den Fluten verschlungen. Die Sonne schien strahlend über Ithaka, während kleine Mädchen in den Bächen spielten und ihre Mütter sie beobachteten, sicher in dem Wissen, dass ihre Töchter dick und stark werden würden, dass sie blühen und gedeihen und leben würden.

Leto hob den Kopf und blickte in den Himmel. Sie war halb blind vor Tränen, aber sie sah Melantho, eine Krone aus Blumen im Haar, neben ihr ein gertenschlankes Mädchen mit grauen Augen. Ein weiteres Mädchen, kleiner, mit olivfarbener Haut und schwarzen Kringellocken hatte sich halb hinter sie geschoben.

Sie sah Mathias, eine einzelne Blüte hinter dem Ohr. Er hielt die Hand einer jungen Frau, die nur seine Schwester sein konnte.

Sie lächelten; sie öffneten beide den Mund, um zu sprechen.

Ithaka verstummte für einen Moment.

Und dann, endlich, drängten sie sich durch die Erde, um

ihre Blätter auszubreiten und ihre goldenen Blüten zu entfalten und die letzten Strahlen der Wintersonne aufzufangen …

Narzissen.

Tausende.